Die geheimnisvolle Insel

JULES VERNE

Die geheimnisvolle Insel, J. Verne
Jazzybee Verlag Jürgen Beck
86450 Altenmünster, Loschberg 9
Deutschland

Druck: Createspace, North Charleston, SC, USA

ISBN: 9783849693862

Cover Design: © Can Stock Photo Inc. / Angelique

www.jazzybee-verlag.de
www.facebook.com/jazzybeeverlag
admin@jazzybee-verlag.de

Dieses Werk bzw. Inhalt und Zusammenstellung steht unter einer Creative Commons Namensnennung 3.0 Deutschland Lizenz. Die Details der Lizenz und zu der Weiterverwertung dieses Werks finden Sie unter http://creativecommons.org/licenses/by/3.0/de/. Der Inhalt und die Zusammenstellung oder Teile davon wurden der TextGrid-Datenbank entnommen, wo der Inhalt und die Zusammenstellung oder Teile davon ebenfalls unter voriger Lizenz verfügbar sind. Eine bereits bestehende Allgemeinfreiheit der Texte bleibt von der Lizensierung unberührt.

INHALT:

Erster Teil. - Die Schiffbrüchigen des Luftmeers. 1
   Erstes Kapitel. 1
   Zweites Kapitel. 7
   Drittes Kapitel. 17
   Viertes Kapitel. 24
   Fünftes Kapitel. 32
   Sechstes Kapitel. 39
   Siebtes Kapitel. 47
   Achtes Kapitel. 58
   Neuntes Kapitel. 66
   Zehntes Kapitel. 77
   Elftes Kapitel. 86
   Zwölftes Kapitel. 97
   Dreizehntes Kapitel. 106
   Vierzehntes Kapitel. 116
   Fünfzehntes Kapitel. 125
   Sechzehntes Kapitel. 133
   Siebzehntes Kapitel. 142
   Achtzehntes Kapitel. 151
   Neunzehntes Kapitel. 159
   Zwanzigstes Kapitel. 169
   Einundzwanzigstes Kapitel. 176
   Zweiundzwanzigstes Kapitel. 184
Zweiter Teil. - Der Verlassene. 194
   Erstes Kapitel. 194
   Zweites Kapitel. 203
   Drittes Kapitel. 213
   Viertes Kapitel. 222
   Fünftes Kapitel. 232
   Sechstes Kapitel. 242
   Siebtes Kapitel. 254
   Achtes Kapitel. 264
   Neuntes Kapitel. 274
   Zehntes Kapitel. 284

Elftes Kapitel.	294
Zwölftes Kapitel.	304
Dreizehntes Kapitel.	316
Vierzehntes Kapitel.	327
Fünfzehntes Kapitel.	337
Sechzehntes Kapitel.	346
Siebzehntes Kapitel.	357
Achtzehntes Kapitel.	369
Neunzehntes Kapitel.	378
Zwanzigstes Kapitel.	388
Dritter Teil. - Das Geheimnis.	397
Erstes Kapitel.	397
Zweites Kapitel.	407
Drittes Kapitel.	418
Viertes Kapitel.	429
Siebtes Kapitel.	440
Sechstes Kapitel.	448
Siebtes Kapitel.	458
Achtes Kapitel.	466
Neuntes Kapitel.	470
Zehntes Kapitel.	479
Elftes Kapitel.	486
Zwölftes Kapitel.	494
Dreizehntes Kapitel.	504
Vierzehntes Kapitel.	514
Fünfzehntes Kapitel.	525
Sechzehntes Kapitel.	537
Siebzehntes Kapitel.	546
Achtzehntes Kapitel.	554
Neunzehntes Kapitel.	566
Zwanzigstes Kapitel.	577

ERSTER TEIL. - DIE SCHIFFBRÜCHIGEN DES LUFTMEERS.

ERSTES KAPITEL.

»Steigen wir wieder?
– Nein. Im Gegenteil, wir gehen herab.
– Noch schlimmer, Herr Cyrus? Wir – fallen!
– Herr Gott! So werfen Sie Ballast aus.
– Da ist der letzte schon entleerte Sack.
– Erhebt sich der Ballon?
– Nein!
– Ich höre etwas wie Wellengeplatscher.
– Unter der Gondel ist das Meer.
– Und höchstens fünfhundert Fuß unter uns!«

Da schallte eine mächtige Stimme durch die Luft und erklangen die Worte: »Alles, was ein Gewicht hat, hinaus damit! ... Alles! Und dann sei Gott uns gnädig!«

Dieser Zuruf verhallte am 23. März 1865 gegen vier Uhr nachmittags über der Wasserwüste des Pazifischen Ozeans in den Lüften.

Gewiss hat noch niemand den verheerenden Nordoststurm vergessen, der zur Zeit der Frühlingsäquinoktien jenes Jahres ausbrach, und welchen ein Sinken des Barometers bis auf 710^{mm} begleitete. Unausgesetzt wütete jener vom 18. bis zum 24. März.

In Europa, Asien und Amerika richtete er in einem 1800 Meilen breiten, den Äquator schief durchschneidenden Striche von 35° nördlicher bis zu 40° südlicher Breite ungeheure Verwüstungen an. Zerstörte Städte, aus dem Boden gerissene Wälder, durch darüber gestürzte Wogenberge verheerte Ufer, gescheiterte Schiffe, welche das Bureau Veritas nach Hunderten zählte, ganze, durch Wasserhosen nivellierte Landstrecken, Tausende von Menschen, die auf dem Lande umkamen, oder vom Meere verschlungen wurden, – das waren die traurigen Spuren, welche dieser wütende Orkan auf seinem Wege hinterließ. An Zahl der Unfälle übertraf er noch jene, die über Habana und Guadeloupe, der eine am 25. Oktober 1810, der andere am 26. Juli 1825, hereinbrachen.

Während dieser vielfachen Katastrophen auf dem Lande und dem Meere spielte sich auch in den wildbewegten Lüften ein ergreifendes Drama ab.

Von dem Gipfel einer Trombe gleich einer Kugel auf dem Fontänenstrahl getragen und von der wurmförmigen Bewegung der Luftmassen erfasst, flog ein Ballon in fortwährender Drehung um sich selbst mit der rasenden Schnelligkeit von neunzig Meilen in der Stunde (= 46 Meter in der Sekunde oder 166 Kilometer in der Stunde) durch den unendlichen Raum dahin.

Unter demselben schaukelte eine Gondel mit fünf Insassen, die inmitten der dichten mit Wasserstaub vermengten Dünste, welche über den Ozean dahin jagten, kaum sichtbar war.

Woher kam dieses Luftschiff, dieser Spielball des entsetzlichen Sturmes? An welchem Punkte der Erde war es aufgestiegen? Während des Orkans selbst konnte es doch nicht wohl abgegangen sein, denn jener währte schon fünf Tage lang an und gingen seine ersten Anfänge bis auf den 18. März zurück. Gewiss musste der Ballon von sehr weit herkommen, da er binnen vierundzwanzig Stunden mindestens 2000 Meilen zurücklegte.

Jedenfalls stand den Passagieren kein Hilfsmittel zu Gebote, den seit ihrer Abreise zurückgelegten Weg abzuschätzen, da ihnen jedes Merkzeichen dafür abging. Ja, sie befanden sich sogar in der sonderbaren Lage, von dem Sturme, der sie entführte, nicht das Geringste gewahr zu werden. Sie flogen eben weiter, drehten sich um sich selbst und bemerkten weder etwas von der Drehung, noch von ihrer horizontalen Fortbewegung, da ihr Blick die dichten Nebelmassen, die sich unter der Gondel zusammenballten, nicht zu durchdringen vermochte. Die Dunkelheit der umgebenden Wolken war eine so große, dass sie nicht einmal Tag und Nacht unterscheiden ließ. Solange sie in hohen Luftschichten dahin schwebten, traf sie kein Lichtstrahl, drang kein Geräusch von der bewohnten Erde, kein Rauschen des empörten Meeres bis zu ihnen hinaus. Nur ihr schneller Fall sollte sie über die Gefahren belehren, die ihnen über den Wassern drohten.

Von allen schwerwiegenden Gegenständen, wie Waffen, Munition, Lebensmitteln etc. entlastet, stieg der Ballon 4500 Fuß in die höheren Luftschichten auf. Nachdem sie das Meer unter ihrer Gondel gesehen, hielten sich die Passagiere in der Höhe für weit weniger gefährdet als in der Tiefe, zauderten keinen Augenblick, auch die sonst nützlichsten und notwendigsten Gegenstände über Bord zu werfen und achteten nur darauf, kein Atom von der Seele ihres Fahrzeugs, dem Gase, zu verlieren, das sie über dem Abgrunde schwebend erhielt.

Voll Unruhe und Angst verstrich die Nacht, welche für minder energische Geister tödlich gewesen wäre. Dann kam der Tag wieder und gleichzeitig schien die Wut des Sturmes nachzulassen. Mit der Morgenröte des 24. März hoben sich die durchsichtiger gewordenen Wolkenmassen; nach wenigen Stunden zerriss die Trombe. Der Wind verwandelte sich aus einem Orkan in eine »steife Brise«, d. h. seine Schnelligkeit verminderte sich etwa um die Hälfte. Noch hätte man ihn zwar mit dem Seemannsausdrücke einer »drei Reffbrise« bezeichnen können, immerhin ließ der Kampf der Elemente aber recht fühlbar nach.

Gegen elf Uhr hatten sich die unteren Luftschichten vollkommen aufgehellt. Die Atmosphäre zeigte jene nach stärkeren meteorischen. Erscheinungen gewöhnliche sicht- und fühlbare feuchte Durchsichtigkeit. Der Orkan schien nicht weiter nach Westen gereicht zu haben, sondern in sich selbst zugrunde gegangen zu sein. Wahrscheinlich endete er nach dem Bruche der Trombe in elektrischen Entladungen, wie es auch von den Taifunen des Indischen Meeres bekannt ist.

Zu derselben Zeit ward man aber aufs Neue gewahr, dass der Ballon langsam zu den unteren Luftschichten herabsank. Es schien sogar, als falle er zusammen und zöge sich seine Hülle in die Länge, mit Übergang aus der Form der Kugel in die eines Eies. Gegen Mittag schwebte das Luftschiff kaum noch 2000 Fuß über dem Meere. Jenes fasste 50,000 Kubikfuß[1] und konnte sich, dank seiner Kapazität, sowohl lange Zeit in der Luft halten, als auch sehr bedeutende Höhen erreichen.

Die Passagiere warfen nun die letzten Gegenstände aus, welche die Gondel beschwerten, einige bis hierher aufbewahrte Nahrungsmittel, alles, bis auf die Kleinigkeiten, die man in den Taschen zu tragen pflegt. Einer von ihnen war in den Ring geklettert, an den die Fäden des Netzes geknüpft sind, und suchte dieses Anhängsel des Luftschiffes möglichst verlässlich zu befestigen.

Augenscheinlich vermochten die Passagiere den Ballon nicht mehr in der Höhe zu erhalten, und fehlte es ihnen an Gas.

Sie waren so gut wie verloren!

Kein Festland, keine rettende Insel erhob sich aus dem Wasser, kein Landungsplatz, an dem der Anker hätte haften können.

Unter ihnen dehnte sich nur das unendliche Meer, dessen Wogen sich mit schrecklichem Ungetüm dahin wälzten, – der Ozean ohne sichtbare Grenzen, nicht einmal für jene Umschauer in der Höhe, deren Blicke einen Umkreis von vierzig (englischen) Meilen nach jeder Seite hin beherrschten! – Es war jene vom Orkan ohne Erbarmen gepeitschte Wasserwüste, die ihnen wie eine wilde Jagd entfesselter Wellen erschien, auf deren Rücken weiße Kämme schäumten. Kein Land war in Sicht, kein Hilfe versprechendes Fahrzeug!

Um jeden Preis musste also dem Niedersinken des Ballons Einhalt getan werden, um dem Untergange in den Wogen zu entgehen. Dieses so dringliche Vorhaben beschäftigte eben die Insassen der Gondel. Trotz aller Bemühungen fiel der Ballon aber mehr und mehr und trieb gleichzeitig mit dem Winde von Nordosten nach Südwesten in rasender Schnelligkeit dahin.

Es war eine schreckliche Lage, in der sich die Unglücklichen befanden. Nicht mehr Herren ihres Luftschiffs stand ihnen auch kein wirksames Hilfsmittel zu Gebote. Die Hülle des Ballons schwoll mehr und mehr ab; das Gas entwich durch dieselbe. Sichtbar beschleunigte sich der Fall, und kaum sechshundert Fuß trennten die Gondel noch vom Ozean.

Das Entweichen der Füllung, die durch einen Riss des Aerostaten ausströmte, war aber nicht zu hindern.

Durch Erleichterung der Gondel hatten die Passagiere sich zwar noch etwas länger in der Luft halten können, aber doch nur um einige Stunden. Die unvermeidliche Katastrophe war eben nicht abzuwenden, und im Fall vor Eintritt der Nacht kein rettendes Land auftauchte, mussten Passagiere, Gondel und Ballon ihren Untergang finden.

Eine einzige Hilfe gab es noch, und zu dieser griff man in diesem Augenblicke. Offenbar waren die Passagiere des Luftschiffes energische Leute, die dem Tode unerschüttert ins Auge sahen. Kein Laut drängte sich über ihre Lippen. Sie hatten beschlossen, bis zum letzten Atemzug zu kämpfen und nichts unversucht zu lassen, um ihren Fall aufzuhalten. Die nur aus Korbweidengeflecht bestehende Gondel war untauglich zu schwimmen, und hätte auf keine Weise über Wasser gehalten werden können.

Um zwei Uhr schwebte das Luftschiff kaum noch vierhundert Fuß über den Wellen.

Da erschallte eine Stimme, die eines Mannes, dessen Herz keine Furcht kannte; ihr antworteten nicht minder entschlossene Stimmen:

»Ist alles ausgeworfen?

– Nein! Noch sind 10,000 Francs in Gold hier.«

Sofort fiel ein schwerer Sack ins Meer.

»Steigt der Ballon?

– Ein wenig, er wird bald genug wieder sinken.

– Was können wir weiter über Bord werfen?
– Nichts!
– Doch! – Die Gondel selbst!
– Schnell alle in die Stricke und die Gondel ins Meer!«

In der Tat lag hierin das äußerste Mittel, den Aerostaten zu entlasten.

Die Stricke zwischen der Gondel und dem Ring wurden durchschnitten, und noch einmal schoss der Ballon zu einer Höhe von 2000 Fuß empor.

Die fünf Passagiere hingen in den Schnüren oberhalb des Ringes und hielten sich an den Netzmaschen über der entsetzlichen Tiefe.

Das so empfindliche Bestreben eines Luftschiffes nach der Gleichgewichtslage ist bekannt, ebenso wie die Erfahrung, dass man nur den leichtesten Gegenstand auszuwerfen braucht, um eine Bewegung in vertikalem Sinne hervorzurufen. Ein solcher in der Luft schwimmender Apparat stellt gewissermaßen eine mathematisch richtige Waage dar. Es leuchtet also ein, dass seine plötzliche Entlastung von einem beträchtlichen Gewicht ihn weit und schnell emportreiben muss. Derselbe Fall trat eben jetzt ein.

Nach einigem Auf- und Abschwanken in den höheren Luftschichten aber begann der Ballon wieder zu fallen, da der Riss, welcher dem Gase den Austritt gestattete, nicht zu schließen war.

Die Passagiere hatten getan, was in ihrer Macht stand; nun gab es kein Mittel weiter, sie zu retten, und sie hofften nur noch auf die Hilfe der Vorsehung.

Um vier Uhr strich der Ballon wiederum nur vierhundert Fuß über dem Wasser hin.

Da erschallte ein lautes Gebell. In Begleitung der Passagiere befand sich auch ein Hund, der neben seinem Herrn in den Maschen des Netzes hing.

»Top muss etwas gesehen haben!«, rief einer der Passagiere. Bald darauf ertönte auch eine markige Stimme:

»Land! Land!«

Vom Anbruch des Morgens an hatte der Ballon, den der Wind unausgesetzt nach Südwesten trieb, eine gewaltige nach Hunderten von Meilen zu berechnende Entfernung durchmessen, als jetzt in seiner Fluglinie ein ziemlich hoch ansteigendes Land in Sicht kam.

Noch befand es sich freilich gegen dreißig Meilen unter dem Winde, und einer guten Stunde bedurfte es wohl, dasselbe zu erreichen, vorausgesetzt, dass der Ballon nicht aus der Richtung kam. Eine Stunde! Würde das Luftschiff sich nicht vor Ablauf dieser Zeit vollkommen entleert und seine Tragkraft eingebüßt haben?

Das war die schreckliche Frage. Deutlich sahen die Passagiere den Punkt, den es um jeden Preis zu erreichen galt. Ob jener zu einer Insel oder zu einem Kontinent gehörte, sie wussten es nicht, ja, sie kannten kaum die Richtung, in welcher der Orkan sie verschlagen hatte. Ob jenes Stück Erde aber bewohnt war oder nicht, ob es ein gastliches Land oder nicht, – sie mussten es zu erreichen suchen!

Seit vier Uhr konnte sich niemand mehr darüber täuschen, dass der Ballon keine Tragkraft mehr hatte. Er streifte schon dann und wann die Oberfläche des Meeres. Mehrmals beleckten die Kämme der enormen Wellen das untere Strickwerk, vergrößerten dadurch sein ursprüngliches Gewicht, und nur zur Hälfte hielt sich der Ballon noch aufrecht, wie ein flügellahm geschossener Vogel.

Eine halbe Stunde später winkte das rettende Land in der Entfernung von nur einer Meile, doch jetzt barg der erschöpfte, schlaffe, lang gestreckte und tiefe Falten schlagende Ballon bloß noch in seinen obersten Teilen etwas Gas. Auch die in den Schnüren hängenden Passagiere belasteten ihn zu sehr, und bald tauchten diese halb ins Meer und wurden von den wütenden Wellen geschüttelt. Die Hülle des Luftschiffes bildete eine den Wind fangende Tasche und trieb das Ganze wie ein Fahrzeug dahin. Vielleicht erreichte es auf diese Weise die Küste!

Nur zwei Kabellängen von dieser entfernt ertönte plötzlich ein gleichzeitiger Aufschrei aus vier Kehlen. Der Ballon, von dem man ein wiederholtes Erheben nicht vermutete, machte einen unerwarteten Sprung, nachdem ihn ein mächtiger Wasserberg getroffen hatte. So als ob er plötzlich weiter entlastet worden sei, schnellte er bis 1500 Fuß in die Höhe und begegnete dabei einer Art Luftwirbel, der ihn statt nach der Küste nur auf derselben Stelle mehrmals herumdrehte. Nach Ablauf zweier Minuten aber sank er in schräger Linie und fiel endlich außerhalb des Bereichs der Wellen auf den Ufersand nieder.

Die Passagiere halfen einer dem andern aus den Maschen des Netzes. Der von ihrem Gewichte befreite Ballon wurde wieder vom Winde ergriffen und verschwand, wie ein verwundeter Vogel, der noch einmal auflebt, in den Lüften.

Fünf Passagiere und einen Hund hatte die Gondel getragen, nur vier warf der Ballon ans Ufer.

Der Fehlende war offenbar durch den anschlagenden Wasserberg mit fortgeführt worden und hatte dem dadurch erleichterten Ballon Gelegenheit gegeben, sich zum letzten Male zu erheben und dann das Land zu erreichen.

Kaum setzten die vier Schiffbrüchigen, – denn diesen Namen verdienten sie wohl mit allem Rechte, – den Fuß aufs Land, als sie bemerkten, dass einer von ihnen fehle, und riefen:

»Wahrscheinlich sucht er sich durch Schwimmen zu retten! Zu Hilfe! Zu Hilfe!«

Fußnoten
1 Etwa 1:00 Kubikmeter.

ZWEITES KAPITEL.

Luftschiffer von Profession waren es nicht, vielleicht nicht einmal Liebhaber solcher Expeditionen, welche der Orkan an jene Küste schleuderte, sondern Kriegsgefangene, deren Kühnheit sie veranlasst hatte, auf so außergewöhnliche Weise zu entfliehen. Wohl hundert Mal hätten sie dabei umkommen und aus dem zerrissenen Ballon in den Abgrund stürzen können! Der Himmel bewahrte sie indes für ein ganz eigenes Schicksal auf, und am 24. März befanden sie sich, nachdem sie aus Richmond, das damals von den Truppen des Generals Ulysses Grant belagert wurde, entflohen waren, 7000 Meilen von der Hauptstadt Virginias und Hauptfestung der Separatisten während des schrecklichen Sezessionskrieges. Ihre Luftfahrt hatte fünf Tage gewährt.

Dieser Ausbruch der fünf Gefangenen, welcher mit der geschilderten Katastrophe endigte, geschah aber unter folgenden merkwürdigen Umständen:

In demselben Jahre, nämlich im Februar 1865, fielen bei einem der erfolglosen Handstreiche Grants zur Überrumpelung Richmonds einige seiner Offiziere in die Gewalt des Feindes und wurden in der Stadt interniert. Einer der hervorragendsten dieser Gefangenen gehörte zum Generalstabe der Bundesarmee und nannte sich Cyrus Smith.

Gebürtig aus Massachusetts war Cyrus Smith ein Ingenieur, ein Gelehrter ersten Ranges, dem die Bundesregierung während des Krieges die Leitung des Eisenbahnwesens, das eine so hervorragende Rolle spielte, anvertraute. Durch und durch ein Amerikaner des Nordens, mager, knochig und etwa fünfundvierzig Jahre alt, zeigten sein Haar und Bart, von dem er übrigens nur einen starken Schnurrbart trug, schon eine recht grauliche Färbung. Sein schöner »numismatischer« Kopf schien bestimmt zu sein, auf Münzen geprägt zu werden; dazu hatte er brennende Augen, einen festgeschlossenen Mund, überhaupt das Aussehen eines Lehrers an der Militärschule. Er war einer jener Ingenieure, die mit Hammer und Feile, wie die Generale, die ihre Laufbahn als gemeine Soldaten begannen. Zugleich mit einer hohen Spannkraft des Geistes besaß er eine große technische Handfertigkeit. Seine Muskulatur verriet die ihr innewohnende Kraft. Ein Mann der Tat und des Rates, führte er alles aus ohne sichtbare Anstrengung, unterstützt von einer merkwürdigen Lebenselastizität und mit jener Zähigkeit, welche jedem Fehlschlagen Trotz bietet. Sehr unterrichtet und praktisch angelegt, war ihm ein prächtiges Temperament eigen, denn er erfüllte, in jeder denkbaren Lage Herr seiner selbst, vollkommen die drei Bedingungen, deren Ensemble erst die menschliche Energie bildet: Tatkraft des Geistes und Körpers, Ungestüm des Verlangens und Macht des Willens. Als Devise hätte auch er die Wilhelms von Oranien wählen können: »Ich gehe an eine Sache auch ohne Hoffnung und harre auch ohne Erfolg bei ihr aus.«

Gleichzeitig war Cyrus Smith auch die personifizierte Unerschrockenheit und bei allen Schlachten des Sezessionskrieges gegenwärtig gewesen. Nachdem er seinen Kriegsdienst unter Ulysses Grant als Freiwilliger von Illinois begonnen, kämpfte er bei Paducah, Belmont, Pittsburgh, bei der Belagerung von Korinth, bei Port-Gibson, am Black River, bei Challanoga, Wilderness, am Potomac, überall mutig voranstürmend, ein Soldat, würdig eines Generals, der die Worte sprach: »Ich zähle niemals meine Toten!« Hundert Mal lief Cyrus Smith wohl Gefahr, zu denen zu gehören, die der schreckliche Grant »nicht zählte«, doch trotzdem er sich bei allen Gefechten jeder Gefahr aussetzte, blieb er immer vom Glück begünstigt, bis zu dem Augenblicke, de er, in der Schlacht bei Richmond verwundet, gefangen wurde.

An demselben Tage, wie Cyrus Smith, fiel auch eine andere wichtig Persönlichkeit in die Gewalt der Südstaatler, und zwar kein Geringerer als der ehrenwerte Gedeon Spilett, »Reporter« des »New York Herald«, der beauftragt war, der Entwickelung des Kriegsdramas mit den Heeren des Nordens zu folgen.

Gedeon Spilett gehörte zu jenen Staunen erregenden englischen oder amerikanischen Chronisten von der Rasse eines Stanley und Anderer, die vor Nichts zurückschrecken, um sich von allem haargenau zu unterrichten und es ihrem Journale in kürzester Zeit zu übermitteln. Die Zeitungen der Union, wie der »New York Herald«, bilden eine wirkliche Großmacht, und ihre Berichterstatter sind Leute, mit denen man rechnet. Gedeon Spilett nahm einen Rang unter den Ersten derselben ein.

Ein Mann von hohem Verdienst, energisch, geschickt und bereit zu allem, voller Gedanken, durch die ganze Welt gereist, Soldat und Künstler, hitzig im Rath, entschlossen bei der Tat, weder Mühen, Strapazen noch Gefahren achtend, wenn es sich darum handelte, etwas für sich und sofort für sein Journal zu erfahren, ein wahrer Heros der Wissbegierde, des Ungeborenen, Unbekannten, Unmöglichen, war er einer jener furchtlosen Beobachter, die im Kugelregen notieren, unter den Bomben schreiben, und für welche jede Gefahr nur einen glücklichen Zufall bildet.

Auch er hatte alle Schlachten in den vordersten Reihen mit durchgekämpft, den Revolver in der einen, das Skizzenbuch in der anderen Hand, ohne dass sein Bleistift bei dem Kartuschenhagel zitterte. Er ermüdete die Drähte nicht durch unausgesetzte Telegramme, wie diejenigen, welche nur melden, dass sie Nichts zu berichten haben, sondern jede seiner kurzen, klaren und bestimmten Noten brachte Licht über irgendeinen wichtigen Punkt. Nebenher fehlte es ihm nicht an guten Einfällen. So war er es, der nach dem Zusammenstoß am Black River seinen Platz am Schalter des Telegrafen-Bureaus um keinen Preis aufgeben wollte, um seinem Journale den Ausgang der Schlacht mitzuteilen, und der deshalb zwei Stunden hindurch die ersten Kapitel der Bibel abtelegrafieren ließ. Dem »New York Herald« kostete der Scherz zwar 2000 Dollars, aber der »New York Herald« brachte dafür auch die ersten Nachrichten.

Gedeon Spilett war von hohem Wuchse und höchstens vierzig Jahre alt. Ein blonder, ins Rötliche spielender Backenbart umrahmte sein Gesicht. Sein Auge blickte ruhig, aber lebhaft und schnell in seinen Bewegungen, wie das Auge eines Mannes, der alle Einzelheiten seines Gesichtskreises rasch aufzufassen gewöhnt ist. Fest gebaut, hatten ihn alle Klimate abgehärtet, wie das kalte Wasser den glühenden Stahl.

Seit zehn Jahren wohlbestallter Reporter des »New York Herald«, bereicherte Gedeon Spilett denselben durch seine Berichte und Zeichnungen, denn er handhabte Feder und Stift mit gleicher Geschicklichkeit. Seine Gefangennahme erfolgte, als er einen Bericht über die Schlacht aufsetzte und eine Skizze derselben zu Papier brachte. Die letzten Worte in seinem

Notizbuche lauteten: »Zu meinen Füßen liegt ein Südstaatler und ...«, und Gedeon Spilett war verschollen, denn seiner unabänderlichen Gewohnheit gemäß war er auch bei diesem Treffen unverwundet geblieben.

Cyrus Smith und Gedeon Spilett, welche sich gar nicht oder höchstens dem Namen nach kannten, schleppte man beide nach Richmond. Der Ingenieur genas bald von seiner Verwundung und machte während seiner Rekonvaleszenz die Bekanntschaft des Reporters. Die beiden Männer gefielen sich und lernten bald einander schätzen. In kurzer Zeit gipfelte ihr gemeinsames Leben nur noch in dem einen Zwecke, zu fliehen, sich der Armee Grants wieder anzuschließen und aufs Neue für die Unteilbarkeit des Vaterlandes zu kämpfen.

Die beiden Amerikaner waren entschlossen, jede sich bietende Gelegenheit zu benutzen; doch trotzdem sie in der Stadt frei umher gingen, war Richmond aber so dicht und streng bewacht, dass eine gewöhnliche Flucht unmöglich schien.

Mittlerweile hatte sich Cyrus Smith auch sein früherer, ihm auf Tod und Leben ergebener Diener beigesellt. Ein unerschrockener Neger, geboren auf einer Besitzung des Ingenieurs, erhielt er, trotzdem sein Vater und seine Mutter zu den Sklaven gehörten, von Cyrus Smith, einem Abolitionisten von Kopf und Herz, die Freiheit. Aber der Sklave wollte von seinem Herrn nicht lassen, den er über sein Leben liebte. Er war ein Bursche von dreißig Jahren, kräftig, beweglich, geschickt, intelligent, sanft und ruhig, manchmal recht naiv, immer lächelnd, dienstfertig und gutmütig. Sein Name lautete Nabuchodonosor, doch er hörte nur auf den abgekürzten, familiären Namen Nab.

Als die Gefangennahme seines Herrn zu Nabs Ohren drang, verließ er ohne Zaudern Massachusetts, kam vor Richmond an und gelangte durch List und Verschlagenheit, und zwanzig Mal in Gefahr den Kopf dabei einzubüßen, in die belagerte Stadt. Die Freude Cyrus Smiths, seinen getreuen Diener wieder zu sehen, und die Nabs, seinen Herrn wieder zu finden, spottete jeder Beschreibung.

Wenn Nab auch nach Richmond hatte hinein kommen können, so war es doch weit schwieriger, herauszukommen, da man die föderierten Gefangenen sehr sorgsam überwachte. Es bedurfte demnach einer ganz außergewöhnlichen Gelegenheit, um einen Fluchtversuch mit einiger Aussicht auf Erfolg zu unternehmen, und diese bot sich nicht nur nicht selbst, sondern ließ sich auch sehr schwer herbeiführen.

Inzwischen setzte Grant seine energische Kriegführung fort. Der Sieg bei Petersburg wurde ihm lange streitig gemacht. Seine Streitmacht in Verbindung mit der des Generals Butler errang vor Richmond noch immer keine Erfolge und Nichts prophezeite bis jetzt eine nahe bevorstehende Befreiung der Gefangenen. Der Reporter, dem während der langweiligen Kriegsgefangenschaft jede Gelegenheit zu interessanten Berichten abging, konnte sich gar nicht beruhigen. Er hatte nur einen Gedanken, den, Richmond um jeden Preis zu verlassen. Mehrmals unternahm er einen dahin zielenden Versuch, immer hielten ihn unübersteigliche Hindernisse zurück.

Die Belagerung nahm ihren weiteren Verlauf, und wenn die Gefangenen alles anwandten, um zu entwischen und die Heere Grants zu gewinnen, so hatten auch nicht wenige Belagerte die eiligste Absicht, davon zu gehen, um die separatistische Armee zu erreichen, und unter diesen ein gewisser Jonathan Forster, ein couragierter Südstaatler. Vermochten die föderierten Gefangenen die Stadt nicht zu verlassen, so konnten es die Konföderierten eben auch nicht, denn die Heere des Nordens schlossen diese in dichtem Ringe ein. Schon lange Zeit war jede Verbindung zwischen dem Kommandanten von Richmond und dem General Lee unterbrochen, trotzdem es im höchsten Interesse der Stadt lag, jenem ihre Lage mitzuteilen, um den Anmarsch eines Ersatzheeres zu beschleunigen. Erwähnter Jonathan Forster kam deshalb auf den Einfall, die

Linien der Belagerer mithilfe eines Ballons zu überschreiten und auf diese Weise nach dem Lager der Separatisten zu gelangen.

Der Kommandant genehmigte diesen Versuch. Sofort wurde ein Luftschiff angefertigt, und Jonathan Forster, dem fünf Begleiter in die Lüfte folgen sollten, zur Verfügung gestellt. Alle waren mit Waffen versehen, für den Fall einer nötig werdenden Verteidigung beim Landen, und mit Lebensmitteln für den einer längeren Dauer der Reise.

Die Abfahrt des Ballons wurde für den 18. März festgesetzt; sie sollte während der Nacht vor sich gehen, und hofften die Luftschiffer unter Voraussetzung eines mäßigen Nordwestwindes binnen wenigen Stunden in dem Hauptquartier des Generals Lee anzukommen.

Dieser Nordwestwind wehte aber nicht in erwünschter Stärke, sondern wuchs an jenem 18. März zur Macht eines Orkans, sodass die Abreise Forsters verschoben werden musste, wollte man nicht mit dem Luftschiffe das Leben derjenigen, die es durch das aufgewühlte Luftmeer getragen hätte, aufs Spiel setzen.

Gasgefüllt stand der Ballon auf dem großen Platze in Richmond, bereit aufzusteigen, sobald die Witterung es gestattete, und die ganze Stadt brannte vor Ungeduld, den Zustand der Atmosphäre sich bessern zu sehen.

Der 18. und 19. März verlief ohne jede Veränderung des stürmischen Wetters; ja, man hatte schon die größte Mühe, den Ballon, den die Windstöße immer zur Erde niederbeugten, nur zu erhalten.

Die Nacht vom 19. zum 20. kam heran, aber nur toller wurde das Ungestüm des Wetters und dabei die Abreise zur Unmöglichkeit.

An demselben Tage wurde der Ingenieur Cyrus Smith auf der Straße von einem ihm unbekannten Manne angesprochen. Es war das ein Seemann, Namens Pencroff, von beiläufig fünfunddreißig bis vierzig Jahren, kräftiger Statur, sonnenverbranntem Aussehen, mit lebhaften, häufig blinzelnden Augen, aber im Ganzen einnehmendem Gesicht. Dieser Pencroff stammte aus den Nordstaaten, hatte alle Meere der Erde befahren und an Abenteuern alles bestanden, was einem zweibeinigen Geschöpfe ohne Flügel überhaupt nur widerfahren konnte. Es bedarf nicht der Erwähnung, dass sein unternehmender Charakter ihn alles wagen und vor gar nichts zurückschrecken ließ. Pencroff hatte sich anfangs dieses Jahres in Geschäften nach Richmond begeben, wobei ihn ein junger Mensch von fünfzehn Jahren, Harbert Brown aus New Jersey, der Sohn seines Kapitäns, eine Waise, die er wie sein eigenes Kind liebte, begleitete. Verhindert, die Stadt vor dem Anfange der Belagerung wieder zu verlassen, befand er sich zum größten Missvergnügen jetzt ebenfalls in derselben eingeschlossen und brütete nur über dem einen Gedanken, aus ihr auf irgendeine Weise zu entfliehen. Er kannte den Ingenieur Cyrus Smith dem Namen nach und wusste, mit welcher Ungeduld dieser Mann an seinen Fesseln nagte. An erwähntem Tage traf er auf ihn und zögerte nicht, denselben ohne jede Einleitung mit den Worten anzusprechen:

»Herr Smith, sind Sie Richmond noch nicht satt?«

Der Ingenieur maß mit dem Blicke den Mann, der ihn so anredete und halblaut hinzufügte:

»Herr Smith, wollen Sie fliehen?

– Und wie das? ...« antwortete lebhaft der Ingenieur, dem diese Antwort fast wider Willen entfuhr, denn er hatte sich über den Unbekannten, der das Wort an ihn richtete, noch nicht vergewissert.

Nachdem er aber mit scharfem Blicke die vertrauenerweckende Erscheinung des Seemanns gemustert, konnte er nicht mehr daran zweifeln, einen ehrlichen Mann vor sich zu haben.

»Wer sind Sie?«, fragte er kurz.

Pencroff gab sich zu erkennen.

»Gut, entgegnete Cyrus Smith, aber welches Mittel zu entfliehen schlagen Sie mir vor?

– Dort, jenen Faulenzer von Ballon, den man untätig angebunden hält, und der mir aussieht, als warte er ganz allein auf uns!« ...

Der Seemann hatte gar nicht nötig, den Satz zu vollenden. Der Ingenieur verstand ihn aus dem ersten Worte, ergriff ihn am Arme und zog ihn mit sich nach Hause.

Dort entwickelte der Seemann sein wirklich sehr einfaches Project, bei dem man eben höchstens sein Leben riskierte. Der Orkan tobte zwar gerade in tollster Heftigkeit, doch musste ein geschickter und kühner Ingenieur, wie Cyrus Smith, ein Luftschiff wohl zu regieren vermögen.

Hätte Pencroff damit selbst Bescheid gewusst, er würde keinen Augenblick gezögert haben, – es versteht sich, nicht ohne Harbert, abzufahren. Er hatte manchen anderen Sturm gesehen und pflegte einen solchen nicht so hoch anzuschlagen.

Ohne ein Wort dazu zu sagen, hörte Cyrus Smith dem Seemann zu. Aber seine Augen leuchteten auf bei dieser sich darbietenden Gelegenheit, und er war nicht der Mann, sich eine solche entgehen zu lassen. Das Project erschien nur sehr gefahrvoll, aber doch ausführbar. In der Nacht konnte man wohl trotz der Wachen an den Ballon herankommen, in die Gondel schlüpfen und die Seile kappen, die ihn fesselten. Gewiss lief man Gefahr, mit Kugeln begrüßt zu werden, auf der anderen Seite konnte der Versuch aber auch von Erfolg sein, und ohne diesen Sturm ... Ja, ohne diesen Sturm wäre aber auch das Luftschiff schon längst aufgestiegen, und jetzt böte sich nicht die so lange ersehnte Gelegenheit zur Flucht.

»Ich bin nicht allein, sagte da endlich Cyrus Smith.

– Wie viel Personen gedächten Sie mitzunehmen?, fragte der Seemann.

– Zwei; meinen Freund Spilett und meinen Diener Nab.

– Das wären also zusammen drei Personen, antwortete Pencroff, und mit Harbert und mir im Ganzen fünf. Nun, der Ballon sollte sechs Passagiere tragen ...

– Es ist gut; wir fahren ab!« schloss Cyrus Smith.

Dieses »wir« galt auch mit für den Reporter, aber der Reporter war kein ängstlicher Mann, und sobald er von dem Vorhaben Kenntnis erhielt, stimmte er demselben bei, und erstaunte nur allein darüber, dass er auf eine so einfache Idee noch nicht schon selbst gekommen sei. Nab endlich folgte ja seinem Herrn, wohin dieser zu gehen beliebte.

»Diesen Abend also, sagte Pencroff, gehen wir zu fünf, wie aus Neugierde, dort umher.

– Heut' Abend um zehn Uhr, antwortete Cyrus Smith, und nun gebe der Himmel, dass sich der Sturm nicht vor unserer Aufsteigung lege!«

Pencroff verabschiedete sich von dem Ingenieur und ging nach seiner Wohnung zurück, wo der junge Harbert ihn erwartete. Der mutige Knabe kannte den Plan des Seemanns und harrte ungeduldig auf das Resultat jenes Ganges zu dem Ingenieur. Fünf beherzte Menschen waren es also ohne Zweifel, die sich in den Orkan hinaus zu wagen entschlossen hatten.

Der Sturm mäßigte sich nicht, und weder Jonathan Forster noch dessen Begleiter konnten daran denken, ihm in der zerbrechlichen Gondel Trotz zu bieten. Der Tag war schrecklich.

Der Ingenieur fürchtete nur das Eine, dass der am Boden gefesselte und von den Windstößen häufig niedergedrückte Ballon in tausend Stücke zerreißen möchte. Mehrere Stunden lang lief er auf dem fast menschenleeren Platze zur Beobachtung des Apparates hin und her. Pencroff seinerseits tat gähnend und die Hände in den Taschen dasselbe, wie einer, der seine Zeit nicht totzuschlagen weiß, aber mit derselben Angst, dass der Ballon zerreiße oder seine Stricke löse und in die Luft entfliehe.

Der Abend senkte sich nieder; ihm folgte eine finstere Nacht. Wolkengleich strichen dicke Nebel über die Erde; dazu fiel ein mit Schnee untermischter Regen. Das Wetter war kalt. Über ganz Richmond lagerten dichte Dünste. Es schien, als habe der Sturm einen Waffenstillstand zwischen Belagerern und Belagerten zustande gebracht, und als schweige die Kanone, beschämt durch den entsetzlichen Donner des Orkans. Verlassen dehnten sich die Straßen der Stadt; man hatte es sogar für unnötig gehalten, den Platz, in dessen Mitte das Luftschiff hin und her schwankte, zu besetzen. Offenbar begünstigte alles die Flucht der Gefangenen, bis auf die entfesselten Elemente! ...

»Eine abscheuliche Flut!, sprach Pencroff für sich und stülpte sich seinen Hut, den der Wind entführen wollte, fester auf den Kopf. Doch was da, wir werden schon mit ihr fertig!«

Um halb zehn Uhr schlichen sich Cyrus und seine Begleiter von verschiedenen Seiten aus auf den Platz, den die durch den Sturm verlöschten Gaslaternen in tiefem Dunkel ließen. Kaum sah man den ungeheuren, auf die Erde gedrückten Aerostaten. Unabhängig von den Ballastsäcken, die mit den Schnüren des Apparates verknüpft waren, wurde die Gondel durch ein starkes Tau zurückgehalten, das durch einen im Steinpflaster befestigten Ring und auch wieder zu ihrem Rande zurücklief.

Nahe der Gondel trafen sich die fünf Kriegsgefangenen. Sie waren in Folge der Dunkelheit, bei der sie sich kaum selbst erkannten, unbemerkt geblieben.

Ohne ein Wort zu sprechen, nahmen Cyrus Smith, Gedeon Spilett, Nab und Harbert in der Gondel Platz, während Pencroff auf Anordnung des Ingenieurs die Sandsäcke allmählich losknüpfte. Das war das Werk einiger Augenblicke, worauf der Seemann zu seinen Gefährten einstieg.

Jetzt wurde das Luftschiff nur noch durch das erwähnte Seil gehalten, und Cyrus Smith konnte jeden Augenblick in die Höhe gehen.

In diesem Momente sprang ein Hund mit einem Satze in den Nachen. Es war Top, der Hund des Ingenieurs, der seine Ketten zerrissen und seinen Herrn aufgespürt hatte. Cyrus Smith befürchtete eine zu große Belastung und wollte das arme Tier wieder hinausjagen.

»Bah! Das ist einer mehr!« sagte Pencroff und warf dafür zwei Säcke Ballast aus.

Dann ließ er das Seil schießen, der Ballon ging in schräg aufsteigender Linie ab, sein Nachen stieß an zwei Schornsteine, die er über den Haufen warf, und fort war er in die Lüfte.

Der Orkan wütete mit entsetzlicher Gewalt. Während der Nacht konnte der Ingenieur an ein Niederlassen gar nicht denken, und als es wieder Tag wurde, raubten dichte Nebelmassen jede Aussicht nach der Erde. Erst fünf Tage später trat eine Aufhellung ein und zeigte das grenzenlose Meer unter dem Ballon, der mit rasender Schnelligkeit dahin jagte.

Wir erzählten schon, wie von diesen am 20. März abgefahrenen fünf Passagieren vier derselben am 24. auf eine verlassene Küste geworfen wurden, über 6000 Meilen von ihrem Vaterlande entfernt[1].

Der aber, welcher fehlte und dem die vier übrigen eilend zu Hilfe liefen, war kein Anderer, als ihr naturgemäßer Führer, war der Ingenieur Cyrus Smith!

Fußnoten

1 Am 5. April fiel übrigens Richmond in die Hände Grants, womit der Bürgerkrieg sein Ende erreichte. Lee zog sich nach dem Westen zurück, und die Partei der Einheit Amerikas triumphierte.

DRITTES KAPITEL.

Den Ingenieur, welcher in den Maschen des Ballonnetzes hing, hatte ein Wellenschlag, der jene zerriss, weggeschwemmt. Auch der Hund, der seinem Herrn zu Hilfe freiwillig nachsprang, war verschwunden.

»Vorwärts!« rief der Reporter.

Sofort begannen alle Vier, Gedeon Spilett, Harbert, Pencroff und Nab, trotz Ermüdung und Erschöpfung ihre Nachforschungen.

Aus Wut und Verzweiflung über den Gedanken, alles verloren zu haben, woran sein Herz hing, weinte Nab helle Tränen.

Zwischen dem Augenblicke, da Cyrus Smith verschwand, und demjenigen, da seine Begleiter das Land erreichten, verflossen kaum zwei Minuten. Sie durften also hoffen, ihn noch rechtzeitig retten zu können. »Suchen wir nach ihm! rief Nab.

– Gewiss, Nab, tröstete ihn Gedeon Spilett, und wir finden ihn auch wieder!

– Lebend?

– Lebend.

– Kann er schwimmen? fragte Pencroff.

– Ja wohl, antwortete Nab, übrigens ist ja Top bei ihm! ...«

Als der Seemann das Grollen des Meeres hörte, schüttelte er den Kopf.

Im Norden der Küste und etwa anderthalb Meilen von der Stelle, an welcher die Schiffbrüchigen auf den Sand fielen, war es, wo der Ingenieur verschwand. Vermochte er auch den nächsten Punkt des Ufers zu erreichen, so lag dieser Punkt doch ebenso weit von hier entfernt.

Es mochte nun gegen sechs Uhr Abends sein und wurde schon des bedeckten Himmels wegen sehr dunkel. Die Schiffbrüchigen liefen längs der Ostküste des Landes, nach dem der Zufall sie verschlagen hatte, dahin, – eines unbekannten Landes, von dem sie selbst über seine geografische Lage keine Ahnung hatten. Sie eilten über einen sandigen, mit Steinen untermischten Erdboden, dem jede Vegetation zu fehlen schien. Dieser sehr unebene, holperige Boden zeigte sich an gewissen Stellen von einer großen Menge Spalten zerrissen, die das Vorwärtskommen sehr behinderten. Aus denselben erhoben sich jeden Augenblick mit schwerfälligem Flügelschlag große Vögel, welche in der Dunkelheit nach allen Seiten hin auseinander stoben. In ganzen Gesellschaften flatterten andere, schneller beflügelte auf und zogen einer Wolke ähnlich ins Weite. Der Seemann glaubte sie als Seemöwen und Wasserschwalben zu erkennen, als er ihr mit dem Rauschen des Meeres wetteiferndes Geschrei vernahm.

Von Zeit zu Zeit standen die Schiffbrüchigen still, um laut zu rufen, und horchten, ob sie von der Wasserseite her irgendwelche Erwiderung vernähmen. Sie glaubten annehmen zu dürfen, dass, wenn sie sich ganz nahe der Stelle befanden, an der der Ingenieur voraussichtlich ans Land gekommen wäre, wenigstens das Gebell Tops ihr Ohr erreichen müsste, im Fall der

Verunglückte selbst augenblicklich nicht zu antworten vermöchte. Doch Nichts ließ sich hören außer dem Rauschen der Wellen und dem Toben der Brandung. Die kleine Truppe zog weiter und durchsuchte auch die kleinsten Ausbuchtungen des Ufers.

Nach zwanzig Minuten Wegs sahen sich die vier Schiffbrüchigen plötzlich durch eine lange Linie schäumender Wellen aufgehalten. Das Erdreich ging zu Ende. Sie befanden sich am äußersten Ende einer schmalen Landzunge, über welche das Meer brausend hereinbrach.

»Das ist ein Vorgebirge, sagte der Seemann. Wir werden zurückgehen und uns rechts halten müssen, um das eigentliche Land wieder zu erreichen.

– Wenn er aber dort wäre! erwiderte Nab und zeigte nach dem Ozeane, dessen furchtbarer Wellenschaum durch das Dunkel schimmerte.

– Nun wohl, rufen wir ihn nochmals!«

Alle vereinigten ihre Stimmen zu einem durchdringenden Rufe, aber keine Antwort kam zurück. Sie warteten einen Augenblick der Ruhe ab und riefen wiederholt. – Vergeblich!

Die Schiffbrüchigen kehrten also längs der anderen Seite der Landzunge nach dem sandigen, muschelbedeckten Lande zurück. Pencroff bemerkte, dass das Terrain von dem steilen Ufer aus aufstieg, und kam auf die Vermutung, dass es mittels eines lang hingestreckten Kammes mit einer hohen Küste, deren Gebirgsmassen im Schatten ihren unbestimmten Umriss zeigten, zusammenhängen müsse. Vögel beherbergte diese Uferstrecke nur wenige. Auch der Seegang erschien hier minder beträchtlich. Kaum hörte man ein Geräusch von der Brandung. Offenbar bildete diese Seite der Küste einen halbkreisförmigen Busen, den die vorspringende Spitze gegen den Wellenschlag der offenen See schützte.

Beim Verfolgen dieses Weges gelangte man jedoch mehr nach Süden zu, d. h. von der Stelle weg, an welcher Cyrus Smith ans Land geschwommen sein konnte. In anderthalb Meilen Entfernung bildete das Uferland immer noch keinen aufsteigenden Winkel, durch den man nördlicher hinauf zu kommen hoffen durfte, obgleich man nach Umgehung des Vorgebirges das eigentliche Land längst wieder erreicht hatte. Trotz der Erschöpfung ihrer Kräfte drangen die Schiffbrüchigen stets mutig vorwärts, immer in der Hoffnung, eine Biegung des Landes zu finden, längs der sie ihre ursprüngliche Richtung wieder einzuschlagen vermöchten.

Wie groß war daher ihre Enttäuschung, als sie sich nach Zurücklegung zwei weiterer Meilen von neuem auf einer höheren, von glatten Felsen gebildeten Spitze durch das Meer aufgehalten sahen.

»Wir sind auf einem Eilande, sagte Pencroff, und haben dasselbe von einem Ende zum anderen durchmessen.«

Der Seemann hatte vollkommen Recht. Die Schiffbrüchigen waren auf kein Festland, nicht einmal auf eine Insel, sondern nur auf ein Eiland geworfen worden, dessen Ausdehnung in der einen Richtung nur gegen zwei Meilen betrug, während die der anderen schwerlich viel größer sein konnte.

Gehörte nun dieses unfruchtbare Stückchen Erde, das mit Steinen besät, keine Spur von Pflanzenleben zeigte und nur die einsame Zufluchtsstätte gewisser Meeresvögel bildete, vielleicht einem umfänglicheren Archipele an? Noch konnte man diese Frage nicht entscheiden. Als die Passagiere das Land von ihrer Gondel aus durch die Dunstmassen sahen, vermochten sie dessen Ausdehnung nicht unbehindert zu überschauen. Doch glaubte Pencroff, mit seinen an Durchdringung der Dunkelheit gewöhnten Seemannsaugen, im Westen unbestimmt Massen zu erkennen, die einer hoch aufsteigenden Küste angehörten.

Etwas Genaueres ließ sich freilich über die Lage des Eilandes vor der Hand nicht feststellen, als dass man es nicht sofort verlassen konnte, da es rings vom Meere umschlossen war. Jede weitere Nachforschung nach dem Ingenieur, der keinen Laut von sich hatte hören lassen, musste also bis zum folgenden Morgen aufgeschoben werden.

»Cyrus Stillschweigen beweist noch gar nichts, sagte der Reporter. Er kann ohnmächtig, verwundet, augenblicklich außer Stande sein, zu antworten; deshalb allein dürfen wir noch nicht verzweifeln.«

Der Reporter sprach zwar auch den Gedanken aus, auf einem vorspringenden Punkte des Eilandes ein Feuer, das dem Ingenieur als Signal dienen sollte, zu entzünden, doch suchte man vergeblich nach Holz oder trockenem Gesträuch. Sand und Steine, weiter fand sich eben Nichts.

Man begreift leicht den Schmerz Nabs und der klebrigen, welche sich dem unerschrockenen Cyrus Smith so innig angeschlossen hatten, jetzt, da es unmöglich schien, ihm Hilfe zu bringen. Entweder hatte der Ingenieur sich jetzt schon allein gerettet und eine Zuflucht auf der Küste gefunden, oder er war für immer verloren!

Wie langsam und quälend verliefen ihnen die Stunden der Nacht. Die Schiffbrüchigen litten furchtbar, ohne sich selbst darüber besonders Rechenschaft zu geben. Sie dachten gar nicht daran, einen Augenblick der Ruhe zu suchen. Sich selbst um ihres Führers willen vergessend, hoffend und sich zur Hoffnung ermutigend, liefen sie auf dem unfruchtbaren Eilande hin und her und kehrten immer wieder zu jener nach Norden auslaufenden Landspitze zurück, an der sie der Unglücksstelle am nächsten zu sein wähnten. Sie horchten gespannt, riefen so laut als möglich, und ihre Stimmen mussten weithin dringen, da in der Atmosphäre jetzt Ruhe herrschte und das Meer stiller zu werden und sich schon zu glätten begann.

Ein lauter Ruf Nabs schien einmal sogar von einem Echo wiedergegeben zu werden. Harbert machte Pencroff darauf aufmerksam.

»Das würde noch weiter beweisen, dass im Westen eine Küste ziemlich in der Nähe läge.«

Der Seemann nickte mit dem Kopfe. Übrigens konnten seine scharfen Augen nicht trügen. Hatte er ein Land, und wenn auch noch so wenig davon, gesehen, so musste ein solches auch vorhanden sein.

Dieses entfernte Echo blieb aber auch die einzige Antwort, welche Nab erhielt, sonst war tiefes Schweigen rings umher.

Allmählich klärte sich der Himmel auf. Gegen Mitternacht erglänzten einige Sterne, und wäre jetzt der Ingenieur hier gewesen, er hätte schnell erkannt, dass diese Gestirne nicht der nördlichen Halbkugel angehörten. In der Tat schmückte der Polarstern nicht mehr diesen neuen Horizont, und die Sternbildern des Zenits waren nicht dieselben, welche über dem nördlichen Teile der Neuen Welt stehen, dagegen erglänzte das Südliche Kreuz sichtbar an dem anderen Pole der Welt.

Die Nacht verrann. Gegen fünf Uhr Morgens, am 25. März, begannen die Höhen des Himmels sich langsam zu erhellen. Noch blieb der Horizont in Dunkel gehüllt, und selbst als der Tag anbrach, entwickelte sich ein dichter Dunst aus dem Meere, der den Gesichtskreis bis auf kaum zwanzig Schritte einschränkte. In langen Wolken rollte jener Nebel schwerfällig dahin.

Das war ein recht unvermutetes Hindernis; die Schiffbrüchigen konnten rings um sich Nichts erkennen. Während die Blicke Nabs und des Reporters über den Ozean schweiften, lugten der Seemann und Harbert nach der Küste im Westen aus, ohne eine Spur von Land entdecken zu können.

»Tut nichts, sagte Pencroff, ich sehe die Küste zwar nicht, aber ich fühle sie ... dort ist sie ... dort ... so gewiss, wie wir nicht mehr in Richmond sind!«

Der Nebel stieg bald empor; er war nur der Vorbote schönen Wetters. Heller Sonnenschein erwärmte seine oberen Schichten, und wie durch ein dünnes Gewebe drangen die Strahlen bis auf das Eiland hindurch.

So wurden die Dunstmassen gegen halb sieben Uhr, drei Viertelstunden nach Aufgang der Sonne, durchsichtiger. Sie stiegen nach oben. Bald trat das ganze Eiland vor Augen, als tauche es aus einer Wolke empor. Kreisförmig erweiterte sich der Gesichtskreis über dem Meere, nach Osten zu endlos, nach Westen hin aber durch eine hoch aufsteigende, zerklüftete Küste begrenzt.

Ja! Dort lag das Land, dort die wenigstens vorläufig sichere Rettung. Zwischen dem Eilande und der Küste, die durch einen eine halbe Meile breiten Kanal von einander getrennt waren, rauschte das Wasser schnell wirbelnd hindurch.

Einer der Schiffbrüchigen, der nur sein Herz sprechen ließ, stürzte sich, ohne seine Gefährten vorher davon zu benachrichtigen, ja, ohne nur ein Wort zu verlieren, in den Strom. Es war Nab. Ihn trieb es nach jener Küste hinüber, um in deren nördlichem Teile seine Nachforschungen fortzusetzen. Niemand vermochte ihn zurück zu halten. Vergebens rief ihn Pencroff an. Der Reporter traf Anstalt, Nab nachzufolgen.

Pencroff wandte sich an denselben.

»Sie wollen über den Kanal hinüber? fragte er.

– Gewiss, antwortete Gedeon Spilett.

– Nun wohl, so vertrauen Sie mir und warten das ab. Nab wird genügen, seinem Herrn Hilfe zu bringen. Wenn wir uns in diese Strömung wagten, möchten wir Gefahr laufen, durch die Kraft derselben ins offene Meer getrieben zu werden. Täusche ich mich nicht ganz, so hängt dieselbe nur mit der Ebbe zusammen. Sie sehen, wie der Sand allmählich bloßgelegt wird. Also fassen wir uns in Geduld; vielleicht findet sich bei niedrigem Wasser eine passierbare Furt ...

– Sie haben Recht, erwiderte der Reporter, trennen wir uns so wenig als möglich.«

Indessen kämpfte Nab aus Leibeskräften gegen den Strom, den er in schiefer Richtung durchschwamm. Bei jedem Stoße sah man seine schwarzen Schultern auftauchen. Wenn er auch sehr schnell seitwärts getrieben wurde, so kam er doch dem Ufer näher. Zum Durchschwimmen der halben Meile Entfernung zwischen dem Eilande und dem Lande brauchte er wohl eine halbe Stunde und kam nur einige tausend Fuß unterhalb des Punktes ans Ufer, welcher der Stelle, von der aus er ins Wasser sprang, gegenüber lag.

Nab fasste vor einer hohen Granitmauer Fuß und schüttelte sich tüchtig; dann verschwand er schnell hinter einer ins Meer vorspringenden Felsenspitze von derselben Höhe, wie der westliche Ausläufer des Eilandes.

Ängstlich verfolgten die Gefahrten Nabs sein tollkühnes Unternehmen, und erst als dieser nicht mehr zu sehen war, wandten sie ihre Blicke auf das Land, in dem sie eine Zuflucht zu finden hofften, wobei sie einige Muscheltiere, die auf dem Sand verstreut lagen, verzehrten. Die Mahlzeit war zwar knapp, indessen doch eine Mahlzeit.

Die gegenüber liegende Küste bildete eine Bucht, die nach Süden zu in einem sehr spitzen, vollkommen vegetationslosen Vorsprung mit wild zerklüftetem Umrisse auslief. Diese Spitze stand mit dem eigentlichen Uferlande durch sehr merkwürdige Linien in Verbindung und stützte sich daselbst an hohe Granitfelsen. Im Norden dagegen erweiterte sich die Bai zu einem mehr abgerundeten Küstenstriche mit der Richtung von Südwest nach Nordost und endigte zuletzt mit einem Kap von geringer Ausdehnung. Die gerade Entfernung zwischen diesen beiden Ausläufern an den Enden des Uferbogens mochte gegen acht Meilen betragen. Eine halbe Meile vom Ufer aus gesehen nahm das Eiland wohl nur einen schmalen Streifen im Meere ein und glich einem ungeheuren Wallfisch, dessen sehr vergrößerten Rumpf es darstellte. Seine größte Breite überschritt noch nicht eine Viertelmeile.

Vor dem Eilande bestand das Ufer in erster Reihe aus seinem, mit schwärzlichen Steinen gemischtem Sande, welche bei fallendem Wasser soeben wieder zum Vorschein kamen. In zweiter Reihe erhob sich eine Art Mittelwall von Urgebirge mit senkrecht abfallenden Wänden und wunderbar zerrissenem Kamme zu einer Höhe von etwa 300 Fuß. Dieser erstreckte sich wohl drei Meilen weit und endete nach der rechten Seite mit einer lotrechten, wie von Menschenhand bearbeiteten Wand. Nach links dagegen erniedrigte er sich, zerklüftet in prismatische Felsstücke in allmählicher Neigung bis zu der Stelle, wo er mit den Gesteinsmassen des Vorgebirges verschmolz.

Auf der Höhe des eigentlichen Plateaus wuchs kein einziger Baum. Jenes bildete eine glatte Fläche, ähnlich dem Tafelberge hinter der Kapstadt am Vorgebirge der Guten Hoffnung, nur in verkleinertem Maßstabe. So wenigstens gestaltete sich der Anblick von dem Eilande aus. Übrigens fehlte es rechts, hinter der erwähnten lotrechten Wand, nicht an Pflanzenreichtum, und leicht erkannte man große Strecken grüner Bäume, die sich bis über Sehweite hinaus fortsetzten. Dieses Bild erquickte das Auge, das von den langen Granitreihen ermüdet war.

Ganz zuletzt endlich überragte die scheinbare Hochebene, in einer Entfernung von mindestens sieben Meilen, ein weißer Gipfel, von dem die Sonnenstrahlen wiederglänzten. Er bestand aus einer Schneehaube, welche irgendeinen entfernten Berg überdeckte.

Ob dieses Land eine Insel bilde, oder einem Kontinente angehöre, ließ sich vorläufig nicht entscheiden. Beim Anblick jener zerklüfteten Felsmassen, die sich zur Linken über einander häuften, hätte ein Geologe aber an deren vulkanischem Ursprunge gar nicht zweifeln können, denn offenbar waren sie die Erzeugnisse plutonischer Prozesse.

Aufmerksam betrachteten Gedeon Spilett, Pencroff und Harbert dieses Land, auf dem sie vielleicht lange Jahre verbringen oder gar auch ihr Leben beschließen sollten, wenn es sich außerhalb der besuchten Schiffswege befand.

»Nun, fragte Harbert, was sagst Du dazu, Pencroff?

– Ei, erwiderte der Seemann, da wird es hübsch und nicht hübsch sein, wie überall. Wir werden es ja sehen. Jetzt scheint aber die Ebbe eingetreten zu sein. In drei Stunden werden wir wohl über das Wasser gelangen können, dann richten wir uns ein, so gut es eben geht, und suchen Mr. Smith wieder aufzufinden.«

Pencroffs Berechnung bestätigte sich. Drei Stunden später lag bei niedrigem Meere der größte Teil des Sandes, der das Kanalbett bildete, frei. Zwischen dem Eiland und der Küste blieb nur noch ein schmaler Wasserarm übrig, der leicht zu überschreiten sein musste.

Gegen zehn Uhr entledigten sich Gedeon Spilett und seine beiden Genossen ihrer Kleidung, hielten sie in einem Bündel über dem Kopfe und wateten durch das Wasser, dessen Tiefe fünf Fuß nicht überstieg. Harbert, für den auch das zu tief war, schwamm wie ein Fisch. Alle drei gelangten ohne besondere Schwierigkeiten an das jenseitige Ufer. Dort trockneten sie sich bald an der Sonne, legten die Kleidungsstücke, die sie ja vor Durchnässung bewahrt hatten, wieder an und beratschlagten, was nun vorzunehmen sei.

VIERTES KAPITEL.

Der Reporter sagte zu dem Seemann, dass er ihn an dieser Stelle erwarten solle, wo er ihn wieder aufsuchen werde, und ohne einen Augenblick zu verlieren, stieg er das Ufer in derselben Richtung hinan, die einige Stunden vorher der Neger Nab eingeschlagen hatte. Dann verschwand er schnell hinter einem Vorsprung der Küste; so sehr trieb es ihn, etwas vom Ingenieur zu erfahren.

Harbert hatte ihn begleiten wollen.

»Bleib' hier, mein Sohn, sagte der Seemann zu ihm. Wir müssen eine Lagerstätte für die Nacht herrichten und sehen, ob wir etwas Solideres für die Zähne austreiben können, als jene Muscheln. Unsere Freunde werden sich bei ihrer Rückkehr stärken wollen. Jeder bleibe bei seiner Sache.

– Ich bin bereit, Pencroff, antwortete Harbert.

– Schön, versetzte der Seemann, so wird sich alles machen; nur mit Methode. Wir sind müde, frieren und haben Hunger. Es handelt sich also darum, ein Obdach, Feuer und Nahrungsmittel zu finden. Der Wald enthält Holz, Nester und Eier; so werden wir nur noch eine Hütte zu suchen haben.

– Nun gut, sagte Harbert, so will ich eine Grotte in diesen Felsen suchen und werde gewiss eine entdecken, in der wir uns alle verkriechen können.

– So sei es, erwiderte Pencroff! Ans Werk, mein Junge.«

Beide gingen am Fuße der hohen Mauer hin auf dem Sande, den das fallende Wasser in breiter Fläche frei gelegt hatte; doch statt sich nach Norden zu wenden, schlugen sie die Richtung nach Süden ein. Wenige hundert Schritte von der Stelle, wo sie aus Land gekommen waren, hatte Pencroff beobachtet, dass die Küste einen schmalen Spalt bildete, der seiner Meinung nach die Mündung eines Flusses darstellen musste. Einerseits erschien es von Wichtigkeit, sich vorläufig in der Nachbarschaft trinkbaren Wassers niederzulassen, andererseits lag die Möglichkeit nicht fern, dass Cyrus Smith von der Strömung nach dieser Gegend getrieben worden sei.

Die hohe Mauer stieg wie erwähnt gegen dreihundert Fuß hoch empor, aber überall, selbst an ihrer Basis, die das Meer bedeckte, teilte kein Einschnitt das Gestein, der als Wohnung benutzbar gewesen wäre. Die steile Mauer bestand aus hartem Granit, dem die Wellen nichts anzuhaben vermochten. Auf dem Gipfel wimmelte es von einer ganzen Welt von Wasservögeln, darunter vorzüglich verschiedene Arten von Handfüßlern mit langen, zusammengedrückten und spitzigen Schnäbeln –, sehr lautes Federvieh, das über die Erscheinung eines Menschen kaum erschreckte und wahrscheinlich zum ersten Male in seiner Einsamkeit gestört wurde. Unter jenen Vögeln erkannte Pencroff mehrere »Labbes«, eine Seemöwenart, welche man auch Strandjäger nennt, und daneben kleine gefräßige Möwen, die in kleinen Löchern des Granits nisteten Ein Flintenschuss mitten in diese Vogelherde hätte gewiss eine große Anzahl niedergestreckt, doch um zu schießen, musste man zunächst ein Gewehr haben, das sowohl Pencroff als Harbert abging. Übrigens sind diese Vögel kaum essbar und selbst ihre Eier von sehr widrigem Geschmack.

Da meldete Harbert, der einige hundert Schritte weiter nach links gegangen war, dass er einige mit Algen überkleidete Felsen gefunden habe, welche die Flut wenige Stunden später wieder bedecken musste. An diesen Felswänden hingen zwischen Büscheln eine Menge zweischaliger Muscheln, die für halb verhungerte Leute gewiss nicht zu verachten waren. Harbert rief also Pencroff, der eiligst herzu lief.

»Ah, da sind Miesmuscheln, rief der Seemann, sie ersetzen die uns fehlenden Eier.

– Nein, solche sind es nicht, antwortete der junge Harbert, nach genauer Betrachtung der an dem Felsen haftenden Schalentiere, das sind Steinmuscheln.

– Sind sie essbar? fragte Pencroff.

– Vollkommen.

– Nun, auch gut, so verzehren wir Steinmuscheln.«

Der Seemann konnte sich auf Harbert verlassen.

Der junge Mensch war in der Naturgeschichte gut bewandert und hatte schon von jeher eine wahre Leidenschaft für diesen Zweig des Wissens. Sein Vater hatte ihn auf diesen Weg geleitet, indem er ihm von den besten Lehrern in Boston Unterricht erteilen ließ, welche dem intelligenten und fleißigen Kinde sehr zugetan waren. Seine Eigenschaft als Naturkundiger sollte übrigens noch manchmal in Anspruch genommen werden und bei seinem ersten Auftreten täuschte er sich nicht.

Diese Steinmuscheln bestanden aus langen Schalen und hingen gleichsam traubenweise am Gestein. Sie zählen zu jenen Familien von Mollusken, welche sich selbst in die härtesten Felsen einbohren, und ihr Gehäuse lief in zwei Spitzen aus, eine Anordnung, die sie von der gewöhnlichen essbaren Muschel unterscheidet.

Pencroff und Harbert verspeisten eine ziemliche Anzahl dieser Steinmuscheln, welche sich im Sonnenschein halb öffneten, wie Austern, und fanden, dass sie einen sehr pfeffrigen Geschmack hatten, was sie jeden Mangel an Gewürz vollständig vergessen ließ.

Ihr Hunger war also vorläufig gestillt, nicht aber der Durst, der nach dem Genusse dieser von Natur gewürzten Schalentiere nur zunahm. Jetzt galt es, bald Trinkwasser aufzufinden, was einer so auffällig zerklüfteten Gegend kaum fehlen konnte. Nachdem Pencroff und Harbert vorsichtiger Weise einen reichlichen Vorrat an Steinmuscheln eingesammelt, den sie in ihren Taschen und Taschentüchern unterbrachten, kehrten sie nach dem Fuße des Hochlandes zurück. Zweihundert Schritte weiterhin gelangten sie nach jenem Einschnitte, von dem Pencroff voraus geahnt, dass ein wasserreicher Fluss durch ihn fließen müsse. Hier schien die Gesteinmauer durch irgendwelchen mächtigen plutonischen Vorgang gespalten zu sein. Am Ufer dehnte sich eine kleine Bucht aus, die nach dem Lande zu in einen sehr spitzen Winkel auslief. Der Wasserlauf maß daselbst gegen hundert Fuß Breite, und seine Ufer stiegen höchstens zwanzig Fuß hoch an. Der Fluss drang unmittelbar zwischen die Granitmauer ein, welche sich stromaufwärts zu erniedrigen schien; dann bildete jener einen scharfen Winkel und verschwand eine halbe Meile weiter in einem Gehölz.

»Hier ist ja Wasser und dort Holz! rief Pencroff, nun sieh', Harbert, jetzt fehlt bloß noch das Haus!«

Das Wasser des Flusses war schön klar. Der Seemann überzeugte sich, dass es bei niedrigem Wasserstande, d. h. während der Zeit der Ebbe, süß sei. Nach Feststellung dieser gewichtigen Punkte suchte Harbert, freilich erfolglos, nach einem Zufluchtsorte. Überall erschien die Mauer glatt, eben und steil.

Nur an der Mündung des Wasserlaufes hatte der Gesteinsschutt nicht eine Grotte, aber eine Anhäufung von gewaltigen Felsenstücken gebildet, denen man in Ländern mit Granitgebirgen nicht selten begegnet und die den Namen »Kamine« führen.

Pencroff und Harbert drangen ziemlich tief zwischen diesen Felsen in sandigen Gängen ein, denen auch das Licht nicht abging, da es durch die Lücken eindrang, welche die Granitstücken, von denen sich manche nur wie durch ein Wunder im Gleichgewicht hielten, frei ließen. So gut wie die Lichtstrahlen fand aber auch der Wind, – ein wahrer Korridorzug – Eingang und mit dem Winde die scharfe Kälte von Außen. Doch glaubte der Seemann, dass man durch Verstopfung einiger dieser Zwischengänge mittels eines Gemisches von Sand und Steinen diese »Kamine« zur Not wohnlich einrichten könne. Ihre geometrische Form ähnelte dem typographischen Zeichen &, das in Abkürzung »und« oder »*et cetera*« bedeutet. Schloss man den oberen Ring dieses Zeichens, durch welches der Süd- und Westwind herein blies, ab, so musste es gelingen, den unteren Teil nutzbar zu machen.

»Das ist jetzt unsere Aufgabe, sagte Pencroff, und wenn wir Mr. Smith jemals wiedersehen, so wird er aus diesem Labyrinthe schon etwas zu machen wissen.

– Wir sehen ihn wieder, Pencroff, rief Harbert, und wenn er zurückkommt, muss er eine erträgliche Wohnung vorfinden Sie wird das von der Zeit an sein, sobald wir hier links einen Herd errichten, und darüber dem Rauche einen Ausweg lassen.

– Das muss sich ausführen lassen, mein Sohn, erwiderte der Seemann, und diese Kamine – denn Pencroff behielt den Namen mit Vorliebe bei –, sollen unsere provisorische Wohnung abgeben. Zuerst werden wir aber für Brennmaterial zu sorgen haben. Mir scheint auch, das Holz wird nicht ganz ungeeignet sein, jene Öffnung zu verschließen, durch welche der Teufel jetzt seine Trompete bläst!«

Harbert und Pencroff verließen die Kamine, wendeten sich um die Ecke und stiegen das linke Ufer des Flusses hinan. Die Strömung in diesem war ziemlich schnell und führte einige abgestorbene Bäume mit sich. Bei steigender Flut, von der schon die Anzeichen eintraten, musste das Wasser wohl eine beträchtliche Strecke zurückgetrieben werden. Der Seemann dachte sofort daran, dass man Ebbe und Flut zum Transport schwerer Gegenstände werde gebrauchen können.

Nach einem Wege von einer Viertelstunde kamen der Seemann und der junge Mensch an einem scharfen Winkel an, mit dem sich der Fluss nach links wendete. Von dieser Stelle aus setzte sich sein Lauf durch einen Wald mit prächtigen Bäumen fort. Trotz der vorgeschrittenen Jahreszeit prangten diese Bäume noch in ihrem grünen Gewande, denn sie gehörten zu jener Familie der Koniferen, welche in allen Gegenden der Erde, sowohl unter nördlichen Klimaten, als auch in den heißen Zonen vorkommen. Der junge Naturforscher erkannte sie genauer als »Deodars«, eine im Himalayagebirge sehr häufig auftretende Art von überaus angenehmem Geruche. Zwischen diesen schönen Bäumen befanden sich einige Fichtengruppen, deren dichter Schirm sich weit ausbreitete. Mitten unter dem hohen Grase fühlte Pencroff, dass er auf dürre Zweige trat, welche laut knackend zerbrachen.

»Schön, junger Mann, sagte er zu Harbert, wenn mir auch die Namen der Bäume nicht bekannt sind, so weiß ich doch, dass sie zur Kategorie des ›Brennholzes‹ gehören, und für jetzt liegt uns das zunächst am Herzen.

– Versehen wir uns mit Vorrat!« erwiderte Harbert, der sich sofort ans Werk machte.

Das Einsammeln war nicht schwierig, da man nicht einmal Zweige von den Bäumen zu brechen brauchte, denn überall lagen große Mengen dürren Holzes umher. Wenn auch Brennmaterial nicht fehlte, so ließen doch die Transportmittel viel zu wünschen übrig. Bei seiner großen Trockenheit musste das Holz schnell verbrennen, und wurde es deshalb nötig, eine beträchtliche Menge desselben nach den Kaminen zu befördern, wozu das nicht hinreichte, was etwa zwei Menschen fortzutragen vermochten. Harbert hatte auf diesen Umstand aufmerksam gemacht.

»Ei nun, mein Junge, meinte der Seemann, so werden wir auf ein Mittel denken müssen, dieses Holz fortzuschaffen. Man muss für alles ein Mittel finden. Wenn wir eine Karre oder ein Boot hätten, wäre die Sache ja sehr schnell erledigt.

– Aber wir haben ja schon den Fluss! warf Harbert ein.

– Richtig, versetzte Pencroff. Der Fluss ist für uns ein Weg, welcher sogar selbst geht, und die Holzflöße sind nicht umsonst erfunden.

– Nur läuft unser Weg aber, bemerkte Harbert, jetzt gerade in umgekehrter Richtung, da die Flut noch steigt.

– So werden wir nur zu warten haben, bis sie wieder fällt, entgegnete der Seemann, und dann soll sie unser Heizmaterial mit nach den Kaminen führen. Komm, wir wollen unseren Lastzug vorrichten.«

Von Harbert gefolgt, begab sich der Seemann nach dem scharfen Winkel, den der Waldsaum mit dem Flusse bildete. Beide schleppten, jeder nach seinen Kräften, eine Ladung Holz, zu Bündeln vereinigt, herbei. Auch am Ufer fanden sich eine Menge trockener Zweige, mitten zwischen den Gräsern, in welche sich wahrscheinlich noch nie eines Menschen Fuß verirrt hatte. Pencroff ging sogleich daran: seinen Lastzug in Ordnung zu bringen. Eine hervorspringende

Spitze des Ufers, an der sich das Wasser stieß, erzeugte eine Art stillstehenden Wirbels. In diesen brachten der Seemann und der junge Mensch einige größere und dickere Stämmchen, die sie mit Lianen verbanden. So entstand etwas wie ein Floß, auf welchem der Holzvorrat nach und nach aufgestapelt wurde, der mindestens die Kräfte von zwanzig Mann beansprucht hätte. Binnen einer Stunde war diese Arbeit getan, und die Holzladung, an improvisierten Tauen festgebunden, erwartete den Eintritt der Ebbe.

Da bis zu dieser Zeit noch einige Stunden verstreichen mussten, beschlossen Pencroff und Harbert, die höheren Uferberge zu besteigen, um einen ausgedehnteren Überblick über die Umgegend zu gewinnen.

Gerade zweihundert Schritte hinter der Flussbiegung verlief sich das Granitgebirge, das mit einigen Schutthaufen von Felsstücken endigte, in einem sanften Abhange nahe dem Saume des Waldes, wobei es fast eine natürliche Treppe darstellte. Harbert und der Seemann stiegen also daselbst in die Höhe.

Dank ihren kräftigen Knien erreichten sie den Gipfel in wenigen Minuten und begaben sich nach der einen Ecke, welche die Mündung des Flusses bildete.

Oben angelangt, galt ihr erster Blick dem Ozean, über den sie unter so furchtbaren Umständen daher geflogen waren. Im Inneren bewegt, betrachteten sie den nördlichen Teil der Küste, an dem die Katastrophe stattgefunden haben musste.

Dort verschwand Cyrus Smith. Mit den Augen suchten sie, ob nicht irgendwo ein Teil des Ballons, an den ein Mann sich anklammern könnte, noch umher schwimme. Nichts! Das Meer dehnte sich als endlose Wasserwüste vor ihnen aus Auch am Ufer sahen sie Niemand, weder den Reporter, noch Nab Möglicher Weise befanden sich diese Beiden in solcher Entfernung, dass man sie nicht bemerken konnte.

»Mir sagt eine innere Stimme, rief Harbert, dass ein so unerschrockener Mann, wie Mr. Cyrus, nicht wie der erste Beste ertrunken ist. Er muss irgendwo ans Ufer gekommen sein. Nicht wahr, Pencroff?«

Der Seemann schüttelte betrübt den Kopf. Er hoffte nicht mehr, Cyrus Smith je wieder zu sehen, wollte aber Harbert nicht alle Hoffnung rauben, und sagte:

»Ohne allen Zweifel, unser Ingenieur ist der Mann dazu, sich dann noch durchzuhelfen, wenn alle Anderen zu Grunde gingen!« ...

Dabei fasste er das Küstenbild mit größter Aufmerksamkeit ins Auge. Vor ihm dehnte sich das sandige Ufer, das rechts von der Flussmündung mit einer Reihe von Klippen bekränzt war. Die noch halb unter Wasser stehenden Felsen glichen einer Gesellschaft großer Amphibien, die sich in der Brandung tummelten. Über der Grenze dieser Risse hinaus glitzerte das Meer im Strahle der Sonne. Im Süden schloss eine scharf vorspringende Spitze den Gesichtskreis, und konnte man deshalb nicht erkennen, ob das Land sich noch in derselben Richtung weiter fortsetzte oder sich nach Südost wendete, wodurch dieser Küstenstrich zu einer sehr verlängerten Halbinsel geworden wäre. An der Nordseite der Bucht konnte man das Ufer weithin verfolgen, das sich in langer, mehr rundlicher Linie verlief. Dort erschien dasselbe flach, eben, ohne schroffen Rand und mit breiten Sandbänken eingefasst, die zur Zeit der Ebbe zu Tage lagen.

Pencroff und Harbert wandten sich hierauf nach Westen. In dieser Richtung traf ihr Blick zunächst auf einen hohen Berg mit schneebedecktem Gipfel, der sich in der Entfernung von sechs bis sieben Meilen erhob. Von seinem ersten Abhang aus bis auf zwei Meilen vom Ufer erschien er dicht mit Holz bestanden, dessen immergrüne Blätter weit ausgedehnte, herrliche Flächen bildeten. Von dem Rande des Waldes bis an die Bergkante hin unterbrachen nur ganz ungeordnete Gruppen von Bäumen die Hochebene. Zur Linken sah man wohl da und dort die Gewässer des kleinen Flusses schimmern und hatte es den Anschein, als ob seine Schlangenwindungen bis nach den Widerlagern des Bergriesen führten, aus denen wahrscheinlich seine Quelle entsprang. An der Stelle, wo sie ihre Holzladung gelassen, zwängte sich sein Lauf erst zwischen die Granitmauer hinein. Am rechten Ufer stiegen die Wände steil und glatt in die Höhe, während sie am linken allmählicher abfielen, sich in einzelne Felsen, diese in loses Gestein und diese endlich in Strandkiesel zerteilten, welche bis zur Ecke der Küste reichten.

»Sind wir nur auf einer Insel? sagte der Seemann halb für sich.

– Auf jeden Fall scheint sie sehr ausgedehnt zu sein, antwortete der junge Mann.

– Eine Insel, so groß sie auch sein mag, bleibt doch immer eine Insel!« bemerkte Pencroff.

Die wichtige Frage entzog sich freilich noch der Entscheidung. Das Land selbst, ob nun Festland oder Insel, schien recht fruchtbar, bot einen freundlichen Anblick und war reich an verschiedenen Produkten.

»Das ist ein Glück, meinte Pencroff, und in unserer Lage können wir der Vorsehung noch recht dankbar sein.

– Ja, Gott sei gelobt!« fügte Harbert hinzu, dessen frommes Herz des Dankes voll war für den Schöpfer aller Dinge.

Lange Zeit überschauten Harbert und Pencroff die Gegend, in welche sie ihr Schicksal verschlagen hatte, und doch blieb es trotzdem sehr schwierig zu sagen, wie sich ihre nächste Zukunft gestalten würde.

Dann kehrten sie zurück und folgten etwa dem südlichen Kamme des Granitplateaus, der aus einer langen Reihe sonderbar geformter Felsen bestand. Dort nisteten in Erdlöchern einige hundert Vögel. Als Harbert über die Steine sprang, kam eine ziemliche Anzahl derselben zum Vorschein.

»Sieh, rief er, das sind weder Seemöwen, noch Wasserschwalben!

– Und was denn? fragte Pencroff; meiner Treu, man könnte sie für Tauben halten.

– Gewiss, aber das sind wilde, sogenannte Felstauben, entgegnete Harbert, ich erkenne sie an den zweimal schwarz gestreiften Flügeln, an den weißen Schwanzfedern und dem aschgrauen Gefieder. Da nun die Felstauben essbar sind, so müssen wohl ihre Eier ganz vorzüglich munden, und vorausgesetzt, dass sie noch solche in den Nestern ließen ...

– Würden wir diesen keine Zeit lassen, auszukriechen, höchstens in Form von Omelettes, fiel ihm Pencroff fröhlich ins Wort.

– Worin willst Du aber Eierkuchen backen, fragte Harbert, etwa in Deinem Hute?

– Sehr gut, erwiderte der Seemann, doch ein solcher Hexenmeister bin ich nicht. Wir werden uns demnach mit gesottenen Eiern begnügen müssen, und ich stehe Dir dafür, mein Junge, dass ich auch die härtesten nicht verachten werde!«

Pencroff und der junge Mensch suchten nun aller Orten und fanden wirklich in kleinen Aushöhlungen eine Menge Eier. Einige Dutzend von diesen fanden im Taschentuche des Seemannes Platz, und da die Zeit herankam, in der das Wasser wieder sinken musste, begaben sich dieser und Harbert nach dem Flusse hinab.

Es war ein Uhr Mittags geworden, als sie an dessen Biegung wieder anlangten. Schon wechselte die Strömung, welche man benutzen musste, um die Holzladung zu tragen. Pencroff fiel es gar nicht ein, seinen Lastzug so ganz allein, ohne Leitung hinabtreiben zu lassen, er konnte sich auf demselben aber auch nicht mit einschiffen, um zu steuern. Um Taue und Stricke darf ein Seemann jedoch nie in Verlegenheit sein, und schleunigst drehte Pencroff aus einer Menge trockener Lianen einen mehrere Klafter langen Strick zusammen. Derselbe wurde an dem Hinterteile des Floßes befestigt, während der Seemann das andere Ende in die Hand nahm und Harbert mittels einer langen Stange das Ganze in der Strömung erhielt. Die Sache ging nach Wunsch. Die schwere Holzladung, die der Seemann an dem Ufer hinschreitend dirigierte, folgte auf dem Wasser. Die Steilheit des Uferrandes ließ nicht befürchten, dass dieselbe an der Seite auffahre, und in kaum zwei Stunden war die Mündung, nur wenige Schritte von den Kaminen, erreicht.

FÜNFTES KAPITEL.

Nach Entladung des Floßes wendete Pencroff seine erste Sorge der Wohnbarmachung ihres Aufenthaltsortes zu, indem er die Lücken ausfüllte, durch welche der Wind von allen Seiten Eingang fand. Sand, Steine und durcheinander liegende Zweige verschlossen nebst angefeuchteter Erde alle unnötigen Öffnungen und trennten die oberen Teile des Felsenhausens von den größeren unteren ab. Zur Abführung des Rauches und zur Erzeugung des nötigen Zuges sparte man nur einen engen, gewundenen Gang an der Seite aus. So entstanden etwa drei oder vier Zimmer, wenn man dunklen Höhlen, die kaum wilden Tieren genügt hätten, diesen Namen geben darf. Doch war man darin im Trockenen und konnte wenigstens in der größten, mittleren Abteilung auch aufrecht stehen. Dabei bedeckte ein seiner Sand den Fußboden; kurz, alles in allem genügte dieser vorläufige Wohnplatz bis zur Auffindung eines besseren.

Pencroff und Harbert plauderten während ihrer Arbeit.

»Vielleicht haben unsere Gefährten, meinte Harbert, doch einen besseren Zufluchtsort entdeckt?

– Das ist wohl möglich, antwortete Pencroff, doch im Zweifelsfalle musst Du Dich nie auf etwas verlassen. Besser eine Sehne zu viel am Bogen, als gar keine!

– O, rief Harbert, wenn sie nur Mr. Smith wiederfinden und zurückbringen, so können wir schon dem Himmel dankbar sein.

– Ja, sagte Pencroff, es steht fest, das war ein ganzer Mann.

– Das ›war‹ einer …? fragte Harbert, verzweifelst Du, ihn je wieder zu sehen?

– Davor behüte mich Gott!« antwortete rasch der Seemann.

Die Arbeit wurde bald zu Stande gebracht, und Pencroff erklärte sich sehr zufrieden mit dem Erfolge.

»Nun können unsere Freunde zurück kommen, sagte er, sie werden ein hinlängliches Obdach finden.«

Jetzt war nur noch der Herd in Stand zu setzen und eine Mahlzeit zu bereiten; eine sehr leichte und einfache Arbeit. Auf den Erdboden der ersten Abteilung zur Linken und unter dem roh hergestellten Rauchfange wurden große, glatte Steine aufgerichtet. Die Wärme, welche trotz des abziehenden Rauches noch übrig blieb, musste voraussichtlich hinreichen, eine erträgliche Temperatur zu unterhalten. Auf den Herd schichtete der Seemann einige Holzscheite nebst dünneren Ästchen auf und brachte den übrigen Vorrat an Heizmaterial in einem anderen Nebenraume unter.

Noch beschäftigte sich der Seemann damit, als Harbert ihn fragte, ob er Streichhölzchen habe.

»Gewiss, erwiderte Pencroff, und das ist ein Glück, denn ohne Streichhölzchen oder Zündschwamm möchten wir schön in Verlegenheit sein.

– O, wir könnten uns doch Feuer verschaffen, wie es die Wilden tun, durch Aneinanderreiben zweier trockener Holzstücke.

– Das versuche einmal, mein Sohn, und Du wirst sehen, dass Du damit nicht weiter gelangst, als Dir fast die Arme zu zerbrechen.

– Und doch ist jene Art und Weise auf den Inseln des Stillen Ozeans ganz gebräuchlich. – Das bestreite ich nicht, erwiderte Pencroff, doch ist anzunehmen, dass die Wilden entweder ganz besondere Kunstgriffe oder ein eigentümliches Holz dabei anwenden, denn mehr als einmal habe ich den Versuch erfolglos wiederholt. Ich gestehe doch, dass ich die Zündhölzer vorziehe. Wo ist aber mein Etui?«

Pencroff suchte sein Feuerzeug, das er als leidenschaftlicher Raucher stets bei sich führte, in allen Taschen; – vergebens. Weder in der Jacke noch in den Beinkleidern fand sich das Gewünschte.

»Das ist fatal, ja, noch mehr als fatal! sagte er mit einem Blicke auf Harbert. Das Etui hab' ich offenbar aus der Tasche verloren. Aber hast Du nicht einen Feuerstahl oder sonst etwas Passendes bei Dir, Harbert?

– Nein, Pencroff!«

Sich kräftig die Stirn reibend und gefolgt von dem jungen Manne lief der Seemann hinaus, und beide suchten mit größter Sorgfalt auf dem Sande, an den Felsen und längs des Flussufers, aber ohne Erfolg. Das aus Kupfer gefertigte Etui hätte ihren Blicken nicht entgehen können.

»Pencroff, fragte da Harbert, solltest Du das Feuerzeug nicht mit aus der Gondel geworfen haben?

– Das hatte ich weislich bleiben lassen, erwiderte der Seemann. Wenn man indes so durchgeschüttelt wird, wie wir, kann ein so kleines Ding wohl unbemerkt abhanden kommen. Auch meine Tabakspfeife hat dasselbe Schicksal gehabt! Verdammtes Schächtelchen, wo magst Du stecken?

– Nun, eben weicht das Meer zurück, sagte Harbert, wir wollen nach der Stelle laufen, an der wir strandeten.«

So wenig Wahrscheinlichkeit es für sich hatte, das Kupferbüchschen wieder zu finden, welches die Wellen während der Flut gewiss mit den Strandkieseln umher gerollt haben mussten, so wollte man doch auch diesen Versuch nicht unterlassen. Harbert und Pencroff begaben sich also schnell nach der von den Kaminen etwa zweihundert Schritte entfernten Stelle.

Dort suchten sie unter den Ufersteinen und zwischen den einzelnen Felsstücken, aber ohne jedes Resultat. War das Feuerzeug hier verloren gegangen, so mussten die Wellen es wohl mit entführt haben. Je weiter sich das Meer zurückzog, desto weiter dehnte der Seemann seine Nachforschungen aus, ohne etwas zu finden. Unter den jetzigen Umständen war dieser Verlust gewiss sehr empfindlich und für den Augenblick unersetzlich.

Pencroff verhehlte seinen lebhaften Unwillen nicht. Die Stirne in Falten gezogen, sprach er kein Wort. Harbert versuchte ihn mit der Bemerkung zu trösten, dass die Zündhölzer doch vom Meere durchnässt und vorläufig unbrauchbar sein würden.

»Nein, nein, mein Junge, antwortete der Seemann, jene befanden sich in einem kupfernen Büchschen mit bestem Verschlusse! Was sollen wir aber nun beginnen?

– Wir werden schon noch ein Mittel finden, uns Feuer zu verschaffen, tröstete ihn Harbert. Bei Mr. Smith oder Mr. Spilett wird es nicht so knapp hergehen, als jetzt bei uns.

– Kann wohl sein, erwiderte Pencroff, inzwischen bleiben wir aber ohne jener, und unsere Gefährten werden bei ihrer Rückkehr nur ein sehr mageres Abendbrot finden.

– Es ist aber ganz unmöglich, sagte lebhaft Harbert, dass sie weder Zündschwamm, noch Streichhölzchen hätten!

– Das möchte ich nicht beschwören, entgegnete der Seemann. Nab und Mr. Smith sind keine Raucher, und Mr. Spilett wird weit eher sein Notizbuch, als eine Zündholzschachtel bis zuletzt aufgehoben haben.«

Harbert gab keine Antwort. Der Verlust des Etuis war offenbar ein bedauerlicher Zufall. Nichts destoweniger beharrte der junge Mensch bei dem Glauben, dass sie auf die eine oder die andere Weise noch das nötige Feuer erhalten würden. Der erfahrenere Pencroff, der sonst doch niemals in Verlegenheit kam, teilte diesen guten Glauben nicht. Jedenfalls blieb ihnen vorläufig nichts Anderes übrig, als Nabs und des Reporters Rückkunft abzuwarten. Auf das in Aussicht genommene Gericht harter Eier musste man freilich verzichten, und die bevorstehende rohe Fleischdiät erschien ihnen gar nicht besonders verlockend.

Vor der Heimkehr sammelten beide noch, für den Fall, dass sie sich wirklich ohne Feuer behelfen mussten, einen weiteren Vorrat an Steinmuscheln und schlugen dann schweigend den Weg nach ihrem Zufluchtsorte ein.

Die Augen auf den Boden geheftet, suchte Pencroff noch immer sein verlorenes Büchschen. Er ging sogar das linke Ufer des Flusses von dessen Mündung bis nach der Stelle hinauf, an der die Holzladung angebunden gelegen hatte. Er bestieg die Hochebene, durchlief sie nach allen Richtungen, suchte in dem hohen Grase am Saume des Waldes – alles, alles vergeblich.

Es mochte gegen fünf Uhr Abends sein, als Harbert und er nach den Kaminen zurückkehrten, und es ist selbstverständlich, dass alle Höhlen darin bis in die finstersten Ecken umgewühlt wurden, bevor man jedes weitere Nachsuchen aufgab.

Gegen sechs Uhr, gerade als die Sonne sich hinter den höheren Bergzügen im Westen verbarg, meldete Harbert, der an dem flachen Ufer umher schwärmte, die Rückkehr Nabs und Gedeon Spiletts.

Sie kamen allein! – Dem jungen Menschen presste es schmerzlich die Brust zusammen. Des Seemanns Ahnung hatte also nicht getrogen, der Ingenieur Cyrus Smith war nicht aufgefunden worden!

Als der Reporter näher kam, sank er lautlos auf ein Felsstück nieder. Erschöpft von der Anstrengung und halb tot vor Hunger fehlten ihm die Kräfte, ein Wort zu sprechen.

An Nabs Augen sah man, wie er geweint hatte, und immer noch verrieten seine Tränen, die er nicht zurück zu halten vermochte, dass ihm alle Hoffnung geschwunden war.

Später berichtete der Reporter über die angestellten Versuche, Cyrus Smith wieder zu finden. Etwa acht Meilen weit waren Nab und er längs der Küste hingelaufen, also noch weit über die Linie hinaus, in welcher der Ballon zum vorletzten Male aufstieß, mit welchem Stoße ja der Ingenieur samt seinem Hunde verschwand. Das flache Ufer war wüst und leer, keine Spur, kein Fußtapfen zu sehen. Kein neuerdings gewendeter Kiesel, kein Zeichen im Sande, kein Eindruck von Schritten zeigte sich. Offenbar besuchter kein Mensch diesen Teil der Küste. Das Meer dehnte sich ebenso einsam, wie das Ufer, und wenige hundert Schritte von letzterem entfernt musste der Ingenieur sein Grab gefunden haben.

Da erhob sich Nab und rief mit einer Stimme, welche seine Gefühle von Hoffnung verriet:

»Nein, nein! Er ist nicht tot! Nein, das kann nicht sein! Er! Niemals! Ich, oder jeder Andere, ja! Aber er nicht! Er war ein Mann, sich in jeder Lage zu helfen!«

Dann verließen ihn einen Augenblick die Kräfte.

»Ach ich kann nicht mehr!« murmelte er.

Harbert eilte zu ihm.

»Nab, redete ihm der junge Mann zu, wir werden Euren Herrn ja wieder finden! Gott schenkt ihn uns noch einmal! Aber für jetzt leidet Ihr an Hunger. Esst ein wenig, ich bitte!«

Mit diesen Worten nötigte er dem Neger einige Hände voll Muscheln auf, freilich eine dürftige, kaum hinreichende Speise.

Seit vielen Stunden hatte Nab Nichts zu sich genommen, aber auch jetzt schlug er es ab. Ohne seinen Herrn konnte oder wollte er eben nicht leben.

Gedeon Spilett verschlang einige Mollusken und legte sich am Fuße eines Felsstückes in den Sand. Er war zum Tode erschöpft, aber ruhig.

Da näherte sich ihm Harbert und fasste seine Hand.

»Mr. Spilett, sagte er, wir haben ein Obdach gefunden, wo es Ihnen mehr gefallen wird, als hier. Die Nacht bricht schon herein. Kommen Sie, um auszuruhen. Morgen werden wir sehen ...«

In diesem Augenblick kam auch Pencroff auf ihn zu und fragte im trockensten Tone, ob er nicht zufällig ein Zündhölzchen bei sich habe.

Der Reporter blieb stehen, durchsuchte seine Taschen, fand das Gewünschte aber nicht und sagte:

»Ich habe keine mehr und werde wohl alle mit ausgeworfen haben ...«

Als Pencroff hierauf an Nab dasselbe Verlangen stellte, erhielt er die nämliche Antwort.

»Verflucht!« fuhr der Seemann auf, der diesen Kraftausdruck nicht nieder zu würgen im Stande war.

Der Reporter hörte es und fragte:

»Es ist wohl kein Streichhölzchen zur Hand?

– Kein einziges, und folglich auch kein Feuer!

– O, rief Nab, da müsste mein Herr zur Stelle sein, der würde bald Rath schaffen!«

Bewegungslos und doch nicht ohne Unruhe sahen sich die vier Schiffbrüchigen an. Harbert brach zuerst das Schweigen und sagte:

»Mr. Spilett, Sie sind Raucher und haben doch wohl immer ein Feuerzeug bei der Hand. Vielleicht haben Sie nur nicht gründlich nachgesehen? Bitte, tun Sie es noch einmal. Ein einziges Zündhölzchen würde uns ja genügen!«

Von Neuem durchwühlte der Reporter alle Taschen seiner Kleidung, wobei er endlich zur größten Freude Pencroffs und zum höchsten eigenen Erstaunen ein zwischen das Westenfutter gelangtes Hölzchen fühlte. Gleichzeitig mit dem Stoffe hatte er dasselbe zwar erfasst, vermochte es aber nicht hervorzuholen. Da nur dieses einzige vorhanden war, galt es sich vor der Zündung das Phosphorköpfchens sorgsam zu hüten.

»Wollen Sie mich gewähren lassen?« sagte der junge Mann.

Sehr geschickt und ohne es zu zerbrechen gelang es ihm, das erbärmliche und jetzt doch so kostbare Splitterchen hervorzuziehen.

»Ein Zündhölzchen! rief Pencroff, o, das ist ebenso viel, als ob wir eine ganze Ladung solcher hätten!«

Er nahm das Hölzchen in Empfang, und alle begaben sich nach den Kaminen zurück.

Das kleine Stückchen Holz, das man unter anderen Verhältnissen doch ganz achtlos verschwendet, verlangte hier die Anwendung der peinlichsten Vorsicht. Der Seemann überzeugte sich zunächst, ob es auch trocken sei.

»Wir sollten Papier zur Hand haben, sagte er.

– Hier ist welches«, antwortete Gedeon Spilett, der nicht ohne einiges Zaudern ein Blatt aus seinem Notizbuche riss.

Pencroff ergriff das Stück Papier, das ihm der Reporter hinreichte, und kauerte sich vor dem Herde nieder. Auf diesem wurden einige Hände voll trockener Kräuter, Blätter und Moose so unter den Holzstücken ausgebreitet, dass die Luft leichten Zugang hatte, um das Ganze in Flammen zu setzen.

Pencroff knitterte das Papier zusammen und schob es unter, suchte sich dann einen trockenen, etwas rauen Kiesel und versuchte mit angehaltenem Atem und nicht ohne Herzklopfen das Zündhölzchen sanft darauf zu reiben.

Das erste Streichen blieb erfolglos. Pencroff hatte, aus Furcht, dass der Phosphor abspringen könnte, zu wenig aufgedrückt.

»Nein, ich kanns nicht, sagte er, mir zittern die Hände. Das Hölzchen könnte versagen ... Ich kann nicht ... ich mag nicht!« Er erhob sich und hieß Harbert seine Stelle einnehmen.

Gewiss war der junge Mensch noch nie in seinem Leben so erregt gewesen. Das Herz schlug ihm heftig. Als Prometheus das Feuer vom Himmel stahl, konnte er nicht ängstlicher ergriffen sein. Entschlossen strich Harbert mit dem Hölzchen schnell über den Kiesel. Mit leisem Knistern schlug eine bläuliche Flamme auf, die einen scharfen Rauch verbreitete. Langsam wendete jener das Hölzchen, um es weiter anbrennen zu lassen, und hielt es dann unter das Papierbäuschchen. Dieses fing Feuer, und in wenigen Augenblicken standen die dürren Moose und Blätter in Flammen. Bald nachher knisterte auch das Holz und loderte, unterstützt durch das kräftige Anblasen des Seemanns, lustig durch die Finsternis empor.

»Endlich! rief Pencroff. Ich bin doch in meinem ganzen Leben noch nie so aufgeregt gewesen!«

Auf den glatten Steinen des Herdes brannte das Feuer ganz nach Wunsch; der Rauch fand einen bequemen Ausweg, der Schornstein »zog«, und es verbreitete sich eine behagliche Wärme.

Dieses Feuer durfte nun freilich niemals verlöschen und musste wenigstens etwas Glut unter der Asche erhalten werden. Da es an Holz nicht fehlte und dessen Vorrat stets ergänzt werden konnte, so machte das nur einige Sorgfalt und Arbeit nötig.

Pencroff trug zuerst Sorge, dieses Herdfeuer zu benutzen, und eine konsistentere Mahlzeit, als sie ein Gericht Steinmuscheln gewährt, zu bereiten.

Harbert holte dazu zwei Dutzend Eier herbei. Der Reporter lehnte in einer Ecke und betrachtete diese Vorbereitungen, ohne ein Wort dazu zu sagen. Ein dreifacher Gedanke beschäftigte sein Inneres. Lebte Cyrus überhaupt noch? Wenn er lebte, wo konnte er sein? Wenn er den Sturz aus dem Ballon überstand, sollte er kein Mittel gefunden haben, ein Lebenszeichen von sich zu geben? – Nab endlich streifte am Ufer hin und her und erschien nur noch wie ein Körper ohne Seele.

Pencroff, welcher Eier auf zweiundfünfzig verschiedene Weisen zuzubereiten verstand, hatte jetzt doch keine Wahl. Er musste sich damit begnügen, dieselben in heiße Asche zu legen und hart werden zu lassen.

Nach Verlauf weniger Minuten war das geschehen und lud der Seemann den Reporter ein, an dem Nachtmahl teilzunehmen, an der ersten Mahlzeit der Schiffbrüchigen auf der unbekannten Küste. Die harten Eier schmeckten ausgezeichnet, und da das Ei fast alle zur Ernährung des Menschen notwendigen Bestandteile enthält, so befanden sich die Verunglückten recht wohl dabei und schöpften neue Kräfte.

O, wenn einer von ihnen jetzt nicht gefehlt hätte! Wenn alle fünf aus Richmond entflohenen Gefangenen hier zusammen gewesen wären, unter diesem Haufen von Felsstücken, vor dem flackernden Feuer auf dem trockenen Sande, sie hätten gewiss aus überquellendem Herzen dem Himmel ihren Dank dargebracht! Aber der erfindungsreichste, der Unterrichtetste von ihnen, ihr natürlicher Anführer, Cyrus Smith, fehlte ja, ach, und seine Leiche hatte nicht einmal ein Grab gefunden!

So verlief der 25. März. Die Nacht kam heran. Draußen hörte man das Pfeifen des Windes und das eintönige Rauschen der Brandung an der Küste. Die von den Wellen hin und zurück gerollten Strandsteine erzeugten ein betäubendes Geräusch.

Nachdem der pflichtgewöhnte Reporter kurz die Ereignisse des Tages, die erste Erscheinung des neuen Landes, das Verschwinden des Ingenieurs, die Auskundschaftung der Küste, die Geschichte bezüglich der Zündhölzchen usw. kurz verzeichnet hatte, zog er sich in einen dunkleren Raum zurück und fiel daselbst, von der Müdigkeit überwältigt, in erquickenden Schlummer.

Auch Harbert schlief bald ein. Mit halb offenen Augen lag der Seemann neben dem Herde, den er mit reichlicher Nahrung versorgte. Ein Einziger der Schiffbrüchigen suchte keine Ruhe. Das war der untröstliche, verzweifelte Nab, der trotz der Mahnungen seiner Gefährten, sich einigen Schlaf zu gönnen, die ganze Nacht den Namen seines Herrn rufend auf dem flachen Ufer umherlief.

SECHSTES KAPITEL.

Das Verzeichnis der Besitztümer dieser Schiffbrüchigen des Luftmeeres, welche nach einer scheinbar unbewohnten Küste verschlagen waren, ist leicht aufzustellen.

Außer den Kleidern, die sie zur Zeit des Unfalls trugen, besaßen sie eben gar Nichts. Auszunehmen wären höchstens ein Notiz- und Skizzenbuch, nebst einer Uhr, die Gedeon Spilett mehr aus Versehen behalten hatte; doch war keine Waffe, kein Werkzeug, nicht einmal ein Taschenmesser vorhanden. Alles hatten die Insassen der Gondel ausgeworfen, um den Ballon zu erleichtern.

Daniel Defoes und Wiss' erdichtete Helden, ebenso wie Selkirk und Raynal, die bei Juan Fernandez und im Aucklands-Archipel gescheitert waren, sahen sich nie so sehr alles Notwendigen beraubt. Entweder blieben ihnen reiche Hilfsquellen durch die gestrandeten Schiffe, aus denen sie Getreide, Tiere, Werkzeuge, Munition u. dergl. nachträglich bargen, oder irgend eine Seetrift versorgte sie mit den dringlichsten Lebensbedürfnissen. Nie standen sie so ganz macht-und waffenlos ihrem Schicksal gegenüber. Hier fand sich aber kein Gerät, kein Werkzeug vor. Alles musste aus Nichts geschaffen werden.

Wäre noch Cyrus Smith bei den Verunglückten gewesen, hätte er seinen praktischen Verstand, seinen erfindungsreichen Geist in den jetzigen Umständen verwerten können, so brauchte man wohl nicht jede Hoffnung aufzugeben! Ach, und gerade auf Cyrus Smiths Hilfe war nicht mehr zu rechnen. Die Schiffbrüchigen waren auf sich selbst und auf die Vorsehung angewiesen, welche Diejenigen nie verlässt, die ernstlich an sie glauben.

Sollten sie sich vor allem nun an dieser Küste festsetzen ohne einen Versuch, in Erfahrung zu bringen, zu welchem Lande sie gehöre, ob sie bewohnt oder nur ein Teil einer wüsten Insel sei?

Diese dringliche Frage verlangte ihre Lösung in kürzester Frist, insofern die nächsten Maßnahmen davon abhingen. Jedenfalls sollte nach Pencroffs Ansicht aber einige Tage gewartet werden, bevor man auf größere Entfernungen auszöge. In der Tat mussten dazu ja Lebensmittel zubereitet, überhaupt eine kräftigendere Nahrung beschafft werden, als die bisherige aus Eiern und Schalentieren. Wenn die Kundschafter ernstere Strapazen aushalten sollten, und das vielleicht ohne schützendes Obdach, um ungestört auszuruhen, so mussten sie zuerst wieder vollständig zu Kräften kommen.

Als vorläufiges Unterkommen bewährten sich die Kamine recht gut. Feuer hatte man und etwas Glut war unschwer zu erhalten. Muscheln und Eier lieferten der Strand und die Felsen in Überfluss. Vielleicht fand sich auch noch eine Gelegenheit, einige der Tauben zu erlegen, welche die Uferhöhe zu Hunderten umkreisen, ob das nun durch Stockschläge oder Steinwürfe gelang. Möglicher Weise reisten auch in dem benachbarten Walde essbare Früchte. An Süßwasser fehlte es auch nicht, – kurz man entschied sich dahin, einige Tage lang in den Kaminen zu bleiben und sich dort auf eine weitere Untersuchung des Landes, entweder längs der Küste oder durch Eindringen in das Innere desselben, vorzubereiten.

Das letztere Project entsprach vorzüglich Nabs Wünschen. Von seinen eigenen Gedanken und Ahnungen eingenommen, hatte er gar nicht so große Eile, diesen Küstenstrich, den Schauplatz der Katastrophe, zu verlassen. Weder glaubte er an den Verlust seines Herrn, noch wollte er daran glauben. Nein, ihm erschien es unmöglich, dass ein solcher Mann auf so alltägliche Art und Weise umkommen, ertrinken solle, wenn ihn eine Sturzsee nur wenige hundert Schritte vom Ufer entführte. So lange die Wellen nicht seinen Leichnam ans Land spülten, so lange er, Nab, diesen nicht mit eigenen Augen gesehen, mit eigenen Händen betastet hätte, konnte er den Tod des Ingenieurs nicht fassen. Immer tiefer trieb diese Idee ihre Wurzeln in seinem Herzen. Vielleicht war sie nur eine Illusion, aber doch eine ganz ehrenwerte, die selbst der Seemann zu zerstören fürchtete. Für Letzteren gab es freilich keine Hoffnung mehr, war der Ingenieur rettungslos in den Wellen umgekommen; doch gegen Nab konnte oder wollte er nicht streiten. Dieser glich dem Hunde, der nicht von der Stelle weicht, an der sein Herr gefallen, und sein Schmerz war so groß, dass er jenen nicht lange zu überleben versprach.

Am Morgen des 26. März hatte Nab schon mit Sonnenaufgang wieder den Weg nach Norden zu eingeschlagen und die Gegend aufgesucht, in der das Meer sich ohne Zweifel über dem unglücklichen Cyrus Smith geschlossen haben mochte.

Das Frühstück dieses Tages bestand einfach aus Taubeneiern und Steinmuscheln. In kleinen Löchern am Felsen hatte Harbert Salz gefunden, das, von der Verdunstung des Meerwassers übrig geblieben, jetzt Allen sehr zu statten kam.

Nach Beendigung der Mahlzeit fragte Pencroff den Reporter, ob er Luft habe, mit in den Wald zu gehen, wo er und Harbert zu jagen versuchen wollten. In Berücksichtigung der augenblicklichen Umstände kam man indes dahin überein, dass einer zur Unterhaltung des Feuers und auch für den allerdings unwahrscheinlichen Fall zurückbleibe, dass Nab eine Hilfe verlange. Der Reporter ging daher nicht mit.

»Nun denn, zur Jagd, Harbert, sagte der Seemann. Munition finden wir unterwegs, und die Flinten schneiden wir uns im Walde ab.«

Als sie eben aufbrechen wollten, bemerkte Harbert, dass es sich wohl empfehle, an Stelle des mangelnden Zündschwammes irgendetwas Anderes zu Recht zu legen.

»Und was denn? fragte Pencroff.

– Angesengtes Leinen, antwortete der junge Bursche, das dient zur Not an Stelle des Schwammes.«

Der Seemann fand diese Vorsicht gerechtfertigt, sie hatte nur das Unbequeme, das Opfer eines Stücks von seinem Taschentuche nötig zu machen. Nichtsdestoweniger handelte es sich um eine Sache von Gewicht, und bald war das großkarierte Taschentuch Pencroffs zum Teil in Streifen angesengter Leinwand umgewandelt. Dieser leicht brennbare Stoff wurde in dem Mittelraum, in einer kleinen Aushöhlung des Gesteins und geschützt vor dem Winde und dem etwaigen Einflusse der Feuchtigkeit untergebracht.

Es war jetzt neun Uhr Morgens. Die Witterung drohte umzuschlagen; der Wind blies aus Südosten Harbert und Pencroff gingen um die Ecke bei den Kaminen, nicht ohne einen Blick auf den Rauch zurückzuwerfen, der um eine Felsenspitze wirbelte; dann folgten sie dem linken Ufer des Flusses.

Im Walde angelangt, brach Pencroff von den ersten Bäumen zwei tüchtige Äste, die er in Stöcke umwandelte und deren Spitze Harbert auf einem Steine notdürftig bearbeitete. O, was hätte man jetzt für ein Messer gegeben! Dann drangen die beiden Jäger in dem dichten Grase längs des steilen Ufers weiter vor. Von der Stelle aus, wo er sich nach Südwesten hin wendete, verengte sich der Fluss merklich und seine Ufer bildeten ein sehr schmales Bette, das die Kronen der Bäume von beiden Seiten her überdeckten. Um sich nicht zu verirren, beschloss Pencroff dem Wasserlaufe zu folgen, der sie ja stets sicher nach ihrem Ausgangspunkte zurückführen musste. Der Weg am Ufer bot aber doch einige Schwierigkeiten: hier biegsame Zweige, die bis zur Wasserfläche hinab hingen, dort Lianen oder Dornengestrüpp, durch das man sich mit dem Stocke erst einen Pfad brechen musste. Nicht selten schlüpfte Harbert mit der Geschmeidigkeit einer jungen Katze seitwärts ins Dickicht, doch Pencroff rief ihn schnell zurück mit der Bitte, sich nicht zu entfernen.

Aufmerksam betrachtete der Seemann die Natur der Umgebungen. Neben diesem linken Ufer dehnte sich ein ebenerer Boden, der nach dem Innern zu sanft aufstieg. Da und dort sehr feucht, nahm er fast einen sumpfigen Charakter an. Unter den Füßen glaubte man ein Netz von Wasseradern zu spüren, die durch irgendwelche unterirdische Spalten sich in den Fluss ergießen mochten. Manchmal plätscherte auch ein leicht zu überschreitender Bach quer durch das Gehölz. Das gegenüber liegende Ufer erschien weit unebener, und zeichnete sich die Richtung des Tals, dessen Sohle eben der Fluss einnahm, in seinen Linien deutlich ab. Die mit etagenartig stehenden Bäumen besetzte Erhöhung bildete einen jede Aussicht beschränkenden grünen Vorhang. Auf jenem rechten Ufer vorzudringen, wäre weit schwieriger gewesen, denn von den steilen, manchmal schroffen Abhängen neigten sich oft ganze Bäume, die nur noch durch ihre Wurzeln gehalten waren, bis zum Niveau des Wassers.

Es bedarf wohl keiner Erwähnung, dass dieser Wald, ebenso wie die schon durchlaufene Küstenstrecke noch einen ganz jungfräulichen, von keines Menschen Fuß betretenen Boden zeigte. Doch fielen Pencroff Spuren wilder Tiere, die unlängst hier durchgekommen sein mussten, ins Auge, ohne dass er die Art derselben bezeichnen konnte. Einige derselben gehörten Harberts Ansicht nach gewiss ganz furchtbaren Bestien an, mit denen man wohl noch zu tun bekommen würde; nirgends aber fand man einen Axthieb an einem Baume, Reste eines verlöschten Feuers oder den Abdruck von Schritten. Letzterer Umstand war vielleicht als ein Glück anzusehen, da es zweifelhaft blieb, ob auf diesem Stück Erde mitten im Pazifischen Ozeane die Gegenwart von Menschen mehr zu wünschen oder zu fürchten sei.

Selten ein Wort sprechend kamen Harbert und Pencroff bei den großen Schwierigkeiten des Weges nur langsam vorwärts, und hatten nach Verlauf einer Stunde kaum eine Meile zurückgelegt. Bis hierher war die Jagd noch gänzlich erfolglos gewesen. Einige Vögel hüpften zwitschernd zwischen den Ästen, zeigten sich aber sehr scheu, so als ob ihnen der Anblick der Menschen eine instinktive Furcht einflöße. Unter anderem Geflügel machte Harbert in einem sumpfigen Teile des Waldes auf einen Vogel mit langem, spitzem Schnabel aufmerksam, der seinem äußeren Bau nach dem sogenannten Taucherkönig sehr ähnlich war. Doch unterschied er sich von Letzterem durch das gröbere Gefieder, das einen metallischen Glanz zeigte.

»Das muss ein ›Jacamar‹ (Glanzvogel) sein, sagte Harbert und suchte sich diesem vorsichtig zu nähern.

– Eine schöne Gelegenheit, einen Jacamar zu kosten, meinte der Seemann, wenn jener die Gefälligkeit hätte, sich braten zu lassen.«

Schon traf ein geschickt und kräftig geworfener Stein das Tier an der Flügelwurzel, reichte aber nicht hin, jenes zu lähmen, denn der Jacamar entfloh sehr hastig und war in wenigen Augenblicken verschwunden.

»Ich bin doch recht ungeschickt! rief Harbert.

– Nicht doch, mein Junge, erwiderte Pencroff, Dein Wurf war sicher, und mancher Andere hätte den Vogel wohl ganz gefehlt. Lass den Kopf nicht sinken; der Bursche läuft uns wieder in den Weg!«

Sie gingen weiter. Je tiefer sie in das Innere gelangten, desto prächtigere Bäume traten ihnen minder dicht stehend entgegen, doch keiner derselben trug essbare Früchte. Vergebens suchte Pencroff nach einigen der so kostbaren Palmen, die für das gewöhnliche Leben so Vielerlei bieten, und welche auf der nördlichen Halbkugel der Erde bis zum vierzigsten, auf der südlichen bis zum fünfunddreißigsten Breitengrade vorkommen. Der Wald hier bestand aber nur aus Koniferen, wie die von Harbert schon erkannten Deodars, und »Douglas« (eine Fichtenart), ähnlich den an der Nordwestküste Amerikas einheimischen, nebst prächtigen Tannen von hundertfünfzig Fuß Höhe.

Da flatterte eine Herde kleiner Vögel mit herrlichem Gefieder und langem, schillerndem Schwanze zwischen dem Geäste auf und verstreute eine Menge ihrer nur lose sitzenden Federn, die den Boden unter ihnen mit seinem Flaume bedeckten. Harbert sammelte einige und sagte nach genauerer Prüfung derselben:

»Das sind ›Kurukus‹ (Nagevögel).

– Mir wäre ein Perlhuhn oder ein Auerhahn lieber, antwortete Pencroff; indes, sind diese essbar?

– O gewiss, ihr Fleisch schmeckt sogar vortrefflich, erwiderte Harbert. Wenn ich nicht irre, kann man jenen auch leicht beikommen und sie mit Stockschlägen erlegen.«

Der Seemann und der junge Mensch schlichen sich durch das Gras und bis an den Fuß eines Baumes, dessen Zweige die kleinen Vögel dicht besetzt hatten. Die Kurukus lauern in solcher Aufstellung auf Insektenschwärme, die ihnen zur Nahrung dienen. Man sah, wie ihre befiederten Füßchen die jungen Triebe, auf denen sie saßen, fest umklammert hielten.

Die Jäger nahmen eine passende Stellung, bedienten sich ihrer Stöcke gleich Sensen und mähten ganze Reihen von Kurukus nieder, die gar nicht daran dachten, zu entfliehen, und sich stumpfsinnig niedermetzeln ließen. Wohl lagen schon gegen Hundert auf dem Boden, bevor die klebrigen davonflogen.

»Schön, bemerkte Pencroff, das wäre also ein Wild, wie es zu unserer Jagdausrüstung passt. Diese Tierchen kann man ja mit den Händen einfangen!«

Der Seemann reihte die Kurukus, so wie Lerchen, an dünnen Zweigen auf, und weiter ging der Zug. Der Wasserlauf bildete eine Biegung nach Süden, welche jedoch keine zu große Ausdehnung haben konnte, da seine Quelle offenbar in den Bergen lag und sich vielleicht von dem schmelzenden Schnee der einen Seitenwand des Zentralkegels ernährte.

Der spezielle Zweck der Expedition richtete sich bekanntlich auf die Erlangung möglichst vielen essbaren Wildes für die Gäste der Kamine. Bis jetzt konnte man denselben doch schwerlich erreicht nennen; auch verfolgte ihn der Seemann noch mit aller Hast, und wetterte auf seine Weise, wenn ihm irgendein Tier, das er vielleicht nur ganz flüchtig erblickt hatte, furchtsam davon lief. Hätte er nur Top bei sich gehabt – der war aber gleichzeitig mit seinem Herrn verschwunden und auf jeden Fall umgekommen.

Gegen drei Uhr Nachmittags bemerkte man andere Gesellschaften von Vögeln ist den Kronen gewisser Bäume, deren aromatische Beeren sie aufpickten, wie z.B. die von Wachholderbäumen. Plötzlich schallte ein wahrhafter Trompetenton durch die Stille des Waldes. Die sonderbar gellenden Fanfaren rührten von einer Art Hühnervögel her, welche in Amerika unter dem Namen »Tetras« (eine Abart der Auerhähne) bekannt sind. Bald ward man einige Pärchen derselben mit gelblich-bräunlichem Gefieder und braunen Schwanzfedern gewahr. Harbert unterschied die Männchen unter denselben an zwei spitzen Afterflügeln, die aus abstehenden Halsfedern gebildet sind. Pencroff hielt es für unerlässlich, sich einiger derselben, deren Fleisch dem des Birkhuhns gleichkommt, zu bemächtigen; da jene sich aber nur schwierig beikommen ließen, war die Sache nicht so leicht. Nach mehreren erfolglosen Versuchen, durch welche die Tetras nur scheuer gemacht wurden, sagte der Seemann zu seinem Begleiter:

»Nun, wenn man jene nicht im Fluge erlegen kann, so wird man sie mit der Angel fangen müssen.

– Wie einen Karpfen? fragte Harbert erstaunt.

– Ganz wie einen Karpfen«, wiederholte ernsthaft der Seemann.

Pencroff hatte in dem Grase ein halbes Dutzend Tetranester aufgefunden, deren jedes zwei bis drei Eier enthielt. Er hütete sich wohl, diese Nester, nach denen ihre Eigentümer doch zurückkehren mussten, anzurühren. In ihrer Nähe wollte er auch seine Schnüre auslegen und zwar wirkliche Angeln. Er führte Harbert in einige Entfernung weg und richtete seine Gerätschaften mit der Sorgfalt eines Schülers Isaac Waltons[1] zu. Harbert verfolgte die Arbeit mit leicht verständlichem Interesse, obwohl er derselben keinen Erfolg versprach. Die Schnüre wurden aus dünnen, mit einander verknüpften Lianen in einer Länge von etwa fünfzehn Fuß hergestellt. Starke, an der Spitze umgebogene Dornen eines Zwergakazienstrauches dienten an deren Enden als Angelhaken und trugen als Lockspeise dicke rote Würmer, wie sie auf der Erde umherkrochen.

Hiernach schlich sich Pencroff vor und legte seine Haken in der Nähe jener Nester aus. Dann verbarg er sich, das andere Schnurende in der Hand, mit Harbert hinter einem dicken Baume. Geduldig warteten alle Beide; freilich rechnete Harbert überhaupt auf gar keinen Erfolg der Pencroffschen Erfindung.

Es verrann wohl eine gute halbe Stunde, dann kamen aber, wie der Seemann vorausgesehen, mehrere Tetrapärchen zu ihren Nestern zurück. Sie hüpften umher, pickten nach dem Boden und schienen die beiden Jäger, welche vorsichtiger Weise unter dem Winde Stellung genommen hatten, gar nicht zu bemerken.

Es versteht sich, dass der junge Mann jetzt mit lebhaftestem Interesse lauschte. Er hielt fast den Atem an, ebenso Pencroff, der mit weit aufgerissenen Augen, offenem Munde und gespitzten Lippen schon eine Tetrakeule auf der Zunge zu probieren schien.

Inzwischen stolzierten die Hühnervögel zwischen den Angeln umher, ohne diese sonderlich zu beachten. Pencroff zuckte ein wenig an den Schnüren, um die Würmer lebend erscheinen zu lassen.

Der Seemann war eigentümlich erregt und zwar ganz anders, als gewöhnlich der Fischer, der seine schwimmende Beute nicht herankommen sieht.

Das Zucken erweckte bald die Aufmerksamkeit der Vögel, die nun an der Lockspeise anbissen. Drei Tetras stürzten sich gierig auf die Angeln. Da zog Pencroff seine Leinen an, und sofort verriet das Flattern mit den Flügeln, dass die Vögel gefangen waren.

»Hurra!« rief er und stürzte auf seine Beute zu, deren er sich bald sicher bemächtigte.

Harbert klatschte in die Hände; zum ersten Male sah er hier Vögel mit der Angelleine fangen, doch der bescheidene Seemann versicherte ihm, dass das weder sein erster Versuch, noch dass er der Erfinder dieses Verfahrens sei.

»In unserer Lage, fügte er hinzu, werden wir noch manches Andere erfinden müssen.«

Die Tetras wurden an den Füßen aufgehängt, und erfreut, nicht mit leeren Händen zurück zu kommen, hielt es Pencroff an der Zeit, sich auf den Heimweg zu begeben, da der Tag schon zu sinken anfing.

Über den einzuschlagenden Weg konnte kein Zweifel aufkommen, da man nur dem Flusse nachzugehen brauchte, und so gelangten die Jäger, ermüdet von ihrem Ausfluge, gegen sechs Uhr wieder nach den Kaminen.

Fußnoten

1 Berühmter Autor eines Buchs über die Angelfischerei.

SIEBTES KAPITEL.

Gedeon Spilett stand unbeweglich, mit gekreuzten Armen am Strande und betrachtete das Meer, dessen Horizont im Osten mit einer schwarzen Wolke zusammen floss, die rasch nach dem Zenit hinauszog. Schon wehte ein scharfer Wind, der mit dem sinkenden Tage noch auffrischte. Der ganze Himmel bot einen drohenden Anblick, und deutlich machten sich die Vorzeichen eines nahenden Sturmes bemerkbar.

Harbert ging in die Kamine, und Pencroff wendete sich an den Reporter. Dieser war ganz in Gedanken versunken und sah ihn nicht kommen.

»Wir werden eine böse Nacht haben, Mr. Spilett! sagte der Seemann. Regen und Wind zum Vergnügen der Sturmvögel!«

Der Reporter drehte sich um, ward Pencroff gewahr und fragte diesen sogleich:

»In welcher Entfernung von der Küste traf Ihrer Meinung nach die Sturzsee, welche unseren Begleiter entführte, die Gondel?«

Der Seemann war auf diese Frage nicht vorbereitet. Er überlegte einen Augenblick und sagte:

»Höchstens zwei Kabellängen.

– Wie viel beträgt aber eine solche? fragte Gedeon Spilett.

– Etwa hundert Faden, oder sechshundert Fuß.

– Demnach wäre Cyrus Smith zwölfhundert Fuß vom Ufer weggerissen worden?

– Ungefähr so viel, antwortete Pencroff.

– Und sein Hund auch?

– Dieser auch.

– Was mich verwundert, fügte der Reporter hinzu, ist, dass, selbst bei der Annahme des Todes unseres Freundes, Top auch umgekommen sein sollte, und dass weder der Körper des Herrn, noch der des Hundes aus Ufer gespült worden ist!

– Das ist bei so schwerem Wellengange gar nicht zu bewundern, entgegnete der Seemann. Übrigens können ihn die Strömungen wohl weit an der Küste hingetrieben haben.

– Ihre Ansicht ist also, dass unser Begleiter in den Wellen sein Leben verloren habe? fragte der Reporter noch einmal.

– Meine Ansicht ist es.

– Die meinige dagegen, sagte Gedeon Spilett, ohne Ihrer Meinung zu nahe treten zu wollen, geht dahin, dass mir das Verschwinden Beider, Cyrus' und Tops, etwas Unerklärliches und Unwahrscheinliches hat.

– Ich würde diese Ansicht gern teilen, Mr. Spilett, erwiderte Pencroff. Unglücklicherweise steht meine Überzeugung fest.«

Mit diesen Worten kehrte auch der Seemann nach den Kaminen zurück. Auf dem Herde loderte ein tüchtiges Feuer.

Harbert hatte eben einen Arm voll trockenen Holzes nachgelegt, und hell leuchtete die Flamme bis in alle Pencroff ging sofort daran, das Mittagsbrot zuzurichten. Es schien ihm passend, den Speisezettel mit einer kräftigen Kost zu vermehren, denn alle bedurften dringend der Stärkung ihrer Kräfte. Die angereihten Kurukus wurden für den anderen Tag aufgehoben; dafür rupfte er zwei Tetras, und bald brieten die auf eine Stange gespießten Vögel über einem lustigen Feuer.

Um sieben Uhr Abends war Nab noch immer nicht zurück, Pencroff beunruhigte das lange Ausbleiben nur wegen des Negers selbst, von dem er fürchtete, dass ihm auf dem unbekannten Lande irgend ein Unglück zugestoßen sei, oder dass derselbe in seinem Schmerze gar sich selbst ein Leid angetan habe. Harbert zog aus dieser verlängerten Abwesenheit ganz andere Schlüsse. Wenn Nab nicht zurück kam, so musste ihn irgendein neuer Anhaltspunkt veranlasst haben, seine Nachforschungen weiter fortzusetzen. jeder neue Umstand musste aber von Vorteil für Cyrus Smith sein. Warum wäre Nab noch nicht wiedergekommen, wenn ihn nicht irgendeine Hoffnung zurückhielte? Vielleicht hatte er ein Anzeichen gefunden, einen Fußabdruck oder irgendetwas, das das Meer ihm in den Weg geworfen haben mochte. Vielleicht folgte er jetzt einer ganz sicheren Spur; vielleicht war er schon bei seinem Herrn!

So dachte der junge Bursche, so sprach er sich aus. Seine Gefährten ließen ihn reden, nur der Reporter bestätigte seine Worte durch eine zustimmende Bewegung; Pencroff endlich dachte von dem längeren Ausbleiben Nabs nichts Anderes, als dass er seine Nachforschungen am Ufer weiter ausgedehnt habe und noch nicht zurück sein könne.

Harbert, dem seine unbestimmten Ahnungen keine Ruhe ließen, äußerte mehrmals die Absicht, Nab entgegen zu gehen; Pencroff überredete ihn aber, dass dieser Weg unnütz sein werde, da er bei diesem traurigen Wetter und der herrschenden Dunkelheit Nabs Spur unmöglich finden könne, und dass es besser sei, hier in Geduld zu warten. Kam Nab auch am nächsten Tage nicht wieder, so würde er nicht zögern, sich Harbert zur Aufsuchung des Negers anzuschließen. Gedeon Spilett bestätigte die Ansicht des Seemanns deshalb, weil man sich nicht teilen solle, und Harbert musste auf sein Vorhaben verzichten; aber zwei große Tränen drängten sich doch aus seinen Augen.

Der Reporter presste das edelmütige Kind heftig in die Arme.

Das Unwetter war jetzt vollkommen ausgebrochen. Über die Küste strich der Südostwind mit einer Gewalt ohne Gleichen. Dazu hörte man das Meer, selbst jetzt bei der Ebbe, gegen die Felsenreihen nahe dem Ufer stürmen. Der durch den Orkan zerstäubte Regen erhob sich wie ein flüssiger Nebel, und in Fetzen wälzten sich die Dünste längs des Ufers hin, dessen Strandkiesel polterten, als würde ein Wagen mit kleinen Steinen entleert. Der durch den Wind empor gewirbelte Sand vermischte sich mit dem Platzregen, so dass man dessen Andringen nicht Widerstand zu leisten vermochte. Ebenso viel mineralischer Staub als wässeriger flog in der Luft umher. Zwischen der Mündung des Flusses und der Granitmauer bildeten sich ausgedehnte Wirbel, die Luftschichten wurden zu Maelströmen, welche keinen anderen Ausweg fanden, als das enge Tal, in dem der Wasserlauf sein Bett hatte, und drängten sich mit unwiderstehlicher Gewalt in dieses hinein. Durch den engen Schornstein schlug der Rauch zurück, der die Höhle erfüllte und sie unbewohnbar machte.

Deshalb ließ auch Pencroff, nachdem die Tetras gar gebraten waren, das Feuer abgehen, und erhielt nur ein wenig Glut unter der Asche.

Um acht Uhr war Nab noch immer nicht zurück, doch konnte man nun annehmen, dass er vor dem abscheulichen Wetter eine Zuflucht habe suchen müssen, um das Nachlassen des Sturmes, oder mindestens den Tagesanbruch zu erwarten. Ihm unter den jetzigen Verhältnissen entgegen zu gehen, versprach von Anfang herein keinen Erfolg.

Der Wildbraten bildete das einzige Gericht des Abendbrots, und verzehrte man das wirklich ausgezeichnete Fleisch mit großem Wohlbehagen. Pencroff und Harbert, deren Appetit der lange fortgesetzte Ausflug besonders gereizt hatte, verschlangen es mit wahrem Heißhunger.

Dann zogen sich alle in ihre schon während der vergangenen Nacht ausgewählten Ecken zurück, und Harbert schlief bald neben dem Seemann ein, der sich nahe dem Herde hinstreckte.

Draußen wuchs der Sturm mit der vorschreitenden Nacht zur entsetzlichsten Heftigkeit und ähnelte fast dem, welcher die Gefangenen aus Richmond weg nach diesem Stück Erde im Stillen Ozean entführt hatte, wie ja die Stürme zur Zeit der Äquinoktien überhaupt häufig, an Unglücksfällen reich und wirklich furchtbar sind auf dieser weiten Wasserfläche, die ihnen nirgends ein Hindernis entgegenstellt. Es erscheint also begreiflich, dass eine nach Osten freiliegende, den Stößen des Orkans ausgesetzte Küste seine volle Wucht empfinden und mit einer jeder Beschreibung spottenden Gewalt getroffen werden musste.

Zum Glück lag der Felsenhausen, der die Kamine bildete, sehr fest geschichtet. Er bestand aus ungeheuren Granitblöcken, von denen freilich einige, denen die nötige Unterstützung fehlte, leise zu erzittern schienen, wovon sich Pencroff durch Anlegung der Hände an die Wand überzeugte. Trotz der ersten Bestürzung darüber sagte er sich am Ende aber doch, dass Nichts zu befürchten sei und seine provisorisch erwählte Wohnung nicht wohl zusammenstürzen könne. Dabei schlug das Geräusch der herabfallenden Steine an sein Ohr, welche von den Windstößen losgebröckelt auf das Ufer hernieder polterten. Einige nahmen ihren Weg auch auf die Oberfläche der Kamine, wo sie krachend zersprangen, wenn sie lotrecht aufschlugen. Zwei Mal kroch der Seemann nach der Öffnung der Höhlung, um sich außerhalb derselben umzusehen; jenes Herunterstürzen kleineren Steingerölles drohte aber keinerlei Gefahr, und so nahm er seinen Platz neben dem Herde, auf dem es unter der Asche knisterte, ruhig wieder ein.

Ungeachtet des wütenden Orkanes und des heulenden Unwetters lag Harbert in ungestörtem, tiefem Schlafe, der endlich auch Pencroff, bei seiner an jedes Wetter gewöhnten Seemannsnatur, übermannte. Nur Gedeon Spilett hielt die Unruhe wach, da er sich Vorwürfe darüber machte, Nab nicht begleitet zu haben. Wir erwähnten schon, dass er noch nicht jede Hoffnung aufgegeben hatte. Harberts Ahnungen beschäftigten ihn unausgesetzt, und immer waren seine Gedanken bei dem Neger. Warum in aller Welt kam dieser nicht wieder? Ohne dem Kampf der Elemente besondere Aufmerksamkeit zu schenken, wälzte er sich auf seinem Lager hin und her. Manchmal wollten sich zwar seine vor Ermüdung schweren Augenlider schließen, doch immer öffnete sie ein ihm plötzlich aufblitzender Gedanke wieder.

Weiter verstrich die Nacht, als Pencroff, es mochte gegen zwei Uhr sein, aus tiefem Schlafe aufgerüttelt wurde.

»Was gibts?« fragte er erwachend, und sammelte seine Gedanken mit der den Seefahrern eigenen Schnelligkeit.

Der Reporter beugte sich über ihn und sagte:

»Horchen Sie, Pencroff!«

Gespannt lauschte der Seemann, unterschied jedoch kein fremdartiges Geräusch neben dem des Sturmes.

»Das ist nur der Wind, sagte er.

– Nein, entgegnete Gedeon Spilett, von Neuem horchend, mir schien, ich hörte ...

– Was?

– Das Bellen eines Hundes.

– Einen Hund! rief Pencroff, der mit einem Satze aufsprang.

– Ja ... ein Gebell ...

– Das ist unmöglich! erwiderte der Seemann. Und wie sollte auch bei diesem Toben des Sturms ...

– Halt! Hören Sie jetzt?« unterbrach ihn der Reporter.

Bei größter Aufmerksamkeit glaubte Pencroff wirklich während eines ruhigeren Augenblicks etwas wie entferntes Bellen zu vernehmen ...

»Nun? sagte der Reporter und ergriff des Seemanns Hand.

– Ja ... ja! antwortete Pencroff.

– Das ist Top! Unser Top!« rief da Harbert schon, der eben erwacht war, und alle drei stürzten nach dem Ausgange der Kamine.

Nur mit größter Mühe vermochten sie diesen zu gewinnen, so gewaltig drängte sie der Wind zurück; endlich gelang es ihnen, sich an ein Felsstück gelehnt draußen aufrecht zu erhalten. Sie sahen sich um, konnten aber kein Wort sprechen.

Es herrschte die vollkommenste Dunkelheit, die Land, Himmel und Wasser gleichmäßig einhüllte. Nicht ein Atom zerstreuten Lichtes erhellte die Atmosphäre.

Einige Minuten warteten der Reporter und seine beiden Gefährten angefesselt vom Sturmwind, durchnässt vom Platzregen und blind von dem wirbelnden Sande. Dann hörten sie während einer Pause des Unwetters das Gebell noch einmal, das aus weiter Ferne zu kommen schien.

Nur Top allein konnte es sein, der dort bellte! War er aber in Begleitung oder nicht? Wahrscheinlich nicht; denn bei der Annahme, dass Nab bei ihm sei, würde dieser in möglichster Eile nach den Kaminen gekommen sein.

Der Seemann drückte die Hand des Reporters, dem er sich durch kein anderes Zeichen verständlich machen konnte, so als wollte er sagen: »Warten Sie hier!« und verschwand in der Höhle.

Gleich darauf kam er mit einem brennenden Reisigbündel zurück, das er in die Finsternis hinaus hielt und wobei er so laut pfiff, als es ihm möglich war.

Bald antwortete ihm, scheinbar als ob ein solches Signal nur erwartet worden wäre, das Bellen aus größerer Nähe und stürzte ein Hund in die Höhle, dem Pencroff, Harbert und Spilett sofort folgten.

Durch schnell aufgelegtes trockenes Holz loderte eine hell leuchtende Flamme auf dem Herde empor.

»Ja, es ist Top!« rief Harbert erfreut.

Wirklich war es dieser, ein prächtiger, anglo-normannischer Hund, der durch die Rassenkreuzung ebenso die Schnelligkeit der Beine, wie die feinste Witterung besaß.

Der Hund des Ingenieurs Cyrus Smith war es ...

Aber er kam allein! Weder seinen Herrn noch Nab brachte er mit!

Wie hatte sein Instinkt ihn nach den ihm unbekannten Kaminen führen können? Hierin lag, zumal bei der stockfinsteren Nacht und dem Sturme, etwas Unerklärliches. Noch unerklärlicher erschien aber, dass Top sich weder ermüdet, noch atemlos oder mit Sand oder Kot beschmutzt zeigte! ...

Harbert hatte ihn an sich gezogen und streichelte seinen Kopf zwischen den Händen. Der Hund ließ es sich gern gefallen und rieb seinen Hals an dessen Fingern.

»Wenn der Hund wieder da ist, wird sich der Herr auch wieder finden! bemerkte der Reporter.

– Gott gebe es! erwiderte Harbert. Brechen wir auf, Top wird uns führen!«

Pencroff wagte jetzt keinen Einwurf, da er fühlte, dass das Erscheinen Tops seinen Schlussfolgerungen ein Dementi bereiten könne.

»Nun denn, vorwärts!« sagte er.

Sorgsam bedeckte Pencroff die Kohlen auf dem Herde und schob ein paar tüchtige Holzklötze unter, um bei der Rückkehr noch Feuer vorzufinden. Dann nahm er die Reste der Mahlzeit mit und eilte, geführt von dem Hunde, der dazu einzuladen schien, und gefolgt vom Reporter und dem jungen Manne in die Dunkelheit hinaus.

Der wütende Sturm hatte wohl eben den höchsten Grad der Heftigkeit erreicht. Da es Neumond war und das Nachtgestirn also in Konjunktion mit der Sonne stand, so drang auch von dem Trabanten der Erde kein Lichtschimmer durch die Wolken. Eine gradlinige Richtung konnte nur sehr schwierig eingehalten werden und erschien es am ratsamsten, sich auf Tops Instinkt zu verlassen. Der Reporter und der junge Mann folgten dem Hunde unmittelbar, während Pencroff den Zug schloss. alles Sprechen wurde zur Unmöglichkeit. Der Regen fiel dabei nicht überreichlich, da ihn die Gewalt des Windes zerstäubte, doch dieser selbst war ganz entsetzlich.

Dennoch kam ein Umstand dem Seemann und seinen Begleitern sehr vorteilhaft zu statten, der nämlich, dass sie den Südoststurm im Rücken hatten. Der Sand, den jener in Wolken austrieb und der sonst ganz unerträglich gewesen wäre, traf die Wanderer nur von rückwärts und hinderte, so lange sie in dieser Richtung blieben, wenigstens ihr Weiterkommen nicht. Ost kamen sie wohl noch eiliger vorwärts, als sie selbst wollten, und machten schnellere Schritte, um nicht umgeworfen zu werden; aber eine begründete Hoffnung lieh ihnen auch doppelte Kräfte, jetzt, da sie nicht ziellos am Ufer hineilten. Dass Nab seinen Herrn aufgefunden habe, erhob sich nun über jeden Zweifel, ebenso wie, dass er ihnen dessen treuen Hund zugesandt habe. Lebte der

Ingenieur aber noch, oder wünschte Nab nur ihre Anwesenheit, um dem Leichnam des unglücklichen Cyrus Smith die letzten Ehren zu erweisen?

Nachdem sie an der steil abfallenden Mauer des Oberlandes, vor deren Nähe sie sich weislich gehütet hatten, vorüber waren, blieben die drei nächtlichen Wanderer stehen, um Atem zu schöpfen. Die Felsenwand schützte sie jetzt einigermaßen vor dem Winde, so dass sie sich von diesem einviertelstündigen Gange, oder besser, von diesem Dauerlaufe, erholen konnten.

Jetzt vermochten sie sich doch zu hören, einander zu antworten, und als der junge Mann Cyrus Smiths Namen aussprach, bellte Top voll Freuden, so als wolle er sagen, dass sein Herr gerettet sei.

»Er ist gerettet, Top, nicht wahr? wiederholte Harbert. Gerettet, Top?«

Und nochmals bellte der Hund wie als Antwort.

Der Weg wurde wieder aufgenommen. Es mochte jetzt halb drei Uhr früh sein. Das Meer begann zu steigen und die zur Zeit der Syzygien ohnehin starke

Flut drohte bei dem herrschenden Sturme eine noch größere Höhe zu erreichen. Donnernd und mit einer solchen Gewalt stürzten die ungeheuren Wogen über die Klippenreihen, dass sie das seewärts gelegene Eiland gewiss überfluten mussten. Der durch jenes gebildete lange Damm schützte also jetzt die Küste nicht mehr, die dem vollen Seegange ausgesetzt war.

Sobald der Seemann und seine Begleiter sich von der Felsenwand entfernten, ergriff sie die Gewalt des Sturmes von neuem. Zusammengebeugt gingen sie weiter und folgten Top, der über die einzuschlagende Richtung nie unschlüssig erschien. Auf dem Wege nach Norden hatten sie zur Rechten die grenzenlose Wogenfläche, mit der ohrenbetäubenden Brandung, zur Linken das der Dunkelheit wegen nicht genau erkennbare Land. Doch bemerkten sie an der Art und Weise, wie der Wind sie traf, dass es verhältnismäßig eben sein müsse.

Um vier Uhr Morgens mochte man eine Entfernung von fünf Meilen zurückgelegt haben. Die Wolken waren ein wenig aufgestiegen und schleppten nicht mehr so nahe am Boden. Der minder feuchte Wind veränderte sich mehr und mehr zu trockneren und kälteren Luftströmungen. Bei ihrer ungenügenden Bekleidung mochten Pencroff, Harbert und Spilett wohl nicht wenig leiden, doch kam keine Klage über ihre Lippen. Sie waren entschlossen, Top zu folgen, wohin das intelligente Tier sie auch führen möge.

Gegen fünf Uhr begann der Tag zu grauen. Zuerst unterschied man am Zenit, bei den nur dünneren Dunstschichten daselbst, die einzelnen Wolken, doch bald beleuchtete auch unter einer dunkleren Schicht ein hellerer Streifen den Horizont des Meeres. Die Wellenkämme schimmerten in falbem Lichte und ihr Schaum nahm eine weißliche Färbung an. Gleichzeitig hoben sich zur Linken, wenn auch nur grau in schwarz, die Umrisse des Uferlandes von dem Hintergrunde des Himmels ab.

Um sechs Uhr Morgens wurde es vollkommen hell. Hoch oben jagten die Wolken mit außerordentlicher Schnelligkeit dahin. Die Wanderer befanden sich jetzt gegen sechs Meilen von den Kaminen entfernt. Sie folgten einem sehr flachen Strande, den nach dem Meere zu ein Kranz von Felsen umsäumte, welche jetzt nur mit den obersten Spitzen daraus empor tauchten. Zur Linken bot die Umgebung mit einigen distelbestandenen Dünen das Bild einer wüsten sandigen Gegend. Das Ufer mit seinen seltenen Einschnitten setzte dem Ozeane keine andere Schutzwehr, als eine unregelmäßige Reihe ganz kleiner Hügel entgegen. Da und dort erhoben sich einige nach Westen zu geneigte Bäume, deren Zweige vorwiegend dieselbe Richtung einhielten. Ziemlich weit rückwärts dehnte sich im Südwesten der Saum eines Waldes aus.

Da gab Top plötzlich unverkennbare Zeichen von Aufregung. Er sprang voraus, kam zu dem Seemann zurück und schien diesen zur Beschleunigung seiner Schritte treiben zu wollen.

Der Hund hatte den Strand verlassen und verschwand, von seinem unvergleichlichen Instinkt geleitet, zwischen den Dünen.

Man folgte ihm. Das Land erschien vollkommen verlassen; kein atmendes Wesen belebte dasselbe.

Die Dünenreihe bestand zunächst in breiter Ausdehnung aus einer ungeordneten Menge kleiner Erhöhungen und Hügel und bildete wirklich von

Sand eine Schweiz im Kleinen, in welcher man, um sich zu Recht zu finden, eines vorzüglichen Spürsinnes bedurfte.

Nach etwa fünf Minuten gelangten der Reporter und seine zwei Begleiter nach einer Art Sandhöhle im Rücken einer Düne. Laut bellend stand Top vor derselben. Spilett, Harbert und Pencroff eilten in dieselbe hinein.

In ihr befand sich Nab kniend neben einem auf einem Bett von Laub ausgestreckten Körper ...

Es war der des Ingenieurs Cyrus Smith.

ACHTES KAPITEL.

Nab rührte sich nicht. Der Seemann rief ihm nur ein Wort zu. »Lebend?« fragte er.

Nab gab keine Antwort. Gedeon Spilett und Pencroff erblassten, Harbert faltete die Hände und blieb unbeweglich stehen. Offenbar hatte der arme Neger in seinem Schmerze weder seine Gefährten gesehen, noch den Seemann verstanden.

Der Reporter kniete neben dem bewegungslosen Körper nieder und legte sein Ohr auf die Brust des Ingenieurs, dessen Kleidung er geöffnet hatte. Eine Minute – eine Ewigkeit! – verrann, während er die Herzschläge zu hören suchte.

Nab erhob sich ein wenig und blickte mit irrendem Auge umher. Nie konnte die Verzweiflung das Gesicht eines Menschen tief greifender verändern. Erschöpft von der Anstrengung, geknickt von wildem Schmerze, war Nab völlig unkenntlich geworden. Er hielt seinen Herrn für tot.

Nach langer, sorgfältiger Beobachtung richtete sich Gedeon Spilett wieder auf.

»Er lebt!« sagte er.

Jetzt bog sich auch Pencroff seinerseits über Cyrus Smith nieder; sein Ohr vernahm einige schwache Pulsschläge, und seine Lippen fühlten einen leisen Hauch, der von denen des Ingenieurs kam.

Auf einen Wink des Reporters sprang Harbert hinaus, um Wasser aufzutreiben. In einer Entfernung von hundert Schritten entdeckte er einen klaren, offenbar durch den Regenguss der letzten Nacht geschwellten Bach, der durch den Sand plätscherte. Womit sollte er aber Wasser schöpfen, da sich ringsum in den Dünen nicht einmal eine einzige Muschel zeigte? Der junge Mensch musste sich begnügen, sein Taschentuch in den Bach zu tauchen, und eilends lief er nach der Höhle zurück.

Zum Glücke genügte das benetzte Tuch, da Gedeon Spilett nur die Lippen des Ingenieurs anfeuchten wollte. Die wenigen Tropfen frischen Wassers erzielten einen fast unmittelbaren Erfolg. Ein Seufzer entrang sich der Brust Cyrus Smiths und er schien sogar einige Worte sprechen zu wollen.

»Wir retten ihn noch!« sagte der Reporter.

Nab schöpfte bei diesen Worten wieder Hoffnung. Er entkleidete seinen Herrn, um nachzusehen, ob er vielleicht irgendeine Wunde habe. Weder Kopf, Rumpf noch Gliedmaßen zeigten eine Verletzung, nicht einmal eine Schramme, was gewiss zu verwundern war, da der Körper Cyrus Smiths doch mit aller Wahrscheinlichkeit durch die Risse hindurch geschwemmt worden war. Selbst die Hände erwiesen sich gänzlich unverletzt, und es blieb ganz unerklärlich, dass der Ingenieur keine Spuren von seinem Durchkämpfen der Klippen davon getragen haben sollte

Später sollte sich ja dieses Dunkel lüften. Konnte Cyrus Smith wieder sprechen, so würde er schon erzählen, was mit ihm vorgegangen war. Für jetzt handelte es sich darum, ihn ins Leben zurück zu rufen, wozu man Friktionen der Haut für angezeigt hielt. Man führte diese mittels des groben Kittels des Seemanns aus. Erwärmt durch das kräftige Reiben, bewegte der Ingenieur schwach die Arme und stellten sich regelmäßigere Atembewegungen wieder her. Ohne Zwischenkunft des Reporters und seiner Begleiter wäre Cyrus Smith wohl an Erschöpfung zu Grunde gegangen.

»Hast ihn also für tot gehalten, Deinen Herrn? fragte der Seemann den Neger.

– Ja wohl, für tot! antwortete Nab; und hätte Top Sie nicht gefunden und hierher geführt, so hätte ich meinen Herrn begraben und wäre neben ihm gestorben.«

Man sieht, an welch dünnem Fädchen Cyrus Smiths Leben gehangen hatte!

Nab erzählte hierauf, was vorgegangen war. Nach seinem Weggange aus den Kaminen am Morgen des verflossenen Tages gelangte er, in der Richtung nach Norden zuschreitend, zu dem Küstengebiete, das er schon durchsucht hatte.

Ohne eigentliche Hoffnung, wie er jetzt eingestand, forschte er am Ufer, im Sande, zwischen dem Gesteine nach Spuren, die ihn hätten leiten können. Vorzüglich fasste er dabei den etwas höher liegenden Strand ins Auge, da Ebbe und Flut am Rande selbst jede Spur verwaschen haben mussten. Seinen Herrn lebend wieder zu finden, hatte er völlig aufgegeben. Nur zur Entdeckung eines Leichnams zog er aus, eines Leichnams, der wenigstens das Grab noch von seinen Händen finden sollte!

Lange Zeit suchte Nab umher. Seine Mühe blieb erfolglos. Diese wüste Küste schien noch keines Menschen Fuß betreten zu haben. Die Muscheln, welche die Wellen nicht erreichen konnten und die außerhalb der Flutgrenze den Boden zu Millionen überdeckten, erschienen unberührt. Keine einzige war zertreten. Auf einer Strecke von zweihundert Yards[1] verriet keine Spur ein früheres oder neuerliches Anlanden.

Nab beschloss also, an der Küste noch einige Meilen weiter hinauf zu gehen. Möglicher Weise konnte die Strömung einen Körper ja etwas weiterhin getragen haben. Schwimmt nämlich ein Leichnam nahe einem flachen Ufer, so kommt es nur sehr selten vor, dass er nicht ans Land gespült würde. Das wusste Nab, und ein letztes Mal musste er seinen Herrn noch wiedersehen.

»Zwei Meilen weit lief ich an der Küste hin, durchsuchte zur Zeit der Ebbe die ganze Klippenreihe, das Küstengebiet zur Zeit der Flut; schon verzweifelte ich, überhaupt etwas zu finden, da fielen mir gestern Nachmittag gegen fünf Uhr die Spuren von Schritten ins Auge.

– Fußspuren? unterbrach ihn Pencroff.

– Ja, bestätigte Nab.

– Und diese Spur begann zwischen den Rissen selbst? fragte der Reporter.

– Nein, entgegnete Nab, erst bei der Flutgrenze, denn die Eindrücke zwischen dieser und den Rissen mussten wohl verwischt sein.

– So fahre fort, Nab, sagte Gedeon Spilett.

– Als ich diese Abdrücke bemerkte, wurde ich ganz närrisch vor Freude. Sie waren leicht erkennbar und verliefen nach den Dünen hin. Eilig, aber vorsichtig, um sie nicht zu verwischen, folgte ich ihnen wohl eine Viertelmeile weit. Fünf Minuten später, schon ward es allmählich dunkel, vernahm ich das Gebell eines Hundes. Das war Top, und Top führte mich endlich hierher zu meinem Herrn!«

Nab beendete seinen Bericht mit der Andeutung seiner schmerzlichen Betrübnis, als er den entseelten Körper auffand. Er hatte sich zu überzeugen versucht, ob diesem noch ein Fünkchen Leben innewohne. Jetzt, da er ihn tot wieder gefunden, wollte er ihn auch wieder lebend haben. Er verschwendete seine Mühe vergebens, und scheinbar blieb ihm Nichts übrig, als Dem die letzten Ehren zu erweisen, den er doch über alles liebte.

Erst jetzt erinnerte sich Nab seiner Gefährten. Auch sie würden den Verunglückten zweifelsohne noch einmal zu sehen wünschen. Top war ja zur Hand. Sollte er nicht die Klugheit dieses Tieres benutzen können? Mehrmals wiederholte Nab laut den Namen des Reporters, den Top von den Gefährten des Ingenieurs am längsten und besten kannte; dann wies er nach Süden auf die Küste, und schnell eilte der Hund in der bezeichneten Richtung dahin.

Man weiß, wie Top, geleitet durch einen fast übernatürlichen Instinkt, inzwischen bei den ihm doch ganz unbekannten Kaminen ankam.

Nabs Genossen hatten diesem Berichte mit teilnehmender Aufmerksamkeit gelauscht. Ihnen blieb es unerklärlich, dass Cyrus Smith bei dem Ringen und Kämpfen, das es ihm notwendig gekostet hatte, um sich den Wellen zu entwinden, nicht einmal die Spur eines Ritzes zeigte. Nicht leichter zu durchschauen war, wie der Ingenieur zu dieser versteckten, wohl eine Meile vom Ufer entfernten Grotte mitten zwischen den Dünen gelangen konnte.

»Du hast Deinen Herrn also nicht hierher getragen, Nab? sagte der Reporter.

– Nein, ich nicht, erwiderte Nab.

– Offenbar ist Mr. Smith also allein hierher gekommen, meinte Pencroff.

– Ja, das scheint zwar auf der Hand zu liegen, bemerkte Gedeon Spilett, und doch ist es unglaublich.«

Die Erklärung dieser Tatsache war nur aus dem Munde des Ingenieurs selbst zu erwarten, und musste man auf diese verzichten, bis jener die Sprache wieder erlangte. Zum Glück kam seine Lebenstätigkeit schon wieder in geregelteren Gang. Die Friktionen verursachten eine bessere Blutzirkulation Wiederholt bewegte Cyrus Smith die Arme, später den Kopf, und einige noch unverständliche Worte entschlüpften seinen Lippen.

Nab beugte sich über ihn und rief ihn beim Namen; doch der Ingenieur, dessen Augen geschlossen blieben, schien Nichts zu hören. Vorläufig verrieten das Leben desselben nur einige seltene Bewegungen. Die Sinne hatten noch keinen Teil daran.

Pencroff bedauerte sehr, weder Feuer zu haben, noch solches machen zu können, denn er hatte unglücklicher Weise vergessen, die zubereitete Lunte aus angesengten Leinen mitzunehmen, welche sich durch Funken aus Feuersteinen leicht entzündet hätte.

Auch die Taschen des Ingenieurs erwiesen sich völlig leer, bis auf die der Weste, in der sich noch die Uhr vorfand. Cyrus Smith musste also nach übereinstimmender Ansicht so schnell als möglich nach den Kaminen geschafft werden.

Die dem Ingenieur gewidmete Sorgfalt ließ diesen schneller, als man erwartete, wieder zum Bewusstsein kommen. Das Wasser, mit dem man seine Lippen befeuchtete, belebte ihn nach und nach. Pencroff gedachte diesem Wasser ein wenig Saft von dem mitgenommenen Tetrafleische beizumischen. Harbert, der nach dem Ufer gelaufen war, brachte von dort zwei große doppelschalige Muscheln mit. Der Seemann bereitete seine Mixtur und flößte sie dem Ingenieur ein, der sie begierig zu verschlucken schien.

Bald öffneten sich seine Augen. Nab und der Reporter beugten sich über ihn.

»Mein Herr! Mein lieber Herr!« rief Nab erfreut.

Der Ingenieur verstand ihn. Er erkannte Nab und Spilett, sowie seine beiden anderen Gefährten und drückte ihnen schwach die Hand.

Einige Worte entschlüpften seinen Lippen, wahrscheinlich dieselben, welche er schon früher von sich zu geben versucht hatte, die von einem ihn auch damals nicht verlassenden Gedanken herrühren mochten und jetzt zum ersten Male verständlich waren:

»Insel oder Festland? flüsterte er.

– O, zum Teufel, rief Pencroff, der diesen Ausruf nicht unterdrücken konnte, das kümmert uns gar nicht, wenn Sie nur wieder am Leben sind, Herr Cyrus. Was Insel oder Festland! Das werden wir ja später erfahren.«

Der Ingenieur gab ein schwaches Zeichen der Bestätigung und schien einzuschlafen.

Man wollte seinen Schlummer nicht stören, doch traf der Reporter inzwischen alle Vorbereitungen, um Cyrus Smith so bequem als möglich transportieren zu können. Nab, Harbert und Pencroff verließen die Grotte und wandten sich nach einer mit wenigen verkrüppelten Bäumen bestandenen Düne; unterwegs aber konnte der Seemann sich nicht enthalten, zu wiederholen:

»Insel oder Festland! Nein! Daran zu denken, wenn Einem noch der Atem fehlt! Es ist doch ein seltsamer Mann!«

Auf der Düne angelangt, brachen Pencroff und seine zwei Begleiter die größten Zweige eines dürftigen Baumes, einer durch die Stürme arg mitgenommenen Seefichte, herunter und stellten daraus eine Tragbahre her, die mit Blättern und Gräsern bedeckt zum Transport des Ingenieurs ausgestattet wurde.

Hierbei vergingen nahe an drei Viertelstunden, und es ward inzwischen zehn Uhr, bis der Seemann, Nab und Harbert zu Gedeon Spilett, der den Ingenieur nicht verlassen hatte, zurückkamen.

Cyrus Smith erwachte eben aus dem Schlummer oder vielmehr aus der Betäubung, in welcher man ihn vorgefunden hatte; seine bis jetzt totenblassen Wangen bekamen wieder Farbe. Um sich blickend erhob er sich ein wenig, als fragte er, wo er sich befinde.

»Können Sie mich ohne zu große Anstrengung verstehen, Cyrus? sagte der Reporter.

– Ja, erwiderte der Ingenieur.

– Ich denke, fiel der Seemann ein, Mr. Smith wird Sie viel leichter verstehen, wenn er sich erst mit diesem Tetra-Gelee befreundet, – ja, ja, es ist solches, Mr. Cyrus«, fügte er hinzu und bot ihm eine Kleinigkeit davon, die er mit Fleischstückchen vermengt hatte, an.

Cyrus Smith verzehrte die Tetrastücken, deren Reste an die Anderen, welche nun auch Hunger litten und das Essen recht dürftig fanden, verteilt wurden.

»Schön, sagte der Seemann. Lebensmittel lagern für uns in den Kaminen, denn Sie sollen immer wissen, Mr. Cyrus, dass wir da unten im Süden ein Haus haben mit Stuben, Lagerstätten und Feuerherd, in der Speisekammer auch einige Dutzend Vögel, die unser Harbert Kurukus nennt. Eine Tragbahre für Sie ist schon bereit, und sobald es Ihre Kräfte erlauben, schaffen wir Sie nach unserer Wohnung.

– Ich danke, mein Freund, antwortete der Ingenieur; noch eine bis zwei Stunden, dann werden wir aufbrechen können .... Nun erzählen Sie, Spilett.«

Der Reporter berichtete das Vorgefallene. Er erzählte die Ereignisse, von denen Cyrus Smith keine Kenntnis haben konnte, den letzten Sturz des Ballons, die Landung auf unbekannter, scheinbar verlassener Erde, die Entdeckung der Kamine, die unternommenen Versuche, den Ingenieur aufzufinden, Nabs Ergebenheit gegen ihn, alles, was man dem intelligenten und treuen Top verdankte usw.

»Aber, fragte Cyrus Smith mit noch sehr schwacher Stimme, am Strande haben Sie mich doch nicht aufgelesen?

– Nein, erwiderte der Reporter.

– Und Sie haben mich auch nicht in diese Grotte geschafft?

– Nein.

– In welcher Entfernung von den Rissen befindet sich diese Grotte wohl?

– Etwa in der einer halben Meile, antwortete Pencroff, und wenn Sie darüber erstaunt sind, Mr. Cyrus, so waren wir es nicht weniger, Sie hier zu sehen.

– Wirklich, meinte der Ingenieur, dessen Lebensgeister munterer wurden und dessen Interesse an diesen Einzelheiten wieder erwachte, wirklich, sonderbar ist es!

– Können Sie uns aber, bemerkte der Seemann, erzählen, was mit Ihnen vorgegangen ist, seitdem jene Sturzsee Sie entführte?«

Cyrus Smith suchte sich zu erinnern. Er wusste nur wenig. Das Meer hatte ihn aus dem Netzwerk des Luftschiffes gerissen. Er tauchte zuerst einige Faden tief unter. Im Halbdunkel wieder an die Oberfläche des Meeres gehoben, bemerkte er ein lebendes Wesen sich neben ihm bewegen. Das war Top, der ihm zu Hilfe nachgesprungen war. Als er die Augen aufschlug, sah er nichts mehr von dem Ballon, der erleichtert durch sein Gewicht und das des Hundes wie ein Pfeil emporschnellte. Er befand sich mitten in den ergrimmten Wogen und mindestens eine halbe Meile vom Ufer entfernt. Schwimmend suchte er gegen die Wellen zu kämpfen. Top hielt ihn an seiner Kleidung; da erfasste ihn eine rauschende Strömung, riss ihn nach Norden, und nach halbstündiger verzweifelter Anstrengung sank er, Top nach sich ziehend, in die Tiefe. Von diesem Augenblick bis dahin, wo er in den Armen seiner Freunde wieder zu sich kam, fehlte ihm jede Erinnerung.

»Indessen, fügte Pencroff hinzu, müssen Sie doch ans Ufer geworfen worden sein und noch Kräfte genug gehabt haben, sich bis hierher zu schleppen, da Nab die Spuren Ihrer Schritte gefunden hat.

– Ja, man sollte es meinen, erwiderte der Ingenieur nachdenklich. Und auf diesem Strande haben Sie Spuren von Menschen gefunden?

– Spuren von Schritten, sagte der Reporter. Wenn aber zufällig einer dazu gekommen wäre, um Sie zu retten, warum sollte er Sie den Fluten entrissen und dann verlassen haben?

– Sie haben Recht, lieber Spilett. – Sag' mir, Nab, fügte der Ingenieur zu seinem Diener gewendet hinzu, Du bist es nicht gewesen, der ... Du hättest nicht in einer Art Geistesabwesenheit ... Nein, das ist widersinnig. Sind einige dieser Eindrücke wohl noch zu sehen?

– Ja, Herr, antwortete Nab. Gleich hier am Eingange und auch auf der anderen Seite dieser Düne, an einer vor Regen und Wind geschützten Stelle. Die anderen hat wohl der Sturm verwischt.

– Pencroff, bat der Ingenieur, wollten Sie wohl nachsehen, ob meine Schuhe genau in jene Eindrücke passen?«

Der Seemann befolgte den Willen des Ingenieurs. Von Nab geführt gingen Harbert und er nach dem erwähnten Orte, während Cyrus Smith zu dem Reporter sagte:

»Da sind unerklärliche Sachen vorgefallen!«

Bald nachher kamen die Drei von ihrer Prüfung zurück. Es war kein Zweifel möglich. Des Ingenieurs Schuhe passten genau in jene Spuren, also rührten sie von Cyrus Smith her.

»Nun' demnach war ich in der Zwischenzeit einmal so geistesabwesend, wie ich es Nab zutraute. Ich bin dahin geschritten wie ein Hellseher, und Top wird mich, nachdem er mich dem Meere entriss, aus Instinkt und ohne dass ich es wusste, hierher geführt haben.... Komm Top! Komm, mein Hund!«

Bellend sprang das prächtige Tier auf seinen Herrn zu, der es mit Liebkosungen überhäufte.

Man wird zugeben, dass die Umstände, unter denen Cyrus Smiths Rettung stattfand, eine andere Erklärung nicht zuließen und dass die ganze Ehre an derselben Top zufiel.

Als Pencroff gegen Mittag Cyrus Smith fragte, ob er nun wohl transportfähig sei, erhob sich dieser statt aller Antwort mit höchster Energie des Willens. Doch musste er sich eiligst auf den Seemann stützen, um nicht umzufallen.

»Gut, gut! sagte Pencroff. – Die Tragbahre für den Herrn Ingenieur!«

Man brachte sie herbei. Die querliegenden Äste waren mit Moos und langem Grase bedeckt. Cyrus Smith wurde darauf ausgestreckt, Pencroff fasste sie an dem einen, Nab an dem andern Ende an, und vorwärts ging es nach der Küste.

Acht Meilen galt es zurückzulegen; da man aber nicht schnell gehen konnte und voraussichtlich öfter Halt machen musste, so durfte man wohl auf den Verlauf von sechs Stunden bis zur Ankunft bei den Kaminen rechnen.

Der Wind blies immer heftig, doch regnete es glücklicher Weise nicht. Auf seinem Lager auf die Ellenbogen gestützt, beobachtete der Ingenieur aufmerksam das Küstenland. Er sprach nicht, aber er sah, und gewiss prägte sich das Bild dieser Gegend mit ihren Hügeln, Wäldern und verschiedenen Erzeugnissen schon fest seinem Geiste ein. Nach zwei Stunden übermannte ihn aber doch die Müdigkeit, und er schlief auf der Bahre ein.

Um fünfeinhalb Uhr erreichte man die steile Granitwand und bald nachher die Nähe der Kamine.

Alle blieben stehen; die Tragbahre wurde auf den Sand niedergelassen. Cyrus Smith, der ganz fest schlief, erwachte dabei nicht.

Zu seinem größten Erstaunen überzeugte sich Pencroff, dass der Sturm in vergangener Nacht das Aussehen der Örtlichkeit merkwürdig verändert hatte. Von sehr umfänglichen Felsenstürzen herrührend, lagen große Blöcke an dem Strande umher, den eine dichte Lage Seepflanzen, Varec und Algen, weithin bedeckte. Offenbar musste das wild empörte Meer bis zu dem Granitwall vorgedrungen sein.

Vor dem Eingange der Kamine zeigte der Erdboden tief ausgewaschene Furchen.

Pencroff ergriff eine böse Ahnung. Er stürzte in die Höhle.

Gleich darauf kam er wieder heraus und starrte seine Begleiter an ...

Das Feuer war verloschen, die durchnässte Asche zu Schlamm geworden, die Lunte verschwunden! Das Meer musste bis in den Grund der Höhle gedrungen sein und hatte im Innern der Kamine alles untereinander geworfen und zerstört!

Fußnoten

1 Das amerikanische Yard misst 0, 914 Meter.

NEUNTES KAPITEL.

Mit wenigen Worten erfuhren Gedeon Spilett, Harbert und Nab den betrübenden Zufall. Bei den schweren Folgen, welche dieser, wenigstens nach Pencroffs Meinung, haben konnte, machte derselbe doch auf die Gefährten des wackeren Seemanns einen sehr verschiedenen Eindruck.

Über der Freude, seinen Herrn wieder gefunden zu haben, hörte Nab entweder gar nicht, oder schien doch keine Luft zu haben, sich wegen der Worte Pencroffs Sorge zu machen.

Harbert teilte bis zu gewissem Grade die Befürchtungen des Seemanns.

Der Reporter endlich antwortete Pencroff hingeworfen:

»Meiner Treu, Pencroff, das ist mir ganz gleichgültig!

– Ich wiederhole Ihnen aber, dass wir kein Feuer mehr haben.

– Was will das sagen!

– Und dass wir keines wieder anzünden können.

– Bah!

– Aber, Mr. Spilett ...

– Nun, ist denn Cyrus nicht da? fiel ihm der Reporter ins Wort. Lebt er etwa nicht, unser Ingenieur? Er wird schon Mittel finden, uns Feuer zu verschaffen!

– Und womit und woraus?

– Mit und aus Nichts!«

Was antwortete Pencroff hierauf? – Er antwortete eben gar nicht, denn im Grunde teilte er das Vertrauen seiner Genossen zu Cyrus Smith. Der Ingenieur bildete für sie eine Welt im Kleinen, ein Konglomerat aller menschlichen Einsicht und Weisheit. Sich mit Cyrus auf einer wüsten Insel zu befinden, war dasselbe, als ohne ihn in der erwerbsfleißigsten Stadt der Union zu sein. Mit ihm konnte es an Nichts schien; mit ihm war nie zu verzweifeln. Hätte man den braven Leuten gesagt, dass eine Vulkaneruption dieses Land verwüsten, dass es in die Tiefen des Stillen Ozeans versinken werde, sie hätten gewiss gerufen: »Oho, Cyrus ist ja da!«

In Folge des Transportes war der Ingenieur aufs Neue einer tiefen Erschöpfung verfallen und konnte man für den Augenblick wenigstens sich keinen Rath von ihm erholen Das Abendbrot fiel notwendigerweise sehr mager aus. Nicht nur hatte man das Tetrafleisch bis zur Neige aufgezehrt, sondern man besaß auch kein Mittel, ein Stück Wild zuzurichten. Der Vorrat von Kurukus war verschwunden und nun wurde guter Rath teuer.

Vor allem schaffte man Cyrus Smith in den mittleren Raum der Höhle. Dort gelang es, ihm aus trocken gebliebenen Algen und Varecbüscheln ein leidliches Lager zurecht zu machen. Der tiefe Schlaf, der ihn umfing, versprach ja seine Kräfte schneller wieder herzustellen, als das eine, wenn auch reichliche Nahrung vermocht hätte.

Die Nacht sank herab und mit ihr kühlte sich die Luft merklich ab, da der Wind inzwischen nach Nordosten umschlug. Da nun das Meer gleichzeitig Pencroffs Verschluss zwischen den einzelnen Lücken der verschiedenen Abteilungen hinweg gespült hatte, so entstand ein Luftzug, der den Aufenthalt in den Kaminen sehr unbehaglich machte. Der Ingenieur wäre gewiss sehr übel daran gewesen, wenn seine Genossen sich nicht ihrer entbehrlichen Kleidungsstücke entledigt und jenen sorgsam damit zugedeckt hätten.

Das Abendbrot bestand an diesem Tage nur aus den unvermeidlichen Steinmuscheln, welche Harbert und Nab in reichlicher Menge am Strande einsammelten. Zu diesen Mollusken fügte der junge Mann noch eine gewisse Quantität essbarer Algen, die er auf den hohen Felsen, deren Wand das Meer nur bei der Springflut benetzte, antraf. Diese zu der Familie der Meergräser gehörende Art schwimmenden Tangs bildete eine gallertartige, ziemlich nahrhafte Masse. Nachdem der Reporter und seine Gefährten nicht wenige Steinmuscheln verzehrt hatten, kosteten sie jenen Tang und fanden ihn von ganz erträglichem Geschmacke. Derselbe gehört übrigens an den asiatischen Küsten zum nicht geringsten Teile zur Nahrung der Eingeborenen.

»Ganz gleich! sagte der Seemann, es ist Zeit, dass Mr. Cyrus uns zu Hilfe kommt!«

Inzwischen wurde die Kälte recht lebhaft und kein Mittel besaß man, sie zu bekämpfen.

Durch alle möglichen Mittel versuchte der wirklich genarrte Seemann, sich Feuer zu verschaffen. Nab half ihm treulich dabei. Er hatte einige trockene Moose gefunden und schlug über diesen zwei Kiesel aneinander, welche wohl Funken gaben, aber nicht hinreichend, um das etwas schwer entzündliche Moos in Brand zu setzen.. Mit einem Worte, der Versuch misslang trotz aller darauf verwendeten Mühe.

Obwohl Pencroff kein Vertrauen zu dem Verfahren hatte, so ging er doch auch daran, nach Art der Wilden zwei Hölzer aneinander zu reiben. Hätte die von Nab und ihm ausgeführte Bewegung sich, entsprechend den neueren Theorien, in Wärme umgesetzt, so musste diese wohl hinreichen, einen Dampfkessel zum Sieden zu bringen! Auch das hieraus entspringende Resultat war gleich Null. Die Holzstücke erwärmten sich wohl etwas, aber noch weit weniger, als die Arbeitenden selbst.

Nach einer Stunde fruchtloser Bemühung warf Pencroff die Holzstücke ärgerlich bei Seite.

»Wenn mir wieder einer weismachen will, dass sich die Wilden auf diese Weise Feuer verschaffen, sagte er, so wird mirs gleich selbst warm, selbst im Winter. – Da bring' ich doch noch eher meine Arme in Flammen, wenn ich sie übereinander reibe!«

Dennoch hatte der Seemann Unrecht, dieses Verfahren ganz zu leugnen. Es steht fest, dass die Wilden sich durch rasche Reibung zweier Holzstücken Feuer zu entzünden verstehen. Einmal eignet sich aber nicht jedes beliebige Holz hierzu, und dann verlangt es auch einen gewissen Kunstgriff, der Pencroff wahrscheinlich fehlte.

Pencroffs üble Laune war übrigens nicht von langer Dauer; Harbert hatte die von ihm weggeworfenen Holzstücke aufgenommen und tat sein Möglichstes, sie nach besten Kräften zu reiben. Der robuste Seemann konnte sich des Lächelns nicht enthalten, als er bemerkte, dass der junge Mann da etwas zu erreichen versuchte, wo es ihm selbst fehl geschlagen war.

»Immer reibe, mein Junge, reibe nur zu! sagte er.

– Ich reibe, entgegnete Harbert lächelnd, nur mit der Absicht, mich selbst warm zu machen, und das wird mir bald ebenso gelungen sein, wie Dir, Pencroff.«

Das geschah denn auch. Leider musste man für diese Nacht auf Feuer vollkommen verzichten. Gedeon Spilett wiederholte zum zwanzigsten Male, dass Cyrus Smith einer solchen Kleinigkeit wegen nicht in Verlegenheit sein werde.

Geduldig streckte er sich auf sein Lager im Sande. Harbert, Nab und Pencroff folgten ihm nach, während Top zu Füßen seines Herrn schlief.

Als der Ingenieur am Morgen des 28. März erwachte, sah er seine Gefährten neben sich, die seinen Schlaf bewachten, und so wie Tags vorher waren seine ersten Worte:

»Insel oder Festland?«

Man erkannte, dass das zur fixen Idee bei ihm geworden war.

»Schön, schön, antwortete Pencroff, wir wissen darüber nur leider noch Nichts, Mr. Smith.

– Das wisst Ihr noch nicht?

– Werden es aber sofort erfahren, fügte Pencroff hinzu, wenn wir Sie als Lotsen durch dieses Land haben werden.

– Ich glaube im Stande zu sein, das unternehmen zu können, erwiderte der Ingenieur, erhob sich ohne große Anstrengung und blieb auch stehen.

– Das ist ja prächtig! rief der Seemann.

– Doch komme ich bald vor Erschöpfung um, sagte Cyrus Smith, gebt mir etwas zu essen, meine Freunde, dann wird es vorüber sein. Ihr habt doch Feuer, nicht wahr?«

Auf diese Frage folgte keine sofortige Antwort, doch sagte Pencroff nach einigen Augenblicken:

»Ach nein, wir haben kein Feuer, Mr. Cyrus, oder vielmehr, wir haben keines mehr!«

Der Seemann erzählte, was sich am Tage vorher zugetragen hatte, und erheiterte den Ingenieur weidlich durch seinen drastischen Bericht über das einzige Zündhölzchen und seinen vergeblichen Versuch, nach Art der Wilden Feuer zu machen.

»Das werden wir uns gut überlegen müssen, antwortete der Ingenieur, und im Falle wir keine Substanz, etwa wie Schwamm, entdecken ...

– Nun dann? fragte der Seemann.

– Nun, dann machen wir uns Streichhölzchen

– Chemische?

– Chemische!

– Da ist das Eine nicht schwerer als das Andere«, bemerkte der Reporter, und schlug dem Seemann auf die Schulter.

Dieser fand die Sache gar nicht so einfach, widersprach aber nicht. alle gingen hinaus, da das Wetter recht freundlich geworden war. Hell glänzte die Sonne über dem Meere und vergoldete die Vorsprünge der Felsenmauer mit blitzenden Lichtern.

Nachdem er einmal schnell umhergeblickt hatte, setzte sich der Ingenieur auf einen Felsblock. Harbert bot ihm eine Handvoll Miesmuscheln und Seetang an.

»Das ist alles, was wir besitzen, Mr. Cyrus, sagte er.

– Ich danke, mein Sohn, antwortete Cyrus Smith, für diesen Morgen genügt es ja.«

Mit Vergnügen verzehrte er diese magere Nahrung, die er mit etwas frischem, in einer großen Muschel aus dem Flusse geschöpftem Wasser benetzte.

Schweigend umstanden ihn seine Gefährten. Nachdem sich Cyrus Smith, so gut es eben anging, gestärkt hatte, kreuzte er die Arme und sagte:

»Meine lieben Freunde, Ihr wisst also noch nicht, ob das Schicksal uns nach einer Insel oder einem Festlande geworfen hat?

– Nein, Mr. Cyrus, antwortete der junge Mann.

– Morgen werden wir uns darüber klar werden, fuhr der Ingenieur fort; bis dahin ist Nichts zu machen.

– Doch, versetzte Pencroff.

– Was denn?

– Feuer, sagte der Seemann, der auch seinerseits von einer fixen Idee geplagt wurde.

– Darum sorgen Sie sich nicht, Pencroff, erwiderte Cyrus Smith. – Als Ihr mich hierher trugt, glaubte ich im Westen einen höheren, die ganze Umgebung beherrschenden Berg zu sehen?

– Gewiss, bestätigte Gedeon Spilett, einen Berg von sehr beträchtlicher Höhe ...

– Gut, unterbrach ihn der Ingenieur, morgen besteigen wir dessen Gipfel und halten Umschau. Bis dahin, wiederhole ich, ist Nichts zu tun.

– Und doch, wir müssen Feuer machen, wiederholte auch nochmals der Seemann.

– Das soll und wird ja geschehen! erwiderte Gedeon Spilett. Nur etwas Geduld, Pencroff!«

Der Seemann maß Gedeon Spilett mit einem eigentümlichen Blicke, so als wollte er sagen: »Wenns nur auf den ankäme, würden wir noch lange auf ein Stück Braten zu warten haben!« Doch er schwieg.

Cyrus Smith hatte bei diesem Zwiegespräch kein Wort fallen lassen. Die Frage wegen des Feuers schien ihn nur wenig zu bekümmern. Einige Augenblicke blieb er in Gedanken versenkt, dann begann er:

»Meine Freunde, wir befinden uns zwar in einer recht bedauerlichen Lage, doch ist diese sehr einfach. Entweder beherbergt uns jetzt ein Festland, dann werden wir um den Preis größerer oder geringerer Anstrengung irgendeinen bewohnten Punkt zu erreichen suchen; oder aber, wir sind auf einer Insel. Im letzteren Falle ist zweierlei möglich: entweder hat sie Bewohner, dann werden wir uns mit denselben so gut als möglich abfinden müssen, oder sie ist wüst, dann gilt es, uns mit eigenen Kräften zu helfen.

– Gewiss liegt das auf der Hand, meinte Pencroff.

– Doch, ob Festland oder Insel, fragte Gedeon Spilett, wohin meinen Sie überhaupt, Mr. Cyrus, dass uns dieser Orkan verschlagen habe?

– Ganz genau kann ich das natürlich nicht wissen, entgegnete der Ingenieur, doch sprechen alle Annahmen für ein Land des Pazifischen Ozeans. Als wir Richmond verließen, wehte der Wind aus Nordosten, und seine Stärke macht es wahrscheinlich, dass er diese Richtung auch beibehalten hat. Danach wären wir über die Staaten Nord-Carolina, Süd-Carolina und Georgia, über den Mexikanischen Golf und Mexico selbst, und endlich über einen Teil des Stillen Ozeans geflogen. Die vom Ballon zurückgelegte Entfernung schätze ich nicht unter 6 bis 7000 Meilen; im Fall die Richtung des Windes aber sich etwas geändert hat, so müsste er uns entweder nach dem Mendana-Archipel oder nach den Pomotu-Inseln, hätte er aber eine noch größere Geschwindigkeit besessen, als ich annehme, vielleicht nach Neu-Seeland geführt haben. Sollte sich letztere Annahme bestätigen, so würden wir leicht nach Hause zurückkehren können. Ob Engländer oder Maoris, wir träfen auf jeden Fall Menschen. Gehört diese Küste im Gegenteil aber zu einer wüsten Insel eines mikronesischen Archipels, was von dem Berggipfel im Innern aus vielleicht zu erkennen ist, so werden wir uns hier, so als sollten wir nimmer fortkommen, möglichst gut einzurichten suchen.

– Nimmer! rief der Reporter, Sie sagen: Nimmer! Lieber Cyrus?

– Besser ist, entgegnete der Ingenieur, zuerst den schlimmsten Fall ins Auge zu fassen, dann kann jeder Zufall unsere Lage nur noch verbessern.

– Sehr wahr, bemerkte der Seemann. Zudem steht zu hoffen, dass diese Insel, wenn es überhaupt eine solche ist, nicht ganz und gar außerhalb der gewöhnlichen Schiffsstraßen liegt. Das hieße sonst wahrlich unglücklich spielen.

– Woran wir sind, können wir vor Besteigung jenes Berges zunächst nicht wissen, antwortete der Ingenieur.

– Doch, Mr. Cyrus, fragte Harbert, werden Sie morgen schon im Stande sein, sich der Strapaze einer Besteigung auszusetzen?

– Das hoffe ich, mein junger Freund, erwiderte der Ingenieur, in der Voraussetzung freilich, dass Meister Pencroff und Du Euch als geschickte Jäger erweist.

– Mr. Cyrus, antwortete der Seemann, da Sie vom Jagen sprechen, wenn ich ebenso gewiss wäre, bei der Rückkehr ein Stück Wild hier braten zu können, wie ich es bin, ein solches heim zu bringen …

– Bringen Sie nur solches, Pencroff«, fiel ihm Cyrus ins Wort.

Man kam demnach überein, dass der Reporter und der Ingenieur zum Zwecke der Untersuchung der nördlicheren Küste und ihres Oberlandes zurückbleiben, Nab, Harbert und der Seemann aber nach dem Walde gehen sollten, um sowohl den Holzvorrat wieder zu erneuern, als auch alles nieder zu machen, was ihnen von Vögeln oder Vierfüßlern an essbarem Wilde in die Hände fiele.

Gegen zehn Uhr Morgens brachen sie auf, Harbert voll Vertrauen, Nab sehr lustig, Pencroff die Worte murmelnd:

»Wenn ich bei meiner Rückkehr im Hause Feuer antreffe, dann hat es der Blitz in höchsteigener Person angezündet!«

Alle drei gingen längs des Ufers bis nach der Stelle, wo der Fluss den scharfen Winkel bildete. Dort blieb der Seemann stehen und sagte zu seinen Begleitern:

»Was beginnen wir zunächst, die Jagd oder das Holzsammeln?

– Die Jagd, die Jagd! drängte Harbert. Top spürt ja schon umher.

– Nun gut, versetzte der Seemann, so fassen wir hier unseren Holzvorrat später.«

Harbert, Nab und Pencroff bewaffneten sich hierauf mit abgebrochenen Tannenästen und folgten Top, der in dem hohen Grase voraus sprang.

Statt dem Flussufer weiter zu folgen, drangen die Jäger diesmal tiefer in das Innere des Waldes ein, welches überall dieselben, meist zur Familie der Fichten gehörigen Baumarten zeigte. An manchen Stellen verrieten einzelne oder in kleineren Gruppen stehende Fichten von beträchtlichem Umfange, dass dieses Land wohl unter höheren Breitegraden liegen möchte, als der Ingenieur es annahm. Einige mit gestürzten Stämmen bedeckte Waldblößen versprachen einen unerschöpflichen Vorrat von Heizmaterial. Weiterhin standen die Bäume wieder dichter, so dass man nur mit Mühe zwischen ihnen hindurch dringen konnte.

Da es schwierig erschien, sich in diesem Baumlabyrinthe zurecht zu finden, bezeichnete der Seemann den eingeschlagenen Weg durch halb abgebrochene Äste. Vielleicht hatten die Jäger aber Unrecht getan, nicht dem Wasserlaufe nachzugehen, so wie Harbert und Pencroff bei ihrem ersten Ausfluge, denn schon war eine Stunde verlaufen, ohne dass ihnen irgend ein Stück Wild zu Gesicht kam. Wenn Top unter den niedrig hängenden Zweigen hinlief, scheuchte er nur Vögel auf, die man nicht erlangen konnte. Selbst Kurukus blieben vollkommen unsichtbar, und es erschien dem Seemann nicht unwahrscheinlich, sich zur Rückkehr nach jener sumpfigen Stelle genötigt zu sehen, an der er mit der Tetra-Angelei so entschiedenes Glück gehabt hatte.

»Nun, Pencroff, sagte Nab mit leicht spöttelndem Tone, wenn das das ganze Wild ist, das Sie meinem Herrn nach Hause zu bringen versprachen, dann wird es kein großes Feuer zum Braten nötig haben.

– Nur Geduld, Nab, erwiderte der Seemann, an Jagdbeute soll es uns bei der Rückkehr nicht fehlen.

– Sie haben also kein Zutrauen zu Mr. Smith?

– O doch!

– Sie glauben aber nicht daran, dass er uns Feuer verschaffen wird?

– Das glaube ich erst, wenn ich es auf dem Herde flackern sehe.

– Mein Herr hat es aber gesagt, es wird also der Fall sein.

– Wir werden ja sehen!«

Noch hatte die Sonne ihren höchsten Punkt am Himmel nicht erreicht. Man zog also weiter, wobei Harbert zunächst einen Baum mit essbaren Früchten entdeckte. Es war das eine Pinie, welche eine ausgezeichnete, in den gemäßigten Teilen Amerikas und Europas hochgeschätzte Kernfrucht liefert. Die Früchte erwiesen sich eben als vollkommen reif, und Harbert empfahl sie seinen beiden Begleitern, welche sich daran gütlich taten.

»Nun, meinte Pencroff, Algen an Stelle des Brotes, rohe Miesmuscheln an der des Fleisches und Mandeln[1] zum Nachtisch, so klingt die passende Speisekarte für Leute, die kein einziges Zündhölzchen mehr besitzen!

– Darüber ist auch noch nicht zu klagen, erwiderte Harbert.

– Ich beklage mich auch nicht, mein Junge, entgegnete Pencroff, ich wiederhole nur, dass das Fleisch bei dieser Diät etwas gar zu sehr mangelt.

– Das scheint Tops Ansicht nicht zu sein …« rief Nab, der auf ein Dickicht zusprang, in welchem der Hund eben bellend verschwand, und ihm ein eigentümliches Grunzen antwortete.

Der Seemann und Harbert folgten Nab. Wenn man ein Stück Wild erlegen konnte, so war jetzt nicht die Zeit, darüber zu streiten, ob man es werde braten können oder nicht.

Bald holten die Jäger Top ein und sahen, wie dieser ein Tier an dem einen Ohre gepackt hatte. Es war das eine Art Schwein von etwa zwei und ein halb Fuß Länge, schwarzbrauner, am Bauche hellerer Farbe, mit starren, aber nicht sehr dichten Borsten, dessen Fußzehen, welche jetzt kräftig in den Boden eingeschlagen waren, durch eine Schwimmhaut verbunden erschienen.

Harbert glaubte in diesem Tiere einen Cabiai oder sogenanntes Wasserschwein, d. h. ein Exemplar der größten Nagerfamilie, zu erkennen.

Der Cabiai verteidigte sich nicht sonderlich gegen den Hund, und rollte nur seine, hinter dicken Fettringen halb versteckten Augen hin und her. Menschen sah er vielleicht überhaupt zum ersten Male.

Als Nab aber seinen Stock eben fester packte und dem Nager zu Leibe gehen wollte, entriss sich dieser Tops Zähnen, in welchen nur die Spitze eines Ohres zurück blieb, grunzte heftig, stürzte auf Harbert los, rannte diesen halb um und verschwand im Gebüsche.

»Ah, der Schurke!« rief Pencroff.

Alle folgten eiligst Tops Spuren, und als sie diesen eben einholen, sahen sie jenes Tier unter das Wasser eines ausgedehnten, von hundertjährigen Fichten umstandenen Sumpfes tauchen.

Verwundert blieben Nab, Harbert und Pencroff stehen. Top war in das Wasser nachgesprungen, aber der auf dem Grunde desselben versteckte Cabiai ließ sich nicht erblicken.

»Warten wir ein wenig, sagte der junge Mann, er muss bald einmal empor tauchen, um Atem zu schöpfen.

– Wird er nicht ersaufen? fragte Nab.

– O nein, antwortete Harbert, er hat ja Schwimmfüße und fast die Natur einer Amphibie. Wir wollen ihm aber aufpassen.

Top schwamm noch immer im Wasser. Pencroff und seine Gefährten besetzten an geeigneten Stellen das Ufer, um dem Cabiai den Rückzug abzuschneiden.

Harbert täuschte sich nicht. Nach einigen Minuten kam das Tier wieder auf die Oberfläche. Top stürzte, so schnell er konnte, auf dasselbe zu und hinderte es, wieder unterzutauchen. Einen Augenblick nachher hatte er dasselbe zum Ufer geschleppt, wo es einem Stockschlag Nabs erlag.

»Hurra! rief Pencroff, der gern ein Triumphgeschrei erhob. Nun bloß noch eine glimmende Kohle, und der Nager soll bald selbst bis auf die Knochen abgenagt sein!«

Pencroff lud den Cabiai auf die Schulter, und da er dem Sonnenstande nach glaubte, dass es gegen zwei Uhr sei, veranlasste er die Heimkehr.

Tops Instinkt kam den Jägern trefflich zu statten, die, von jenem geführt, leicht ihren Weg wieder fanden. Eine halbe Stunde nachher erreichten sie schon die Biegung des Flusses.

Ebenso wie das erste Mal machte Pencroff eine Holzladung zurecht, eine Arbeit, die ihm trotz des noch mangelnden Feuers geboten erschien, und so gelangte man, das Floß auf dem Wasser hinleitend, nach den Kaminen zurück.

Noch fünfzig Schritte davor blieb der Seemann stehen, und mit erneutem Triumphgeschrei wies er nach der Ecke, an der sich ihre Wohnung befand.

»Harbert! Nab! Da seht einmal!« rief er.

Ein lustig wirbelnder Rauch stieg über die Felsen empor!

Fußnoten

1 Die Frucht der Pinie hat den Geschmack der süßen Mandel. D. Übers.

ZEHNTES KAPITEL.

Einige Minuten nachher standen die drei Jäger vor einem prasselnden Feuer. Cyrus Smith und der Reporter waren anwesend. Seinen Cabiai in der Hand sah Pencroff Einen nach dem Anderen staunend an.

»Nun ja, mein wackerer Freund, sagte endlich der Reporter, das ist Feuer, wirkliches, leibhaftiges Feuer, über dem das schöne Stück Wild da zu unserer Erquickung bald genug braten soll.

– Wer in aller Welt hat das angezündet? fragte Pencroff.

– Ei nun, die Sonne!«

Gedeon Spiletts Antwort war vollkommen richtig. Die Sonne hatte die Hitze geliefert, über welche Pencroff sich so sehr verwunderte. Der Seemann wollte kaum seinen Augen trauen, und kam vor Erstaunen gar nicht dazu, den Ingenieur darüber zu befragen.

»Sie besaßen also eine Brennlinse, Mr. Smith? fragte Harbert.

– Nein, mein Sohn, erwiderte dieser, ich habe mir aber eine gemacht.«

Dabei wies er den Apparat vor, der ihm als Linse gedient hatte.

Er bestand einfach aus zwei Gläsern, die er seiner Uhr und der des Reporters entnommen hatte. Nach Anfüllung derselben mit Wasser und Verdichtung ihrer Ränder mittels Tonerde erhielt er eine vollständige Linse, welche durch Konzentration der Sonnenstrahlen trockenes Moos zu entzünden im Stande war.

Der Seemann betrachtete erst den Apparat und sah dann den Ingenieur sprachlos, aber mit vielsagendem Blicke an. Wenn Cyrus Smith für ihn nicht geradezu ein Gott war, so erschien er ihm doch sicher mehr als ein gewöhnlicher Mensch. Endlich löste sich seine Zunge und rief er:

»Schreiben Sie das auf, Mr. Spilett; bringen Sie es zu Papier!

– Ist schon notiert«, erwiderte der Reporter.

Mit Nabs Hilfe machte der Seemann hierauf den Bratspieß zurecht, und bald röstete der ausgeweidete Cabiai wie ein gewöhnliches Milchschwein über dem hellen, prasselnden Feuer.

Inzwischen waren auch die Kamine wieder wohnlicher geworden, nicht allein weil die Innenräume sich behaglicher durchwärmten, sondern weil man auch die Lücken durch Sand und Steine aufs Neue verschlossen hatte.

Der Ingenieur und sein Genosse mussten ihre Zeit gut ausgenutzt haben. Cyrus Smith hatte seine Kräfte fast vollkommen wieder erlangt, und versuchte sie durch eine Besteigung der Hochebene. Lange verweilte sein an die Abschätzung von Höhen und Entfernungen gewöhntes Auge auf dem Kegelberge, der am folgenden Tage erstiegen werden sollte. Der etwa sechs Meilen im Nordwesten liegende Berg schien ihm gegen 3500 Fuß über das Meer empor zu ragen, folglich hätte sich einem auf seiner Spitze befindlichen Beobachter ein Gesichtskreis von mindestens fünfzig Meilen geboten. Ein solches Sehfeld versprach aber die Lösung der Frage, »ob Insel oder Festland«, der Cyrus Smith nun einmal die hervorragendste Wichtigkeit beimaß.

Das Abendbrot wurde eingenommen, und das Cabiaisfleisch für ganz vortrefflich erklärt. Seetang und Pinienzapfen vervollständigten die Mahlzeit, während der Ingenieur nur wenig sprach, da ihn sein morgiges Vorhaben beschäftigte.

Einige Male meldete sich Pencroff mit dem oder jenem Vorschlage; Cyrus Smith aber, eine viel zu streng methodische Natur, begnügte sich, den Kopf zu schütteln, und sagte:

»Morgen werden wir wissen, woran wir sind, und danach die geeigneten Maßregeln ergreifen.«

Nach beendetem Mahle warf man noch reichliches Holz auf den Herd, und bald fielen die Bewohner der Kamine, Top mit ihnen, in tiefen Schlummer.

Nichts störte die friedliche Nacht, und am anderen Tage, dem 29. März, erwachten sie munter und frisch, bereit zu dem Ausfluge, der zunächst wenigstens ihr Schicksal entscheiden sollte.

Alles war zum Aufbruche bereit. Die Reste des Cabiai versprachen Allen noch für vierundzwanzig Stunden hinreichende Nahrung, doch rechnete man darauf, sich unterwegs noch mit neuem Vorrat zu versorgen. Da die Uhrgläser des Reporters und des Ingenieurs ihren ursprünglichen Platz wieder gefunden hatten, so sengte Pencroff aufs Neue etwas Leinen an, um als Zunder zu dienen. Feuerstein konnte ja in diesen Gegenden plutonischen Ursprungs nicht fehlen.

Es war sieben und ein halb Uhr morgens, als die mit Stöcken bewaffneten Wanderer aus den Kaminen aufbrachen. Pencroff riet, den schon einmal im Walde betretenen Weg einzuschlagen, wenn man etwa auch auf einem anderen zurückkehrte; jener bildete scheinbar auch den direktesten Weg nach dem Berge. Man ging demnach um die südliche Felsenecke herum, folgte dem linken Ufer des Flusses und verließ diesen an der Stelle, wo er sich nach Südwest wendete. Der durch die angebrochenen Zweige erkenntliche Fußpfad wurde leicht wieder gefunden, und um neun Uhr schon erreichten Cyrus Smith und seine Begleiter die nördliche Grenze des Waldes.

Der bis hierher wenig unebene, erst sumpfige, dann trockene und sandige Boden zeigte nun eine sanfte Steigung nach dem Inneren des Landes. Unter dem Hochwalde gewahrte man einige sehr flüchtige Tiere. Top jagte diese zwar auf, doch rief man ihn sofort zurück, da jetzt keine Zeit war, jene zu verfolgen. Vielleicht später. Der Ingenieur war einmal nicht der Mann, sich von seiner einmal gefassten Idee abwendig machen zu lassen. Ebenso würde man sich nicht getäuscht haben, wenn man sagte, dass er das Land nicht betrachte, weder bezüglich seiner Gestaltung noch seiner Erzeugnisse.

Sein einziges Ziel bildete eben jener Berg, den er zu ersteigen vorhatte, und auf den er geraden Weges zuging.

Um zehn Uhr machte man auf wenige Minuten Halt.

Beim Austritt aus dem Walde konnte man die geografische Anordnung des Landes erkennen. Der Berg setzte sich aus zwei Gipfeln zusammen. Der erste erschien etwa in der Höhe von 2500 Fuß abgeplattet und wurde von sonderbar gestalteten Vorbergen gehalten, die in ihren Verzweigungen einer fest in den Erdboden eingeschlagenen riesigen Kralle nicht unähnlich waren. Zwischen diesen verliefen enge Täler mit zahlreichen Bäumen, deren letzte Gruppen sich bis zu der abgestuften Oberfläche des unteren Kegels erhoben. Jedenfalls erschien die Vegetation an der den Nordostwinden ausgesetzten Bergseite minder entwickelt, dafür bemerkte man an derselben viele Streifen, welche offenbar Lava-Rinnen vorstellten.

Auf diesem ersten Kegel ruhte noch ein an seiner Spitze leicht abgerundeter zweiter, der etwa einem runden, mehr auf ein Ohr gedrückten Hute glich. Letzterer bestand aus nacktem, da und dort von rötlichen Felsen durchbrochenem Erdreich.

Diesen zweiten Gipfel galt es nun zu erreichen, und bot der Kamm der Vorberge scheinbar den besten Weg, dahin zu gelangen.

»Wir befinden uns auf vulkanischem Boden«, hatte Cyrus Smith gesagt, und nach und nach erhoben sich alle weiter auf dem Rücken eines solchen Berg-Ausläufers, der in gewundener und deshalb leichter zu ersteigender Linie an der ersten Hochebene ausmündete.

Zahlreich waren die Unebenheiten dieses Bodens, den plutonische Kräfte wirr durcheinander geworfen hatten. Häufig traf man auf erratische Blöcke, Basalttrümmer, Bimsstein und Obsidiane. In einzelnen Gruppen ragten noch jene Koniferenarten empor, die weiter unten in den engen Tälern so dichte Gehölze bildeten, dass die Sonnenstrahlen sie kaum durchdrangen.

Bei diesem Zuge über die unteren Bergkämme beobachtete Harbert mehrfache Spuren großer Tiere, welche unlängst hier vorüber gekommen schienen.

»Diese Tiere werden uns ihr Gebiet wohl nicht gutwillig überlassen, sagte Pencroff.

– Das tut Nichts, meinte der Reporter, der schon den Tiger in Indien und den Löwen in Afrika gejagt hatte, wir werden sie uns vom Leibe zu halten wissen. Immerhin empfiehlt es sich, jetzt auf der Hut zu sein.«

Inzwischen gelangte man nach und nach aufwärts, doch dehnte sich der Weg durch die vielen Krümmungen auffallend in die Länge. Manchmal fehlte auch plötzlich der Boden, und stand man vor tiefen Schluchten, die umgangen werden mussten, was natürlich ohne Zeitverlust und tüchtige Anstrengung nicht abging. Gegen Mittag, als die kleine Gesellschaft rastete, um am Fuße eines kleinen Tannengehölzes und nahe einem in plätschernden Wasserfällen hinunter stürzenden Bache zu frühstücken, befanden sie sich erst in der Mitte des Weges bis zum ersten Absatze, den man vor Einbruch der Nacht kaum zu erreichen hoffen durfte.

Von hier aus gesehen erweiterte sich der Meereshorizont schon ganz beträchtlich, doch begrenzte zur Rechten das spitzige südöstliche Vorgebirge den Ausblick, so dass nicht zu bestimmen war, ob die stark zurückweichende Küste sich einem weiteren Hinterlande anschloss oder nicht. Nach links hin schweifte der Blick zwar einige Meilen nach Norden, wurde aber im

Nordwesten wiederum durch einen merkwürdig zerrissenen Berggrat, der ohne Zweifel die mächtigste Rinne des zentralen Kegels darstellte, aufgehalten. Bezüglich der Frage, welche Cyrus Smith so sehr am Herzen lag, ließ sich also von hier aus noch nichts entscheiden.

Um ein Uhr setzte man die Besteigung wieder fort. Nochmals mussten sich die Wanderer nach Südwesten wenden und in dem dichten Gehölze vorzudringen suchen. Unter dem Baumdach flatterten dort einige Pärchen Hühnervögel aus der Familie der Fasanen umher. Es waren sogenannte »Tragópans«, die sich durch einen fleischigen Anhang am Halse und kleine dünne, über und hinter den Augen stehende Hörner auszeichnen. Unter diesen Pärchen von der Größe unserer Haushähne unterschied man die Weibchen leicht an ihrer gleichmäßigen braunen Farbe, während die Männchen in ihrem roten, mit weißen Punkten besätem Gefieder prunkten. Gedeon Spilett erlegte durch einen geschickten und kräftigen Steinwurf einen dieser Tragópans, den Pencroff, ausgehungert durch die frische Luft, nicht ohne Lüsternheit ansah.

Nach Durchschreitung dieses Gehölzes erreichten die Bergsteiger, einer hinter dem Andern fast hundert Fuß hoch empor über einen schmalen Abhang kletternd, einen höheren ziemlich hohen Absatz, dessen Boden von ausgesprochener vulkanischer Natur war. Von diesem aus wollte man wieder mehr nach Osten vordringen, wobei man auf den schmalen Pfaden in Schlangenwindungen gehen und jeder aufmerken musste, wohin er den Fuß setzte. Nab und Harbert nahmen die Spitze, Pencroff das Ende des Zuges ein, Cyrus und der Reporter gingen zwischen ihnen. Die Tiere, welche diese Höhen besuchten und von denen man häufiger Spuren antraf, gehörten unzweifelhaft zu den Rassen mit sicheren Füßen und geschmeidigem Rückgrat, wie z.B. die Gämsen. Einigen derselben begegnete man auch, doch legte ihnen Pencroff diese Namen nicht bei.

»Da sind Schafe!« rief er.

Alle blieben etwa fünfhundert Schritte vor einem halben Dutzend ziemlich großer Tiere stehen, welche starke rückwärts gebogene und an der Spitze abgeplattete Hörner und unter langen seidenartigen Haaren von gelblicher Farbe ein dichtes wolliges Fließ hatten.

Es waren das keine gewöhnlichen Schafe, sondern eine in den Gebirgsgegenden der gemäßigten Zonen sehr verbreitete Art, denen Harbert den Namen »Mufflons« (wilde Schafe) gab.

»Isst man die Keulen und Koteletten von ihnen? fragte der Seemann.

– Ja, antwortete Harbert.

– Nun, dann sind es auch Schafe!« behauptete Pencroff.

Unbeweglich zwischen den Basalttrümmern glotzten die Tiere die Wanderer an, so als ob sie zum ersten Male zweifüßige Geschöpfe sähen. Plötzlich schien aber das Gefühl der Furcht in ihnen zu erwachen, und schnell waren sie über die Felsstücke springend verschwunden.

»Auf Wiedersehen!« rief ihnen Pencroff mit so komischem Tone nach, dass alle darüber sich des Lachens nicht enthalten konnten.

Die Besteigung wurde fortgesetzt. An so manchem steilen Abhange konnte man die Spuren der Lava in den sonderbarsten Richtungen verfolgen. Öfter trafen die Wanderer auf ihrem Wege kleine Solfataren (Schwefeldunstquellen), welche man umkreisen musste. An einzelnen Stellen hatte sich der Schwefel in Form kristallinischer Konkretionen mitten zwischen den Auswurfstoffen, welche den Lava-Eruptionen vorher zu gehen pflegen, wie Puzzolanerde in unregelmäßigen, hart gebrannten Stücken und weißlicher, aus ganz kleinen Feldspatkristallen bestehender Asche abgelagert.

Mit Annäherung an das erste Bergplateau nahmen die Schwierigkeiten der Besteigung noch bedeutend zu. Gegen vier Uhr war die oberste Baumgrenze überschritten. Nur da und dort fristeten noch einige dürftige Fichten ihr zähes

Leben, das auch in dieser Höhe dem wütenden Winde Trotz zu bieten vermochte.

Zum Glück für den Ingenieur und seine Begleiter hielt sich das Wetter jetzt sehr schön und die Atmosphäre ruhig, denn bei der Höhe von dreitausend Fuß würde sie eine kräftige Brise nicht wenig in ihren Bewegungen gehindert haben. Bei der Durchsichtigkeit der Luft fühlte man fast die Reinheit des Himmels am Zenit Rings um sie her herrschte vollkommene Ruhe.

Die Sonne, welche hinter dem zweiten Gipfel wie hinter einem ungeheuren Lichtschirm verborgen war, sahen sie zwar nicht, auch blieb der ganze westliche Horizont verdeckt, dessen gewaltiger Schatten entsprechend dem niedersinkenden Tagesgestirn an Größe zunahm. Einige Dünste, mehr Nebel als eigentliche Wolken, begannen im Osten aufzusteigen und färbten sich durch die Brechung der Sonnenstrahlen mit allen Schattierungen des Spektrums.

Nur fünfhundert Fuß trennten die Forscher jetzt von dem Plateau, das sie erreichen wollten, um daselbst ihr Nachtlager aufzuschlagen; doch dehnten sich diese fünfhundert Fuß durch den Zickzackweg, dem man folgen musste, zu mehr als zwei Meilen in der Länge aus. Ost fehlte, wie man zu sagen pflegt, der Boden unter den Füßen. Die Abhänge fielen manchmal so steil ab, dass man auf der erstarrten Lava hin glitt, welche dem Fuße keinen genügenden Stützpunkt bot. Allmählich sank der Abend herab, und schon war es fast Nacht, als Cyrus Smith und seine Begleiter, sehr ermattet von einem siebenstündigen Aufwärtssteigen, auf dem Plateau des unteren Bergkegels ankamen.

Jetzt ging man daran, eine Lagerstätte herzurichten, um durch Nahrung und Schlaf die verlorenen Kräfte zu ersetzen. Die zweite Etage des Berges erhob sich von einer Felsenbasis, zwischen deren Spalten man leicht einen sicheren Schlupfwinkel fand. An Brennmaterial war hier freilich etwas Mangel, doch erhielt man mittels Moosen und trockenem Gesträuch, das sich noch hier und da auf dem Hochplateau vorfand, ein leidliches Feuer. Nab und Harbert sammelten jenes Material ein, während Pencroff verschiedene Steine zu einem improvisierten Herde zusammenstellte. Dann schlug man mittels geeigneter Steine Feuer, die Funken fielen auf den Zunder, und bald loderte, von Nabs kräftiger Lunge angeblasen und geschützt von den umgebenden Felsenwänden, eine lustige Flamme empor.

Man erhielt sich diese nur zur Erwärmung bei der empfindlichen Kälte der Nacht, briet aber den Fasan noch nicht dabei, sondern sparte diesen für den andern Tag auf, und begnügte sich zum Abendbrote mit den Resten des Cabiai und einigen Dutzenden süßer Pinienfruchtzapfen. Um sechs ein halb Uhr war alles beendet.

Da fiel es Cyrus Smith noch ein, im Halbdunkel die große ringförmige Abplattung, auf welcher der zweite Bergkegel ruhte, näher in Augenschein zu nehmen. Bevor er sich zur Ruhe begäbe, wollte er sich überzeugen, ob man rings um diesen Kegel herumgehen könne, für den Fall, dass dessen Seiten zu steil aufstiegen, um den Gipfel selbst erreichen zu können. Der Gedanke hieran beschäftigte ihn unausgesetzt, denn möglicher Weise war der ringförmige Absatz an der Seite, nach welcher sich der obere Kegel neigte, nicht gangbar. Vermochte man aber weder die Spitze des Berges zu erklimmen, noch seine Basis zu umkreisen, so verfehlte man, so lange der westliche Teil der Umgebung nicht zu überblicken war, ja den ganzen Zweck des unternommenen Ausflugs.

Ungeachtet der vorhergegangenen Strapazen wandte sich der Ingenieur, während Pencroff und Nab das Nachtlager zurecht machten und Gedeon

Spilett die Erlebnisse des Tages notierte, in Begleitung Harberts nach dem kreisförmigen Absatze, um diesen zu verfolgen.

Die schöne, stille Nacht war noch ziemlich hell. Ohne ein Wort zu wechseln, gingen Cyrus Smith und der junge Mann neben einander hin. An manchen Stellen verbreitete sich der Weg, so dass sie bequem marschieren konnten, an anderen verengerten ihn Felsentrümmer so weit, dass sie kaum einer hinter dem Andern weiter kamen. Nach zwanzig Minuten etwa mussten die beiden Wanderer sogar ganz anhalten. Von da aus liefen die Abhänge beider Kegelberge in einen zusammen und ließen keine Stufe mehr zwischen sich. Um diese schroffe Wand mit einem Neigungswinkel von fast siebzig Graden konnte man nicht gefahrlos weiter herum klettern.

Mussten der Ingenieur und der junge Mann aber auch auf eine weitere Umkreisung des Kegels verzichten, so bot sich ihnen dafür die Möglichkeit, geraden Wegs ein Stück nach der Spitze hinaufklettern zu können.

Vor ihnen eröffnete sich eine weite Aushöhlung der Bergmasse, eine Seitenmündung des oberen Kraters, eine Art Flaschenhals, aus dem zur Zeit der Tätigkeit des Vulkans die flüssigen Eruptionsstoffe herabrannen. Die erhärtete Lava und die verkrusteten Schlacken bildeten gewissermaßen eine natürliche Treppe mit breiten Stufen, welche die Annäherung an den Gipfel überraschend erleichterte.

Ein flüchtiger Blick genügte Cyrus Smith, diese Vorteile zu erkennen, und ohne zu zögern, drang er, von dem jungen Mann gefolgt, bei zunehmender Dunkelheit in den ungeheuren Schlund ein.

Noch war eine Höhe von etwa 1000 Fuß zu erklimmen. Würden die inneren Wände des Kraters irgend gangbar sein? Das musste man ja bald sehen. Jedenfalls wollte der Ingenieur den Weg nach aufwärts fortsetzen, so lange das eben ausführbar war. Zum Glück bildeten die inneren Wände gewissermaßen sehr verlängerte Schraubengänge, welche das Aufsteigen begünstigten.

Der Vulkan selbst schien zweifellos vollkommen erloschen; nicht die kleinste Rauchsäule stieg aus ihm empor; kein Flämmchen züngelte in seiner ungeheuren Tiefe. Kein unterirdisches Rollen ließ sich hören, kein Erzittern fühlen an diesem dunklen Schachte, der sich vielleicht bis in die Eingeweide der Erde fortsetzte. Auch die Luft im Krater-Innern verriet keine Spur schwefliger Dünste. Das war mehr als die Ruhe, das war das Bild des Erstorbenseins eines Vulkans.

Cyrus Smiths Versuch sollte gelingen. Je weiter er und Harbert an den inneren Wänden empor klommen, desto mehr verbreitete sich die Krateröffnung über ihnen. Der kreisförmige Ausschnitt des Himmels, den die Schlundwände einrahmten, nahm mehr und mehr an Ausdehnung zu. Bei jedem Schritte, den die Wanderer taten, trat sozusagen ein neues Gestirn in ihr Gesichtsfeld. Hell glänzten die prächtigen Sternbilder des südlichen Himmels. Am Zenit der blendende Antares im Skorpion und nahe dabei das *b-Centauri*, das man für den unserem Sonnensystem am nächsten stehenden Fixstern ansieht. Je nachdem sich der Krater erweiterte, erschienen dann das Sternbild der Fische, das Dreieck des Südens und endlich fast genau am antarktischen

Pole der Welt das schöne Südliche Kreuz, welches den Polarstern der nördlichen Halbkugel ersetzt.

Es mochte gegen acht Uhr sein, als Cyrus Smith und Harbert den oberen Kamm des Berges auf der Spitze desselben erreichten.

Freilich war es nun fast vollkommen dunkel geworden, so dass der Blick kaum auf eine Entfernung von zwei Meilen reichte. Wogte nun der Ozean rings um dieses unbekannte Land, oder stand es auf der Westseite mit irgendeiner größeren Landmasse des Stillen Weltmeeres in Verbindung? Noch vermochte man es nicht zu erkennen Grade jetzt erhöhte eine Wolkenbank, die sich scharf vom Horizonte abhob, nach Westen zu die Dunkelheit, und das Auge war nicht im Stande, zu entscheiden, ob Himmel und Wasser in ungebrochener Kreislinie einander berührten.

Da erschien plötzlich an jener Stelle des Horizontes ein Lichtschein, der mehr und mehr herabsank, je nachdem die Wolkenbank in die Höhe stieg.

Es war die Sichel des zunehmenden Mondes, der eben untergehen wollte. Noch reichten seine Strahlen hin, den jetzt wolkenlosen Horizont zu beleuchten, und einen Augenblick sah der Ingenieur sein zitterndes Bild sich auf einer Wasserfläche widerspiegeln.

Cyrus Smith ergriff die Hand des jungen Mannes.

»Es ist eine Insel!« sagte er mit ernstem, fast feierlichem Tone, als eben der letzte Lichtschein in den Wellen erlosch.

ELFTES KAPITEL.

Eine halbe Stunde später waren Cyrus Smith und Harbert wieder bei der Lagerstätte zurück. Der Ingenieur begnügte sich, seinen Gefährten mitzuteilen, dass das Land, auf welches der Zufall sie geworfen, eine Insel sei und dass man am andern Tage das Weitere überlegen wolle. Hierauf richtete sich jeder bestmögliches in der Basaltkluft, 2500 Fuß über dem Meere, ein, und »die Insulaner« verbrachten eine friedliche Nacht in tiefem Schlummer.

Am Morgen des 30. März beabsichtigte der Ingenieur, nach einem kurzen Frühstücke auf Unkosten des gebratenen Tragópans, den Vulkan wieder zu ersteigen, zur genaueren Besichtigung der Insel, auf der alle vielleicht für die Zeit ihres Lebens gefangen waren, wenn diese sehr entfernt von jedem anderen Lande oder außerhalb der Straße derjenigen Schiffe lag, welche die Inselgruppen des Pazifischen Ozeanes besuchen. Diesmal folgten ihm auch alle seine Gefährten, denn auch sie reizte es, die Insel zu betrachten, welche für die Zukunft ihnen alle Lebensbedürfnisse liefern sollte.

Es war gegen sieben Uhr Morgens, als Cyrus Smith, Gedeon Spilett, Harbert, Pencroff und Nab die Lagerstätte verließen.

Alle schienen sich über die gegenwärtige Lage beruhigt zu haben. Ohne Zweifel hatten sie Vertrauen zu sich, doch ist wohl zu bemerken, dass der Grund dieses Zutrauens bei Cyrus Smith nicht derselbe war, wie bei seinen Genossen. Beim Ingenieur erklärte es sich durch das Gefühl seiner Fähigkeit, dieser wilden Natur jedes Lebensbedürfnis für sich und seine Genossen abzuringen, und Letztere sorgten sich um Nichts, eben weil Cyrus Smith bei ihnen war. Diesen Unterschied begreift man wohl; Pencroff vor Allen hätte seit der Wiederanzündung des Feuers keinen Augenblick verzweifelt, selbst wenn er sich auf einem nackten Felsen befunden hätte, wenn nur Cyrus Smith mit auf diesem Felsen war.

»Bah! sagte er, aus Richmond sind wir ohne Erlaubnis der Behörden herausgekommen, es müsste doch mit dem Teufel zugehen, wenn wir nicht heute oder morgen von einem Orte wegkommen sollten, an dem uns gewiss Niemand zurück hält!«

Cyrus Smith verfolgte den nämlichen Weg, wie am Abend vorher. Man ging auf der Stufe zwischen beiden Kegeln um den oberen bis an die Mündung des Seitenkraters herum.

Das Wetter war prächtig. Glänzend stieg die Sonne am Himmel empor und vergoldete mit ihren Strahlen die ganze Ostseite des Berges.

Man trat in den Krater ein. Er erschien so, wie ihn der Ingenieur im Halbdunkel erkannt hatte, d.h. ein ungeheurer Trichter, der sich bis zur Höhe von 100!! Fuß über dem Plateau nach und nach erweiterte. Unterhalb der Seitenmündung schlängelten sich dicke und breite Lavaströme hinunter und zeichneten so den Weg der Auswurfmassen vor, bis in die tieferen Täler hinab, welche den nördlichen Teil der Insel fürchten.

Das Innere des Kraters, dessen Neigung fünfunddreißig bis vierzig Grade nicht überschritt, setzte der Besteigung keinerlei Hindernisse entgegen. Noch fand man Spuren sehr alter Laven, die wahrscheinlich früher über den Rand des Kraters flossen, so lange die Seitenmündung ihnen jenen neuen Ausweg noch nicht bot.

Der Schlund des Vulkans, welcher die Verbindung zwischen den unterirdischen Schichten und dem Krater herstellte, war seiner Tiefe nach nicht mit den Augen abzuschätzen, da er sich in der Dunkelheit verlor. Über das vollständige Verlöschen des Vulkans konnte man jedoch keinen Augenblick im Zweifel sein Noch vor acht Uhr befanden sich Cyrus Smith und seine Gefährten auf dem Gipfel desselben, auf einem kleinen konischen Hügel, der am nördlichen Rande einer großen Blase ähnlich erschien.

»Das Meer! Überall das Meer!« riefen sie, als hätten ihre Lippen dieses Wort, das sie zu Insulanern machte, nicht zurückhalten können.

Wirklich erstreckte sich rings um sie die ungeheure kreisförmige Wasserfläche. Als Cyrus Smith den Gipfel noch einmal bestieg, leitete ihn vielleicht die Hoffnung, irgend eine Küste, eine nahe gelegene Insel zu entdecken, die er in der Dunkelheit des vergangenen Abends nicht hatte erkennen können. Aber Nichts zeigte sich am ganzen Horizonte, d.h. in einem Umkreise von mehr als fünfzig Meilen. Kein Land war in Sicht, kein Segel auf dem Wasser! Der ganze unendliche Raum wüst und leer, und in seiner Mitte lag die verlassene Insel, ein Steinchen im Weltmeere!

Stumm und unbeweglich musterten der Ingenieur und seine Gefährten einige Minuten lang den Ozean. Ihre Augen durchdrangen ihn bis zu den äußersten Grenzen. Doch selbst Pencroff, der ein so ausgezeichnetes Sehvermögen besaß, bemerkte Nichts, und er hätte doch ohne Zweifel selbst die geringste Spur eines entfernten Landes, und wenn es sich nur durch einen noch so seinen Dunstkreis verriet, wahrgenommen, denn unter seine Augenbrauen hatte die Natur zwei wahrhafte Teleskope eingepflanzt.

Vom Meere weg schweiften die Blicke über das umgebende Land, welches der Berg vollständig beherrschte, als Gedeon Spilett zuerst das Schweigen mit der Frage brach:

»Wie viel mag die Größe dieser Insel wohl betragen?«

Wenn man sie so mitten in dem grenzenlosen Ozeane liegen sah, schien dieselbe nicht sehr beträchtlich zu sein.

Cyrus Smith überlegte eine kurze Zeit; er fasste unter Beachtung der Höhe, in welcher er sich befand, den Umfang der Insel ins Auge.

»Ich glaube nicht zu irren, meine Freunde, sagte er dann, wenn ich die Küstenentwickelung unseres Reiches auf mehr als hundert Meilen[1] abschätze.

– Folglich beträgt ihre Oberfläche? ...

– Das ist schwer zu sagen, antwortete der Ingenieur, dafür ist das Ufer zu unregelmäßig zerrissen.«

Wenn sich Cyrus Smith in seiner Abschätzung nicht täuschte, so hatte die Insel ungefähr die Ausdehnung von Malta oder Xanthes im Mittelländischen Meere; doch erschien dieselbe weit unregelmäßiger gestaltet, und reicher an

Caps, Vorgebirgen, Spitzen, Baien, Buchten und Schlüpfhäfen. Ihre sonderbare Form fiel unwillkürlich ins Auge, und als Gedeon Spilett diese auf des Ingenieurs Wunsch in ihren Umrissen gezeichnet hatte, fand man, dass dieselbe einem phantastischen Tiere mit geflügelten Füßen ähnelte, das auf der Oberfläche des Pazifischen Ozeans eingeschlafen war.

Wir geben hier eine kurze Beschreibung der Gestalt der Insel, von der der Reporter sofort eine Karte mit hinreichender Genauigkeit entwarf.

Der Küstenstrich, an dem die Schiffbrüchigen ans Land gekommen waren, bildete einen weit offenen Bogen und umgrenzte damit eine ausgedehnte Bai, die im Südosten mit einem spitzigen Kap endigte, das Pencroff bei seiner ersten Umschau wegen zwischen liegender Hindernisse nicht hatte sehen können. Im Nordosten schlossen diese Bai zwei andere Landvorsprünge, zwischen denen eine schmale Bucht verlief, so dass das Ganze dem geöffneten Rachen eines ungeheuren Hals nicht unähnlich erschien.

Von Nordosten nach Nordwesten zu rundete sich die Küste ähnlich dem flachen Schädel eines wilden Tieres ab, und erhob sich nach innen zu einer Art Landrücken, dessen Mittelpunkt der Vulkanberg einnahm.

Von hier aus strich das Ufer ziemlich regelmäßig von Norden nach Süden, und war nur in zwei Dritteilen seiner Länge von einem engen Schlüpfhafen eingeschnitten, über den hinaus dasselbe mit einer schmalen Landzunge, ähnlich dem Schwanze eines riesigen Alligators, endigte.

Dieser Schwanz bildete eine wirkliche, gegen dreißig Meilen weit ins Meer vorspringende Halbinsel, welche von dem schon erwähnten südöstlichen Kap aus eine weit offene Reede abschloss.

In ihrer geringsten Breite, d.h. zwischen den Kaminen und dem Schlüpfhafen an der nördlichen Küste, maß die Insel höchstens zehn Meilen in der Breite, wogegen ihre größte Länge, von dem Haifischrachen im Nordosten bis zur Schwanzspitze im Südwesten, nicht weniger als fünfzig Meilen betrug.

Das Innere des Landes selbst zeigte etwa folgenden Anblick: Bei reichlichem Waldbestände im Süden, von dem Vulkane aus bis zum Ufer hin, erschien es im Norden dagegen sandig und dürr. Cyrus Smith und seine Gefährten erstaunten nicht wenig, zwischen sich und der Ostküste einen See liegen zu sehen, von dem sie bis jetzt keine Ahnung gehabt hatten. Von dieser Höhe aus betrachtet, schien der See zwar in gleichem Niveau mit dem Meere zu liegen; nach einiger Überlegung erklärte der Ingenieur aber seinen Begleitern, dass jene Wasserfläche mindestens dreihundert Fuß über dem Meere liegen müsse, denn das Plateau, auf dem er sich befand, war nichts Anderes als eine Fortsetzung des Oberlandes der Küste.

»Das wäre demnach ein Süßwassersee? fragte Pencroff.

– Ganz gewiss, erwiderte der Ingenieur, denn er nährt sich von dem Wasser, das aus den Bergen abfließt.

– Ich sehe auch einen kleinen Fluss, der in denselben mündet, sagte Harbert, und wies nach einem schmalen Wasserlaufe, dessen Quell offenbar in den westlichen Vorbergen zu suchen war.

– Wirklich, bestätigte Cyrus Smith, und da dieser Bach dem See zufließt, ist es wahrscheinlich, dass das Wasser nach der Seite des Meeres hin auch einen Abfluss hat. Doch das werden wir bei unserer Rückkehr in Erfahrung bringen.«

Dieser kleine, sehr geschlängelte Wasserlauf und der schon bekannte Fluss bildeten das ganze hydrographische System, so weit es die Beobachter augenblicklich zu übersehen vermochten. Damit war die Möglichkeit jedoch nicht ausgeschlossen, dass unter den Bäumen, welche ja aus zwei Dritteilen der Insel einen ungeheuren Wald machten, noch verschiedene Bergflüsschen nach dem Meere verliefen. Bei der Fruchtbarkeit dieser Landstrecken und ihrem Reichtum an prächtigen Pflanzenexemplaren der gemäßigten Zonen wurde das sogar höchst wahrscheinlich. Die Nordseite dagegen zeigte keine Spur von Bewässerung, wenn man etwa einige Sümpfe im Nordosten abrechnete; mit ihren Dünen, Sandflächen und ihrer auffallenden Unfruchtbarkeit stand diese in grellem Widerspruche zu dem übrigen Erdbodenreichtum.

Den Mittelpunkt der Insel nahm der Vulkan übrigens nicht ein. Er erhob sich vielmehr im nordwestlichen Teile derselben, und bildete gleichsam die Grenze zweier Zonen.

Im Südwesten, Süden und Südosten von demselben versteckten sich die Kämme der Vorberge unter einer Decke von dichtem Grün. Nach Norden hin konnte man dieselben aber bis dahin verfolgen, wo sie sich in den sandigen Ebenen allmählich verliefen. Nach derselben Seite hin hatten sich in der Vorzeit auch die Eruptionsmassen gewendet, und ein breiter Lavastrom reichte bis zu jenem Haifischrachen, der den Golf im Nordosten bildete.

Eine Stunde über blieben Cyrus Smith und seine Freunde auf dem Gipfel des Berges. Unter ihren Augen breitete sich die Insel aus wie ein Reliefplan mit seinen verschiedenen Farben, dem Grün für die Waldung, dem Gelb für den Sand, und dem Blau für die Gewässer. So prägte sich ihnen ein Gesamtbild ein, dem freilich die Details des unter dem Grün verborgenen Erdbodens, der Sohlen der schattigen Täler und des Inneren der engen zu Füßen des Vulkans verlaufenden Schluchten vorläufig abgingen.

Jetzt blieb noch eine wichtige Frage, welche für die Zukunft der Schiffbrüchigen von weitreichendem Einflusse erschien, zu entscheiden.

War die Insel bewohnt?

Der Reporter warf diese Frage auf, welche man nach der aufmerksamsten Betrachtung aller einzelnen Teile des Landes verneinen zu können glaubte.

Nirgends zeigte sich in der Tat eine Spur der Menschenhand, kein Dorf, keine einzelne Hütte, keine Fischerei-Anlage am Ufer. Auch wirbelte kein Rauch in die Luft empor, der die Anwesenheit von Menschen verraten hätte. Freilich trennte die Beobachter ein Zwischenraum von wohl dreißig Meilen von den äußersten Punkten, d.h. der Schwanzspitze, welche sich nach Südwesten erstreckte, und selbst für Pencroffs Augen möchte es schwer gewesen sein, dabei eine menschliche Wohnung deutlich zu erkennen. Auch den grünen Vorhang, der fast drei Vierteile der Insel bedeckte, vermochte man ja nicht zu lüften, um zu entscheiden, ob er nicht irgendwo kleine Niederlassungen berge. Im Allgemeinen bevölkern indessen die Bewohner der im Stillen Ozeane verstreuten Inseln und Eilande nur das Küstengebiet, welches hier vollständig verlassen erschien.

Bis auf Weiteres durfte man die Insel demnach für unbewohnt halten.

Wurde sie aber vielleicht zeitweilig von Eingeborenen benachbarter Inseln besucht? Diese Frage war schwer zu beantworten. In einem Umkreise von fünfzig Meilen konnte man kein Land wahrnehmen. Fünfzig Meilen können jedoch malaiische Boote sowohl, als auch polynesische Piroggen mit Leichtigkeit zurücklegen. alles hing also von der Lage der Insel, ihrer Isolierung im Pazifischen Ozeane oder ihrer Annäherung an irgendeinen Archipel desselben ab. Würde es nun Cyrus Smith gelingen, die geographische Lage derselben nach Länge und Breite ohne die sonst nötigen Instrumente zu bestimmen? Wohl musste das schwierig sein. Im Zweifelsfalle schien es also ratsam, von einem möglichen Überfalle durch Eingeborene nicht unvorbereitet betroffen zu werden.

Die Untersuchung der Insel war beendet, ihre Gestalt bestimmt, ihr Relief annähernd gemessen, ihre Ausdehnung berechnet und ihre Hydrographie und Orographie erkannt. Die Lage der Wälder und freien Flächen hatte der Reporter seinem Plane wenigstens im Groben eingezeichnet. Jetzt konnte man an das Herabsteigen denken, um den Boden unter dreifachem Gesichtspunkte, nämlich bezüglich seiner mineralischen, vegetabilischen und animalen Hilfsquellen, zu erforschen.

Bevor er aber das Zeichen zum Aufbruch gab, wendete sich Cyrus Smith mit seiner ruhigen und ernsten Stimme noch einmal an seine Gefährten:

»Da liegt nun das Stückchen Land vor Euch, meine Freunde, begann er, das Land, auf welches die Hand des Allmächtigen uns geworfen hat. Hier werden wir also, und vielleicht lange Zeit, unser Leben hinbringen. Vielleicht erlöst uns auch eine unerwartete Hilfe, wenn ein Schiff durch Zufall ... ich sage, durch Zufall, denn diese Insel ist von zu geringer Ausdehnung; sie bietet den Fahrzeugen kaum einen schützenden Hafen, und die Befürchtung, dass sie außerhalb der befahrenen Straßen liege, d.h. zu südlich für die Schiffe, welche die Inselgruppen des Stillen Weltmeeres besuchen, und zu nördlich für diejenigen, welche nach Umsegelung des Kap Horn nach Australien steuern, hat viel Wahrscheinlichkeit für sich. Es kann mir nicht beikommen, Euch unsere Lage zu verhehlen ...

– Und Sie tun recht daran, fiel ihm der Reporter ins Wort. Sie sprechen zu Männern, welche Vertrauen zu Ihnen haben, und auf die Sie zählen können. – Nicht wahr, meine Freunde?

– Ich werde Ihnen stets gehorchen, Mr. Cyrus, erklärte Harbert und ergriff die Hand des Ingenieurs.

– Sie sind mein Herr, immer und überall! rief Nab.

– Was mich betrifft, sagte der Seemann, so will ich nicht mehr Pencroff heißen, wenn ich nicht zu jeder Arbeit willig bin, und wenn es Ihnen beliebt, Mr. Smith, so machen wir aus dieser Insel ein kleines Amerika! Wir bauen Städte und Eisenbahnen, richten Telegraphen ein, und eines schönen Tags, wenn die Insel völlig umgewandelt, eingerichtet und kultiviert ist, bieten wir sie der Unionsregierung an. Nur Eines verlange ich dabei ...

– Und das wäre? fragte der Reporter.

– Dass wir uns nicht mehr als Schiffbrüchige betrachten, sondern als Ansiedler, welche hierher gekommen sind, eine Kolonie anzulegen!«

Cyrus Smith konnte sich zwar des Lachens kaum enthalten, doch wurde des Seemanns Vorschlag einstimmig angenommen. Dann sprach er seinen Dank für das ihm bewiesene Vertrauen aus und fügte hinzu, dass er auf die Energie seiner Gefährten ebenso, wie auf die Hilfe der Vorsehung rechne.

»Nun denn, vorwärts nach den Kaminen! rief Pencroff.

– Noch einen Augenblick, meine Freunde, sagte da der Ingenieur; es erscheint mir zweckmäßig, der Insel, den Caps und Vorgebirgen, sowie dem Flüsschen, das wir vor uns sehen, bestimmte Namen zu geben'

– Sehr gut, bemerkte der Reporter. Das vereinfacht in der Zukunft wesentlich alle Instruktionen, die wir zu geben oder zu befolgen haben.

– Wirklich, bestätigte der Seemann, das ist schon Etwas, sagen zu können, wohin man geht oder woher man kommt, es erweckt den Begriff einer Heimat, der man angehört.

– Die Kamine zum Beispiel, warf Harbert ein.

– Richtig! erwiderte Pencroff. Schon dieser Name machte den Aufenthalt wohnlicher, und auf den bin ich ganz allein gekommen. Werden wir den Namen ›Kamine‹ beibehalten, Mr. Cyrus?

– Da Sie unsere erste Wohnung so getauft haben, ja!

– Schön! Was die anderen Namen betrifft, so werden wir mit ihrer Auswahl leicht fertig werden, fuhr der Seemann fort, der nun einmal im Zuge war. Wir verfahren wie die Robinsons, deren Geschichte mir Harbert früher vorgelesen hat, und taufen z.B. die ›Bai der Vorsehung‹, die ›Pottfischspitze‹, das ›Cap der getäuschten Hoffnung‹! ...

– Oder wir verwenden vielmehr die Namen der Mr. Smith, Spilett, Nabs ...

– Meinen Namen! rief Nab und zeigte seine glänzend weiße Zahnreihe.

– Warum nicht? erwiderte Pencroff, der ›Nabs-Hafen‹ und das ›Gedeons-Kap‹ müssten sich recht gut ausnehmen.

– Ich würde Bezeichnungen aus unserer Heimat vorziehen, meinte der Reporter, die uns immer an Amerika erinnern.

– Ja wohl, stimmte ihm Cyrus Smith bei, wenigstens für die Hauptsachen, wie für die Baien und Meeresteile. Lasst uns jener großen Bai im Osten den Namen der ›Unions-Bai‹, und dieser im Westen den der ›Washington-Bai‹ geben. Der Berg, auf dem wir stehen, heiße der ›Franklin-Berg‹ und der See da unten ›Grants-See‹. Wisst Ihr etwas Besseres? Immer werden uns diese Namen an unser Vaterland und die großen Bürger desselben, die es zieren, erinnern. Für die Flüsse, Golfe, Caps und Vorgebirge aber, welche wir von hier aus überblicken, wählen wir Bezeichnungen, wie sie ihre Gestaltung uns an die Hand gibt. Diese werden sich uns leichter einprägen und gleichzeitig praktischer sein. Die Form der ganzen Insel würde uns die Aufsuchung eines geeigneten Namens wohl sehr erschweren; den uns noch unbekannten Wasserlauf aber, die verschiedenen Teile des Waldes, den wir später durchforschen werden, die kleinen Einschnitte am Ufer, die sich uns zeigen mögen, taufen wir nach ihrem äußeren Ansehen. Was meint Ihr, meine Freunde?«

Der Vorschlag des Ingenieurs fand eine einstimmige Billigung. Vor ihnen lag die Insel wie eine aufgerollte Karte, und es sollte nun jedem ein- und ausspringenden Winkel, jeder namhaftern Bodenerhöhung auf derselben eine Bezeichnung gegeben werden. Gleichzeitig wollte Gedeon Spilett diese Namen auf seinen Plan einschreiben, um die geographische Nomenklatur der Insel endgültig festzustellen.

Zunächst taufte man also mit dem Namen der Union, Washingtons und Franklins die beiden Baien und den Hauptberg, entsprechend dem Vorschlage des Ingenieurs.

»Die Halbinsel, welche vom Südwesten der Insel ausläuft, sagte der Reporter, würde ich die ›Schlangen-Halbinsel‹ nennen, und den umgebogenen Schwanz an ihrem Ende das ›Reptil-End‹, welche Bezeichnung mir seine Gestalt zu treffen scheint.

– Angenommen, erklärte der Ingenieur.

– Das andere Ende der Insel nun, sagte Harbert, den Golf, der einem geöffneten Rachen so auffallend ähnelt, nennen wir ›Haifisch-Golf‹.

– Gut erfunden! rief Pencroff. Dann vervollständigen wir das Bild und nennen das Kap daran das ›Kiefer-Kap‹.

– Deren gibt es aber zwei, warf der Reporter ein.

– Das ist sehr einfach, erklärte Pencroff, so nennen wir das eine ›Oberkiefer-‹, das andere ›Unterkiefer-Kap‹.

– Sie sind eingetragen, meldete der Reporter.

– Nun wäre noch die äußerste Spitze im Südosten der Insel zu taufen, sagte Pencroff.

– Das heißt, den Ausläufer der Unions-Bai? fragte Harbert.

– ›Krallen-Kap‹«, rief Nab, der doch auch an Patenstelle bei einem Stückchen ihres Gebietes vertreten wollte.

In der Tat hatte Nab damit eine ganz treffende Bezeichnung gefunden, denn jenes Kap ähnelte sehr auffallend der ungeheuren Tatze eines phantastischen Tieres, welches die ganze Insel vorstellte.

Pencroff war entzückt darüber, wie glatt sich das ganze Tauschgeschäft abwickelte, und bald einigte man sich auch über die weiteren Benennungen.

Den Fluss, welcher den Kolonisten Trinkwasser lieferte und in dessen Nachbarschaft die Ballonruine sie geworfen hatte, nannte man die »Mercy«, aus Dank gegen die Vorsehung; das Eiland, auf welchem die Schiffbrüchigen zuerst Fuß fassten, die »Insel des Heils«.

Das Plateau, welches die hohe Granitmauer über den Kaminen krönte, erhielt den Namen der »Freien Umschau«; die undurchdringlichen Wälder endlich, welche die Schlangenhalbinsel bedeckten, den der »Wälder des fernen Westens«.

Hiermit erschien die Namengebung der sichtbaren und bekannten Punkte der Insel beendigt und sollte erst bei Gelegenheit weiterer Erfahrungen und Entdeckungen vervollständigt werden.

Die Lage der Insel bezüglich der Himmelsrichtungen hatte der Ingenieur durch die Stellung der Sonne annähernd bestimmt, wonach die Unions-Bai und die freie Umschau die Ostseite einnahmen. Am nächsten Tage erst beobachtete er die Zeit des Sonnenauf- und -Unterganges genauer und bestimmte danach, als er die Richtung der Mittagslinie feststellte, den Nordpunkt der Insel, denn man wolle nicht vergessen, dass die Sonne über der südlichen Halbkugel der

Erde zur Zeit ihrer Kulmination genau im Norden steht, während auf der nördlichen Halbkugel bekanntlich das Gegenteil der Fall ist.

Alles war also abgemacht und die Kolonisten hatten nur nötig, den Franklin-Berg hinabzusteigen und nach den Kaminen zurückzukehren, als Pencroff ausrief:

»O, wir sind doch recht auf den Kopf gefallen!

– Und warum? fragte Gedeon Spilett, der schon das Notizbuch geschlossen und sich zum Aufbruch fertig gemacht hatte.

– Nun, unsere Insel selbst erhält wohl gar keinen Namen?«

Harbert schlug vor, ihr den des Ingenieurs zu geben, was unzweifelhaft den Beifall der Übrigen gefunden hätte, als Cyrus Smith im Voraus ablehnend sagte:

»Nein, taufen wir sie nach einem unserer großen Mitbürger, meine Freunde, auf den Namen desjenigen, der jetzt für die Unteilbarkeit der Freistaaten Amerikas kämpft, – nennen wir sie die ›Insel Lincoln‹«

Drei Hurras antworteten dem Vorschlage des Ingenieurs.

Wie plauderten die neuen Kolonisten an diesem Abend von ihrem entfernten Vaterlande; sie sprachen von dem schrecklichen Kriege, der die heimische Erde mit Blute düngte; sie bezweifelten auch keinen Augenblick, dass der Süden unterliegen, dass die Sache des Nordens, die Fahne der Gerechtigkeit, Dank Grant und Lincoln, bald siegen müsse!

Es war das am 30. März 1865. – Jene ahnten es nicht, dass sechzehn Tage nachher in Washington ein grauenvolles Verbrechen begangen werden, dass am Karfreitag Abraham Lincoln dem tödlichen Blei eines Fanatikers erliegen sollte!

Fußnoten

1 Etwa 180 Kilometer.

ZWÖLFTES KAPITEL.

Noch einmal ließen die Kolonisten der Insel Lincoln die Blicke umherschweifen, schritten einmal rings um die Krateröffnung und waren eine halbe Stunde später auf dem ersten Absatze an ihrer Lagerstätte zurück.

Pencroff meinte, dass es Zeit sei, zu frühstücken, und bei dieser Gelegenheit kam auch die Regulierung der Uhren Cyrus Smiths und des Reporters zur Sprache.

Bekanntlich war diejenige Gedeon Spiletts vom Meere verschont geblieben, da der Reporter außerhalb des Bereichs der Wellen auf den Sand geworfen wurde. Niemals hatte derselbe übrigens das ausgezeichnete Werk, einen wirklichen Taschenchronometer, sorgsam aufzuziehen vergessen.

Cyrus Smiths Uhr musste offenbar während der Zeit, die er in den Dünen liegend zubrachte, stehen geblieben sein.

Jetzt zog sie der Ingenieur erst wieder auf und stellte sie auf die neunte Stunde. Die Zeit selbst hatte er nach der Sonnenhöhe annähernd abgeschätzt.

Gedeon Spilett wollte seine Uhr eben mit der des Ingenieurs in Übereinstimmung bringen, als Letzterer ihn daran mit den Worten verhinderte:

»Warten Sie, lieber Spilett! Ihr Chronometer zeigt Richmonder Zeit, nicht so?

– Ja, Cyrus.

– Demnach ist er nach dem Meridiane jenes Ortes reguliert, der mit dem von Washington ziemlich zusammenfällt?

– Ohne Zweifel.

– Nun gut, so lassen Sie jenen ebenso weiter gehen. Ziehen Sie ihn sorgfältig auf, aber verändern Sie die Zeigerstellung nicht. Das dürfte uns noch von Nutzen sein.

– Inwiefern?« dachte der Seemann.

Man frühstückte nun und zwar so reichlich, dass der ganze Vorrat an Wild und Pinienfrüchten aufgezehrt wurde. Pencroff beunruhigte sich darüber nicht im Mindesten, da er auf Ersatz während des Rückwegs rechnete. Top, welcher seinen hinlänglichen Anteil erhalten hatte, würde im Gehölz schon wieder irgend ein Stück Wild aufjagen. Außerdem dachte der Seemann daran, den Ingenieur einfach um Herstellung von etwas Pulver und einiger Jagdgewehre anzusprechen, was ihm bei seinem grenzenlosen Vertrauen zu jenem nur eine leichte Mühe erschien.

Beim Verlassen des Plateaus schlug Cyrus Smith seinen Gefährten vor, zur Rückkehr einen anderen Weg zu wählen. Er wünschte den Grants-See, der sich in seinem grünen Rahmen so prächtig ausnahm, näher kennen zu lernen. Man folgte demnach dem Kamme eines der Vorberge, zwischen welchen der Creek[1], der jenen ernährte, wahrscheinlich entsprang. Im Gespräch wandten die Kolonisten schon ausnahmslos die eben gewählten Eigennamen an, wodurch der gegenseitige Gedankenaustausch wesentlich erleichtert wurde. Harbert und

Pencroff, – der Eine ein junger Mensch, der Andere ein halbes Kind, – waren ganz entzückt und plauderten unterwegs.

»Nun, Harbert, das macht sich prächtig! Verlaufen können wir uns auf keinen Fall, ob wir auf den Grants-See zugehen oder die Mercy quer durch die Wälder des fernen Westens wieder zu erreichen suchen; jedenfalls gelangen wir zum Plateau der Freien Umschau und folglich nach der Unions-Bai!«

Ohne gerade zusammengedrängt zu gehen, war man doch überein gekommen, sich nicht allzu weit von einander zu entfernen. Sicher bewohnten auch einige wilde Tiere dieses Waldesdickicht, und empfahl es sich, einigermaßen vorsichtig zu sein. Gewöhnlich marschierten Pencroff, Harbert und Nab voran, denen Top, jedes Gebüsch durchstöbernd, voraussprang, der Ingenieur und Gedeon Spilett gingen zusammen, der Letztere immer bereit, alles Bemerkenswerte zu verzeichnen; der Ingenieur, meist schweigend, wich nur dann von seiner Richtung ab, wenn er den oder jenen Gegenstand, mineralischer oder vegetabilischer Natur, aufhob und, ohne sich vorläufig darüber zu äußern, in seinen Taschen unterbrachte.

»Was Teufel, hebt er nur immer auf? murmelte der Seemann; ich kann aufpassen, so viel ich will, und finde doch Nichts, was sich der Mühe des Bückens lohnte!«

Gegen zehn Uhr zog die kleine Gesellschaft über die letzten Ausläufer des Franklin-Berges herab. Nur stellenweise bedeckten Gebüsche und vereinzelte Bäume das Erdreich. Man überschritt einen gelblichen, kalzinierten Boden, der sich etwa in der Ausdehnung einer Meile vor dem Waldessaume hin erstreckte Ungeheure Basaltblöcke, welche nach Bischof 350 Millionen Jahre gebraucht haben, um zu erkalten, lagen da und dort umher. Nirgends bemerkte man aber Spuren von Lava, welche immer nur an der Nordseite des Vulkans abgeflossen zu sein schien.

Cyrus Smith hoffte also ohne Schwierigkeit den Creek zu erreichen, der sich seiner Ansicht nach unter den Bäumen an der gegenüberliegenden Grenze der freieren Ebene hinschlängeln musste, als er Harbert plötzlich auf sich zuspringen sah, während Pencroff und Nab sich hinter Felsstücken zu verbergen schienen.

»Was gibt's, mein Sohn? fragte Gedeon Spilett.

– Einen Rauch, antwortete Harbert. Hundert Schritte vor uns haben wir ihn zwischen den Felsen aufsteigen sehen.

– Sind auch Menschen da? rief der Reporter.

– Vermeiden wir, uns sehen zu lassen, erklärte Cyrus Smith, bevor wir nicht wissen, woran wir sind. Eingeborene auf dieser Insel fürchte ich weit mehr, als ich sie herbeiwünsche.

– Top ist voraus.

– Und bellt nicht?

– Nein.

– Das ist sonderbar, doch suchen wir ihn zurück zu rufen.«

In wenigen Augenblicken hatten der Ingenieur, Gedeon Spilett und Harbert die beiden Andern eingeholt und verbargen sich ebenfalls hinter den Trümmern des Basaltes.

Sehr deutlich bemerkten sie von diesem Standpunkte aus eine aufwirbelnde, durch ihre gelbliche Farbe charakterisierte Rauchsäule.

Ein leiser Pfiff seines Herrn rief Top zurück, und mit einem Zeichen, ihn hier zu erwarten, schlich sich jener zwischen den Steinblöcken vorwärts.

Mit ängstlicher Spannung harrten die Kolonisten des Resultates dieser Untersuchung, als sie Cyrus Smith schon herbeirief. Sofort eilten sie jenem nach, fühlten sich aber durch einen höchst widerlichen Geruch, der die ganze Atmosphäre erfüllte, sehr unangenehm berührt.

Dieser leicht erkennbare Geruch hatte dem Ingenieur schon hingereicht die Natur dieses Dampfes, der sie nicht ohne Grund beunruhigt hatte, zu erkennen.

»Dieses Feuer, sagte er, oder vielmehr diesen Rauch unterhält ganz allein die Natur. Er rührt nur von einer Schwefelquelle her, welche uns Gelegenheit geben wird, Krankheiten der Atmungsorgane sehr erfolgreich zu behandeln.

– Schön! sagte Pencroff. Aber welches Unglück, dass ich nicht gerade einen Katarrh habe!«

Die Kolonisten näherten sich der Stelle, von welcher der Rauch aufstieg und fanden einen alkalischen Schwefelquell, der ziemlich wasserreich zwischen dem Gestein dahinfloss und einen durchdringenden Geruch nach Schwefelwasserstoff ausströmte.

Cyrus Smith tauchte seine Hand ein und fand das Wasser etwas ölig, und als er es kostete, von süßlichem Geschmack. Seine Temperatur schätzte er auf 37° C. Harbert fragte ihn, worauf er dieses Urteil gründe.

»Sehr einfach darauf, mein Sohn, dass ich beim Eintauchen der Hand weder eine Empfindung von Wärme, noch von Kälte hatte. Danach entsprach jene Temperatur der des menschlichen Körpers, welche 37° C. beträgt.[2]«

Da die Schwefelquelle ihnen keinen augenblicklichen Nutzen bot, so wandten sich die Kolonisten nach dem Saume des dichten Waldes, der sich einige hundert Schritte vor ihnen hinzog.

Dort plätscherte, wie man vorausgesehen hatte, der Fluss mit munteren, klaren Wellen zwischen hohen rötlichen Ufern, deren Farbe das Vorhandensein von Eisenoxyd verriet, lustig dahin. Nach eben dieser auffallenden Färbung nannte man ihn sofort den »Roten Fluss«.

Eigentlich bildete er nur einen breiten, tiefen und klaren Bach, der aus den Bergwässern genährt, halb als Sturzbach, halb als ruhiges Flüsschen hier ruhig über den Sand hinglitt, dort sich an Steingerölle brach oder in Wasserfällen herabfiel und so bei einer Länge von anderthalb Meilen und einer zwischen dreißig und vierzig Fuß wechselnden Breite nach dem See hinzog. Sein Wasser zeigte sich trinkbar, man durfte also auch annehmen, dass der See Süßwasser enthielt, ein Umstand von Gewicht für den Fall, dass man an seinen Ufern eine bequemere Wohnung, als die in den Kaminen, entdecken sollte.

Was die Bäume betrifft, welche einige hundert Schritte stromaufwärts das Ufer beschatteten, so gehörten sie zum größten Teile denjenigen Arten an, welche in den gemäßigteren Lagen Australiens oder Tasmaniens reichlich vorkommen, und nicht jenen Koniferen, welche die schon bekannten Teile der Insel bis auf einige Meilen von der Freien Umschau bedeckten.

In dieser Jahreszeit, nämlich zu Anfang April, dem Monat, der dem Oktober unserer nördlichen Erdhälfte entspricht, d.h. also gegen Anfang des Herbstes, fehlte es ihnen noch nicht an Belaubung. Vorzüglich erkannte man Kasuarbäume und Eukalypten, deren einige im Frühlinge ein dem orientalischen ganz gleichkommendes Manna liefern mussten. In den Lichtungen erhoben sich wohl auch australische Zedern, bedeckt mit jener Moosart, die man in Neu-Holland »Tussac« nennt. Die Kokospalme dagegen, welche sich auf den Pazifischen Archipelen so reichlich vorfindet, schien der wahrscheinlich unter zu hohem Breitengrade liegenden Insel gänzlich abzugehen.

»Wie schade! rief Harbert, ein so nützlicher Baum mit so schönen Nüssen!«

Vögel gab es in den wenig dichten Zweigen der Kasuarbäume und Eukalypten, welche den Flügelschlag jener nicht behinderten, in großer Menge. Schwarze, weiße und graue Kakadus, Papageien und Sittige in allen denkbaren Farben, »Könige« in prächtiges Grün und leuchtendes Rot gekleidet, blaue Loris und »*Blue-mountains*« erschienen farbenschillernd, als sähe man sie durch ein Prisma, und flogen mit ohrenzerreißendem Geschwätz umher.

Plötzlich erscholl aus einem Dickicht heraus ein Lärmen von den verschiedensten Stimmen. Nacheinander unterschieden die Kolonisten den Gesang von Vögeln, den Schrei eines vierfüßigen Tieres und halbartikulierte Laute, welche von einem Eingeborenen herzurühren schienen. Nab und Harbert eilten, die einfachsten Regeln der Klugheit bei Seite setzend, auf das Gebüsch zu. Glücklicher Weise barg dieses weder ein furchtbares Raubthier, noch einen gefährlichen Eingeborenen, sondern ganz einfach ein halbes Dutzend Spott- und Singvögel, welche man als »Bergfasane« erkannte. Einige geschickt geführte Stockschläge machten dem Konzert bald ein Ende und lieferten einen ausgezeichneten Braten für das Abendbrot.

Harbert richtete die Aufmerksamkeit der Wanderer auch auf eine Art prächtiger Tauben mit metallglänzenden Flügeln, unter denen die Einen einen stolzen Kamm auf dem Kopfe trugen, die Anderen von schönem, grünem Gefieder waren, so wie ihre Verwandten von Port-Maquarie. Diesen gelang es aber ebenso wenig beizukommen, wie vielen Raben und Elstern, welche in ganzen Zügen entflohen. Eine Schrotladung hätte wohl hingereicht, ganze Hekatomben zu fällen, für jetzt blieben die Jäger noch als Schusswaffen auf Steine, als Seitengewehre auf Stöcke beschränkt, eine primitive Jagdausrüstung, welche selbstverständlich viel zu wünschen übrig ließ.

Das Unzureichende ihrer Waffen trat aber noch augenscheinlicher zu Tage, als eine hüpfende, springende Gruppe Vierfüßler, die wohl bis auf dreißig Fuß Höhe emporschnellten und fliegenden Säugetieren zu vergleichen waren, über die Gebüsche weg dahinflogen und zwar so schnell und in einer solchen Höhe, dass man eher Eichhörnchen zu sehen glaubte, welche sich von einem Baume zum anderen schwangen.

»Das sind Kängurus! rief Harbert.

– Essbare Geschöpfe? fragte der Seemann.

– O, gedämpft ersetzen sie den saftigsten Wildbraten!« ... belehrte ihn der Reporter.

Gedeon Spilett hatte diese verheißungsvollen Worte noch nicht beendet, als schon der Seemann, Nab und Harbert den Kängurus nacheilten. Cyrus Smith rief sie zurück, – vergeblich. Ebenso vergeblich musste aber auch die Verfolgung dieses flüchtigen Wildes, das die Elastizität eines Gummiballs zu haben schien, ausfallen. Nach einer Hetzjagd von fünf Minuten ging den Jägern der Atem aus, während die Tiere im Gehölz verschwanden. Tops Erfolg übertraf den seiner Herren ebenso wenig.

»Mr. Cyrus, sagte Pencroff, als der Ingenieur und der Reporter sie eingeholt hatten, Sie sehen, Mr. Cyrus, dass wir uns unbedingt Gewehre verschaffen müssen. Wird das wohl möglich sein?

– Vielleicht, erwiderte der Ingenieur, zunächst werden wir uns aber Bogen und Pfeile herstellen, und ich zweifle gar nicht, dass Sie mit diesen ebenso geschickt umzugehen lernen werden, wie die Jäger Australiens.

– Pfeil und Bogen! sagte Pencroff mit einem verächtlichen Zuge um die Lippen, das ist etwas für Kinder!

– Spielen Sie nicht den Stolzen, Freund Pencroff, entgegnete der Reporter. Bogen und Pfeile haben Jahrhunderte lang hingereicht, die Erde mit Blut zu düngen. Das Pulver stammt erst von gestern; der Krieg aber ist, leider! ebenso alt, als das Geschlecht der Menschen.

– Meiner Treu, das ist wohl wahr, Mr. Spilett, antwortete der Seemann, meine Zunge ist häufig etwas zu schnell ... müssen mich entschuldigen!«

Inzwischen verbreitete sich Harbert, als Liebhaber der Naturwissenschaften, noch einmal über die Kängurus und sagte:

»Wir hatten es hierbei auch mit der am schwierigsten zu fangenden Gattung zu tun. Das waren Riesenexemplare mit langen, grauen Haaren; wenn ich mich aber nicht täusche, so gibt es auch schwarze und rote, Felsenkängurus und Kängururatten, deren man sich mit Leichtigkeit bemächtigen kann. Man zählt wohl ein Dutzend Arten ...

– Für mich, lieber Harbert, unterbrach ihn ganz ernsthaft der Seemann, gibt es nur eine einzige Art, das ›Bratspieß-Känguru‹, und diese wird uns heute Abend fehlen.«

Alle belachten die neue Klassifikation des Meisters Pencroff. Der brave Seemann verhehlte schon sein Bedauern nicht, beim Nachtmahl nur auf die Bergfasane angewiesen zu sein, noch einmal aber sollte Fortuna sich ihm gefällig zeigen.

Top nämlich, der sich bei dieser Angelegenheit interessiert fühlen mochte, suchte mit einem durch den Hunger verdoppelten Spürsinn umher. Es stand sogar zu befürchten, dass er, im Fall ihm ein Stück Wild unter die Zähne kam, den Anderen nichts davon übrig lassen, also mehr auf eigene Rechnung jagen würde. Nab behielt ihn aber im Auge und tat wirklich sehr wohl daran.

Gegen drei Uhr verschwand der Hund einmal im Gebüsch, aus welchem eigentümliche Laute es verrieten, dass er irgendein Tier gepackt haben möchte.

Nab lief ihm schnell nach und fand Top, wie dieser begierig ein erlegtes Tier verzehrte, das man zehn Sekunden später in seinem Magen schwerlich wieder erkannt hätte. Glücklicher Weise hatte der Hund aber ein ganzes Nest überfallen und einen dreifachen Fang getan, zwei weitere Nager – zu dieser Familie gehörten die Tiere nämlich – lagen erwürgt auf dem Boden.

Triumphierend kehrte Nab zurück, in jeder Hand ein Stück Wild empor haltend, dessen Größe die eines Hafen ein wenig übertraf. Das gelbliche Fell erschien grünlich gefleckt und der Schwanz nur als Rudiment entwickelt.

Bürger der Vereinigten Staaten konnten über den Namen der fraglichen Nagetiere nicht in Zweifel sein. Es waren »Maras«, eine Art Agutis (patagonische Hafen), etwas größer als ihre Verwandten in der Tropenzone, mit langen Ohren und fünf Backzähnen auf jeder Seite der Kiefern, wodurch sie sich von den eigentlichen Agutis bestimmt unterscheiden.

»Hurra! rief Pencroff, der Braten ist da, nun können wir nach Hause zurückkehren!«

Der einen Augenblick unterbrochene Weg wurde wieder aufgenommen.

Der Rote Fluss rollte seine klaren Gewässer unter der Decke von Kasuarbäumen, Banksias und enormen Gummibäumen dahin. Prächtige Liliaceen ragten bis auf zwanzig Fuß hoch auf. Daneben neigten sich noch weitere dem jungen Naturkundigen unbekannte Baumarten über das Wasser, das man unter jenem Laubgange murmeln hörte.

Inzwischen verbreiterte sich der Fluss bemerkbar, woraus Cyrus Smith schloss, dass seine Mündung bald erreicht sein müsse. Wirklich zeigte sie sich auch ganz plötzlich, als man aus einem grünen Baumdickicht heraustrat.

Die Wanderer hatten das westliche Ufer des Grants-Sees erreicht. Seine Umgebung verdiente wohl betrachtet zu werden. Die Wasserfläche mit einem Umfange von etwa sieben Meilen und einer Oberfläche von wenigstens 250 Ackern[3] ruhte gleichsam in einem Kranze verschiedener Bäume.

Nach Osten zu glänzte da und dort das Meer durch einzelne Lichtungen in dem grünen Vorhange hindurch. Im Norden beschrieb das Seeufer eine weite konkave Linie, welche mit dem scharfen Winkel am anderen Ende auffallend kontrastierte. Zahlreiche Wasservögel bevölkerten diesen kleinen Ontario-See, in dem freilich nur ein einzelner Felsen, der einige hundert Fuß vom südlichen Ufer über das Wasser emporragte, die »Tausend Inseln« seines amerikanischen Namensvetters darstellte. Dort lebten mehrere Paare Taucherkönige, welche, ernst und unbeweglich auf einem Steine sitzend, den vorüber ziehenden Fischen auflauerten, sich dann plötzlich erhoben, mit einem gellenden Pfiff untertauchten und, ihre Beute im Schnabel, wieder an der Oberfläche erschienen. An dem Ufer und auf jenem Eilande wackelten wilde Enten umher, stolzierten Pelikane, Wasserhühner, Rotschnäbel, Philedons mit einer pinselartigen Zunge, und einige jener wundervollen Lyravögel, deren Schwanz in Form der Bögen einer Leier aufsteigt.

Die Gewässer des Sees selbst erschienen süß, klar, aber von dunkler Färbung, und gewisse kreisförmige Wellenbewegungen, die sich vielfach kreuzten, verrieten, dass jene sehr fischreich sein würden.

»Wahrlich, dieser See ist schön, sagte Gedeon Spilett. An seinem Ufer sollten wir wohnen!

– Das wollen wir auch!« antwortete Cyrus Smith.

Da es den Kolonisten nun darauf ankam, so schnell als möglich nach den Kaminen zurückzukehren, so gingen sie bis zu dem von den Ufern des Sees gebildeten scharfen Winkel. Nicht ohne Mühe brachen sie sich dann einen Weg durch das Dickicht und die Gebüsche, welche wohl noch keines Menschen Hand auseinander gebogen hatte, und wandten sich dabei nach der Küste zu, um im Norden der Freien Umschau auf dem Oberlande anzulangen. Zwei Meilen wurden in dieser Richtung zurückgelegt, dann zeigte sich die mit dichtem Grase bewachsene Hochebene und über ihr hinaus das unendliche Meer.

Um nach den Kaminen zurückzukommen, brauchten sie nun bloß das Plateau etwa eine Meile weit schräghin zu überschreiten und an der Biegung der Mercy herabzusteigen. Der Ingenieur äußerte aber den Wunsch, noch den Ausfluss des Grants-Sees kennen zu lernen. Gewiss bildete der See nur ein großes Becken, welches sich durch die Zuströmung des Roten Flusses nur nach und nach angefüllt hatte. Offenbar musste dasselbe dem überschüssigen Wasser auch irgendwo einen Ausweg bieten, den der Ingenieur in irgendeiner Spalte des Granits vermutete. Es kam ihm sogar schon der Gedanke, die Wasserkraft dieses Ausflusses, welche jetzt doch vollkommen verloren ging, einst nutzbar zu machen.

Eine Meile weit zog man noch in nördlicher Richtung weiter; als sich die erwartete Flussmündung aber auch bis dahin nicht auffinden ließ, kehrte die Gesellschaft um, und erreichte längs des linken Ufers der Mercy gegen halb fünf Uhr die Kamine wieder.

Das Feuer ward wieder entzündet, und die beiden Köche, – Nab als Neger, und Pencroff als Seemann von Natur dazu bestimmt – bereiteten hurtig einen duftenden Aguti-Rostbraten, dem man willig alle Ehre antat.

Als sich nach eingenommener Mahlzeit alle zum Schlafe niederlegen wollten, zog Cyrus Smith noch mehrere kleine Pröbchen verschiedener Mineralien aus seiner Tasche.

»Liebe Freunde, sagte er nur, hier ist ein Magnet-Eisenstein, hier Pyrit, ferner Tonerde, Kalk und hier ein Stückchen Kohle – das ist, was die Natur uns liefert, und repräsentiert ihren Anteil an der gemeinsamen Arbeit!

Morgen gehen wir an die unserige!«

Fußnoten

1 Ein Name, den die Amerikaner kleinen, unbedeutenden Wasserläufen geben.

2 Diese Bemerkung ist offenbar unrichtig. Abgesehen davon, dass das Original nur 35° C. als die menschliche Körpertemperatur, dagegen 45° Fahrenheit, d.h. 37,2° C., angibt, so fühlt man mit der Hand eine solche Temperatur im Wasser, seines besseren Wärmeleitungsvermögens wegen, sehr merkbar als warm.

Anm. d. Übers.

3 Gegen 200 Hektar.

DREIZEHNTES KAPITEL.

»Nun, Mr. Cyrus, fragte Pencroff am nächsten Morgen den Ingenieur, womit beginnen wir nun?

– Mit dem Anfange«, antwortete lakonisch Cyrus Smith.

Wirklich mussten die Kolonisten vollständig »von Adam anfangen«, wie man zu sagen pflegt. Sie besaßen nicht einmal das Notdürftigste, um sich Werkzeuge herzustellen, und befanden sich nicht in der glücklichen Lage der Natur, welche »die Kräfte spart, weil sie Zeit hat«. Ihnen gebrach es an Zeit, sie mussten so schnell als möglich für die notwendigsten Lebensbedürfnisse sorgen, und wenn sie in Folge früher gesammelter Erfahrungen auch nicht gezwungen waren, erst neue Erfindungen zu machen, so hatten sie sich dafür doch alles Notwendige erst selbst zu schaffen. Ihr Eisen und Stahl befand sich noch im Zustande des Minerals, ihr Topfgeschirr in dem des Tones, ihre Kleidung und Wäsche noch in dem der Faserpflanzen.

Man muss übrigens zugeben, dass die Kolonisten »Männer« waren im besten Sinne des Worts. Der Ingenieur Smith konnte begabtere, ergebenere und eifrigere Helfer gar nicht finden. Er hatte sie ja geprüft und kannte ihre Fähigkeiten.

Gedeon Spilett, ein Berichterstatter von hervorragender Begabung, wusste von allem soviel, um darüber sprechen zu können, und sollte Kopf und Hand vielfach der Kolonisation der Insel widmen. Er schreckte vor keinem Unternehmen zurück, und als leidenschaftlicher Jäger betrieb er bald als Geschäft, was ihm früher nur Vergnügen gewesen war.

Harbert, ein wackerer und in den Naturwissenschaften vorzüglich erfahrener junger Mann, half zum allgemeinen Wohle nach besten Kräften.

Nab repräsentierte die verkörperte Ergebenheit. Geschickt, einsichtig, unermüdlich, kräftig und von eiserner Gesundheit, verstand er sich ein wenig auf Schmiedearbeiten, versprach also der Ansiedelung besonders nützlich zu werden.

Pencroff, ein auf allen Meeren gereister Seemann, hatte als Zimmermann auf den Werften von Brooklyn, als Hilfsschneider auf den Kriegsschiffen, als Gärtner und Landmann gearbeitet, wenn er ohne Schiffsdienst war, und wusste, so wie die Seeleute überhaupt, eigentlich alles richtig anzufassen.

Es wäre wohl schwierig gewesen, fünf Menschen zusammenzufinden, welche besser gegen ein widriges Geschick zu kämpfen und ein solches sicherer zu besiegen gewusst hätten.

»Beim Anfange«, lauteten die Worte Cyrus Smiths. Der Anfang, den er dabei im Sinne hatte, bezog sich auf eine geeignete Einrichtung zur Umwandlung der Naturprodukte.

Die wichtige Rolle, welche die Wärme bei derartigen Promessen spielt, ist ja hinlänglich bekannt. Das Brennmaterial allein, ob Holz oder Steinkohle, erschien unmittelbar verwendbar und verlangte nur die Herstellung eines passenden Ofens.

»Und wozu soll dieser Brennofen dienen? fragte Pencroff.

– Zur Beschaffung der Töpferware für unseren Bedarf, antwortete Cyrus Smith.

– Und woraus bauen wir den Ofen?

– Aus Ziegelsteinen.

– Und diese bereiten wir ...?

– Aus tonigem Lehm. Ans Werk, Ihr Freunde. Um Transporte zu vermeiden, etablieren wir unsere Werkstatt am Produktionsort selbst. Nab wird uns Proviant nachführen, und das Feuer zur Zubereitung der Speisen wird ja nicht fehlen.

– Das wohl nicht, bemerkte der Reporter, wenn uns nur die Nahrungsmittel selbst, in Folge Mangels an Jagdgeräten, nicht ausgehen.

– Wenn wir nur wenigstens ein Messer besäßen, rief der Seemann.

– Nun dann? fragte Cyrus Smith.

– Dann hätte ich schnellstens einen Bogen und Pfeile angefertigt und unsere Speisekammer reichlich gefüllt.

– Ja wohl ... ein Messer ... eine schneidende Klinge ...!« sagte der Ingenieur mehr zu sich selbst.

Da trafen seine Blicke Top, der am Ufer hin und her lief.

Plötzlich leuchteten Cyrus Smiths Augen auf.

»Top, hier!« rief er.

Der Hund gehorchte dem Zurufe seines Herrn. Dieser nahm Tops Kopf zwischen die Knie, löste ihm das Halsband ab und zerbrach dasselbe in zwei Stücke.

»Da sind zwei Messer, Pencroff.«

Zwei Hurras des Seemanns erschallten als Antwort. Tops Halsband bestand nämlich aus einem dünnen Streifen von gehärtetem Stahle. Man brauchte die Stücke nur auf einem groben Sandstein zu schleifen und den entstandenen Grat an der Schneide durch einen feinkörnigeren Stein weg zu nehmen. Sandsteinfelsen gab es nun genügend, und zwei Stunden später bestanden die Werkzeuge der Kolonie aus zwei schneidenden Klingen, welche leicht in einem Hefte handgerecht befestigt waren.

Diese Errungenschaft, das erste Werkzeug, wurde als Triumph begrüßt; eine Errungenschaft, die auch wirklich sehr gelegen kam.

Man brach auf. Cyrus Smith beabsichtigte nach der Westseite des Sees an die Stelle zurückzukehren, wo sich Tags vorher das Tonerdelager, von dem er eine Probe mitgenommen, gezeigt hatte. Längs des Ufers der Mercy, nach dem Plateau der Freien Umschau hinziehend, erreichte man nach einem Wege von höchstens fünf Meilen eine zweihundert Schritte vom Grants-See entfernte Lichtung.

Unterwegs hatte Harbert einen Baum entdeckt, aus dessen Zweigen die Indianer Nordamerikas ihre Bögen herzustellen pflegen, den »Erejimba«, der zu einer Palmenfamilie ohne essbare Früchte gehört. Man schnitt von diesem lange, gerade Zweige ab, entblätterte dieselben und schnitzte sie in der Weise zu, dass sie in der Mitte am stärksten blieben. Jetzt bedurfte man also nur noch einer Pflanze, welche passende Sehnen an die Bögen lieferte. Diese fand man in einer Malvenart, dem »*Hibiscus heterophyllus*«, dessen zähe, dauerhafte Fasern eine tierische Sehne im Notfall zu ersetzen vermögen. Nun hatte wohl Pencroff seinen kräftigen Bogen, noch fehlten ihm aber die Pfeile dazu. Ließen sich diese auch aus kleineren, dünnen und astfreien Zweigen unschwer herstellen, so veranlasste doch die notwendige Ausrüstung der Spitze mit einer Substanz, die das Eisen zu ersetzen im Stande war, weit mehr Kopfzerbrechen. Doch sagte sich Pencroff endlich, dass, nachdem er das Seinige getan, der Zufall ihm schon zu Hilfe kommen werde.

Die Kolonisten waren auf dem am vergangenen Tage untersuchten Terrain angekommen. Dieses bestand aus einer Tonerde, wie sie zu Backsteinen und Ziegeln verwendet wird, und welche ihren Zwecken demnach vollkommen entsprach. Besondere Schwierigkeiten stellten sich nicht entgegen. Der Ton wurde nur mittels Sand etwas entfettet, dann formte man Mauersteine daraus, um diese bei Holzfeuer zu brennen.

Gewöhnlich werden die Backsteine zwar in Formen gedrückt, der Ingenieur begnügte sich jedoch mit ihrer Herstellung aus freier Hand. Zwei volle Tage verwendete man auf diese Arbeit. Der angefeuchtete Ton wurde mit Hände und Füßen durchgeknetet, und dann in Prismen von gleicher Größe geteilt Ein geübter Arbeiter vermag ohne Maschine in Zeit von zwölf Stunden bis 10,000 Stück Backsteine herzustellen; die fünf Ziegelstreicher der Insel Lincoln hatten freilich in zwei Arbeitstagen nur etwa 3000 angefertigt, welche reihenweise aufgestellt wurden, bis sie in drei bis vier Tagen vollkommen ausgetrocknet und damit zum Brennen geeignet wurden.

Am 2. April war es, als Cyrus Smith die Orientation der Insel näher feststellte. Am Tage vorher hatte er mit Berücksichtigung der Strahlenbrechung die Zeit, um welche die Sonne unter dem Horizonte verschwand, genau aufgezeichnet. An diesem Morgen beobachtete er den Aufgang derselben mit der nämlichen Aufmerksamkeit. Zwischen diesem Unter- und Aufgange lagen elf Stunden sechzehn Minuten, so dass die Sonne sechs Stunden zweiundzwanzig Minuten nach ihrem Aufgange den Meridian des Ortes passieren und für denselben genau im Norden stehen musste.[1]

Zur erwähnten Zeit beobachtete Cyrus Smith jenen Punkt am Himmel, und wählte zwei in derselben Richtung liegende Bäume aus, die ihm demnach für spätere Aufnahmen eine unveränderliche Mittagslinie bildeten.

Während der beiden Tage vor dem Brennen der Mauersteine beschaffte man sich die nötigen Holzvorräte. In der Umgebung schnitt man Äste von den Bäumen und sammelte alles umherliegende Holz. Es versteht sich, dass die Jagd dabei nicht vollständig vernachlässigt wurde, zumal da Pencroff jetzt wohl ein Dutzend Pfeile mit sehr scharfen Spitzen besaß. Diese verdankte man Top, der ein Stachelschwein eingefangen hatte, das als Wild zwar nur von untergeordnetem Wert, wegen der spitzen Stacheln aber, mit denen es bedeckt ist, in diesem Falle doch eine hochwillkommene Beute bildete. Mit jenen rüstete man nun die Spitzen der Pfeile aus, während ihre Fluglinie durch Kakadufederfahnen gesichert wurde. Der Reporter und Harbert zeichneten sich bald als geschickte Bogenschützen aus. An Wild, z.B. an Wasserschweinen, Tauben, Agutis, Auerhähnen usw., war in der Nachbarschaft Überfluss. Den größten Teil dieser Tiere erlegte man in dem Walde neben dem linken Ufer der Mercy, dem man den Namen des »Jacamar-Waldes« beilegte, unter Beziehung auf die Vögel, welche Harbert und Pencroff bei ihrem ersten Ausfluge dahin verfolgt hatten.

Das meiste Wild verzehrte man zwar frisch, konservierte dagegen die Cabiai- (Wasserschwein-)Keulen und räucherte diese mit grünem Holze, nachdem sie in aromatische Blätter gehüllt kurze Zeit gelegen hatten. Diese zwar sehr kräftigende Nahrung, welche nur aus Braten und wieder Braten bestand, ließ doch allmählich den Wunsch aufkommen, auf dem Herde einmal einen Suppentopf brodeln zu hören. Dazu musste man freilich einen Topf besitzen und folglich den Bau des Brennofens abwarten.

Gelegentlich dieser Exkursionen, die nur in einem beschränkten Kreise um die Ziegelei herum stattfanden, bemerkten die Jäger dann und wann ziemlich frische Spuren größerer Tiere. Cyrus Smith empfahl ihnen deshalb die äußerste Vorsicht, denn die Wahrscheinlichkeit lag sehr nahe, dass das Gehölz einige gefährliche Raubtiere bergen könne.

Wie berechtigt diese Mahnung war, sollte man bald erfahren. Gedeon Spilett und Harbert sahen eines Tages ein Tier, das dem Jaguar sehr ähnlich erschien. Zum Glücke griff es sie nicht an, da sie ohne ernstliche Verletzung wohl nicht davon gekommen wären. Hätte der Reporter nur eine ordentliche Waffe besessen, d.h. ein Gewehr, wie es Pencroff verlangte, so gelobte er sich, gegen die Raubtiere den erbittertsten Krieg zu führen, und die Insel bald von dem Gesindel zu säubern.

An eine wohnlichere Einrichtung der Kamine dachte man jetzt gar nicht mehr, denn der Ingenieur hoffte in allernächster Zeit eine bequemere Wohnung zu entdecken oder zu erbauen.

Man begnügte sich, die Lagerstätten auf dem Sande mit frischen Schichten weichen Mooses und trockener Blätter zu bedecken, und auf diesen etwas urwüchsigen Matratzen genossen die ermüdeten Arbeiter einen trefflichen Schlaf.

Nun bekümmerte man sich auch um die Anzahl der seit der Ankunft auf der Insel verflossenen Tage, und führte eine exakte Zeitrechnung ein. Am 5. April, Mittwochs, waren zwölf Tage verflossen, seit der Sturm die Schiffbrüchigen auf die Insel geschleudert hatte.

Am 6. April versammelten sich der Ingenieur und seine Gefährten mit Tagesanbruch in der Waldblöße an der Stelle, wo das Brennen der Ziegel vor sich gehen sollte, natürlich unter freiem Himmel und nicht in geschlossenen Öfen, vielmehr bildeten die zusammengesetzten Backsteine einen Ofen, der sich eben selbst brennen sollte. Das aus Reisigbündeln bestehende Brennmaterial wurde auf geeignete Art und Weise ausgebreitet, mit mehreren Reihen lufttrockner Backsteine umgeben, welche bald einen großen Würfel bildeten, in dessen Seiten die nötigen Zuglöcher ausgespart blieben. Diese Arbeit nahm den ganzen Tag in Anspruch und erst am Abend zündete man die Holzbündel an.

Niemand legte sich die Nacht über nieder, sondern alle suchten das Feuer gut in Brand zu erhalten.

Der Brennprozess währte achtundvierzig Stunden lang und erwies sich als vollkommen gelungen. Da man das Auskühlen der rauchenden Masse abwarten musste, so schafften Nab und Pencroff unter Cyrus Smiths Leitung inzwischen auf einer aus verbundenen Ästen gebildeten Schleife mehrere Ladungen kohlensauren Kalkgesteins von dem nördlichen Ufer des Sees herbei. Dieses Gestein lieferte, durch Hitze zersetzt, einen sehr fetten, beim Löschen ausgiebigen Ätzkalk, welcher ebenso rein erschien, als wäre er aus dem reinsten Marmor dargestellt. Mit Sand vermischt, den man hinzusetzte, um die allzu große Zusammenziehung des Kalkbreies zu verhindern, lieferte derselbe einen ganz ausgezeichneten Mörtel.

Bei Beendigung dieser Arbeiten, am 9. April, standen dem Ingenieur nun schon eine gehörige Menge völlig fertigen Maurerkalkes und einige Tausend gebrannte Ziegel zur Verfügung.

Man schritt demnach unverzüglich zum Bau eines passenden Brennofens, um das nötige Küchengeschirr für den Hausbedarf herzustellen, was ohne zu große Schwierigkeit gelang. Fünf Tage später wurde der Ofen mit Steinkohle beschickt, von der der Ingenieur nahe dem Roten Flusse ein zu Tage tretendes Lager entdeckt hatte, und zum ersten Male wirbelte der Rauch aus einem etwa zwanzig Fuß hohen Schornsteine empor. Die Waldblöße ward zur Werkstatt, und Pencroff nährte den heimlichen Glauben, dass der Ofen hier bald alle Erzeugnisse der modernen Industrie liefern werde.

Die ersten Artikel der Kolonisten bestanden nun freilich bloß in gewöhnlicher Töpferware, welche indes zum Kochen der Speisen vollkommen ausreichte. Das Material dazu entnahm man dem Tonboden, und ließ Cyrus Smith demselben noch etwas Kalk und Quarzkörner beimengen. Der teigige Ton stellte eine wirkliche »Pfeifenerde« dar, aus der man Töpfe, über geeigneten Steinen geformte Tassen, Teller, größere Krüge, Wasserbehälter usw. erzeugte. Die Form dieser Gegenstände ließ freilich zu wünschen übrig, nachdem sie jedoch bei hohen Hitzegraden gebrannt waren, zählte die Küche der Kamine eine Reihe Gerätschaften, die unter den gegebenen Verhältnissen ebenso kostbar waren, als hätte man zu ihrer Herstellung die feinste Porzellanerde verwendet.

Es verdient erwähnt zu werden, dass Pencroff, begierig zu wissen, ob jene Pfeifenerde ihren Namen in der Tat verdiene, sich einige ziemlich plumpe Pfeifen zurecht machte, die er zwar ganz ausgezeichnet fand, zu denen ihm aber leider der Tabak fehlte, – für Pencroff, den leidenschaftlichen Raucher, eine bittere Entbehrung.

»Tabak wird sich schon noch finden, so gut, wie alles Übrige!« tröstete er sich bei seiner grenzenlosen Vertrauensseligkeit.

Diese Arbeiten dauerten bis zum 15. April, und bedarf es wohl keiner besonderen Versicherung, dass die Zeit dabei gut ausgenutzt wurde. Die Kolonisten, einmal zu Töpfern geworden, beschäftigten sich ausschließlich mit der Anfertigung von Töpfergeschirr. Wenn es Cyrus Smith gefiel, aus ihnen Schmiede zu machen, so würden sie auch solche werden. Da der folgende Tag aber Sonntag, und noch dazu Ostersonntag war, so beschloss man, denselben der Ruhe und Erholung zu weihen. Diese Amerikaner sind sehr religiöse Menschen und beobachten mit peinlicher Genauigkeit die Vorschriften der Bibel; die Lage, in der sie sich befanden, konnte aber ihr Gefühl des Vertrauens zu dem Schöpfer aller Dinge nur verdoppeln.

Am Abend des 15. April kehrte man also nach den Kaminen zurück. Die letzten Topfwaren wurden mitgenommen und der Brennofen verlosch in Erwartung seiner neuen Bestimmung. Auf dem Rückwege gelang dem Ingenieur noch die glückliche Entdeckung einer Substanz, welche den Feuerschwamm ersetzen konnte. Bekanntlich stammt diese samtweiche Masse von einem gewissen Champignon aus der Gattung der Polyporen her. Vorzüglich, wenn sie in einer Lösung von salpetersaurem Natron abgekocht wird, erlangt dieselbe einen hohen Grad von Entzündbarkeit. Bis dahin hatte man freilich noch keine zu den Polyporen gehörige Pflanze, noch auch eine Morchelart gefunden, welche wohl an deren Stelle treten könnte. Heute entdeckte der Ingenieur ein zum Geschlechte des Wermuts gehörendes Gewächs, welches als Hauptarten den Absinth, die Melisse, den Kaisersalat u.a. enthält. Von diesem riss er einige Büschel ab und zeigte sie dem Seemann.

»Hier, Pencroff, ist Etwas, das Ihnen Freude machen wird.«

Aufmerksam betrachtete der Angeredete die Pflanze, welche lange, seidenartige Haare und mit wolligem Flaum bedeckte Blätter hatte.

»Was ist das, Mr. Cyrus? fragte Pencroff. Herr Gott! Doch nicht etwa Tabak?

– Nein, entgegnete Cyrus Smith, das ist eine Wermuthart, für die Gelehrten chinesischer Wermut, für uns Zündschwamm.«

Wirklich zeigte sich diese Substanz in sehr gut getrocknetem Zustande recht leicht entzündlich, vorzüglich als sie der Ingenieur später mit einer Lösung von salpetersaurem Natron, d.h. dem gewöhnlichen Salpeter, den die Insel in mehreren Lagern darbot, imprägniert hatte.

An diesem Abend speisten die in dem Mittelraum versammelten Kolonisten recht mit Behagen. Nab hatte Agutifleisch gekocht und eine Suppe der bereitet, Cabiaischinken aufgeschnitten und einige Knollen von »*Caladium makrorhizum*« abgesotten. Letztere Pflanze zählt zu den Araceen und wächst in der Tropenzone baumartig. Ihre Wurzelknollen sind von ausgezeichnetem Geschmack, sehr nahrhaft und der Substanz sehr ähnlich, welche in England unter Namen »Portlandsago« verkauft wird. In gewisser Hinsicht kann sie wohl das Brot ersetzen, welches den Kolonisten der Insel Lincoln noch abging.

Nach Beendigung des Abendessens gingen Cyrus Smith und seine Genossen noch ein wenig am Strande spazieren. Es war um acht Uhr und die Nacht versprach schön zu werden. Noch schien der Mond nicht, der fünf Tage vorher voll gewesen, doch färbte sich der Horizont schon mit jenem sanften Silberlichte, welches man die Mondmorgenröte nennen könnte. Am südlichen Himmel erglänzten die zirkumpolaren Sternbilder, vor allen das Südliche Kreuz, welches der Ingenieur einige Tage vorher vom Franklin-Berge aus begrüßt hatte.

Eine Zeit lang beobachtete Cyrus Smith das glanzvolle Sternbild, das an seinem oberen und unteren Teile zwei Sterne erster, zur Linken einen zweiter und zur Rechten einen Stern dritter Größe hat.

Nach einigem Besinnen begann er:

»Haben wir heute nicht den 15. April, Harbert?

– Ja, Mr. Cyrus, erwiderte dieser.

– Nun, wenn ich nicht irre, ist dann morgen einer der vier Tage im Jahre, an welchem die wahre Zeit mit der mittleren bürgerlichen Zeit zusammenfällt, d.h. dass die Sonne morgen bis auf einige Sekunden genau zu der Zeit durch den Meridian geht, zu welcher richtig gehende Uhren Mittag zeigen. Sollte also schönes Wetter sein, so gedenke ich morgen den Längengrad, unter dem wir uns befinden, so gut als möglich festzustellen.

– Ohne Instrumente, ohne Sextanten? fragte Gedeon Spilett.

– Ja, antwortete der Ingenieur. Da die Nacht klar ist, so möchte ich auch gleich heute versuchen, unsere Breitenlage durch Berechnung der Horizonthöhe des Südlichen Kreuzes, d.h. des Südpoles zu erfahren. Sie begreifen, meine Freunde, dass es, um sich auf weiter gehende Einrichtungen einlassen zu sollen, nicht genügt, zu wissen, dass dieses Land eine Insel ist; wir müssen uns auch darüber klar zu werden suchen, in welcher Entfernung entweder vom Festlande Amerikas, Australiens, oder auch von einem größeren Archipel des Pazifischen Ozeans diese liegt.

– Gewiss, meinte der Reporter, denn statt eines Hauses könnte es sich uns empfehlen, ein Schiff zu bauen, wenn wir zufällig nur etwa hundert Meilen bis zu einer bewohnten Küste hätten.

– Eden deshalb, fuhr Cyrus Smith fort, will ich heute Abend die Breite der Insel Lincoln und morgen Mittag deren Länge zu erfahren versuchen.«

Hätte der Ingenieur einen Sextanten besessen, ein Instrument, das die Winkeldistanz zweier Spiegelbilder mit großer Genauigkeit zu messen gestattet, so wäre dieses Vorhaben leicht genug ausführbar gewesen. An diesem Abend hätte er durch die Polhöhe, am nächsten Tage durch die Beobachtung des Meridiandurchganges der Sonne die Koordinaten der Insel erhalten. In Ermangelung eines Instrumentes musste er sich eben zu helfen suchen.

Cyrus Smith ging nach den Kaminen zurück. Dort schnitzte er beim Scheine des Herdfeuers zwei kleine flache Lineale, die er an ihren Enden in der Weise mit einander verband, dass sie eine Art hölzernen Zirkel darstellten, dessen Schenkel geöffnet und geschlossen werden konnten. Die Achse desselben bildete ein kräftiger Akaziendorn, den man an dem vorrätigen dürren Holze fand.

Mit dem fertigen Instrumente kam der Ingenieur nach dem Strande zurück; da es aber notwendig ist, die Polhöhe über einen ganz glatten Horizont hin zu visieren, das Krallen-Kap jedoch den südlichen Horizont verdeckte, so musste er eine geeignetere Position aufsuchen. Die beste wäre freilich an der südlichen Uferspitze selbst gewesen, diese zu erreichen hätte man aber die eben ziemlich wasserreiche Mercy überschreiten müssen.

Cyrus Smith beschloss deshalb, seine Beobachtung von der Höhe der Freien Umschau aus anzustellen und deren Lagedifferenz zu dem Niveau des Meeres später in Rechnung zu ziehen, was durch ein einfaches geometrisches Verfahren zu erreichen sein musste.

Die Kolonisten begaben sich demnach auf dem schon bekannten Wege nach dem Plateau hinauf und nahmen an dessen von Nordwesten nach Südosten verlaufenden Rande ihre Aufstellung.

Dieser Teil des Oberlandes überragte die Höhen des rechten Flussufers um nahezu fünfzig Fuß, jene Höhen, welche stufenweise bis nach dem Krallen-Kap am Südende der Insel abfielen. Der Ausblick, welcher den halben Horizont umfasste, erschien demnach von diesem Kap bis zum Schlangenvorgebirge durch kein Hindernis beschränkt. Im Süden war der Horizont in seinen unteren Teilen von dem Mondlichte so weit erhellt, um mit hinreichender Genauigkeit anvisiert werden zu können.

Das Südliche Kreuz stellte sich dem Beobachter zu dieser Zeit in verkehrter Lage, mit dem Sterne a, dem nächsten am Südpole, nach unten dar.

Dieses Sternbild liegt übrigens dem antarktischen Pole überhaupt nicht so nahe, wie der Polarstern dem arktischen; ja, der Stern a ist noch gegen siebenundzwanzig Grad von jenem entfernt. Cyrus Smith wusste das und hatte es bei seiner Messung in Rechnung zu ziehen. Er wartete zur Vereinfachung der Operation die Zeit ab, bis jener Stern unterhalb des Poles durch den Meridian ging.

Nachdem das geschehen, blieb nur noch der erhaltene Winkel zu berechnen, wobei also die Depression des Horizontes zu berücksichtigen und folglich die Höhe des Plateaus festzustellen war. Der Wert dieses Winkels musste die Höhe des Sternes a und folglich die des Poles über dem Horizonte ergeben, damit aber auch die geografische Breite der Insel, weil diese Breite für jeden Punkt der Erdkugel der Höhe des Pols über dem Horizonte desselben entspricht.

Die nötigen Berechnungen verschob man auf den nächsten Tag, und schon um zehn Uhr lagen alle in tiefem Schlafe.

Fußnoten

1 Wirklich geht zu jener Jahreszeit und unter der betreffenden Breite die Sonne um fünf Uhr dreiunddreißig Minuten auf, und um sechs Uhr siebenzehn Minuten unter.

VIERZEHNTES KAPITEL.

Am Morgen des 16. April, – am Ostersonntage, – gingen die Kolonisten mit Tagesanbruch daran, ihre Leibwäsche und Kleidungsstücke zu reinigen. Der Ingenieur gedachte auch Seife zu kochen, sobald er die dazu nötigen Rohmaterialien, Fett und Soda, erlangen würde. Die wichtige Frage wegen Erneuerung der Kleidungsstücke sollte ihrer Zeit erwogen werden. Auf jeden Fall versprachen jene noch sechs Monate auszuhalten, denn sie waren von festen Stoffen dauerhaft gearbeitet. Alles hing ja zuletzt von der geographischen Lage der Insel zu andern bewohnten Ländern ab, und diese sollte noch, unter Voraussetzung günstiger Witterung, an dem nämlichen Tage bestimmt werden.

Die Sonne erhob sich am wolkenlosen Horizonte und ließ einen prächtigen Tag erwarten, einen jener schönen Herbsttage, welche man für die letzten Abschiedsgrüße der warmen Jahreszeit halten möchte.

Jetzt galt es also die Elemente der Beobachtung vom Tage vorher zu vervollständigen und die Höhe des Plateaus der Freien Umschau über dem Niveau des Meeres zu berechnen.

»Brauchen Sie dazu nicht ein ähnliches Instrument, wie das, welches Sie gestern benutzten? fragte Harbert den Ingenieur.

– Nein, mein Sohn, antwortete dieser, wir werden auf andere, doch ebenso genaue Resultate ergebende Weise verfahren.«

Harbert, immer begierig sich von allem genau zu unterrichten, folgte dem Ingenieur, der vom Fuße der Granitwand aus bis zum Uferrande hin schritt. Inzwischen beschäftigten sich Pencroff, Nab und der Reporter mit verschiedenen Arbeiten.

Cyrus Smith hatte eine gerade, etwa zwölf Fuß lange Stange mitgenommen, deren Länge er mit möglichster Genauigkeit nach der ihm bis auf die Linie bekannten eigenen Körpergröße gemessen hatte. Harbert trug ein Senkblei, das ihm der Ingenieur übergeben, d.h. einen einfachen Stein, der an zusammengeknüpfte geschmeidige Pflanzenfasern gebunden war.

Etwa zwanzig Schritte vom Uferrande und gegen fünfhundert von der Granitmauer, welche lotrecht aufstieg, entfernt, befestigte Cyrus Smith die Stange zwei Fuß tief im Sande und gelang es ihm, dieselbe mit Hilfe des improvisierten Senkbleies senkrecht gegen die Ebene des Horizontes aufzustellen.

Hierauf ging er noch so weit zurück, dass seine Sehstrahlen, wenn er sich auf den Sand legte, genau die Spitze der Stange und den Kamm der Granitwand berührten. Diesen Punkt bezeichnete er sorgfältig durch einen eingetriebenen Pflock.

Dann wandte er sich an Harbert.

»Die Grundlehren der Geometrie sind Dir bekannt? fragte er.

– Ein wenig, Mr. Cyrus, antwortete Harbert, der sich nicht bloßstellen wollte.

– Du erinnerst Dich der Eigenschaften der sogenannten ähnlichen Dreiecke?

– Ja wohl, sagte Harbert, die entsprechenden Seiten derselben sind einander proportional.

– Nun sieh, mein Sohn, hier konstruiere ich eben zwei ähnliche, rechtwinklige Dreiecke. Die Seiten des kleineren bilden die Höhe der senkrechten Stange und die Entfernung von dem Punkte, an welchem diese in der Erde steckt, bis zu jenem Pflocke. Seine Hypotenuse wird von meinem Sehstrahle dargestellt. Das zweite größere Dreieck hat als Seiten die lotrechte Felsenwand, um deren Höhe es sich eben handelt, und die Entfernung von ihrem Fuße bis wiederum zu jenem Pflocke hin, während meine Sehstrahlen auch dessen Hypotenuse bezeichnen, nämlich die Fortsetzung der des ersteren Dreiecks.

– Ah, ich verstehe, Mr. Cyrus! rief Harbert. Da die horizontale Entfernung des Pflockes von der Stange proportional der von demselben Punkte bis zur Basis der Felsenwand ist, so steht auch die Höhe der Stange zu der der Felsenwand in demselben Verhältnisse.

– So ist es, Harbert, bestätigte der Ingenieur, und sobald wir diese horizontalen Entfernungen gemessen haben, können wir, da die Höhe der Stange bekannt ist, durch eine einfache Rechnung auch die der Felsenwand finden und uns der Mühe entheben, dieselbe unmittelbar zu messen.«

Die beiden Horizontalen wurden mittels der Stange, deren Höhe über dem Sande genau bestimmt war und gerade zehn Fuß betrug, aufgenommen.

Die erstere zwischen dem Pflocke und dem früheren Standpunkte der Messstange betrug fünfzehn Fuß.

Die zweite zwischen jenem Pflocke und der Basis des Felsens aber fünfhundert Fuß.

Cyrus Smith und der junge Mann kehrten nach Vollendung dieser Aufnahmen nach den Kaminen zurück.

Der Ingenieur holte einen bei Gelegenheit früherer Ausflüge mitgebrachten flachen Stein, eine Art Schiefer, auf dem man mit Hilfe einer spitzigen Muschel leicht und deutlich zu schreiben vermochte. Er stellte folgende Proportion auf:

$$15 : 500 = 10 : x.$$
$$500 \times 10 = 5000.$$
$$\frac{5000}{15} = 333{,}33.$$

Diese Berechnung ergab demnach für die Granitwand eine Höhe von 333 1/3 Fuß.[1]

Cyrus Smith nahm hierauf das Instrument wieder zur Hand, dessen geöffnete und dann befestigte Schenkel ihm am vorhergehenden Tage zur Messung der Winkelhöhe des Sternes α über dem Horizonte gedient hatten.

Den Winkel, welchen diese Schenkel bildeten, maß er möglichst genau auf einem in 360 gleiche Grade geteilten Kreise. Dieser Winkel ergab unter Hinzufügung der siebenundzwanzig Grad, welche den Stern a noch vom Pole trennten, und unter Berücksichtigung der Höhe des Plateaus, von dem aus die Beobachtung stattgefunden hatte, über dem Niveau des Meeres, eine Höhe von dreiundfünfzig Grad. Diese dreiundfünfzig Grad mussten nun endlich noch von neunzig Grad, der Entfernung des Poles von dem Äquator, abgezogen werden, und es verblieben demnach siebenunddreißig Grad. Cyrus Smith gelangte also zu dem Resultate, dass die Insel Lincoln unter 37° südlicher Breite liege, wobei er jedoch seiner mangelhaften Instrumente wegen einen Fehler von fünf Graden annahm, ihre Lage also zwischen dem 35. und 40.° südlicher Breite festsetzte.

Um die Koordinaten der Insel zu erhalten, blieb nun noch die Bestimmung des Längengrades derselben übrig. Diese wollte der Ingenieur noch an demselben Tage, zur Zeit des Meridiandurchganges der Sonne, also zu Mittag, vornehmen.

Der Ostersonntag wurde übrigens zu einem Spaziergange, oder vielmehr zu einer Auskundschaftung derjenigen Teile der Insel bestimmt, welche zwischen dem Norden des Sees und dem Haifisch-Golfe lagen. Wenn es die Witterung zuließ, gedachte man bis zu dem nördlichen Teile des Untertiefer-Kaps vorzudringen, wollte zwischen den Dünen Mittag machen und erst gegen Abend zurückkehren.

Um acht und ein halb Uhr des Morgens marschierte die kleine Gesellschaft längs des Kanalrandes hin. An der anderen Seite, auf der Küste der Insel des Heils, promenierten gravitätisch zahlreiche Vögel. Es waren Tauchervögel, welche man leicht an dem hässlichen, dem des Esels ähnlichen Geschrei erkennt. Pencroff schenkte ihnen nur von dem Standpunkte der Essbarkeit einige Rücksicht und vernahm mit gewisser Befriedigung, dass ihr wenn auch etwas schwärzliches Fleisch doch recht schmackhaft sei.

Man bemerkte auch auf dem Sande hin kriechende große Amphibien, ohne Zweifel Robben, welche das Ufer des kleinen Eilandes mit Vorliebe besuchten. Diese erfreuten sich von Pencroffs Standpunkte freilich keiner besonderen Würdigung, da ihr öliges Fleisch so gut wie ungenießbar ist. Dafür betrachtete sie Cyrus Smith mit desto größerer Aufmerksamkeit, und verkündete seinen Gefährten im Voraus, dass man in nächster Zeit einmal das Eiland besuchen werde, ohne dass er für jetzt einen näheren Grund angab.

Der von den Kolonisten begangene Strand erschien mit unzähligen Muscheln bedeckt, deren einige Arten einem Liebhaber der Malakologie gewiss große Freude bereitet hätten. Neben schönen Phasianellen, Dreiengelmuscheln u.a. entdeckte man aber, was jetzt viel wichtiger erschien, eine durch die Ebbe bloßgelegte, ausgedehnte Austernbank, welche Nab etwa vier Meilen von den Kaminen zwischen den Felsen auffand.

»Nab hat seinen Tag nicht verloren, rief Pencroff, als er die große Ansiedelung der köstlichen Schalentiere betrachtete.

– Wahrlich, das ist eine glückliche Entdeckung, sagte der Reporter, und vorzüglich, wenn jede Auster, wie man allgemein annimmt, jährlich 50- bis 60,000 Eier produziert, bietet sich uns hier ein unerschöpflicher Vorrat.

– Ich denke nur, dass die Auster nicht besonders nahrhaft ist, bemerkte Harbert.

– Nein, antwortete Cyrus Smith. Die Auster zeigt nur sehr wenig Stickstoffgehalt, und würde ein Mensch, der sich ausschließlich von solchen nähren wollte, täglich mindestens fünfzehn bis sechzehn Dutzend derselben nötig haben.

– Schön! fiel Pencroff ein. Einige Dutzend Dutzend könnten wir aber doch wohl losbrechen, ohne die Bank zu schädigen. Sollten wir nicht einige zum Frühstück verzehren?«

Und ohne eine Antwort auf seinen Vorschlag abzuwarten, von dessen Annahme er im Voraus überzeugt war, holte er eine reichliche Menge von diesen Mollusken und brachte sie in einer Art Netz von Hibiskusfasern, das Nabs geschickte Hand gefertigt hatte und welches schon die übrigen Bestandteile der Mittagsmahlzeit enthielt, unter. Dann wanderten alle zwischen den Dünen und dem Meere weiter.

Von Zeit zu Zeit sah Cyrus Smith nach der Uhr, um sich rechtzeitig zu der beabsichtigten Sonnenbeobachtung vorzubereiten, welche genau zu Mittag stattfinden musste.

Der ganze Teil der Insel war bis zu der Spitze der Union-Bai, welche den Namen Unterkiefer-Kap erhalten hatte, sehr sandig. Nur auf Sand und Muscheln, vermischt mit einzelnen Lavatrümmern, traf das Auge. Einige Seevögel umschwärmten das nächste Ufer, wie Seemöwen, große Albatrosse und einige wilde Enten, welche Pencroffs immer lebendige Esslust mit vollem Rechte reizten. Wohl versuchte er einige derselben mit Pfeilen zu erlegen, doch ohne Erfolg, denn jene saßen kaum jemals still, und er hätte sie also im Fluge treffen messen.

Dieser Misserfolg veranlasste ihn auch, gegen den Ingenieur wiederholt die Worte zu äußern:

»Sehen Sie, Mr. Cyrus, so lange wir noch nicht zwei bis drei Jagdgewehre besitzen, lässt doch unser Material immer Manches zu wünschen übrig.

– Gewiss, Pencroff, erwiderte der Reporter; aber das liegt nur an Ihnen. Verschaffen Sie uns Eisen zu den Läufen, Stahl zu den Schlössern, Salpeter, Kohle und Schwefel zum Pulver, Quecksilber und Salpetersäure zu dem Knallsilber und endlich Blei zu Kugeln, so wird Cyrus uns die schönsten Flinten von der Welt herstellen.

– O, bemerkte der Ingenieur, alle diese Substanzen möchten wohl auf der Insel zu finden sein; eine Feuerwaffe ist aber ein sehr seines Stück Arbeit und verlangt zu ihrer Herstellung vorzüglich genaue Hilfswerkzeuge. Indes, später werden wir sehen, was sich tun lässt.

– Warum mussten wir aber auch, rief Pencroff, alle die Waffen, welche die Gondel enthielt, über Bord werfen, alle Geräte, bis auf die Taschenmesser!

– Ja, hätten wir das nicht getan, Pencroff, belehrte ihn Harbert, so hätte uns der Ballon ins Meer fallen lassen.

– Was Du da sagst, ist freilich wahr, mein Junge!« antwortete ihm der Seemann.

Dann sprang er zu einem anderen Gedanken über und sagte:

»Aber das Erstaunen kann ich mir vorstellen, als Jonathan Forster und seine Begleiter am Morgen nach unserer Abfahrt den Platz leer und den Apparat davongeflogen sahen.

– Das wäre nun meine geringste Sorge, was Jene dabei gedacht haben mögen, sagte der Reporter.

– Die Idee ist jedoch von mir ausgegangen! erklärte Pencroff mit selbstzufriedener Miene.

– Eine schöne Idee, Pencroff, meinte der Reporter lachend, die uns dahin gebracht hat, wo wir jetzt sind.

– Lieber bin ich hier, als in den Händen der Südstaatler! rief der Seemann, zumal seitdem Mr. Cyrus die Gewogenheit hatte, sich uns wieder anzuschließen.

– Ich muss gestehen, ich auch! versetzte der Reporter. Übrigens was fehlt uns denn? ... Nichts!

– Doch, wenn Sie wollen, ... Alles! antwortete Pencroff und zog seine breiten Schultern in die Höhe. Indessen, einmal wird der Tag ja noch kommen, der uns wieder von hier erlöst.

– Und vielleicht eher, als Sie es glauben, meine Freunde, sprach der Ingenieur, mindestens, wenn die Insel Lincoln nur in mäßiger Entfernung von einem bewohnten Archipel oder einem Kontinent liegt. Zwar ist mir keine Karte des Stillen Ozeans zur Hand, doch bewahrt mein Gedächtnis sehr deutlich die Erinnerung an das Bild seines südlichen Teiles.

Die gestern erhaltene Breitenlage versetzt unsere Insel im Westen Neu-Seeland, im Osten der Küste von Chile gegenüber. Diese beiden Länder trennt freilich eine Entfernung von 6000 Meilen. Es bleibt uns demnach übrig, festzustellen, auf welchem Punkte dieser breiten Meeresfläche wir uns befinden. Das soll uns die geographische Länge sagen, welche wir mit hinreichender Genauigkeit, wie ich hoffe, soeben zu bestimmen vorhaben.

– Ist es nicht der Pomotou-Archipel, fragte Harbert, der uns der Breite nach am nächsten liegt?

– Ja, antwortete der Ingenieur, dennoch dürften wir bis zu diesem wohl 1200 Meilen haben.

– Und nach dorthin? fragte Nab, der dem Gespräche mit gespanntester Aufmerksamkeit gefolgt war und mit der Hand nach Süden wies.

– Nach dorthin liegt gar nichts, erwiderte der Ingenieur.

– Nun, Cyrus, sagte der Reporter, wenn die Insel Lincoln aber nur zwei- bis dreihundert Meilen von Chile oder Neu-Seeland entfernt läge ...

– Dann, fiel der Ingenieur ein, bauen wir statt eines Hauses ein Fahrzeug, und Meister Pencroff wird zu seiner Leitung berufen ...

– Ha, Mr. Cyrus, meldete sich der Seemann, einen Kapitän wollt' ich schon abgeben, wenn es Ihnen gelingt, ein seetüchtiges Fahrzeug herzustellen.

– Das soll schon geschehen, wenn es nötig wird!« erwiderte der Ingenieur.

Während diese Männer, die an Nichts verzweifelten, also sprachen, nahte die Stunde heran, in welcher die Sonnenbeobachtung vorgenommen werden sollte. Wie würde sich nun Cyrus Smith helfen, den Meridiandurchgang zu bestimmen, da ihm alle Instrumente dazu fehlten? Harbert vermochte sich das auf keine Weise zu enträtseln.

Die Wanderer befanden sich jetzt in einer Entfernung von sechs Meilen von den Kaminen, etwa in jener Gegend der Dünen, in welcher der Ingenieur nach seiner wunderbaren Rettung wiedergefunden worden war. Man machte an dieser Stelle Halt und bereitete alles zum Frühstück, da nur noch eine halbe Stunde bis zum Mittag fehlte. Harbert machte sich auf, aus dem unsern fließenden Bache Wasser zu holen, das er in einem Kruge, den ihm Pencroff mitgegeben, herbeibrachte. Während dieser Vorbereitungen ordnete Cyrus Smith alles zu seiner astronomischen Beobachtung Nötige an. Er wählte auf dem Strande eine flache Stelle aus, welche das sich zurückziehende Meer vollkommen geebnet hatte. Die seine Sanddecke erschien glatt wie eine

Eisscholle, und kein Körnchen überragte das andere. Ob sie ganz horizontal lag, oder nicht, darauf kam im vorliegenden Falle wenig an und ebenso wenig darauf, ob die sechsfüßige Stange, welche aufgestellt wurde, sich genau in vertikaler Richtung befand. Im Gegenteil neigte der Ingenieur diese noch etwas nach Süden, d.h. nach der der Sonne entgegengesetzten Seite, denn man vergesse nicht, dass die Kolonisten der Insel Lincoln deshalb, weil diese Insel auf der südlichen Halbkugel lag, das Strahlengestirn seinen Tagesbogen über dem nördlichen, und nicht über dem südlichen Horizonte beschreiben sahen.

Jetzt ward es Harbert klar, wie der Ingenieur verfahren wollte, um die Kulmination der Sonne, d.h. ihre Passage durch den Meridian der Insel, oder mit anderen Worten, deren Mittagslinie, zu bestimmen. Es sollte das durch den auf den Sand projektierten Schatten der Stange geschehen, der ihm aus Mangel an Instrumenten ein geeignetes Hilfsmittel zur Erzielung des gewünschten Resultates bot.

Wirklich musste die Mittagszeit mit dem Augenblicke, in dem dieser Schatten die geringste Länge zeigte, zusammenfallen, und es musste hinreichen, dem Schatten desselben aufmerksam zu folgen, um den Zeitpunkt wahrzunehmen, wo er sich nach der vorhergegangenen Verkürzung wieder zu verlängern begann. Dadurch, dass Cyrus Smith seinen Stab nach der der Sonne entgegengesetzten Seite neigte, machte er diesen Schatten länger und seine Veränderungen erkennbarer. Denn in der Tat kann man ja dem Zeiger eines Zifferblattes desto leichter folgen, je länger derselbe ist. Der Schatten des Stabes stellte aber hier nichts Anderes, als den Zeiger eines Zifferblattes dar.

Als er den Zeitpunkt nahe glaubte, kniete Cyrus Smith auf dem Sande nieder und bezeichnete mittels kleiner Holzpflöckchen, die er in den Erdboden steckte, die allmähliche Abnahme des Schattenbildes. Seine Gefährten beugten sich über ihn und folgten der Operation mit gespanntestem Interesse.

Der Reporter hielt den Chronometer in der Hand, um die Zeit genau abzulesen, wann der Schatten am kürzesten sein würde. Übrigens operierte Cyrus Smith, wie erwähnt, am 16. April, d.h. an einem Tage, an dem die wahre Sonnenzeit mit der mittleren bürgerlichen Zeit zusammenfällt, so dass die Angabe Gedeon Spiletts die wahre Zeit in Washington bezeichnen musste, was die Rechnung wesentlich vereinfachte.

Indessen stieg die Sonne langsam empor, der Schatten des Stabes verkürzte sich nach und nach, und als Cyrus Smith sah, dass er wieder länger werde, fragte er:

»Wie viel Uhr ist es?

– Fünf Uhr und eine Minute«, antwortete sofort Gedeon Spilett.

Zwischen dem Meridiane von Washington und dem der Insel Lincoln lag also ein Zeitunterschied von rund fünf Stunden, d.h. es war auf der Insel Lincoln erst Mittag, wenn die Uhren in Washington schon auf fünf Uhr Nachmittags zeigten. Die Sonne durchläuft nun bei ihrer scheinbaren Bewegung um die Erde einen Grad in vier Minuten, also fünfzehn Grad in einer Stunde. Fünfzehn Grade mit fünf Stunden multipliziert ergaben demnach fünfundsiebzig Grade.

Da nun Washington 77°3'11" westlich von Greenwich liegt, von wo aus die Amerikaner ebenso wie die Engländer ihre Längengrade zählen, so folgt daraus, dass die Insel siebenundsiebzig plus fünfundsiebzig Grade, d.h. also unter 152° westlicher Länge zu suchen war.

Cyrus Smith verkündigte dieses Resultat seinen Gefährten, und unter Berücksichtigung der möglichen Irrtümer glaubte er die Lage der Insel Lincoln unter dem fünfunddreißigsten bis vierzigsten Grade südlicher Breite und dem hundertfünfzigsten bis hundertfünfundfünfzigsten Grade der Länge westlich von Greenwich annehmen zu dürfen.

Den Spielraum der etwaigen Beobachtungsfehler schätzte er, wie man sieht, in beiden Richtungen auf etwa fünf Grade, was bei sechzig Meilen auf den Grad gegenüber einer exakten Beobachtung einen möglichen Irrtum von dreihundert Meilen in der Länge und der Breite ergab.

Dieser Fehler erschien aber ohne bestimmenden Einfluss auf die aus jener Beobachtung herzuleitenden Beschlüsse. Jedenfalls befand sich die Insel Lincoln in einer so großen Entfernung von jedem Lande und jeder Inselgruppe, dass man es nicht wagen konnte, dieselbe auf einem schwanken, gebrechlichen Kanu zu durchmessen.

In der Tat trennten sie mindestens 1200 Meilen von Tahiti und dem Pomotou-Archipel, mehr als 1800 Meilen von Neu-Seeland, und mehr als 4500 Meilen von der amerikanischen Küste.

Und als Cyrus Smith sich alle seine Erinnerungen vor Augen führte, traf er auf keine, welche mit irgend einer Insel in demjenigen Teile des Pazifischen Ozeans, welchen die Insel Lincoln einnahm, zusammen gefallen wäre.

Fußnoten
1 Hier sind englische Fuß (= 0,30 ^{m}) gemeint.

FÜNFZEHNTES KAPITEL.

Am Morgen des 17. April lauteten des Seemanns erste Worte, die er zu Gedeon Spilett sprach:

»Nun, mein Herr, was werden wir heute vorstellen?

– Was es Cyrus beliebt«, antwortete der Reporter.

Aus Ziegelstreichern und Töpfern, die sie bisher gewesen waren, sollten die Gefährten des Ingenieurs nun Metallurgisten werden.

Am Tage vorher hatte man den Ausflug bis zu dem Kiefern-Kap sieben Meilen von den Kaminen, ausgedehnt. Dort endete die lange Dünen-Reihe, und nahm der Boden mehr eine vulkanische Natur an, auch starrten keine hohen Mauern empor, wie bei dem Plateau der Freien Umschau, sondern ein launenhaft zerklüfteter Felsenrand, der den Golf zwischen den beiden Caps umfasste, und aus mineralischen Substanzen, dem Auswurf des Vulkans, bestand. Hier kehrten die Wanderer um und kamen noch vor Einbruch der Nacht nach den Kaminen zurück, konnten aber vor Lösung der Frage keinen Schlaf finden, ob man daran denken solle, die Insel Lincoln zu verlassen oder nicht.

Die Entfernung von 1200 Meilen bis zu dem Pomotou-Archipel erschien sehr beträchtlich. Ein Kanu reichte wohl nicht aus, dieselbe, zumal bei Annäherung der schlechten Jahreszeit, zurückzulegen, wenigstens hatte Pencroff das entschieden erklärt. Aber auch ein einfaches Kanu, selbst mit Hilfe der nötigen Werkzeuge zu erbauen, blieb immer eine schwierige Arbeit; da die Kolonisten aber jene Werkzeuge noch nicht besaßen, und sich Hämmer, Äxte, Sägen, Bohrer, Meißel usw. erst anfertigen mussten, so erforderte das natürlich eine sehr lange Zeit. Man entschied sich also dafür, auf der Insel Lincoln zu überwintern, und für die kalten Monate eine bequemere Wohnung aufzusuchen, als die Kamine.

Vor allem galt es nun, den Eisenstein, von dem der Ingenieur einige Lager gefunden hatte, nutzbar zu machen und daraus entweder Eisen oder Stahl herzustellen.

Die Erde enthält im Allgemeinen die Metalle nicht im reinen Zustande, meist findet man sie an Sauerstoff oder Schwefel gebunden. Gerade die von Cyrus Smith mitgebrachten Proben waren die einen Magneteisenstein, ohne Kohlensäure, die anderen Pyrit, oder mit anderen Worten, Eisensulfid. Das erstere musste demnach mittels Kohle reduziert, d.h. seines Sauerstoffs beraubt werden, um es als reines Eisen zu erhalten. Diese Reduktion findet statt, wenn man das Mineral nebst Kohle einer sehr hohen Temperatur aussetzt, entweder durch die schnelle und leichte »katalonische Methode«, welche den Vorteil bietet, das Mineral sofort in Schmiedeeisen zu verwandeln, oder durch die bei Hochöfen gebräuchliche, welche das Naturprodukt erst in Guss- und später in Schmiedeeisen umwandelt, indem man dem ersteren drei bis vier Prozent Kohlenstoff, welche es noch gebunden hält, entzieht.

Was bedurfte aber Cyrus Smith? Schmiedeeisen und kein Gusseisen, und es handelte sich also darum, die schnellste Reduktionsmethode anzuwenden. Das aufgefundene Material war übrigens an sich sehr rein und reich, es bestand aus Eisenoxyduloxyd, das in großen, dunkelgrauen Massen auftritt, einen schwärzlichen Staub gibt, in regelmäßigen Oktaedern kristallisiert, die natürlichen Magnete bildet und in Europa zur Herstellung jenes Eisens erster Qualität dient, das man in Schweden und Norwegen so häufig antrifft. Nicht weit von diesem Erzlager fanden sich die von den Kolonisten schon benutzten Steinkohlen. Die nötige Behandlung des Minerals erschien also ziemlich leicht, da sich alles dazu Notwendige nahe bei einander vorfand. Daher rührt auch die so ergiebige Produktion Großbritanniens, wo Eisen und Steinkohlen in dem nämlichen Boden bei einander lagern.

»Nun, Mr. Cyrus, wir wollen also jetzt Eisenerze bearbeiten? fragte Pencroff.

– Ja, mein Freund, antwortete der Ingenieur, und zu dem Zwecke werden wir – was Ihnen nicht missfallen dürfte – auf dem Eilande eine Robbenjagd unternehmen.

– Eine Robbenjagd! rief der Seemann, sich zu Gedeon Spilett umdrehend, braucht man denn Robben, um Eisen zu fabrizieren?

– Da Cyrus es sagt, wird es wohl so sein!« erwiderte der Reporter.

Schon hatte der Ingenieur die Kamine verlassen, und Pencroff traf seine Zurüstungen zur Robbenjagd, ohne eine weitere Erklärung erhalten zu haben. Bald befand sich Cyrus Smith, Harbert, Gedeon Spilett, Nab und der Seemann am Strande, und zwar an einer Stelle, wo der Kanal bei tiefer Ebbe eine leicht passierbare Furth bot. Die Jäger durchschritten diese, ohne sich bis über die Knie nass zu machen.

Cyrus Smith setzte hiermit also zum ersten Male den Fuß auf das Eiland, seine Gefährten dagegen zum zweiten Male, da sie der Ballon ja früher auf dasselbe geworfen hatte.

Beim Betreten des Landes sahen sie wohl einige hundert Pinguine ruhig am Strande sitzen. Zwar hätten sie dieselben mit ihren Stöcken leicht erlegen können, sie hatten aber ein Interesse, kein unnützes Blutbad anzurichten, da sie die Robben, welche einige Kabellängen weiterhin im Sande liegen könnten, nicht scheu machen wollten.

Die Kolonisten wendeten sich nach der nördlichen Spitze, wobei sie über einem Erdboden mit unzähligen kleinen Aushöhlungen hingingen, welche ebenso viele Nester verschiedener Wasservögel bildeten. Am Ende des Eilandes erschienen große schwarze Punkte, welche platt auf dem Wasser schwammen und mehr schäumenden Wellenhäuptern glichen.

Das waren die Amphibien, auf deren Fang man auszog. Man musste sie erst das Ufer erreichen lassen, denn bei ihrem schlanken Bau, der glatten Húni und ihrer beweglichen Gestaltung sind diese Robben ganz ausgezeichnete Schwimmer, die im Meere selbst nur sehr schwer zu fangen sind, während ihre kurzen und handförmigen Füße ihnen auf der Erde nur eine langsam kriechende Bewegung erlauben.

Pencroff kannte die Gewohnheit dieser Tiere, und riet, sie sich erst ruhig auf dem Sande ausstrecken zu lassen, wo sie in Folge der Einwirkung der Sonnenwärme bald in tiefen Schlaf fallen würden. Dann sollte man ihnen den Rückzug abschneiden und sie durch Schläge auf die Nase erlegen.

Die Jäger verbargen sich also hinter einzelnen Uferfelsen und verhielten sich ganz ruhig.

Eine Stunde verging, bevor die Robben es sich auf dem Sande bequem gemacht hatten. Es mochte wohl ein halbes Dutzend solcher Tiere sein. Pencroff und Harbert schlichen sich um die Spitze des Eilandes herum, um jenen den Rückweg zu verlegen, indessen Cyrus Smith, Gedeon Spilett und Nab längs der Felsen hin krochen und sich dem Schauplatz näherten.

Plötzlich erschien die lange Gestalt des Seemanns. Pencroff stieß ein. Geschrei aus. Der Ingenieur und seine Genossen stürzten sich eiligst zwischen die Robben und das Meergestade. Zwei dieser Tiere wurden tödlich getroffen und blieben auf dem Sande liegen, während die anderen das Wasser und somit das Weite zu erreichen vermochten.

»Hier, die gewünschten Robben, Mr. Cyrus, sagte der Seemann und näherte sich dem Ingenieur.

– Schön, antwortete Cyrus Smith, aus ihnen werden wir Schmiedeblasebälge machen!

– Blasebälge! rief Pencroff, ei, wozu doch die Robben alles gut sind!«

Zur Bearbeitung des Eisenerzes war in der Tat eine derartige Maschine nötig, wie sie der Ingenieur aus dem Felle der Robben herzustellen gedachte.

Die Amphibien erwiesen sich übrigens nur von mittlerer Größe, denn ihre Länge überschritt keine sechs Fuß, und bezüglich des Kopfes glichen sie fast Hunden.

Da es unnütz erschien, sich mit einem so beträchtlichen Gewicht, wie das der beiden Tiere, zu belasten, so beschlossen Nab und Pencroff, sie auf der Stelle abzuhäuten, während Cyrus Smith und der Reporter die Insel weiter in Augenschein nehmen wollten.

Der Seemann und der Neger entledigten sich ihres Geschäftes recht geschickt, und drei Stunden später hatte Cyrus Smith zwei Robbenfelle, welche er in frischem Zustande, ohne sie irgendwie zu gerben, anzuwenden gedachte, zur Verfügung.

Die Kolonisten mussten noch warten, bis das Meer wieder seinen niedrigsten Stand einnahm, und kehrten dann, den Kanal durchwatend, nach den Kaminen zurück.

Es verursachte keine zu geringe Mühe, die Häute auf geeignete Holzrahmen zu spannen, und sie mittels Fasern so zusammen zu nähen, dass sie nicht zu viel Luft verloren, wenn sie aufgeblasen wurden. Mehrmals musste man die Arbeit wiederholen. Cyrus Smith standen nur die beiden schneidenden Klingen von Tops Halsband zu Gebote, doch war er so geschickt, seine Genossen unterstützten ihn so verständig, dass die Werkstatt der kleinen Kolonie drei Tage später durch einen Blasebalg bereichert erschien, der die Bestimmung hatte, zwischen das heiße und später geschmolzene Eisenerz Luft einzuführen, eine für das Gelingen der Operation unerlässliche Bedingung.

Am Morgen des 20. April begann »die metallurgische Periode«, wie sie der Reporter in seinen Notizen nannte.

Der Ingenieur wollte, wie erwähnt, die Arbeit an den Lagerstätten der Kohlen und des Eisensteins selbst ausführen. Seinen Beobachtungen nach befanden sich diese am Fuße der nordöstlichen Vorberge des Franklin-Berges, d.h. in einer Entfernung von sechs Meilen. Da man also gar nicht daran denken konnte, jeden Abend nach den Kaminen zurückzukehren, so sollte die kleine Gesellschaft inzwischen unter einer Hütte von Zweigen campieren, um die wichtige Operation Tag und Nacht fortsetzen zu können.

Nachdem man sich hierüber geeinigt, brach man am Morgen auf. Nab und Pencroff zogen auf einer Schleife den Blasebalg und einen gewissen Vorrat pflanzlicher und tierischer Nahrungsmittel, der übrigens unterwegs noch ergänzt werden sollte.

Der Weg führte von Südosten nach Nordwesten durch die dichtesten Teile des Jacamar-Waldes. Man war gezwungen, sich erst eine Bahn zu brechen, welche in Zukunft die direkteste Verbindung zwischen dem Plateau der Freien Umschau und dem Franklin-Berge bildete. Die prächtigen Bäume daneben gehörten zu den schon bekannten Arten, doch entdeckte Harbert einige neue, z.B. Drachenbäume, von Pencroff »köstliche Lauche« genannt, denn trotz ihrer Größe zählten sie ebenso zu der Familie der Liliaceen, wie die Zwiebel, der Schnittlauch, die Schalotte und Spargel. Diese Drachenbäume liefern eine Art Wurzeln, welche gesotten recht gut schmecken und, einer gewissen Gärung unterworfen, einen sehr angenehmen Likör geben. Man sammelte demnach einige Vorräte derselben ein.

Der Weg durch das Gehölz zog sich weit hin; er beanspruchte den ganzen Tag, gab aber Gelegenheit, die Fauna und Flora weiter kennen zu lernen. Top, welcher sich allerdings mehr mit der Fauna beschäftigte, revierte durch Gras und Gebüsch und trieb das verschiedenste Wild auf. Harbert und Gedeon Spilett erlegten zwei Kängurus mittels Pfeilen, und außerdem ein Tier, das einem Igel ebenso, wie einem Ameisenbär ähnelte dem ersteren, weil es sich wie eine Kugel zusammenrollte und von spitzen Stacheln strotzte, dem letzteren, weil es zum Wühlen geeignete Krallen, eine lange, schlanke Schnauze mit vogelschnabelartigem Ende und eine lange, dehnbare Zunge besaß, die mit kleinen Dornen besetzt war, um die Insekten damit zu haschen.

»Und im Falle das Tier im Topfe kocht, fragte natürlich Pencroff, wem ähnelt es dann?

– Einem delikaten Stück Rindfleisch, antwortete Harbert.

– Na, mehr verlangen wir ja nicht«, sagte der Seemann schmunzelnd.

Bei Gelegenheit dieses Ausflugs traf man auch auf einige wilde Eber, denen es jedoch nicht beikam, die kleine Truppe anzugreifen, und es hatte nicht den Anschein, dass man hier gar so furchtbaren Raubtieren begegnen werde, als der Reporter plötzlich in einem dichten Gesträuch ein Tier bemerkte, das zwischen dem Gezweig eines Baumes kletterte und welches er für einen Bär hielt. Gedeon Spilett ging sofort daran, es abzuzeichnen, da es glücklicherweise nicht zu jener furchtbaren Gattung gehörte. Es war vielmehr ein »Kula«, gewöhnlich »Faultier« genannt, von der Größe eines mittleren Hundes, mit borstigem Fell und schmutziger Farbe, die Tatzen mit tüchtigen Krallen bewehrt, wodurch es ihm ermöglicht ist, auf Bäume zu klettern und sich von Blättern zu ernähren. Nach Feststellung des Gattungszweiges, zu dem das Tier gehörte, das man in seinen Sprüngen nicht weiter störte, strich Gedeon Spilett das Wort »Bär« aus seinem Tagebuche, schrieb dafür »Kula« ein, und weiter zogen die Wanderer ihres Weges.. Um fünf Uhr Abends ließ Cyrus Smith Halt machen. Man befand sich jetzt außerhalb des Waldes und an den ersten Anfängen der mächtigen Vorberge, welche den Franklin-Berg an der Ostseite stützten. Wenige hundert Schritt von ihnen floss der Rote Fluss, und folglich war auch Trinkwasser nicht weit zu holen.

Das Lager wurde sogleich zurecht gemacht, und schon nach einer Stunde erhob sich am Waldessaum zwischen den letzten Bäumen eine aus Zweigen und Lianen errichtete Hütte. Die geologische Nachforschung verschob man auf den anderen Tag. Das Abendbrot ward bereitet, ein lustiges Feuer flackerte auf, der Bratspieß drehte sich, und um acht Uhr waren schon alle entschlummert bis, auf Einen, der das Feuer schürte und Wache hielt, wenn doch etwa reißende Tiere in den Umgebungen umherstreifen sollten.

Am anderen Tage, den 21. April, ging Cyrus Smith in Gesellschaft Harberts aus, um die Stellen aufzusuchen, von denen er seine ersten Mineralproben mitgenommen hatte. Er fand das Lager auch zu Tage liegend, sehr nahe der Quelle des Creek und am steilen Fuß eines nordöstlichen Vorberges. Das sehr gehaltvolle Material stand daselbst sogar gleich in Verbindung mit dem nötigen Zuschlage, der zur Schlackenbildung erforderlich ist, in großer Menge an, erschien also für die Reduktions-Methode, welche der Ingenieur anzuwenden beabsichtigte, d.h. für die katalonische Methode, in der Vereinfachung, wie sie in Korsika üblich ist, vollkommen geeignet.

In der Tat verlangte die eigentliche katalonische Methode die Konstruktion von Öfen und Schächten, in welche das Mineral und die Kohle in abwechselnden Schichten aufgegeben sich umwandelt und reduziert. Cyrus Smith wollte sich diese Umständlichkeiten ersparen und aus dem Gestein und der Kohle einfach eine kubische Masse bilden, in deren Mitte er den Wind seines Blasebalges zu leiten gedachte. Unzweifelhaft vollzog sich der Prozess bei den ersten Metallurgisten der Welt auf dieselbe Weise. Was aber Adams Enkeln gelungen war, und in den an Mineralien und Brennmaterial reichen Gegenden noch immer gelang, musste auch unter den Verhältnissen, in welchen sich die Kolonisten der Insel Lincoln befanden, von Erfolg sein.

So wie das Mineral, wurde auch die Steinkohle ohne Mühe und nicht tief unter dem Erdboden gewonnen. Zunächst zerschlug man das Gestein in kleinere Stücke und säuberte es mit der Hand von den beigemengten Unreinigkeiten. Dann wurden Kohlen und Mineral in aufeinander folgenden Lagen aufgehäuft, so wie es der Köhler macht, welcher Holzstücke verkohlen will. Auf diese Weise musste sich unter Mitwirkung der von den Blasebälgen eingetriebenen Luft die Kohle zuerst in Kohlensäure und hierauf in Kohlenoxyd umwandeln, um das Eisenoxyd-Oxydul zu reduzieren, d.h. seines Sauerstoffes zu berauben.

So verfuhr der Ingenieur. Der Blasebalg aus Robbenhaut, der ein Endstück von feuerbeständiger Erde trug, das schon vorher in dem Töpferofen gebrannt worden war, wurde neben dem aufgestellten Haufen angebracht. Durch einen Mechanismus, der in der Hauptsache aus Holzrahmen, Faserseilen und Gegengewichten bestand, in Bewegung gesetzt, trieb er die nötige Luft in die Masse hinein, welche unter gleichzeitiger Steigerung der Temperatur die chemische Umwandlung in reines Eisen unterstützte.

Die Operation war schwierig, sie beanspruchte die ganze Geduld und volle Einsicht der Kolonisten, um sie zu gutem Ende zu führen, doch gelang sie, und das endliche Resultat bestand in einer Luppe schwammartigen Eisens, welches gezängt und geschweißt, d.h. geschmiedet werden musste, um die Schlacken ganz daraus zu entfernen. Natürlich fehlte den improvisierten Schmieden der Hammer dazu, alles in allem aber befanden sie sich in den nämlichen Verhältnissen, wie der erste Eisenschmelzer, und sie halfen sich ebenso, wie sich jener geholfen haben dürfte. Die erste mit einem grünen Stocke herausgezogene Luppe diente auf einem Ambos von Granit als Hammer für die zweite, und so erlangte man ein zwar grobes, aber doch brauchbares Eisen.

Nach mancherlei Versuchen und Mühen waren am 25. April mehrere Eisenbarren geschmiedet, und verwandelten sich in Werkzeuge, wie Kneipzangen, Schmiedezangen, Meißel, Äxte usw., welche Pencroff und Nab für wahre Prachtstücke erklärten.

Als Schmiedeeisen konnte dieses Metall indes die verlangten größten Dienste noch nicht leisten, das war nur möglich, wenn man es als Stahl erhielt. Der Stahl aber ist eine Verbindung von Eisen und Kohle, welche man entweder aus dem Gusseisen gewinnt, indem man diesem den Überschuss an Kohle entzieht, oder aus Schmiedeeisen, indem man diesem die fehlende Kohle zusetzt. Erstere, durch Entkohlung des Gusseisens gewonnene Art, gibt den natürlichen, oder sogenannten Puddelstahl, die zweite, durch Kohlung des Schmiedeeisens entstehende aber den Zementstahl.

Den Letzteren also musste Cyrus Smith vorzüglich herzustellen suchen, da er das Eisen in Form von Schmiedeeisen besaß. Er erreichte das, indem er das Metall mit Kohlenpulver in einem Schmelztiegel von feuerbeständiger Erde erhitzte.

Diesen in der Kälte und Wärme schmiedbaren Stahl bearbeitete er nun mit dem Hammer weiter. Nab und Pencroff, welche passend angestellt und unterrichtet wurden, schmiedeten Hacken und Äxte, die rotglühend gemacht und schnell in kaltes Wasser getaucht, eine ausgezeichnete Härte annahmen.

Natürlich verfertigte man auch andere Instrumente, wie Hobeleisen, Beile, Stahlbänder, aus welchen Sägen gemacht werden sollten, Meißel, Grabscheite, Schaufeln, Hämmer, Nägel usw.

Am 5. Mai endlich schloss die erste metallurgische Periode und kehrten die Schmiede nach den Kaminen zurück, wo neue Arbeiten sie bald genug zu Handwerkern anderer Art stempeln sollten.

SECHZEHNTES KAPITEL.

Man schrieb jetzt den 6. Mai, der dem 6. November der nördlichen Hemisphäre entspricht. Seit einigen Tagen bedeckte sich der Himmel mehr und mehr mit Wolken, und schien es geboten, einige Maßregeln für die Überwinterung zu treffen. Immerhin hatte sich die Temperatur noch nicht wesentlich erniedrigt und hätte ein Celsius-Thermometer auf der Insel Lincoln im Mittel noch 10–12° gezeigt. Diese mittlere Wärme erscheint nicht auffallend, wenn man bedenkt, dass die Insel Lincoln bei ihrer Lage zwischen dem fünfunddreißigsten und vierzigsten Grade südlicher Breite sich etwa unter denselben Verhältnissen befand, wie Griechenland oder Sizilien in Europa. Da nun aber auch Sizilien und Griechenland nicht selten von einer mit Schnee und Eisbildung begleiteten Kälte heimgesucht werden, so war auch hier im tiefsten Winter wohl ein Temperaturabschlag zu erwarten, gegen welchen man sich schon zu schützen suchen musste.

Drohte jetzt auch die kalte Witterung noch nicht, so war doch voraussichtlich eine Regenperiode nahe, und auf dieser mitten im Pazifischen Ozeane isolierten, jeder Unbill der Witterung ausgesetzten Insel durfte man wohl auf ebenso häufiges, als entschieden schlechtes Wetter rechnen.

Die Frage wegen einer bequemeren Wohnung, als die Kamine sie boten, drängte also zu einer ernsthaften Erwägung und endgültigen Lösung.

Pencroff bewahrte selbstverständlich für diesen von ihm aufgefundenen Zufluchtsort eine gewisse Vorliebe, dennoch sah er ein, dass man sich jetzt nach einem anderen umsehen müsse. Schon einmal waren die Kamine, wie früher näher beschrieben wurde, von den Flutwellen des Meeres heimgesucht worden, eine Eventualität, der man sich nicht noch einmal aussetzen mochte.

»Übrigens, bemerkte Cyrus Smith, der diese Angelegenheit gerade mit seinen Schicksalsgenossen besprach, empfiehlt es sich auch, einige Vorsichtsmaßregeln zu treffen.

– Warum das? Die Insel ist ja unbewohnt, sagte der Reporter.

– Wahrscheinlich wenigstens, verbesserte der Ingenieur, obwohl wir sie noch nicht ganz und gar durchforscht haben. Doch wenn sich auch kein menschliches Wesen auf derselben befindet, so fürchte ich noch immer, dass gefährliche Tiere sie bevölkern. Gegen einen immerhin möglichen Angriff von dieser Seite sollten wir gerüstet sein und dies Gebot der Klugheit nicht vernachlässigen, in der Nacht stets ein helles Feuer zu unterhalten und dabei abwechselnd zu wachen. Wir müssen unser Augenmerk eben auf alles richten, zumal, da wir uns in einem Teile des Pazifischen Ozeans befinden, der häufiger von malaiischen Seeräubern besucht wird ...

– Wie? fiel Harbert ein, in so großer Entfernung von jedem Lande.

– Ja wohl, mein Sohn, antwortete der Ingenieur. Diese Piraten sind ebenso kühne Seefahrer als berüchtigte Bösewichte, was wir niemals vergessen dürfen.

– Nun, so werden wir unsere Wohnung gegen das zwei- und vierfüßige Raubgesindel befestigen, erklärte Pencroff. Sollte es sich indes nicht empfehlen, Mr. Cyrus, die Insel erst in allen Teilen zu durchforschen, bevor wir etwas Derartiges unternehmen?

– Gewiss, bemerkte der Reporter dazwischen. Wer weiß, ob wir nicht auf der entgegengesetzten Seite eine solche Höhle finden, wie wir sie auf dieser Küste vergeblich gesucht haben.

– Das ist wohl wahr, meine Freunde, sagte der Ingenieur, doch scheint Ihr zu vergessen, dass wir einen Wasserlauf in der Nachbarschaft unserer Ansiedelung haben müssen; nach Westen hin konnten wir vom Franklin-Berge aus keinen solchen wahrnehmen Hier dagegen befinden wir uns zwischen der Mercy und dem Grants-See, ein Vorteil, den wir nicht ohne Not aufgeben sollten. Überdies erscheint diese Ostküste vor den Passatwinden geschützt, welche auf der südlichen Hemisphäre in nordwestlicher Richtung wehen.

– So bauen wir uns ein Haus an den Ufern des Sees, Mr. Cyrus, antwortete der Seemann. Jetzt fehlen uns weder Mauersteine noch Werkzeuge.

Vorher Ziegelstreicher, Töpfer, Eisengießer und Schmiede, was Teufel, werden wir nun für Maurer vorstellen!

– Unzweifelhaft, wackerer Freund; doch bevor wir diesen Entschluss fassen, wollen wir erst nachsuchen. Eine Wohnung, deren Unkosten die Natur allein trägt, würde uns doch wohl viele Arbeit ersparen und eine gegen einen feindlichen Angriff von irgend welcher Seite noch sicherere Zuflucht bieten.

– Gewiss, Cyrus, meinte Gedeon Spilett, doch haben wir schon den ganzen Granitstock der Küste untersucht, ohne eine Höhlung oder nur einen Spalt zu finden.

– Wirklich, nicht einen! fügte Pencroff hinzu. Ja, hätten wir eine Wohnung in dieser Steinwand, in einer gewissen Höhe, um sie sturmfrei zu machen, aushöhlen können, das wäre prächtig gewesen. Sie steht mir ganz lebendig vor Augen, so fünf bis sechs Zimmer in der Front nach dem Meere ...

– Mit Fenstern, um sie zu erhellen! sagte Harbert lachend.

– Und einer Treppe, um hinauf zu steigen! fügte Nab hinzu.

– Ja, da lacht Ihr, sagte der Seemann, aber weshalb denn? Erscheint denn mein Vorschlag so ganz unausführbar? Haben wir denn nicht Äxte und Hacken bei der Hand? Sollte Mr. Cyrus nicht das nötige Pulver zum Sprengen herzustellen wissen? Nicht wahr, Mr. Cyrus, sobald wir Pulver brauchen, werden Sie uns damit versorgen?«

Cyrus Smith hatte dem Schwärmer Pencroff zugehört, als dieser seine etwas phantastischen Projekt entwickelte. Diesen Granitfelsen zu bearbeiten, wäre selbst unter Mithilfe der Pulversprengungen eine herkulische Arbeit gewesen, und es blieb gewiss bedauerlich, dass die Natur auch nicht den gröbsten Teil der Arbeit besorgt hatte. Dem Seemann riet der Ingenieur indes als Antwort nur, die Felsenmauer von der Flussmündung bis zu ihrem Ende im Norden genau zu untersuchen.

Auf einer Strecke von mindestens zwei Meilen wurde dem sofort mit peinlichster Sorgfalt entsprochen, doch nirgends zeigte die glatte, steile Wand irgendwelche Aushöhlung. Selbst die Nester der Felsentauben, welche diese umflatterten, bestanden nur aus kleinen, auf dem Kamme und dem zerrissenen Rande des Gesteins eingebohrten Löchern.

Diese Felsmasse also mit der Hacke oder selbst dem Pulver bis zu einer genügenden Höhle auszuarbeiten, musste bei diesen ungünstigen Verhältnissen vollkommen aufgegeben werden. Der Zufall hatte es gewollt, dass Pencroff früher die einzige notdürftig bewohnbare Zufluchtsstätte auffand, eben jene Kamine, welche jetzt wieder verlassen werden sollten.

Nach genauester Durchsuchung der ganzen Strecke befanden sich die Kolonisten an jenem nördlichen Winkel der Wand, von welchem aus diese mit flacher werdenden Ausläufern in dem sandigen Ufer unterging. Von eben dieser Stelle bildete sie bis zu ihrer äußersten Grenze im Westen nur eine Art Böschung, eine Anhäufung von Steinen, Sand und Erde, welche durch Gräser und Gesträuch zusammengehalten, in einem Winkel von fünfundvierzig Graden abfiel, während da und dort der Granit noch in spitzen Säulen zu Tage trat. Wohl schmückten auch einzelne Bäume diesen Abhang, und stellenweise deckte ihn ein frischer Rasen. Weiterhin aber hörte die Vegetation auf, und dehnte sich eine lange, sandige Ebene vom Fuße der Böschung bis zum Ufer aus.

Nicht ohne Grund glaubte Cyrus Smith, dass das Überfallwasser des Sees auf dieser Seite herunterfließen werde. Notwendigerweise musste doch der von dem Roten Flusse gelieferte Wasserüberschuss irgendwo einen Ausweg haben. Noch hatte der Ingenieur diesen nirgends an den schon besuchten Ufern, d.h. von der Mündung des Creeks im Westen bis zum Plateau der Freien Umschau hin, aufgefunden.

Der Ingenieur schlug also seinen Begleitern vor, den Abhang zu ersteigen und nach Untersuchung des nördlichen und östlichen Ufers des Sees über die Hochebene hin nach den Kaminen zurückzukehren.

Der Vorschlag wurde angenommen und schon nach wenigen Minuten hatten Nab und Harbert das Oberland erklettert, während Cyrus Smith, Gedeon Spilett und Pencroff in gemäßigterem Schritte nachfolgten.

Nach Zurücklegung einer kurzen Strecke quer durch ein Gehölz erglänzte die schöne Wasserfläche funkelnd in der Sonne. Die Landschaft bot hier einen prächtigen Anblick. Die Bäume mit ihrem gelblichen Farbentone ergötzten das Auge. Einige gewaltige Stämme, die vor Alter gestürzt waren, stachen durch ihre schwärzlichere Rinde auffallend von dem Grün, das den Boden bedeckte, ab. Da schwatzte eine ganze Welt lärmender Kakadus, wahrhaft bewegliche Prismen, die von einem Zweige zum anderen flatterten. Es schien, als ob das Licht nur in seine Einzelfarben zerlegt hier das Gezweig durchdringe.

Statt sich sofort nach dem nördlichen Ufer des Sees zu wenden, umkreisten die Kolonisten den Rand des Plateaus, um an der linken Seite der Mündung des Creeks anzukommen, wodurch allerdings ein Umweg von anderthalb Meilen entstand. Doch war der Weg bequem, da die nicht so dicht stehenden Bäume einen freien Durchgang gestatteten. Man bemerkte recht deutlich, dass die fruchtbare Zone an dieser Grenze aufhörte und die Vegetation minder üppig erschien, als in dem Teile zwischen dem Laufe des Creeks und der Mercy.

Nicht ohne Beachtung einer gewissen Vorsicht betraten Cyrus Smith und seine Genossen diesen für sie neuen. Boden. Bogen und Pfeile und einige mit eisernen Spitzen versehene Stöcke bildeten ja ihre ganze Bewaffnung; doch zeigte sich kein wildes Tier und schienen diese mehr die dichten Wälder im Süden zu bewohnen. Dafür sollten sie jedoch unangenehm überrascht werden, als Top plötzlich vor einer großen, wohl vierzehn bis fünfzehn Fuß messenden Schlange zurückprallte. Nab tötete sie durch einen geschickten Hieb mit dem Stocke. Cyrus Smith untersuchte dieselbe näher und erklärte, dass sie nicht giftig sei, sondern zu der Art der Brillant-Schlangen gehöre, welche die Eingeborenen von Neu-Süd-Wales sogar als Nahrungsmittel betrachten. Damit aber war noch nicht bewiesen, dass sich nicht andere giftige Arten in der Nähe aufhielten. Nachdem sich Top von dem ersten Schrecken erholt, jagte er die Reptilien mit einer solchen Erbitterung, dass man für ihn fürchten und sein Herr denselben immer wieder zurückrufen musste.

Bald erreichte man den Roten Fluss an der Stelle, wo dieser in den See mündete. Am gegenüberliegenden Ufer erkannten die Wanderer auch die Stelle wieder, die sie bei ihrem Rückwege vom Franklin-Berge besucht hatten. Cyrus Smith überzeugte sich nochmals, dass die Wasserzufuhr durch den Creek gar nicht so unbeträchtlich war und dass an irgendeiner Stelle notwendigerweise eine Abflussöffnung für den Wasserüberschuss vorhanden sein müsse. Diesen Abfluss, welcher voraussichtlich in Form von Wasserfällen stattzuhaben würde, galt es aufzufinden, um bei gegebener Gelegenheit aus der Wasserkraft desselben Nutzen zu ziehen.

Die Kolonisten verfolgten jeder nach eigenem Belieben, doch ohne sich weit von einander zu entfernen, das Ufer des Sees, welches im Allgemeinen sehr steil erschien. Das Gewässer selbst hatte offenbar Überfluss an Fischen, und Pencroff nahm sich vor, baldmöglichst Angelgerätschaften zur Ausbeutung desselben zurecht zu machen.

Das spitze Ende des Sees im Nordosten musste umgangen werden. An dieser Stelle durfte man wohl den gesuchten Ausfluss vermuten, denn hier berührte das Wasser des Sees fast die Grenze des Plateaus. Nichts fand sich aber und weiter setzten die Kolonisten die Erforschung des Ufers fort, das jetzt der Küste parallel dahin lief.

An dieser Seite zeigte sich dasselbe minder bewaldet, doch erhöhten einige da und dort verstreute Baumgruppen den Reiz der Landschaft. Der Grants-See zeigte sich hier in seiner ganzen Ausdehnung und kein Lüftchen kräuselte jetzt seinen Wasserspiegel. Top, der durch die Gebüsche schlüpfte, trieb ganze Schwärme verschiedener Vögel auf, welche Gedeon Spilett und Harbert mit ihren Pfeilen begrüßten. Einer dieser Vögel wurde von dem jungen Manne tödlich getroffen und fiel mitten in eine Partie Sumpfpflanzen nieder. Top stürzte ihm nach und apportierte einen schönen Schwimmvogel von Schieferfarbe mit kurzem Schnabel, sehr entwickelter Stirnplatte und mit weißem Rande verzierten Flügeln. Es war ein Wasserhuhn, von der Größe unserer Rebhühner und zu jener Gruppe von Makrodaktylen gehörig, welche den Übergang zwischen den Strandläufern und den Plattfüßlern bildet. Alles in allem erkannte man es als ein dürftiges Stück Wild, dessen Geschmack sehr viel zu wünschen übrig lässt. Top schien nicht so wählerisch wie seine Herren, und so bewahrte man den Vogel diesem für den Abend auf.

Die Kolonisten wanderten jetzt längs des östlichen Seeufers und mussten den ihnen schon bekannten Teil desselben binnen Kurzem erreichen. Der Ingenieur erstaunte nicht wenig, nirgends einen Wasserabfluss zu finden. Der Reporter und der Seemann sprachen mit ihm und verhehlte er ihnen seine Verwunderung über jene Eigentümlichkeit nicht.

In diesem Augenblicke ließ Top, der jetzt so ziemlich ruhig gewesen war, offenbare Zeichen von Unruhe bemerken. Das kluge Tier lief am Ufer hin und her, blieb plötzlich mit erhobener Pfote stehen, so als ob er irgendeine unsichtbare Beute wittere. Dann bellte er wütend, gleich als riefe er zum Kampfe auf, und schwieg ebenso plötzlich wieder.

Weder Cyrus Smith noch seine Genossen hatten bis dahin das Gebaren des Hundes beachtet, das Bellen desselben wiederholte sich aber so häufig, dass es dem Ingenieur auffiel.

»Was mag nur Top haben?« fragte er.

Der Hund kam mehrmals auf seinen Herrn zugesprungen und lief mit den deutlichsten Zeichen der Unruhe wieder nach dem steilen Ufer. Plötzlich sprang er in den See.

»Hier, Top! rief Cyrus Smith, der seinen Hund in dem verdächtigen Wasser keiner Gefahr aussetzen wollte.

– Was geht denn da unten vor? fragte Pencroff und fasste die Wasserfläche schärfer ins Auge.

– Top wird irgend eine Amphibie gewittert haben, meinte Harbert.

– Gewiss einen Alligator? bemerkte der Reporter.

– Das denke ich nicht, entgegnete Cyrus Smith. Die Alligatoren trifft man nur in minder hohen Breiten.«

Inzwischen war Top auf den Zuruf seines Herrn zwar auf das Ufer zurückgekommen, konnte sich aber nicht wieder beruhigen; er sprang mitten durch das hohe Gras, und von seinem Instinkt geführt, schien er irgend einem nicht sichtbaren Wesen zu folgen, das vielleicht unter dem Wasser, dicht am Rande hinglitt. Doch blieb die Wasserfläche vollkommen ruhig. Wiederholt hielten die Kolonisten lauschend und forschend inne, ohne irgendetwas gewahr zu werden. Die Sache wurde nach und nach geheimnisvoll.

Auch der Ingenieur hatte keine Erklärung dafür.

»Setzen wir unsere Untersuchung weiter fort«, sagte er.

Nach einer halben Stunde befanden sich alle an der südöstlichen Ecke des Sees. Die Untersuchung seiner Ufer durfte hier als beendigt betrachtet werden, und doch blieb es dem Ingenieur noch immer ein Rätsel, wo und wie der Wasserabfluss stattfinde.

»Doch ist ein Abfluss vorhanden, wiederholte er, und wenn er nicht an der Oberfläche liegt, so befindet sich eine Öffnung in der Granitmasse!

– Warum legen Sie dem allem aber eine solche Wichtigkeit bei, lieber Cyrus? fragte Gedeon Spilett.

– Die Sache verdient sie, erwiderte der Ingenieur; denn wenn der Abfluss durch den Gebirgsstock stattfindet, so wird es wahrscheinlich, dass letzterer eine Aushöhlung enthält, die nach Ableitung des Wassers leicht wohnbar gemacht werden könnte.

– Ist es aber nicht ebenso möglich, Mr. Cyrus, bemerkte Harbert, dass das Wasser vom Grunde des Sees aus abfließt und unterirdisch ins Meer verläuft?

– Gewiss, antwortete der Ingenieur, und wenn dem so wäre, müssten wir unser Haus uns freilich selbst erbauen, da uns die Natur dazu gar keine Hilfe leistet.«

Die Kolonisten beschlossen, – es war schon um fünf Uhr Nachmittags, – quer über das Plateau nach den Kaminen zurückzukehren, als Top wiederholte Zeichen von Unruhe bemerken ließ. Er bellte ganz wütend, und noch bevor sein Herr ihn zurück zu halten vermochte, sprang er zum zweiten Male in den See.

Alle liefen nach dem steilen Gestade. Schon schwamm der Hund in einer Entfernung von gegen zwanzig Fuß; Cyrus Smith rief ihn dringend zurück, da tauchte ein gewaltiger Kopf aus dem hier offenbar nicht sehr tiefen Wasser empor.

Harbert vermeinte die Art dieser Amphibie, der jener konische Kopf mit großen Augen angehörte, sogleich zu erkennen.

»Eine Seekuh!« rief er.

Es war jedoch keine Seekuh, sondern ein Exemplar aus einer Unterart der Cetaceen, welche man »Dugongs« (indianische Walrosse) nennt, und erkennbar an den oberhalb der Schnauze weit offen stehenden Nasenlöchern.

Das gewaltige Tier stürzte sich wütend auf den Hund los, der erschreckt das Ufer wieder zu erreichen suchte. Sein Herr vermochte ihm nicht zu helfen, und noch bevor Gedeon Spilett und Harbert daran dachten, ihre Bögen zu ergreifen, verschwand Top, von dem Dugong erfasst, unter dem Wasser.

Nab wollte, seinen Spieß in der Hand, dem Hunde zu Hilfe eilen, entschlossen, das furchtbare Tier in seinem eigenen Elemente anzugreifen.

»Nicht doch, Nab«, sagte der Ingenieur und hielt seinen mutigen Diener von dem tollkühnen Unternehmen ab.

Inzwischen wütete unter dem Wasser ein ganz unerklärlicher Kampf, weil Top unter diesen Verhältnissen offenbar keinen Widerstand zu leisten vermochte, ein Kampf, welcher doch nach dem Wallen an der Oberfläche ein sehr heftiger sein und mit dem Tode des Hundes endigen musste. Plötzlich erschien aber Top wieder mitten in einem Kreise von Schaum. Durch irgend welche unbekannte Kraft ward er wohl zehn Fuß über die Wasserfläche geschleudert, fiel zwar mitten in das aufgewühlte Wasser nieder, erreichte aber doch, ohne ernsthafte Verletzungen zu zeigen, das Ufer wieder und war wie durch ein Wunder gerettet.

Cyrus Smith und seine Begleiter beobachteten den Vorgang mit sprachlosem Erstaunen. Ganz unerklärbar deuchte es ihnen aber, dass der unterseeische Kampf noch fortzudauern schien. Unzweifelhaft hatte den Dugong ein noch mächtigeres Tier angegriffen, und jener den Hund losgelassen, um sich der eigenen Haut zu wehren.

Dieses Nachspiel währte indes nur kurze Zeit. Bald färbte sich das Wasser blutig und strandete der Körper des Dugongs, der aus einer sich weithin ausbreitenden roten Lache empor tauchte, auf einer kleinen Sandbank am Südende des Sees.

Die Kolonisten eilten nach jener Stelle. Der Dugong war tot. Man schätzte die Länge des ungeheuren Tieres auf fünfzehn bis sechzehn Fuß, sein Gewicht auf drei- bis viertausend Pfund. An seinem Halse klaffte eine Wunde, die von einem schneidenden Instrumente herzurühren schien.

Welches Tier konnte es aber gewesen sein, das den gewaltigen Dugong so entsetzlich verwundet und getötet hatte? Niemand wusste es, und sehr befangen über den ganzen Vorfall kehrten die Wanderer nach ihren Kaminen zurück.

SIEBZEHNTES KAPITEL.

Am darauf folgenden Tage, am 7. Mai, ließen Cyrus Smith und Gedeon Spilett das Frühstück von Nab zurichten und begaben sich nach dem Plateau der Freien Umschau, während Pencroff und Harbert längs des Flussufers in den Wald zogen, um neue Holzvorräte herbeizuschaffen.

Bald gelangten der Ingenieur und der Reporter nach jener kleinen, an der Südspitze des Sees belegenen Untiefe, auf welcher die Amphibie noch lag. Schon stritten sich ganze Schwärme Vögel um die enorme Fleischmasse, so dass sie mit Steinwürfen vertrieben werden mussten, da Cyrus Smith das Fett des Dugongs für verschiedene Zwecke der Kolonie zu verwenden beabsichtigte. Auch das Fleisch dieser Walrossart hat einen weit höheren Nahrungswerth, als das gewöhnliche, und erscheint regelmäßig auf den Tafeln der eingeborenen Fürsten in den Malayenstaaten.

Jetzt beschäftigten Cyrus Smith aber ganz andere Gedanken. Der Vorfall des vergangenen Tages kam ihm nicht aus dem Sinn. Er hätte den Schleier jenes unterseeischen Kampfes gar zu gern gelüstet und gewusst, welcher Verwandte der Mastodons oder anderer Seeungeheuer dem Dugong eine so auffällige Wunde beigebracht hatte.

An dem Ufer des Sees angelangt, forschte er mit größter Aufmerksamkeit umher, sah aber nichts außer dem stillen Gewässer, das in den ersten Sonnenstrahlen blitzte. An der Stelle, wo der tote Körper lag, war das Wasser offenbar flach; von ihr aus aber senkte sich der Grund allmählich nach der Mitte zu und ließ vermuten, dass der See von ganz beträchtlicher Tiefe sei; er stellte eben ein Becken dar, das der Rote Fluss nach und nach angefüllt hatte.

»Nun, Cyrus, begann der Reporter, das Wasser hier scheint mir nichts Verdächtiges zu verraten.

– Nein, lieber Spilett, und ich weiß den Zufall von gestern wirklich auf keine Weise zu erklären.

– Ich muss gestehen, fuhr Gedeon Spilett fort, dass die Verwundung der Amphibie mindestens sehr sonderbar aussieht, und ebenso wenig verstehe ich, wie Top mit solcher Gewalt hoch über das Wasser empor geschleudert werden konnte. Man möchte glauben, dass ihn ein mächtiger Arm gepackt und derselbe Arm mittels eines Dolches den Dugong tödlich getroffen haben müsse.

– Ja wohl, antwortete der Ingenieur, der nachdenklicher geworden war. Hier steckt etwas, das ich nicht zu begreifen vermag. Begreifen Sie aber, lieber Spilett, etwa besser, wie ich gerettet worden bin, auf welche Weise ich den Fluten entrissen und nach den Dünen geführt wurde? Nein, gewiss ebenso wenig. Mir scheint hier unzweifelhaft ein Geheimnis vorzuliegen, welches wir eines Tages schon noch ergründen werden. Wir wollen also Acht haben, unseren Gefährten gegenüber aber nicht zu viel davon merken lassen. Behalten wir etwaige Andeutungen für uns und bleiben im Übrigen ruhig bei der Arbeit.«

Bekanntlich hatte der Ingenieur die Stelle, an welcher das Wasser des Sees abfloss, noch immer nicht auffinden können, obwohl bei dem Zuflusse aus dem Creek an dem Vorhandensein einer solchen gar nicht gezweifelt werden konnte. Da gewahrte Cyrus Smith zu seinem Erstaunen eine auffallende Strömung, welche nahe der Stelle, an der sie sich befanden, bemerkbar war. Beim Hineinwerfen kleiner Holzstückchen sah er, dass diese nach Süden hin fortgezogen wurden. Er verfolgte die Strömung längs des steilen Ufers und kam so nach der Südspitze des Grants-Sees.

Dort zeigte sich eine unverkennbare Depression des Wassers, so als wenn es mit Gewalt durch einen Spalt am Boden gerissen würde.

Cyrus Smith drückte das Ohr in möglichster Nähe an die Erde und bemerkte ganz deutlich das Geräusch eines unterirdischen Wasserfalls.

»Hier ist es, sagte er sich erhebend, hier strömen die Gewässer durch eine Höhlung des Granits nach dem Meere ab, eine Höhlung welche für uns vielleicht von großem Nutzen sein könnte. Doch, das Weitere wollen wir bald genug erfahren!«

Der Ingenieur schnitt einen langen Zweig ab, befreite ihn von den Blättern und tauchte denselben an dem von beiden Ufern gebildeten Winkel unter. Da fand er denn, kaum einen Fuß unter der Wasserfläche, ein geräumiges Loch. Eben dieses stellte die Mündung des so lange vergeblich gesuchten Abflusses vor und erwies sich die Kraft der Strömung so stark, dass der Zweig dem Ingenieur aus den Händen gerissen und mit hineingezogen wurde.

»Nun ist jeder Zweifel gehoben, wiederholte Cyrus Smith, hier unten befindet sich der Abfluss, und den will ich offen legen.

– Auf welche Weise? fragte Gedeon Spilett.

– Durch Erniedrigung des Seeniveaus um etwa drei Fuß.

– Und wie wollen Sie das bewerkstelligen?

– Dadurch, dass ich ihm einen geräumigeren und niedrigeren Ausweg verschaffe, als diesen hier.

– An welcher Stelle, Cyrus?

– Da, wo das Seeufer der Küste am nächsten liegt.

– Das Ufer besteht indessen aus Granit! bemerkte der Reporter.

– Ja wohl, entgegnete Cyrus Smith, das werden wir sprengen, dann wird der Wasserstand allein sinken ...

– Und es wird ein auf den Strand herabstürzender Wasserfall entstehen?

– Ein Wasserfall, den wir bestens ausnützen werden! bestätigte Cyrus. Kommen Sie, kommen Sie!«

Cyrus Smith zog seinen Begleiter mit sich fort, dessen Vertrauen zu dem Ingenieur so groß war, dass er an dem Erfolg des Unternehmens gar nicht zweifelte. Und doch, wie sollte diese Granitwand, ohne Hilfe des Pulvers oder auch nur geeigneter Werkzeuge, um das feste Gestein kräftig anzugreifen, geöffnet werden können? Ging die Arbeit, welche der Ingenieur vorhatte, doch nicht etwa über seine Kräfte?

Als Cyrus Smith und der Reporter nach den Kaminen zurückkehrten, fanden sie Harbert und Pencroff mit der Entladung ihrer Holzflöße beschäftigt.

»Die Holzfäller sind fertig, Mr. Cyrus, meldete sich lächelnd der Seemann, wenn Sie etwa Maurer brauchen.

– Maurer nicht, entgegnete der Ingenieur, aber Chemiker.

– Ja wohl, fügte der Reporter hinzu, wir wollen die Insel in die Luft sprengen.

– Die Insel sprengen! rief Pencroff.

– Wenigstens zum Teil, verbesserte Gedeon Spilett.

– Hört mich an, meine Freunde«, sagte der Ingenieur.

Er teilte nun Allen das Resultat seiner Beobachtungen mit. Seiner Ansicht nach musste in der Granitmasse unter dem Plateau der Freien Umschau eine mehr oder weniger beträchtliche Aushöhlung vorhanden sein, bis zu welcher er durchzudringen wünschte. Hierzu erschien es zunächst notwendig, die Öffnung, durch welche jetzt das Wasser stürzte, frei zu legen und das Niveau des Sees entsprechend zu erniedrigen. Es bedurfte demnach der Herstellung einer explosiven Substanz, durch welche an einer anderen Stelle des Ufers ein Durchlass geschaffen werden konnte. Diese Aufgabe wollte Cyrus Smith mit Hilfe der verschiedenen Mineralien lösen, welche ihm die freigebige Natur zur Verfügung stellte

Den Enthusiasmus, mit welchem diese Mitteilung vorzüglich von Pencroff aufgenommen wurde, brauchen wir hier wohl nicht zu beschreiben. Solche heroische Mittel anzuwenden, den Granit zerreißen, einen Wasserfall herstellen, das war dem Seemann Wasser auf seine Mühle. Er erbot sich, ebenso gern Chemiker zu werden, als Maurer oder Schuhmacher, da der Ingenieur jetzt Chemiker brauchte. Er wollte alles werden, was jener wünschte, nötigenfalls. »Professor für Tanz- und Anstandsunterricht«, versicherte er Nab, wenn das jemals nötig sein sollte.

Nab und Pencroff erhielten nun vor allem den Auftrag, das Dugongfett zu sammeln und das Fleisch, welches gegessen werden sollte, aufzubewahren. Sie machten sich sogleich, ohne eine weitere Erklärung zu verlangen, auf den Weg. Ihr Vertrauen zu dem Ingenieur hatte eben keine Grenzen.

Bald nachher zogen Cyrus Smith, Harbert und der Reporter die Schleife am Flussufer hinauf und wendeten sich nach dem Kohlenlager, wo sich der Toneisenstein fand, der in den jüngeren Übergangsformationen nicht selten vorkommt und von dem Cyrus Smith schon früher eine Probe mitgenommen hatte.

Man verwendete den ganzen Tag darauf, eine große Menge desselben nach den Kaminen zu schaffen. Am Abend belief sich der Vorrat auf mehrere Tonnen.

Am folgenden Tage, den 8. Mai, begann der Ingenieur seine Manipulationen. Der erwähnte Toneisenstein besteht in der Hauptsache aus Kohle, Kieselerde, Tonerde und Schwefeleisen, letzteres in größter Menge. Dieses Schwefeleisen sollte isoliert und baldmöglichst in schwefelsaures Eisen übergeführt werden. Aus diesem Salze wollte man dann die Schwefelsäure gewinnen.

In der Tat war dieses der nächste Zweck. Die Schwefelsäure ist eines der am meisten verwendeten Agentien, und fast kann man die Industrie einer Nation nach ihrem Verbrauch derselben messen. Die Säure sollte später für die Kolonisten von größtem Nutzen sein, z.B. bei der Fabrikation von Lichtern, zum Gerben der Häute usw.; für jetzt behielt sich der Ingenieur jedoch eine ganz besondere Verwendung derselben vor.

Dicht hinter den Kaminen erwählte Cyrus Smith einen ebenen, sorgfältig gereinigten Platz. Auf demselben schichtete er aus Zweigen und gespaltetem Holze einen Haufen auf und bedeckte ihn lose mit großen Stücken von Toneisenstein; das Ganze erhielt noch eine Decke von etwa nussgroß zerschlagenen Stückchen desselben Minerals.

Nachher setzte man den Haufen in Brand; die Hitze teilte sich dem Toneisenstein mit, welcher sich wegen seines Gehalts an Kohle und Schwefel selbst entzündete. Nun wurden immer neue Schichten des letzteren aufgelegt, woraus eine große Halde entstand, welche äußerlich nach Aussparung einiger Zuglöcher mit Erde und Gesträuch verschlossen wurde, wie es bei den Meilern geschieht, wenn man Holzkohle erzeugen will.

Hierauf ließ man die Umwandlung ungestört vor sich gehen, und nach zehn bis zwölf Tagen waren aus dem Schwefeleisen und der Tonerde schwefelsaures Eisen und schwefelsaure Tonerde, d.h. zwei lösliche Substanzen, entstanden, gegenüber den unlöslichen Bestandteilen des Haufens, nämlich der Kieselerde, der halbverbrannten Kohle und der Asche.

Während dieses chemischen Prozesses schritt Cyrus Smith schon zu einigen anderen notwendigen Operationen, welche man nicht mit Eifer, nein, mit einer wahren Wut betrieb.

In großen, irdenen Krügen hatten Nab und Pencroff das Dugongfett herbeigebracht. Aus diesem Fette sollte durch Abscheidung eines seiner Elemente, d.h. durch Verseifung, ein Bestandteil, das Glyzerin, gewonnen werden. Hierzu genügte die Behandlung desselben mit Soda oder Kalk. Jede dieser Substanzen musste ja das Fett zersetzen, durch Isolierung des Glyzerins Seife bilden, und jenes Glyzerin war es, welches der Ingenieur vor allem zu erhalten wünschte. An Kalk fehlte es ihm ja bekanntlich nicht; bei Anwendung dieses Zersetzungsmittels aber würde er nun eine unlösliche Kalkseife erhalten haben, während die Behandlung mit Soda eine lösliche Seife, welche für häusliche Reinigungszwecke vorteilhaft zu verwenden wäre, liefern musste. Zuerst handelte es sich also darum, Soda herbei zu schaffen. War das schwierig? Gewiss nicht Der an Meerpflanzen überreiche Strand bot ja von den Seegrasarten eine große Menge, zu welchen der Varec und die sogenannte See-Eiche gehören. Von diesen Gewächsen sammelte man demnach einen tüchtigen Vorrat ein, ließ sie trocknen und verbrannte sie endlich unter freiem Himmel. Das Feuer wurde einige Tage lang unterhalten, so dass die Hitze bis zu dem Grade stieg, bei welchem die Rückstände schmolzen, so dass man eine zusammenhängende, grauweiße Masse erhielt, welche unter dem Namen der »natürlichen Soda« schon längst bekannt ist.

Mit dieser Soda behandelte nun der Ingenieur das Dugongfett, wodurch er eines Teils eine lösliche Seife, und anderen Teils jene neutrale Substanz, das Glyzerin, erhielt.

Das war aber noch nicht alles. Cyrus Smith bedurfte zur Ausführung seines Vorhabens noch einer anderen Droge, des salpetersauren Kalis, das man im gewöhnlichen Leben unter dem Namen Salpeter kennt.

Cyrus Smith hätte sich dieselbe dadurch beschaffen können, dass er kohlensaures Kali, welches aus vielen Pflanzenaschen leicht zu erhalten ist, durch Salpetersäure zersetzte. Aber diese Säure fehlte ihm, und doch brauchte er sie gerade zu seinem letzten Zwecke. Aus dieser Verlegenheit war freilich schwer herauszukommen. Zum Glück trat nun die Natur hilfreich in diese Lücke ein und lieferte ihm den Salpeter fix und fertig, so dass er nur einzusammeln war. Harbert entdeckte nämlich im Norden der Insel, am Fuße des Franklin- ein Lager dieses Salzes.

Die verschiedenen Vorbereitungsarbeiten währten gegen acht Tage kamen aber zu derselben Zeit zu Ende, als die Umsetzung des Schwefeleisens in schwefelsaures Eisenoxyd vollendet war. Inzwischen gingen die Kolonisten daran, sich aus plastischem Ton feuerbeständige Gefäße herzustellen und aus Mauersteinen einen Ofen von besonderer Konstruktion zu erbauen, der zur Destillation des zu gewinnenden Eisensalzes dienen sollte. Am 18. Mai war alles vollendet. Gedeon Spilett, Harbert, Nab und Pencroff wurden unter Leitung des Ingenieurs zu den geschicktesten Arbeitern der Welt. Bekanntlich ist ja die Not überall die beste Lehrmeisterin.

Als nun der Toneisensteinhausen durch das Feuer vollkommen umgewandelt war, wurde sein Inhalt, aus schwefelsaurem Eisenoxyd, schwefelsaurer Tonerde, Kieselerde und Resten von Kohlen und Aschen bestehend, in ein großes Bassin mit Wasser geschüttet. Dieses Gemisch rührte man kräftig um, ließ es sich dann setzen und erhielt zuletzt eine klare Flüssigkeit, welche das Eisen und die Tonerde in Lösung hielt, während die anderen unlöslichen Mineralien sich zu Boden geschlagen hatten. Als die Lösung dann teilweise verdampft wurde, schossen zuerst die Eisenkristalle an; in der Mutterlauge dagegen blieb die schwefelsaure Tonerde zurück und wurde mit jener als nutzlos weggeworfen.

Cyrus Smith hatte nun eine genügende Menge Eisensalz, sogenanntes Eisenvitriol, zur Verfügung, aus dem die Schwefelsäure gezogen werden sollte.

Gewöhnlich erfordert die Darstellung dieser Säure eine sehr kostspielige Einrichtung. Man braucht dazu große Räume, ganz eigene Geräte, Apparate von Platin, Bleikammern, welche die Säure nicht angreift usw. Das alles fehlte Cyrus Smith. Dafür war ihm bekannt, dass man in Deutschland Schwefelsäure auch durch weit einfachere Mittel gewinnt, eine Säure, welche noch den Vorteil hat, konzentrierter zu sein, und unter dem Namen »Nordhäuser Schwefelsäure oder Vitriolöl« im Handel ist.

Der hierbei nötige Prozess beschränkt sich auf eine einzige Operation. Die Kristalle von schwefelsaurem Eisen müssen in geschlossenen Gefäßen erhitzt werden, wobei die rauchende Schwefelsäure überdestilliert, die man durch Abkühlung der Dämpfe gewinnt.

Hierzu sollten eben die feuerbeständigen Gefäße angewendet werden. Alles gelang nach Wunsch, und am 20. Mai, zwölf Tage nach Beginn dieser Arbeiten, besaß der Ingenieur jene Chemikalien, welche noch zu vielerlei Zwecken dienen sollten.

Welches war aber ihre nächste Bestimmung? Mit ihrer Hilfe sollte die nötige Salpetersäure erzeugt werden, was keine Schwierigkeiten bot, da der Salpeter, von jener Säure zersetzt, seine eigene leicht abgibt.

Wozu sollte jedoch die Salpetersäure am letzten Ende dienen? Darüber hatte der Ingenieur sich seinen Gefährten gegenüber noch immer nicht ausgesprochen.

Dennoch rückte das endliche Ziel näher und sollte eine letzte Operation die Substanz liefern, welche soviel Vorarbeiten nötig gemacht hatte.

Die Salpetersäure wurde nämlich mit dem durch Verdampfung etwas konzentrierten Glyzerin in Verbindung gebracht, und so erhielt der Ingenieur, selbst ohne Anwendung einer Kältemischung, mehrere Liter einer gelblichen, öligen Flüssigkeit.

Die letztere Arbeit hatte Cyrus Smith fern von den Kaminen und allein vorgenommen, weil eine Explosion bei ihr leicht vorkommen kann, und als er eine Kleinigkeit jener Flüssigkeit seinen Gefährten zeigte, sagte er einfach:

»Hier ist Nitroglyzerin!«

Es war in der Tat jenes fürchterliche Sprengmittel, das wohl die zehnfache Kraft des Pulvers besitzt und schon so viel Unglücksfälle veranlasste. Seitdem man indessen Mittel gefunden hat, dasselbe in Dynamit umzuwandeln, d.h. es mit einer festen, aber porösen Substanz, wie Ton oder Zucker, zu vermischen, lässt sich die gefährliche Flüssigkeit auch mit mehr Sicherheit verwenden. Zur Zeit, als die Kolonisten aber auf der Insel Lincoln tätig waren, kannte man das Dynamit noch nicht.

»Und diese Flüssigkeit soll unsere Felsen sprengen? fragte Pencroff mit etwas ungläubiger Miene.

– Ja wohl, mein Freund, antwortete der Ingenieur, auch wird dieses Nitroglyzerin eine desto größere Wirkung haben, da der harte Granit ihm so beträchtlichen Widerstand entgegensetzt.

– Wann werden wir das zu sehen bekommen, Mr. Cyrus?

– Morgen, sobald wir ein Sprengloch gebohrt haben«, antwortete der Ingenieur.

Am anderen Tage, am 21. Mai, begaben sich alle nach einer Spitze, welche das östliche Ufer des Grants-Sees, nur etwa fünfhundert Schritte von der Küste, bildete. An dieser Stelle reichten die Felsen bis an das Wasser heran und bildeten gewissermaßen nur noch einen nicht allzu hohen Rahmen um dasselbe.

Offenbar musste das Wasser, wenn diese Einfassung gesprengt wurde, über die geneigte Oberfläche des Plateaus hinweg, und von letzterer auf den Strand hinunter stürzen. Wenn sich dann das Niveau des Sees erniedrigte, wurde die Mündung des Abflusses frei gelegt – was man ja zuletzt bezweckte.

Jene Felseneinrahmung galt es also zu durchbrechen. Unter Leitung des Ingenieurs bearbeitete Pencroff mit einer Spitzhaue geschickt den harten Felsen. Das herzustellende Loch nahm seinen Anfang dicht über dem Niveau des Sees und verlief schräg nach unten, möglichst tief unter jenes. Wenn diese Sprengung gelang, musste dem Wasser ein weiter Ausweg geschaffen werden und sein gewöhnlicher Stand hinreichend sinken

Die Arbeit beanspruchte lange Zeit, denn der Ingenieur wollte, um eine ausgedehnte Wirkung zu erzielen, zwei Liter Nitroglyzerin verwenden.

Pencroff mühte sich aber, dann und wann von Nab abgelöst, so wacker ab, dass die Mine nachmittags gegen vier Uhr fertig wurde.

Jetzt handelte es sich nun noch um die Entzündung der Explosions-Substanz. Gewöhnlich erreicht man diese durch Zündsätze, obwohl auch schon ein Schlag hinreicht, dieselbe herbeizuführen.

Die Herstellung eines Zündsatzes nun wäre dem Ingenieur wohl nicht allzu schwierig geworden. Eine Substanz, wie Schießbaumwolle, konnte er sich gewiss bereiten, welche durch eine Lunte in Brand gesetzt, die Explosion herbeigeführt hätte.

Cyrus Smith sah davon ab, da es ihm einfacher erschien, die Eigenschaft des Nitroglyzerins, durch einen Schlag zu explodieren, zu benutzen, und einen anderen Weg erst beim Misslingen dieses Versuchs einzuschlagen.

Wirklich genügte ja das Niederfallen eines Hammers auf einige Tropfen Nitroglyzerin, die Explosion zu veranlassen. Wer sich aber dazu hergab, diesen Schlag zu führen, der musste gleichzeitig der Explosion zum Opfer fallen. Cyrus Smith ergriff also den Ausweg, über der Mine ein mehrere Pfund schweres Eisenstück mittels Pflanzenfasern aufzuhängen. Ein anderer langer und geschwefelter Faden wurde in der Mitte des ersteren angeknüpft und lag einige Schritte weit von dem Bohrloche auf der Erde hin. Wurde diese zweite Lunte entzündet, so teilte sie nach einer gewissen Zeit das Feuer dem herabhängenden Faden aus Pflanzenfasern mit, welcher dadurch reißen und das Eisenstück auf den Sprengstoff niederfallen lassen musste. Nun entfernte der Ingenieur seine Gefährten, füllte das Bohrloch bis zur Mündung mit Nitroglyzerin und verschüttete absichtlich einige Tropfen auf das umgebende Gestein unter dem Eisen.

Nachdem das geschehen, entzündete Cyrus Smith die geschwefelte Lunte und eilte mit seinen Genossen nach den Kaminen.

Die Lunte musste voraussichtlich fünfundzwanzig Minuten lang brennen, und wirklich krachte nach dieser Zeit ein Donnerschlag, der jeder Beschreibung spottet. Die Insel erzitterte in ihren Grundfesten. Eine wahre Garbe von Steinen wurde in die Luft geschleudert, wie bei einem Vulkanausbrüche. Die Lufterschütterung war eine so große, dass die Felsenstücken der Kamine fast ins Schwanken kamen. Die Kolonisten selbst wurden trotz der großen Entfernung, in der sie sich befanden, beinahe zu Boden geworfen.

Sofort eilten sie nach dem Plateau und zu jener Stelle, an der das Seeufer durch die Explosion weggesprengt sein musste

Ein dreifaches Hurra erschallte. Weithin war der Granitrahmen des Sees gebrochen, durch ihn wälzte sich, über das Plateau schäumend, ein reißender Fluss, der aus einer Höhe von dreihundert Fuß auf den Strand niederstürzte!

ACHTZEHNTES KAPITEL.

Cyrus Smiths Unternehmen war vollkommen geglückt; seiner Gewohnheit nach verhielt er sich aber, ohne seine Befriedigung besonders laut werden zu lassen, mit gekreuzten Armen und sicher auf ihr Ziel gerichteten Augen, völlig ruhig. Harbert zeigte sich ganz enthusiasmiert; Nab sprang vor Freude umher; Pencroff wiegte den Kopf auf den breiten Schultern und murmelte:

»Nun ja, unserm Ingenieur gelingt eben Alles!«

Wirklich hatte das Nitroglyzerin eine furchtbare Gewalt geäußert. Der dem See eröffnete Abfluss erwies sich so ausgedehnt, dass durch denselben gewiss die dreifache Menge Wasser, gegenüber dem früheren, einen Ausgang fand. Es stand demnach zu erwarten, dass das Niveau des Sees sehr bald um mindestens zwei Fuß gesunken sein werde.

Die Kolonisten begaben sich nach den Kaminen zurück, um von dort Hacken, eisenbeschlagene Stangen, Stricke, Feuerstein, Stahl und Zunder zu holen; dann kehrten sie in Begleitung Tops auf das Plateau zurück.

Unterwegs konnte sich der Seemann nicht enthalten, mit dem Ingenieur folgendes Gespräch anzuknüpfen.

»Aber, Mr. Cyrus, begann er, mit der prächtigen Flüssigkeit, welche Sie bereitet haben, könnte man wohl auch die ganze Insel in die Luft sprengen!

– Ohne Zweifel, erwiderte Cyrus Smith, diese Insel, die Kontinente, den ganzen Erdball – das hängt nur von der dabei verwendeten Menge des Sprengöls ab.

– Könnten wir dieses Nitroglyzerin aber nicht auch zum Laden von Feuergewehren benutzen? fragte der Seemann.

– Nein, Pencroff, dazu wäre die Substanz zu gefährlich. Dagegen könnten wir uns leicht Schießbaumwolle, ja sogar gewöhnliches Pulver herstellen, da wir Salpetersäure, Salpeter, Schwefel und Kohle besitzen; leider fehlen uns nur die Gewehre selbst.

– O, Mr. Cyrus, entgegnete der Seemann, mit etwas gutem Willen ...!«

Das Wort »unmöglich« hatte Pencroff aus dem Lexikon der Insel offenbar gestrichen.

Auf dem Plateau der Freien Umschau angekommen, wandten sich die Kolonisten sofort nach jener Spitze des Sees, bei der sich die alte Abflussöffnung, welche nun zu Tage liegen musste, befand. Wenn dieser Abfluss gangbar und natürlich wasserfrei war, durfte man wohl hoffen, den Verlauf der Höhlung im Felseninnern unschwer verfolgen zu können.

Bald erreichten die Kolonisten das untere Ende des Sees, wo ihnen ein Blick die Gewissheit gab dass der gewünschte Erfolg erzielt sei.

Wirklich zeigte sich in dem Granituser des Felsens und jetzt über dem Niveau des Wassers die so lange gesuchte Öffnung. Auf einer schmalen, jetzt ebenfalls frei liegenden Steinkante war dieselbe trockenen Fußes zu erreichen. Sie maß fünfundzwanzig Fuß in der Breite, jedoch nur zwei Fuß in der Höhe, ähnelte ihrer Gestalt nach also einer Schleusenöffnung am Rande eines Trottoirs, wodurch es zunächst unmöglich wurde, ohne Weiteres durch den Eingang einzudringen. Binnen einer Stunde hatten jedoch Nabs und Pencroffs Spitzhauen demselben die nötige Höhe gegeben.

Der Ingenieur trat also hinzu und fand den Grund im oberen Teile des Abflusses nur um dreißig bis fünfunddreißig Grad geneigt. Der Gang war demnach zu passieren, und für den Fall, dass er weiter im Innern nicht steiler abfiel, musste es leicht sein, durch ihn bis zum Meeresniveau hinabzusteigen. Sollte sich indes, wie nicht unwahrscheinlich, innerhalb des Gebirgsstockes eine geräumige innere Höhle vorfinden, so hegte man auch die Hoffnung, sich diese nutzbar zu machen.

»Nun, Mr. Cyrus, was zögern wir noch? fragte der Seemann, der ungeduldig in den engen Gang eindringen wollte. Sie sehen, dass Top uns schon voran ist.

– Schon gut, antwortete der Ingenieur, wir müssen da drinnen aber auch Beleuchtung haben. Nab, schneide uns einige harzige Zweige ab.«

Harbert und Nab liefen nach einer von Fichten und anderem Nadelholz bestandenen Stelle des Seeufers und brachten von dort bald eine Anzahl geeigneter Zweige, die zu Bündeln vereinigt wurden, um als Fackeln zu dienen. Nach Anzündung derselben stiegen die Kolonisten in den schmalen, dunklen Gang hinab, den früher das Übersalzwasser erfüllt hatte.

Gegen Erwarten erweiterte sich der Gang, so dass die Bergbefahrer aufrecht gehen konnten. Die von dem seit undenklicher Zeit darüber hingleitenden Wasser glatt gewordenen Granitflächen waren noch so schlüpfrig, dass man sehr achtsam sein musste, um nicht hinzufallen. Deshalb hatten sich die Kolonisten auch einer an den Andern mittels ihres Faserseiles gebunden, wie es die Bergsteiger in den Alpen zu tun pflegen. Glücklicher Weise bildeten wiederholte Absätze gewissermaßen Stufen und erleichterten dadurch das Herabsteigen Da und dort am Gesteine noch hängende Tröpfchen blitzten beim Scheine der Fackeln, so dass man die Wände mit unzähligen Stalaktiten bedeckt zu sehen glaubte. Der Ingenieur prüfte den dunklen Granit genauer. Nirgends entdeckte er Gänge oder Streifen anderen Gesteins. Die Masse erschien kompakt und von sehr seinem Korn. Dieser unterirdische Gang mochte also wohl gleichzeitig mit der Insel entstanden sein und war gewiss nicht erst von dem durchfließenden Wasser ausgewaschen worden. Pluto, nicht Neptun hatte diese Schlucht mit eigener Hand hergestellt, und noch bemerkte man an den Wänden die Spuren vulkanischer Tätigkeit, welche das Wasser nicht vollkommen wegzuspülen vermocht hatte.

Die Kolonisten stiegen nur sehr langsam weiter abwärts. Sie konnten sich einer gewissen Beklemmung nicht erwehren, als sie hier in die Tiefen des Gebirges eindrangen, die vor ihnen gewiss noch kein menschliches Wesen besuchte. Ohne ein Wort zu sprechen, hingen sie ihren Gedanken nach, welche ihnen die Befürchtung nahe legten, dass irgend ein Achtfuß oder ein anderer gigantischer Cephalopode (d.i. Kopffüßler) die inneren mit dem Meere in Verbindung stehenden Höhlen bewohnen möchte. In Folge dessen tasteten sich alle mit größter Vorsicht weiter.

Übrigens lief Top der kleinen Gesellschaft immer voraus und konnte man von der Klugheit des Hundes erwarten, dass er im gegebenen Falle nicht unterlassen werde, Lärm zu schlagen.

Hundert Fuß tief war man nach mancherlei Windungen etwa hinab gelangt, als der vorausgehende Cyrus Smith stehen blieb, um seine Gefährten zu erwarten. Die Stelle, an der sich die Wanderer befanden, weitete sich zu einer mäßig großen Höhlung aus. Von der Wölbung derselben fielen noch Tropfen herab, die aber von einem Durchsickern des Wassers nicht herrührten. Sie stellten nur die letzten Spuren des Bergstromes dar, der so lange Zeit durch diese Höhle brauste, und enthielt auch die feuchte Luft keinerlei mephitische Ausdünstung.

»Nun, lieber Cyrus, begann Gedeon Spilett, hier hätten wir ja ein bis jetzt ganz unbekanntes, in der Tiefe verborgenes, aber dennoch ziemlich unbewohnbares Obdach.

— Inwiefern unbewohnbar? fragte der Seemann.

— Es ist zu klein und zu dunkel.

— Können wir es nicht vergrößern, weiter aushöhlen, dem Lichte und der Luft Zutritt verschaffen? warf Pencroff ein, der einmal an Nichts mehr zweifelte.

— Für jetzt wollen wir unsere Untersuchung weiter fortsetzen, entschied Cyrus Smith. Vielleicht erspart uns tiefer unten die Natur eine solche Arbeit.

— Noch sind wir nicht über ein Drittteil der Tiefe hinunter, bemerkte Harbert.

— Ein Drittteil doch, antwortete Cyrus, denn wir befinden uns gewiss hundert Fuß unter der Mündung, und es wäre nicht unmöglich, dass hundert Fuß tiefer ...

— Wo steckt nur Top?« unterbrach da Nab die Worte seines Herrn.

Man durchsuchte die Höhlung. Der Hund fand sich nicht.

»Er wird einfach weiter gelaufen sein, meinte Pencroff.

— So suchen wir ihn auf«, sagte Cyrus Smith.

Man stieg weiter hinab. Der Ingenieur beachtete aufmerksam die Windungen des Ganges, so dass er sich trotz vieler Umwege über dessen nach dem Meere zu verlaufende Hauptrichtung vollkommen im Klaren blieb.

Wiederum waren die Kolonisten gegen fünfzig Fuß in senkrechtem Sinne hinab gekommen, als ihre Aufmerksamkeit von entfernt cm Geräusche aus der Tiefe gefesselt wurde. Lauschend hielten sie an. Die Töne, welche durch den Gang drangen, wie die Stimme durch ein Sprachrohr, erschienen deutlich hörbar.

»Das ist Tops Gebell! rief Harbert.

— Ja, bestätigte Pencroff, und unser wackerer Hund bellt sogar ganz wütend.

— Wir haben ja unsere Stöcke mit Eisenspitzen, sagte Cyrus Smith; also vorsichtig weiter!

— Das wird immer interessanter«, raunte Gedeon Spilett dem Seemann ins Ohr, der ihm durch ein Kopfnicken antwortete.

Cyrus Smith und seine Begleiter beeilten sich, dem Hunde zu Hilfe zu kommen. Tops Bellen wurde immer vernehmbarer Dass er wütend sei, hörte man an seiner Stimme. Hatte er vielleicht irgendein Tier aufgejagt? Ohne an eine Gefahr zu denken, die ihnen ja selbst drohen konnte, trieb die Kolonisten eine unbezwingliche Neugier weiter. Sie gingen gar nicht mehr abwärts, sie glitten vielmehr auf dem Boden hin und trafen wenige Minuten später um sechzig Fuß tiefer auf Top.

Hier erweiterte sich der Gang zu einer weiten, schönen Höhle. Top lief noch immer wütend bellend hin und her. Pencroff und Nab leuchteten mit ihren Fackeln nach allen Seiten, während Cyrus Smith, Gedeon Spilett und Harbert, ihre Eisenstöcke wie Lanzen eingelegt, sich für alle Fälle bereit hielten.

Die große Höhle erwies sich leer, trotzdem man sie bis in jeden Winkel durchsuchte. Nichts fand sich, kein Tier, kein lebendes Wesen, und dennoch hörte Top nicht auf zu bellen. Weder Schmeicheleien noch Drohungen vermochten ihn zur Ruhe zu bringen.

»Hier muss doch irgendwo ein Ausgang sein, durch den das Wasser des Sees nach dem Meere ablief, sagte der Ingenieur.

– Ohne Zweifel, antwortete Pencroff, also nehmen wir uns in Acht, nicht in ein Loch zu stürzen.

– Vorwärts, Top! Geh!« rief Cyrus Smith.

Seinem Herrn gehorchend, lief der Hund nach dem Ende der Höhle und bellte dort nur noch heftiger.

Man folgte ihm vorsichtig Beim Scheine der Fackeln erkannte man bald einen wahrhaften Brunnenschacht im Granit. Dort hatte unzweifelhaft der Wasserabfluss stattgefunden, doch nicht mehr auf mäßig fallendem Abhange, sondern durch einen senkrechten Schacht, in welchen tiefer zu dringen vorläufig ganz unmöglich erschien.

Auch als man die Fackeln über die Mündung desselben hielt, war in der Tiefe nichts zu erkennen. Cyrus Smith brach einen brennenden Zweig ab, den er hinunter warf. Die Harzflamme leuchtete, durch den Luftzug beim schnellen Fallen noch mehr angefacht, heller auf, ohne dass etwas Auffälligeres dadurch sichtbar geworden wäre. Zuletzt erlosch sie mit einem leisen Zischen, woraus man abnahm, dass der Zweig in eine Wasserschicht, d.h. hier in das Meer gefallen sei.

Durch Berechnung aus der Zeit, welche er zum Hin absinken gebraucht hatte, erkannte der Ingenieur die Tiefe des Schachtes, die er auf etwa neunzig Fuß bestimmte Der Fußboden der Höhle befand sich also ebenso hoch über dem Meere

»Hier haben wir unsere Wohnung, sagte Cyrus Smith.

– Vorher befand sich aber irgendwelches Geschöpf hier, bemerkte Gedeon Spilett, dessen Neugier noch unbefriedigt war.

– Mag sein, antwortete der Ingenieur, doch ist dasselbe, ob Amphibie oder ein anderes Tier, durch jenen Ausgang entflohen und hat uns den Platz geräumt.

– Vor einer Viertelstunde, sagte der Seemann, hätte ich aber doch Top sein mögen, denn ohne Ursache wird er nicht so wütend gebellt haben.«

Cyrus Smith sah seinen Hund an, und hätte ihm einer seiner Gefährten nahe genug gestanden, so hätte er hören müssen, wie jener für sich hinmurmelte:

»Das glaub' ich wohl, dass Top von Manchem mehr weiß als wir!«

Alles in allem waren die Wünsche der Kolonisten doch nahezu erfüllt. Der Zufall hatte sie begünstigt, der wunderbare Scharfsinn ihres Führers ihnen zu dieser Höhle verholfen, deren Ausdehnung man beim Fackelscheine noch nicht einmal genau übersehen konnte. Wie leicht musste es sein, sie durch Ziegelsteinmauern in Einzelräume zu teilen und somit ein ganz brauchbares Obdach herzustellen. Das Wasser war daraus abgeflossen, um niemals wieder zu kehren – der Platz war frei!

Zwei Schwierigkeiten wollten freilich noch überwunden sein; diese Aushöhlung im kompakten Gestein verlangte Licht und einen bequemeren Zugang. An eine Beleuchtung von oben her war gar nicht zu denken, denn über ihr wölbte sich die enorme dicke Granitschicht, vielleicht aber ließ sich die vordere, nach dem Meere zu gerichtete Wand durchbrechen. Beim

Niedersteigen hatte Cyrus Smith den Neigungswinkel des Ganges annähernd abgeschätzt und unter Berücksichtigung seiner Länge die Überzeugung gewonnen, dass die vordere Steinmauer nicht mehr sehr stark sein könne. War es möglich, sich in dieser Richtung Licht zu verschaffen, so konnte es auch nicht besonders schwierig sein, statt eines Fensters eine Tür auszubrechen und äußerlich eine Art Treppe anzubringen.

Cyrus Smith teilte den Anderen seine Gedanken hierüber mit.

»Nun denn, ans Werk, Mr. Cyrus! drängte Pencroff. Mit meiner Hacke will ich mich durch diese Mauer schon zum Tageslichte hindurcharbeiten. Wo soll ich einschlagen?

– Hier«, bedeutete ihn der Ingenieur und wies auf eine merkliche Vertiefung in der Wand, welche deren Durchmesser vermindern musste.

Pencroff griff den Granit mit seiner Spitzhaue an, dass er Funken gab und die Stücken umherflogen. Nab löste ihn nach einer halben Stunde ab, diesem folgte Gedeon Spilett.

Schon währte die Arbeit zwei Stunden lang, und befürchtete man fast, dass die Mauer doch wohl zu dick sei, als beim letzten Schlage Gedeon Spiletts das Werkzeug die Granitwand durchdrang und hinaus fiel!

»Hurra! Und abermals Hurra!« rief Pencroff.

Die Steinmauer maß nur drei Fuß im Durchmesser. Cyrus Smith näherte sich der Öffnung, welche sich etwa achtzig Fuß über dem Erdboden befand. Vor seinen Augen lag der Strand, das Eiland und weiter hinaus das unendliche Meer.

Durch das in Folge des Nachbrechens des Gesteins ziemlich umfängliche Loch drang aber auch das Licht ein, und brachte in der prächtigen Höhle wirklich zauberhafte Effekte hervor. Wenn jene nach links hin bei hundert Fuß Länge nur etwa dreißig Fuß in der Höhe und Breite maß, so war ihr Umfang nach rechts hin desto bedeutender, und wölbte sich ihre Decke in einer Höhe von achtzig Fuß. In unregelmäßiger Anordnung strebten da und dort Granitsäulen in die Höhe, welche die Bogen trugen, die sich auf Wandpfeiler zu stützen schienen. Einmal war die Wölbung eine flache, das andere Mal stieg sie auf schlanken Rippen in die Höhe und bildete Spitzbogen, Tonnengewölbe, kurz, ein Kirchenschiff, in dem alles vertreten war, was des Menschen Hand im byzantinischen, römischen und gotischen Baustil nur jemals hervorgebracht hat. Und hier stand man vor einem Meisterwerke der Natur, sie allein hatte diese feenhafte Alhambra in dem Urgebirge ausgearbeitet!

In staunender Bewunderung sahen es die Kolonisten. Wo sie nur eine enge Höhle zu finden glaubten, da fanden sie einen prächtigen Palast, und Nab hatte wie vor Andacht den Kopf entblößt, als sei er in ein Gotteshaus versetzt!

Laut schallten bei diesem Anblicke die Hurrarufe und verloren sich in vielfachem Echo wiedertönend in dem halbdunklen Bogenschiffe.

»Ah, meine Freunde, sagte Cyrus Smith, wenn wir hier dem Lichte den nötigen Zugang verschafft und unsere Zimmer, Vorratskammern und Werkstätten in diesem linken Teile eingerichtet haben dann bleibt uns noch immer diese prächtige Höhle, die unseren Lehrsaal, unser Museum darstellen wird.

– Und ihr Name? fragte Harbert.

– Granit-House«[1], antwortete Cyrus Smith, ein Name, dem seine Gefährten ihren Beifall zujauchzten.

Die Fackeln gingen allmählich zur Neige, und da man, um wieder herauszukommen, den Gang bis zum Plateau hinauf ersteigen musste, beschloss man, alle weiteren Vorarbeiten zur Einrichtung auf den nächsten Tag zu verschieben.

Noch einmal, bevor sie aufbrachen, neigte sich Cyrus Smith forschend über den dunklen Schacht, der senkrecht bis zum Niveau des Meeres hinab reichte. Er horchte aufmerksam. Kein Laut ließ sich vernehmen, nicht einmal ein Rauschen des Wassers, welches der Seegang doch dann und wann bewegen musste.

Noch ein brennender Zweig ward hinab geworfen, der die Wände des Schlundes auf einen Augenblick erleuchtete, ohne dass, ebenso wie früher, irgend etwas Verdächtiges in die Augen gefallen wäre. Hatte das völlig abfließende Wasser hier auch irgendein Seeungeheuer überrascht, so musste dieses wohl durch den sich unter dem Strande hin fortsetzenden Schacht das Meer wieder erreicht haben.

Unbeweglich und mit lauschendem Ohre lag der Ingenieur noch immer, ohne ein Wort zu sprechen, über den Abgrund geneigt.

Der Seemann näherte sich ihm und berührte leise seinen Arm.

»Mr. Smith! sagte er.

– Was wollen Sie, lieber Freund? fragte der Ingenieur, der wie aus einem Traume zu sich kam.

– Die Flammen werden bald erlöschen.

– Vorwärts denn!« sagte Cyrus Smith.

Die kleine Gesellschaft verließ die Höhle und kletterte den dunklen Gang hinauf. Top trabte nach und ließ noch immer von Zeit zu Zeit ein grimmiges Knurren hören. Einen Augenblick verweilten die Kolonisten in der oberen Grotte, welche eine Art Treppenabsatz bildete. Dann setzten sie ihren Weg weiter fort.

Bald spürten sie das Eindringen der freien Luft. An den Wänden glänzten die vom Luftzuge aufgesaugten Tröpfchen nicht mehr. Langsam wurden die rauchenden Harzbrände düsterer Nabs Fackel verlosch, und um sich nicht der undurchdringlichen Finsternis auszusetzen, musste man nun eilen'

So erreichten Cyrus Smith und seine Gefährten ein wenig vor vier Uhr, als eben auch des Seemanns Fackel auslöschte, die Mündung des Felsenganges wieder.

Fußnoten

1 Granit-Palast. Das Wort »*house*« ist für Paläste ebenso, wie für gewöhnliche Gebäude in Gebrauch, z.B. *Buckingham-house, Mansion-house* in London.

NEUNZEHNTES KAPITEL.

Am nächsten Tage, den 22 Mai, ging man an die eigentliche Einrichtung der neuen Wohnung. Es drängte die Kolonisten in der Tat, diese geräumige und gesunde, im Felsen ausgehöhlte, vor dem Meere ebenso wie vor dem Regen geschützte Zuflucht gegen das mangelhafte Obdach, das die Kamine gewährten, zu vertauschen. Dennoch sollten diese nicht vollkommen verlassen werden, sondern nach Ansicht des Ingenieurs als Werkstätte für die gröberen Arbeiten dienen.

Cyrus Smiths erste Sorge war es, sich zu überzeugen, an welcher Stelle der Uferwand ihr Felsenhaus wohl liege Er begab sich also gegenüber der gewaltigen Granitmauer nach dem Strande; da beim Durchbrechen jener die Spitzhaue den Händen des Reporters entfallen war und notwendig senkrecht herabgefallen sein musste, so genügte ja deren Wiederauffindung, um die Stelle zu treffen, die man durchschlagen hatte.

Die Hacke fand sich leicht wieder und wirklich lotrecht über der Stelle, wo sie in den Sand eingedrückt lag, auch die erste Öffnung etwa achtzig Fuß über dem Niveau des Strandes. Schon flogen einige Felsentauben durch diese Luke ein und aus. Fast gewann es den Anschein, als sei das Granithaus allein zu ihrem Besten entdeckt worden.

Die Absicht des Ingenieurs ging dahin, den linken Teil der Höhle in mehrere Zimmer und einen Vorraum zu trennen und diese durch fünf Fenster und eine Tür zu erleuchten. Gegen die fünf Fenster machte Pencroff zwar keine Einwendung, den Nutzen der Tür dagegen vermochte er nicht einzusehen, da der frühere Wasserabfluss des Sees ja eine natürliche Treppe bildete, über welche man stets leicht nach dem Granithaus zu gelangen vermochte.

»Mein Freund, antwortete ihm Cyrus Smith, wenn wir durch den unterirdischen Gang bequem unsere Wohnung erreichen können, so können das Andere ebenso gut. Ich habe dagegen die Absicht, die obere Mündung wieder vollkommen zu schließen, wenn nötig, sie sogar wieder ganz zu verdecken, indem wir durch eine Art Wehr am jetzigen Ausflusse den Wasserstand des Sees wieder heben.

– Und wie sollen wir ins Haus gelangen? fragte der Seemann.

– Über eine Stiege an der Außenseite, etwa eine Strickleiter, durch deren Aufziehen wir den Zugang zu unserer Wohnung zur Unmöglichkeit machen.

– Wozu diese Vorsicht? sagte Pencroff. Bis heute begegneten wir noch keinen so besonders zu fürchtenden Tieren, und von Eingeborenen ist die Insel offenbar nicht bewohnt.

– Sind Sie dessen so sicher, Pencroff? fragte der Ingenieur und richtete seinen Blick auf den Seemann.

– Überzeugt werden wir freilich erst sein, lenkte dieser ein, wenn wir sie einmal in allen Teilen näher durchforscht haben.

– Richtig, sagte Cyrus Smith. Für jetzt kennen wir die Insel indes nur stückweise. Im Fall uns aber auch keine inneren Feinde bedrohten, so können solche doch von außerhalb kommen, denn der Stille Ozean ist immer ein gefährliches Gebiet. Wir ergreifen diese Vorsichtsmaßregeln also auch gegen den schlimmsten Fall.«

Cyrus Smith sprach sehr weise, und ohne weitere Einwendungen bereitete sich Pencroff, seinen Anordnungen nachzukommen

Die Fassade des Granithauses sollte also fünf Fenster und eine der gesamten Zimmerreihe dienende Tür erhalten; außerdem gedachte man der prächtigen Säulenhalle durch eine weitere Öffnung und mehrere kleine Gucklöcher das nötige Licht zuzuführen. Die Fassade lag in einer Höhe von achtzig Fuß über der Erde nach Osten zu, so dass die ersten Strahlen der

Morgensonne sie begrüßen mussten. Sie befand sich in der Mitte des Steinwalls zwischen dessen vorspringender Ecke an der Mündung der Mercy und einer senkrecht auf den Felsenhausen, die die Kamine bildeten, stehenden Linie. So konnte die Wohnung von den bösesten Winden, d.h. denen aus Nordosten, nur schräg getroffen werden, da sie die Felsenecke bis zu einer gewissen Grenze davor schützte.

Vor der Hand und bis man einst Fensterrahmen gefertigt haben würde, beabsichtigte der Ingenieur die Öffnungen durch dichte Läden zu schließen, welche Wind und Regen abhielten und im Notfalle selbst verborgen werden konnten.

Zuerst galt es also, die nötigen Öffnungen auszubrechen. Mit der Spitzhaue wäre das eine zu lange dauernde Arbeit gewesen, jedenfalls nicht im Sinne Cyrus Smiths, welcher heroischere Mittel anzuwenden liebte. Noch besaß er eine gewisse Menge Nitroglyzerin, das er nutzbar zu machen gedachte. Die Wirkung dieser explodierenden Substanz wurde also auf geeignete Weise örtlich beschränkt, und es gelang dadurch, den Granit nur an den gewünschten Stellen zu sprengen. Nun vollendeten Spitzhaue und Hacke die Form der Fensteröffnungen, der Gucklöcher und der Tür, glätteten die mehr oder weniger zerrissenen Felsenrahmen, und wenige Tage nach dem Beginn der Arbeiten schien das erste Morgenrot in das Granithaus hinein und erhellte dasselbe bis in seine entferntesten Tiefen.

Nach dem von Cyrus Smith entworfenen Plane sollte die Wohnung in fünf Einzelräume mit der Aussicht nach dem Meere abgeteilt werden, zur Rechten einen gemeinschaftlichen Vorraum mit der Tür nach der anzulegenden Stiege erhalten, daran stoßend eine dreißig Fuß lange Küche, ein vierzig Fuß langes Speisezimmer, einen Schlafraum von derselben Größe und endlich ein von Pencroff vorgeschlagenes »Fremdenzimmer«, das an den großen Saal anstieß.

Diese Zimmer, oder vielmehr diese Zimmerreihe, welche die Wohnung im Granithaus bildeten, durften die ganze Tiefe des kleineren Höhlenteils nicht ausfüllen. Sie erhielten nämlich noch einen gemeinschaftlichen Korridor und ein langgestrecktes Magazin, in welchem die Geräte, Nahrungsmittel und Vorräte aller Art bequem Platz fanden. Alle Produkte der Insel aus dem Pflanzen- und dem Tierreiche befanden sich hierin in dem zu ihrer Konservierung günstigsten Zustande und vollkommen vor Feuchtigkeit geschützt. An Raum mangelte es ja nicht, so dass alles in schönster Ordnung untergebracht werden konnte. Überdem besaßen die Kolonisten noch die kleine Höhlung über der von ihnen bewohnten, welche gewissermaßen einen Speicher darstellte.

Nachdem man sich über diesen Plan geeinigt, schritt man sofort zu dessen Ausführung. Die Bergleute wurden wieder zu Ziegelstreichern. Die fertigen Mauersteine lagerte man zu Füßen des Granithauses ab.

Bis jetzt stand Cyrus Smith und seinen Gefährten noch immer kein anderer Zugang zu ihrer Höhle zu Gebote, als die frühere Wasserrinne. Diese Art der Kommunikation nötigte sie aber immer, erst das Plateau der Freien Umschau zu besteigen, und zwar auf dem Umwege längs des Flussufers, dann zweihundert Fuß tief durch den unterirdischen Gang hinab zu gehen und ebenso weit wieder empor zu klimmen, wenn sie nach dem Plateau zurück wollten. Es versteht sich, dass hierdurch Zeitverluste und manche Anstrengungen entstanden. Cyrus Smith beschloss also, unverzüglich die Herstellung einer festen Strickleiter in die Hand zu nehmen, welche ja zurückgezogen den Aufgang zu dem Granithaus unwegsam machte.

Diese Strickleiter wurde mit peinlichster Sorgfalt angefertigt, und bestanden ihre Längenseite aus Fasern des »Curryjonc«, die man, ganz ähnlich, wie es die Seiler tun, zusammendrehte und welche dadurch eine mehr als hinreichende Festigkeit erlangten. Zu den Stufen verwendete man eine Art rote Zedern, deren Äste von leichter und sehr zäher Natur sind. Das ganze Werk vertraute man dann Meister Pencroffs geübten Händen an.

Daneben wurden auch noch andere Seile aus Pflanzenfasern fabriziert und an der Tür ein roh zugerichteter Flaschenzug angebracht. Das erleichterte wesentlich die Herbeischaffung der Materialien, mit denen man die eigentliche innere Einrichtung begann. An Kalk fehlte es ja nicht und einige Tausend Ziegelsteine harrten nur ihrer Verwendung. Das wenn auch etwas rohe Zimmerwerk der Scheidewände wurde ohne Schwierigkeiten aufgestellt, und in kurzer Zeit war die ganze Abteilung der Höhle entsprechend dem vorher entworfenen Plane in fünf Einzelräume geteilt.

Unter Leitung des Ingenieurs, der auch selbst mit Hammer und Kelle zugriff, schritten diese verschiedenen Arbeiten rasch vorwärts. Cyrus Smith, der seinen einsichtigen und fleißigen Arbeitern immer mit gutem Beispiele voranging, war eben in allen Sätteln gerecht. Man arbeitete voller Vertrauen, selbst heiter, da Pencroff immer ein Scherzwort auf der Zunge hatte, wenn er jetzt als Zimmermann, dann als Seiler oder Maurer tätig war und dieser ganzen kleinen Welt seine ewig gute Laune mitteilte. Seinen absoluten Glauben an den Ingenieur vermochte Nichts zu erschüttern. Er hielt ihn für fähig, alles zu unternehmen und erfolgreich auszuführen. Die übrigens sehr gewichtigen Fragen wegen der Bekleidung und des Schuhwerks, die der Beleuchtung während der Winterabende, der Urbarmachung der Insel, der Veredelung der wildwachsenden Pflanzen, – alle schienen ihm mit Cyrus Smiths Hilfe sehr einfach und leicht zu lösen. Er phantasierte von schiffbar gemachten Flüssen, zur Erleichterung des Transports der Bodenreichtümer der Insel, von Ausbeutung der Steinbrüche, Anlegung von Bergwerken, von Maschinen zu allen industriellen Zwecken, von Eisenbahnen, ja! Von Eisenbahnen, einem ganzen Netze solcher, das einst die Insel Lincoln bedecken werde.

Der Ingenieur ließ Pencroff plaudern und vergönnte seinem guten Herzen jene unschuldigen Übertreibungen. Er wusste, wie leicht sich das Vertrauen weiter verbreitet, lachte selbst, wenn er jenen so schwärmen hörte, und sprach nicht von der Unruhe, die ihm die Zukunft doch dann und wann einflößte. In diesem Teile des Pazifischen Ozeans, weit abseits von den gewöhnlichen Schiffskursen, konnte man leicht für immer auf jede Hilfe verzichten müssen. Dann hatten die Kolonisten nur auf sich, allein auf sich selbst zu rechnen, denn die Insel Lincoln lag ja so weit von jedem Lande entfernt, dass es ein zu gefahrvolles Unternehmen blieb, mit einem nicht ganz seetüchtigen Fahrzeuge diese ungeheure Strecke zurücklegen zu wollen.

Aber sie schlugen doch, wie der Seemann zu sagen pflegte, die anderen Robinsons, die allemal ein Wunder getan zu haben glaubten, wenn sie etwas fertig brachten, »wenigstens um hundert Nasenlängen«.

In der Tat, sie »hatten ja Kenntnisse«, und der »wissende« Mann siegt noch über Verhältnisse, unter denen Andere nur mühsam vegetieren und unvermeidlich untergehen.

Harbert zeichnete sich bei jeder Arbeit aus. Begabt und fleißig, begriff er alles leicht und führte es gut aus, so dass Cyrus Smith sich Tag für Tag mehr zu ihm hingezogen fühlte. Harbert hegte für den Ingenieur eine innige und achtungsvolle Freundschaft Pencroff bemerkte wohl die Bande, welche beide immer enger an einander knüpften, ohne doch darüber eifersüchtig zu werden.

Nab blieb eben Nab. Wie immer war er der personifizierte Muth, Eifer, die Ergebenheit und Selbstverleugnung Mit demselben Vertrauen zu seinem Herrn wie Pencroff, äußerte er dasselbe doch minder laut. Wenn Pencroff ganz außer sich geriet, nahm Nab immer eine Miene an, als wolle er sagen: »Das geht ja alles ganz natürlich zu!« Pencroff und er waren sich jedoch herzlich zugetan und duzten sich schon seit längerer Zeit.

Auch Gedeon Spilett entzog sich seinem Teile der allgemeinen Arbeit nicht und erwies sich nicht als der Ungeschickteste, – zum größten Erstaunen des Seemanns. Ein »Journalist« und geschickt, nicht nur alles zu begreifen, sondern es auch auszuführen!

Die Strickleiter wurde am 28. Mai endgültig angebracht. Auf die Höhe von achtzig Fuß zählte sie nicht weniger als hundert Stufen. Glücklicher Weise hatte Cyrus Smith dieselbe in zwei Teilen ausführen lassen können, weil sich etwa in der halben Höhe ein Vorsprung im Felsen fand, der gleichsam als Podest diente. An diesem befestigte man, nachdem er durch Hacke und Meißel möglichst gut geebnet war, den einen Teil der Leiter, deren Schwanken hierdurch natürlich weit geringer wurde, als wenn die ganze Länge aus einem Stück bestanden hätte. Der andere Teil der Strickleiter fand an demselben Podest und der Tür seine Stützpunkte. Wenn diese Anordnung das Besteigen schon merklich erleichterte, so gedachte Cyrus Smith doch später einen hydraulischen Aufzug zu errichten, um den Bewohnern des Granithauses jede Anstrengung und allen Zeitverlust zu ersparen.

Die Kolonisten gewöhnten sich sehr bald an die Besteigung dieser Leiter. Selbst gewandt genug, hatten sie überdem Pencroff, der in seiner Eigenschaft als Seemann ihnen mit der nötigen Unterweisung an die Hand ging. Vorzüglich musste aber Top angelernt werden. Der arme Hund war mit seinen vier Pfoten von der Natur nicht zu solchen Seiltänzerübungen bestimmt, brachte es aber durch seinen eifrigen Lehrmeister Pencroff dahin, die Strickleiter ebenso hurtig hinauf zu laufen, wie man es von seinen Anverwandten dann und wann in einem Circus sieht. Selbstverständlich erfüllte den Seemann ein gerechter Stolz auf seinen Schüler, nichtsdestoweniger lud er letzteren, wenn er in die Höhe stieg, nicht selten auf die Schultern, worüber sich Top gar nicht zu beklagen schien.

Es bedarf wohl keiner Bemerkung, dass während der eifrigen Betreibung dieser Arbeiten, zu welcher die nahende schlechte Jahreszeit drängte, die Nahrungsfrage niemals vernachlässigt wurde. Tagtäglich verwendeten der Reporter und Harbert, die offiziellen Lieferanten der Kolonie, einige Stunden auf die Jagd. Bis jetzt durchstreiften sie immer und immer wieder den Jacamar-Wald am linken Ufer der Mercy, da sie letztere in Ermangelung einer Brücke oder eines Bootes nicht zu überschreiten vermochten. Alle die ungeheuren Dickichte, denen man den Namen der Wälder des Fernen Westens gegeben hatte, blieben vorläufig also noch undurchsucht. Einen Ausflug dahin verschob man bis zu den ersten schönen Tagen des nächsten Frühlings.

Überdies erwies sich der Jacamar-Wald ausreichend wildreich; Kängurus und wilde Schweine barg er in Menge, und die Spieße und Pfeile der Jäger taten das Ihrige. Zudem entdeckte Harbert nahe der südwestlichen Ecke des Sees ein prächtiges Kaninchengehege, einen mäßig feuchten Wiesengrund, bedeckt mit Weiden und wohlriechenden Kräutern, wie Thymian, Lavendel, Basilikum, Saturei u.a., die mit ihrem Wohlgeruch die Luft erfüllten und nach denen die wilden Kaninchen so besonders lüstern sind.

Nach der Beobachtung des Reporters, dass wenn der Tisch für Kaninchen gedeckt war, es wunderbar zugehen müsste, wenn keine Kaninchen vorhanden wären, untersuchten die Jäger das Gehege möglichst aufmerksam. Jedenfalls brachte es nützliche Pflanzen in Menge hervor und hätte ein Naturforscher Gelegenheit gehabt, hier eine große Anzahl verschiedener Familien zu studieren. Harbert pflückte sich eine Quantität Basilikum, Rosmarin, Melisse, Betunia usw., welche Kräuter alle therapeutische Eigenschaften, die einen als Hustenmittel, Adstringentia und Fiebermittel, die anderen als krampfstillende oder antirheumatische Mittel besitzen. Als Pencroff später fragte, was dieser Vorrat an Kräutern nützen solle, antwortete der junge Mann:

»Den, uns zu helfen und zu behandeln, wenn wir krank würden!

– Warum sollen wir denn krank werden, erwiderte der Seemann ganz ernsthaft, es sind ja keine Ärzte auf der Insel!«

Dem war nun freilich nicht zu widersprechen; dennoch setzte der junge Mann seine Ernte fort, welche im Granithaus sehr gern aufgenommen wurde, und das um so mehr, als er derselben noch einen reichlichen Vorrat an der in Nordamerika unter dem Namen »Oswego-Tee« bekannten Pflanzenart hinzugefügt hatte.

Als die Jäger weiter und weiter suchten, gelangten sie an demselben Tage auch noch zu dem eigentlichen Kaninchenbau, in dessen Umgebung der ganze Boden wie ein Sieb durchlöchert erschien.

»Hier sind Erdbaue! rief Harbert.

– Ja, erwiderte der Reporter, das sehe ich wohl.

– Ob diese wohl bewohnt sind?

– Das ist die Frage.«

Diese Frage sollte indes bald gelöst werden, denn fast in demselben Augenblicke entflohen wohl an hundert kleine, den Kaninchen ähnliche Tiere, nach allen Richtungen und mit einer Schnelligkeit, dass selbst Top sie kaum einzuholen im Stande gewesen wäre. Jäger und Hund hatten gut laufen; die Nager entwischten mit Leichtigkeit. Der Reporter entschloss sich aber, nicht eher von der Stelle zu weichen, als bis er etwa ein halbes Dutzend der Tiere gefangen habe. Zunächst wollte er den Tisch damit versorgen, andere aber später zu zähmen suchen. Mit einigen an der Mündung der Öffnungen angebrachten Schlingen hätte das nicht schwierig sein können, letzt hatte man aber weder solche, noch irgendein geeignetes Material, dieselben anzufertigen. Man musste sich also darauf beschränken, jedes einzelne Lager zu untersuchen, mit einem Stocke hineinzustechen und durch Geduld das zu erreichen trachten, was man auf andere Weise nicht zu erzwingen vermochte.

Nach einer Stunde fing man endlich vier Nager in ihrem Baue. Es waren wirklich Kaninchen, ihren Verwandten in Europa ziemlich ähnlich und allgemein unter dem Namen »amerikanische Kaninchen« bekannt.

Die Jagdbeute wurde nun nach dem Granithaus heimgebracht, wo sie zum Abendbrot auf der Tafel erschienen. Der köstliche Geschmack dieser Tierchen wurde von Allen gelobt. Der Kaninchenbau versprach der Kolonie eine eben so geschätzte, als unerschöpfliche Hilfsquelle zu bieten.

Am 31. Mai gingen die Zwischenwände ihrer Vollendung entgegen. Jetzt galt es nur noch, die Zimmer mit dem nötigen Mobiliar auszustatten, eine Arbeit, die man den langen Tagen des Winters vorbehielt. In der ersten Abteilung, welche als Küche diente, wurde ein Kamin hergestellt. Das Rohr, das zur Abführung des Rauches dienen sollte, machte den wackeren Leuten einiges Kopfzerbrechen. Cyrus Smith erschien es am einfachsten, ein solches aus Tonmasse anzufertigen; da man nicht daran denken konnte, dasselbe nach dem oberen Plateau zu führen, so schlug man über dem Fenster der Küche noch ein Loch in den Granit und leitete dasselbe schräg da hin, wie das Blechrohr eines gusseisernen Ofens. Vielleicht, ja sogar wahrscheinlich, würde die Feuereinrichtung bei Ostwind, der direkt an die Fassade schlug, etwas rauchen, doch wehten diese Winde erstens nur selten und zweitens war auch Nab, der Koch, nach dieser Seite nicht so empfindlich.

Nach Beendigung der inneren Einrichtungen beschäftigte sich der Ingenieur damit, die frühere Abfluss-Mündung wieder zu verschließen, so dass jeder Zugang von dieser Seite unmöglich wurde.

Man rollte also Felsstücke vor die Öffnung und vermauerte diese bestens. Noch sah Cyrus Smith von dem Vorhaben ab, das Wasser des Sees wieder über die Mündung ansteigen zu lassen. Er begnügte sich damit, dieselbe durch Kräuter, Büsche und Gesträuch zu verstecken, welche in die Zwischenräume der Felsenstücke gepflanzt wurden und von denen man hoffte, dass sie mit dem nächsten Frühling üppig aufwuchern würden.

Jedenfalls benutzte er aber die frühere Abflussrinne noch, um der neuen Wohnung die Zuleitung süßen Wassers aus dem See zu sichern.

Die künstliche Quelle, welche man durch Erbohrung eines kleinen Loches unter dem See-Niveau gewann, lieferte etwa 150 Liter den Tag, also konnte es dem Granithaus an Wasser voraussichtlich niemals fehlen.

Endlich war alles fertig, und es wurde auch hohe Zeit, denn schon meldete sich die schlechte Jahreszeit. Dichte Läden gestatteten die Fensteröffnungen zu schließen, in Erwartung, dass der Ingenieur einmal Muße finden werde, Fensterglas zu fabrizieren.

Gedeon Spilett hatte in den Felsenritzen und um die Fenster sehr kunstvoll verschiedene Pflanzen angebracht, so dass die Öffnungen mit reizenden grünen Rahmen umschlossen waren.

Die Bewohner der sicheren, gesunden und festen Wohnung konnten mit ihrem Werke gewiss zufrieden sein. Durch die Fenster schweifte ihr Blick über einen grenzenlosen Horizont, den die beiden Kiefer-Kaps im Norden und das Krallen-Kap im Süden abschlossen. Prächtig dehnte sich die ganze Unions-Bai vor ihren Augen aus. Gewiss, die wackeren Kolonisten hatten alle Ursache, sich über ihre Erfolge zu freuen, und Pencroff sparte auch seine Lobsprüche nicht, wenn er im Scherz von »seiner Wohnung im fünften Stock über dem Entresol« sprach!

ZWANZIGSTES KAPITEL.

Mit dem Monat Juni, der dem Dezember der nördlichen Erdhälfte entspricht, begann nun ernstlich der Winter und führte sich mit Platzregen und Windstößen ein, welche einander ohne Unterbrechung folgten. Jetzt lernten die Bewohner des Granithauses die Vorteile einer Wohnung schätzen, die sie vor jeder Unbill der Witterung schützte. Zur Überwinterung hätten sich die lustigen Kamine gewiss unzulänglich erwiesen, abgesehen davon, dass bei den anhaltenden, steifen Seewinden das Wasser wahrscheinlich bis in dieselben hineingetrieben worden wäre. Cyrus Smith ordnete hiergegen noch einige Vorsichtsmaßregeln an, um die Schmiede nebst den dort eingerichteten Öfen möglichst zu sichern.

Während des ganzen Monats Juni verwendete man die Zeit auf verschiedene Arbeiten, ohne die Jagd und den Fischfang, durch welche die Vorräte der Speisekammer nach Kräften vermehrt wurden, zu vernachlässigen. Sobald er die nötige Muße gewann, wollte Pencroff auch Fallen aufstellen, von denen er sich das Beste versprach. Er verfertigte also Schlingen aus holzigen Fasern, und bald verging kein Tag, an dem der Kaninchenbau nicht sein Kontingent dieser Nagetiere geliefert hätte, so dass Nab kaum mit dem Pökeln und Räuchern des Fleisches fertig werden konnte, das eine so schöne und haltbare Nahrung versprach.

Nach und nach drängte sich nun auch die Bekleidungsfrage mehr in den Vordergrund. Die Kolonisten besaßen ja Nichts, als was sie auf dem Leibe trugen, als der Ballon sie auf die Insel warf. Ihre Bekleidung war wohl warm und dauerhaft; sie wandten ihr ebenso wie der Leibwäsche die strengste Sorgfalt zu und hielten alles so sauber als möglich, und doch machte sich ein Ersatz bald nötig. Sollte nun gar der Winter recht anhaltend und streng auftreten, so musste die Kälte ihnen gar empfindlich zusetzen.

Hier ließ nun Cyrus Smith fast seine Weisheit im Stiche. Das zunächst Notwendigste, Wohnung und Nahrung, hatte er zu beschaffen gewusst, und jetzt konnte ihn die Kälte überraschen, noch bevor die Frage bezüglich der Kleidung gelöst war. Man musste sich wohl oder übel darein ergeben, diesen ersten Winter ohne vieles Murren zu ertragen. Bei Wiederkehr der besseren Jahreszeit sollte dann den wilden Schafen, die man schon bei Gelegenheit der Besteigung des Franklin-Berges bemerkte, ernstlich nachgestellt werden. Hatte man nur die nötige Wolle, so würde der Ingenieur schon warme und haltbare Stoffe herzustellen wissen ... Wie? ... Das würde er sich schon überlegen.

»Ei was, sagte Pencroff, da versengen wir uns die Beine im Granithaus! Brennmaterial haben wir ja genug und brauchen es also nicht zu sparen.

– Übrigens, bemerkte Gedeon Spilett, liegt auch die Insel Lincoln nicht unter so hoher Breite, und hat voraussichtlich gar keinen so strengen Winter. Sagten Sie uns nicht, Cyrus, dass dieser fünfunddreißigste Breitengrad etwa dem von Spanien auf der nördlichen Halbkugel entspreche?

– So ist es, erwiderte der Ingenieur, und doch hat Spanien manchmal verhältnismäßig recht harte Winter, denen weder Schnee noch Eis fehlen; dasselbe können wir wohl auf der Insel Lincoln erleben. Indes, Lincoln ist eben eine Insel und wird als solche hoffentlich eine gemäßigtere Temperatur haben.

– Und warum das, Mr. Cyrus? fragte Harbert.

– Weil das Meer als ein ungeheures Reservoir betrachtet werden kann, in dem sich die Sonnenhitze aufspeichert. Im Winter strahlt dasselbe diesen Wärmevorrat wieder aus, und das sichert den Nachbarländern jedes Ozeans eine mittlere Temperatur, die im Sommer nie so hoch steigt und im Winter nie so tief herab geht.

– Das wird sich ja zeigen, fiel Pencroff ein; darüber aber, ob es sehr kalt werden mag oder nicht, wollen wir uns jetzt nicht beunruhigen. Ganz gewiss aber nehmen die Tage ab und die Abende zu. Ich meine, wir besprächen über das Thema der Beleuchtung.

– Nichts leichter als das, antwortete Cyrus Smith.

– Zu besprechen? fragte der Seemann.

– Nein, auch zu lösen.

– Und wann gehen wir daran?

– Morgen, und beginnen nämlich mit einer Robbenjagd.

– Um Talglichter zu erhalten?

– Pfui, Pencroff! Feine Kerzen.«

In der Tat lag das in der Absicht des Ingenieurs. Da er Kalk und Schwefelsäure besaß und die Amphibien des Eilandes das nötige Fett liefern mussten, so erschien ihm die Ausführung derselben mit Recht nicht so schwierig.

Man schrieb den 4 Juni; es war Pfingstfest, das man unter allseitiger Zustimmung andächtig feiern wollte alle Arbeiten ruhten, dafür wurde manches Gebet zum Himmel empor gesandt, in dem sich jedoch nur der fromme Dank der Kolonisten aussprach. Jetzt waren sie ja keine elenden Schiffbrüchigen mehr, sie hatten alles und priesen Gott für seine Gnade.

Am anderen Tage, dem 5. Juni, begaben sich alle bei ziemlich unsicherer Witterung nach dem Eilande. Jetzt war man noch immer gezwungen, die Ebbe abzuwarten, um den Kanal zu durchwaten, und so wurde denn beschlossen, recht bald und so gut es sich eben ausführen ließ, ein Kanu zu erbauen, das die Verbindung mit dem Eilande erleichtern und bei Gelegenheit der für das Frühjahr geplanten großen Expedition stromaufwärts der Mercy benutzt werden sollte.

Robben gab es in Menge und erlegten die Jäger mit ihren Spießen in nicht zu langer Zeit ein halbes Dutzend derselben. Nab und Pencroff häuteten sie ab und brachten nach dem Granithaus nur das Fett und die Häute mit, da man letztere zur Anfertigung dauerhaften Schuhwerks zu verwenden gedachte.

Das Jagdergebnis bestand übrigens in etwa dreihundert Pfund Fett, welche ganz und gar zur Kerzenfabrikation dienen sollten.

Diese Operation gestaltete sich überraschend einfach, und wenn sie auch nicht allseitig vollkommene Erzeugnisse lieferte, so zeigten sich dieselben doch ganz brauchbar. Hätte Cyrus Smith nur Schwefelsäure zu Diensten gestanden, so konnte er wohl durch Erhitzung derselben mit dem Fettkörper, – hier dem Robbentran, – das Glyzerin isolieren und aus der entstandenen neuen Verbindung durch Absieden mit Wasser das Oleïn, Margarin und Stearin abscheiden. Um die Operation zu vereinfachen, zog er es vor, das Fett durch Kalk zu verseifen. Hierbei erhielt er eine unlösliche Kalkseife, aus welcher bei ihrer Zersetzung durch Schwefelsäure der Kalk in schwefelsauren Kalk umgewandelt, obige Fettsäuren aber frei wurden.

Von diesen drei Säuren, dem Oleïn, Margarin und Stearin, entfernte er die erstere, welche flüssig ist, einfach durch Auspressen. Die beiden übrigen stellten nun die zu Kerzen bestimmten Stoffe dar.

Das ganze Verfahren nahm kaum vierundzwanzig Stunden in Anspruch. Die Dochte bereitete man nach mehreren fehl geschlagenen Versuchen aus Pflanzenfasern, die mit Oleïn getränkt wurden. So entstanden denn wirkliche, freilich aus freier Hand geformte, Stearinkerzen, denen im Grunde nur die Bleiche und die Politur fehlten. Die Dochte boten freilich nicht dieselbe Bequemlichkeit, wie die gebräuchlichen, welche mit Borsäure getränkt sind und sich je nach dem Herabbrennen der Kerze verglasen und vollständig verflüchtigen; da es Cyrus aber auch gelang, eine ganz praktische Lichtschere herzustellen, so fanden jene Kerzen bei den Abendzusammenkünften im Granithaus die ausgedehnteste Anwendung.

Den ganzen Monat über fehlte es an Arbeiten im Inneren der neuen Wohnung nie. Die Tischler bekamen zu tun. Man suchte die sehr primitiven Werkzeuge zu verbessern und zu vervollständigen.

So wurden unter anderem Scheren hergestellt und konnten die Kolonisten endlich einmal ihre Haare schneiden und den Bart, wenn auch nicht rasieren, doch nach Belieben stutzen. Harbert hatte einen solchen noch nicht, Nab nur sehr wenig, die Übrigen dagegen waren nach und nach so struppig geworden, dass die Fabrikation einer Schere schon aus diesem Grunde gerechtfertigt erschien.

Die Anfertigung einer Handsäge kostete unendliche Mühe; endlich erhielt man aber doch ein Werkzeug, mit dem sich bei dem nötigen Kraftaufwande Holz schneiden ließ.

Nun baute man sich Tische, Sitze, Schränke zur Möblierung der Zimmer, Bettgestelle, deren ganze Ausstattung aus einer Seegrasmatratze bestand. Die Küche mit ihren Brettern, auf denen die irdenen Gefäße ihren Platz hatten, ihrem Ziegelsteinofen und der steinernen Aufwaschplatte bot ein recht freundliches Aussehen, und Nab vollzog seine Geschäfte in derselben mit einem Ernste, als befände er sich in einem chemischen Laboratorium.

Bald mussten die Tischler aber den Zimmerleuten den Platz wieder räumen. Der neue, durch die Minensprengung geschaffene Abfluss machte zwei kleine Brücken nötig, die eine auf dem Plateau der Freien Umschau selbst, die andere auf dem Strande. Beide Örtlichkeiten waren in der Tat jetzt durch den Wasserlauf durchschnitten, den man allzu häufig überschreiten musste, wenn man sich nach dem Norden der Insel begab. Wollte man diesen vermeiden, so ging das nur mit dem ungeheuren Umwege um die Quelle des Roten Flusses nahe dem Franklin-Berge herum. Am einfachsten erschien es also, auf dem Plateau, wie auf dem Strande, zwei kleine, zwanzig bis fünfundzwanzig Fuß lange Brücken darüber zu schlagen, deren Grundlager einige mit der Axt roh vierkantig behauene Baumstämme bildeten. Das war das Werk weniger Tage. Nach Fertigstellung der Brücken benutzten sie Nab und Pencroff sogleich, um sich nach der in der Nähe der Dünen aufgefundenen Austernbank zu begeben, dabei nahmen sie auch eine Art Wagen mit, der jetzt die Stelle der frühern, gar so unbequemen Schleife ersetzte, und brachten einige Tausend Austern mit, welche zur Anlage einer künstlichen Bank zwischen den Felsen, welche die Mündung der Mercy umgaben, dienten. Die Mollusken von wahrhaft trefflicher Qualität bildeten einen täglichen Bestandteil der Tafel unserer Kolonisten.

Wie man sieht, lieferte die Insel Lincoln, trotzdem, dass sie bis jetzt nur zum kleinsten Teile untersucht war, den Einsiedlern doch schon reichlich alle Lebensbedürfnisse und versprach in den dichtbewaldeten großen Strecken zwischen der Mercy und dem Krallen-Kap gewiss noch neue Schätze. Nur einen einzigen Mangel empfanden die Kolonisten der Insel Lincoln recht hart.

Wohl hatten sie stickstoffhaltige Nahrung in Menge, ihre Körperkraft zu erhalten, Vegetabilien, um die Wirkung derselben zu mäßigen; die der Gärung unterworfenen holzigen Wurzeln von Drachenbäumen lieferten ein säuerliches, einem Biere ähnliches Getränk, das dem einfachen Wasser vorzuziehen war; sie hatten selbst ohne Zuckerrohr oder Runkelrüben sich Zucker zu verschaffen gewusst, indem sie den Saft von »*acer saccharinum*«, dem sogenannten Zucker-Ahorn, der in den gemäßigten Zonen vielfach gedeiht und auf der Insel Lincoln angetroffen wurde, auffingen; sie entbehrten nicht eines sehr angenehmen Tees; sie besaßen Salz, das einzige Mineral, das als solches zur Nahrung gehört, im Überfluss – aber eines fehlte ihnen, das Brot!

In der Folge war dieses Nahrungsmittel vielleicht durch irgend ein Äquivalent, wie das Mehl des Sagobaumes oder das Satzmehl des Brotfruchtbaumes zu ersetzen, denn in der Tat lag die Möglichkeit nahe, dass die Wälder des Südens jene so kostbaren Bäume enthielten, bis jetzt jedoch war man denselben noch nicht begegnet.

Hierin sollte ihnen aber die Vorsehung direkt zu Hilfe kommen und zwar auf eine Weise, dass Cyrus Smith mit allen seinen Kenntnissen niemals im Stande gewesen wäre, dasjenige zu ersetzen, was Harbert in dem Futter seiner Jacke, das er auszubessern im Begriffe stand, eines Tages in die Hand fiel.

Gerade befanden sich die Kolonisten – draußen regnete es in Strömen – in dem großen Saale des Granithauses versammelt, als der junge Mann plötzlich ausrief:

»Hier, Mr. Cyrus, ein Getreidekorn!«

Hierbei zeigte er seinen Gefährten ein einziges Korn vor, das aus seiner durchlöcherten Tasche den Weg ins Futter gefunden hatte.

Das Vorhandensein desselben erklärte sich aus Harberts Gewohnheit, in Richmond einige Holztauben, die ihm Pencroff geschenkt hatte, zu füttern.

»Ein Getreidekorn! wiederholte lebhaft der Ingenieur.

– Ja, Mr. Cyrus, aber nur eines, ein einziges!

– Ei, mein Junge, rief da Pencroff dazwischen, was sind wir denn damit gebessert? Was können wir aus einem einzigen Körnchen machen?

– Brot, entgegnete ihm ganz ernsthaft Cyrus Smith.

– Ja wohl, Brot, Kuchen, Torten! fuhr der Seemann fort. Doch an dem Brote, das wir aus diesem einzelnen Korn erhalten, werden wir nicht sobald ersticken!«

Harbert, der seinem Funde selbst keine besondere Wichtigkeit beilegte, wollte das Körnchen eben bei Seite werfen, doch Cyrus Smith nahm es ihm ab, besah dasselbe genauer, erkannte, dass es in unversehrtem Zustande war und wandte sich nun an den Seemann.

»Pencroff, sagte er und sah diesem gerade ins Gesicht, ist Ihnen bekannt, wie viel Ähren ein Korn treiben kann?

– Nun, doch wohl eine, erwiderte der Gefragte etwas erstaunt.

– Zehn, Pencroff; und wissen Sie, wie viel Körner eine Ähre trägt?

– Wahrhaftig, nein!

– Im Mittel achtzig, fuhr Cyrus Smith fort. Wenn wir demnach dieses einzige Körnchen pflanzen, so können wir bei der ersten Ernte 800 daraus gewinnen, welche bei einer zweiten 640,000, bei der dritten 512,000,000 und bei der vierten mehr als 400 Milliarden Körner geben. Sehen Sie, so steigt das!«

Cyrus Smiths Genossen lauschten seiner Rede, ohne zu antworten. Über solche Zahlen erstaunten sie, und doch waren jene richtig.

»Ja wohl, meine Freunde, nahm der Ingenieur wieder das Wort, derart sind die arithmetischen Progressionen der fruchtbaren Natur. Und doch, wie sehr verschwindet die Vervielfältigung des Weizenkornes, das nur 800 Körner zu erzeugen im Stande ist, gegen die Mohnpflanze, welche 32,000, oder gegen die Tabakstande, welche 360,000 Samenkörner hervorbringt? Ohne die vielfältigste Zerstörung ihres Samens würden diese Pflanzen bei ihrer enormen Fruchtbarkeit in wenig Jahren die ganze Erde überwuchern.«

Der Ingenieur hatte aber seine Inquisition noch nicht beendet.

»Nun, Pencroff, redete er diesen noch einmal an, wissen Sie vielleicht, wie viel 400 Milliarden Körner Scheffel ausmachen.

– Nein, nein, sagte der Seemann, ich weiß überhaupt nur, dass ich ein Dummkopf bin.

– Nun, 130,000 Körner auf den Scheffel gerechnet, ergibt diese Zahl mehr als 3,000,000 Scheffel.

– Drei Millionen! rief Pencroff.

– Drei Millionen.

– In vier Jahren?

– In vier Jahren, antwortete Cyrus Smith; ja vielleicht sogar in zwei Jahren, wenn wir, wie ich es unter dieser Breite hoffe, in einem Jahre zwei Ernten zu erzielen vermögen.«

Seiner beliebten Gewohnheit nach hatte Pencroff hierauf keine andere Erwiderung, als ein kräftig schallendes Hurra!

»Du hast also, fügte der Ingenieur zu Harbert gewendet hinzu, hier einen für uns hochwichtigen Fund getan. In unserer Lage, meine Freunde, kann uns alles und Jedes von Nutzen sein, ich bitte, vergesst das nun und nimmermehr!

– Nein, Mr. Cyrus, nein, das vergessen wir nicht, fiel Pencroff wieder ein, und wenn ich jemals ein einziges Samenkorn vom Tabak finde, das einen 360,000 fachen Ertrag verspricht, so versichere ich Ihnen, dass ich es nicht leichtsinnig wegwerfen werde. Doch jetzt, was haben wir zunächst zu tun?

– Wir brauchen nur das Korn zu pflanzen, antwortete Harbert.

– Gewiss, fiel Gedeon Spilett ein, und zwar mit aller ihm gebührenden Achtung, denn es trägt unsere zukünftige Ernte in sich.

– Wenn es überhaupt jemals aufgeht! rief der Seemann.

– Das wird es gewiss!« erwiderte Cyrus Smith.

Es war jetzt der 20. Juni, das heißt eine zur Aussaat vorzüglich geeignete Zeit. Zuerst wollte man das kostbare, einzige Samenkorn in einem Topfe anpflanzen, nach reiferer Überlegung aber entschied man sich dafür, es frei der Natur zu überlassen und der Erde zu übergeben. Das geschah denn noch an dem nämlichen Tage und selbstverständlich unter Beachtung aller Vorsichtsmaßregeln für das Gelingen.

Das Wetter war etwas heller geworden. Die Kolonisten erstiegen die Anhöhe über dem Granithaus. Dort wählten sie einen gegen den Wind möglichst geschützten Standort auf dem Plateau, der der Mittagssonne frei ausgesetzt lag. Die Stelle wurde gereinigt, umgegraben, ja, gänzlich durchwühlt, um Insekten oder Würmer daraus zu entfernen. Dann bedeckte man sie mit einer Schicht guter, mit ein wenig Kalk vermischter Gartenerde, errichtete einen Zaun rund herum, und feierlich wurde das Samenkorn seinem feuchten Lager übergeben.

Schien es nicht, als ob die Kolonisten den Grundstein zu einem neuen Gebäude legten? Jedenfalls erinnerte es Pencroff an den Tag, wo er das winzige Zündhölzchen anzustreichen versucht hatte, und doch war der heutige Vorgang weit ernsterer Natur. Feuer hätten die Schiffbrüchigen auf die eine oder die andere Weise doch einmal bekommen, aber keine menschliche Macht war im Stande, dieses Samenkorn zu ersetzen, wenn es nicht gedeihen sollte!

EINUNDZWANZIGSTES KAPITEL.

Von nun an verging kein Tag, an dem Pencroff seinem »Weizenfelde«, wie er es gern nannte, einen Besuch abstattete, und wehe den Insekten, die er in seiner Nähe fand, – sie hatten kein Erbarmen zu erwarten.

Gegen Ende des Monats Juni schlug die Witterung nach wahrhaft endlosem Regen zur Kälte um, und am 29. hätte ein Thermometer wohl sechs bis sieben Grad unter Null gezeigt.

Der nächste Tag, der 30. Juni, der also dem 31. Dezember der nördlichen Hemisphäre entspricht, war ein Freitag. Nab bemerkte, dass das Jahr mit einem Zuglückstage aufhöre, wogegen ihm Pencroff erwiderte, dass das nächste also mit einem desto besseren anfangen müsse, was doch wohl noch mehr wert sei.

Auf jeden Fall fing das neue Jahr, wenn man hier überhaupt von einem solchen reden kann, mit einer recht heftigen Kälte an. Bald häuften sich Eisschollen an der Mündung der Mercy an und erstarrte die ganze Oberfläche des Sees.

Der Vorrat an Brennmaterial musste mehrfach erneuert werden. Klugerweise hatte Pencroff nicht bis zum vollkommenen Gefrieren des Flusses gewartet, umfänglichere Holzladungen nach ihrem Bestimmungsorte zu führen. Die Strömung, der unermüdliche Helfer, wurde tagtäglich benutzt, Holz zu flößen, bis es die strengere Kälte verhinderte. Zu dem reichlichen aus dem Walde bezogenen Brennmaterial fügte man auch noch einige Ladungen Steinkohlen aus dem Lager am Fuße des Franklin-Berges. Die starke Heizkraft der Kohlen lernte man erst recht schätzen, als die Temperatur am 4. Juli etwa auf *minus* zwölf bis dreizehn Grad Celsius herabsank. Man versah deshalb auch noch den Speisesaal, der zu den gemeinschaftlichen Arbeiten diente, mit einem Kamine.

Während dieser Kälteperiode konnte sich Cyrus Smith nicht genug Glück wünschen, aus dem Grants-See einen kleinen Wasserlauf nach dem Granithaus geleitet zu haben. Da derselbe unter der Eisdecke seinen Anfang nahm, blieb das Wasser, bei dem scharfen Falle durch die frühere Abflussrinne, immer flüssig und sammelte sich in einem bequem gelegenen Reservoir, von dem aus das überschüssige durch den senkrechten Schacht nach dem Meere ablief.

Bei der jetzt ausnehmend trockenen Witterung beschlossen die Kolonisten, die sich so warm als möglich bekleideten, einen Tag zu einem Ausfluge nach jenem Teile der Insel zu verwenden, der im Südosten zwischen der Mercy und dem Krallen-Kap lag. Er bestand aus einem großen, sumpfigen Terrain, und versprach eine erfolgreiche Jagd, da er Wasservögel in Menge bergen musste.

Da der Weg wohl neun Meilen und der Rückweg also ebenso viel betrug, so musste die Tageszeit gut ausgenutzt werden, und da es sich um die Erforschung noch gänzlich unbekannter Strecken handelte, sollte die ganze Kolonie daran teilnehmen. So verließen denn Cyrus Smith, Gedeon Spilett, Harbert, Nab und Pencroff am Morgen des 5. Juli schon früh um sechs Uhr, als kaum der Tag zu grauen begann, alle mit Spießen, Schlingen, Pfeilen und Bögen ausgerüstet, das Granithaus, und fröhlich sprang der jagdlustige Top vor ihnen her.

Man schlug den kürzesten Weg ein, nämlich den über die Mercy, deren Eisdecke jetzt einen Übergang gestattete.

»Aber, bemerkte der Reporter, eine ernsthafte Brücke vermag das doch nicht zu ersetzen.«

So wurde denn der Bau einer »ernsthaften« Brücke unter den zunächst vorzunehmenden Arbeiten verzeichnet.

Zum ersten Male setzten die Kolonisten den Fuß auf das rechte Ufer des Flusses und drangen zwischen die großen und prächtigen, jetzt schneebedeckten Koniferen desselben hinein.

Noch hatten sie keine halbe Meile zurückgelegt, als aus dichtem Gesträuch, das als Lager gedient zu haben schien, eine ganze Herde Vierfüßler durch Tops Gebell aufgescheucht wurde.

»O, man könnte jene für Füchse halten!« rief Harbert, als er die ganze Gesellschaft eiligst entfliehen sah.

Wirklich waren es solche, aber von sehr großer Gestalt, und ließen ebenfalls eine Art Bellen hören, über das selbst Top erstaunte, denn er stellte plötzlich jede Verfolgung ein und gewährte den schnellfüßigen Tieren Zeit zum Entkommen.

Tops Stutzen war ganz erklärlich. Durch ihr Gebell indes verrieten diese Füchse mit graurötlichem Pelze, schwarzem Schwanze mit weißem Endbüschel ihr Geschlecht jedem Naturkundigen deutlich genug. Harbert erkannte sie sofort als eine Abart, die man in Chili und überhaupt in denjenigen Gegenden Amerikas häufig antrifft, welche vom siebenunddreißigsten und vierzigsten Breitengrade begrenzt werden. Der junge Mann bedauerte sehr, dass Top kein einziges dieser Raubtiere gefangen hatte.

»Sind sie essbar? fragte Pencroff, der alle Repräsentanten der Fauna ihrer Insel nur von diesem speziellen Gesichtspunkte aus betrachtete.

– Nein, erwiderte Harbert; übrigens sind die Zoologen wegen der Pupillen dieser Füchse noch nicht einmal einig, ob sie nicht etwa dem eigentlichen Hundegeschlechte beizuzählen sind.«

Cyrus Smith konnte sich des Lächelns nicht erwehren, als er den jungen Mann so ernsthaft dozieren hörte. Für den Seemann hatten natürlich diese Füchse, seitdem er sich von ihrer Nichtverwendbarkeit als Nahrungsmittel unterrichtet, keinerlei Wert mehr. Er erwähnte nur, dass man nach Errichtung eines Viehhofes beim Granithaus einige Maßregeln gegen den Besuch dieser Burschen nicht würde vernachlässigen dürfen, worin ihm alle beistimmten.

Nach Umgehung der Inselspitze sahen die Wanderer eine lange ebene Fläche vor sich, welche wenig geneigt gegen das Meer verlief, Der Himmel war sehr rein, sowie es bei lange andauernder starker Kälte vorzukommen pflegt; durch ihr schnelles Gehen erwärmt fühlten aber Cyrus Smith und seine Gefährten die Rauigkeit der Temperatur fast gar nicht. Übrigens regte sich kein Lüftchen, ein sehr günstiger Umstand, durch den auch eine bedeutende

Temperatur-Erniedrigung weit erträglicher wird. Glänzend, aber ohne Wärme, stieg die Sonne aus dem Ozean empor und zog ihre enorme Scheibe über den Horizont; das Meer bildete eine ruhige Fläche von bläulicher Farbe, wie die eines Landsees bei reinem Himmel. Etwa vier Meilen im Südosten erstreckte sich das Krallen-Kap, wie ein Yatagan gekrümmt, weit sichtbar ins Weite. Gewiss, in diesem Teile der Union-Bai, welche Nichts gegen die offene See schützte, nicht einmal eine Sandbank, hätten vom Ostwind verschlagene Schiffe keinerlei Schutz gefunden. An der Stille dieses Wassers, seiner gleichmäßigen, von keiner gelblichen Nuance unterbrochenen Farbe, an dem Fehlen jeden Risses merkte man, dass diese Küste steil abfiel und der Ozean ungemessene Abgründe bedecken mochte. Rückwärts im Westen erhoben sich, doch in einer Entfernung von gegen vier Meilen, die ersten Baumlinien der Wälder des fernen Westens. Man hätte aber im Ganzen eher auf einer verlassenen Insel der Polargegend zu sein geglaubt, die vom Eise umschlossen wäre.

Die Kolonisten machten Halt, um zu frühstücken. Aus Zweigen und trockenen Varecbüscheln wurde ein Feuer angezündet, und Nab legte kaltes Fleisch vor, dem er einige Tassen Oswego-Tee hinzufügte.

Während des Essens ließ man die Blicke umherschweifen. Dieser Teil der Insel Lincoln erschien vollkommen unfruchtbar und stach von dem westlichen ganz auffallend ab. Den Reporter verführte diese Beobachtung zu der Bemerkung, dass sie einen sehr traurigen Eindruck von ihrem zukünftigen Wohnsitz erhalten haben würden, wenn der Zufall sie als Schiffbrüchige auf diesen Küstenstrich geworfen hätte.

»Ich glaube sogar, dass wir ihn nicht einmal hätten erreichen können, denn das Meer ist hier sehr tief und bietet kaum einen Felsen als notdürftigste Zuflucht. Vor dem Granithaus befanden sich doch Sandbänke und ein Eiland, welche mehr Gelegenheit zur Rettung boten. Hier ist nichts als die Tiefe des Meeres.

– Es ist sehr sonderbar, fügte Gedeon Spilett hinzu, dass die verhältnismäßig kleine Insel einen so verschiedenartigen Boden aufweist. Gewöhnlich trifft man das doch nur bei Kontinenten von großer Ausdehnung. Man möchte sagen, dass die so reiche und fruchtbare westliche Seite der Insel Lincoln von den warmen Fluten des Mexikanischen Golfs bespült werde, während seine nördliche und südliche Küste bis an ein arktisches Meer reichen.

– Sie haben Recht, lieber Cyrus, dieselbe Bemerkung habe ich auch gemacht. Mir erscheint diese Insel ihrer Form und ihrer Natur nach ebenso sonderbar. Man möchte sie eine Musterkarte der verschiedenen Bilder nennen, die ein Kontinent liefert, und ich finde es gar nicht so unmöglich, dass sie früher einmal zu einem solchen gehört habe.

– Wie? Ein Kontinent mitten im Stillen Weltmeere? rief Pencroff.

– Warum nicht? antwortete Cyrus Smith. Warum sollten nicht alle diese pazifischen Archipele, welche die Geographen Australasien nennen, vor Zeiten einen sechsten Erdteil, so groß wie Europa oder irgendein anderer, dargestellt haben? Mir ist es nicht so unwahrscheinlich, dass alle diese über den ungeheuren Ozean verstreuten Inseln nur die höchsten Punkte eines nun versunkenen Kontinentes sind, der in vorhistorischen Zeiten über das Wasser emporragte.

– Und die Insel Lincoln wäre ein Teil desselben? fragte Pencroff.

– Sehr wahrscheinlich, erwiderte Cyrus Smith, das würde die Verschiedenheit ihrer Produkte am einfachsten erklären.

– Und ebenso die große Anzahl Tiere, die sie jetzt bewohnt, fügte Harbert hinzu.

– Gewiss, mein Sohn, bestätigte der Ingenieur; übrigens lieferst Du mir hierdurch einen neuen Beweis meiner Ansicht. Unzweifelhaft ist, wie wir uns schon überzeugt haben, die große Anzahl der Tiere; viel auffallender erscheint aber noch die große Verschiedenheit der Arten. Hierfür bietet sich nur die eine Erklärung, dass die Insel Lincoln einst ein Bestandteil eines ausgedehnten Kontinentes gewesen ist, der nach und nach versank.

– Dann könnte also eines schönen Tages, bemerkte Pencroff, der noch nicht völlig überzeugt schien, der Rest dieses alten Kontinentes auch noch ins Meer versinken, und zwischen Amerika und Asien läge dann gar nichts mehr?

– Dafür, erwiderte Cyrus Smith, wird es dann neue Kontinente geben, an welchen Milliarden von Milliarden kleiner Tiere jetzt schon bauen.

– Und wer sind wohl diese Maurer? fragte Pencroff.

– Die Korallentierchen, belehrte ihn der Ingenieur. Sie waren es, welche durch unausgesetzte Tätigkeit z.B. die Insel Clermont aufgeschichtet haben, ebenso wie viele andere Koralleninseln des Pazifischen Ozeans. Erst 47,000,000 solcher Infusorien wiegen einen Gran (= 5,9 Milligramme), und doch erzeugen diese durch Absorbierung von Meeressalzen den Kalk, der die enormen unterseeischen Risse zusammensetzt, deren Härte und Festigkeit mit dem Granit wetteifern. Noch früher, bei Gelegenheit der ersten Schöpfungsperioden, drängte die Natur durch Feuerskraft die Landmassen empor; jetzt überträgt sie dieses Geschäft mikroskopischen Tierchen, da die Kräfte des Erdeninnnern offenbar abgenommen haben, was durch die große Zahl tatsächlich erstorbener Vulkane bewiesen wird. Ich neige sogar zu der Meinung, dass wenn einst Jahrhunderte auf Jahrhunderte gefolgt sind, sich das ganze Stille Weltmeer wieder in einen großen Kontinent verwandeln wird, auf dem dereinst neue Geschlechter wohnen.

– Das wird lange dauern! sagte Pencroff.

– Der Natur fehlt nicht die Zeit dazu, antwortete der Ingenieur.

– Wozu sollen aber diese neuen Kontinente dienen? fragte Harbert. Mir scheinen die vorhandenen für die Menschheit völlig auszureichen, und doch tut die Natur bekanntlich Nichts ohne Zweck.

– Nichts ohne Zweck, wiederholte der Ingenieur: doch ist man wohl auch im Stande, die Notwendigkeit dieser neuen Landmassen für die Zukunft jetzt zu erklären, vorzüglich in der an Korallenriffen so reichen Tropenzone. Wenigstens erscheint diese Erklärung ziemlich annehmbar.

– Sprechen Sie, Mr. Cyrus, wir hören gern.

– Nun, mein Gedanke ist etwa folgender: Im Allgemeinen geben die Gelehrten zu, dass die Erde einmal untergehe oder vielmehr, dass in Folge der fortwährenden Abkühlung, der sie unterliegt, das tierische und pflanzliche Leben zur Unmöglichkeit werden müsse; nur über die Ursache dieser Erkaltung sind sie noch nicht ganz einig. Die Einen glauben, dass sie eine Folge der in Millionen von Jahren notwendigen Abkühlung der Sonne sein wird, die Andern nehmen an, dass das Feuer im Innern der Erdkugel nach und nach ganz verlösche; das Feuer, dem sie einen viel weiter reichenden Einfluss zuschreiben, als man gewöhnlich annimmt. Ich für meinen Teil neige mehr der letzteren Anschauung zu, unter Zugrundelegung der Tatsache, dass der Mond ja ein solcher erkalteter Weltkörper ist, während die Sonne ihm noch heute dieselben Wärmestrahlen wie uns zusendet. Ist aber der Mond erstarrt, so kann das in diesem Falle nur von dem Verlöschen der Feuer in seinem Innern herrühren, denen er wie alle Gebilde des Planetensystems seinen Ursprung verdankt. Doch aus welchem Grunde das auch geschehe, jedenfalls wird unser Erdkörper einmal erkalten, wenn das auch nur ganz allmählich vor sich geht. Was muss die Folge sein? Gewiss werden die gemäßigten Zonen ebenso unbewohnbar werden, wie es jetzt die am Pole sind. Die Bevölkerung an Menschen und Tieren wird notwendig in der von der Sonne noch stärker erwärmten tropischen Zone zunehmen, es wird eine ungeheure Völkerwanderung werden. Europa, Asien, das nördliche Amerika, Australasien und die südlicheren Teile Süd-Amerikas müssen nach und nach verlassen werden. Die Vegetation folgt dann dem Menschen nach. Flora und Fauna werden sich gleichzeitig nach dem Äquator hinziehen. Die tropischen Teile Amerikas und Afrikas entwickeln sich zu den am meisten bewohnten Kontinenten. Lappen und Samojeden finden die gewohnten klimatischen Verhältnisse des Polarmeeres etwa am Mittelländischen Meere wieder. Wer sagt uns nun, dass jener Zeit die Aquatorgegenden nicht zu klein sein möchten, die ganze Menschheit aufzunehmen und zu ernähren? Warum sollte die alles voraussehende Natur, um der pflanzlichen und tierischen Auswanderung Raum zu gewähren, nicht schon jetzt für die Grundlagen eines neuen Kontinentes unter dem Äquator sorgen, deren Zurichtung sie jenen Infusorien anvertraut? Ich habe diese Sache nicht selten überdacht und glaube es ernstlich, dass unsere Erdkugel dereinst vollständig umgewandelt werden wird, dass in Folge des Auftauchens neuer Kontinente die alten von den Meeren überflutet und dass ein Columbus späterer Jahrhunderte die Insel Chimboraco, Himalaja oder Montblanc, die Reste des untergegangenen Amerikas, Asiens und Europas, entdecken wird. Endlich kommen auch diese neuen Kontinente in den Zustand der Unbewohnbarkeit; ihre Wärme entschwindet, wie die eines Körpers, den die Seele verließ, und alles Leben erlischt, wenn auch nicht für immer, so doch auf gewisse Zeit, von unseren Planeten. Vielleicht ruht er dann nur aus, um aus dem Tode zu einem neuen, höher organisierten Leben zu erwachen! Alles das, meine Freunde, ist aber das alleinige Geheimnis des Schöpfers aller Dinge, und ich habe mich wohl von dieser Arbeit der Infusorien etwas zu weit fortreißen lassen.

— Mein lieber Cyrus, antwortete Gedeon Spilett, diese Theorien gelten für mich als Prophezeiungen und werden eines Tages in Erfüllung gehen.

— Das weiß nur Gott, entgegnete der Ingenieur.

— Es ist alles ganz gut und schön, ließ sich da Pencroff vernehmen, aber können Sie mir auch noch sagen, Mr. Cyrus, ob die Insel Lincoln von Infusorien aufgebaut worden ist?

— Nein, erwiderte Cyrus Smith, sie ist rein vulkanischen Ursprungs.

— Demnach wird sie eines Tages auch mit untergehen?

— Sehr wahrscheinlich.

– Ich hoffe, dass wir dann nicht mehr hier sind.

– O nein, darüber können Sie ruhig sein, Pencroff, denn wir haben keine Luft, hier zu sterben, und werden doch einmal Gelegenheit finden, wieder wegzukommen.

– Inzwischen, meinte Gedeon Spilett, richten wir uns wie für die Ewigkeit ein. Man muss Nichts zur Hälfte tun!«

Hiermit endete die Unterhaltung. Das Frühstück war vorüber; die Kolonisten zogen weiter und gelangten nach der Grenze der sumpfigen Gegend.

Dieselbe mochte bis zu dem abgerundeten Seeufer im Südosten wohl zwanzig Quadrat-Meilen einnehmen. Der Boden bestand aus lehmig-tonigem, mit vielen Pflanzenresten untermischtem Schlamme. Wie ein dichter Sammet bedeckten ihn Wassermoose, Binsen und Teichlinsen, nur einige wasserreiche Stellen freilassend, in welchen sich die Sonne wiederspiegelte. Diese Wasserbecken konnten weder durch den Regen, noch durch vorübergehendes Hochwasser eines Flusses angefüllt worden sein und verdankten ihre Entstehung offenbar nur Bodeninfiltrationen, auch legten sie die Befürchtung nahe, dass sie während der Sommerhitze die Luft mit jenen verderblichen Miasmen schwängerten, welche die Ursachen der Sumpffieber sind.

Über den Wasserpflanzen wimmelte an der Oberfläche der stehenden Gewässer eine ganze Welt von Vögeln. Bei einer Wasserjagd wäre hier wohl kein Schuss verschwendet gewesen. Wilde und langgeschwänzte Enten und Bekassinen flatterten in ganzen Gesellschaften umher und ließen sich, da sie nicht scheu waren, leicht nahe kommen. Ein einziger Schrotschuss hätte gewiss einige Dutzend erlegen müssen, so dicht waren ihre Schwärme. Freilich musste man sich jetzt begnügen, sie mit Pfeilen zu schießen.

War der Erfolg dabei auch nur ein geringerer, so hatte das Verfahren doch den Vorteil, die anderen weniger zu erschrecken, die auf einen Flintenschuss wohl nach allen Seiten auseinander gestoben wären.

Die Jäger nahmen also für diesmal mit einem Dutzend Enten vorlieb. An ihrem weißen Körper mit zimtfarbenem Gürtel, dem grünen Kopfe, den schwarzen, weißen und roten Flügeln und dem abgeplatteten Schnabel erkannte sie Harbert sofort als »Tadorne« (sogenannte Fuchs- oder Brandenten). Top half bei dem Fange der Vögel redlich mit, deren Namen man der Umgegend beilegte, die für die Kolonisten eine reiche Vorratskammer von Wassergeflügel bildete. Später gedachte man diese ernster auszubeuten, und vielleicht ließen sich einige Arten jener Vögel wenn nicht zähmen, so doch in den Umgebungen des Grants-Sees ansiedeln, wodurch sie den Konsumenten bequemer erreichbar wurden.

Um fünf Uhr Abends schlugen Cyrus Smith und seine Gefährten den Rückweg ein, überschritten die »Tadorne-Sümpfe« und die Eisdecke der Mercy, so dass um acht Uhr alle im Granithaus glücklich zurück waren.

ZWEIUNDZWANZIGSTES KAPITEL.

Die strenge Kälte hielt bis Mitte August an, ohne jedoch noch heftiger zu werden. Bei ruhiger Luft war diese Temperatur zwar erträglich, wenn sich aber Wind erhob, mochte sie so mangelhaft gekleideten Leuten wohl recht empfindlich werden. Pencroff bedauerte herzlich, dass die Insel nicht einige Bärenfamilien beherberge, an Stelle jener Robben und Füchse, deren Felle doch Vieles zu wünschen übrig ließen.

»Die Bären, meinte er, sind gewöhnlich gut bekleidet, und ich verlange ja nicht mehr, als den Winter über den warmen Pelz zu leihen, den sie auf dem Leibe tragen.

– Sie möchten aber wohl nicht zustimmen, erwiderte Nab lachend, Dir ihren Winterüberzieher abzutreten, Pencroff, Du weißt doch, dass sie keine Gotteskäferchen sind.

– Dazu zwängen wir sie, Nab, ja, wir zwängen sie!« sagte Pencroff, als hinge das nur von seinem Befehle ab.

Jene furchtbaren Raubtiere existierten nun aber auf der Insel nicht, oder hatten sich doch noch nicht gezeigt.

Harbert, Pencroff und der Reporter beschäftigten sich inzwischen mit Aufstellung von Fallen auf dem Plateau der Freien Umschau und an dem Rande des Waldes. Nach der Anschauung des Seemanns war jedes Stück Wild, ob Nager oder Raubthier, das sich durch jene fing, im Granithaus hoch willkommen.

Die übrigens möglichst einfachen Fallen bestanden nur aus ausgehobenen Gruben im Erdboden mit einer die Öffnung verbergenden Decke aus Zweigen und Kräutern und einer Lockspeise im Grunde, deren Geruch die Tiere herbeiziehen sollte, – das war alles. Dazu errichtete man diese Fallen jedoch nicht an ganz beliebigen Punkten, sondern da, wo zahlreichere Fährten das häufigere Vorbeikommen von Tieren verrieten.

Alle Tage wurden diese Fallgruben untersucht, und fand man während der ersten Tage dreimal einige von den Füchsen darin, die schon früher auf dem rechten Ufer der Mercy bemerkt worden waren.

»Zum Kuckuck! rief Pencroff, hier gibts aber auch weiter nichts als Füchse, als er zum dritten Male eines dieser Tiere aus der Grube zog, Burschen, die auch zu gar nichts gut sind.

– Und doch, sagte Gedeon Spilett, zu etwas taugen sie doch!
– Und wozu?
– Zum Köder, um andere herbei zu locken!«

Der Reporter hatte Recht, und wurden in die Fallgruben von nun an tote Füchse als Lockspeise eingelegt.

Der Seemann hatte gleichzeitig aus langen Fasern Schlingen angefertigt, welche mehr Ausbeute lieferten als die Fallen.

Selten verging ein Tag, an dem sich nicht ein Kaninchen aus dem Gehege darin gefangen hätte. So gab es zwar immer Kaninchenbraten, Nab wusste diesen aber so verschieden zuzubereiten, dass seine Tischgäste keine Ursache hatten, sich zu beklagen.

In der zweiten Augustwoche fingen sich in den Fallen jedoch ein oder zwei Mal auch andere und nutzbringendere Tiere, als die erwähnten Füchse, nämlich einige jener wilden Schweine, denen man im Norden des Sees begegnet war. Pencroff hatte es nicht nötig, nach deren Essbarkeit besonders zu fragen, da er diese an der Ähnlichkeit der Tiere mit den europäischen und amerikanischen Schweinen erkannte.

»Das sind aber gar keine Schweine, sagte Harbert, ich versichere es Dir, Pencroff.

– Mein Sohn, erwiderte der Seemann, als er sich über die Grube beugte und an dem kleinen, die Stelle des Schwanzes vertretenden Anhängsel eines dieser Tiere herauszog, lass mich bei dem Glauben, dass es Schweine sind.

– Und warum?

– Weil es mir Vergnügen macht!

– Du liebst also die Schweine sehr, Pencroff?

– Ich liebe die Schweine, antwortete der Seemann, vorzüglich um ihrer Füße willen, und wenn sie deren acht statt vier hätten, wäre ich ihnen noch einmal so gut!«

Die fraglichen Tiere waren Pekaris (Bisamschweine), gehörten zu einer der vier Arten der Familie, und zwar zu den sogenannten »Tajassus«, die man an ihrer dunkleren Farbe und dem Mangel an Hauerzähnen erkannte, welche alle ihre Verwandten haben. Diese Bisamschweine leben gewöhnlich in Gesellschaft und bevölkerten die Gehölze der Insel wahrscheinlich in großer Menge. Jedenfalls waren sie vom Kopf bis zu den Füßen essbar, und mehr verlangte Pencroff nicht von ihnen.

Um die Mitte des August veränderte sich durch ein plötzliches Umschlagen des Windes nach Nordwesten die Atmosphäre auffällig. Die Temperatur stieg um mehrere Grade und die in der Luft aufgehäuften Dünste schlugen sich als Schnee nieder. Die ganze Insel bedeckte sich mit einer weißen Hülle und zeigte sich ihren Bewohnern in völlig neuer Gestalt. Der Schneefall währte einige Tage hindurch, und die Dicke der Lage erreichte wohl zwei Fuß.

Bald frischte der Wind sehr kräftig auf und hörte man von der Höhe des Granithauses das Rauschen des Meeres. Da und dort bildeten sich rasende Luftwirbel, und der zu hohen Säulen empor gedrehte Schnee ähnelte den Tromben auf der See, welche die Schiffer mit Kanonenkugeln zu zerstören suchen. Da der Sturm aus Nordwesten kam, traf er die Insel von rückwärts, und die Orientation des Granithauses schützte dasselbe vor seinem direkten Angriffe. Mitten in diesem Schneewehen, das so furchtbar auftrat, als befände man sich in einer Polargegend, konnten sich weder Cyrus Smith noch seine Gefährten, trotz der größten Luft dazu, hinauswagen, und fünf Tage lang, vom 20. bis zum 25. August, blieben sie eingeschlossen. Im Jacamar-Walde hörte man den Sturmwind wüten, der wohl so manches Unheil anrichten mochte.

Ohne Zweifel fielen ihm nicht wenig Bäume zum Opfer, doch tröstete sich Pencroff damit, dass sie dann der Mühe des Fällens überhoben wären.

»Der Wind dient uns als Holzfäller, lassen wir ihn gewähren«, wiederholte er mehrmals.

Man hätte ja auch kein Mittel gehabt, ihm zu wehren.

Wie dankten die Bewohner des Granithauses dem Himmel, der ihnen ein so festes, unerschütterliches Obdach verliehen hatte! Cyrus Smith kam gewiss ein wohlverdienter Anteil dieses Dankes zu, immerhin war diese ganze Höhle aber doch ein Werk der Natur, das er ja nur entdeckte. Da fühlten sie sich alle in Sicherheit und konnte kein Windstoß sie treffen.

Hätten sie auf dem Plateau der Freien Umschau etwa ein Haus aus Holzwerk und Ziegelsteinen erbaut, der Wut dieses Orkans würde es schwerlich Widerstand geleistet haben. Die Kamine, an welchen sich die empörten Wellen brachen, erschienen unter solchen Verhältnissen völlig unbewohnbar. Im Granithaus dagegen, das mitten in dem Gebirgsstock lag, hatten sie nichts zu befürchten.

Während der Tage ihrer unfreiwilligen Einschließung blieben die Kolonisten nicht untätig. An Holz in Form von Brettern fehlte es im Magazin nicht, und so vervollständigte man nach und nach das Mobiliar, bezüglich der Tische und Stühle, welche, da man das Rohmaterial nicht schonte, ziemlich handfest ausfielen. Diese etwas schwerfälligen Möbel machten ihrem Namen nicht so besondere Ehre, da die Beweglichkeit ein so wesentliches Erfordernis derselben ist; sie waren aber der Stolz Nabs und Pencroffs, die sie beide nicht gegen die schönsten gebogenen Möbel vertauscht hätten.

Später wurden die Tischler zu Korbmachern und erzielten in diesem neuen Zweige recht ansehnliche Resultate. An der nach Norden zu ausspringenden Seespitze hatte man nämlich schon früher ein ausgedehntes Gebüsch sogenannter Purpur-Weiden aufgefunden. Vor der Regenzeit brachten Pencroff und Harbert eine beträchtliche Menge dieser biegsamen Zweige heim, die nun, passend zubereitet, ihre Verwendung finden sollten. Die ersten Versuche fielen zwar ziemlich plump aus, doch Dank der Geschicklichkeit der Arbeiter, welche sich mit gegenseitigem Rate unterstützten und früher gesehener Modelle erinnerten, entstanden bald, da immer einer den Anderen übertreffen wollte, eine große Anzahl verschiedener Hand-und Lastkörbe, die das Material der Kolonie vergrößerten. Nab bewahrte nun in besonderen Körben seine Vorräte an Wurzelknollen, Pinienzapfen und Drachenbaumwurzeln.

In der letzten Hälfte des August änderte sich die Witterung noch einmal. Mit dem Nachlassen des Sturmes sank die Temperatur allmählich. Die Kolonisten eilten hinaus. Auf dem Strande lag der Schnee wohl zwei Fuß tief, auf seiner erhärteten Oberfläche konnte man jedoch ohne große Mühe gehen.

Cyrus Smith und seine Begleiter bestiegen das Plateau der Freien Umschau.

Welche Veränderung! Das Gehölz, das sie zuletzt noch in grünem Gewande erblickt, vorzüglich an den Stellen, wo die Kiefern vorherrschten, erschien jetzt in gleichmäßig weißer Farbe, alles vom Gipfel des Franklin-Berges an bis zur Küste, Wälder, Wiesen, See und Fluss! Das Wasser der Mercy floss unter einer Eiskruste, die bei jedem Wechsel von Ebbe und Flut zerbarst Zahllose Vögel schwärmten über der festen Oberfläche des Sees umher. Die Felsen, zwischen denen der Wasserfall vom Plateau herabstürzte, erschienen mit Eiszapfen besetzt, so dass es den Anschein gewann, als fließe er aus einer schmucküberladenen Dachrinne, an die ein Künstler der Renaissance-Periode all seine Phantasie verschwendet habe. Der Schaden, den der Orkan im Walde angerichtet, ließ sich jetzt nicht wohl schätzen und musste man damit warten, bis die Winterdecke hinweg geschmolzen war.

Gedeon Spilett, Pencroff und Harbert unterließen nicht, ihre Fallgruben zu untersuchen. Unter dem dicken Schnee fanden sie dieselben nicht gerade leicht und mussten sich in Acht nehmen, nicht selbst in eine solche zu fallen, was ohne den Spott der Anderen nicht abgegangen wäre. Sie vermieden das glücklicherweise und fanden die Fallen gänzlich unberührt, obgleich zahlreiche Fährten verschiedener Tiere in ihrer Umgebung zu sehen waren, unter anderen die von ganz deutlich abgedrückten Tatzen. Harbert erklärte sofort, dass hier ein zu dem Geschlechte der Katzen gehöriges Raubthier vorüber gekommen sein müsse, was die Ansicht des Ingenieurs über das Vorhandensein gefährlicher Tiere auf der Insel Lincoln nochmals bestätigte. Gewiss bewohnten jene gewöhnlich die dichten Wälder des fernen Westens, und wahrscheinlich hatte nur der Hunger sie aus diesen weg und hierher bis zum

Plateau der Freien Umschau getrieben. Witterten sie vielleicht die Bewohner des Granithauses?

»Nun, und zu welcher Katzenart hätten denn diese gehört? fragte Pencroff.

– Das sind Tiger gewesen, antwortete Harbert.

– Ich war immer der Meinung, diese fänden sich nur in warmen Ländern?

– In der Neuen Welt, erwiderte der junge Mann, beobachtet man sie von Mexiko bis zu den Pampas von Buenos-Aires. Da nun die Insel Lincoln etwa unter derselben Breite liegt, wie die La Plata-Staaten, so ist es nicht besonders zu verwundern, wenn sich auch hier einige Tiger vorfinden.

– Schön, so werden wir auf unserer Huth sein«, erwiderte Pencroff.

Am Ende verschwand der Schnee unter dem Einflusse der sich wieder hebenden Temperatur. Es fiel aufs Neue Regen, dessen auflösender Kraft die Schneedecke nicht lange widerstand. Trotz der schlechten Witterung erneuerten die Kolonisten ihre Vorräte nach allen Seiten, wie die an Pinienzapfen, Drachenbaumwurzeln, Knollen, Ahornsaft aus dem Pflanzenreiche, an Kaninchen, Agutis und Kängurus aus dem Tierreiche. Hierzu wurden einige Ausflüge in den Wald nötig, wo man nun selbst sah, dass der letzte heftige Orkan eine ziemlich große Anzahl Bäume umgeworfen hatte. Der Seemann und Nab begaben sich sogar bis nach dem Kohlenlager, um einige Tonnen Brennmaterial anzufahren. Im Vorüberkommen bemerkten sie, dass der Töpferofen jedenfalls durch den Sturm sehr gelitten hatte, und von dem Schornstein gut sechs Fuß heruntergeweht waren.

Zu derselben Zeit wurden auch die Holzvorräte des Granithauses erneuert, und benutzte man die wieder frei gewordene Strömung der Mercy, um mehrere Flöße nach der Mündung zu tragen, da man noch nicht darüber Gewissheit hatte, ob die Periode der strengen Kälte vorüber sei.

Bei dieser Gelegenheit besuchte man auch die Kamine, und konnte sich nur herzlich Glück wünschen, dieselben während des Wintersturmes nicht bewohnt zu haben, denn überall hatte das Meer seine deutlichen Spuren zurückgelassen. Die einzelnen Abteilungen zeigten sich nämlich halb mit Sand angefüllt, die Steine mit Varec bedeckt. Während Nab, Harbert und Pencroff jagten oder sich mit Herbeischaffung des Brennmaterials beschäftigten, reinigten Cyrus Smith und Gedeon Spilett die Kamine einigermaßen, und fanden in Folge der überall stattgefundenen Anhäufungen von Sand die Schmiede und die Öfen ziemlich unversehrt.

Es erwies sich bald als ganz zweckmäßig, dass man für das verbrauchte Material aufs Neue Holz herzu geschafft hatte, denn wirklich sollte noch einmal strengere Kälte eintreten. Bekanntlich zeichnet sich in der nördlichen Hemisphäre der Februar nicht selten durch die stärksten Temperatur-Erniedrigungen aus. Auf der südlichen Halbkugel ist das nun ebenso der Fall, nur dass hier der August jenem klimatischen Gesetze Rechnung trägt.

Am 25. August drehte sich der Wind nach mehrfacher Abwechslung von Schnee und Regen nach Südosten und trat sofort eine lebhafte Kälte ein. Nach der Abschätzung des Ingenieurs hätte ein Thermometer wenigstens zweiundzwanzig bis dreiundzwanzig Grad Celsius gezeigt, und diese heftige

Kälte wurde durch einen mehrere Tage anhaltenden scharfen Wind noch empfindlicher. Von Neuem sahen sich die Kolonisten auf ihr Granithaus beschränkt, und da man jetzt auch die Läden so weit schließen musste, dass nur ein zur notwendigen Erneuerung hinreichender Luftwechsel stattfand, so verbrauchte man in dieser Zeit ungemein viel Kerzen. Um letztere zu schonen, begnügten sich die Ansiedler nicht selten mit den Flammen des Herdes, den man reichlich mit Holz versorgte. Mehrmals wagte sich der Eine oder der Andere auf den Strand und zwischen die Eisschollen hinab, welche jede Flut an demselben anhäufte, doch immer kehrten sie sehr bald zurück und konnten sich beim Hinaufsteigen nach der Wohnung nur mit Mühe und Schmerzen an den Stufen der Leiter, deren Berührung bei der strengen Kälte fast ein brennendes Gefühl verursachte, halten. Jetzt mussten die Bewohner des Granithauses die gezwungene Muße wieder irgendwie zu benutzen suchen, deshalb entschied sich Cyrus Smith für eine Arbeit, die auch bei verschlossenen Türen vorgenommen werden konnte.

Wie erwähnt, besaßen die Kolonisten keinen anderen Zucker, als den Saft des Ahornbaumes, den sie durch Einschnitte in die Rinde desselben gewannen.

Diesen singen sie nämlich in großen Gefäßen auf, und verwandten ihn zu verschiedenen Zwecken in der Küche, was um so eher anging, als der Saft durch das längere Stehen sich klärte und eine Sirupkonsistenz annahm.

Er sollte aber noch mehr verbessert werden, und eines Tages verkündete Cyrus Smith seinen Gefährten, dass sie nun Raffinierer werden sollten.

»Raffinierer! erwiderte Pencroff, das ist ja wohl eine sehr erwärmende Beschäftigung?

– Ja, gewiss! antwortete der Ingenieur.

– Nun, dann passt sie zur Jahreszeit!« versetzte der Seemann.

Bei der Ausführung dieses Vorhabens denke man aber nicht etwa an die ausgebildeten Zuckerfabriken mit ihren vielen Geräten und Maschinen. Um eine Kristallisation zu erzielen, kam hier ein sehr einfaches Verfahren in Anwendung. Der Saft wurde nämlich in weiten irdenen Pfannen über dem Feuer langsam verdampft, wobei sehr bald ein dichter Schaum auf die Oberfläche stieg. Nab war angestellt, denselben immer mit Holzspateln zu entfernen, wodurch erstens die Verdunstung beschleunigt und zweitens auch verhindert wurde, dass der Inhalt der Pfanne einen empyreumatischen Geruch annahm.

Nach einigen Stunden fortgesetzten Siedens, welches den dabei Beschäftigten ebenso wohl tat, als es die behandelte Substanz veredelte, hatte sich alles in einen sehr dicken Sirup verwandelt. Diesen schüttete man nun in verschiedene Tonformen, welche vorher am Küchenofen selbst gebrannt worden waren und fand am anderen Tage eine erkaltete Masse von Broten und Tafeln darin vor. Das war nun wirklicher, wenn auch etwas missfarbiger Zucker, der aber doch einen recht guten Geschmack hatte.

Die Kälte hielt bis Mitte September an, und die Gefangenen des Granithauses singen an, ihre Einsperrung etwas langweilig zu finden. Fast jeden Tag versuchten sie einen Ausgang, ohne denselben jemals ausdehnen zu können. Die weitere Einrichtung der Zimmer bildete also fortwährend die Hauptbeschäftigung. Die Arbeit würzte man durch Plaudereien. Cyrus Smith unterrichtete seine Gefährten über alle Dinge, und legte ihnen vorzüglich die praktischen Anwendungen der Wissenschaften vor Augen. Eine Bibliothek besaßen die Kolonisten zwar nicht; der Ingenieur ersetzte jedoch vollkommen jedes Buch, von dem immer diejenige Seite aufgeschlagen war, deren man bedurfte, ein Buch, das jede Frage löste und das man immer und immer wieder zu Rate zog. So verging die Zeit, und die wackeren Leute schienen keine Sorge wegen der Zukunft zu spüren.

Dennoch regte sich in Allen der Wunsch, diese Gefangenschaft geendet, und wenn auch noch nicht die Wiederkehr der schönen Jahreszeit, so doch die Abnahme der Kälte zu sehen. Wären sie nur mit entsprechender Kleidung versorgt gewesen, welche Ausflüge hätten sie, entweder nach den Dünen oder nach dem Fuchsentensumpfe, unternommen! Welch' erfolgreiche Jagden hätten sie veranstaltet! Cyrus Smith legte aber einen ganz besonderen Wert darauf, dass Niemand seine Gesundheit aufs Spiel setze, da man die Arme aller brauche, und so folgte man seinem Rate.

Nach Pencroff zeigte sich als der Ungeduldigste Top, der Hund, dem das Granithaus viel zu eng erschien und der fortwährend von einem Raum zum andern lief und seinen Widerwillen gegen diese Einsperrung auf jede mögliche Weise kund gab.

Cyrus Smith bemerkte wohl, dass Top, wenn er sich dem dunkeln Schachte, der in Verbindung mit dem Meere stand, näherte, immer ein eigentümliches Knurren hören ließ. Häufig trabte er um die verdeckte Öffnung umher und suchte manchmal sogar mit den Pfoten unter die Decke zu gelangen; dann kläffte er wohl voller Wut und Unruhe.

Der Ingenieur beobachtete dieses Verhalten zu wiederholten Malen. Was konnte wohl in dem Abgrunde stecken, das den Hund nie zur Ruhe kommen ließ? Sicherlich hatte der Schacht eine Öffnung nach dem Meere zu. Verzweigte er sich vielleicht unter der Insel noch weiter? Stand er mit anderen Höhlen in Verbindung? Stieg in seinem Grunde vielleicht dann und wann ein Meeresungeheuer auf, um Luft zu schöpfen? Der Ingenieur konnte sich darüber niemals klar werden und verlor sich wohl in die bizarrsten Kombinationen. Gewohnt, nach allen Seiten sich seinen nüchternen Blick zu bewahren, ertappte er sich hier nicht selten auf Abwegen; wie sollte er sich aber erklären, dass Top, ein viel zu gescheiter Hund, als dass er jemals den Mond angebellt hätte, immer in diesen Schlund hinein schnüffelte und horchte, wenn wirklich nichts darin gewesen wäre? Tops Verhalten beunruhigte den Ingenieur mehr, als er sich selbst zugestehen wollte. Dem Reporter gegen über sprach er sich wohl aus, hielt es aber für unnütz, auch die Andern in seine Gedanken einzuweihen, vorzüglich, da die ganze Sache ja doch vielleicht nur auf eine Schrulle Tops hinauslaufen konnte.

Endlich legte sich die Kälte. Wieder gab es Regen, Stürme und Windstöße, doch dauerte diese unbestimmte Witterung nicht allzu lange. Schnee und Eis schmolzen, und der Strand, das Plateau, die Ufer der Mercy und der Wald wurden gangbar. Die Rückkehr des Frühlings hauchte den Bewohnern des Granithauses neues Leben ein und bald verbrachten sie in jenem nur die Stunden der Ruhe und des Schlafes.

Bei den häufigen Jagden im September kam Pencroff immer wieder auf seine Forderung von Flinten zurück, indem er behauptete, dass Cyrus Smith ihm diese versprochen habe. Letzterer wusste ja recht wohl, dass Gewehre ohne sehr seine und vielfältige Werkzeuge nicht herzustellen waren, wich deshalb immer aus und verschob die Beschaffung derselben auf die Zukunft. Er wies auch darauf hin, dass Harbert und Gedeon Spilett sehr geschickte Bogenschützen geworden seien, dass sie bei dem dichten Wildstande ja Tiere aller Arten in großer Menge erlegten und man also keinen Grund zu besonderer Eile habe. Der starrköpfige Seemann schenkte aber solchen Worten kein Gehör und ließ nicht ab, den Ingenieur um die Erfüllung seines Wunsches zu quälen.

»Wenn die Insel, sagte er, woran gar nicht zu zweifeln ist, wilde Tiere beherbergt, müssen wir auch an deren Bekämpfung und Ausrottung denken. Es könnte eine Zeit kommen, die uns das zur unabweislichen Pflicht machte.«

Jetzt beschäftigte sich aber Cyrus Smith noch keineswegs mit der Beschaffung anderer Waffen, sondern weit mehr mit der neuer Kleidungsstücke. Die, welche die Kolonisten trugen, hatten nun den ganzen Winter ausgehalten, konnten aber unmöglich auch bis zum nächsten dauern. Vor allem galt es, sich Felle von Raubtieren oder Wolle von Wiederkäuern zu verschaffen, und gedachte man sich von den wilden Schafen vielleicht eine Herde für die Bedürfnisse der Kolonie zu bilden. An einer geeigneten Stelle der Insel sollten für diese ein Viehhof und ein Behälter für Geflügel angelegt werden; das erschien dem Ingenieur für die kommende schöne Jahreszeit am dringendsten.

Zu diesem Zwecke wurde es indes notwendig, auch die noch unerforschten Teile der Insel Lincoln kennen zu lernen, d.h. die großen Wälder, die sich von dem rechten Ufer der Mercy bis nach der Schlangen-Halbinsel ausdehnten, ebenso wie die ganze Nordküste des Landes. Da ein solcher Ausflug nur bei andauernd gutem Wetter unternommen werden konnte, musste man denselben voraussichtlich noch um einen Monat hinausschieben.

Es versteht sich, dass man die Zeit zu jenem mit einer gewissen Ungeduld herbei wünschte; da ereignete sich aber ein Vorfall, der das Verlangen der Kolonisten, ihr gesamtes Gebiet zu durchforschen, noch verdoppeln sollte.

Es war am 21. Oktober, Pencroff war ausgegangen, die Fallgruben, die er immer bestens im Stande hielt, zu untersuchen. In einer derselben fand er drei Tiere, welche der Küche sehr willkommen sein mussten, – ein Pekari-Weibchen mit beiden Jungen.

Erfreut über seinen Fang eilte Pencroff nach Hause und rühmte sich, wie gewöhnlich, seiner Jagderfolge nach Kräften.

»Hier, das wird eine schöne Mahlzeit werden, Mr. Cyrus, rief er, und Sie, Mr. Spilett, Sie werden auch mit essen!

– Das will ich wohl, erwiderte der Reporter, aber was gibt es denn für Seltenheiten?

– Milchschweine.

– Wirklich, Pencroff? Wenn man Sie hörte, sollte man denken, Sie brächten Rebhühner mit Trüffeln nach Haus.

– Nun, rief Pencroff beleidigt, wollen Sie etwa einen Milchschweinbraten verachten?

– O nein, antwortete Gedeon Spilett, ohne jedoch einen besonderen Enthusiasmus zu zeigen, wenn er nicht gerade zu häufig kommt ...

– Schon gut, schon gut, Herr Journalist, versetzte der Seemann, der seine Beute nicht gern geringschätzen hörte, Sie spielen den Feinschmecker? Vor sieben Monaten, als wir auf die Insel geworfen wurden, wären Sie wohl herzlich froh gewesen, solch' ein Stück Wild zu haben ...

– Da haben Sie es, fiel der Reporter ein, der Mensch ist eben nie vollkommen und niemals zufrieden.

– Nun, ich denke, Nab soll meine Milchschweine freudiger aufnehmen. Hier, sehen Sie nur, sie sind kaum drei Monate alt, und zart wie Wachteln. Komm, Nab, heute werde ich die Küche selbst mit besorgen!«

Der Seemann und der Neger gingen an die gewohnte Beschäftigung.

Man ließ sie nach Belieben schalten. Die Köche bereiteten auch wirklich eine vorzügliche Mahlzeit. Die beiden kleinen Pekaris, eine Kängurufleisch-Suppe, Schinken, Pinienzapfen, Drachenbaumbier, Oswego-Tee, überhaupt alles, was es nur Leckeres gab.

Um fünf Uhr ward der Tisch im Speisesaal gedeckt. Die Kängurusuppe dampfte; man fand sie vortrefflich.

Der Suppe folgten die gedämpften Pekaris, welche Pencroff selbst vorschneiden wollte und von denen er Jedem ein riesiges Stück servierte.

Die Milchschweine wurden ausgezeichnet gefunden, und Pencroff verzehrte seinen Teil mit gerechtem Stolze, als urplötzlich ein Schrei und ein gelinder Fluch über seine Lippen kamen.

»Was gibt es denn? fragte Cyrus Smith.

– Ich habe ... ich habe ... mir eben einen Zahn zerbrochen, antwortete kleinlaut der Seemann.

– Aha, fiel der Reporter ein, in Ihren Pekaris stecken also Kieselsteine?

– Ich möchte es fast glauben«, erwiderte Pencroff und zog das *Corpus delicti* hervor, das ihm einen Backenzahn kostete ...

Ein Kiesel war das freilich nicht ... wohl aber ein Schrotkorn!

ZWEITER TEIL. - DER VERLASSENE.

ERSTES KAPITEL.

Genau vor sieben Monaten hatte der Ballon seine Insassen nach der Insel Lincoln verschlagen. So oft diese auch während der verflossenen Zeit danach geforscht, nie war ihnen ein menschliches Wesen begegnet. Keine Spur der Tätigkeit seiner Hände verriet es, dass ein Mensch vor längerer oder kürzerer Zeit diesen Boden betreten habe. Die Insel schien nicht nur jetzt unbewohnt, sondern ließ auch glauben, dass es nie anders gewesen sei. Und nun fiel doch dies ganze wohlbegründete Gebäude von Schlussfolgerungen durch ein winziges, im Körper eines unschuldigen Nagetieres gefundenes Metallkörnchen zusammen!

Ohne Zweifel musste dieses Schrotkorn von einer Feuerwaffe herrühren, und wer anderes, denn ein Mensch, sollte sich einer solchen bedient haben?

Als Pencroff das Bleikügelchen auf den Tisch gelegt hatte, betrachteten es seine Gefährten mit gerechter Verwunderung. Alle Konsequenzen dieses trotz seiner Unscheinbarkeit hochwichtigen Ereignisses zogen an ihrem Geiste vorüber. Wahrlich, auch die Erscheinung eines übernatürlichen Wesens hätte keinen tieferen Eindruck auf sie machen können.

Cyrus Smith zögerte nicht, alle Hypothesen, zu denen dieses ebenso erstaunliche als unerwartete Ereignis verleiten musste, näher ins Auge zu fassen.

Er nahm das Schrotkorn, drehte und wendete es, prüfte es zwischen Daumen und Zeigefinger und sagte:

»Sie sind sich also sicher, Pencroff, dass das von diesem Schrote verwundete Pekari kaum drei Monate alt war?

– Kaum so alt, Herr Cyrus, antwortete Pencroff; es saugte noch an dem Mutterschweine, als ich es fand.

– Gut, fuhr der Ingenieur fort, hierdurch ist demnach bewiesen, dass vor höchstens drei Monaten auf der Insel Lincoln ein Flintenschuss abgefeuert wurde.

– Und dass ein Schrotkorn, fügte Gedeon Spilett hinzu, dieses kleine Tier nicht tödlich getroffen hat.

– Unzweifelhaft, bestätigte Cyrus Smith, und hieraus ist Folgendes zu schließen: Entweder war die Insel schon vor unserer Hierherkunft bewohnt, oder es landeten doch vor höchstens drei Monaten Menschen an derselben. Sind Jene nun freiwillig oder nicht hierher gelangt, durch eine beabsichtigte Landung oder durch einen Schiffbruch? Diese Frage wird erst später ihre Lösung finden können. Ob es Europäer oder Malaien, Freunde oder Feinde unserer Rasse gewesen, lässt sich jetzt ebenso wenig beurteilen, wie wir wissen können, ob Jene noch hier verweilen oder die Insel wieder verließen. Doch berühren uns alle diese Fragen viel zu nahe, als dass wir darüber länger in Ungewissheit bleiben dürften.

– Nein! Hundertmal, Tausendmal nein! rief der Seemann, vom Tische aufstehend. Außer uns gibts keine Menschen auf der Insel Lincoln! Was Teufel! Das Stückchen Land ist selbst nicht groß, und wenn es bewohnt wäre, müssten wir schon einem der Ansiedler begegnet sein!

– Das Gegenteil wäre wirklich wunderbar, meinte Harbert.

– Ich dächte, es erschiene aber noch erstaunlicher, wenn das Pekari mit einem Schrotkorn im Leibe geboren wäre! bemerkte der Reporter.

– Mindestens, schalt Nab ganz im Ernste ein, wenn Pencroff dasselbe nicht etwa …

– Aha, Freund Nab, fiel ihm Pencroff ins Wort, seit so und so viel Monaten hätte ich also ein Schrotkorn im Munde herumgetragen? Aber wo soll das gesteckt haben? fügte der Seemann hinzu, indem er den Mund weit öffnete und die zweiunddreißig tadellosen Zähne darin zeigte. Komm, Nab, sieh genau nach, und wenn Du in dem Gebisse hier nur einen hohlen Zahn findest, erlaube ich Dir dafür ein halbes Dutzend herauszuziehen!

– Nabs Hypothese ist unzulässig, entschied Cyrus Smith, der trotz seiner sehr ernsten Gedanken ein Lächeln nicht unterdrücken konnte. Unzweifelhaft ist auf der Insel vor höchstens drei Monaten ein Gewehrschuss abgefeuert worden. Wahrscheinlicher dünkt es mir, dass diejenigen, welche unsere Küste anliefen, entweder vor nur kurzer Zeit hierher gekommen oder auch sofort wieder abgefahren sind, denn es konnte uns gelegentlich unseres Überblicks über die ganze Insel von dem Franklin-Gipfel aus gar nicht verborgen bleiben, wenn die Insel überhaupt noch andere Bewohner geborgen hätte. Weit mehr hat die Annahme für sich, dass Schiffbrüchige nur erst seit wenigen Wochen durch einen Sturm an irgendeinen Punkt der Küste verschlagen worden sind. Doch, wie dem auch sei, jedenfalls müssen wir uns hierüber Gewissheit verschaffen.

– Aber dabei mit Vorsicht zu Werke gehen, fiel der Reporter ein.

– Das empfehle ich auch, stimmte ihm Cyrus Smith bei, denn leider ist am meisten zu befürchten, dass nur malaiische Seeräuber hier ans Land gegangen sind.

– Wäre es dann nicht geraten, Herr Cyrus, fragte der Seemann, bevor wir eine Nachforschung beginnen, ein Boot zu erbauen, um entweder den Fluss hinauf oder auch um die ganze Insel herum fahren zu können? Man soll sich nie unvorbereitet überraschen lassen.

– Eine recht glückliche Idee, Pencroff, wenn wir nur deren Ausführung abwarten könnten. Die Konstruktion eines solchen Fahrzeugs erfordert aber mindestens einen Monat …

– Ein wirkliches Boot, ja, unterbrach ihn der Seemann, wir brauchen jedoch kein eigentlich seetüchtiges Fahrzeug, und um die Mercy befahren zu können, verpflichte ich mich, eine entsprechende Pirogge in höchstens fünf Tagen fertig zu stellen.

– In fünf Tagen ein Schiff bauen? rief Nab ungläubig dazwischen.

– Gewiss, Nab, natürlich ein Schiff nach Indianermuster.

– Aus Holz? fragte Nab noch immer zweifelnd.

– Aus Holz, bejahte Pencroff, oder vielmehr aus Baumrinde. Ich wiederhole Ihnen, Herr Cyrus, dass die Sache binnen fünf Tagen abgetan sein kann.

– In fünf Tagen? – Es sei! antwortete der Ingenieur.

– Doch bis dahin werden wir gut tun, streng auf der Huth zu sein, ermahnte Harbert.

– Sogar sehr streng, meine Freunde, sagte Cyrus Smith; deshalb bitte ich, auch die Jagdausflüge auf die nächsten Umgebungen des Granit-Hauses zu beschränken.«

Bei Tische ging es weniger lustig zu, als Pencroff erwartet hatte.

Die Insel war nach dem Vorhergehenden also jetzt oder früher von Anderen als unseren Kolonisten bewohnt. Seit dem Vorfall mit dem Schrotkorn stand das unbestreitbar fest; auch konnte eine derartige Entdeckung für unsere Kolonisten nur eine Quelle gerechtfertigter Unruhe sein.

Lange Zeit, bevor sie sich niederlegten, besprachen Cyrus Smith und Gedeon Spilett dieses Thema. Sie fragten sich, ob jener Fund nicht zufällig auch mit der bis jetzt unaufgeklärten Art und Weise der Rettung des Ingenieurs in innerem Zusammenhange stehe, ebenso wie einige andere Eigentümlichkeiten, die ihnen wiederholt aufgestoßen waren. Nach Beleuchtung des Für und Wider dieser Frage sagte Cyrus Smith:

»Wollen Sie meine Ansicht über die ganze Angelegenheit hören, lieber Spilett?

– Ja, Cyrus.

– Nun, ich sage Ihnen: Wir mögen die Insel noch so genau durchsuchen, wir finden doch Nichts!«

Gleich am folgenden Tage ging Pencroff ans Werk. Es handelte sich hier ja nicht um die Konstruktion eines Fahrzeugs mit Rippenwerk und Plankenwänden, sondern einfach um einen schwimmenden, flachbodigen Apparat, der zur Befahrung der Mercy, vorzüglich auch in der Nähe ihrer Quellen, wo sie voraussichtlich nur eine sehr geringe Wassertiefe hatte, ganz besonders geeignet sein musste. Aus passend an einander befestigten Rindenstücken sollte das ganze leichte Fahrzeug bestehen, so dass es beim Entgegentreten natürlicher Hindernisse nicht schwer und unbequem zu tragen wäre. Die einzelnen Teile wollte Pencroff durch vernietete Nägel verbinden, durch deren zusammenziehende Kraft er den ganzen Apparat wasserdicht genug zu machen hoffte.

Nun galt es zunächst solche Bäume auszuwählen, deren biegsame und dabei zähe Rinde zu obigem Zwecke geeignet erschiene. Die vorhergegangenen Stürme hatten gerade eine Menge Douglas umgeworfen, die zu dem beabsichtigten Werke ganz passend waren. Ihre auf dem Boden liegenden Stämme durfte man also nur abrinden, eine Arbeit, welche freilich durch die unvollkommenen Werkzeuge unserer Kolonisten nur schwierig von Statten ging. Indes, man kam zum Ziele.

Während sich der Seemann, unterstützt vom Ingenieur, hiermit eifrig beschäftigte, blieben auch Gedeon Spilett und Harbert nicht müßig. Sie bildeten die Lieferanten der Ansiedelung. Der Reporter konnte die wunderbare Geschicklichkeit des jungen Mannes in der Handhabung des Bogens und des Wurfspießes gar nicht genug loben. Bei gleich großer Kühnheit entwickelte Harbert ebenso jene Kaltblütigkeit, die mit Recht »die Vernunft des Mutes« zu nennen ist. Übrigens erinnerten sich die beiden Jagdgenossen immer der Warnung des Ingenieurs und streiften in der Umgebung des Granithauses nicht über zwei Meilen hinaus, vorzüglich auch, da die nahe gelegenen bewaldeten Abhänge eine hinreichende Beute an Agutis, Wasserschweinen, Kängurus, Pekaris (Bisamschweine) usw. lieferten, und wenn der Ertrag der Fallen jetzt nach Eintritt milderer Witterung geringer ausfiel, so bot dafür das Kaninchengehege so viel, dass es die ganze Kolonie der Insel Lincoln allein ernähren konnte.

Während dieser Jagden plauderte Harbert nicht selten mit Gedeon Spilett über den Vorfall mit jenem Schrotkörnchen, über die Schlüsse, welche der Ingenieur daraus gezogen, und eines Tags – es war am 26. Oktober – äußerte er:

»Aber finden Sie es nicht sehr auffallend, Herr Spilett, dass etwaige Schiffbrüchige, welche an unsere Insel geworfen sein sollen, sich noch nicht in der Nähe des Granithauses gezeigt hätten?

– Sehr auffallend, erwiderte der Reporter, wenn sie noch da, sehr erklärlich, wenn sie schon längst wieder fort sind.

– Sie glauben demnach, dass jene Leute die Insel schon wieder verlassen haben?

– Das ist das Wahrscheinlichste, mein Sohn, denn bei längerem Aufenthalte derselben, und vorzüglich, wenn sie bis jetzt noch hier wären, hätte uns doch irgendein Zufall ihre Anwesenheit verraten müssen.

– Doch wenn sie wieder absegeln konnten, bemerkte der junge Mann, konnten es nicht eigentlich Schiffbrüchige sein.

– Nein, Harbert, mindestens nicht im strengen Sinne des Wortes; ich würde sie nur zeitweilige Schiffbrüchige nennen. Es ist sehr möglich, dass sie ein Sturm an die Insel verschlagen hatte, ohne ihr Fahrzeug ernstlicher zu beschädigen, und dass sie bei ruhigerem Wetter wieder in See gehen konnten.

– Ich kann immer nicht vergessen, sagte Harbert, dass Herr Cyrus die Anwesenheit anderer menschlicher Wesen stets mehr fürchtete, als herbeiwünschte.

– Ja wohl, antwortete der Reporter, denn er hat dabei nur Malaien im Auge, die diese Meere unsicher machen, und diese Burschen sind allerdings durchtriebene Spitzbuben, denen man besser aus dem Wege geht.

– Doch ist es nicht möglich, fuhr Harbert fort, dass wir heut' oder morgen noch Spuren ihrer Ausschiffung entdecken, um hieraus einige Aufklärung zu schöpfen?

– Das bestreite ich nicht, mein Sohn. Eine verlassene Lagerstatt, ein erloschenes Feuer könnte uns wohl als Fingerzeig dienen, und darauf wird bei unserem bevorstehenden Ausfluge auch sorgsam zu achten sein.«

Als die beiden Jäger also sprachen, befanden sie sich in einem nahe der Mercy gelegenen Walde, der sich durch seine besonders schönen Bäume auszeichnete. Unter anderen stiegen daselbst einige jener prächtigen Koniferen, denen die Eingeborenen Neu-Seelands den Namen »Kauris« gegeben, wohl an zweihundert Fuß hoch empor.

»Da fällt mir etwas ein, Herr Spilett, begann Harbert wieder. Wenn ich den Gipfel eines dieser Kauris erklettere, könnte ich wohl einen weiten Umkreis des Landes übersehen.

– Das wohl, antwortete der Reporter; aber wirst Du denn im Stande sein, einen solchen Riesen ganz zu ersteigen?

– Versucht wird es«, antwortete Harbert.

Schnell und gewandt schwang sich der junge Mann auf die untersten Äste, deren Anordnung die Besteigung des Kauris wesentlich erleichterte, und schon nach wenigen Minuten erreichte er dessen Gipfel, der das grüne Blätterdach des umgebenden Waldes ansehnlich überragte.

Von diesem hohen Standpunkte aus breitete sich vor dem Blicke der ganze südliche Teil der Insel, vom Krallen-Kap im Südosten bis zum Schlangen-Vorgebirge im Südwesten, aus. Im Nordosten erhob sich der Franklin-Berg, der gut ein Vierteil des Horizontes bedeckte.

Harbert vermochte jedoch von seinem hochliegenden Beobachtungsorte aus den ganzen bis dahin unbekannten Teil der Insel zu übersehen, der etwa Fremden, über deren Anwesenheit man im Zweifel war, eine Zuflucht gewähren oder gewährt haben konnte. Der junge Mann spähte mit gespanntester Aufmerksamkeit umher. Auf dem Meere zunächst war Nichts zu sehen, kein Segel, weder am Horizonte, noch nahe der Küste Bei dem das Gestade bedeckenden Baumdickicht blieb immerhin die Möglichkeit vorhanden, dass ein vielleicht entmastetes Schiff ganz nahe an der Küste lag und sich dadurch Harberts Blicken entzog. Nach den Wäldern des fernen Westens sah er sich ebenso vergeblich um. Die Baumkronen bildeten dort ein mehrere Quadratmeilen großes, undurchdringliches, grünes Gewölbe, ohne Lichtungen oder Blößen. Ebenso war es unmöglich, den Lauf der Mercy bis zu ihren Quellen an dem Berge zu verfolgen. Auch ob andere Wasseradern etwa nach Westen strömten, ließ sich von hier aus nicht entscheiden.

Wenn Harbert so jedes direkte Zeichen eines Lagers fehlte, konnte er nicht vielleicht eine Rauchsäule aufsteigen sehen, welche die Anwesenheit von Menschen verraten müsste? Die Luft war so klar, dass auch der schwächste Rauch sich deutlich vom blauen Himmel abgehoben hätte.

Einen Augenblick glaubte Harbert wohl im Westen einen seinen Rauch empor wirbeln zu sehen, eine genauere Betrachtung überzeugte ihn aber, dass er sich getäuscht habe. Er lugte hinaus, so scharf er konnte, und sein Gesicht war vortrefflich ... Nein, es war entschieden Nichts zu sehen.

Harbert klomm den Kauri wieder hinab, und beide Jäger kehrten nach dem Granithaus zurück. Cyrus Smith hörte den Bericht des jungen Mannes an und schüttelte den Kopf, ohne ein Wort zu erwidern. Offenbar war ja die ganze Frage auch vor einer sorgfältigen Durchforschung der ganzen Insel gar nicht spruchreif.

Zwei Tage darauf – am 28. Oktober – trug sich ein anderer Vorfall zu, dessen Erklärung ebenfalls so Manches zu wünschen übrig ließ.

Als Nab und Harbert nämlich ganz von ungefähr etwa zwei Meilen vom Granithaus auf dem Strande umherstreiften, glückte es ihnen, ein prächtiges Exemplar einer Wasserschildkröte zu fangen. Es war das eine Riesenschildkröte aus der Mydas-Familie, deren Rückenschild in herrlichen, grünen Reflexen schimmerte.

Harbert bemerkte zuerst das Tier, als es zwischen Felsstücken nach dem Meere zu kroch.

»Hierher, Nab! rief er. Her zu mir!«

Nab lief eilends herbei.

»Ein schönes Tier, sagte Nab, aber wie sollen wir uns seiner versichern?

– Nichts leichter als das, Nab, antwortete Harbert. Wir brauchen die Schildkröte nur auf den Rücken zu wenden, so vermag sie nicht mehr zu entfliehen. Nehmt Euren Spieß und macht es wie ich.«

Das Reptil hatte sich in Vorahnung der Gefahr ganz zwischen Rücken- und Brustschild zurückgezogen. Weder Kopf noch Füße desselben waren sichtbar, und so lag es unbeweglich, wie ein Felsstück.

Harbert und Nab brachten ihre Stöcke unter das Brustbein des Tieres, und mit vereinten Kräften, doch nicht ohne Mühe, gelang es ihnen, dasselbe auf den Rücken zu legen. Die Schildkröte mochte bei drei Fuß Länge wohl an vierhundert Pfund wiegen.

»Schön, jubelte Harbert; das wird eine Freude für Pencroff sein!«

Wirklich musste Freund Pencroff gewiss ebenso darüber jubeln, denn das Fleisch dieser Schildkröten, die sich von Seegräsern nähren, ist ein anerkannter Leckerbissen. Eben ließ die Gefangene ihren kleinen, abgeplatteten, doch nach hinten stark verbreiterten Kopf mit seiner Knochenschale sehen.

»Was fangen wir aber nun mit diesem seltenen Stück Wild an? fragte Nab. Wir können es doch nicht bis zum Granithaus nachschleifen?

– Wir lassen es einfach zurück, da es sich nicht wieder umdrehen kann, und holen es später mit dem Wagen ab.

– Einverstanden.«

Harbert gebrauchte übrigens, was Nab nun für überflüssig erklärte, die Vorsicht, das Tier noch mit einigen großen Strandsteinen zu belasten. Nachher kehrten die beiden Jäger längs des flachen Ufers, das bei der Ebbe jetzt frei lag, nach dem Granithaus zurück. Harbert, der Pencroff zu überraschen gedachte, erwähnte vorläufig von »dem prächtigen Exemplar einer Wasserschildkröte«, die er auf dem Sande umgewendet hatte, Nichts, doch kehrte er zwei Stunden später mit Nab nach der Stelle, wo sie jene zurückgelassen, unter Mitnahme des Wagens zurück. Das »herrliche Exemplar einer Wasserschildkröte« war aber nicht mehr vorhanden.

Nab und Harbert sahen erstaunt erst sich selbst und dann ihre nächste Umgebung an. Gewiss hatten sie an derselben Stelle die Schildkröte liegen lassen. Der junge Mann glaubte sogar die Steine wieder zu finden, die er zur Belastung des Tieres benutzte, und konnte sich über die Örtlichkeit folglich nicht täuschen.

»Aha, sagte Nab, also diese Burschen können sich doch umwenden?

– Es scheint so, antwortete Harbert kleinlaut, der sich das zwar nicht erklären konnte und doch jene Steine umherliegen sah.

– Nun, damit wird Pencroff nicht sehr zufrieden sein.

– Und Herr Smith vielleicht in Verlegenheit kommen, dieses Verschwinden zu erklären.

– Gut, schlug Nab vor, der den Misserfolg lieber verheimlichen wollte, so übergehen wir die Sache mit Stillschweigen.

– Im Gegenteil, entgegnete Harbert, wir müssen davon Mitteilung machen.«

Beide zogen nun den vergeblich herbei geholten Wagen nach dem Granithaus wieder zurück.

Am Zimmerplatze, wo der Seemann und der Ingenieur rüstig arbeiteten, angelangt, erzählte Harbert den Vorfall.

»O, Ihr Jagdstümper, polterte der Seemann, sich wenigstens fünfzig Gerichte Suppe davon laufen zu lassen!

– Aber, Pencroff, fiel Nab ein, unser Fehler ist es nicht, dass das Schalentier entwischt ist, denn ich versichere Dir, wir hatten es auf den Rücken gelegt.

– Dann wahrscheinlich nicht genug, erwiderte scherzend der unüberzeugbare Seemann.

– Haha, nicht genug! lachte Harbert und setzte hinzu, dass er sogar Sorge getragen habe, die Schildkröte noch durch Steine zu belasten.

– So ist also ein Wunder geschehen! erklärte Pencroff.

– Ich glaube immer, Herr Cyrus, sagte Harbert, dass die einmal auf den Rücken gelegten Schildkröten nicht im Stande seien, wieder auf die Füße zu kommen, und vor allem die größeren Arten dieser Tiere?

– Das ist auch richtig, mein Kind, antwortete Cyrus Smith.

– Wie war es dann aber möglich ...

– Wie weit vom Meere entfernt hattet ihr das Tier wohl liegen lassen? fragte der Ingenieur, der seine Arbeit ruhen ließ, um den eigentümlichen Vorfall aufzuklären.

– Höchstens fünfzehn Fuß weit, antwortete Harbert.

– Und gerade bei niedrigem Wasser?

– Ja, Herr Cyrus.

– Da haben wir's ja, sagte der Ingenieur. Was der Schildkröte auf dem Sande unmöglich war, konnte ihr im Wasser recht wohl gelingen. Sie wird sich bei steigender Flut wieder gewendet und das offene Meer erreicht haben.

– Ei, wir waren aber rechte Dummköpfe! schalt Nab.

– Das wollte ich eben so frei sein auszusprechen!« höhnte Pencroff.

Cyrus Smith hatte diese Erklärung abgegeben, welche gewiss zulässig war. War er aber auch selbst von der Unanfechtbarkeit derselben überzeugt? – Es lässt sich kaum annehmen.

ZWEITES KAPITEL.

Am 29. Oktober war das Kanu aus Baumrinde vollkommen fertig. Pencroff hatte sein Versprechen eingelöst und binnen fünf Tagen eine Art Pirogge hergestellt, deren Rippen aus biegsamen Erejimba-Ästen bestanden. Ein Sitz am Hinterteile, eine Bank in der Mitte, um das Auseinanderweichen der Bordwände zu verhüten, ein Dahlbord zur Aufnahme der Nägel für zwei Ruder und ein Bootsriemen zum Steuern vervollständigten dieses etwa zwölf Fuß lange Boot, das kaum zweihundert Pfund wiegen mochte. Mit dem Stapellauf half man sich auf sehr einfache Weise. Die leichte Pirogge wurde in den Sand nahe dem Ufer geschleppt, wo sie die steigende Flut emporhob. Pencroff sprang sofort hinein, versuchte sie mit dem Bootsriemen zu lenken und bestätigte ihre Brauchbarkeit für die gewünschten Zwecke.

»Hurra! rief der Seemann, der auch seinen eigenen Triumph gern verherrlichte. Hiermit segeln wir um ...

– Die Welt? fragte Gedeon Spilett.

– Nein, aber um die Insel. Ein paar Steine als Ballast, einen Mast an dem Vorderteile und ein Stück Segel, das uns Herr Cyrus schon baldigst verschaffen wird, und wir fahren ins Weite. Nun, Herr Cyrus, und Sie Herr Spilett, und Harbert und Nab, will denn Niemand unser neues Fahrzeug versuchen? Was Teufel! Wir müssen doch wissen, ob es uns alle Fünf trägt!«

Natürlich musste man sich hiervon überzeugen. Pencroff trieb das Boot in eine kleine Bucht zwischen den Felsen am Ufer, und man beschoss, noch an demselben Tage eine Probefahrt längs des Ufers nach Süden bis dahin zu unternehmen, wo an der ersten vorspringenden Spitze die Felsbildungen endeten.

Beim Einschiffen rief Nab:

»Dein Schiff schluckt aber ziemlich viel Wasser, Pencroff!

– Das tut nichts, Nab, erwiderte der Seemann. Erst muss das Holz aufquellen! In zwei Tagen dringt kein Wasser mehr ein, und unsere Pirogge hat dann nicht mehr im Bauche als der Magen eines Betrunkenen. Einschiffen!«

Alle stiegen ein und Pencroff stieß ab. Das Wetter hielt sich prächtig; das Meer war so ruhig, als umschlössen es die Ufer eines kleinen Binnensees, und die Pirogge konnte sich wohl ebenso gut hinauswagen, als triebe sie auf dem stillen Gewässer der Mercy.

Nab ergriff das eine Ruder, Harbert das andere und Pencroff übernahm als Steuermann den Bootsriemen.

Der Seemann fuhr zuerst über den Kanal nach der Südspitze des Eilandes zu. Aus Mittag wehte eine leichte Brise, doch machte sich weder im Kanal, noch im offenen Meere der Seegang fühlbar. Nur lange flache Wellen, die das Boot bei seiner schweren Belastung kaum bewegten, glitten regelmäßig über die ungeheure Fläche. Man entfernte sich etwa zwei Meilen von der Küste, um den Franklin-Berg ganz überschauen zu können.

Hierauf lenkte Pencroff nach der Mündung des Flusses zurück. Die Pirogge folgte dem Ufer, das abgerundet bis zur äußersten Spitze verlief und hinter dem die ausgedehnten Tadornesümpfe lagen.

Jene Spitze, welche in Folge der Krümmungen der Küste zu Lande weiter entfernt lag, ragte etwa drei Meilen von der Mündung der Mercy ins Meer hinaus. Die Kolonisten wollten bis dahin, oder doch nur so weit darüber hinaus fahren, bis sie einen flüchtigen Blick über die Küste bis zum Krallen-Kap hin gewinnen könnten.

Das Kanu glitt also neben der Küste etwa in zwei Kabellängen Entfernung hin, um die Klippen zu vermeiden, welche näher dem Lande verstreut waren und die von der steigenden Flut schon zum Teil bedeckt wurden. Die Felsenmauer zog sich immer niedriger werdend von der Mündung des Flusses bis zur Spitze.

Diese bestand aus einer durcheinander geworfenen Anhäufung von Granitblöcken, welche einen sehr wilden und von dem Mittelwalle, der das Plateau der Freien Umschau bildete, sehr abweichenden Anblick bot und mehr einem umgestürzten riesenhaften Karren voll Felsstücken seine Entstehung zu verdanken schien. Dieser Vorsprung, der zwei Meilen weit von dem Walde sehr spitzig auslief, zeigte keinerlei Vegetation und ähnelte sehr dem aus einem grünen Ärmel vorgestreckten Arme eines Riesen.

Das von zwei Rudern getriebene Kanu glitt ohne Mühe vorwärts. Gedeon Spilett, den Bleistift in der einen, das Notizbuch in der anderen Hand, entwarf in flüchtigen Strichen ein Bild der Küste. Nab, Pencroff und Harbert tauschten die Eindrücke aus, die sie von diesem ihnen neuen Teile ihres Gebietes empfingen, und je weiter die Pirogge nach Süden vordrang, desto mehr schienen die beiden Kiefern-Kaps zu entweichen und die Unions-Bai enger zu umschließen.

Cyrus Smith selbst sprach kein Wort; er fasste das vorüberziehende Bild scharf ins Auge, und es schien, als betrachte er eine ihm ganz fremde Gegend.

Nach fast dreistündiger Fahrt war die Pirogge an der äußersten Landspitze angekommen, und Pencroff wollte sie eben umschiffen, als Harbert aufstand und nach einem schwarzen Punkt am Ufer zeigte.

»Was sehe ich denn da unten am flachen Ufer?« sagte er.

Alle richteten die Blicke nach der bezeichneten Stelle.

»Wirklich, begann der Reporter, dort liegt irgendetwas; man könnte es für eine halb im Sande vergrabene Seetrift halten.

– O, rief Pencroff, ich erkenne, was es ist!

– Was denn? fragte Nab.

– Tonnen, Tonnen, die vielleicht gefüllt sein könnten! antwortete der Seemann.

– Halten Sie nach dem Ufer, Pencroff!« sagte Gedeon Spilett.

Nach kurzer Zeit landete die Pirogge in einer kleinen Ausbuchtung, und ihre Passagiere sprangen ans Land.

Pencroff hatte sich nicht getäuscht. Dort lagen zwei Fässer, halb von Sand bedeckt, aber noch fest mit einer großen Kiste verbunden, die durch jene so lange schwimmend erhalten zu sein schien, bis sie am Strande auflief.

»Hier hat also nahe der Insel ein Schiffbruch stattgefunden? fragte Harbert.

– Augenscheinlich, antwortete Gedeon Spilett.

– Was steckt aber in der Kiste? rief Pencroff in seiner natürlichen Ungeduld. Was steckt in der Kiste? Sie ist verschlossen, und uns fehlt jedes Hilfsmittel, um den Deckel zu öffnen. Nun denn, mit einem Steine wird's wohl gehen ...«

Schon wollte der Seemann mit einem tüchtigen Felsstücke die Wand der Kiste einschlagen, als ihn der Ingenieur davon abhielt.

»Pencroff, begann er, können Sie Ihre Ungeduld wohl eine Stunde lang zügeln?

– Aber, Herr Cyrus, bedenken Sie doch, drinnen steckt vielleicht alles, was uns fehlt.

– Das werden wir erfahren, Pencroff, fuhr der Ingenieur fort, aber folgen Sie mir und zertrümmern die Kiste nicht, die uns noch von Nutzen sein kann. Wir wollen sie nach dem Granithaus schaffen, dort können wir sie leichter und ohne sie zu zerstören öffnen. Jetzt ist sie noch ganz wohl verpackt, und da sie bis hierher geschwommen ist, wird sie auch noch bis zur Flussmündung schwimmen.

– Sie haben Recht, Herr Cyrus, und ich hatte Unrecht, antwortete der Seemann, aber man ist nicht immer Herr über sich.«

Des Ingenieurs Ratschlag war gewiss der beste. Zunächst hätte die Pirogge die Gegenstände alle, welche in der Kiste verpackt sein mochten, nicht tragen können; denn schwer mussten jene sein, da man sie mittels zweier leerer Tonnen vor dem Untersinken zu bewahren gesucht hatte. Auf jeden Fall erschien es also geratener, sie bis zu der Uferstelle vor dem Granithaus heranzulotsen.

Doch woher rührte diese Seetrift? Diese wichtige Frage drängte sich unwillkürlich Jedem auf. Cyrus Smith und seine Begleiter blickten aufmerksam umher und durchliefen auch das Uferland einige hundert Schritte weit. Kein anderes Trümmerstück war zu sehen. Man spähte über das Meer. Harbert und Nab begaben sich auf einen hervorragenden Felsen, doch der weite Horizont war öde. Weder ein verlassenes Schiff, noch ein Fahrzeug unter Segel zeigte sich den Blicken.

Dass ein Schiffbruch stattgefunden habe, konnte nicht zweifelhaft sein. Vielleicht stand das aufgefundene Schrotkorn damit im Zusammenhange? Vielleicht waren Fremde an einem anderen Küstenpunkte ans Land gekommen oder gar jetzt noch da? Das Eine nur schien den Kolonisten außer Zweifel zu sein, dass jene Fremden keine malaiischen Seeräuber sein konnten, denn das Strandgut verriet zu deutlich einen amerikanischen oder europäischen Ursprung.

Alle sammelten sich wieder bei der Kiste, die bei fünf Fuß Länge gegen drei Fuß Breite haben mochte. Sie war aus Eichenholz gefertigt, sehr sorgfältig verschlossen und mit einem dicken, durch kupferne Nägel gehaltenen Felle überzogen. Auch die beiden Tonnen erwiesen sich luftdicht verschlossen, was aus dem Tone bei dem Anschlagen zu entnehmen war. Sie hingen mittels starken Seilen, deren Knoten Pencroff sofort als »Seemannsknoten« wiedererkannte, an beiden Seiten derselben. Die Kiste selbst schien vollkommen gut erhalten, was sich daraus leicht erklärt, dass sie auf einem flachen, sandigen Ufer sitzen geblieben und nicht aus Klippen geworfen worden war. Eine nähere Betrachtung lehrte auch, dass sie nicht lange Zeit im Meere umhergetrieben sein und ebenso, dass sie nur erst seit Kurzem am Strande liegen konnte. In das Innere derselben schien kein Wasser gedrungen zu sein, so dass man hoffen durfte, ihren Inhalt unversehrt aufzufinden.

Offenbar war diese Kiste von einem verlassenen Schiffe aus über Bord geworfen worden und die Passagiere hatten sie gewiss in der Hoffnung den Wellen anvertraut, dieselbe am Lande wieder aufzufinden, was durch die Vorsicht, sie mittels jenes Tragapparats zu sichern, nur bestätigt wurde.

»Wir werden dieses Strandgut bis nach dem Granithaus schleppen sagte der Ingenieur, und seinen Inhalt prüfen. Finden wir dann auf de Insel noch Überlebende aus jenem angenommenen Schiffbruche, so geben wir die Kiste Denen zurück, welchen sie angehört. Finden wir Niemand.

– Dann behalten wir sie für uns! rief Pencroff. Bei Gott, ich möcht aber wissen, was da drinnen steckt!«

Schon wogte die Flut bis zu der Seetrift heran, die bei hohem Meer! offenbar schwimmen musste. Man löste nun zum teil eines der Seile das die Fässer hielt, um das Ganze an dem Kanu zu befestigen. Pencroff und Nab schaufelten mit ihren Rudern den Sand rund umher weg, um die Kiste leichter fortbewegen zu können, und bald steuerte das Boot, den wertvollen Fund im Schlepptau, wieder um die Spitze, der man den Namen Seetriftspitze (*Flotsonpoint*) beilegte. Die Last war schwer, und die Tonnen reichten kaum hin, sie über Wasser zu halten; auch fürchtete der Seemann jeden Augenblick, dass sie sich loslösen und in den Abgrund versinken könnte. Glücklicher Weise geschah das nicht, und anderthalb Stunden nach der Abfahrt – so lange Zeit brauchte man zu der Strecke von drei Meilen – landete die Pirogge am Ufer vor dem Granithaus.

Kanu und Strandgut wurden auf den Sand gezogen, und da auch das Meer eben fiel, saßen beide bald im trockenen. Nab holte Werkzeuge herbei, um die Kiste beim öffnen so wenig als möglich zu verderben, da man sie sofort näher untersuchen wollte Pencroff verbarg gar nicht seine neugierige Aufregung.

Der Seemann entfernte zunächst die beiden Tonnen, die bei ihrem völlig unversehrten Zustande noch recht brauchbar erschienen. Dann wurden die Schlosser mittels einer Kneifzange abgerissen, worauf sich der Deckel leicht zurückschlagen ließ.

Das Innere der Kiste zeigte sich aber noch einmal mit Zink ausgeschlagen, offenbar um die Gegenstände, welche sie enthielt, auf jeden Fall vor Nässe zu schützen.

»O, rief Nab, sollten sich eingemachte Nahrungsmittel da drinnen finden?

– Ich hoffe nicht, antwortete der Reporter.

– Wenn sich darin nur ... bemerkte halblaut der Seemann.

– Was denn fände? beendigte Nab, der jenen verstanden hatte, den Satz.

– Nichts, nichts!«

Die Zinkhülle wurde in ihrer ganzen Breite durchschnitten, an den Seiten der Kiste herunter gebogen, und nach und nach kamen denn die verschiedensten Gegenstände aus jener zum Vorschein, die man vorläufig auf den Sand niederlegte. Bei jedem neuen Funde rief Pencroff sein Hurra, klatschte Harbert in die Hände und tanzte Nab, wie ein Neger eben tanzt. Da fanden sich Bücher, die Harbert vor Freude närrisch werden ließen, und Küchengeräte, die Nab mit Küssen bedeckte.

Alles in Allen hatten die Ansiedler Ursache, sehr zufrieden zu sein, denn diese Kiste enthielt Werkzeuge, Waffen, Instrumente, Kleidungsstücke, Bücher. Es folge hier das Verzeichnis Wort für Wort, wie es Gedeon Spilett in seinem Notizbuch aufnahm.

    Werkzeuge: 3 Messer mit mehreren Klingen;
    2 Holzfälleräxte;
    2 Zimmermannsbeile;
    2 Hohlbeile;
    3 Hobel;
    1 Queraxt;
    6 Bankmesser;
    2 Feilen;
    3 Hämmer;
    3 Bohrer;
    2 Hohlbohrer.
    Waffen: 2 Steinschlossgewehre;
    2 Perkussionsgewehre;

2 Zentralfeuerkarabiner;
5 Seitengewehre;
4 Enterhaken;
2 Fässer mit Pulver, jedes zu etwa fünfundzwanzig Pfund;
12 Schachteln Zündhütchen.
Instrumente:1 Sextant;
1 Wasserwage;
1 Fernrohr;
1 großer Kompass;
1 Taschenbussole;
1 Thermometer nach Fahrenheit;
1 Aneroïd-Barometer.
1 Kasten mit vollständigem photographischen Apparat, Objektive, Platten, Chemikalien usw.
Kleidungsstücke: 2 Dutzend Hemden von eigentümlichem Gewebe, das der Wolle ähnlich, doch offenbar pflanzlichen Ursprungs war.
3 Dutzend Strümpfe aus demselben Stoffe.
Hausgeräte: 1 eiserner Flaschenkessel;
6 Kasserollen aus verzinntem Kupfer;
3 blecherne Schüsseln;
10 Bestecke aus Aluminium;
2 Siedekessel;
1 kleiner tragbarer Ofen;
6 Tischmesser.
Bücher: 1 Bibel, enthaltend das alte und das neue Testament;
1 Atlas;
1 Wörterbuch der verschiedenen polynesischen Idiome in sechs Bänden;
1 ausführliche Naturgeschichte;
3 Rieß weißes Papier;
2 Bücher mit unbeschriebenen Seiten.

»Man muss gestehen, sagte der Reporter nach Vollendung der Inventuraufnahme, dass der Eigentümer dieser Kiste ein praktischer Mann war! Werkzeuge, Waffen, Instrumente, Kleidungsstücke, Hausgeräte, Bücher, hier fehlt nichts! Man kommt zu der Ansicht, dass er sich ordentlich darauf eingerichtet hat, Schiffbruch zu erleiden!

– Ja, da fehlt nichts, murmelte Cyrus Smith etwas nachdenklich.

– Und das steht fest, fügte Harbert hinzu, dass das Schiff, welches diese Kiste trug, ebenso wie deren Eigentümer kein malaiischer Seeräuber war.

– Vorausgesetzt, verbesserte Pencroff, dass dieser Eigentümer nicht Piraten in die Hände gefallen war.

– Das ist nicht anzunehmen, meinte der Reporter. Viel wahrscheinlicher dünkt es mir, dass ein amerikanisches oder europäisches Schiff in diese Meere verschlagen wurde, dessen Passagiere, um das Notwendigste zu retten, diese Kiste packten und ins Wasser warfen.

– Glauben Sie das auch, Herr Cyrus? fragte Harbert.

– Ja, mein Kind, antwortete der Ingenieur, das kann wohl der Fall gewesen sein. Es ist möglich, dass man bei einem drohenden Schiffbruche diese notwendigsten Gegenstände in jener Kiste vereinigt hatte, in der Hoffnung, sie an irgendeiner Stelle des Ufers wiederzufinden.

– Aber der photographische Apparat! bemerkte der Seemann mit ungläubiger Miene.

– Den Nutzen dieses Apparats, antwortete Cyrus Smith, sehe ich allerdings selbst nicht ein; und wäre es für uns, wie jeden anderen Schiffbrüchigen vorteilhafter gewesen, eine größere Auswahl an Kleidungsstücken, sowie reichlichere Munition zu finden.

– Tragen denn aber die Werkzeuge, Waffen, Bücher keine Zeichen, keine Adresse, die auf ihren Ursprung hindeuten könnten?« fragte Gedeon Spilett.

Danach musste gesehen werden. jeder einzelne Gegenstand wurde also genau geprüft, vorzüglich die Bücher, die Instrumente und die Waffen. Die beiden letzteren hatten aber ganz gegen die Gewohnheit keine Fabrikantenmarke, waren übrigens in bestem Zustande und schienen noch nicht gebraucht zu sein. Dieselbe Eigentümlichkeit zeigten die Werkzeuge und Hausgeräte; alles war neu und bewies dadurch, dass man es nicht, wie es der Zufall an die Hand gab, in diese Kiste geworfen hatte, sondern dass die Gegenstände alle mit Überlegung ausgewählt und sorgsam verpackt worden seien. Hierfür sprach auch die innere Zinkauskleidung der Kiste, die alle Feuchtigkeit abgehalten hatte und nicht wohl in der Eile eines drohenden Augenblicks erst verlötet sein konnte.

Das naturgeschichtliche Werk und das polynesische Wörterbuch waren beide in englischer Sprache abgefasst, doch sowohl ohne Angabe des Herausgebers, als auch der Zeit des Erscheinens.

Dasselbe war mit der englisch gedruckten, in typographischer Hinsicht recht schönen Bibel in 4° der Fall, in der indessen schon vielfach geblättert schien.

Der Atlas mit den Karten der ganzen Erde und mehreren Planisphären nach Mercators Projektion, dessen Nomenklatur der französischen Sprache angehörte, erwies sich als ein wirkliches Prachtwerk, entbehrte jedoch ebenfalls des Datums der Publikation, wie des Namens des Herausgebers.

An allen den verschiedenen Gegenständen fanden sich also keine Zeichen ihres Ursprungs und folglich nichts, woraus man auf die Nationalität des Schiffes, das hier vorüber gekommen, hätte schließen können. Mochte dieser Kasten aber herstammen, wo er wollte, er lieferte den Ansiedlern der Insel Lincoln ungehoffte Reichtümer. Bis jetzt hatten sie, Dank der Intelligenz ihrer Führer, durch Umbildung der Naturprodukte sich alles selbst erzeugt. Schien es nicht, als ob die Vorsehung sie jetzt belohnen wolle, da sie ihnen die Erzeugnisse der menschlichen Industrie zukommen ließ? Einhellig sendeten sie ihren heißen Dank zum Himmel.

Und trotzdem war einer von ihnen nicht ganz befriedigt, und zwar Pencroff; es schien, als ob die Kiste gerade etwas nicht enthielte, auf das er sehnsüchtig harrte, und je mehr Gegenstände aus ihr hervorkamen, desto mehr verloren seine Hurras an Feuer, bis er zuletzt, als die Inventur beendigt war, nur die Worte murmelte:

»Das ist alles ganz gut und schön, aber, gebt Acht, für mich findet sich nichts in der Kiste!«

Nab veranlassten diese Worte zu der Frage:

»Heraus mit der Sprache, Freund Pencroff, was erwartetest Du wohl?

– Nun ein halb Pfund Tabak, und mein Glück wäre vollkommen gewesen!«

Jeder musste bei diesem Stoßseufzer des armen Seemannes lachen.

Die Auffindung dieser Seetrift legte es aber besonders nahe, dass jetzt oder nie eine genaue Durchforschung der Insel vorgenommen werden musste. Man kam also überein, sich mit Anbruch des folgenden Tages auf den Weg zu begeben und die Mercy hinauf zu fahren, um bis nach der Westküste vorzudringen. Befanden sich wirkliche Schiffbrüchige an diesem Punkte der Küste, so lag die Befürchtung nahe, dass sie ohne alle Hilfsmittel sein und einer Unterstützung recht dringend bedürfen konnten.

Im Laufe des Tages wurden die verschiedenen Gegenstände nach dem Granithaus gebracht und in dem großen Saale methodisch geordnet.

Dieser 29. Oktober war gerade ein Sonntag, und so bat Harbert den Ingenieur, bevor man sich zur Ruhe legte, eine Stelle aus dem Evangelium vorzulesen.

»Recht gern«, erklärte Cyrus Smith.

Er nahm die heilige Schrift zur Hand und wollte schon darin nachschlagen, als ihn Pencroff aufhielt und sagte:

»Herr Cyrus, ich bin abergläubisch. Schlagen Sie eine ganz beliebige Seite auf und lesen den ersten Vers, der Ihnen in die Augen fällt. Wir wollen doch sehen, ob er auf unsere Lage passt«.

Cyrus Smith lächelte zu diesem Wunsche des Seemannes, hatte aber keine Ursache ihn abzuschlagen, und öffnete das Evangelium gerade an einer Stelle, wo ein Buchzeichen zwischen den Zeilen lag.

Sofort bemerkte er ein rotes Kreuz, das vor dem 8. Vers des 7. Kapitels im Evangelium Matthäi gezeichnet war.

Er las den Vers vor:

»Bittet, so wird euch gegeben; suchet, so werdet ihr finden!«

DRITTES KAPITEL.

Am andern Tage – dem 30. Oktober – war alles zu der projektierten und durch die Ereignisse der letzten Tage so dringlich gewordenen Expedition bereit. Die Verhältnisse aber hatten sich in der Art verändert, dass die Ansiedler der Insel Lincoln jetzt viel weniger selbst Unterstützung brauchten, als vielmehr Anderen solche gewähren konnten.

Man kam also überein, die Mercy so weit als möglich stromaufwärts zu fahren. So wurde es möglich, einen großen Teil des Weges fast ohne Anstrengung zurückzulegen, auch konnten dabei Provisionen und Waffen bis zu einem weit vorgeschobenen Punkte im Westen der Insel geschafft werden.

Man musste bei diesem Ausfluge nicht nur an die mitzuführenden Gegenstände, sondern auch an solche denken, die der Zufall ihnen in die Hände spielen und deren Mitnahme wünschenswert erscheinen könnte. Hatte an der Küste ein Schiffbruch stattgefunden, worauf ja alle Anzeichen hindeuteten, so fanden sich gewiss auch eine Menge herrenloser, als gute Prise zu betrachtender Werthsachen.

Mit Rücksicht hierauf wäre freilich der Wagen erwünschter gewesen, als das schwache Boot; doch der schwerfällige, ungelenke Wagen verlangte eine Zugkraft, ein Umstand, der von seiner Benutzung absehen und Pencroff sein aufrichtiges Bedauern aussprechen ließ, dass die Kiste außer seinem begehrten »halben Pfund Tabak« nicht auch – ein Paar kräftige New-Jersey-Hengste enthalten habe, welche der Kolonie so nützlich gewesen wären.

Die von Nab schon eingeschifften Provisionen bestanden aus konserviertem Fleisch, einigen Gallonen Bier und einer Art Likör, – genug für drei Tage, d.h. für den längsten Zeitraum, den Cyrus Smith für die Expedition vorgesehen hatte. Übrigens rechnete man darauf, sich unterwegs gelegentlich frisch zu verproviantieren, weshalb auch Nab den kleinen tragbaren Ofen nicht vergaß.

An Werkzeugen versahen sich die Kolonisten mit zwei Holzfälleräxten, um im Notfalle durch den dichten Wald Bahn zu brechen, und an Instrumenten mit dem Fernrohre und dem Taschenkompass.

Ferner erwählte man die zwei Feuersteingewehre, die deshalb vorgezogen wurden, weil sie keiner Zündhütchen bedurften, mit welch' letzteren man sparsam umgehen wollte. Nur zur Aushilfe wurde ein Karabiner nebst Patronen mitgeführt. Von dem Pulver, jenem Vorrat von etwa fünfzig Pfund in beiden Tönnchen, musste wohl eine gewisse Menge entnommen werden, der Ingenieur behielt aber immer für später die Herstellung einer explosiven Substanz im Auge, um dasselbe zu schonen. Zu den Feuerwaffen gesellten sich endlich die fünf Seitengewehre in tüchtigen Lederscheiden, und bei dieser Ausrüstung durften sich die Kolonisten wohl mit einiger Aussicht, sich aus jeder Lage helfen zu können, in die ausgedehnten Wälder hineinwagen.

Es bedarf wohl keiner Erwähnung, dass Pencroff, Harbert und Nab sich auf dem Gipfel ihrer Wünsche fühlten, obwohl Cyrus Smith ihnen das Versprechen abnahm, keinen Schuss ohne Not abzufeuern.

Um sechs Uhr Morgens stach die Pirogge ins Meer. Alle, selbst Top inbegriffen, hatten sich eingeschifft und steuerten nach der Mündung der Mercy.

Erst seit einer halben Stunde stieg das Wasser. Noch währte die Flut also mehrere Stunden, und diese musste man benutzen, da die spätere Ebbe das Aufwärtsfahren im Flusse sehr erschwert hätte. Die Flut stieg hoch, denn in drei Tagen sollte Vollmond sein, und die Pirogge, welche es nur mitten in der Strömung zu halten galt, glitt schnell zwischen den hohen Uferwänden dahin, ohne dass sich die Anwendung der Ruder nötig machte.

Nach wenigen Minuten erreichte man die Biegung der Mercy, und zwar genau die Stelle, an der Pencroff vor sieben Monaten seine erste Holzladung zusammengetragen hatte. Hinter dieser ziemlich scharfen Biegung verlief der Fluss in sanftem Bogen nach Südwesten und wand sich im Schatten großer, immergrüner Koniferen dahin.

Die Ufer der Mercy boten einen bezaubernden Anblick. Cyrus Smith und seine Begleiter konnten die entzückenden Effekte gar nicht genug bewundern, welche die Natur durch Baumschlag und Wasser so leicht hervorbringt. Je weiter sie kamen, desto mannichfaltiger wurden die Baumarten. Das rechte Ufer des Flusses bekränzten herrliche Ulmen, die man wegen der Ausdauer ihres Holzes im Wasser mit Vorliebe zu Bauzwecken verwendet. Neben diesen grünten zahlreiche Gruppen von Nessel- (Bohnen-, auch Zirbel-)Bäumen, deren Fruchtkerne ein sehr brauchbares Öl liefern. Ferner entdeckte Harbert einige Lardizabaleen, aus deren biegsamen Zweigen man durch Erweichung derselben in Wasser ausgezeichnetes Tauwerk fertigt, und endlich einige Ebenholzbäume von schöner, schwarzer Farbe und mit wunderlichen Adern geziert.

Von Zeit zu Zeit hielt das Kanu an geeigneten Stellen an, um zu landen. Dann suchten Gedeon Spilett, Harbert und Pencroff, die Gewehre schussbereit und Top voran, die Nachbarschaft des Ufers ab. Vom Wild gar nicht zu reden, lag doch die Möglichkeit vor, irgendeine nützliche Pflanze zu finden. Der junge Naturforscher wurde auch nach Wunsch bedient, denn es glückte ihm z.B., eine Art wilden Spinats aus der Familie der Chenopodien aufzufinden; dazu zahlreiche Cruciferenspezies, unter anderen Kohlarten, die durch Umpflanzung wahrscheinlich »zivilisiert« werden konnten, wie z.B. Kresse, Rettiche, Rüben, und endlich eine Pflanze mit feinbehaartem, mehrteiligem Blatte von etwa einem Meter Höhe, die eine Art bräunlicher Körnchen trug.

»Kennst Du diese Pflanze? fragte Harbert den Seemann.

– Tabak! fuhr der Seemann freudig auf, der sein Lieblingsgewächs wahrscheinlich nirgends anders als in seiner Pfeife gesehen hatte.

– Fehlgeschossen, Pencroff! erwiderte Harbert, das ist kein Tabak, sondern eine Senfstaude.

– Ach, lass mich mit dem Senf in Ruh', sagte abwehrend der Seemann; aber wenn Dir eine Tabakspflanze begegnet, nicht wahr, mein Junge, das sagst Du mir!

– Wird auch noch einmal gefunden werden, tröstete Gedeon Spilett.

– Richtig! jubelte Pencroff, und von dem herrlichen Tage an wird es unserer Insel an Nichts mehr fehlen!«

Die verschiedenen, sorgfältig mit den Wurzeln ausgehobenen Pflanzen wurden nach der Pirogge geschafft, welche Cyrus Smith, der unausgesetzt seinen Gedanken nachhing, überhaupt nie verlassen hatte.

Der Reporter, Harbert und Pencroff gingen wiederholt ans Land, einmal an das rechte, dann an das linke Ufer. Dieses war weniger steil, aber jenes mehr bewaldet. Der Ingenieur erkannte durch den Taschenkompass, dass die Richtung des Flusses von seinem ersten Winkel aus deutlich Südwest-Nordost und fast drei Meilen weit in ganz gerader Linie verlief. Da sich die Mercy indes nach den Vorbergen des Franklin-Vulkanes, von dem ihre Quellen ernährt wurden, wenden musste, so durfte man auch auf eine Änderung dieser Richtung hoffen.

Bei Gelegenheit einer solchen kurzen Abschweifung gelang es Gedeon Spilett, ein Paar Hühnervögel lebend einzufangen. Sie hatten einen langen, schlanken Schnabel, dünnen Hals und kurze Flügel, ohne Andeutung eines Schwanzes. Harbert bezeichnete sie mit Recht als sogenannte »Tinamus« und beschloss man, sie als erste Bewohner des zukünftigen Geflügelhofes mitzunehmen.

Bis hierher hatten die Flinten noch kein Wort mitgesprochen, und der erste Schuss, der donnernd durch die Wälder des fernen Westens krachte, galt einem schönen Vogel, dessen Erscheinung der eines Taucherkönigs auffallend ähnelte.

»Ich kenne ihn wieder! rief Pencroff, der jenen Schuss fast gegen seinen Willen abgefeuert hatte.

– Wen erkennen Sie? fragte der Reporter.

– Den Vogel, der uns bei unserem ersten Ausfluge entwischte und nach dem wir damals dem ganzen Walde den Namen gaben.

– Ein Jacamar!« rief Harbert freudig.

Wirklich lag ein Jacamar, ein schöner Vogel, dessen starkes Gefieder in metallischem Glanze spielte, von einigen Schrotkörnern zu Boden gestreckt, vor ihnen, den Top zum Kanu hintrug. Bald apportierte er auch etwa ein Dutzend »Turaco-Loris« (d.s. Kuckuckspapageien), eine Art Klettervögel von Taubengröße, mit schönem grünem Gefieder, einem karmesinroten Streifen längs der Flügel und einer aufrecht stehenden Federhaube mit weißem Rande. Der junge Mann, dem die Ehre der Erlegung dieser Beute zufiel, zeigte sich nicht wenig stolz darüber. Die Loris lieferten übrigens auch ein dem Jacamar weit vorzuziehendes Fleisch, denn das des letzteren ist etwas zähe. Nichtsdestoweniger hätte Niemand Pencroff überzeugen können, dass er nicht den König der essbaren Vogelwelt getötet habe.

Gegen zehn Uhr Morgens erreichte die Pirogge eine zweite Biegung der Mercy, etwa fünf Meilen von ihrer Mündung. An dieser Stelle machte man unter dem Blätterdache großer und schöner Bäume einen halbstündigen Halt, um zu frühstücken.

Noch immer maß der Fluss bei fünf bis sechs Fuß Tiefe wohl sechzig bis siebzig Fuß in der Breite. Der Ingenieur hatte beobachtet, dass zahlreiche Zuflüsse, doch immer nur unfahrbare Wildbäche, seine Wassermenge vergrößerten. Der Wald selbst, im ersten Teile als Jacamar-Wald, dann als der des fernen Westens, erstreckte sich ohne sichtbare Grenze weiter. Nirgends, weder im Hochwalde, noch an den Ufern der Mercy fand man die Spur eines Menschen. Offenbar hatte weder jemals die Axt des Holzhauers diese Bäume verwundet, noch das Messer eines Pioniers die von einem Stamme zum andern verlaufenden Lianen zwischen dem langen buschigen Graswuchs durchschnitten. Befanden sich also Schiffbrüchige auf der Insel, so konnten sie das Uferland noch nicht verlassen haben, und jedenfalls waren in diesem dichten Pflanzenlabyrinthe keine Überlebenden jenes vorausgesetzten Unglücksfalles zu suchen.

Der Ingenieur zeigte deshalb immer eine gewisse Eile, die seiner Schätzung nach fünf Meilen entfernte Westküste der Insel Lincoln zu erreichen. Man setzte also die Wasserfahrt fort, und obwohl die Richtung der Mercy tatsächlich nicht nach dem Uferlande, sondern nach dem Franklin-Berge führte, so sollte die Pirogge doch so lange benutzt werden, als sie genügend Fahrwasser hatte. Außer an Anstrengung ersparte man hierdurch auch an Zeit, denn durch den dichten Wald konnte ein Pfad nur mit der Axt in der Hand gebrochen werden.

Bald ging freilich die Unterstützung der Flut ganz verloren, ob nun die Ebbe wieder eintrat – und der Zeit nach konnte das wohl der Fall sein – oder jene nicht bis auf diese Entfernung von der Mündung der Mercy landeinwärts fühlbar war, jedenfalls musste man zu den Rudern greifen. Nab und Harbert nahmen auf der Ruderbank Platz, Pencroff handhabte den Bootsriemen, und so fuhr man weiter stromauf.

Endlich schien sich der Wald nach der Seite des fernen Westens hin zu lichten; die Bäume standen daselbst minder dicht, ja, manchmal gar vereinzelt. Doch bei den größeren Lücken zwischen denselben gediehen sie auch besser und boten wirklich einen prächtigen Anblick.

Welch' herrliche Muster der Waldflora dieser Breite zeigten sich da! Einem Botaniker von Fach hätten diese gewiss allein schon genügt, den Breitengrad der Insel Lincoln zu bestimmen.

»Da, Eukalypten!« rief Harbert.

Es waren in der Tat jene stolzen Bäume, die letzten Riesen der außertropischen Zone, Verwandte der Eukalypten in Australien und Neu-Seeland, die beide in der nämlichen Breite wie die Insel Lincoln liegen. Einige derselben erhoben sich wohl bis auf zweihundert Fuß. Ihr Stamm maß am untern Teile zwanzig Fuß im Umkreise, während die Rinde, über welcher netzförmige Streifen eines wohlriechenden Harzes verliefen, wohl fünf Zoll Dicke hatte.

Nichts Prächtigeres, aber auch nichts Sonderbareres, als diese Riesenproben aus der Familie der Myrtaceen, deren Blätterwerk dem Lichte die scharfe Kante zukehrt und auf diese Weise die Sonnenstrahlen bis auf den Boden dringen lässt.

Am Fuße der Eukalypten bedeckte ein saftiges Gras die Erde, und aus den Büschen flatterten ganze Schwärme kleiner Vögel, die in der Sonne wie fliegende Karfunkel blitzten.

»Das sind doch Bäume! rief Nab aus; aber haben sie auch einen Nutzen?

– Pah! erwiderte Pencroff, mit den pflanzlichen Riesen ist es ebenso, wie mit den menschlichen: sie können sich auf den Jahrmärkten sehen lassen.

– Da möchten Sie sich wohl täuschen, Pencroff, belehrte ihn Gedeon Spilett, insofern man das Holz der Eukalypten in der Kunsttischlerei jetzt vielfach verwendet.

– Auch gehören diese Bäume zu einer Familie, welche sehr nutzbringende Glieder zählt: z.B. der Indische Birnbaum, der Gewürznägelein- und der Granatbaum, jeder mit verwendbaren Früchten, die ›Eugenia cauliflera‹ aus der man einen recht angenehmen Wein erzeugt; die ›Ugni‹-Myrte, die einen sehr beliebten Likör liefert; die ›Caryophyllus‹-Myrte, aus deren Rinde man eine geschätzte Zimtsorte gewinnt; ferner die ›Eugenia pimenta‹, die Mutterpflanze des Jamaica-Pimentes; die gemeine Myrte, deren Beeren den Pfeffer ersetzen können; die ›Eucalyptus robusta‹, welche ein ausgezeichnetes Manna trägt; die ›Eucalyptus Gunei‹, aus deren Saft durch Gärung ein dem Biere sehr ähnliches

Getränk bereitet wird; endlich gehören alle jene unter dem Namen ›Lebensbäume‹ bekannten Pflanzen zu dieser Familie der Myrtaceen, welche in 46 Gattungen 1300 Arten zählt!«

Man ließ den jungen Mann gewähren, der seine botanische Vorlesung mit Feuereifer abhielt. Cyrus Smith hörte ihm lächelnd, Pencroff mit einem unübersetzbaren Gefühl von Stolz aufmerksam zu.

»Sehr schön, Harbert, begann der Seemann, aber ich möchte darauf schwören, dass alle die Nutzpflanzen, die da erwähnt wurden, nicht solche Riesen sind, wie diese hier.

– Das ist freilich wahr, Pencroff.

– Also unterstützt es auch meine Behauptung, fuhr jener fort, dass die Riesen eben zu Nichts nütze sind.

– Fehl geschossen, Pencroff, fiel da der Ingenieur ein, gerade diese gigantischen Eukalypten über uns sind doch zu etwas gut.

– Und wozu denn?

– Das Land, in dem sie wurzeln, gesünder zu machen. Ist Ihnen bekannt, wie man sie in Australien und Neu-Seeland nennt?

– Nein, Herr Cyrus.

– Man nennt sie dort ›Fieberbäume‹.

– Weil sie diese Krankheit erzeugen?

– Nein, weil sie dieselbe unterdrücken.

– Gut, das werde ich notieren, ließ sich der Reporter vernehmen.

– Tun Sie es, lieber Spilett, denn es scheint erwiesen, dass die Anpflanzung von Eukalypten allerlei Sumpfmiasmen zu paralysieren vermag. Diese Schutzmaßregel wurde in verschiedenen Landstrichen des mittägigen Europa und des nördlichen Afrika, wo ein sehr ungesunder Boden war, versucht, und allmählich besserten sich darauf die Sanitätsverhältnisse der Einwohner. Wechselfieber verschwanden gänzlich aus den mit Myrtaceen bestandenen Gegenden. Die Tatsache steht jetzt zweifellos fest; gewiss ein glücklicher Umstand für uns Kolonisten dieser Insel.

– O, welche Insel, welch' gesegnetes Land! rief Pencroff. Ich sage Euch, es fehlt ihm Nichts ... außer etwa ...

– Das wird sich auch noch finden, Pencroff, tröstete ihn der Ingenieur; doch jetzt wollen wir wieder aufbrechen und so weit fahren, als der Fluss noch unsere Pirogge trägt«

Die Gesellschaft schiffte nun mindestens noch zwei Meilen weit durch eine mit Eukalypten bedeckte Gegend, in der jene Bäume alles Gehölz dieses Teiles der Insel hoch überragten. Der von ihnen eingenommene Raum erstreckte sich über Sehweite an beiden Ufern der Mercy hinaus, deren in vielen Windungen verlaufendes Bett zwischen den üppig grünen Gestaden ausgehöhlt war. Von Zeit zu Zeit erfüllten es jetzt aber hohe Wasserpflanzen oder unterbrachen scharfkantige Felsen den Wasserspiegel, welche Hindernisse die Schifffahrt nicht wenig erschwerten. Ost musste man die Ruder einnehmen, und stieß Pencroff das Boot mit einer Stange weiter. Auch erhob sich der Boden allmählich und man fühlte, dass das Boot wegen Mangels an Wassertiefe bald zu verlassen sein werde. Schon neigte sich die Sonne dem Horizonte zu und warf die langgestreckten Schatten der Bäume auf die Erde. Da Cyrus Smith die Überzeugung gewann, dass er im Laufe dieses Tages die westliche Küste nicht zu erreichen im Stande sei, so beschloss er, an derselben Stelle zu übernachten, an der das Boot der mangelnden Wassertiefe halber zurückgelassen werden musste. Er veranschlagte die Entfernung bis zur Küste auf fünf bis sechs Meilen und jedenfalls als zu groß, um zu dem Versuche, sie während der Nacht durch den unbekannten Wald zurückzulegen, zu ermuntern.

Die Pirogge glitt also quer durch den Wald weiter, der wieder dichter zu werden begann und auch bevölkerter erschien, denn wenn des Seemanns Augen nicht trügten, sah dieser eine Menge Affen in dem benachbarten Gezweig klettern. Dann und wann saßen wohl auch einige derselben unsern vom Kanu still und gafften die Kolonisten verwundert, aber ohne Zeichen des Erschreckens an, so als wenn sie, die zum ersten Male Menschen sahen, diese noch nicht fürchten gelernt hätten. So leicht es gewesen wäre, einige derselben durch Flintenschüsse zu erlegen, so widersetzte sich Cyrus Smith doch solch nutzlosem Blutvergießen, zu dem Pencroff nicht übel Luft zu haben schien. Dieses Verhalten gebot auch die einfache Klugheit, da jene kräftigen und gewandten Affen wohl recht beachtenswerte Gegner sein konnten, die man besser nicht durch einen so unzeitgemäßen Angriff reize.

Zur Erklärung für Pencroffs Absicht diene, dass jener den Affen nur rücksichtlich seiner Essbarkeit ins Auge fasste, und diese pflanzenfressenden Tiere liefern in der Tat ein ganz ausgezeichnetes Wildbret; bei dem hinreichenden Vorrat an Lebensmitteln empfahl es sich indes, die Munition nicht zwecklos zu vergeuden.

Gegen vier Uhr ward die Befahrung der Mercy aus den schon erwähnten Gründen sehr schwierig. Die Uferwände stiegen mehr und mehr an, und schon zwängte sich das Bett zwischen die Ausläufer des Franklin-Berges hinein. Ihre Quellen konnten demnach nicht mehr fern sein, da sie aus allen Abhängen der Südseite des Vulkans ihre Nahrung schöpften.

»Bevor eine Viertelstunde vergeht, sagte der Seemann, werden wir anzuhalten gezwungen sein.

– Nun, so tun wir es eben, Pencroff, und richten uns für die Nacht ein Lager her.

– Wie weit vom Granithaus entfernt mögen wir wohl sein? fragte Harbert.

– Etwa sieben Meilen, antwortete der Ingenieur, doch unter Einrechnung aller der Umwege, auf denen wir nach Nordwesten gelangt sind.

– Und wollen wir jetzt noch weiter vordringen? fragte der Reporter.

– Gewiss, so lange es zu Wasser angeht, antwortete Cyrus Smith. Morgen mit Tagesanbruch verlassen wir das Kanu, und legen die Entfernung, die uns von der Küste trennt, zu Fuß, ich hoffe binnen zwei Stunden, zurück; so haben wir zur Untersuchung des Küstenstrichs ziemlich den ganzen Tag vor uns.

– Also vorwärts!« mahnte Pencroff.

Sehr bald streifte die Pirogge indes den kieseligen Grund des Flüsschens, das jetzt bis auf zwanzig Fuß Breite eingeengt war. Über seinem Bette wölbte sich ein dichtes grünes Dach und breitete ein angenehmes Halbdunkel über jenes. Jetzt vernahm man auch deutlich das Brausen eines wenige hundert Schritte entfernten Wasserfalls, der die Wasserstraße mit einer natürlichen Schranke abschloss.

Hinter der nächsten Flussbiegung wurde die Kaskade auch zwischen den Bäumen sichtbar. Das Kanu stieß auf den Grund und war sehr bald nachher an einem Baumstamme nahe dem rechten Ufer befestigt.

Es mochte um die fünfte Stunde sein. Die letzten Sonnenstrahlen drangen durch das dichte Gezweig und trafen schräg auf den rauschenden Fall, dessen seiner Wasserstaub in allen Regenbogenfarben spielte. Über dieser Stelle verschwand die Mercy vollkommen unter dem Gehölz, in dem sie aus irgendeiner verborgenen Quelle ihren Ursprung hatte. Die vielen Bäche, welche ihr längs ihres Verlaufes zuströmten, gestalteten sie weiter abwärts zu einem recht ansehnlichen Flusse, während sie von hier weiter stromauf selbst nur noch einen klaren, seichten Bach darstellte.

Man lagerte sich an der wirklich reizenden Landungsstelle. Unter einer Gruppe breitkroniger Nesselbäume loderte ein Feuer auf; doch hätten Cyrus Smith und seine Freunde im Notfall auch in den Ästen jener Bäume für die Nacht eine Zuflucht finden können.

Das Abendbrot wurde rasch verzehrt, da jeder Hunger verspürte und schlafbedürftig war. Doch da sich mit dem sinkenden Tage verschiedene verdächtige Laute hören ließen, zog man es vor, ein Feuer zu unterhalten, um sich durch dessen blendende Flammen sicher zu schützen. Nab und Pencroff übernahmen abwechselnd die Wache, und sparten das Brennmaterial nicht. Vielleicht täuschten sie sich nicht, als sie im Walde, sowohl auf der Erde als in den Ästen, die Schatten einiger Tiere sie umschleichen zu sehen glaubten; doch verlief die Nacht ohne Störung, und am folgenden Tage, am 31. Oktober, waren alle schon um fünf Uhr Morgens zum Aufbruche bereit.

VIERTES KAPITEL.

Um sechs Uhr Morgens gleich nach dem ersten Frühstück begaben sich die Kolonisten auf den Weg, um die Westküste der Insel in direktester Richtung aufzusuchen. In welcher Zeit durften sie dieselbe wohl zu erreichen hoffen? Cyrus Smith hatte von zwei Stunden gesprochen, allein das hing offenbar von der Natur der etwa entgegenstehenden Hindernisse ab. Dieser Teil des fernen Westens war dicht mit Bäumen und Unterholz bestanden und bildete eine Waldung aus den verschiedensten Baumarten. Wahrscheinlich musste man sich erst mit der Axt in der Hand einen Pfad durch diese Sträucher, Schilfgräser und Lianen brechen und immer das Gewehr bereit halten, wenn man dem in der Nacht gehörten Gebrülle wilder Tiere Rechnung tragen wollte.

Die Stelle des Nachtlagers konnte durch die Situation des Franklin-Berges genau bestimmt werden, und da sich der Vulkan mindestens drei Meilen entfernt im Norden erhob, so brauchte man nur in gerader Richtung nach Südwesten zu wandern, um auf die Westküste zu treffen.

Nach sorgsamer Prüfung der Befestigung des Kanus brach man auf. Pencroff und Nab trugen die Provisionen zur Unterhaltung der kleinen Gesellschaft während zweier Tage. Es handelte sich jetzt nicht darum, zu jagen, und der Ingenieur empfahl seinen Begleitern sogar, durch keine unzeitige Detonation ihre Anwesenheit auf dem Küstengebiete zu verraten.

Ein wenig oberhalb des Wasserfalles kam die Axt bei der Durchbrechung dichter Mastixgebüsche zum ersten Male zur Verwendung, wobei Cyrus Smith, den Kompass in der Hand, die Richtung des Weges angab.

Der Wald bestand in der Hauptsache aus Baumarten, denen man schon in der Umgebung des Sees und des Granithauses begegnet war, nämlich Deodars, Douglas, Casuarinen, Gummibäumen, Eukalypten, Drachenbäumen, Hibiscus, Zedern und anderen Gattungen von mittelmäßiger Entwickelung, da ihr dichter Schatten dieser hinderlich gewesen zu sein schien. Auf diesem Wege, den sie sich fast Schritt für Schritt erst bahnen mussten, kamen die Kolonisten natürlich nur sehr langsam vorwärts. Nach Ansicht des Ingenieurs sollte sie derselbe irgendwo mit dem Roten Fluss zusammen führen.

Von ihrem Aufbruche ab folgten die Kolonisten den tiefen Abhängen, die das orographische System der Insel bildeten, auf einem sehr trockenen Boden, dessen üppige Vegetation indessen entweder ein Netz von Wasseradern im Boden selbst, oder die Nachbarschaft eines ernährenden Baches vermuten ließ. Doch erinnerte sich Cyrus Smith seit der Exkursion nach dem Krater keines anderen Wasserlaufes, als des Roten Flusses und der Mercy.

In den ersten Stunden traf man wiederholt auf Affenbanden, die über den ihnen neuen Anblick eines Menschen äußerst erstaunt schienen. Gedeon Spilett warf scherzend die Frage auf, ob die gewandten und kräftigen Vierhänder ihn und seine Begleiter nicht etwa für aus der Art geschlagene Stammverwandte ansehen möchten. In Wahrheit machten die einfachen Fußgänger, deren

Schritte durch Gebüsche gehemmt, durch Lianen aufgehalten und durch Baumstämme verlangsamt wurden, keinen besonderen Eindruck gegenüber jenen gelenkigen Tieren, die von Zweig zu Zweig hüpfend, kein Hindernis kannten. Die Affen tummelten sich in zahlreichen Schaaren umher, verrieten aber glücklicher Weise keinerlei feindliche Absichten.

Auch einzelne Eber, ferner Agutis, Kängurus nebst anderen Nagern, sowie zwei oder drei Kulas, die Pencroff gern mit einer Bleiladung begrüßt hätte, kamen zu Gesicht.

»Indessen, sagte er, die Jagd ist noch nicht aufgegangen. Jetzt springt noch umher, ihr Freunde, und flattert im Frieden Bei der Rückkehr werden wir zwei Worte mit Euch reden!«

Um neun und ein halb Uhr Morgens wurde der direkt nach Südwesten führende Weg plötzlich durch einen bis dahin unbekannten Wasserlauf unterbrochen, der bei dreißig bis vierzig Fuß Breite eine lebhafte Strömung zeigte. Sein Bett erwies sich nämlich als ziemlich abschüssig, und polternd brach sich das Wasser an vielfach in demselben verstreuten Felsstücken. Dieser Creek war tief und klar, aber vollkommen unschiffbar.

»Da sind wir abgeschnitten! rief Nab.

– O nein, meinte Harbert, das ist ja nur ein Bach, den wir recht gut durchschwimmen könnten.

– Wozu aber? antwortete Cyrus Smith. Offenbar eilt dieses Wasser zum Meere; wenn wir uns auf dem linken Ufer halten und diesem folgen, sollte es mich sehr wundern, wenn wir nicht in kürzester Frist an der Küste anlangten. Vorwärts!

– Einen Augenblick, fiel der Reporter ein. Der Name dieses Flusses? Wir wollen unsere Geographie nicht unvollständig lassen.

– Richtig! stimmte Pencroff bei.

– Taufe Du ihn, mein Sohn, wandte der Ingenieur sich an den jungen Mann.

– Sollten wir damit nicht lieber warten, bis wir seine Mündung kennen gelernt? bemerkte Harbert.

– Es sei, antwortete Cyrus Smith, gehen wir ihm also ohne Aufenthalt nach.

– Noch einen Augenblick, bat Pencroff.

– Was haben Sie? fragte der Reporter.

– Wenn auch die Jagd noch untersagt ist, könnte doch wohl der Fischfang gestattet sein, sagte der Seemann.

– Wir haben keine Zeit zu verlieren, erwiderte der Ingenieur.

– Nur fünf Minuten, bat Pencroff, nur im Interesse unseres Frühstücks ersuche ich um fünf Minuten Frist!«

Pencroff streckte sich auf dem Ufer aus, tauchte seine Arme in das lebendige Wasser und warf bald einige Dutzend hübsche kleine Krebse heraus, von denen es zwischen dem Gesteine wimmelte.

»Das macht sich gut! rief Nab, der den Seemann zu unterstützen kam.

– Wie ich sagte, auf dieser Insel gibt es außer Tabak eben Alles!« murmelte Pencroff mit einem leisen Seufzer.

Es bedurfte keiner fünf Minuten, um einen erstaunlich reichen Fischzug zu tun, denn in dem Creek gab es einen wahren Überfluss an Krebsen.

Mit diesen Crustaceen, deren Rückenschild eine kobaltblaue Farbe zeigte, und die einen kleinen zahnförmigen Fortsatz am Kopfe hatten, füllte man einen ganzen Sack, und nahm dann den Weg wieder auf.

Seitdem sie dem Ufer dieses ihnen neuen Wassers folgten, kamen die Kolonisten leichter und schneller vorwärts. Auch dieser Boden verriet keine Spuren des Menschen. Von Zeit zu Zeit begegnete man wohl einigen Fußspuren größerer Tiere, die an diesem Bache ihren Durst zu löschen gewohnt sein mochten, aber nichts weiter; in diesem Teile des fernen Westens war jener Pekari also wahrscheinlich nicht von dem Schrotkörnchen getroffen worden, das Pencroff einen Backzahn kostete.

Unter Berücksichtigung der nach dem Meere eilenden raschen Strömung gelangte Cyrus Smith zu der Überzeugung, dass seine Genossen und er viel weiter von der Küste entfernt sein mussten, als sie geglaubt hatten. Zur nämlichen Stunde stieg die Flut und hätte den Lauf des Creek hemmen müssen, wenn seine Mündung nur einige Meilen von hier ablag. Hiervon wurde aber nichts beobachtet; das Wasser folgte vielmehr wie gewöhnlich der natürlichen Neigung seines Bettes. Verwundert zog der Ingenieur wiederholt die Bussole zu Rate, um sich zu überzeugen, dass sie nicht irgendeine unmerkliche Biegung des Flüsschens wieder nach dem Innern des fernen Westens zurückführe.

Der Creek verbreitete sich allmählich und seine Wellen flossen ruhiger. An beiden Ufern desselben standen die Bäume gleich dicht, so dass sie nur eine sehr beschränkte Aussicht gestatteten; unzweifelhaft waren diese Waldgebiete aber ohne alle Bewohner, denn Top bellte nicht, während das intelligente Tier doch gewiss die Gegenwart alles Außergewöhnlichen in der Nachbarschaft des Wassers signalisiert hätte.

Um zehn ein halb Uhr stand Harbert, der den Übrigen etwas voraus war, zur größten Verwunderung Cyrus Smiths plötzlich still und rief:

»Das Meer!«

Wenige Augenblicke nachher erreichten die Kolonisten den Saum des Waldes, von dem aus sich das Meer unter ihren Augen ausbreitete.

Welch ein Abstand aber zwischen dieser Küste und der östlichen, auf die der Zufall sie einst geworfen hatte! Hier strebte keine Granitwand empor, keine Risse ragten aus dem Meere, nicht einmal ein sandiger Strand war zu sehen. Der Wald selbst bildete das Ufer, seine äußerste Baumreihe wurde von den Wellen bespült und neigte sich da und dort über diese. Das war kein Uferland, wie es die Natur zu bilden liebt, indem sie entweder weite sandige Flächen ausbreitet oder einen Felsenwall aufhäuft, sondern eine aus den schönsten Bäumen bestehende Grenze. Das steile Gestade lag so hoch, dass es auch die Springfluten nicht erreichen konnten, und auf diesem üppigen Boden, der einer granitenen Unterlage auflag, schienen die prächtigsten Waldbäume ebenso fest gewurzelt zu stehen, wie im Innern der Insel.

Die Kolonisten befanden sich jetzt an einer kleinen, unbedeutenden Bucht, die kaum zwei bis drei Fischerbarken aufzunehmen im Stande gewesen wäre, und dem neu entdeckten Flusse nur als Durchlassöffnung diente; sonderbarer Weise aber fielen dessen Wasser, statt wie gewöhnlich sanft ins Meer zu verlaufen, etwa vierzig Fuß hoch steil hinab – eine genügende Erklärung dafür, dass die steigende Flut sich weiter oben im Creek nicht fühlbar gemacht hatte.

Wirklich konnten die Gezeiten des Pazifischen Ozeans, selbst beim Maximum ihrer Elevation, nie das Niveau des Flusses erreichen, und Millionen Jahre mochten wohl noch verstreichen, bis das strömende Wasser jenes granitene Schleusentor ausnagen und sich einen praktikablen Ausweg schaffen konnte. Unter allgemeiner Zustimmung gab man dem Wasserlauf den Namen des »Kaskaden-Flusses« (*Falls-river*).

Nach Norden hin setzte sich der Saum des Waldes etwa zwei Meilen fort; dann wurden die Bäume seltener, und darüber hinaus sehr pittoreske Höhenzüge, in gerader Linie von Norden nach Süden verlaufend, sichtbar. Der ganze Küstenstrich zwischen dem Kaskadenflusse und dem Schlangenvorgebirge bestand dagegen nur aus einem prächtigen Walde mit gerade aufstrebenden oder geneigt stehenden Bäumen, deren Wurzeln die langen, flachen Meereswellen badeten. Nach dieser Seite zu sollte die Untersuchung der Küste unternommen werden, da sie allein etwaigen Schiffbrüchigen einige Zuflucht bieten konnte, was bei der dürren und wilden anderen Seite offenbar nicht der Fall war.

Das Wetter hielt sich schön und klar, und von einer hochliegenden Stelle aus, auf der Nab und Pencroff das Frühstück zurecht gemacht hatten, konnten die Blicke weit hinaus schweifen. An der Linie des Horizontes vermochte man kein Segel zu entdecken, ebenso wenig ein Schiff oder Trümmer eines solchen an der Küste, soweit sie vor ihnen lag. Der Ingenieur glaubte aber dann erst darüber Gewissheit erlangen zu können, wenn die ganze Küste bis zur Spitze der Halbinsel genau durchforscht wäre.

Das Frühstück wurde schnell beendigt, und um elf ein halb Uhr gab Cyrus Smith das Signal zum Aufbruche. Statt dem Kamme eines steilen Gestades oder einem sandigen Strande zu folgen, mussten sich die Kolonisten jetzt immer unter dem Blätterdache der Bäume halten, um längs des Ufers hinzuziehen.

Die Entfernung zwischen der Mündung des Kaskadenflusses und dem Schlangenvorgebirge mochte gegen zwölf Meilen betragen. Auf einem gangbaren Strandwege hätten die Kolonisten dieselbe binnen vier Stunden zurücklegen können, unter den gegebenen Verhältnissen aber brauchten sie wohl die doppelte Zeit, denn Bäume, Sträucher und Lianen hielten sie fortwährend auf, und die nötigen Umwege verlängerten den Weg nicht wenig.

Übrigens deutete ganz und gar nichts auf einen vor kürzerer Zeit an dieser Küste stattgefundenen Schiffbruch hin. Freilich konnte das Meer, wie auch Gedeon Spilett bemerkte, alle Reste desselben wieder hinaus gespült haben, und daraus, dass man jetzt nichts fand, war der Schluss noch nicht zu ziehen, dass überhaupt kein Schiff an diese Seite der Insel Lincoln verschlagen worden sei. Gewiss hatte diese Anschauung des Reporters ihre volle Berechtigung, und zudem bestätigte der Vorfall mit dem Schrotkorne ganz unzweifelhaft, dass vor höchstens drei Monaten ein Flintenschuss auf der Insel abgefeuert worden sein musste.

Um fünf Uhr lag die Schlangenhalbinsel noch immer zwei Meilen von der Stelle entfernt, welche die Kolonisten erreicht hatten, und überzeugten sich diese, dass sie bei Fortsetzung ihres Weges bis zum Reptil-End' an ihrer Lagerstätte am Ufer der Mercy vor Sonnenuntergang nicht wieder anlangen konnten. Sie mussten sich also entschließen, an dem Vorgebirge selbst zu übernachten. Auf der waldigen Küste fehlte es nicht an Wild und Geflügel, da Vögel jeder Art, wie Jacamars, Kurukus, Tragovane, Tetras, Loris, Papageien,

Kakadus, Fasane, Tauben und hundert andere ihre Nester fast auf jedem Baume angebracht hatten und scharenweise umherflatterten.

Gegen sieben Uhr Abends langten die Ansiedler endlich von Müdigkeit erschöpft am Reptil-End, einem schlangenförmig gebildeten Ausläufer der Halbinsel, an. Hier endigte der benachbarte Wald und nahm das Uferland nach Süden zu den gewöhnlichen Charakter der Küste, mit Felsen, Klippen und Sandflächen, wieder an. Es war also möglich, dass sich ein verschlagenes Schiff an dieser Küste aufhielt; die hereinbrechende Nacht zwang aber, jede Untersuchung darüber bis zum folgenden Tage zu verschieben.

Pencroff und Harbert beeilten sich, einen zum Nachtlager geeigneten Ort ausfindig zu machen. Hier standen die letzten Bäume des Waldes des fernen Westens, und mitten unter ihnen erkannte der junge Mann einige dichte Bambusgebüsche.

»Herrlich, rief er da aus, das ist eine kostbare Entdeckung.

– Eine kostbare? fragte Pencroff erstaunt.

– Ohne Zweifel, versetzte Harbert, ich will gar nicht davon sprechen, Pencroff, dass die in dünne Streifchen zerschnittene Rinde dieser Pflanzen zur Anfertigung von Korbwaren dient, noch davon, dass dieselben erweicht und sein zerteilt den Grundstoff zum chinesischen Papier liefert; nicht, dass deren Stängel je nach ihrer Größe als Stöcke, Pfeifenrohre, Wasserleitungsrohren verwendet werden; dass die großen Bambus sehr leichtes und doch festes Baumaterial abgeben und niemals von Insekten zerstört werden. Ich hebe auch nicht besonders hervor, dass man durch Zerschneiden der Bambus unter Erhaltung der Scheidewände an ihren Knoten sehr haltbare und bequeme Gefäße gewinnt, die bei den Chinesen im täglichen Gebrauche sind – nein, das würde Dich alles nicht befriedigen. Aber ...

– Aber? ...

– Aber, wenn es Dir noch unbekannt ist, so vernimm, dass man diese Bambus in Indien statt Spargel isst!

– Spargelstangen von dreißig Fuß Länge? rief der Seemann. Und sie wären auch schmackhaft?

– Sie sind ganz vortrefflich, erwiderte Harbert; nur isst man nicht die dreißigfüßigen Stängel, sondern die jungen Triebe der Pflanze.

– Herrlich, mein Junge, herrlich! jubelte Pencroff.

– Dazu gehört noch, dass das Mark der frischen Triebe in Essig eingemacht ein delikates Gewürz abgibt.

– Immer besser, Harbert.

– Und endlich, dass diese Bambus zwischen ihren Knoten einen zuckerhaltigen Saft ausschwitzen, aus dem sich ein ausgezeichnetes Getränk herstellen lässt.

– Ist das Alles? fragte der Seemann.

– Das ist Alles!

– Und rauchen lässt sich die Pflanze nicht?

– Das leider nicht, mein armer Pencroff.«

Harbert und Pencroff hatten nicht lange nach einem geeigneten Platze, um die Nacht zuzubringen, zu suchen. Die sehr zerklüfteten Uferfelsen, an welche das Meer bei südwestlichem Winde heftig anprallen mochte, zeigten eine Menge Höhlungen, in denen man, geschützt gegen die Unbill der Witterung, schlafen konnte. Sowie die Beiden aber in eine solche Höhle eindringen wollten, tönte ihnen ein erschreckendes Gebrüll entgegen.

»Zurück! rief Pencroff, wir haben nur eine Schrotladung im Laufe, und gegen Bestien, welche so brüllen können, würde ein Salzkörnchen nicht viel ausrichten!«

Mit diesen Worten hatte der Seemann Harbert am Arme gefasst und zog ihn nach einer gedeckten Stelle, als sich ein prächtiges, großes Tier am Eingange der Höhle zeigte.

Es war ein Jaguar von derselben Größe, wie seine Verwandten in Asien, d.h. er maß von der Spitze des Kopfes bis zum Anfange des Schwanzes gut fünf Fuß. Sein gelbliches Fell hatte mehrere Reihen schwarzer Flecken, während die Behaarung des Bauches von weißer Farbe war. Harbert erkannte in ihm leicht den wilden Rivalen des Tigers, der weit furchtbarer ist als der Kuguar, der Verwandte des gewöhnlichen Wolfes.

Fest um sich blickend kam der Jaguar mit gesträubtem Haar und feurigen Augen hervor, so, als ob er dem Menschen nicht zum ersten Male entgegen träte.

Eben kam der Reporter zwischen den mächtigen Felsstücken zum Vorschein, und Harbert, welcher glaubte, dass jener den Jaguar noch nicht wahrgenommen habe, wollte ihm schon entgegen eilen; Gedeon Spilett winkte ihm jedoch mit der Hand und ging vorsichtig weiter voran. Er stand nicht vor dem ersten Tiger, und erst als er nur noch zehn Schritte von dem Tiere entfernt war, blieb er stehen und legte den Karabiner an, ohne dass ihm eine Muskel gezuckt hätte.

Der Jaguar kauerte sich zusammen, um sich auf den Jäger zu stürzen; aber in dem Moment, als er springen wollte, traf ihn eine wohlgezielte Kugel zwischen den Augen, die ihn tot niederstreckte.

Harbert und Pencroff eilten auf den Jaguar zu, Nab und Cyrus Smith liefen von der andern Seite herbei, und alle betrachteten einige Minuten das auf dem Boden liegende Tier, dessen prächtiges Fell eine Zierde des großen Saales im Granithaus zu werden versprach.

»O, Herr Spilett, wie ich Sie bewundere und beneide! rief Harbert in einem Ausbruche seines natürlichen Enthusiasmus.

– Ei nun, mein Sohn, antwortete der Reporter, Du würdest dasselbe geleistet haben.

– Ich! Eine solche Kaltblütigkeit ...

– Stell Dir nur vor, Harbert, ein Jaguar sei ein Hase, und Du wirst vollkommen ruhig zielen können.

– Da seht, fiel Pencroff ein, das ist kein übler Rath.

– Und nun, fuhr Gedeon Spilett fort, da der Jaguar seine Wohnung verlassen hat, sehe ich nicht ein, warum wir sie für die Nacht nicht beziehen sollten.

– Es könnten sich noch andere einfinden, meinte Pencroff.

– Deshalb zünden wir ein Feuer vor der Höhle an, das sie abhalten soll, diese Schwelle zu überschreiten.

– Also hinein ins Jaguarhaus!« sagte der Seemann, der den Kadaver des Tieres nachschleppte.

Die Kolonisten begaben sich nach der Felsenhöhle, und während Nab den Jaguar abzog, häuften seine Begleiter am Eingange eine große Menge trockenes Holz auf, das der nahe Wald im Überflusse darbot.

Als auch Cyrus Smith das Bambusgebüsch wahrnahm, schnitt er eine Menge Stängel desselben ab und mischte sie unter das übrige Brennmaterial.

Hierauf richtete man sich in der Grotte ein, auf deren Boden ganze Haufen Knochen umher lagen; die Gewehre versah man für jeden Fall mit scharfer Ladung, um auch gegen einen unerwarteten Überfall gesichert zu sein. Die Abendmahlzeit wurde eingenommen, und da es Zeit zum Niederlegen war, setzte man den Holzstoß am Eingange der Höhle in Brand.

Sofort knatterte es aus diesem wie ein Feuerwerk; die Bambusstücke waren es, die, als sie anbrannten, dieses Geräusch verursachten. Ein derartiges Krachen hätte wohl allein hingereicht, auch die wildesten Tiere zu verscheuchen.

Dieses Mittel, dergleichen laute Detonation zu erzeugen, war übrigens keine Erfindung des Ingenieurs, denn nach Marco Polo wenden es die Tataren schon seit Jahrhunderten an, um von ihren Lagerstätten die Raubtiere des inneren Asiens abzuhalten.

FÜNFTES KAPITEL.

Cyrus Smith und seine Genossen schliefen wie unschuldige Murmeltiere in der Grotte, die der Jaguar ihnen so höflich überlassen hatte.

Mit Aufgang der Sonne befanden sich alle auf dem Ufer, ganz an der Spitze des Vorgebirges, und ihre Augen schweiften über den Horizont, den sie zu zwei Dritteilen übersehen konnten. Doch wiederum musste der Ingenieur bestätigen, dass nirgends ein Segel, ein Schiffsrumpf oder irgendein anderes Überbleibsel eines Seeunglücks sichtbar war.

Auch auf dem Küstengebiete, mindestens auf der geraden Linie desselben, welche sich drei Meilen weit vor ihnen erstreckte, zeigte sich keinerlei Anhaltspunkt; weiter hinaus freilich verbarg eine Biegung des Landes den letzten Teil der Südküste, so dass man auch von dem äußersten Teile des Reptil-Ends das hinter hohen Felsen verborgene Krallen-Kap nicht gewahr werden konnte.

Dieser südliche Teil der Insel sollte nun genauer erforscht werden. Wenn man das aber jetzt vornahm und den 2. November dazu verwendete, so wich man von dem zuerst aufgestellten Programm ab.

Beim Verlassen der Pirogge nahe den Quellen der Mercy beabsichtigte man dieselbe nach Kenntnisnahme des westlichen Ufers wieder aufzusuchen und auf dem Wasserwege nach dem Granithaus zurückzukehren. Damals glaubte Cyrus Smith freilich, einem Fahrzeuge in der Not eine Zuflucht oder einem unbeschädigten eine geeignete Landungsstelle bieten zu können; da sich diese Voraussetzung nun als falsch erwies, musste man längs der südlichen Küste suchen, was man an der westlichen nicht gefunden hatte.

Gedeon Spilett schlug zuerst die Weiterausdehnung des Ausfluges vor, um die Frage wegen des angenommenen Schiffbruchs zur endgültigen Lösung zu bringen, und erkundigte sich deshalb, wie weit es von dem äußersten Teile der Halbinsel bis zum Krallen-Kap wohl sein könne.

»Ungefähr dreißig Meilen, antwortete der Ingenieur, wenn man die Biegungen der Küste in Anschlag bringt.

– Dreißig Meilen! wiederholte Gedeon Spilett, das wäre ein starker Tagesmarsch. Immerhin müssen wir ja nach dem Granithaus zurückgelangen, wenn wir der südlichen Küste nachgehen.

– Vom Krallen-Kap bis zum Granithaus, bemerkte Harbert, sinds aber auch noch zehn Meilen.

– Sagen wir also vierzig Meilen zusammen, fuhr der Reporter fort, und zögern nicht, sie zurückzulegen. Wir lernen dabei gleichzeitig den unbekannten Küstenstrich, ohne besondere Exkursion dahin, kennen.

– Sehr richtig! pflichtete ihm Pencroff bei, doch was wird aus der Pirogge?

– Hat sie einen Tag allein an der Mercyquelle gelegen, antwortete Gedeon Spilett, so wird sie auch zwei Tage über daselbst bleiben können. Bisher können wir noch nicht sagen, dass die Insel von Dieben unsicher gemacht würde.

– Indes, warf der Seemann ein, wenn ich mir die Geschichte mit der Schildkröte vergegenwärtige, bin ich nicht gern zu vertrauensselig.

– Ei was, die Schildkröte! widersprach ihm der Reporter. Wissen Sie schon nicht mehr, dass die Flut diese wieder umgedreht hat?

– Wer weiß? sagte da der Ingenieur halb für sich.

– Aber ...« begann Nab zögernd.

Offenbar hatte dieser etwas auf der Zunge, denn er öffnete den Mund, doch ohne sich auszusprechen.

»Was wolltest Du sagen, Nab? fragte ihn der Ingenieur.

– Wenn wir am Ufer bis zum Krallen-Kap zurückkehren, antwortete Nab, so wird über diesem hinaus die Mercy den Weg versperren ...

– Das ist wahr, meinte Harbert, und wir hätten dann weder Brücke noch Boot, sie zu überschreiten.

– Nun, Herr Cyrus, erklärte Pencroff, mit einigen schwimmenden Baumstämmen soll es uns nicht eben schwer werden, über den Fluss zu setzen.

– Dennoch möchte es sich empfehlen, sprach sich Gedeon Spilett aus, eine Brücke herzustellen, um nach dem fernen Westen einen bequemeren Zugang zu gewinnen.

– Richtig, eine Brücke! rief Pencroff. Nun, ist denn Herr Smith nicht Ingenieur von Fach? Er wird uns zu einer Brücke verhelfen, wenn wir eine solche brauchen. Sie heute Abend alle nach dem andern Mercy-Ufer zu schaffen, ohne sich ein Fädchen am Leibe nass zu machen, dafür verbürge ich mich. Noch besitzen wir für einen Tag Lebensmittel, das ist ja wohl die Hauptsache, und auch das Wild wird heute so wenig fehlen als gestern. Also auf!«

Der von dem Seemann so lebhaft unterstützte Vorschlag des Reporters fand die allgemeine Billigung, denn jeder wünschte seine Zweifel gehoben zu sehen, und bei der Rückkehr über das Krallen-Kap konnte die deshalb angestellte Untersuchung des Landes als beendigt gelten. Nun durfte man aber keine Stunde verlieren, denn die Etappe von vierzig Meilen war lang, und vor Mitternacht rechnete man gar nicht darauf, am Granithaus einzutreffen.

Um sechs Uhr Morgens zog denn die kleine Gesellschaft ab. In der Voraussicht unliebsamer Begegnungen mit zwei- oder vierfüßigen Tieren wurden die Gewehre mit Kugeln geladen und Top vorausgeschickt, das Terrain zu durchstöbern.

Von dem äußersten Punkte des Vorgebirges, das den Ausläufer der Halbinsel bildete, erstreckte sich die Küste in sanftem Bogen gegen fünf Meilen weit, welche schnell zurückgelegt wurden, ohne dass trotz genauesten Nachsuchens auch die mindeste Spur einer früheren oder neuerlichen Landung, oder eine Seetrift, der Rest eines Lagers, die Asche eines verloschenen Feuers oder endlich Eindrücke von Schritten auf dem Boden gefunden wurden.

Als die Ansiedler an dem Winkel anlangten, mit welchem der Uferbogen endigte, um in nordöstlicher Richtung weiter ziehend die Washington-Bai zu bilden, konnten sie die ganze südliche Küste mit einem Blicke überschauen. In einer Entfernung von fünfundzwanzig Meilen endigte dieselbe am Krallen-Kap, das durch den seinen Morgennebel kaum sichtbar und dessen Bild durch ein Reflexphänomen zwischen Erde und Himmel schwebend erkannt wurde. Zwischen der Stelle, an welcher sich die Kolonisten jetzt befanden, und dem am meisten zurücktretenden Teile der ausgedehnten Bai bestand das Ufer zuerst aus einem sehr gleichmäßigen und ebenen Strande, den weiter rückwärts ein Wald begrenzte; darüber hinaus zeigte sich der Uferrand sehr zerrissen, streckte wiederholt scharfe Felsenvorsprünge ins Meer hinaus und endigte zuletzt mit regellos verstreuten, dunklen Felsmassen am entfernten Krallen-Kap.

Derart war das Bild dieses Teiles der Insel, der unsern Forschern zum ersten Mal vor Augen trat und über den sie jetzt einen flüchtigen Überblick gewannen.

»Ein Schiff, das hier ans Land zu gehen versuchte, äußerte sich Pencroff, wäre unbedingt verloren. Hier strecken sich Sandbänke weit hinaus, und dort erheben sich gefährliche Risse. Das ist ein schlechtes Wasser!

– Von einem solchen Schiffe müsste aber doch etwas übrig geblieben sein, bemerkte der Reporter.

– An den Klippen könnten sich wohl Holzteile desselben finden, sagte der Seemann, auf dem Sande voraussichtlich Nichts.

– Und warum das?

– Weil diese Sandbänke – im Allgemeinen fast gefährlichere Feinde, als Felsen – alles verschlingen, was darauf gerät, so dass oft schon wenige Tage genügen, um ein Schiff von mehreren hundert Tonnen vollkommen zu versenken.

– Demnach wäre es also, fragte der Ingenieur, gar nicht zu verwundern, wenn man von einem auf diese Sandbänke verschlagenen Schiffe jetzt keine Spur mehr fände?

– Nein, Herr Cyrus, mit der Zeit oder in Folge eines Sturmes kann das sehr leicht der Fall sein. Immerhin müsste es sonderbar zugehen, wenn nicht Trümmer der Maste oder einzelne Raaen ans Ufer, außerhalb des Bereiches der Wellen, geworfen worden wären.

– So suchen wir also weiter«, erklärte Cyrus.

Um ein Uhr Nachmittags erreichten die Wanderer den Grund der Washington-Bai und hatten damit zwanzig Meilen zurückgelegt.

Man machte Halt, um zu frühstücken.

Von hier aus begann ein sehr unregelmäßiger, wunderbar zerklüfteter Küstenstrich, den eine lange Linie von Klippen auszeichnete, die das Meer, sobald dessen jetzt niedriges Wasser stieg, wohl bedecken musste. Auch jetzt sah man die langen Wellen sich an jenen Felsen brechen, um die sie einen weißen Schaumkranz bildeten. Bis zu dem Krallen-Kap hin war der eigentliche Strand zwischen jenen Klippen und dem landeinwärts sich erhebenden Walde nur sehr schmal.

Der Weg wurde nun beschwerlicher, da ihn kleinere und größere Steine zahlreich bedeckten. Schon erhoben sich auch die Anfänge des Granitwalles mehr und mehr, so dass von den Bäumen dahinter nur die grünen, jetzt von keinem Lufthauch bewegten Gipfel sichtbar blieben.

Nach halbstündiger Rast setzten die Kolonisten ihre Wanderung fort, und ihren Blicken entging auch nicht die kleinste Stelle auf dem Sande oder an den Klippen. Gesunden wurde auf dem Wege nichts, was ihnen hätte als Fingerzeig dienen können, wenn sie auch dann und wann eine eigentümliche Felsbildung täuschte. Jedenfalls überzeugten sie sich aber, dass dieses Gestade überreich an essbaren Muscheln war, von denen jedoch nur dann ein Vorteil zu erwarten stand, wenn einerseits eine Verbindung zwischen den beiden Ufern der Mercy hergestellt, anderseits ihr Besitz an Transportmitteln vervollkommnet war.

An diesem Ufer zeigte sich also Nichts rücksichtlich des angenommenen Schiffbruches, und davon hätte ihnen doch jeder umfänglichere Rest, z.B. der Schiffsrumpf, in die Augen fallen oder sich ein Überbleibsel desselben am Strande finden müssen, so gut, wie man die beschriebene Kiste mindestens zwanzig Meilen von hier angetroffen hatte.

Gegen drei Uhr erreichten Cyrus Smith und seine Begleiter einen schmalen, gut geschützten Nothafen, in welchen jedoch kein Wasserarm mündete. Von der offenen See her war er wegen des engen Zugangs, den die Klippen zwischen sich frei ließen, schwerlich erkennbar.

Im Hintergrunde dieser kleinen Bucht hatte irgend eine heftige Erschütterung die Felsenwand gebrochen, und dort gelangte man über einen sanften Abhang nach dem oberen Plateau, das gegen zehn Meilen vom Krallen-Kap und in gerader Linie etwa vier Meilen vom Plateau der Freien Umschau entfernt sein mochte.

Gedeon Spilett schlug seinen Begleitern vor, an dieser Stelle auszuruhen. Diese gingen gern darauf ein, denn der lange Weg hatte Jeden hungrig gemacht, und obwohl es noch keine Zeit zum Mittagsmahle war, so schlug es doch Niemand ab, sich durch ein saftiges Stück Wild neu zu kräftigen. Durch dieses Zwischenmahl konnte man dann bis zum Abendbrot im Granithaus warten.

Bald nachher verzehrten die Kolonisten, am Fuße einer Gruppe herrlicher Strandkiefern gelagert, die Vorräte, welche Nab seinem Reisesacke noch entnahm.

Der Platz lag fünfzig bis sechzig Fuß über dem Niveau des Meeres. Die Aussicht war sehr frei und reichte über die äußersten Felsen des Caps bis zur Unions-Bai hinaus. Doch konnte man weder das Eiland, noch das Plateau der Freien Umschau sehen, da die Erhebung des Bodens und der Vorhang von grünen Bäumen den nördlichen Horizont vollkommen verdeckten.

Es bedarf kaum der Erwähnung, dass trotz der großen Strecke des Meeres, die sich vor diesem Punkte ausbreitete, und trotz des Fernrohrs des Ingenieurs, der die ganze Kreislinie, an der sich Himmel und Wasser berührten, sorgsam durchsuchte, kein Fahrzeug zu entdecken war.

Ebenso sorgfältig übersah man mit Hilfe des Fernrohrs den ganzen noch näher zu untersuchenden Strand bis an die Klippenreihe hinaus, ohne dass sich eine Seetrift im Gesichtsfelde des Instrumentes zeigte.

»So werden wir uns denn, sagte Gedeon Spilett, bescheiden und damit trösten müssen, dass Niemand uns den Besitz der Insel Lincoln streitig macht.

– Aber das Schrotkorn! bemerkte ihm Harbert. Auf bloßer Einbildung beruht das, meine ich, doch nicht.

– Tausend Teufel, nein! beteuerte Pencroff in Hinblick auf seinen fehlenden Backzahn.

– Zu welchem Schlusse gelangen wir demnach? fragte der Reporter.

– Zu dem, antwortete der Ingenieur, dass vor höchstens drei Monaten ein Schiff, freiwillig oder nicht, hier ans Land lief ...

– Wie, Cyrus, Sie glauben, dass ein solches ohne Hinterlassung jeder Spur von sich untergegangen sei? rief der Reporter.

– Das gerade nicht, mein lieber Spilett; doch bedenken Sie, dass, wenn die Anwesenheit eines menschlichen Wesens auf dieser Insel unzweifelhaft fest steht, es eben so sicher ist, dass es sie jetzt wieder verlassen hat.

– Verstehe ich Sie recht, Herr Cyrus, sagte Harbert, so wäre also jenes Schiff wieder abgesegelt.

– Offenbar.

– Und wir hätten eine Gelegenheit, in die Heimat zurück zu gelangen, ohne Wiederkehr vorüber gehen lassen? fragte Nab.

– Ich fürchte, ohne Wiederkehr.

– Nun denn, wenn die Gelegenheit einmal vorüber ist, vorwärts!« trieb Pencroff, der schon Heimweh nach dem Granithaus verspürte.

Kaum hatte er sich jedoch erhoben, als man von Top ein lebhaftes Gebell vernahm, und der Hund aus dem Gehölz mit einem Fetzen schmutzigen Stoffes in der Schnauze hervorsprang.

Nab nahm ihm denselben ab: er bestand aus einem Stücke starker Leinwand.

Top bellte ohne Unterlass und schien durch Hin-und Herlaufen seinen Herrn einladen zu wollen, ihm in den Wald zu folgen.

»Dahinter steckt Etwas, das vielleicht über mein Schrotkorn Aufklärung gäbe! meinte Pencroff.

– Ein Schiffbrüchiger wird es sein, rief Harbert.

– Vielleicht verwundet, sagte Nab.

– Oder tot!« mutmaßte der Reporter.

Alle liefen eilig der Spur des Hundes zwischen jenen großen Fichten nach, welche das Vorholz des Waldes bildeten. Cyrus Smith und seine Begleiter hielten die Waffen für jeden Fall schussfertig.

Trotzdem sie ziemlich weit in das Gehölz eindrangen, bemerkten sie zu ihrer Enttäuschung doch keine Fährte eines Menschen. Büsche und Lianen zeigten sich unversehrt, so dass man sich erst, gleichwie in den dichtesten Teilen des früher durchzogenen Waldes, mit der Axt Bahn brechen musste. Es war hiernach schwerlich anzunehmen, dass ein menschliches Wesen ebenda vorüber gekommen sein sollte, und dennoch verriet Top zu deutlich, dass er nicht aufs Geratewohl umherlief, sondern einer bestimmten Absicht folgte.

Nach etwa sechs bis sieben Minuten stand Top still. Die Kolonisten befanden sich jetzt an einer Art Waldblöße, mit einer Umgebung von hohen

Bäumen; sie sahen sich rings um, bemerkten aber weder im Gebüsch, noch zwischen den Stämmen etwas Besonderes.

»Was mag Top nur haben?« sagte Cyrus Smith.

Der Hund bellte noch lauter und sprang am Stamme einer riesigen Fichte in die Höhe.

Plötzlich rief Pencroff:

»Ah, prächtig! Das ist noch nicht dagewesen!

– Was solls? fragte Gedeon Spilett.

– Wir suchen etwas auf dem Wasser oder am Lande ...

– Nun, und ...

– Und in der Luft findet sich das Gesuchte!«

Der Seemann wies nach einem großen weißlichen Gewebe, das an der Krone der Fichte hing, und von dem Top ein jedenfalls auf der Erde liegendes Stückchen mitgebracht hatte.

»Doch das ist keine Seetrift, erklärte Gedeon Spilett.

– Dann bitte ich um Entschuldigung, erwiderte Pencroff.

– Wie? Das ist ja ...

– Der Überrest unseres Luftschiffs, unseres Ballons, der da oben an der Baumspitze gescheitert ist!«

Pencroff irrte nicht und schmetterte ein herzhaftes Hurra durch die Luft. Dann sagte er:

»Das gibt herrliche Leinwand und liefert uns Leibwäsche für eine ganze Reihe Jahre! Daraus sind Taschentücher und Hemden zu machen! He, Herr Spilett, was sagen Sie nun zu einer Insel, auf der die Hemden auf den Bäumen wachsen?«

In der Tat war es ein Glücksumstand für die Ansiedler der Insel Lincoln zu nennen, dass das Luftschiff nach seinem letzten Sprunge in die Luft wieder auf die Insel niedergefallen und jetzt wieder aufgefunden wurde. Entweder bewahrten sie die Hülle in ihrer ursprünglichen Gestalt, wenn sie Luft bekommen sollten, noch eine Luftfahrt zu wagen, oder sie wendeten diese Hunderte von Ellen besten Gewebes nach Entfernung seines Firnisüberzugs anderweitig zu nützlichen Zwecken an. Selbstverständlich teilten die Übrigen einstimmig Pencroffs Freude.

Zunächst galt es aber die Ballonhülle von dem Baume, an dem sie hing, herabzuholen und an sicherem Orte unterzubringen, was keine allzu leichte Arbeit war. Nab, Harbert und der Seemann, die den Baum erklettert hatten, mussten wahre Wunder von Geschicklichkeit verrichten, um das ungeheure, zusammengefallene Luftschiff loszulösen.

Nach zweistündiger Bemühung befanden sich nicht nur die Ballonhülle mit ihrem Ventile, dessen Federn und der kupfernen Garnitur, sondern auch das Netz, d.h. eine beträchtliche Last Stricke und Schnüren, der die letzteren zusammenhaltende Eisenring, sowie der Anker des Ballons auf der Erde. Die Hülle selbst erwies sich, bis auf einige Risse im unteren Teile, in ganz gutem Zustande.

Das war wirklich ein vom Himmel gefallenes Glück.

»Trotz alledem, Herr Cyrus, beugte der Seemann vor, werden wir doch nie daran denken, die Insel mittels Ballon zu verlassen, nicht wahr? Solche Luftsegler gehen nicht, wohin man will; davon wissen wir ein Liedchen zu singen! Sehen Sie, wenn Sie meinen Worten trauen, so bauen wir uns ein Schiff von so zwanzig Tonnen Last, und Sie lassen mich da aus dem Vorrat ein Focksegel und einen Klüver schneiden. Den Rest verbrauchen wir zur Bekleidung.

– Wir werden ja sehen, Pencroff, antwortete Cyrus Smith, wir werden sehen.

– Es ist doch besser, alles vorher in Sicherheit zu bringen«, mahnte Nab.

Diese Last an Gewebstoff, Stricken, Schnüren usw. sofort nach dem Granithaus zu schaffen, daran war gar nicht zu denken, und bis zur Zeit, da sich das mittels Wagen ausführen lassen würde, durfte man diese willkommenen Schätze nicht jedem Witterungseinflüsse preisgeben. Mit vereinten Kräften gelang es den Ansiedlern, das Ganze bis zum Ufer zu schleppen, wo sich eine hinreichend große Felsenhöhle fand, deren Lage sie vollkommen vor dem Winde, dem Regen oder dem andringenden Meere sicherte.

»Wir brauchten einen Schrank, – hier ist er, sagte Pencroff; da er aber nicht verschließbar ist, möchte es sich empfehlen, seinen Eingang zu verbergen, wenn auch nicht wegen etwaiger Diebe mit zwei, doch wegen solcher mit vier Füßen!«

Um sechs Uhr Abends war alles untergebracht, und nachdem man der kleinen Uferbucht noch den Namen »Ballonhafen« beigelegt hatte, zog die Gesellschaft nach dem Krallen-Kap weiter. Pencroff und der Ingenieur besprachen verschiedene Projekte, deren Ausführung in der nächsten Zukunft wünschenswert sei. Vor allem sollte eine Brücke über die Mercy, zur Erleichterung der Kommunikation mit dem südlichen Teile der Insel, geschlagen werden; dann wollte man den Ballon mit dem Wagen abholen, da das Kanu voraussichtlich nicht so viel Tragkraft hatte; ferner sollte der Bau einer mit Verdeck versehenen Schaluppe vorbereitet werden, welche Pencroff mit Kuttertakelage auszurüsten versprach, damit könne man die ganze Insel umsegeln ...; endlich usw.

Indes kam die Nacht heran und wurde der Himmel schon recht dunkel, als sie die Seetriftspitze, jene Stelle, an der sich die kostbare Kiste fand, erreichten. Noch weniger als irgend sonst wo fanden sich hier Spuren eines stattgehabten Schiffbruches, dagegen Cyrus Smiths über diese Frage ausgesprochene Ansichten eine weitere Bestätigung.

Zwischen hier und dem Granithaus lagen noch vier Meilen, die man schnell genug zurücklegte, doch ging Mitternacht vorüber, ehe man auf dem Wege längs des Seeufers bis zur Mündung der Mercy, und an dieser ihre erste Biegung erreichte. Dort maß das Flussbett noch immer achtzig Fuß Breite, und wäre nicht leicht zu überschreiten gewesen, doch Pencroff hatte sich für die Beseitigung dieser Schwierigkeit verbürgt und ging sofort ans Werk.

Es ist nicht zu verwundern, dass die Ansiedler sich erschöpft fühlten. Außer dem zurückgelegten langen Wege hatte der Vorfall mit dem Ballon ihre Arme und Beine auch noch besonders in Anspruch genommen. Sie sehnten sich also, nach ihrer Behausung zurückzukehren, um zu Abend zu essen und auszuschlafen. Wäre jetzt schon eine Brücke vorhanden gewesen, so konnten ihre Wünsche nach Verlauf einer Viertelstunde erfüllt sein.

Trotz der sehr dunklen Nacht eilte Pencroff sein Versprechen einzulösen und eine Art Floß herzurichten, mit dessen Hilfe man die Mercy überschreiten könnte. Nab und er ergriffen die Äxte und wählten zwei nahe dem Ufer stehende, geeignete Bäume, um sie dicht über dem Erdboden zu fällen.

Cyrus Smith und Gedeon Spilett lagerten sich an dem steilen Ufer und warteten ab, bis ihre Hilfe wünschenswert erschien, während Harbert, ohne sich allzu weit zu entfernen, hier- und dorthin ging.

Plötzlich kam der junge Mann, der dem Ufer stromaufwärts eine kurze Strecke gefolgt war, eilends zurück und wies nach der Mercy:

»Was treibt denn da auf dem Wasser?« fragte er.

Pencroff unterbrach seine Tätigkeit und bemerkte irgendeinen beweglichen Gegenstand in unklaren Umrissen.

»Ein Kanu!« rief er bald darauf.

Alle liefen näher und erkannten zu ihrem größten Erstaunen ein Boot, das mit der Strömung hinab schwamm.

»Boot ahoi!« rief der Seemann mit dem Reste der ihm verbliebenen professionellen Gewohnheit, ohne zu bedenken, dass es vielleicht geratener gewesen wäre, sich ganz still zu verhalten.

Keine Antwort. Das Fahrzeug trieb weiter hinab und mochte jetzt kaum zehn Schritte weit entfernt sein, als der Seemann aufjubelte:

»Das ist ja unsere Pirogge! Ihre Leinen sind zerrissen und sie ist mit der Strömung flussabwärts getrieben. Wahrlich, zu gelegenerer Zeit konnte sie gar nicht erscheinen!

– Unsere Pirogge?« ... sagte der Ingenieur halb für sich.

Pencroff hatte Recht. Es war das Boot, dessen Leine ohne Zweifel zerrissen, und das nun allein die Mercy stromabwärts geschwommen kam. Natürlich musste man dasselbe schnell aufzuhalten suchen, bevor es durch die jetzt ziemlich schnelle Strömung über die Flussmündung hinausgeführt wurde, was Nab und Pencroff denn auch mittels einer langen Stange glücklich gelang.

Das Kanu stieß ans Land. Der Ingenieur sprang zuerst hinein und überzeugte sich, ob die Leine wirklich durch Reibung an Felskanten durchgescheuert sei.

»Diesen Zufall, bemerkte leise der Reporter, kann man wirklich ...

– Sonderbar nennen!« fiel der Ingenieur ein.

Doch ob sonderbar oder nicht, ein glücklicher Zufall blieb es. Harbert, der Reporter, Nab und Pencroff stiegen nun auch ein. Ihnen war es ganz selbstverständlich, dass sich die Leine durchgerieben habe; das Erstaunlichste blieb es aber doch, dass die Pirogge gerade zu der Zeit heran treiben musste, als die Passagiere über den Fluss setzen wollten, denn eine Viertelstunde später wäre sie auf Nimmerwiederfinden aufs Meer hinaus getrieben.

Zur Zeit des Glaubens an das Walten guter Geister hätte dieser Vorfall gewiss auf den Gedanken geleitet, dass die Insel ein höheres Wesen berge, einen Schutzengel für Schiffbrüchige!

Mit wenigen Ruderschlägen gelangten die Kolonisten zur Mündung der Mercy. Das Boot zogen sie bis nahe an die Kamine auf den Sand und eilten alle dem Granithaus zu.

Doch plötzlich ließ Top ein wütendes Bellen hören, und Nab, der die unteren Stufen der Strickleiter suchte, stieß einen Schrei aus ...

Eine Strickleiter war – nicht mehr vorhanden.

SECHSTES KAPITEL.

Ohne ein Wort zu sagen, war Cyrus Smith stehen geblieben. Seine Begleiter suchten in der Dunkelheit, eben sowohl an den Mauern der Granitwände, für den Fall, dass der Wind eine Ortsveränderung der Strickleiter veranlasst hätte, als auch auf dem Erdboden, für den Fall, dass sie herabgefallen wäre … Doch die Leiter war und blieb verschwunden, und die Nacht zu dunkel, um zu erkennen, ob ein heftiger Windstoß sie vielleicht bis zu dem ersten Felsenabsatze hinausgeworfen habe.

»Wenn das ein Scherz sein soll, sagte Pencroff missmutig, so ist es ein ganz schlechter. Zu Hause anzukommen und die Treppe nicht mehr zu finden, um nach dem Zimmer gelangen zu können, ist für ermüdete Wanderer nicht gar zu ergötzlich!«

Auch Nab machte seinen Gefühlen in wiederholten Ausrufungen Luft.

»Das kann der Wind unmöglich getan haben, bemerkte Harbert.

– Ich fange an zu glauben, dass auf der Insel Lincoln sonderbare Dinge vor sich gehen, sagte Pencroff.

– Sonderbare? antwortete Gedeon Spilett, nein, Pencroff, das geht alles ganz natürlich zu. Während unserer Abwesenheit ist einer gekommen, hat von unserer Behausung Besitz genommen und die Leiter in die Höhe gezogen.

– einer gekommen? fragte verwundert der Seemann. Und wer denn?

– Nun, der Jäger, von dem das Schrotkorn herrührt. Wozu sollte das dienen, als um unser Missgeschick zu erklären?

– Gut, wenn sich irgend Jemand da oben befindet, fuhr Pencroff mit einem leisen Fluche fort, so rufe ich ihn an, bis er antwortet.«

Mit wahrer Donnerstimme ließ der Seemann sein: »Ohe!« ertönen, das die Echos hundertfach wiedergaben. Die Kolonisten lauschten und glaubten in der Höhe des Granithauses eine Art Hohngelächter zu vernehmen, dessen Ursprung ihnen unerklärlich blieb. Doch keine Stimme antwortete auf Pencroffs wiederholte laute Rufe.

Eine Sachlage, die auch die indifferentesten Menschen aufgerüttelt hätte, konnte unsere Ansiedler offenbar nicht gleichgültig lassen. In ihrer Lage gewann jedes Vorkommnis an Gewicht, und seit den sieben Monaten, die sie die Insel bewohnten, war ihnen etwas so Auffallendes nicht zugestoßen.

Doch ob sie auch jede Anstrengung vergaßen und von dem sonderbaren Ereignisse erregt waren, sie befanden sich immer am Fuße des Granithauses, wussten nicht, was sie denken, was sie tun sollten, fragten einander, ohne sich eine Antwort geben zu können, und häuften immer eine unwahrscheinlichere Hypothese auf die andere.

Nab jammerte darüber, nicht in seine Küche zu können, und umso mehr, weil die Reisevorräte erschöpft waren und man für den Augenblick keine Mittel hatte, sie zu ersetzen.

»Es bleibt uns nur Eins übrig, meine Freunde, begann Cyrus Smith, das ist, den Tag ruhig zu erwarten und dann den Umständen gemäß zu handeln. Wir wollen jetzt nach den Kaminen gehen, dort sind wir geschützt genug, um wenn nicht essen, so doch schlafen zu können.

– Wer ist aber der Taugenichts, der uns diesen Streich gespielt hat?« fragte Pencroff, der sich über das Abenteuer nicht beruhigen konnte, noch einmal.

Mochte das sein, wer es wollte, jetzt hatte man keinen anderen Weg, als nach dem Ratschlag des Ingenieurs nach den Kaminen zu gehen und dort den Tag zu erwarten. Inzwischen erhielt Top Ordre, unter den Fenstern des Granithauses zu bleiben, und wenn der Hund einen Befehl seines Herrn empfing, so führte er ihn ohne Widerrede aus. Der brave Wächter blieb also am Fuße der Granitwand, während sein Herr und dessen Begleiter in den Felsen Schutz suchten.

Es hieße lügen, wenn man sagen wollte, dass die Kolonisten trotz ihrer Müdigkeit auf dem Sandboden der Kamine gut geschlafen hätten. Einesteils musste dieses neue Ereignis sie beunruhigen, ob es nur die Folgen eines Zufalls waren, dessen Ursachen sich dereinst aufklären möchten, oder im Gegenteil das Werk eines Menschen; andernteils lagen sie auch weniger gut, als gewöhnlich. Auf jeden Fall war ihre Wohnung eingenommen und für sie ungangbar gemacht.

Das Granithaus stellte aber auch mehr als ihre Wohnung dar, es bildete gleichzeitig die Niederlage ihrer Reichtümer aller Art. Dort befand sich das ganze Material der Kolonie an Waffen, Instrumenten, Werkzeugen, Schießbedarf, Lebensmitteln usw. Wenn das alles jetzt geplündert wäre, und die Ansiedler müssten ihre Arbeiten von vorn beginnen! Bei dieser bedenklichen Aussicht schlich sich immer einer nach dem Andern von Unruhe getrieben einmal hinaus, um zu sehen, ob Top wohl aufmerksam Wache hielte. Cyrus Smith allein wartete die Entwickelung mit gewohnter Geduld ab, obwohl es gerade ihn bei seinem so scharfen Verstande besonders quälte, vor einer absolut unerklärlichen Tatsache zu stehen, und er ärgerte sich bei dem Gedanken, dass um und vielleicht über ihn sich ein Einfluss geltend machte, für den er keinen Namen hatte.

Gedeon Spilett teilte vollkommen seine Meinung, und beide unterhielten sich wiederholt, doch nur halblaut, von diesen sonderbaren Umständen, gegenüber denen ihr Scharfsinn und ihre Erfahrung sie im Stiche ließen. Die Insel barg ohne Zweifel ein Geheimnis, aber wie sollte man zu dessen Erklärung gelangen? Harbert seinerseits wusste nicht, was er denken sollte, und hätte gern Cyrus Smith darüber gefragt. Nab kam endlich zu dem Einsehen, dass ihn die ganze Geschichte nichts angehe und nur seinen Herrn betreffe, und wenn es ihm nicht um seine ängstlicheren Gefährten zu tun gewesen wäre, hätte der wackere Neger diese Nacht ebenso gewissensruhig durchschlafen, als läge er auf seiner Stätte im Granithaus.

Mehr als alle Anderen polterte aber Pencroff und geriet nach und nach in nicht geringe Wut. »Das ist eine Posse, rief er, das ist eine Posse, die uns gespielt worden ist. Ich liebe die Narrenstreiche nicht, und wehe dem Possenreißer, wenn er mir in die Hände fällt!«

Mit dem ersten Grauen des Tages begaben sich die Kolonisten wohlbewaffnet nach dem Ufer. Das Granithaus, auf welches die Strahlen der Morgensonne fielen, musste bald erkennbar werden, und wirklich zeigten sich die Fenster mit geschlossenen Läden noch vor fünf Uhr hinter ihrem grünen Blätterschmucke.

So weit erschien also alles in Ordnung; ein Schrei entrang sich aber den Kolonisten, als sie die bei ihrem Weggange wohlverschlossene Tür weit offen stehend sahen.

Irgendjemand war also in das Granithaus hineingegangen, darüber konnte nun kein fernerer Zweifel sein.

Die obere Strickleiter hing wie gewöhnlich von der Tür nach dem Felsenabsatze herunter; die andere aber war bis zur Schwelle hinausgezogen.

Es lag auf der Hand, dass die Eindringlinge sich gegen jede Überraschung hatten sicher stellen wollen.

Wer und wie viel sie wären, ließ sich vorläufig nicht entscheiden, da sich Niemand blicken ließ.

Pencroff rief jetzt von Neuem.

Keine Antwort.

»Diese Schurken! fuhr der Seemann auf, da schlafen sie ganz ruhig, als ob sie zu Haus wären. O, Ihr Piraten, Ihr Banditen, Korsaren, Ihr Söhne John Bulls!«

Wenn Pencroff in seiner Eigenschaft als Amerikaner Jemand als einen Sohn John Bulls bezeichnete, so hatte er sich damit bis zur Grenze der Beschimpfung erhoben.

Eben wurde es vollständig Tag und erglänzte die Fassade des Granithauses in den Strahlen der Sonne. Doch innerhalb wie außerhalb des Hauses blieb alles vollkommen ruhig.

Noch einmal fragten sich die Kolonisten, ob ihre Wohnung von Anderen besetzt sei oder nicht, und doch bewies die Situation leider das Erstere mit Gewissheit, und eben so sicher war es, dass die Eindringlinge, sie mochten nun sein, wer sie wollten, nicht daraus wieder fort sein konnten. Aber auf welchem Wege sollte man zu ihnen gelangen?

Harbert kam zuerst auf den Gedanken, einen Strick an einem Pfeil zu befestigen und letzteren zwischen die ersten Sprossen der Leiter zu schießen, die an der Schwelle des Einganges hing. Man musste dann doch, ziehend an dem Stricke, die Leiter herab holen und die Verbindung zwischen dem Boden und dem Granithaus wieder herstellen können. Offenbar gab es keinen anderen Ausweg, und konnte die Sache bei einigem Geschick wohl von Erfolg sein. Zum Glück waren Bogen und Pfeile in einem Nebenraume der Kamine aufbewahrt, wo sich auch einige zwanzig Faden leichten Hibiskus-Seiles befanden. Pencroff entrollte das Letztere und befestigte das eine Ende an einem gefiederten Pfeil. Harbert visierte, nachdem er sein Geschoß zurecht gemacht, genau nach dem obersten Punkte der Leiter.

Cyrus Smith, Gedeon Spilett, Pencroff und Nab waren etwas zurückgetreten, um besser beobachten zu können, was an den Fenstern des Granithauses vorging. Der Reporter bewachte mit angelegtem Karabiner die Tür.

Der Bogen schnellte zurück, der Pfeil pfiff durch die Luft, zog den Strick mit sich und traf glücklich zwischen die beiden letzten Sprossen.

Der Versuch war geglückt.

Sofort ergriff Harbert den Strick; sobald er aber anzog, um die Strickleiter zu lösen, ergriff diese plötzlich zwischen Tür und Mauer ein Arm, und zerrte sie schnell in das Granithaus zurück.

»Dreifacher Schurke! wetterte der Seemann; wenn Dich eine Kugel glücklich machen kann, sollst Du nicht lange warten.

– Aber wer ist es denn? fragte Nab.

– Wer? Hast Du es nicht gesehen? ...

– Nein.

– Das war ein Affe, eine Meerkatze, ein Sapaju, ein Orang-Utan, ein Pavian, ein Gorilla! Unsere Wohnung ist von Affen eingenommen, die während unserer Abwesenheit die Leiter hinaufgeklettert sind!«

In dem Augenblick zeigten sich, fast wie um dem Seemann Recht zu geben, drei oder vier Vierhänder an den Fenstern, deren Läden sie zurückgestoßen hatten, und begrüßten die gefoppten Besitzer des Platzes mit tausend Verrenkungen und Grimassen.

»Ich wusste wohl, dass das Ganze eine Posse sei! rief Pencroff, doch der eine der Spitzbuben soll für die andern büßen.«

Der Seemann erhob sein Gewehr, zielte und gab Feuer. alle verschwanden bis auf einen, der tödlich getroffen auf den Strand herabstürzte.

Ob der große Affe nun ein Schimpanse war, ein Orang-Utan, ein Gorilla oder ein langarmiger Affe, jedenfalls gehörte er zu den sogenannten Anthropomorphen, die ihren Namen von der Ähnlichkeit mit dem Menschen haben. Übrigens erklärte Harbert, es sei ein Orang-Utan, und man weiß, dass der junge Mann in der Zoologie bewandert war.

»Ein prächtiges Tier! erklärte Nab.

– Nun ja, prächtig, wie Du es willst, antwortete Pencroff, aber deshalb sehe ich noch nicht, wie wir in unsere Wohnung kommen sollen.

– Harbert ist ein guter Schütze, und sein Bogen ist ja noch da. Er mag es noch einmal versuchen.

– Schön, aber diese Affen sind Spitzbuben, meinte Pencroff, und werden sich nicht wieder an den Fenstern zeigen, um sich tot schießen zu lassen, und wenn ich bedenke, wie sie in unseren Zimmern hausen können, im Magazine ...

– Nur Geduld, fiel ihm Cyrus Smith ins Wort. Diese Tiere werden uns nicht lange im Schach halten.

– Daran glaube ich erst, wenn sie wieder auf der Erde sind, antwortete der Seemann. Und wissen Sie denn, Herr Cyrus, wie viele Dutzend solcher Possenreißer da oben sind?«

Pencroffs Einwurf war freilich schwer zu beantworten, und auch das von dem jungen Mann ersonnene Hilfsmittel bot nur wenig Aussicht auf Erfolg, da das untere Ende der Strickleiter in die Tür hineingezogen worden war, so dass bei dem Anziehen des Strickes dieser reißen musste, ohne die Strickleiter mitzubringen.

Die Situation wurde peinlich. Pencroff wütete. Trotzdem, dass das Ganze etwas Komisches hatte, konnte er dasselbe nicht herausfinden. Jedenfalls kamen die Kolonisten schon noch dazu, sich ihre Wohnung wieder zu erobern und die Eindringlinge zu vertreiben; aber wann und wie? – dies vermochte Niemand zu sagen.

Zwei Stunden verflossen, ohne dass sich die Affen wieder gezeigt hätten; anwesend waren sie jedoch bestimmt noch, denn dann und wann langte eine Pfote aus dem Fenster oder der Tür heraus, auf welche dann sofort Feuer gegeben wurde.

»Verstecken wir uns, sagte endlich der Ingenieur. Wenn die Affen glauben, dass wir fort sind, kommen sie vielleicht eher zum Vorschein. Gedeon Spilett und Harbert mögen sich hinter Felsstücken verbergen und auf alles feuern, was sich sehen lässt.«

Man verfuhr also, und während der Reporter und der junge Mann, die anerkannt besten Schützen, sich unsichtbar für die Affen, aber in Schussweite verbargen, stiegen Nab, Pencroff und Cyrus Smith nach dem Plateau hinauf, um einiges Wild zu erlegen, denn die Frühstückszeit kam heran, und aus Mangel an Nahrungsmitteln blieb ihnen nichts Anderes übrig.

Nach Verlauf einer halben Stunde kehrten die Jäger mit einigen Felstauben zurück, die man so gut es anging zu braten versuchte. Von den Affen hatte sich Nichts gezeigt.

Gedeon Spilett und Harbert verzehrten indessen ihr Frühstück, während Top die Fenster bewachte. Nachher nahmen sie ihren Posten wieder ein.

Auch zwei Stunden später hatte sich die Lage nicht geändert. Die Vierhänder vermieden jedes Lebenszeichen, so dass man hätte glauben können, sie seien verschwunden; mehr Wahrscheinlichkeit hatte es aber für sich, dass sie sich, durch den Tod des Einen und den Knall der Feuerwaffen erschreckt, still in den Winkeln der Zimmer des Granithauses, wenn nicht gar im Magazine verhielten. Wenn man aber an die Schätze dachte, die jenes Magazin barg, so verwandelte sich die vom Ingenieur so gern empfohlene Geduld nach und nach in einen wohlberechtigten Grimm gegen die frechen Diebe.

»Die Sache ist gar so dumm, platzte endlich der Reporter heraus, und ihr Ende noch gar nicht abzusehen!

– Die Spitzbuben müssen eben verjagt werden, fuhr Pencroff fort, und wenns ihrer Zwanzig wären, wir würden ja mit ihnen fertig; doch dazu muss man ihnen zu Leibe können! Gibt es denn gar kein Mittel, zu ihnen zu gelangen?

– Gewiss, antwortete da der Ingenieur, dem ein neuer Gedanke in den Sinn kam.

– Es gibt eins? fragte Pencroff; nun, so ist es aus Mangel eines anderen auch gut genug. Was ist es?

– Wir versuchen durch den alten Abfluss des Sees nach dem Granithaus hinabzusteigen, belehrte ihn der Ingenieur.

– Ei tausend Tod und Teufel, rief der Seemann, und daran hatte ich Querkopf noch nicht gedacht!«

Ohne Zweifel erschien das als der einzige Weg, in die Wohnung einzudringen und die Affenbande daraus zu vertreiben. Die Abflussöffnung hatte man freilich mit wohlvermauerten Steinen verschlossen, die wieder ausgebrochen werden mussten; doch darüber zerbrach man sich nicht lange den Kopf. Zum Glück war Cyrus Smiths Vorhaben, die Mündung durch Erhöhung des Seeniveaus ganz zu verbergen, noch unausgeführt, denn in diesem Falle hätte die Arbeit weit mehr Zeit in Anspruch genommen.

Erst kurz nach Mittag verließen die Kolonisten wohlbewaffnet und mit Äxten und Hacken versehen die Kamine, bedeuteten Top, unter den Fenstern auch ferner Wache zu stehen, und begaben sich längs des linken Ufers der Mercy auf den Weg nach dem Plateau der Freien Umschau.

Noch hatten sie keine fünfzig Schritt hinter sich, als sie den Hund wütend bellen hörten, als ob er ihnen verzweifelt zurief.

Sie hielten an.

»Schnell zurück!« rief Pencroff.

Was sie laufen konnten, liefen sie nun wieder hinab.

An der Ecke angekommen, sahen sie, dass die Situation sich wesentlich geändert hatte.

Die Affen suchten in Folge einer unbekannten Ursache, die sie erschreckt haben mochte, eiligst zu entfliehen. Mit der Gelenkigkeit von Clowns liefen und sprangen einige derselben von einem Fenster zum anderen. Sie vergaßen sogar die Leiter wieder herabzulassen, die ihnen doch einen bequemen Ausweg geboten hätte. Sobald fünf oder sechs sich schussgerecht zeigten, gaben die Kolonisten Feuer. Einige stürzten verwundet oder tot in die Zimmer zurück und heulten jämmerlich; andere fielen herab und zerschmetterten sich durch den Fall, so dass man bald nachher annehmen konnte, dass kein lebender Vierhänder sich mehr im Granithaus befinde.

»Hurra! rief Pencroff, Hurra! Hurra!

– Nicht soviel Hurras, ermahnte ihn Gedeon Spilett.

– Warum nicht? Sie sind ja alle tot, rechtfertigte sich der Seemann.

– Zugegeben, doch damit ist für uns noch kein Mittel gewonnen, hinauf zu steigen.

– So dringen wir durch den Wasserabfluss ein! versetzte Pencroff.

– Gewiss, sagte der Ingenieur, und doch zöge ich es vor ...«

In diesem Augenblick sah man, wie als Antwort auf Cyrus Smiths noch nicht geäußerten Wunsch, die Strickleiter von der Schwelle herabgleiten und bis zur Erde rollen.

»Alle Wetter, das ist stark! rief der Seemann mit einem Blicke auf Cyrus Smith.

– Sehr stark! murmelte der Ingenieur und schwang sich auf die erste Sprosse.

– In Acht nehmen, Herr Cyrus! rief ihm Pencroff nach, wenn dort oben noch einige solche Kerle wären ...

– Das werden wir bald sehen«, antwortete der Ingenieur, ohne sich aufzuhalten.

Alle folgten ihm nach, und eine Minute später langten sie an der Türschwelle an.

Man durchsuchte alles. Das Hauptzimmer war leer, ebenso wie das Magazin, das von der Affenbande verschont geblieben schien.

»Nun, aber die Strickleiter? fragte der Seemann, welcher Ehrenmann hat sie uns denn herunter geworfen?«

Zu gleicher Zeit ließ sich auch ein Schrei hören, und stürzte sich ein großer in dem Verbindungsgange versteckt gewesener Affe, von Nab verfolgt, in den Saal.

»Warte, Du Räuber! rief Pencroff, und wollte ihm schon mit der Axt den Schädel spalten, als Cyrus Smith ihn mit den Worten anhielt:

– Verschonen Sie ihn, Pencroff.

– Warum soll dieser Schwarze Gnade finden?

– Weil er uns die Leiter zugeworfen hat.«

Der Ingenieur sagte das mit so eigentümlicher Stimme, dass man unklar blieb, ob er im Ernst spräche oder nicht.

Nichtsdestoweniger stürzte man sich auf den Affen, der nach kräftiger Gegenwehr niedergeworfen und gefesselt wurde.

»Was machen wir nun aus dem Burschen? fragte Pencroff.

– Einen Diener für uns!« antwortete Harbert.

Wenn er so sprach, scherzte der junge Mann keineswegs, denn er wusste, wozu man diese intelligente Rasse Vierhänder abzurichten vermochte.

Jetzt erst betrachteten die Kolonisten ihren Gefangenen genauer. Er gehörte wirklich zu jener Spezies der Anthropomorphen, deren Gesichtswinkel nur wenig hinter dem der Australier und der Hottentotten zurückbleibt. Es war ein Orang-Utan, der als solcher weder die Wildheit der Paviane, noch die Tollheit der Meerkatzen, weder die Unreinlichkeit der letzteren, die Ungeduld der meisten großen Affen, noch auch die üblen Neigungen der Hundskopfaffen besaß. Von derselben Familie der Anthropomorphen erzählt man sich so vielerlei, was fast eine Art menschlicher Intelligenz bei ihnen voraussetzen lässt. Man verwendet sie zur Zurichtung des Tisches, zum Reinigen der Zimmer und der Kleidungsstücke, zum Wichsen des Schuhwerks, doch gehen sie ebenso geschickt mit Messer, Gabel und Löffel um, und trinken Wein ... ganz wie der beste zweibeinige Diener.

Man weiß, dass Buffon einen solchen Affen besaß, der ihm lange Zeit treu und eifrig diente.

Das im Saale des Granithauses gebunden liegende Exemplar war ein großer Bursche von sechs Fuß Höhe, recht proportioniertem Körperbau, mit breiter Brust, mittelgroßem Kopfe, einem Gesichtswinkel von beiläufig 65°, rundem Schädeldache, vorspringender Nase mit wenigen seinen, weichen und glänzenden Haaren, alles in allem der vollkommene Typus der Anthropomorphen. Seine etwas kleineren Augen, als die des Menschen, leuchteten lebhaft, weiß glänzten die Zähne unter dem Schnurrbarte hervor, außer welchem er auch einen gekräuselten Backenbart hatte.

»Ein netter Junge, meinte Pencroff, wenn man nur seine Sprache verstände, um mit ihm zu reden.

– Ist es Ihr Ernst, Herr, fragte Nab, diese Bestie als Diener zu behalten?

– Gewiss, Nab, erwiderte der Ingenieur lächelnd, Du brauchst darum nicht eifersüchtig zu werden!

– Und ich hoffe, er soll einen ganz vorzüglichen Diener abgeben, fügte Harbert hinzu. Er scheint noch jung zu sein, seine Erziehung wird uns leicht gelingen, und wir werden nicht nötig haben, Gewalt anzuwenden, um ihn uns unterwürfig zu machen, noch ihm die Spitzzähne auszuziehen, wie man es sonst zu tun pflegt. An Herren, die es mit ihm gut meinen, wird er sich leicht genug anschließen.

– Nun, was an uns liegt, soll geschehen«, versicherte Pencroff, der schon all' seine Wut gegen die Possenreißer vergessen hatte.

Dann näherte er sich dem Orang-Utan:
»Nun, mein Junge, fragte er diesen, wie gehts?«
Der Affe brummte ohne ein Zeichen von böser Laune vor sich hin.
»Wir werden uns also der Ansiedelung mit anschließen, fuhr der Seemann fort, und in Herrn Cyrus Smiths Dienste treten?«
Ein neues zustimmendes Brummen des Affen.
»Und als Lohn nur mit der darzureichenden Nahrung zufrieden sein?«
Ein drittes Brummen des Gefangenen.
»Seine Unterhaltung ist etwas einsilbig, bemerkte der Reporter.

– Gut, erwiderte Pencroff, das sind die besten Diener, die am wenigsten sprechen. Und dann, keinen Lohn? – Hörst Du, mein Junge, für den Anfang zahlen wir gar keinen Lohn, verdoppeln ihn aber später, wenn wir mit Dir zufrieden sind!«

So vermehrte sich die Kolonie um ein Mitglied, das ihr noch manche Dienste leisten sollte. Bezüglich des Namens, nach dem man ihn rufen sollte, wünschte der Seemann, ihn zur Erinnerung an einen Affen, den er gekannt hatte, Jupiter, oder in Abkürzung Jup genannt zu sehen.

So wurde Meister Jup ohne weitere Formalitäten als Bewohner des Granithauses aufgenommen.

SIEBTES KAPITEL.

Die Kolonisten der Insel Lincoln waren also wieder in Besitz ihrer Wohnung gelangt, ohne durch den früheren Seeabfluss einzudringen, was ihnen ziemlich beschwerliche Maurerarbeiten ersparte. Gerade als sie jenes Vorhaben ausführen wollten, erfasste die Affen ja zum Glück ein ebenso plötzlicher als unerklärlicher Schrecken, der sie aus dem Granithaus verjagte. Hatten die Tiere vielleicht eine Ahnung davon, dass ihnen von der anderen Seite her ein ernstlicher Angriff drohte? Nur so allein ließe sich ihre Flucht allenfalls erklären.

Noch im Verlaufe desselben Abends schleifte man die Kadaver der Affen ins Gehölz, wo sie verscharrt wurden; dann beschäftigten sich die Ansiedler mit der Beseitigung der von den Eindringlingen verursachten Unordnung, – glücklicher Weise lief der angerichtete Unfug nur auf eine solche hinaus, da sie den Inhalt der einzelnen Räume wohl untereinander geworfen, aber nicht sonderlich beschädigt hatten. Nab setzte den Kochofen in Brand, und die Vorräte des Magazins lieferten eine stärkende Mahlzeit, der Jedermann alle Ehre antat.

Jup wurde dabei nicht vergessen und vertilgte die ihm reichlich zugeteilten Zirbelnüsse und Wurzelknollen mit sichtlichem Behagen. Pencroff hatte seine Arme frei gemacht, glaubte aber doch an den Füßen des Affen die Fesseln noch belassen zu sollen, bis jener unzweifelhafte Zeichen von Ergebung in sein Schicksal an den Tag legen würde.

Vor dem Schlafengehen beriet Cyrus Smith mit seinen um den Tisch herum sitzenden Genossen noch, welche Arbeiten jetzt die schnellste Erledigung erheischten.

Vor allem waren diese für die Erbauung einer Brücke über die Mercy, um den südlichen Teil der Insel in leichtere Kommunikation mit dem Granithaus zu setzen, und die Errichtung einer Hürde zur Unterbringung der wilden Schafe und anderer Wolle tragender Tiere, die man noch zu fangen hoffte.

Beide Projekte entsprachen dem immer fühlbarer werdenden Bedürfnisse nach Kleidungsstücken. Die Brücke sollte die Herbeiführung des Ballons ermöglichen, von dem man Leinwand entnehmen wollte, der Viehhof aber die nötige Wolle zur Winterbekleidung liefern.

Die Einzäunung für jene Tiere gedachte Cyrus Smith nahe den Quellen des Roten Flusses herzustellen, wo die Wiederkäuer hinlängliche Weide mit frischen Kräutern finden mussten. Der Weg zwischen dem Plateau der Freien Umschau und jenen Quellen war schon zum Teil frei gelegt und für einen etwas geschickter konstruierten Wagen, als das erste plumpe Gefährt, einigermaßen passierbar, vorzüglich, wenn es gelänge, einige Zugtiere einzufangen.

Wenn es aber recht gut anging, den Viehhof in größerer Entfernung vom Granithaus zu etablieren, so lag die Sache anders bezüglich des Hühnerhofes, auf den Nab die Aufmerksamkeit der Ansiedler lenkte. Das Geflügel musste in der Tat dem Küchenregenten näher zur Hand sein, und bot sich zu der besagten Einrichtung kein geeigneterer Platz, als jener Uferteil des Sees, der in der Nachbarschaft des früheren Ausflusses lag. Dort mussten Wasservögel ebenso gut gedeihen als andere, und das bei Gelegenheit des letzten Ausflugs gefangene Tinamon-Pärchen sollte den Stamm des Geflügelhofes abgeben.

Am andern Tage – den 3. November – begannen die besprochenen Arbeiten mit der Erbauung der Brücke, zu welcher umfänglichen Arbeit alle herangezogen wurden. Die Kolonisten beluden sich mit Sägen, Äxten, Meißeln, Hämmern u. dgl. und zogen als wohl ausgerüstete Zimmerleute den Strand entlang.

Da kam Pencroff ein sehr zeitgemäßer Gedanke.

»Wenn es während unserer Abwesenheit nun, sagte er, dem Meister Jup einfallen sollte, die Strickleiter wieder aufzuziehen, die er uns gestern so zuvorkommend zuwarf?

– Richtig, so befestigen wir also das untere Ende«, antwortete Cyrus Smith.

Mittels zweier in den Sand eingerammter Pfähle führte man diese Vorsichtsmaßregel aus. Dann folgten die Kolonisten dem linken Mercy-Ufer und erreichten bald die erste Flussbiegung.

Dort machten sie Halt, um zu erörtern, ob sich die Brücke wohl an dieser Stelle anlegen lasse. Die Örtlichkeit wurde für passend erachtet.

Dieser Punkt lag nämlich von dem vorher an der Südküste entdeckten Ballonhafen nur etwa drei Meilen entfernt und konnte man dahin leicht eine fahrbare Straße anlegen, die der Verbindung ihrer Wohnung mit jenen Landstrichen sehr förderlich sein musste.

Bei dieser Gelegenheit setzte Cyrus Smith seine Freunde über einen leicht ausführbaren, sehr vorteilhaften und von ihm schon längere Zeit durchdachten Plane in Kenntnis. Er bezweckte nämlich, das Plateau der Freien Umschau gänzlich zu isolieren, um es gegen jeden Angriff von Vierfüßlern oder Vierhändern zu sichern. Hierdurch mussten das Granithaus, die Kamine, der Hühnerhof und der ganze obere Teil des als Saatfeld dienenden Plateaus gegen jede Beschädigung durch Tiere geschützt sein.

Nichts schien leichter auszuführen, als dieses Project und zwar beabsichtigte der Ingenieur dabei folgendermaßen zu Werke zu gehen.

Von drei Seiten umschlossen das Plateau schon teils natürliche, teils künstlich angelegte Gewässer.

Im Nordwesten verlief das Ufer des Grant-Sees von dem durch den früheren Ausfluss eingenommenen Winkel bis zu dem an der Ostseite für den Austritt des Wassers gesprengten Einschnitt.

Im Norden, von diesem Einschnitte bis zum Meere, stürzte sich der neue Wasserarm hinab, der sich über das Plateau und den Strand ein Bett ausgehöhlt hatte, so dass es genügte, ober- und unterhalb des Falles diesen Bach zu verbreitern, um ihn für Tiere unüberschreitbar zu machen.

Im Osten der Insel breitete sich das Meer aus, und bildete von der Mündung jenes Baches bis zu der der Mercy die Wassergrenze.

Im Süden endlich erfüllte der Lauf dieses Flusses bis nach seinem ersten Bogen denselben Zweck.

Nur die Westseite des Plateaus zwischen jenem Flussknie und dem südlichen Winkel des Sees bot also, und zwar in der Breite von kaum einer Meile, einen ungehinderten Zugang. Nichts schien leichter, als hier eine Art Graben von genügender Tiefe und Breite auszuheben, der sich mit dem Wasser des Sees speisen und dessen Überschuss durch einen zweiten Wasserfall in die Mercy abfließen würde.

Zwar musste man sich einer Senkung des Seeniveaus als Folge dieser vermehrten Wasserabgabe versehen, doch hatte Cyrus Smith die Überzeugung gewonnen, dass der Rote Fluss genügendes Wasser zur Ausführung dieses Projektes liefere.

»Auf diese Weise, schloss der Ingenieur, wird das Plateau der Freien Umschau zur vollständigen Insel, von allen Seiten von Wasser eingeschlossen, und steht mit den übrigen Teilen unseres Gebietes nur durch die über die Mercy zu schlagende Brücke, die beiden schon bestehenden Stege ober- und unterhalb des Wasserfalls und endlich durch ein über den auszuschachtenden Graben zu führendes Brückchen in Verbindung. Richten wir alle diese Übergänge nach Art der Zugbrücken her, so ist das Plateau der Freien Umschau vor jedem Überfall sicher gestellt.«

Zur besseren Verdeutlichung hatte Cyrus Smith einen Situationsplan des Plateaus entworfen, nach dessen Einsichtnahme sich sein Project der ungeteiltesten Zustimmung der Übrigen erfreute.

Arbeitslustig schwang Pencroff seine Zimmermannsaxt und rief:

»Nun vorwärts, zuerst die Brücke!«

Die Inangriffnahme dieser Arbeit drängte am meisten. Es wurden also Bäume ausgewählt, gefällt, abgeästet und in Bretter, Bohlen und Planken zerschnitten. Die am rechten Mercy-Ufer feststehende Brücke sollte in dem dem linken Ufer anliegenden Teile beweglich gemacht werden, um sie mittels Gegengewichts, wie an Schleusenbrücken mehrfach üblich, heben zu können.

Selbstverständlich erforderte diese Arbeit trotz des Geschicks der helfenden Hände doch eine gewisse Zeit, zumal die Mercy an dieser Stelle gegen achtzig Fuß Breite maß. Ebendeshalb mussten im Flussbett Pfähle, um den Oberbau zu tragen, eingerammt und ein Gerüst aufgestellt werden, um jene einschlagen zu können. Man beabsichtigte nämlich zur Erhöhung der Tragkraft des Baues zwei feste Brückenbogen herzustellen.

Zum Glück fehlte es ja jetzt nicht mehr weder an Werkzeugen zur Bearbeitung des Holzes, noch an Eisenteilen zur festen Verbindung desselben, ebenso wenig wie an Wissen und Erfahrung eines Baumeisters, der sich auf derlei Konstruktionen vorzüglich verstand, und dem Eifer seiner Mitarbeiter, die sich während der vergangenen sieben Monate eine große Handfertigkeit fast notwendig angeeignet haben mussten. Gedeon Spilett war dabei nicht der Ungeschickteste, und wetteiferte selbst mit dem Seemann, der »von einem einfachen Journalisten nie so viel erwartet hätte.«

Drei volle Wochen nahm der Brückenbau in Anspruch. Der Zeitersparnis wegen aß man gleich auf dem Werkplatze und kehrte bei dem anhaltend guten Wetter nur erst zur abendlichen Hauptmahlzeit nach dem Granithaus zurück.

Im Laufe dieser Zeit machte man auch die erfreuliche Wahrnehmung, dass Meister Jup sich mehr und mehr eingewöhnte und gegen seine neuen Herren, die er immer neugierigen Blickes betrachtete, zutraulicher wurde. Aus Vorsicht gab ihm Pencroff aber auch jetzt noch nicht seine volle Bewegungsfreiheit wieder, sondern wollte dazu den Zeitpunkt abwarten, bis die Grenzen des Plateaus besser gesichert wären. Top und Jup übrigens standen auf bestem Fuße und spielten mit einander, wobei Jup aber stets einen gewissen Ernst bewahrte.

Am 20. November beendete man den Bau der Brücke. Ihr durch Gegengewichte beweglicher Teil schlug sich ohne größere Kraftanstrengung auf und nieder. Zwischen dem Scharnier desselben und dem letzten Querbalken, auf den sie sich beim Niederlassen auflegte, blieb ein Zwischenraum von zwanzig Fuß frei, der hinreichend breit erschien, um den Übertritt von Tieren zu verhindern.

Nun beschäftigte man sich mit der Frage der Herbeischaffung der Ballonhülle, welche die Kolonisten Eile hatten vollkommen in Sicherheit zu bringen; ihr Transport setzte jedoch die Zuführung eines Wagens bis zum Ballonhafen voraus, und diese den Durchbruch eines Weges durch die Urwälder des fernen Westens. Da hierbei eine gewisse Zeit verstreichen musste, so besuchten Nab und Pencroff einmal jenen Hafen, und da sie sich überzeugten, dass die Leinwandniederlage in ihrer Grotte ganz unversehrt erschien, so beschloss man, zunächst jene das Plateau selbst betreffenden Arbeiten zu erledigen.

»Das gestattet uns, meinte Pencroff, den Geflügelhof unter den günstigsten Bedingungen einzurichten, da wir dann weder einen unliebsamen Besuch etwaiger Füchse, noch einen Überfall anderer schädlicher Tiere zu befürchten haben.

– Ohne in Anschlag zu bringen, ergänzte Nab seine Worte, dass wir dann das Plateau urbar machen, bepflanzen ....

– Und unsere zweite Kornernte vorbereiten können!« fiel der Seemann mit selbstzufriedener Miene ein.

In der Tat hatte das erste, mit einem einzigen Korne besäte Getreidefeldchen sich, Dank Pencroffs Sorgfalt, musterhaft entwickelt. Nicht nur zeigte es die von dem Ingenieur vorhergesagten zehn Ähren, sondern jede derselben trug auch ihre achtzig Körner, so dass die Kolonie jetzt über einen Vorrat von achthundert Körnern gebot, – und das nach sechs Monaten, d.h. mit der Aussicht auf zwei Ernten im Jahre.

Diese achthundert Körner sollten mit Ausnahme von fünfzig – einer aus Klugheit aufbewahrten Reserve – auf ein neues Feld gesät werden, dem man die nämliche Sorgfalt wie dem Boden für das erste und einzige Korn widmete.

Das Feldstück wurde zurecht gemacht und mit einer dauerhaften, hohen und zugespitzten Palisadenwand umschlossen, welche für Vierfüßler unübersteigbar war. Naschhafte Vögel sollten einige aus Pencroffs Phantasie entsprungene Klappermühlen und Vogelscheuchen vertreiben. Dann wurden die siebenhundertfünfzig Körner in regelmäßigen Reihen mehr gesteckt als gesät, und der Natur das Weitere überlassen.

Am 21. November begann Cyrus Smith den Graben abzustecken, der das Plateau im Westen von dem südlichen Winkel des Grant-Sees bis zur Mercy-Biegung abschließen sollte. Auf dieser Strecke lagen zwei bis drei Fuß Dammerde auf einer soliden Granitbettung.

Es musste also nochmals Nitroglyzerin dargestellt werden, das auch vollständig seine Wirkung tat. Nach weniger als vierzehn Tagen durchschnitt ein zwölf Fuß breiter und sechs Fuß tiefer Graben den harten Boden des Plateaus. Mit Hilfe des nämlichen Mittels wurde das Felsgestade des Sees gesprengt; wirbelnd drängte sich das Wasser in das neue Bett und bildete einen kleinen Fluss, der den Namen »Glyzerin-Fluss« erhielt und nun einen Nebenarm der Mercy darstellte. Wie der Ingenieur vorher gesagt, sank das

Niveau des Sees, jedoch kaum merkbar, tiefer. Um die Abschließung vollkommen zu machen, verbreiterte man endlich noch das den Strand quer durchströmende Flüsschen beträchtlich, und verhinderte das Nachfallen des Sandes durch Plankenwände an beiden Ufern.

In der ersten Dezemberhälfte wurden diese Arbeiten vollbracht und das Plateau der Freien Umschau, ein unregelmäßiges Fünfeck von gegen vier Meilen Umfang, durch einen zusammenhängenden Wassergürtel vor jedem Angriffe geschützt.

Der Dezember zeichnete sich übrigens durch starke Hitze aus. Die Kolonisten wollten indessen die Ausführung ihrer Projekte nicht unterbrechen, und da die Errichtung des Geflügelhofes sehr dringend erschien, schritt man sofort dazu.

Es bedarf wohl kaum der Erwähnung, dass Meister Jup nach vollendeter Abschließung des Plateaus ganz in Freiheit gesetzt wurde. Er hielt sich fortwährend zu seinen Herren und verriet nicht die mindeste Neigung zum Entlaufen. Es war ein sanftes, doch sehr kräftiges Tier von erstaunlicher Gelenkigkeit. O, wenn es die Leiter nach dem Granithaus hinauf zu ersteigen galt, da tat es ihm wohl Keiner gleich. Schon hatte man ihn auch zu einzelnen Hilfsleistungen abgerichtet; er schleppte z.B. Holz herzu und wälzte die aus dem Bette des Glyzerin-Flusses gehobenen Steine weg.

»Nun, ein Maurer ist es gerade noch nicht, aber doch schon ein Affe!« sagte scherzend Harbert mit Anspielung auf den Spitznamen »Affe«, den die Maurer ihren Lehrlingen geben.[1] Und wenn dieser Name je gerechtfertigt erschien, so war er es gewiss in diesem Falle.

Der Geflügelhof erhielt einen Flächeninhalt von zweihundert Quadrat-Yards, die man an der Südostseite des Sees auswählte. Auch diesen umgab man mit einer Palisade und sorgte für verschiedenerlei Unterkommen für die Tiere, die ihn bevölkern sollten. Im Allgemeinen beschränkte man sich auf eine Art Hütten aus Zweigen, die in Einzelabteilungen zerfielen und nur noch ihrer Bewohner harrten.

Die ersten bildete das Tinamon-Pärchen, welches sich bald durch junge Brut vermehrte. Zur Gesellschaft diente ihnen ein halbes Dutzend am Seeufer nistende Enten. Einige derselben gehörten zu derjenigen chinesischen Art, deren Flügel sich fächerförmig öffnen und die durch den Glanz und das Farbenspiel ihres Gefieders mit den Goldfasanen wetteifern. Einige Tage später fing Harbert noch ein Paar hühnerartige Vögel mit rundem, langgefiedertem Schwanze ein, prächtige »Alectors«, die sich schnell eingewöhnten. Pelikane, Taucherkönige, Wasserhühner u. dergl. fanden sich ganz von selbst am Strande des Geflügelhofes ein, und diese ganze kleine Welt, welche sich erst streitend, krähend, kreischend und gluckend anzufeinden schien, vertrug sich doch am Ende und vermehrte in befriedigendem Maßstabe die späteren Lebensmittelquellen der Kolonie.

Zur Vollendung seines Werkes errichtete Cyrus Smith in einer Ecke des Geflügelhofes auch noch einen Taubenschlag, in welchen ein Dutzend Tauben, welche die hohen Felsen des Plateaus umschwärmten, eingesetzt wurden. Diese

Vögel gewöhnten sich sehr leicht, allabendlich nach ihrer neuen Wohnung zurückzukehren, und zeigten überhaupt mehr Neigung, zu Haustieren zu werden, als ihre Verwandten, die Holztauben, welche sich nur im Zustande der Freiheit vermehren.

Endlich nahte die Zeit, die Ballonhülle zur Anfertigung von Bekleidungsgegenständen auszunützen; denn sie in ihrer alten Form aufzubewahren und vielleicht gar mittels Ballons und erhitzter Luft einen tollkühnen Versuch zu wagen, von der Insel über dieses unbegrenzte Meer zu entfliehen, das hätte nur Leuten in den Sinn kommen können, welche vielleicht an allem Mangel litten; doch Cyrus Smith war ein viel zu praktischer Kopf, um an Derartiges zu denken.

Zunächst handelte es sich nun darum, den Ballon nach dem Granithaus überzuführen, was die Kolonisten veranlasste, ihren schwerfälligen Wagen beweglicher und leichter zu machen. Wenn aber das Gefährt nicht eigentlich fehlte, so ging ihm doch die so wünschenswerte Zugkraft gänzlich ab. Existierte denn auf der ganzen Insel kein eingeborener Wiederkäuer, der Pferd oder Esel, Ochs oder Kuh ersetzen konnte?

»Wahrlich, meinte Pencroff, ein Zugtier müsste uns von großem Nutzen sein, bis es Herrn Cyrus einmal beliebt, ein Dampfboot oder gar eine Lokomotive zu bauen, denn unzweifelhaft werden wir dereinst eine Eisenbahn vom Granithaus nach dem Ballonhafen mit einer Zweigbahn nach dem Franklin-Berge besitzen!«

Wenn der ehrliche Seemann also sprach, glaubte er auch selbst an seine Worte! O, über die Einbildung, wenn sich der Glaube ihr beimischt!

Doch, um nicht zu übertreiben, ein einfaches Gespann von Vierfüßlern wäre jetzt Pencroffs Herzenswunsch gewesen, und da die Vorsehung ihm alles zu Gefallen zu tun schien, so ließ sie ihn auch hiernach nicht zu lange seufzen.

Eines Tages – es war am 23. Dezember – hörte man gleichzeitig Nab aus Leibeskräften schreien und den Hund dazu bellen. Die eben in den Kaminen beschäftigen Kolonisten liefen in Befürchtung eines Unfalls schnell herzu.

Was sahen sie aber? – Zwei schöne große Tiere, die sich unvorsichtiger Weise auf das Plateau, dessen Brückchen zufällig nicht aufgezogen waren, verirrt hatten. Man hätte sie für zwei Pferde halten können, oder mindestens für ein Eselmännchen und -weibchen von schlanker Form, isabellfarbenem Fell, weißen Beinen und Schwanze, am Kopfe, ebenso wie am Halse und am Bauche, zebraartig gestreift. Ohne ein Zeichen von Unruhe trippelten sie daher und guckten mit hellen Augen die Menschen an, in denen sie ihre Herren noch nicht erkannten.

»Das sind Quaggas, rief Harbert, Tiere, welche zwischen Zebra und Quagga stehen.

– Und warum keine Esel? fragte Nab.

– Weil ihnen die langen Ohren fehlen und sie gefälligere Formen haben.

– Was, Pferde oder Esel, entschied Pencroff, es sind ›Motore‹, wie Herr Smith sagen würde, und als solche ein erwünschter Fang.«

Ohne die Tiere zu erschrecken, glitt Harbert im Grase bis zu dem Brückchen des Glyzerin-Flusses, zog es auf, und die Quaggas – waren gefangen.

Sollte man sich ihrer jetzt mit Gewalt bemächtigen und sie um jeden Preis schnell zu zähmen suchen? Nein. Man entschied sich dahin, sie einige Tage ganz nach Belieben auf dem Plateau umher laufen zu lassen, wobei es ihnen an Weidefutter nicht fehlen konnte, und dazu ließ der Ingenieur einen Stall erbauen, in welchem die Quaggas für die Nacht Unterkommen und ein geeignetes Lager finden sollten.

Man ließ demnach dem prächtigen Pärchen vollkommene Bewegungsfreiheit, und die Kolonisten vermieden sogar, es durch Annäherung scheu zu machen. Mehrmals schienen die Quaggas Luft zu verspüren, das Plateau wieder zu verlassen, da dasselbe den an die Weite und die tiefen Wälder gewöhnten Tieren zu beschränkt sein mochte. Dann sah man sie längs der Wassergrenzen dahin galoppieren und hörte sie kurz und unwillig wiehern, und wenn sie sich wieder mehr beruhigt hatten, standen sie wohl Stunden lang still und sahen hinaus in die freien Wälder, in welche sie nicht mehr wie früher zurückkehren sollten.

Inzwischen hatte man Geschirr und Zugstricke aus Pflanzenfasern hergerichtet, und wenige Tage nach dem Einfangen der Quaggas stand nicht nur der Wagen bereit, bespannt zu werden, sondern streckte sich auch eine gerade Straße oder vielmehr eine Schneise durch den Wald des fernen Westens von der Mercy-Biegung an bis nach dem Ballonhafen. Jetzt war man also im Stande, mit dem Wagen dahin zu gelangen, und gegen Ende Dezember schritt man zu dem ersten Versuche mit den Quaggas.

Pencroff hatte die Tiere schon so an sich gewöhnt, dass sie ihm aus der Hand fraßen und sich ohne Schwierigkeit nahe kommen ließen; als sie jedoch angeschirrt wurden, bäumten und wehrten sie sich gewaltig, so dass sie nur mit Mühe zu bändigen waren. Nichtsdestoweniger mussten sie sich doch endlich diesem ungewohnten Dienste fügen, und wird das Quagga, von Natur minder rebellisch als das Zebra, in den Berggegenden Ostafrikas sehr häufig als Zugtier benutzt; ja, es misslang sogar der Versuch nicht, dasselbe in verhältnismäßig kalten Landstrichen Europas zu akklimatisieren.

An diesem Tage bestieg die ganze Kolonie, bis auf Pencroff, der neben den Köpfen seiner Tiere herging, den Wagen und fuhr die Straße nach dem Ballonhafen dahin. Dass man auf diesem ungeebneten Wege tüchtig durchgeschüttelt wurde, liegt auf der Hand. Doch das Gefährt gelangte ohne Unfall aus Ziel, und noch an dem nämlichen Tage konnte die Ballonhülle nebst Zubehör verladen werden.

Um acht Uhr Abends schwankte der Wagen nach Überschreitung der Mercy-Brücke wieder längs des linken Flussufers hinab und hielt am Strande an. Die Quaggas wurden ausgespannt, nach ihrem Stalle zurückgeführt, und Pencroff machte, bevor er einschlief, seinen Gefühlen der Befriedigung noch durch einen Stoßseufzer Luft, der das Echo aus allen Ecken des Granithauses wach rief.

Fußnoten

1 Ein deutsch nicht wieder zu gebendes Wortspiel, das im Obigen erklärt ist, und sich auf den Doppelsinn des Wortes, *singe*, Affe und (als Spitzname) Maurerlehrling (weil dieser häufig die Baugerüste auf- und abzusteigen hat), gründet.

D. Übers.

ACHTES KAPITEL.

Die erste Januarwoche wurde der Anfertigung der für die Kolonie nötigen Leibwäsche gewidmet. Die in der Kiste vorgefundenen Nadeln blitzten in kräftigen, wenn auch nicht zarten Fingern, und man muss gestehen, dass das, was einmal genäht war, auch solid ausfiel.

An Faden fehlte es nicht, denn Cyrus Smith war auf den Einfall gekommen, den zu sammeln, der zu den Nähten des Luftschiffes gedient hatte. Die langen Gewebstücke dröselten Gedeon Spilett und Harbert mit unglaublicher Geduld wieder auf; Pencroff beteiligte sich bei dieser Arbeit, die ihm zu sauer anging, nicht; als aber das Nähen begann, fand er nicht seines Gleichen. Jedermann weiß ja, dass die Seeleute ein hervorragendes Geschick für Schneiderarbeiten zeigen.

Die Stoffe, aus denen die Ballonhülle bestand, wurden mittels Soda und Pottasche, welche man aus eingeäscherten Pflanzen gewann, entfettet, und als man auf diese Weise den Firnisüberzug entfernt, nahm das Gewebe auch seine natürliche Weichheit und Dehnbarkeit wieder an und wurde unter dem bleichenden Einfluss der Atmosphäre ganz vollkommen weiß.

Einige Dutzend Hemden und Socken, letztere selbstverständlich nicht gewebt, sondern zusammengenäht – wurden in der Weise hergestellt. Welche Freude für die Kolonisten, sich endlich neu und weiß, wenn auch mit grobem Gewebe zu bekleiden und in Betten zu liegen, in welche man die Lagerstätten des Granithauses umwandelte.

Zu gleicher Zeit fertigte man auch Schuhwerk aus Robbenhaut, das die aus Amerika mitgebrachten Schuhe und Stiefeln ersetzen musste. Es versteht sich von selbst, dass dieses Schuhwerk lang und weit ausfiel und den Fuß der Wanderer niemals genierte.

Seit Anfang des Jahres 1866 dauerte die Hitze gleichmäßig an, unterbrach aber die Jagd in den Wäldern nicht. Agutis, Pekaris, Wasserschweine, Kängurus, Wildbret und Federvieh tummelten sich in hellen Haufen umher, und Gedeon Spilett sowie Harbert waren zu gute Schützen, um eine Gewehrladung zu vergeuden.

Cyrus Smith empfahl ihnen immer die Munition zu schonen und dachte schon auf Maßregeln, das in der Kiste gefundene Pulver und Blei zu ersetzen, da er jene für die Zukunft aufbewahren wollte. Wusste er denn, wohin ihn eines Tages das Schicksal samt seinen Freunden noch verschlagen konnte, im Fall sie ihren jetzigen Aufenthaltsort verließen?

Man musste sich also gegen jeden Zufall wappnen und die Munition dadurch sparen, dass man an ihrer Statt leichter ersetzbare Materialien verwendete.

Als Ersatz des Bleies, von dem Cyrus Smith keine Spur auf der Insel fand, war ohne große Schwierigkeit Eisenschrot zu gebrauchen, dessen Herstellung nicht zu schwer erschien. Derartige Schrotkörner sind allerdings leichter, als die aus Blei, man musste sie deshalb größer machen, und jeder Schuss bestand aus wenigeren derselben; doch die Geschicklichkeit der Schützen glich diesen Fehler aus Pulver hätte Cyrus Smith zwar erzeugen können, denn es fehlte ihm weder an Schwefel, Salpeter, noch Kohle; um jedoch ein gutes Produkt zu erzielen, bedarf es der größten Sorgfalt und spezieller Werkzeuge, die ihm ja abgingen.

Der Ingenieur zog es also vor, Pyroxylin, d.h. Schießbaumwolle, darzustellen, eine Substanz, zu der Baumwolle selbst nicht einmal unbedingt gehört, da sie in jene Verbindung nur in der Form der Cellulose eintritt. Cellulose ist aber nichts Anderes als das elementare Gewebe der Pflanzen, und findet sich nicht selten nahezu in reinem Zustande, nicht allein in der Baumwolle, sondern auch in den Fasern des Leines und Hanfes, im Papier, alter Wäsche, im Mark des Holunders usw. Gerade an letzterer Pflanze erwies sich aber die Insel sehr reich, wenigstens nahe der Mündung des Roten Flusses, und wendeten die Kolonisten auch schon deren Beeren an Stelle des Kaffees längere Zeit an.

Man brauchte also nur diese Cellulose, eben das Holundermark, anzusammeln. Die andere zur Pyroxylin-Erzeugung nötige Substanz war nichts anderes, als rauchende Salpetersäure. Da Cyrus Smith Schwefelsäure zur Disposition stand, konnte er auch jene Säure durch Zersetzung des von der Natur gebotenen Salpeters darstellen.

Er beschloss also wirklich Schießbaumwolle zum gewöhnlichen Gebrauche anzufertigen, trotzdem er gegen deren große Fehler nicht blind war, d.h. gegen die Unsicherheit ihrer Wirkung, die überaus leichte Entzündbarkeit, da sie schon bei 170° Wärme explodiert, und endlich ihre zu rapide Verbrennung, welche in Feuerwaffen gefährlich werden kann. Dagegen darf man auch die Vorteile dieser Substanz nicht vergessen, welche darin bestehen, dass sie durch Feuchtigkeit nicht leidet, den Lauf der Gewehre nicht verschmiert und ihre Treibkraft viermal stärker ist, als die des gewöhnlichen Pulvers.

Um Pyroxylin zu gewinnen, genügt es, Cellulose eine Viertelstunde lang in rauchende Salpetersäure zu tauchen, sie dann mit viel Wasser auszuwaschen und zu trocknen. Man erkennt, dass dieser Vorgang ein sehr einfacher ist.

Cyrus Smith hatte nur gewöhnliche Salpetersäure, nicht die sogenannte rauchende, welche bei Berührung mit feuchter Luft rötliche Dämpfe ausstößt, zur Hand; wenn er aber statt der letzteren gewöhnliche Salpetersäure anwendete und drei Teile derselben mit fünf Teilen konzentrierter Schwefelsäure mischte, so musste er zu demselben Ziele gelangen, was denn auch der Fall war. Die Jäger der Insel besaßen also bald eine Substanz, welche bei vorsichtigem Gebrauche ganz ausgezeichnete Resultate lieferte.

Um diese Zeit machten die Kolonisten auch drei Acker[1] vom Plateau der Freien Umschau urbar, während der übrige Teil als Wiesenland für die beiden Quaggas reserviert wurde. Bei wiederholten Ausflügen nach dem Jacamar-Walde und dem des fernen Westens sammelte man eine beträchtliche Menge wildwachsender Pflanzen, wie Spinat, Kresse, Rettiche, Rüben, die eine verständige Kultur bald veredeln musste und deren späterer Ertrag das stickstoffhaltige Regime der Ansiedler vorteilhaft zu verändern versprach. Ebenso fuhr man große Vorräte an Holz und Kohlen ein. jeder Ausflug diente nebenbei dazu, die Wege zu verbessern, da durch die Räder die oberen Schichten derselben mehr und mehr geglättet wurden.

Das Kaninchengehege lieferte fort und fort seinen gewohnten Beitrag für die Küche des Granithauses. Da es noch über den Winkel hinaus lag, von dem aus der Glyzerin-Fluss seinen Anfang nahm, so vermochten seine Bewohner nicht nach dem eingeschlossenen Plateau zu schweifen und folglich auch die dortigen Anpflanzungen nicht zu beschädigen. Die mitten zwischen den einzelnen Felsen des flachen Ufers angelegte Austernbank, die sich in wünschenswerthester Weise vermehrte, versorgte die Ansiedler täglich mit ausgezeichneten Mollusken. Überdem ergab der Fischfang entweder in dem See oder in der Mercy unausgesetzt einen reichen Ertrag, denn Pencroff hatte mehrere mit eisernen Angeln ausgerüstete Grundleinen ausgelegt, an denen sich häufig schöne Seeforellen und andere sehr schmackhafte Fische singen, deren silberglänzende Seiten mit kleinen gelblichen Flecken bedeckt waren. So wurde es Nab möglich, mit den Gerichten jeder Mahlzeit zu wechseln; nur das Brot fehlte dem Tische der Kolonisten noch immer, eine Entbehrung, welche sie, wie erwähnt, recht empfindlich fühlten.

Auch auf die am Strande des Kiefern-Kaps vorkommenden Seeschildkröten wurde wiederholt Jagd gemacht. Ebenda entdeckte man auf dem Strande eine große Menge kleiner Hügel, welche kugelrunde, weiße und hartschalige Eier enthielten, deren Eiweiß gegenüber dem der Vogeleier die Eigentümlichkeit hat, nicht zu gerinnen. Die Sonnenwärme brütet diese Eier aus. Da jede Schildkröte im Jahre bis zweihundertfünfzig Eier legt, erklärt sich ihre große Anzahl am Strande.

»Das ist ja ein wahres Eierfeld, bemerkte Gedeon Spilett, das man nur abzulesen braucht.«

Man begnügte sich indessen nicht nur mit den Produkten, sondern stellte auch den Produzenten nach, eine Jagd, welche dem Granithaus über ein Dutzend rücksichtlich ihres Näherungswertes sehr schätzbare Schildkröten einbrachte. Die mit aromatischen Kräutern und einigen Gewürzen bereitete Schildkrötensuppe rief manchen Lobspruch für ihren Bereiter, Nab, hervor.

Noch ein Glücksumstand verdient an dieser Stelle Erwähnung, der es möglich machte, recht ansehnliche Vorräte für den Winter zu sammeln. In die Mercy strömten jetzt nämlich ganze Schaaren Lachse mehrere Meilen weit landeinwärts. Es war die Zeit, in der die Weibchen, denen die Männchen nachfolgen, geeignete Laichplätze aufsuchen und in das ruhige Gewässer eine auffallende Bewegung brachten Tausende solcher Fische von etwa zweiundeinhalb Fuß Länge drängten sich in den Fluss, und es musste schon die Anlegung einiger Wehre genügen, um eine ganze Anzahl derselben zurückzuhalten. Auf diese Art fing man auch einige Hundert, welche eingesalzen und für den Winter aufbewahrt wurden, wenn die Eisdecke auf dem Flusse den Fischfang unmöglich machte.

Nun wurde der sehr intelligente Jup auch zum wohlbestallten Kammerdiener erhoben. Seine Bekleidung bestand aus einer weißen Jacke, einer ebensolchen kurzen Hofe und einer Schürze, deren Taschen ihm ein besonderes Vergnügen zu gewähren schienen, denn immer wühlte er mit den Händen in denselben und litt nicht, dass ein Anderer hinein fasse. Der geschickte Orang-Utan war von Nab ganz tadellos abgerichtet worden, und man hätte glauben können, dass der Neger und der Affe sich verständen, wenn sie mit einander sprachen.

Jup zeigte übrigens gegen Nab eine ganz besondere Zuneigung, welche dieser ihm ehrlich vergalt. Sobald man ihn nicht zum Holzanfahren, Erklettern der Bäume und dergleichen brauchte, hielt sich Jup die meiste Zeit über in der Küche auf und suchte alles nachzuahmen, was er von Nab verrichten sah. Der Lehrer bewies auch eine außerordentliche Geduld und unerschöpflichen Eifer in der Unterweisung seines Schülers, und dieser belohnte ihn mit der einsichtsvollsten Aufmerksamkeit, um von dem Unterrichte des Lehrers Nutzen zu ziehen.

Man verdeutliche sich also die staunende Befriedigung, welche Jup eines Tages bei den Tischgästen des Granithauses hervorrief, als er mit der Serviette unter dem Arme erschien, um sie bei der Mahlzeit zu bedienen. Geschickt und aufmerksam versah er seinen Dienst mit vollendeter Gewandtheit, wechselte die Teller, brachte die Schüsseln herbei, schenkte ein und führte das alles mit einem solchen Ernste aus, dass es die Kolonisten höchlichst ergötzte und Pencroff laut aufjubeln ließ.

»Jup, Suppe!

– Jup, etwas Agutibraten!

– Jup, einen Teller!

– Schön Jup, brav, wackerer Junge!«

Man hörte gar nichts Anderes, und Jup entsprach dem Verlangen, ohne je in Verlegenheit zu geraten, passte auf alles auf und schüttelte den klugen Kopf, als Pencroff auf seinen früheren Scherz zurückkam und sagte:

»Jup, wir werden entschieden Deinen Lohn verdoppeln müssen!«

Es versteht sich von selbst, dass der Orang-Utan jetzt vollständig an das Granithaus gewöhnt war und seine Herren häufig in den Wald begleitete, ohne jemals einen Fluchtversuch zu machen. Man musste ihn sehen, wie er drollig dahin wanderte, mit einem Stocke, den ihm Pencroff gegeben hatte, und den er wie ein Gewehr auf der Schulter trug. Wollte man vom Gipfel eines Baumes einige Früchte geschüttelt haben, wie schnell war er da oben. Wenn das Wagenrad in den Boden einsank, mit welcher Kraft hob Jup den Wagen mittels der Schulter wieder auf den besseren Weg!

»Ein famoser Kerl! rief Pencroff einmal über das andere. Wenn der ebenso bösartig wäre, als er gutmütig ist, würden wir schwerlich mit ihm fertig werden!«

Gegen Ende Januar war es, als die Kolonisten zu den umfänglicheren Arbeiten im Innern der Insel vorschritten. Man hatte beschlossen, nahe den Quellen des Roten Flusses, am Fuße des Franklin-Berges, eine Umfriedigung für Wiederkäuer herzustellen, welche man im Granithaus selbst doch nicht halten konnte, und speziell für Mufflons (wilde Schafe), von denen Wolle für die Winterkleider gewonnen werden sollte.

Jeden Morgen begab sich entweder die ganze Kolonie, oder auch nur Cyrus Smith, Harbert und Pencroff nach den Quellen des Flusses; mit Hilfe der Quaggas war das ja nur eine Spazierfahrt von fünf Meilen auf der unter einem grünen Blätterdache hingeführten neuen Straße, welche den Namen der Hürden-Straße erhielt.

Vor dem Abhange des südlichen Berggipfels hatte man daselbst ein umfängliches Areal ausgewählt, eine Art Wiese mit einzelnen Baumgruppen, am Fuße eines Vorberges, der sie auf der einen Seite abschloss. Ein kleiner dem Ausläufer entspringender Wildbach durchschnitt dieses Terrain in schiefer Richtung und verlor sich dann im Roten Flusse. Das Gras war saftig und frisch, und die nur vereinzelt stehenden Bäume gestatteten einen reichlichen Luftwechsel. Besagte Wiesenfläche brauchte also nur mit einer kreisförmigen Palisade eingezäunt zu werden, die sich an jede Seite des Vorberges lehnte und hoch genug war, um auch den gewandtesten Tieren das Überklettern unmöglich zu machen. Die Hürde vermochte gleichzeitig wohl an hundert Tiere, Schafe und wilde Ziegen, nebst den etwa später geworfenen Jungen zu bergen.

Nachdem der Ingenieur den Umfang der Hürde abgesteckt hatte, sollten die zur Errichtung der Palisade nötigen Bäume gefällt werden; da aber beim Durchbruch der Straße schon eine Menge Stämme umgelegt worden waren, fuhr man diese heran, und gewann so gegen hundert starke Pfähle, welche fest in den Boden versenkt wurden.

Im vorderen Teile der Einzäunung sparte man einen hinlänglich breiten Eingang aus, der durch eine zweiflügelige, aus starken Planken bestehende Tür verschließbar war.

Der Bau dieser Hürde nahm übrigens nicht weniger als drei Wochen in Anspruch, denn außer der eigentlichen Palisade errichtete Cyrus Smith noch verschiedene große Bretterschuppen als Zuflucht für die Tiere.

Auf die Festigkeit aller Konstruktionen musste man ganz besonders achten, denn die Mufflons sind sehr kräftige Tiere und ließen befürchten, dass sie in der ersten Zeit sehr ungebärdig sein würden. Die am oberen Teile zugespitzten und angesengten Pfähle verband man durch übergenagelte Querhölzer, und stützte sie auch in gewissen Entfernungen noch angemessen ab.

Nach Vollendung der Einfriedigung sollte am Fuße des Franklin-Berges, dessen fette Weiden die Wiederkäuer mit Vorliebe besuchten, ein großes Treibjagen abgehalten werden. Das geschah am 7. Februar, einem herrlichen Sommertage, und alle beteiligten sich dabei. Die beiden wohlzugerittenen Quaggas trugen Gedeon Spilett und Harbert und leisteten bei dieser Gelegenheit sehr ersprießliche Dienste.

Das Verfahren bestand einfach darin, die Schafe und Ziegen in einen Kessel zu treiben und den Kreis um sie immer mehr zu schließen. Cyrus Smith, Pencroff, Nab und Jup stellten sich an verschiedenen Stellen des Waldes auf, während die beiden Cavaliere die Hürde in etwa halbmeiligem Umkreise umritten.

Mufflons gab es in diesem Teile der Insel sehr zahlreich. Diese schönen Tiere in der Größe der Damhirsche, mit stärkeren Hörnern als die Widder, und grauer, stellenweise sehr langer Behaarung, glichen den Argalischafen.

Wohl war dieser Jagdtag sehr ermüdend. Wie oft musste man hin und her und da und dort hin laufen, und die Stimme bei dem Zurufen anstrengen! Von einem Hundert zusammengetriebener Schafe entwischten wohl zwei Drittel; zuletzt hatte man aber doch gegen dreißig jener Wiederkäuer und etwa zehn wilde Ziegen nahe an die Hürde zusammengetrieben, in welche sie sich, da deren Tür ihnen einen Ausweg zu bieten schien, hineindrängten und natürlich damit gefangen waren.

Der gesamte Erfolg erschien gewiss so befriedigend, dass die Kolonisten sich nicht zu beklagen hatten. Die Mehrzahl der Mufflons bestand aus Weibchen, und manche derselben waren in hochträchtigem Zustande. Es unterlag also keinem Zweifel, dass die Herde gedeihen und in nicht allzu ferner Zeit nicht allein Wolle, sondern auch Häute in Überfluss geben werde.

Ganz erschöpft langten die Jäger an diesem Abend im Granithaus an. Dennoch begaben sie sich schon früh am nächsten Tage wieder zu der Hürde. Wohl schienen die Gefangenen versucht zu haben, die Palisade umzuwerfen, doch ohne jeden Erfolg, und schon verhielten sie sich wesentlich ruhiger.

Der ganze Monat Februar zeichnete sich durch kein weiteres Ereignis von Bedeutung aus. Die Arbeiten des Tages spannen sich mit gewohnter Regelmäßigkeit ab, und neben der Ausbesserung der Hürden-Straße und der nach dem Ballon-Hafen legte man auch noch eine dritte, von der Einzäunung nach der Westküste zu, an. Den noch immer unbekannten Teil der Insel Lincoln bildeten die dichten Wälder auf der Schlangenhalbinsel, in welche sich die wilden reißenden Tiere flüchteten, von denen Gedeon Spilett seine Domäne bald zu säubern gedachte.

Vor Wiedereintritt der kalten Jahreszeit schenkte man der Kultur der wilden Pflanzen, die aus den Wäldern nach dem Plateau der Freien Umschau versetzt worden waren, die sorgsamste Pflege. Nie kehrte Harbert von auswärts zurück, ohne die oder jene nützliche Pflanze mit heimzubringen. Einmal waren das Musterexemplare von der Familie der Chicorazeen, aus deren Korn ein ausgezeichnetes Öl zu gewinnen ist; ein anderes Mal wohl der gemeine Sauerampfer, dessen antiskorbutische Eigenschaften nicht zu verachten sind; dann jene kostbaren Knollen, die in Amerika von jeher angebaut wurden, nämlich Erdäpfel, von denen man heutzutage mehr als zweihundert Abarten zählt. Der jetzt wohl in Stand gesetzte, gut begossene und gegen Vögel geschützte Gemüsegarten war in kleinere Beete eingeteilt, auf denen Salat, Sauerampfer, Rüben, Rettiche und andere Cruciferen wuchsen. Das Land auf dem Plateau erwies sich als überaus fruchtbar und ließ reichliche Ernten erwarten.

An den verschiedensten Getränken fehlte es übrigens auch nicht, und wer nicht gerade nach Wein verlangte, hatte gewiss keine Ursache sich zu beklagen. Zu dem Oswego-Tee und dem aus den Wurzeln des Drachenbaumes gewonnenen gegorenen Likör hatte Cyrus Smith noch ein wirkliches Bier bereitet. Er erzeugte es aus den jungen Sprossen der »*Abies nigra*«, welche, abgekocht und in Gärung versetzt, jenes angenehme und Gesundheit fördernde Getränk liefern, das die Amerikaner »*spring-beer*«, d.i. Schösslings-Bier nennen.

Gegen Ende des Sommers besaß der Hühnerhof ein schönes Trappenpaar, zur Abart der »Hubaras« gehörig, und charakterisiert durch eine Art Federmantel; ferner ein Dutzend Löffelenten, deren obere Kinnlade auf jeder Seite ein sackförmiges Anhängsel trägt, und endlich eine Anzahl prächtiger Hähne mit schwarzem Kamme, ähnlich den Mozambique-Hähnen, die am Seeufer umher stolzierten.

So gedieh also, Dank der Tätigkeit dieser mutigen und intelligenten Männer, alles nach Wunsch. Gewiss tat die Vorsehung nicht wenig für sie, doch getreu der so wichtigen Vorschrift halfen sie sich erst selbst, und so kam ihnen auch der Himmel zu Hilfe.

Nach dem warmen Sommertage liebten es die Ansiedler nach vollendeter Arbeit, wenn der Abend herabsank und vom Meere ein erquickender Wind hereinwehte, sich am Rande des Plateaus zur Freien Umschau unter eine von Schlinggewächsen überzogene Veranda zu setzen, welche Nab eigenhändig erbaut hatte.

Dort plauderten sie, belehrten einer den Andern, entwarfen neue Pläne für die Zukunft, und dort erfreute der etwas derbe Humor des Seemannes unausgesetzt die ganze kleine Gesellschaft, deren schöne Harmonie noch durch keinen Misston gestört worden war.

Man sprach da wohl auch von der Heimat, dem teuren, großen Amerika. Wie stand es jetzt mit dem Sezessionskriege? Unmöglich hatte er sich weiter verlängern können! Richmond musste in die Hände des Generals Grant gefallen sein und die Einnahme der Hauptstadt der Konföderierten diesem verderblichen Kampfe ein Ende gemacht haben. Gewiss hatte die gute Sache des Nordens jetzt längst gesiegt. O, wie ersehnt wäre den Ansiedlern der Insel Lincoln jetzt ein Zeitungsblatt gekommen! Seit elf Monaten waren sie von jeder Verbindung mit der menschlichen Gesellschaft abgeschnitten, und binnen Kurzem kehrte jener 24. März, d.h. der Tag wieder, an dem sie der Ballon vor einem Jahre an diese unbekannte Insel geworfen hatte. Damals waren sie nur Schiffbrüchige, die noch nicht wussten, ob es ihnen gelingen werde, der Natur ihr elendes Leben abzutrotzen! Und jetzt dagegen fühlten sie sich, Dank dem reichen Wissen ihrer Führer und ihrer eigenen Einsicht, als wirkliche Ansiedler, versehen mit Waffen, Instrumenten, Werkzeugen, als Leute, die sich die Tiere, Pflanzen und Mineralien der Insel, d.h. alle drei Reiche der Natur dienstbar gemacht hatten!

Ja, sie plauderten oft hiervon und überdachten neue Pläne für die kommende Zeit!

Cyrus Smith, der sich meist schweigend verhielt, hörte seinen Freunden häufiger nur zu, als dass er selbst sprach. Manchmal lächelte er über eine Reflexion Harberts oder über einen schnurrigen Einfall Pencroffs, doch fortwährend sann er über die unerklärlichen Ereignisse, die sich hier vollzogen, über das Rätsel nach, dessen Lösung ihm noch immer nicht gelingen wollte.

Fußnoten
1 1 Acker = 0,4046 Hektar.

NEUNTES KAPITEL.

In der ersten Woche des März änderte sich das Wetter. Schon mit Anfang des Monats trat starker Regen ein und dabei dauerte die Hitze noch unvermindert fort. Man fühlte es, dass die Atmosphäre mit Elektrizität geschwängert und eine mehr oder weniger lange Periode stürmischen Wetters ernstlich zu befürchten war.

In der Tat grollte am 2. der Donner mit furchtbarer Gewalt. Der Wind blies aus Osten, und der Hagel schlug wie Kartuschenkugeln direkt gegen die Fassade des Granithauses. Die Türe und Fensterläden mussten hermetisch verschlossen werden, sonst wäre eine Überschwemmung der Zimmer im Innern nicht ausgeblieben.

Als er diese Hagelkörner fallen sah, deren einige die Größe von Taubeneiern erreichten, ängstigte Pencroff nur der eine Gedanke, dass sein Kornfeld in größter Gefahr schwebe.

Er eilte sofort nach dem Felde, auf dem die Ähren schon ihre kleinen grünen Köpfe erhoben Mittels eines großen Stückes Zeug gelang es ihm, seine Ernte zu schützen. Wurde er auch dafür halb gesteinigt, so murrte er doch deshalb nicht.

Dieses schlechte Wetter hielt acht Tage lang an, während dessen der Donner in den Tiefen des Himmels fast niemals zu rollen aufhörte. In der Zeit zwischen zwei Gewittern hörte man ihn noch außerhalb der Grenzen des Horizontes, um bald wieder mit erneuter Heftigkeit loszubrechen. Der Himmel erschien fortwährend von Blitzen gestreift, die mehrmals auch Bäume der Insel trafen, unter anderen eine enorme Fichte, welche nahe dem See an der Grenze des Waldes stand.

Wiederholt schlug das elektrische Fluidum auch auf das Ufer nieder und schmolz den Sand glasartig zusammen. Bei dem Auffinden dieser Fulguriten (d.s. sogenannte Blitzröhren) kam der Ingenieur zu dem Glauben, dass es tunlich sein werde, die Fenster des Granithauses mit dichten und haltbaren Scheiben zu versehen, welche Wind, Regen und Hagel abzuhalten versprachen.

Da die Kolonisten außerhalb keine dringlichen Arbeiten vorhatten, beschäftigten sie sich im Innern des Granithauses, dessen Einrichtung sich von Tag zu Tag vervollkommnete und verbesserte. Der Ingenieur baute eine einfache Drehbank, auf der er verschiedene Toiletten- und Küchengegenstände abdrehte, vor allem Knöpfe, deren Mangel sich besonders fühlbar machte. Für die Waffen, denen man die größte Sorgfalt zuwendete, war ein Gewehrgestell errichtet worden, und weder Regale noch Schränke ließen zu wünschen übrig. Man sägte, hobelte, feilte, drehte, und während dieser ganzen Zeit der schlechten Witterung hörte man nichts als das Geräusch der Werkzeuge und das Knarren der Drehbank, die einzige Antwort auf das mächtige Rollen der Donnerschläge.

Meister Jup wurde nicht vergessen und bewohnte neben dem Hauptmagazine einen eigenen Raum mit einem Lager von weicher Streu, das ihm sehr wohl zu gefallen schien.

»Dieser wackere Jup, lobte ihn Pencroff öfters, veranlasst doch nie einen Streit oder verletzt durch vorlaute Antworten; das ist mir ein Diener ohne Gleichen, Nab, ein wahres Prachtexemplar von dienstbarem Geist!

– Mein Schüler, antwortete Nab, und bald meines Gleichen!

– O, er überflügelt Dich noch, versetzte lächelnd der Seemann, denn Du sprichst, Nab, und er schweigt!«

Es versteht sich von selbst, dass Jup denselben Dienst fortan regelmäßig versah. Er reinigte auch die Kleider, drehte den Bratspieß, fegte die Zimmer aus, schichtete Holz auf, und – was Pencroff vor allem schmeichelte – er legte sich niemals nieder, ohne den würdigen Seemann in sein Bett einzuwickeln.

Die Gesundheit aller Mitglieder der Kolonie, Zweihänder und Zweifüßer, Vierhänder und Vierfüßer, ließ nicht das Mindeste zu wünschen übrig.

Bei dieser Lebensweise in freier Luft, auf dem gesunden Boden, unter gemäßigter Zone, immer mit Kopf und Hand tätig, konnten sie gar nicht daran glauben, von einer Krankheit befallen zu werden.

Wirklich befanden sich alle ausnehmend wohl; Harbert war seit einem Jahre um zwei Zoll gewachsen. Sein Ansehen wurde zunehmend männlicher, und er versprach körperlich und geistig ein vollkommener Mann zu werden. Dazu bemühte er sich, seine Muße zwischen den notwendigen Arbeiten auf jede Weise nutzbringend zu verwenden, las die verschiedenen Bücher aus der gefundenen Kiste, und nach den praktischen Lektionen, welche die Sachlage selbst an die Hand gab, fand er in Cyrus Smith für die Wissenschaften, und im Reporter für die Sprachen zwei Lehrer, die sich seiner Fortbildung freundlich annahmen.

Bei dem Ingenieur wurde es fast zur fixen Idee, alles, was er wusste, auf den jungen Mann zu übertragen, ihn ebenso durch das lebendige Beispiel, wie durch Worte zu unterrichten, und Harbert dagegen zeigte den redlichsten Fleiß in den Unterrichtsstunden seines Professors.

»Sollte ich mit Tode abgehen, so dachte Cyrus Smith, dann wird er an meine Stelle treten können!«

Das Unwetter legte sich endlich am 9. März, doch blieb der Himmel diesen ganzen letzten Sommermonat über von Wolken bedeckt. Die durch die elektrischen Entladungen gestörte Atmosphäre schien die frühere Reinheit nicht wieder finden zu können, und drei oder vier schöne Tage ausgenommen, welche Ausflüge aller Art begünstigten, gab es fortwährend Regen und Nebel.

Zu dieser Zeit warf das Quagga-Weibchen ein Junges von dem Geschlecht der Mutter, das ganz nach Wunsch gedieh. Auch in der Hürde war die Mufflonsherde auf dieselbe Art gewachsen, und mehrere Lämmer blökten in den Schuppen zur größten Freude Harberts und Nabs, die jeder ihre Lieblinge unter den Neugeborenen halten.

Jetzt versuchte man auch die Züchtung der Pekaris, welche vollkommen gelang; in der Nähe des Hühnerhofes wurde ein Stall errichtet, in dem sich bald mehrere Junge befanden, welche aufgezogen, d.h. durch Nabs Sorgfalt fett gemacht wurden. Meister Jup, dem es oblag, ihnen das tägliche Futter, wie das Aufwaschwasser, die Küchenabfälle u. dgl. zu bringen, entledigte sich dessen zur größten Zufriedenheit. Zwar konnte er manchmal nicht umhin, sich auf Kosten seiner kleinen Pfleglinge zu amüsieren und sie am Schwanze zu zupfen, aber das geschah nur im Scherz, nicht aus Bosheit, denn diese kleinen Ringelschwänzchen ergötzten ihn wie ein Spielzeug, und sein Instinkt war nun einmal der eines Kindes.

Im Verlaufe dieses Monates erinnerte Pencroff, als er mit dem Ingenieur sprach, Cyrus Smith auch an ein Versprechen, welches zu erfüllen dieser noch nicht Zeit gefunden hatte.

»Sie sprachen einmal von einem Apparate, Herr Cyrus, der uns die vielen Stufen nach dem Granithaus herauf ersparen sollte. Werden sie denselben noch in Stand setzen?

– Sie meinen damit eine Art Aufzug, antwortete Cyrus Smith.

– Meinetwegen heiße er ein Aufzug, wie Sie wollen, entgegnete der Seemann. Der Name tut mir nichts zur Sache, wenn er uns nur gestattet, ohne Anstrengung bis zu unserer Wohnung herauf zu gelangen.

– Das wird sehr leicht sein, Pencroff, aber ist es auch nützlich?

– Gewiss, Herr Cyrus, nachdem wir das Notwendige erlangt haben, so dürfen wir wohl auch an die Bequemlichkeit denken. Für die Personen mag das ein Luxus sein, wenn sie wollen, aber für Lasten scheint es ganz unentbehrlich. Es ist nicht gar zu angenehm, mit einer schweren Ladung eine lange Strickleiter hinauf zu klettern.

– Nun gut, Pencroff, wir werden versuchen, Sie zufrieden zu stellen, erwiderte Cyrus Smith.

– Sie haben aber keine Maschine dazu.

– Wir machen eine.

– Eine Dampfmaschine?

– Nein, eine Wasserkraftmaschine.«

In der Tat war ja, um einen solchen Apparat zu bewegen, eine Naturkraft zur Disposition, die der Ingenieur ohne große Schwierigkeit verwenden konnte.

Dazu bedurfte es nur einer Vermehrung der kleinen Seewasserableitung, welche das Innere des Granithauses versorgte. Die zwischen Steinen und Pflanzen ausgesparte Öffnung am oberen Teile des Abflusses wurde demgemäß erweitert, wodurch ein kräftiger Wasserfall entstand, dessen Überschuss in den im Innern befindlichen Brunnenschacht abfloss. Unterhalb dieses Falles brachte der Ingenieur ein Schaufelrad mit einer Welle an der Außenwand in Verbindung, um welches ein starkes Tau mit einem Packkörbe am Ende lief. So konnte man sich, da mittels eines langen Strickes, der bis zum Erdboden reichte, diese Welle in oder außer Gang zu setzen war, in dem Korbe bis zur Tür des Granithauses emporheben lassen.

Am 17. März fungierte der Aufzug zum ersten Male zu allgemeiner Zufriedenheit. Von jetzt ab wurden alle Lasten, Holz, Kohlen, Lebensmittel, die Kolonisten selbst, durch diese so einfache Vorrichtung, welche die primitive Strickleiter ersetzte, aufgewunden. Top erschien über diese Verbesserung besonders erfreut, denn ihm ging natürlich Jups Gewandtheit im Erklettern der Stufen ab, und nicht selten war er auf dem Rücken Nabs oder gar auf dem des Orang-Utans empor gelangt.

Um diese Zeit versuchte Cyrus Smith auch Glas zu erzeugen und musste deshalb der alte Töpferofen dem neuen Zwecke angepasst werden. Das bot zwar unerwartete Schwierigkeiten, doch gelang es nach wiederholten missglückten Versuchen, eine Glashütte herzustellen, welche Gedeon Spilett und Harbert, die natürlichen Gehilfen des Ingenieurs, mehrere Tage gar nicht verließen.

Die Substanzen, aus denen das Glas zusammengesetzt ist, bestehen aus Sand, Kreide und Soda (kohlensaures oder schwefelsaures Natron). Das Ufer lieferte den Sand, Seepflanzen die Soda, Feuersteine die Schwefelsäure und der Boden die zum Heizen des Ofens nötige Steinkohle. Die Bedingungen zum Beginn der Operation waren also erfüllt.

Dasjenige Werkzeug, deren Herstellung die meiste Schwierigkeit bot, war das Glasblaserohr, eine fünf bis sechs Fuß lange eiserne Röhre, mit deren einem Ende man die geschmolzene Masse schöpft. Pencroff gelang es indessen durch Zusammenrollen eines langen dünnen Eisenbleches nach Art eines Flintenlaufes ein solches Blaserohr herzustellen, das dann auch sofort in Gebrauch genommen wurde.

Am 28. März heizte man den Ofen tüchtig an. 100 Teile Sand, 35 Teile Kreide, 40 Teile schwefelsaures Natron und 2 bis 3 Teile Kohlenpulver wurden in Schmelztiegeln aus feuerfester Erde gemischt. Als die Masse durch die bedeutende Hitze in geschmolzenen oder vielmehr teigartigen Zustand übergegangen war, »schöpfte« Cyrus Smith mit dem Rohre eine gewisse Menge dieses Teiges heraus; er drehte und wendete dieselbe auf einer vorher zurecht gemachten Metallplatte so lange, bis sie eine zum Aufblasen geeignete Form annahm; dann reichte er das Rohr Harbert und sagte ihm, er solle von dem anderen Ende aus hineinblasen.

»So, als ob man Seifenblasen machen wollte? fragte der junge Mann.

– Genau so«, antwortete der Ingenieur.

Harbert blähte die Wangen auf und blies so kräftig in das Rohr, welches er fortwährend drehte, dass sein Atem die Glasmasse aufweitete.

Zu der ersten Menge wurden sodann weitere geschmolzene Portionen hinzugefügt und zuletzt entstand eine Kugel von etwa einem Fuß Durchmesser. Cyrus Smith nahm sodann das Rohr wieder aus Harberts Händen, schwenkte es pendelartig und verlängerte so die weiche Kugel zu einem konischen Zylinder.

Das Blasen ergab demnach einen Glaszylinder mit zwei halbkugeligen Enden, die mittels eines in kaltes Wasser getauchten Messers leicht losgelöst wurden. Auf dieselbe Art und Weise zerschnitt man hierauf den Zylinder seiner ganzen Länge nach, und nachdem er durch eine zweite Erhitzung wieder schmiegsam gemacht war, wurde er auf einer Platte mittels einer Holzrolle ausgebreitet.

Die erste Fensterscheibe war hiermit fertig und die Operation nur fünfzig Mal zu wiederholen, um eben so viel Scheiben zu erzielen. Bald erglänzten nun die Fenster des Granithauses mit ihren durchsichtigen Scheiben, und wenn diese sich auch nicht durch ihre Farblosigkeit auszeichneten, so drangen doch genügende Lichtstrahlen durch sie hindurch.

Die Herstellung der Trinkgeschirre, als Gläser und Flaschen, erfolgte wirklich spielend. Man nahm eben mit ihnen vorlieb, wie sie sich am Ende des

Blasrohres gestalteten. Pencroff hatte auch seinerseits einmal zu »blasen« gewünscht, aber er blies so stark, dass seine Erzeugnisse oft die wunderlichsten Formen annahmen, die er denn auch mit ungeheuchelter Freude begrüßte.

Bei Gelegenheit eines Ausfluges zu jener Jahreszeit wurde auch ein neuer Baum entdeckt, der die Bezugsquellen der Lebensmittel für die Kolonie neuerdings vermehrte.

Cyrus Smith und Harbert gelangten jagend eines Tages bis in die Wälder des fernen Westens. Wie immer richtete der junge Mann tausend Fragen an den Ingenieur, welche dieser bereitwillig beantwortete. Von der Jagd gilt aber dasselbe, wie von jeder anderen Beschäftigung auf Erden:

wenn man ihr nicht den nötigen Eifer widmet, erzielt man keine sonderlichen Erfolge. Da nun Cyrus Smith kein leidenschaftlicher Jäger war und Harbert auch mehr von Chemie und Physik sprach, so entkamen heute viele Wasserschweine, Kängurus und Agutis dem Gewehre des jungen Mannes, und als der Tag sich zu Ende neigte, mussten die beiden Jäger befürchten, eine nutzlose Exkursion unternommen zu haben, als Harbert plötzlich stehen blieb und freudig ausrief:

»Ach, Herr Cyrus, sehen Sie jenen Baum da?«

Er wies dabei mehr nach einem Strauche, als einem Baum, denn derselbe bestand nur aus einem einzelnen Stängel, den eine schuppige Rinde überzog und der gestreifte Blätter mit kleinen parallelen Adern trug.

»Nun, was ist es mit diesem Baume, der einer kleinen Palme nicht unähnlich aussieht? fragte Cyrus Smith.

– Es ist eine ›*Cycas revoluta*‹, deren Abbildung sich in unserem naturwissenschaftlichen Wörterbuche befindet.

– Früchte sehe ich aber an dem Baume nicht?

– Nein, Herr Cyrus, aber sein Stamm enthält ein von Natur ganz fertig gebildetes Mehl.

– Das wäre also ein Brotbaum?

– Richtig, ein Brotbaum.

– Nun, mein Sohn, fuhr der Ingenieur fort, da wäre ja für die Zwischenzeit bis zur ersten Getreideernte ein sehr schätzbarer Fund getan. Wir wollen uns überzeugen, und der Himmel gebe, dass Du Dich nicht getäuscht!«

Harbert hatte sich nicht getäuscht. Er brach einen Cycas-Zweig ab, der sich aus einem Maschengewebe von mehligem Mark bestehend zeigte; zwischendurch verliefen holzige Fasern, welche durch konzentrische Jahresringe getrennt wurden. Das Mehl selbst erschien mit einem schleimigen Safte gemischt, der jedoch durch Pressung leicht zu entfernen sein musste. Die Substanz in den Zellen bildete ein wirkliches Mehl von ausgezeichneter Qualität und sehr nährenden Eigenschaften, dessen Export die japanischen Gesetze ausdrücklich verbieten.

Cyrus Smith und Harbert versicherten sich durch einige Merkzeichen der Stelle, an der die Cycas wuchsen, und kehrten nach dem Granithaus zurück, wo sie von ihrer schätzenswerten Entdeckung Mitteilung machten.

Am folgenden Tage begaben sich die Ansiedler zum Einsammeln dieser Pflanzen, und Pencroff, der sich für seine Insel mehr und mehr begeisterte, sagte zu dem Ingenieur:

»Herr Cyrus, glauben Sie, dass es Inseln für Schiffbrüchige gibt?

– Was meinen Sie damit, Pencroff?

– Nun, ich meine Inseln, die ganz besonders dazu geschaffen sind, daran Schiffbruch zu leiden und auf welchen die armen Teufel doch alles Notwendige finden.

– Das kann wohl sein, antwortete der Ingenieur lächelnd.

– Nein, mein Herr, das ist wirklich so, erwiderte Pencroff, und die Insel Lincoln ist eine solche!«

Mit einer reichlichen Ernte an Cycas-Stengeln kehrte man nach dem Granithaus zurück. Der Ingenieur konstruierte eine Presse, um den mit dem Mehle vermischten schleimigen Saft zu entfernen, und so erhielt man von ersterem eine recht ansehnliche Menge, die sich unter Nabs geschickten Händen zu Kuchen und Puddings umwandelte. Ein eigentliches Brot aus Getreide hatte man hiermit zwar noch nicht, doch kam das Backwerk diesem ziemlich nahe.

In dieser Zeit lieferten auch die Quaggas, die Ziegen und die Schafe aus der Viehhürde der Kolonie täglich die nötige Milch.

Der Lastwagen, oder vielmehr das Wägelchen, welches jenen nun ersetzt hatte, verkehrte häufig zwischen der Ansiedelung und dem Viehhofe, und wenn Pencroff dahin fuhr, nahm er immer Jup mit und lehrte diesen fahren, wobei der Affe ebenso geschickt als vergnügt mit der Peitsche knallte.

Alles, was man begonnen hatte, gedieh also prächtig und nichts, außer dem Getrenntsein von der Heimat, gab den Kolonisten Ursache zur Klage. Sie hatten sich so sehr in dieses Leben gefunden, so sehr an ihre Insel gewöhnt, dass sie deren gastlichen Boden gewiss nicht ohne Bedauern verlassen hätten.

Und doch wurzelt die Liebe zum Vaterlande so tief im Menschenherzen, dass die Ansiedler, wenn sich ein Schiff zufällig der Insel in Sicht gezeigt hätte, ohne Zweifel Signale gegeben und es angerufen haben würden, um mit ihm wegzuziehen! .... Inzwischen freuten sie sich dieser glücklichen Existenz und hatten weit mehr Furcht, als eigentliches Verlangen, dieselbe unterbrochen zu sehen.

Wer kann sich aber schmeicheln, das Glück je an sich gefesselt zu haben und seinem Wechsel enthoben zu bleiben?

Wie dem auch sei, die von den Ansiedlern nun schon über ein Jahr bewohnte Insel Lincoln war wiederholt der Gegenstand ihrer Unterhaltung, und eines Tages wurde eine Beobachtung gemacht, welche später von den eingreifendsten Folgen sein sollte. H

Der Ostersonntag, 1. April, von Cyrus Smith und seinen Genossen der Erholung und der Andacht geweiht, war ein so schöner Tag, wie es nur ein herrlicher Oktobertag der nördlichen Halbkugel sein kann.

Nach dem Essen hatten sich alle unter der Veranda am Rande des Plateaus der Freien Umschau zusammengefunden und sahen langsam den Tag versinken. Nab servierte einige Tassen Holunderbeerenaufguß, der die Stelle des Kaffee vertrat. Man plauderte von der Insel und ihrer isolierten Lage im Stillen Ozean, als Gedeon Spilett die Frage aufwarf:

»Lieber Cyrus, haben Sie schon, seitdem Sie den in der Kiste vorgefundenen Sextanten besitzen, die geographische Lage unserer Insel genauer bestimmt?

– Nein, antwortete der Ingenieur.

– Wäre es aber nicht empfehlenswert, das mit dem Instrumente, welches doch jedenfalls verlässlicher ist, als das früher konstruierte, jetzt vorzunehmen?

– Wozu, warf Pencroff ein, unsere Insel ist herrlich, wo sie auch liegen mag.

– Das bestreite ich auch nicht, entgegnete Gedeon Spilett, doch es ist sehr denkbar, dass die Unvollkommenheit der Hilfsmittel die Richtigkeit der

Beobachtung gestört habe, und da es jetzt leicht ist, sich hierüber Gewissheit zu verschaffen ....

– Sie haben Recht, lieber Spilett, meinte der Ingenieur, ich hätte diese Berichtigung wohl schon früher vornehmen sollen, obgleich der untergelaufene Irrtum weder in der Länge noch in der Breite fünf Grad übersteigen kann.

– Ja, wer weiß das? versetzte der Reporter, wer weiß, ob wir einem bewohnten Lande nicht weit näher sind, als wir es glauben?

– Das werden wir morgen wissen, versicherte der Ingenieur, und ohne die vielfachen Beschäftigungen, welche mir alle Muße raubten, wüssten wir es schon jetzt.

– Schön, mischte sich Pencroff noch einmal ein, der Herr Cyrus ist ein viel zu guter Beobachter, um sich getäuscht zu haben, und wenn die Insel nicht selbst davon gelaufen ist, befindet sie sich noch da, wo er sie zuerst hin versetzte!

– Wir werden ja sehen!«

Schon am folgenden Tage also stellte der Ingenieur mittels des Sextanten die nötigen Beobachtungen an, um die früher gefundenen Koordinaten zu verifizieren, und gelangte dabei zu folgenden Resultaten.

Seine erste Beobachtung hatte für die Lage der Insel Lincoln ergeben:

Westliche Länge: 150 bis 155°

Südliche Breite: 30 bis 35°.

Die zweite ergab:

Westliche Länge: 150°30'

Südliche Breite: 34°57'.

Trotz der Unvollkommenheit seiner Apparate hatte Cyrus Smith also so geschickt operiert, dass der Fehler hierbei 5° nicht überstieg.

»Jetzt, fuhr Gedeon Spilett fort, da wir außer dem Sextanten auch einen Atlas besitzen, so lassen Sie uns, lieber Cyrus, doch einmal genau nachsehen, wo die Insel Lincoln im Pazifischen Ozean liegt«

Harbert holte den, wie erwähnt, in Frankreich erschienenen Atlas herzu, dessen Nomenklatur also auch in französischer Sprache abgefasst war.

Die Karte des Stillen Ozeans wurde ausgebreitet, und der Ingenieur wollte mit dem Zirkel in der Hand die Lage der Insel zwischen den Gradlinien derselben angeben.

Plötzlich hielt er mit dem Zirkel an und sagte:

»Aber in diesem Teile des Pazifischen Ozeans liegt ja schon eine Insel!

– Eine Insel? wiederholte Pencroff.

– Eben die unserige ohne Zweifel? fragte Gedeon Spilett.

– Nein, erwiderte Cyrus Smith, jene Insel ist unter 153° der Länge und 37°11' der Breite, d.h. zweiundeinhalb Grad westlicher und zwei Grad südlicher als die Insel Lincoln verzeichnet.

– Und wie heißt sie? fragte Harbert.

– Die Insel Tabor.

– Hat sie einen bedeutenden Umfang?

– Nein, sie stellt nur ein im Pazifischen Ozean verlorenes Eiland dar; das vielleicht noch keines Menschen Fuß betrat.

– Nun gut, so werden wir es besuchen, sagte Pencroff.

– Wir?

– Ja wohl, Herr Cyrus, wir erbauen eine gedeckte Barke, und ich mache mich anheischig, sie zu führen. Wie weit entfernt von der Insel Tabor befinden wir uns?

– Gegen einhundertfünfzig Meilen im Nordosten, antwortete Cyrus Smith.

– Einhundertfünfzig Meilen! Und das ist Alles? erwiderte Pencroff; mit einigermaßen günstigem Winde sind diese in achtundvierzig Stunden zurückgelegt.

– Welchen Zweck hätte das aber, fragte der Reporter.

– Das weiß man nicht und muss es abwarten!«

Angeregt durch diese Besprechung, beschloss man wirklich den Bau eines Schiffchens zu unternehmen, mit dem man sich kommenden Oktober, mit Wiedereintritt der schönen Jahreszeit, auf das Meer hinauswagen könnte.

ZEHNTES KAPITEL.

Hatte sich Pencroff einmal etwas in den Kopf gesetzt, so ruhte er auch nicht eher, als bis es ausgeführt war. Jetzt beherrschte ihn der Gedanke, die Insel Tabor zu besuchen; und da diese Überfahrt ein Fahrzeug von einer gewissen Größe verlangte, so musste ein solches eben gebaut werden.

Folgendes der Plan zu demselben, der von dem Ingenieur im Verein mit dem Seemann aufgestellt wurde:

Das Schiff sollte fünfunddreißig Fuß im Kiele und neun Fuß in der größten Breite messen, bei gut geformten Seiten und richtiger Schwimmlinie die Verhältnisse eines Schnellseglers, – nicht mehr als sechs Fuß Tiefgang haben, der dennoch hinreichend schien, zu leichte Abweichungen zu verhindern. Auf dem dasselbe vollkommen verschließenden Verdecke gedachte man zwei Luken, als Eingang für zwei durch eine Scheidewand getrennte Räume, anzubringen, und ihm eine Schaluppentakelage mit Brigantine, Sturm- und Notsegel, Bugspriet und Fockmast zu geben, alles in allem eine leicht zu behandelnde Ausrüstung, welche plötzlichen Windstößen gut Widerstand leistet und nahe am Winde zu segeln gestattet. Sein Rumpf sollte endlich aus stumpf aneinander gefügten, nicht übergreifenden Planken bestehen, das Rippenwerk aber erst nach Vollendung der über falsche Rippen aufgepassten Bordwände eingesetzt werden.

Welche Holzart sollte nun zum Bau dieses Schiffes verwendet werden? Ulme oder Kiefer, an denen Beiden die Insel Überfluss hatte? Man entschied sich für die Kiefer, welche nach dem Ausdrucke der Zimmerleute ein »spaltiges« Holz gibt, das leicht zu bearbeiten und im Wasser ebenso ausdauernd ist, als das der Ulme.

Nach Feststellung dieser Einzelheiten kam man dahin überein, dass Cyrus Smith und Pencroff nur allein an dem Schiffe bauen sollten, da die schöne Jahreszeit doch erst in sechs Monaten wiederkehrte. Gedeon Spilett und Harbert sollten ihre Jagdzüge fortsetzen und Nab, mit Unterstützung Meister Jups, seines Gehilfen, die häuslichen, ihnen früher zugeteilten Arbeiten verrichten.

Sofort wählte man geeignete Bäume aus, fällte und entästete dieselben und zerschnitt sie, ganz wie es Brettschneider tun, zu Planken. Acht Tage später wurde zwischen den Kaminen und der Granitwand ein Zimmerplatz errichtet, und bald lag ein fünfunddreißig Fuß langer, mit Vorder- und Hintersteven versehener Schiffskiel auf dem Sande.

Auch bei dieser neuen Arbeit verfuhr Cyrus Smith nicht aufs Geratewohl. In Schiffskonstruktionen ebenso wohl bewandert, wie in so vielen anderen Fächern, hatte er den Sarter (d.i. das Modell) seines Schiffes auf Papier entworfen. Übrigens fand er in Pencroff, der mehrere Jahre auf einer Werft zu Brooklyn gearbeitet und sich praktisch ausgebildet hatte, die geeignetste Stütze. Erst nach genauester Berechnung und reiflichster Überlegung errichtete man also die ersten falschen Rippen auf dem Kiele.

Pencroff, das wird man gern glauben, war ganz Feuer und Flamme, seine Arbeit tadellos auszuführen, und wollte sich keinen Augenblick von ihr trennen.

Eine einzige Beschäftigung genoss das Privilegium, ihn derselben auf Zeit zu entziehen: die zweite Kornernte am 15. April. Eben so gut gediehen, wie die erste, lieferte sie übrigens den voraus berechneten Ertrag an Körnern.

»Fünf Scheffel! Herr Cyrus, verkündete Pencroff nach sorgsamer Messung seiner Reichtümer.

– Fünf Scheffel, wiederholte der Ingenieur, und jeder zu 130,000 Körnern, so ergibt das 650,000 Körner.

– Schön, und das Ganze säen wir wieder, bis auf eine kleine Reserve.

– Ja, Pencroff, und wenn die nächste Ernte ebenso günstig ausfällt, erzielen wir 4000 Scheffel.

– Und essen dann Brot?

– Essen dann Brot.

– Dazu brauchen wir aber eine Mühle.

– Nun, so bauen wir eine.«

Das dritte Getreidefeld erhielt natürlich einen unvergleichlich größeren Umfang, als die beiden ersten, und die wohl vorbereitete Erde nahm den kostbaren Samen in ihrem Schoße auf. Nachher ging Pencroff sofort wieder an seine Arbeit.

Unterdessen befleißigten sich Gedeon Spilett und Harbert der Jagd in den Umgebungen, und wagten sich manchmal, durch die mit Kugelladung versehenen Gewehre gegen jeden Zufall geschützt, tief in die noch unbekannten Teile des fernen Westens hinein. Diese bestanden aus einem fast undurchdringlichen Gewirr prächtiger Bäume, welche aber so dicht aneinander standen, als habe es für sie an Raum gemangelt. Die Durchforschung dieser Waldlabyrinthe war so schwierig, dass der Reporter, aus Furcht, sich beim Rückwege zu verirren, stets den Taschenkompaß zur Orientierung bei sich führte. Natürlich zeigte sich auch das Wild, dessen freie Bewegung hier sehr behindert sein musste, weit seltener. Dennoch fielen den Jägern in der zweiten Aprilhälfte drei große Herbivoren (d.s. Pflanzen fressende Tiere) in die Hände. Es waren das Kulas, von denen die Kolonisten schon früher im Norden des Sees ein Exemplar gesehen hatten, die sich stumpfsinnig zwischen den dicken Ästen, in welchen sie Zuflucht gesucht, erlegen ließen. Ihre Häute wurden nach dem Granithaus mitgenommen, und mit Hilfe von Schwefelsäure einer Art Gerbung unterworfen, welche sie in verwendbaren Zustand versetzte.

Eine weitere, von anderem Gesichtspunkte aus schätzenswerte Entdeckung gelang Gedeon Spilett auch gelegentlich dieser Ausflüge.

Am 30. April hatten sich die beiden Jäger tief in den fernen Westen begeben, als der Reporter, der etwa fünfzig Schritt vor Harbert dahin schritt, an einer Lichtung stehen blieb, wo die minder dicht stehenden Bäume einige Sonnenstrahlen durchdringen ließen.

Gedeon Spilett schien über den Geruch verwundert, den einige Pflanzen mit geraden, walzenförmigen, verzweigten Stengeln verbreiteten, deren Doldenblumen sehr kleine Körnchen trugen. Der Reporter brach einige solche Stängel ab, und wandte sich an den jungen Mann mit der Frage:

»Sieh doch, Harbert, was ist das wohl?

– Ei, wo haben Sie diese Pflanze gefunden, Herr Spilett?

– Da, in der Lichtung, wo sie sehr reichlich wächst.

– Nun, Herr Spilett, sagte Harbert, das ist ein Fund, durch den Sie sich ein Recht auf Pencroffs wärmste Dankbarkeit erwerben.

– Wäre das Tabak?

– Ja wohl, wenn auch nicht gerade von der besten Sorte, es ist immerhin Tabak.

– O, der wackere Pencroff! Wie zufrieden wird er sein! Aber Teufel! – Er wird doch nicht alles allein rauchen und auch uns einen Teil davon zukommen lassen!

– Ha, ein Gedanke, Herr Spilett! entgegnete Robert. Wir sagen für jetzt Pencroff hiervon nichts, richten diese Blätter zu, und eines schönen Tages präsentieren wir ihm eine gestopfte Pfeife!

– Einverstanden, Harbert, und an diesem Tage wird unser ehrenwerter Freund auf der ganzen Gotteswelt nichts mehr zu wünschen übrig haben!«

Der Reporter und der junge Mann sammelten einen tüchtigen Vorrat der geschätzten Pflanze ein, den sie in das Granithaus »einpaschten«, als ob Pencroff der scharfsichtigste und strengste Zollbeamte sei.

Cyrus Smith und Nab wurden ins Vertrauen gezogen, der Seemann aber bemerkte Nichts trotz der langen Zeit, welche zum Trocknen und Zerkleinern der Blätter, sowie zu einer Art Röstung derselben zwischen erwärmten Steinen notwendig war. Das alles erforderte zwei Monate; alle Manipulationen konnten bequem ohne Wissen Pencroffs vorgenommen werden, da dieser, beim Schiffsbau eifrig beschäftigt, nur Abends zur Essenszeit nach dem Granithaus zurückkehrte.

Noch einmal wurde seine Lieblingsarbeit, er mochte wollen oder nicht, am 1. Mai durch ein Fischerei-Abenteuer unterbrochen, an dem alle Kolonisten teilnehmen mussten.

Seit mehreren Tagen zeigte sich schon auf zwei bis drei Meilen seewärts ein riesenhaftes Tier im Gewässer der Insel, ein Walfisch der größten Art, der wahrscheinlich jener im Süden vorkommenden Spezies angehörte, welche man »Cap-Wale« nennt.

»Welch' Glück für uns, wenn wir den Burschen fangen könnten! rief der Seemann. O, besäßen wir nur ein geeignetes Boot und eine gute Harpune, wie rief ich gerne: ›Auf, auf! Das Tier da zu haschen verlohnt sich der Mühe!‹

– Ei, Pencroff, sagte Gedeon Spilett, ich hätte Sie gern einmal die Harpune führen sehen! Das muss eigentümlich sein.

– Sehr eigentümlich und nicht gefahrlos, fiel der Ingenieur ein; doch da uns alle Hilfsmittel fehlen, das Tier dort anzugreifen, ist es wohl richtiger, an dasselbe gar nicht mehr zu denken.

– Ich bin erstaunt, sagte der Reporter, einen Walfisch in verhältnismäßig so hoher Breite zu sehen.

– Und weshalb, Herr Spilett? antwortete Harbert. Wir befinden uns gerade in demjenigen Teile des Pazifischen Ozeanes, den die englischen und amerikanischen Fischer ›*Whale-Field*[1] nennen, und hier mitten zwischen Neu-Seeland und Südamerika begegnet man diesen Meeresriesen am häufigsten.

– Ganz richtig, bestätigte Pencroff, und mir ist es weit mehr aufgefallen, dass uns nicht häufiger ein solcher Walfisch zu Gesicht gekommen ist. Da wir aber doch nicht im Stande sind, uns jenem zu nähern, so kann es uns ziemlich gleichgültig sein.«

Pencroff ging, nicht ohne einen Seufzer des Bedauerns, wieder an seine Arbeit, denn in jedem Seemann steckt etwas vom Fischer, und wenn das Vergnügen beim Fischfange einigermaßen in geradem Verhältnisse zur Größe des Tieres steht, so kann man sich wohl eine Vorstellung machen, was ein Walfänger in Gegenwart eines solchen Walfisches empfindet.

Und wenn es nur das Vergnügen allein gewesen wäre! Man konnte sich aber auch den Nutzen nicht verhehlen, den eine solche Beute der Kolonie durch Öl, Fett und Fischbein, lauter verschiedentlich zu verwendende Gegenstände, hätte bringen müssen.

Nun geschah es aber, dass der betreffende Walfisch sich aus dem Gewässer der Insel gar nicht entfernen zu wollen schien. Ob von den Fenstern des Granithauses oder vom Plateau der Freien Umschau aus, nie verließen Gedeon Spilett und Harbert das Fernrohr, so wenig wie Nab, trotzdem er seine Öfen überwachte, und alle folgten aufmerksam den Bewegungen des Tieres. Der Walfisch, der tief in die Unions-Bai hinein gedrungen war, durchschwamm sie schnell vom Kiefer- bis zum Krallen-Kap, getrieben durch seine mächtigen

Schwanzflossen, mit deren Hilfe er sich fast sprungweise und mit einer Schnelligkeit von zwölf Meilen die Stunde fortbewegte. Dann und wann näherte er sich der Insel so weit, dass man ihn deutlich zu erkennen vermochte. Er gehörte zu den Südseewalen, die ganz schwarz am Körper sind und einen mehr platt gedrückten Kopf haben, als jene aus den nördlichen Meeren.

Man sah ihn durch seine Luftlöcher zu bedeutender Höhe eine große Wolke austreiben, eine Wolke von Dampf oder Wasser, denn – so sonderbar das klingen mag – die Naturforscher sowohl, als auch die Walfänger, sind sich über diesen Punkt noch nicht klar. Ist es Luft oder Wasser, was das Tier in bekannter Weise ausstößt? Jetzt neigt man mehr zu der Annahme, dass es Dampf sei, der sich bei der plötzlichen Berührung mit der kalten Luft kondensieren und in Form von Regen niederfallen soll.

Indessen beschäftigte die Anwesenheit des Seesäugetieres die Aufmerksamkeit der Kolonisten unablässig. Vorzüglich reizte sie Pencroff und hielt ihn wiederholt von seiner Arbeit ab. Er hatte endlich sein wahres Vergnügen an dem Walfisch, wie Kinder gerade an verbotenen Dingen. Während der Nacht sprach er laut von ihm im Traume, und hätte er nur die geeigneten Mittel gehabt, demselben zu Leibe zu gehen, wäre z.B. die Schaluppe im Stande gewesen, das Meer zu halten, er hätte nicht einen Augenblick gezögert, sich zur Verfolgung des Riesen aufzumachen.

Was die Kolonisten aber nicht auszuführen vermochten, das tat der Zufall für sie, und am 3. Mai kündigten die Jubelrufe Nabs, der eben am Küchenfenster stand, an, dass der Walfisch am Ufer der Insel gestrandet sei.

Gedeon Spilett und Harbert, welche sich eben zur Jagd begeben wollten, ließen ihre Gewehre stehen, Pencroff fiel die Axt aus der Hand, Cyrus Smith und Nab liefen herzu und alle eilten nach dem Orte der Strandung.

Dieser befand sich auf der sandigen Küste der Seetriftspitze, drei Meilen vom Granithaus entfernt. Eben war hohes Meer, und lag die Wahrscheinlichkeit nahe, dass der Wal sich nicht leicht werde wieder frei machen können. Jedenfalls musste man eilen, um ihm im Notfalle den Rückzug abzuschneiden. alle versorgten sich also mit Spießen und eisenbeschlagenen Stöcken, liefen über die Brücke der Mercy, an deren rechtem Ufer nach dem Strande hinab, und von hier aus befanden sich die Kolonisten in weniger als zwanzig Minuten dem ungeheuren Tiere gegenüber, über welchem schon eine ganze Wolke von Vögeln umher flatterte.

»Welch' ein Riese!« rief Nab.

Gewiss war diese Bezeichnung richtig, denn der Walfisch maß achtzig Fuß in der Länge und mochte nicht weniger als 150,000 Pfund wiegen.

Inzwischen verhielt sich das gestrandete Ungeheuer auffallend ruhig und suchte sich selbst jetzt, bei hohem Meere, nicht durch Bewegungen wieder frei zu machen.

Bald erklärte sich den Kolonisten diese Unbeweglichkeit, als sie bei niedrigem Wasser um den Gefangenen herum gehen konnten.

Er war nämlich tot und in seiner linken Seite stak noch eine Harpune.

»In den benachbarten Meeren befinden sich also Walfischfahrer? sagte Gedeon Spilett.

– Und warum das? fragte der Seemann.

– Weil dort die Harpune noch ...

– O, Herr Spilett, das beweist nichts, fiel ihm der Seemann ins Wort. Man hat Walfische mit einer Harpune in der Seite noch Tausende von Meilen zurücklegen sehen, und wir dürften uns gar nicht verwundern, wenn dieser hier im Norden harpuniert und im Süden des Pazifischen Ozeans verendet wäre.

– Indessen ... wollte Gedeon Spilett noch sagen, da ihm Pencroffs Versicherung nicht genügte.

– Das ist sehr wohl möglich, bestätigte auch Cyrus Smith; doch wir wollen diese Harpune untersuchen. Vielleicht finden wir, wie gewöhnlich, den Namen des Schiffes, zu dem sie gehörte, darauf gezeichnet.«

Und wirklich, als Pencroff die Harpune aus dem Walfisch gezogen hatte, las er auf derselben:

Maria Stella,

Vineyard.

»Ein Schiff aus Vineyard! Ein Schiff aus meiner Heimat! rief Pencroff. Die ›Maria Stella!‹ Ein schöner Walfischfahrer, meiner Treu! Das Fahrzeug kenne ich bis zum Kiele! O, meine Freunde, ein Schiff aus Vineyard! Ein Walfischfahrer aus Vineyard!«[2]

Die Harpune über dem Kopfe schwingend rief der Seemann immer und immer wieder diesen Namen, der seinem Herzen so teuer war, den Namen seines Heimatlandes!

Da man nicht darauf warten konnte, dass die Maria Stella das von ihr harpunierte Tier reklamierte, so beschloss man dasselbe abzuweiden, bevor es in Zersetzung überginge. Die Raubvögel, welche schon mehrere Tage um die reiche Beute kreisten, wollten sich unverzüglich in Besitz derselben setzen, so dass sie mit Flintenschüssen vertrieben werden mussten.

Dieser Walfisch war übrigens ein Weibchen, in dem man eine sehr große Menge Milch fand, welche nach dem Urteile des Naturforschers Dieffenbach recht gut für Kuhmilch hingehen konnte, von der sie sich weder durch den Geschmack, noch durch Färbung oder Dichtigkeit unterscheidet.

Pencroff hatte früher einmal auf einem Walfischfahrer gedient und verstand die Abweidung des Speckes regelrecht zu leiten, – übrigens ein sehr unangenehmes Geschäft, das drei volle Tage in Anspruch nahm, von dem sich aber dennoch Keiner der Kolonisten ausschloss, selbst Gedeon Spilett nicht, der der Aussage des Seemanns zufolge nach und nach »ein ganz tüchtiger Schiffbrüchiger« wurde.

Der in parallele Streifen von zweieinhalb Fuß Dicke zerschnittene Speck wurde in etwa hundertpfündige Stücke zerteilt und endlich in großen irdenen Gefäßen ausgelassen, welche man nahe an den Strand geschafft hatte, um die Umgebung des Plateaus der Freien Umschau nicht zu verpesten. Bei dieser Schmelzung verlor jener etwa ein Drittel seines Gewichts, lieferte aber dennoch überreichliche Vorräte. Die Zunge allein ergab 6000 Pfund Tran, und die Unterlippe 4000 Pfund. Außer diesen Fettsubstanzen, welche den Bedarf an Stearin und Glyzerin für lange Zeit sicher stellten, kamen sie auch noch in Besitz von Fischbein, welches ja seine Verwendung finden würde, obgleich man auf der Insel Lincoln weder Korsetts noch Regenschirme trug. Der obere Teil des Walfischrachens war auf beiden Seiten mit achthundert hornigen, sehr elastischen und faserigen Barten ausgerüstet, die am Rande kammartig ausgefranst erschienen, und bei einer Länge von sechs Fuß Tausende kleiner Tiere, Fische und Mollusken, zurückzuhalten vermögen, die dem Wale als Nahrung dienen.

Nachdem die Operation zu großer Zufriedenheit der dabei Beschäftigten beendet war, überließ man die Reste des Tieres den Vögeln als willkommene Beute, von denen man erwarten durfte, dass sie jene bis zum letzten Loth aufzehren würden, und wandte sich wieder den gewohnten Arbeiten im Granithaus zu.

Vor der Wiederaufnahme seiner Tätigkeit auf dem Zimmerplatze kam Cyrus Smith auf den Einfall, eine Art kleiner Apparate herzustellen, welche die Neugier seiner Genossen ungemein reizte. Er nahm nämlich ein Dutzend Fischbeinstäbe, teilte diese in sechs gleiche Teile und spitzte sie an beiden Enden zu.

»Und welchem Zwecke wird das dienen, Herr Cyrus? fragte Harbert, als jener damit fertig war.

– Wölfe, Füchse, selbst Jaguare zu töten, antwortete der Ingenieur.

– Gleich jetzt?

– Nein, erst kommenden Winter, wenn es nicht an Eis fehlt.

– Ich verstehe aber nicht ... fuhr Harbert fort.

– Das wirst Du verstehen lernen, mein Sohn, belehrte ihn der Ingenieur. Diesen Apparat hab' ich nicht erst erfunden, sondern er wird schon lange Zeit von den Aleuten-Fischern im russischen Amerika benutzt. Die Fischbeine welche Sie hier sehen, meine Freunde, biege ich nämlich, wenn es erst friert zusammen und begieße sie so lange mit Wasser, bis sie mit einer hinreichenden Eisschicht überzogen sind, welche ihre Biegung erhält. Hierauf überziehen wir sie reichlich mit Fett und verstreuen sie endlich auf dem Schnee. Was geschieht nun, wenn ein ausgehungertes Tier diese Köder verschlingt? Die Wärme seines Magens schmilzt die Eisschicht und das sich ausdehnende Fischbein durchbohrt denselben mittels seiner Spitzen.

– Das ist wirklich sinnreich, sagte Pencroff.

– Erspart uns Pulver und Blei, setzte der Ingenieur hinzu.

– Und ist besser, als die Schlingen! bemerkte Nab.

– Doch warten wir den Winter ab.

– Ja wohl, den Winter.«

Inzwischen schritt der Bau des Schiffes rüstig vorwärts, und gegen Ende des Monats war es schon zur Hälfte mit Planken bekleidet. Schon erkannte man seine ausgezeichneten Formen, vermöge der es sich gut auf dem Wasser zu bewähren versprach.

Pencroff arbeitete mit einem Eifer ohne Gleichen, und es gehörte seine zähe Natur dazu, diesen Anstrengungen zu trotzen; insgeheim aber bereiteten seine Gefährten ihm eine Belohnung für seine Mühen, und der 31. Mai sollte ihm die größte Freude seines Lebens bescheren.

An diesem Tage nämlich fühlte Pencroff nach Beendigung des Mittagsmahles, als er den Tisch eben verlassen wollte, wie eine Hand sich auf seine Schulter legte.

Es war die Gedeon Spiletts, welcher zu ihm sagte:

»Einen Augenblick, Pencroff; so geht man nicht davon. Vergessen Sie ganz das Dessert?

– Ich danke, Herr Spilett, entgegnete der Seemann, ich gehe wieder an die Arbeit.

– Nun, eine Tasse Kaffee?

– Auch das nicht.

– Aber eine Pfeife Tabak?«

Pencroff sprang auf, und sein derbes, gutmütiges Gesicht erbleichte, als er sah, wie der Reporter ihm eine wohlgestopfte Pfeife und Harbert einen brennenden Holzspan präsentierte.

Der Seemann wollte sprechen; aber es gelang ihm nicht, fast zitternd griff er nach der Pfeife, hielt den Spahn daran und blies Zug auf Zug fünf bis sechs Rauchwölkchen aus dem Munde.

Duftend breiteten diese sich aus, und aus dem Wolkennebel hörte man eine entzückte Stimme schallen:

»Tabak! Leibhaftiger Tabak!

– Ja wohl, Pencroff, antwortete Cyrus Smith, und sogar ausgezeichneter Tabak.

– O du himmlische Vorsehung! Heiliger Schöpfer aller Dinge! rief jubelnd der Seemann, unserer Insel fehlt also nichts mehr!«

Und Pencroff rauchte, rauchte und rauchte!

»Wer hat denn diese Entdeckung gemacht? fragte er endlich. Ohne Zweifel Du, Harbert?

– Nein, Pencroff, Herr Spilett war es.

– Herr Spilett! rief der Seemann und presste den Reporter so herzhaft an seine Brust, wie es diesem vorher wohl noch nie vorgekommen war.

– Luft! Pencroff! seufzte Gedeon Spilett und erquickte sich nach dieser Unterbrechung durch einen tiefen Atemzug. Lassen Sie einen Teil Ihrer Erkenntlichkeit auch Harbert zukommen, der die Pflanze erkannte, Cyrus Smith, der sie zurichtete, und Nab, der seine liebe Not gehabt hat, dass wir unser Geheimnis nicht vorzeitig verrieten!

– Nun, meine Freunde Alle, beteuerte der Seemann, das werde ich Euch dereinst noch vergelten. Jetzt auf Leben und Tod!«

Fußnoten

1 Walfisch-Feld.

2 Ein Hafen im Staate New-York.

ELFTES KAPITEL.

Mit dem Juni, dem Dezember der nördlichen Erdhälfte, kam der Winter und gleichzeitig trat die Notwendigkeit ein, warme und haltbare Kleidungsstücke anzufertigen.

Die Mufflons der Hürde waren geschoren worden, und jetzt handelte es sich darum, diese kostbaren Stoffe in wirkliches Gewebe umzuwandeln.

Selbstverständlich besaß Cyrus Smith weder Rauhcarden noch Wollkämme, weder Glätt- noch Streckwalzen, weder Zwirner, weder »*mule-jenny*«, noch »*self-acting*« zum Spinnen der Wollfäden und musste sich demnach mit einem einfacheren Verfahren behelfen, um das Spinnen und Weben zu umgehen. So blieb ihm nichts übrig, als diejenige Eigenschaft der Wollfäden zu benutzen, vermöge welcher sie, wenn man sie von allen Seiten drückt und schlägt, sich vollkommen verwirren und dadurch den sogenannten Filz darstellen. Solcher Filz konnte also durch einfaches Walken gewonnen werden, eine Operation, die zwar die Weichheit des Stoffes vermindert, auf der andern Seite aber die Wärme erhaltende Eigenschaft desselben wesentlich steigert. Gleichzeitig lieferten die Mufflons auch eine ziemlich kurzhaarige Wolle, welche zur Filzerzeugung besonders geeignet ist.

Mit Unterstützung seiner Genossen – Pencroff, der seine Arbeit noch einmal unterbrechen musste, inbegriffen – verschritt der Ingenieur zu den Vorarbeiten, welche den Zweck hatten, die Wolle von der sie imprägnierenden fettigen und öligen Substanz, dem sogenannten Schweiße, zu befreien. Diese Entfettung ging in großen Trögen mit Wasser vor sich, das man bis auf 70° erhitzte und in dem die Wolle vierundzwanzig Stunden lang gehalten wurde; nachher wusch man sie in einem Sodabad aus, hierauf befand sich die durch Ausdrücken hinlänglich getrocknete Wolle in walkbarem Zustande, in dem sie also verwandelt werden konnte in ein haltbares, wenn auch grobes Gewebe, das zwar auf den Industrieplätzen Europas oder Amerikas keinerlei Wert gehabt hätte, aber doch »für die Märkte der Insel Lincoln« gewiss ein beachtenswertes Produkt darstellte.

Ein solcher Stoff mochte wohl schon in den ältesten Zeitperioden bekannt gewesen sein, und wirklich wurden die ersten Wollstoffe auf die nämliche Art und Weise hergestellt, die auch Cyrus Smith anwenden wollte.

Zum größten Vorteile gereichte ihm seine Eigenschaft als Ingenieur, als es sich um die Konstruktion einer Walkmaschine handelte, denn er verstand die bis jetzt nicht ausgenutzte Kraft des Wasserfalles, der sich über den Strand hin verlief, recht geschickt zum Betreiben einer Walkmühle auszubeuten.

Diese war freilich so einfach wie möglich. Ein mit Hebearmen ausgestatteter Baum, welche die vertikalen Stampfer aushoben und niederfallen ließen, große Kufen zur Aufnahme der Wolle, in welche jene niederschlugen, ein starker Holzrahmen, der das Ganze verband und befestigte, das war diese Maschine, und so war sie Jahrhunderte lang gewesen, bis man auf den Einfall kam, diese Stampfen durch Kompressions-Zylinder zu ersetzen und die Wolle nicht mehr zu schlagen, sondern von Anfang an glatt zu drücken.

Die von Cyrus Smith geleitete Operation hatte den gewünschten Erfolg. Die Wolle, vorher mit einer seifenartigen Substanz imprägniert, um sie schlüpfriger zu machen, ihre Kompression und Erweichung zu erleichtern und ihre Zerstörung durch das Aufschlagen der Stampfen zu verhindern, verließ die Mühle in Form dicker Filzplatten. Die seinen Rinnen und Rauigkeiten der Wolle hatten sich so vollkommen verfilzt, dass sie einen zu Kleidungsstücken und Decken gleich verwendbaren Stoff bildeten. Natürlich konnte man diesen weder für Merino, noch für Musselin, für Schottischen Kashmir, noch für Stoff, Rips oder *satin de Chine*, weder für Orleans, Alpaka, noch für Tuch oder Flanell ausgeben! Es war eben »Lincoln-Filz«, ein neues Industrie-Erzeugnis der Insel.

Die Kolonisten vermochten nun, mit guten Kleidern und dicken Decken versehen, dem Winter von 1866 zu 1867 ohne Angst entgegen zu sehen.

Gegen den 20. Juni trat strengere Kälte ein und Pencroff musste zu seinem größten Leidwesen den Bau des Schiffes unterbrechen, der im kommenden Frühjahr bestimmt beendet werden sollte.

Bei dem Seemann blieb es eine fixe Idee, eine Reise zur Untersuchung der Insel Tabor, obwohl Cyrus Smith eine solche gar nicht billigte, rein aus Neugier zu unternehmen, denn auf dem wüsten und halb dürren Felseneilande durfte man nicht hoffen, irgend welch' neues Hilfsmittel zu finden. Eine Reise von einhundertfünfzig Meilen auf einem verhältnismäßig kleinen Schiffe, mitten durch unbekannte Meeresteile, verursachte Cyrus Smith eine unausgesetzte Sorge.

Wenn nun das Fahrzeug, ins offene Meer gelangt, nicht im Stande sein sollte, weder die Insel Tabor zu erreichen, noch nach Lincoln zurückzukehren, was sollte aus ihm mitten im Pazifischen Ozeane, der so reich an Gefahren ist, wohl werden?

Wiederholt besprach Cyrus Smith diesen Plan mit Pencroff, begegnete aber bei Letzterem einem ganz wunderlichen Starrsinn, jene Reise auszuführen, einem Starrsinn, über den er sich wahrscheinlich selbst keine Rechenschaft gab.

»Ich muss Ihnen auch bemerken, mein Freund, sagte der Ingenieur eines Tages zu ihm, dass Sie, nach so vielen der Insel Lincoln gespendeten Lobsprüchen und einem wiederholt geäußerten Bedauern, wenn Sie gezwungen wären, dieselbe zu verlassen, nun doch der Erste sind, der ihr den Rücken zu wenden sucht.

– Nur für einige Tage, entgegnete Pencroff, nur für einige Tage, Herr Cyrus! Ich will nur hin- und zurückfahren und mir jenes Eiland besehen!

– jenes kann aber der Insel Lincoln nicht gleichkommen.

– Das glaube ich im Voraus.

– Warum sich also dahin begeben?

– Um zu wissen, was auf der Insel Tabor vorgeht.

– Dort geht aber nichts vor; dort kann nichts vorgehen!

– Ja, wer weiß?

– Und wenn ein Sturm Sie überfiele?

– Das ist in der schönen Jahreszeit nicht zu befürchten, antwortete Pencroff. Indessen, Herr Cyrus, da man alles ins Auge fassen muss, so ersuche ich Sie nur um die Erlaubnis, Harbert auf jene Reise mitzunehmen.

– Pencroff, sagte der Ingenieur, eine Hand auf des Seemanns Schulter legend, wenn Ihnen und dem Kinde, das der Zufall zu unserem Sohne gemacht hat, ein Unglück zustieße, glauben Sie, dass wir uns darüber trösten könnten?

– Herr Cyrus, versetzte Pencroff mit unerschüttertem Vertrauen, wir werden Ihnen diesen Kummer nicht machen Übrigens sprechen wir von der Reise erst wieder, wenn die Zeit dazu da ist. Ich bilde mir ein, dass, wenn Sie unser wohl ausgerüstetes und gut vertäutes Schiff sehen und sich überzeugen, wie es sich auf dem Meere hält, was ja schon eine Umsegelung der Insel zeigen muss, die wir doch alle zusammen ausführen, Sie keinen Augenblick anstehen werden, mich reisen zu lassen! Ich verhehle Ihnen gar nicht, dass Ihr Fahrzeug da ein wahres Meisterwerk zu werden verspricht.

– Sagen Sie wenigstens unser Schiff, Pencroff!« erwiderte der für den Augenblick entwaffnete Ingenieur.

Das Gespräch wurde zwar abgebrochen, doch nur, um später wieder aufgenommen zu werden, ohne den Seemann oder den Ingenieur zu anderer Ansicht zu bringen.

Gegen Ende Juni fiel der erste Schnee. Schon vorher hatte man die Viehhürde reichlich versorgt, so dass sie keine täglichen Besuche erforderte; dennoch beschloss man, dieselbe nie länger als eine Woche ohne Besichtigung zu lassen.

Jetzt wurden die Fallen aufs Neue in Stand gesetzt und auch die von Cyrus Smith angefertigten kleinen Apparate versucht. Man legte die zusammengebogenen Fischbeinstäbchen, welche jetzt vom Eise in ihrer Form gehalten wurden und mit einer dicken Fettschicht bedeckt waren, am Saume des Waldes an solchen Stellen nieder, an denen gewöhnlich Tiere vorüber kamen, wenn sie nach dem See gingen.

Zur größten Befriedigung des Ingenieurs erwies sich diese den Aleuten-Fischern zu verdankende Erfindung sehr erfolgreich. Ein Dutzend Füchse, einige Eber und selbst ein Jaguar wurden auf diese Weise getötet, dass die sich ausdehnenden Fischbeine ihnen den Magen durchbohrten.

Hier verdient auch ein Versuch Erwähnung, durch den die Kolonisten sich zum ersten Male mit anderen Menschen in Verbindung zu setzen trachteten.

Gedeon Spilett dachte wohl schon öfter daran, eine Notiz in eine Flasche verschlossen dem Meere in der Hoffnung zu übergeben, dass die Strömungen sie an eine bewohnte Küste führen möchten, oder auch einer Taube eine solche anzuhängen. Wie konnte man aber im Ernste erwarten, dass Flaschen oder Tauben die ungeheure Entfernung von 1200 Meilen zurücklegen würden, welche die Insel nur von dem nächsten Lande trennte? Das wäre Torheit gewesen.

Am 30. Juni fing man, aber nicht ohne Mühe, einen Albatros, den ein Flintenschuss Harberts nur leicht an der Pfote verletzt hatte. Es war ein prächtiger Vogel aus jener Familie, deren Flügelweite zehn Fuß misst und die so ausgedehnte Meere wie den Pazifischen Ozean bequem überfliegen.

Harbert hätte zwar den stolzen Vogel, dessen Wunde schnell heilte, gern behalten, Gedeon Spilett stellte ihm aber vor, dass es Unrecht wäre, diese seltene Gelegenheit zu vernachlässigen, um mittels Courier mit den Ländern im Stillen Ozean zu korrespondieren, und Harbert musste sich ihm fügen, denn wenn der Albatros von einem bewohnten Lande hergekommen war, würde er bestimmt dahin zurückkehren, sobald man ihn wieder in Freiheit setzte.

Im Grunde war Gedeon Spilett, bei dem der Reporter dann und wann zum Durchbruch kam, auch nicht böse, ganz auf ungefähr ein Artikelchen über die Abenteuer der Kolonisten der Insel Lincoln anfügen zu können! Welchen Erfolg für den wohlbestallten Berichterstatter des »New-York Herald«, und für die Nummer, welche eine derartige Notiz bringen würde, wenn dieselbe je ihre richtige Adresse, den Direktor des Blattes in der Person des ehrenwerten John Benett, erreichte!

Gedeon Spilett entwarf also einen Auszug in der gedrängtesten Form, den man in einen Sack aus gummierter Leinwand steckte, mit der inständigen Bitte an den ehrlichen Finder, denselben der Expedition des »New-York Herald« zugehen zu lassen. Dieses Säckchen band man dem Albatros um den Hals, nicht an den Fuß, da diese Vögel die Gewohnheit haben, manchmal auf der Meeresoberfläche auszuruhen; dann schenkte man dem schnellen Courier der Luft die Freiheit, und nicht ohne eine gewisse Erregung sahen ihn die Ansiedler in der nebeligen Ferne des Westens verschwinden.

»Wohin zu fliegt er wohl? fragte Pencroff.

– In der Richtung auf Neuseeland, antwortete Harbert.

– Glückliche Reise!« rief der Seemann, der für seine Person von dieser Methode der Korrespondenz sich keines besonderen Erfolges versah.

Mit Eintritt des Winters nahm man die Arbeiten im Innern des Granithauses wieder auf, besserte die Kleidungsstücke sorgsam aus, verfertigte neue und richtete auch das notwendige Segelwerk her, das aus der unerschöpflichen Ballonhülle geschnitten wurde ....

Während des Monats Juli machte sich die Kälte recht empfindlich fühlbar, doch brauchte man ja weder Holz noch Kohlen zu schonen. Im großen Saale hatte Cyrus Smith auch einen zweiten Ofen aufgestellt, denn in diesem Raume pflegte man die langen Abende zu verbringen. Unter Geplauder bei der Arbeit und Lektüre, wenn die Hände ruhten, verfloss die Zeit nutzbringend für Jedermann.

Den Kolonisten gewährte es eine wahrhafte Freude, wenn sie in dem durch Kerzen wohlerleuchteten und mittels Kohle angenehm durchwärmten Saale, nach einer stärkenden Mahlzeit, den duftenden Holunderkaffee in der Tasse, aus den Pfeifen wohlriechende Wölkchen blasend, den Sturm draußen toben hörten! Sie hätten sich vollkommen wohl befunden, wenn es jemals bei Dem der Fall sein könnte, der fern von Seinesgleichen und ohne jede Verbindung mit der anderen Welt ist! Immer wieder sprachen die Ansiedler von ihrer Heimat, von den Freunden, die sie verlassen, von der Macht und Größe der amerikanischen Republik, deren Einfluss immer im Zunehmen sein musste, und Cyrus Smith, der sich vielfach mit den Angelegenheiten der Union beschäftigt hatte, gewährte durch seine Berichte, Bemerkungen und Prophezeiungen seinen Zuhörern die anregendste Unterhaltung.

Eines Tages fühlte sich Gedeon Spilett dadurch zu den Worten veranlasst:

»Doch sagen Sie mir, lieber Cyrus, läuft diese ganze industrielle und kommerzielle Bewegung, deren zunehmendes Wachstum Sie für gesichert halten, nicht früher oder später Gefahr, vollständig aufgehalten zu werden?

– Aufgehalten? Und wodurch?

– Durch den Mangel an Kohle, welche man mit Recht das köstlichste Mineral nennen könnte.

– O gewiss, das köstlichste, antwortete der Ingenieur, auch scheint es die Natur durch Erschaffung des Diamants, der ja nur aus kristallisierter Kohle besteht, noch besonders haben bestätigen zu wollen.

– Sie wollen damit doch nicht sagen, Herr Cyrus, meldete sich Pencroff, dass man unter den Dampfkesseln an Stelle der Steinkohle einst Diamanten verbrennen werde?

– Nein, mein Freund, erwiderte Cyrus Smith.

– Doch bleib' ich bei meiner Ansicht, fuhr Gedeon Spilett fort. Sie widersprechen gewiss nicht, dass die Kohle eines Tages aufgezehrt sein wird?

– Heutzutage sind die Vorräte noch sehr beträchtlich, und 100,000 Arbeiter, die jährlich hundert Millionen metrische Zentner davon ausbringen, vermögen sie noch nicht zu erschöpfen!

– Bei dem wachsenden Steinkohlenverbrauche, antwortete Gedeon Spilett, ist aber leicht vorauszusehen, dass diese 100,000 Arbeiter sowohl, als die jetzige Ausbeute sich bald verdoppeln werden.

– Ohne Zweifel; sollten indes die Steinkohlenlager Europas, welche übrigens durch vervollkommnete Maschinen auch noch in größerer Tiefe auszunutzen sind, zu Ende gehen, so liefern die von Amerika und Australien noch lange Zeit den Bedarf der Industrie.

– Wie lange etwa? fragte der Reporter.

– Mindestens zweihundertfünfzig bis dreihundert Jahre.

– Das ist zwar für uns beruhigend, meinte Pencroff, aber nicht gerade für unsere späteren Nachkommen.

– Bis dahin findet sich ein Ersatz, sagte Harbert.

– Das muss man hoffen, fiel Gedeon Spilett ein, denn ohne Kohlen gäbe es keine Maschinen mehr, ohne solche keine Eisenbahnen; keine Dampfschiffe, keine Werkstätten, überhaupt nichts mehr, was der moderne Kulturfortschritt verlangt.

– Doch was könnte man wohl finden? fragte Pencroff, haben Sie darüber eine Ansicht, Herr Cyrus?

– Eine oberflächliche, ja, mein Freund.

– Nun, was wird an Stelle der Kohle zum Brennen dienen?

– Das Wasser, antwortete Cyrus Smith.

– Das Wasser! rief Pencroff erstaunt; das Wasser, um Dampfschiffe und Lokomotiven zu treiben, Wasser, um damit Wasser zu erhitzen?

– Ja wohl, doch das in seine Elementarbestandteile zerlegte Wasser, belehrte ihn Cyrus Smith, zerlegt durch Elektrizität, die bis dahin zur mächtigen und leicht verwendbaren Kraft erwachsen sein wird, denn alle großen Erfindungen scheinen in Folge eines unerklärlichen Gesetzes sich zur selbigen Zeit zu ergänzen. Ich bin davon überzeugt, meine Freunde, dass das Wasser dereinst als Brennstoff Verwendung findet, dass Wasserstoff und Sauerstoff, die Bestandteile desselben, zur unerschöpflichen und bezüglich ihrer Intensität ganz ungeahnten Quelle der Wärme und des Lichtes werden. Der Tag wird nicht ausbleiben, wo die Kohlenkammern der Steamer und die Tender der Lokomotiven statt der Kohle diese beiden Gase vielleicht in komprimiertem Zustande mitführen werden, welche unter den Kesseln eine enorme Heizkraft entwickeln. Keine Furcht also! So lange diese Erde bewohnt ist, wird sie den Bewohnern das Nötige liefern, und nie wird es ihnen an Licht und Wärme fehlen, so wenig wie an den Erzeugnissen des Pflanzen-, Stein- und Tierreiches. Ich glaube also, dass man, wenn unsere jetzigen Kohlenschächte einmal erschöpft sein werden, mit Wasser heizen wird. Das Wasser ist die Kohle der Zukunft.

– Das möchte ich mit erleben, sagte der Seemann.

– Dazu bist Du etwas zu früh aufgestanden, Pencroff«, antwortete Nab, der sich nur mit diesen Worten bei der Unterhaltung beteiligte.

Diese Bemerkung Nabs beendete nun eigentlich das Gespräch nicht, wohl aber ein Gebell Tops, das denselben sonderbaren Klang hatte, wie er dem Ingenieur schon früher manchmal aufgefallen war. Gleichzeitig lief Top um die Mündung des Schachtes herum, der sich im inneren Vorraum öffnete.

»Warum mag nur Top so bellen? fragte Pencroff.

– Und Jup so auffallend brummen?« fügte Harbert hinzu.

Wirklich gab der Orang-Utan, der sich zum Hunde gesellte, ganz unverkennbare Zeichen von Aufregung, und sonderbarer Weise schienen die beiden Tiere mehr ängstlich, als gereizt zu sein.

»Es liegt auf der Hand, sagte Gedeon Spilett, dass dieser Schacht in unmittelbarer Verbindung mit dem Meere steht und irgendein Wasserthier von Zeit zu Zeit auf seinem Grunde auftaucht, um Atem zu schöpfen.

– Das sollte man glauben, stimmte ihm der Seemann bei, denn eine andere Erklärung gibt es wohl nicht .... Ruhig, Top, fügte Pencroff, nach dem Hunde gewendet, hinzu, und Du, Jup, in deine Kammer!«

Der Affe und der Hund schwiegen. Jup suchte sein Lager auf, doch Top verblieb im Zimmer, nicht ohne den ganzen Abend über ein verhaltenes Knurren hören zu lassen.

Von dem Zwischenfalle, der dennoch die Stirne des Ingenieurs verdüsterte, war keine Rede mehr.

Den Rest des Monats Juli über wechselten Regen und Kälte ab. Die Temperatur sank nicht so weit als im verwichenen Winter, und ihr Minimum überschritt nicht 13° C. Wenn dieser Winter aber weniger kalt war, so zeichnete er sich desto mehr durch Stürme und Windstöße aus, und manchmal rollten wahrhaft riesige Wellen über den Strand heran, welche die Kamine bedrohten und an der Granitwand donnernd zerschellten.

Wenn die Kolonisten von ihren Fenstern aus die gewaltigen Wassermassen sich daher wälzen und unter ihren Augen brechen sahen, nötigte ihnen das prächtige Schauspiel des empörten Meeres oft die ungeteilteste Bewunderung ab.

Mit weißem Schaum bekrönt wogten die Wellen auf und nieder, der Strand verschwand unter der plötzlichen Überschwemmung, und der Granitwall schien direkt aus dem Meere, dessen Wasserstaub wohl hundert Fuß aufwirbelte, empor zu tauchen.

Während dieser Stürme war es schwer, sich auf die Wege der Insel hinauszuwagen, da nicht selten Bäume niedergeworfen wurden. Trotzdem ließen die Kolonisten nie eine Woche vergehen, ohne die Viehhürde einmal zu besuchen. Bei der durch einen südöstlichen Vorberg des Franklin-Vulkan geschützten Lage hatte diese Einfriedigung von der Gewalt des Sturmes, der die Bäume derselben ebenso verschonte, wie die Schuppen und die Palisade, nicht allzu viel zu leiden. Der auf dem Plateau der Freien Umschau gelegene Hühnerhof dagegen, welcher dem Anprall des Windes ausgesetzt war, erlitt manche Beschädigung. Zweimal wurde das Taubenhaus und an verschiedenen Stellen die Barriere umgeworfen. alles das musste möglichst haltbar ausgebessert werden, da es keinem Zweifel unterlag, dass die Insel Lincoln gerade in dem stürmischsten Teile des Pazifischen Ozeans zu suchen war Ja, es schien sogar, als bilde sie das Zentrum ungeheurer Zyklone, welche sie peitschten, wie die Peitsche den Kreisel. Nur dass in diesem Falle der Kreisel unbeweglich war und die Peitsche sich drehte.

In der ersten Augustwoche ließ die stürmische Witterung etwas nach und die Atmosphäre gewann wieder eine Ruhe, die sie für immer verloren zu haben schien. Gleichzeitig sank aber die Temperatur, ja es trat sogar eine sehr lebhafte Kälte ein, bei der die Thermometersäule bis auf 22° unter Null herab ging.

Am 3. August führte man eine seit mehreren Tagen projektierte Exkursion nach den Tadorne-Sümpfen im Südosten der Insel aus. Die Jäger wurden dazu durch den Reichtum an Wasservögeln veranlasst, welche dort ihre Winterquartiere hatten. Wilde Enten, Bekassinen, langgeschwänzte Enten, Silbertaucher gab es daselbst in Menge, und so beschloss man, einen Tag der Jagd auf dieses Geflügel zu verwenden.

Nicht allein Gedeon Spilett und Harbert, sondern auch Pencroff und Nab beteiligten sich bei der Expedition. Nur Cyrus Smith schützte eine notwendige Arbeit vor und blieb allein im Granithaus zurück.

Die Jäger schlugen die Straße nach dem Ballonhafen ein und wollten ihrem Versprechen gemäß an demselben Abend zurückkehren. Top und Jup begleiteten sie. Sobald sie die Mercy-Brücke überschritten hatten, zog der Ingenieur dieselbe wieder auf, da er jetzt ein längst gehegtes Vorhaben zur Ausführung bringen wollte, bei dem er notwendig allein sein musste.

Sein Vorhaben bestand aber in nichts Anderem, als in der genaueren Untersuchung des Schachtes, dessen Mündung sich im Niveau des Vorraumes ihrer Wohnung endigte, und der wohl mit dem Meere kommunizieren musste, da früher das Wasser des Sees durch ihn abgeflossen war.

Weshalb umkreiste Top diese Mündung so häufig und bellte er so eigentümlich, wenn ihn eine Art Unruhe nach diesem Schachte hinzog? Warum zeigte auch Jup eine so sonderbare Beängstigung? Gingen von diesem Schachte noch andere Verzweigungen aus, als der vertikale Gang nach dem Meere? Führte er vielleicht auch nach anderen Teilen der Insel? Das war es, was Cyrus Smith zu wissen verlangte, und deshalb wollte er jetzt allein sein. Endlich sollte ihm die lange gesuchte Gelegenheit dazu werden.

Mit Benutzung der Strickleiter, welche seit Einrichtung des Aufzuges fast gar nicht mehr gebraucht wurde, und die eine hinreichende Länge hatte, musste es ihm wohl sehr leicht gelingen, auf den Grund des Schachtes zu kommen.

Er schleppte also diese Leiter nach der Öffnung und ließ sie nach gehöriger Befestigung des oberen Endes hinunter gleiten; dann zündete er eine Laterne an, ergriff einen geladenen Revolver, steckte sich ein Messer in den Gürtel und kletterte vorsichtig die Stufen hinab.

Die Wand erwies sich überall voll, doch ragten hier und da einzelne Felsenvorsprünge so weit hervor, dass es einem gewandten Tiere wohl möglich sein musste, an denselben heraufzuklettern.

So urteilte wenigstens der Ingenieur; als er die Vorsprünge aber sorgfältig beleuchtete, fand er keinerlei Eindrücke oder Ritze, welche hätten annehmen lassen, dass sie jemals als Stiegen gedient hätten.

Cyrus Smith begab sich tiefer hinab und untersuchte die Wände ringsum so sorgfältig als möglich. Nirgends im Verlaufe des Schachtes öffnete sich ein Seitenweg, der unterirdisch nach anderen Teilen der Insel hätte führen können. Als Cyrus Smith an die Steinmauer klopfte, erhielt er überall einen vollen Ton. Offenbar bestand sie aus massivem Granit, durch welchen kein lebendes Wesen sich einen Weg zu brechen vermochte.

Um vom Grunde des Schachtes nach seiner Ausmündung zu gelangen, gab es keinen anderen Weg, als diesen fortwährend unter Wasser stehenden Kanal, der ihn tief unter den Felsen und unter dem Strande hin mit dem Meere in Verbindung setzte, der also nur für Wassertiere gangbar war. Die Frage, an welcher Stelle des Ufers und wie tief unter dem Wasser dieser Kanal ausmünde, ließ sich vorläufig noch nicht entscheiden.

Als Cyrus Smith seine Untersuchung beendet hatte, stieg er wieder hinauf, zog die Strickleiter nach, bedeckte die Mündung wie vorher, und kehrte gedankenvoll nach dem großen Saale im Granithaus zurück.

»Gesunden habe ich nichts, sagte er für sich, und doch liegt ein Geheimnis da unten verborgen!«

ZWÖLFTES KAPITEL.

An diesem Abende kamen die Jäger nach einer glücklichen Jagd buchstäblich mit Wild beladen zurück, und trugen, was vier Menschen überhaupt ertragen konnten. Tops Hals zierte ein Kranz von Enten, und Jups Leib umschlossen mehrere Gürtel von Bekassinen.

»Hier, sehen Sie, Herr, rief Nab, das nenn' ich seine Zeit anwenden! An Eingemachtem und Pasteten solls uns nun nicht fehlen. Aber einer muss mir helfen, ich zähle auf Dich, Pencroff.

– Nein, Nab, erwiderte der Seemann; mich nimmt die Ausrüstung des Schiffes noch in Anspruch; von mir wirst Du absehen müssen.

– Und Sie, Herr Harbert?

– Ich, Nab, ich muss morgen nach der Hürde gehen, antwortete der junge Mann.

– So unterstützen Sie mich also, Herr Spilett?

– Um Dir gefällig zu sein, ja, Nab, sagte der Reporter, aber ich verhehle Dir nicht, dass ich Deine Rezepte, wenn Du mir solche mitteilst verrate.

– Ganz nach Belieben, Herr Spilett, erwiderte Nab, ganz nach Belieben!«

So wurde am nächsten Tage Gedeon Spilett, Nabs neuer Gehilfe, in das Küchendepartement eingeführt. Vorher hatte ihm der Ingenieur jedoch das Resultat seiner Untersuchung vom vergangenen Tage mitgeteilt und schloss sich der Reporter ganz der Ansicht Cyrus Smiths an, dass hier, wenn er auch nichts gefunden habe, noch der Schleier eines Geheimnisses zu lüften sei.

Noch eine Woche etwa dauerte die Kälte an, während der die Kolonisten das Granithaus nicht verließen, außer wenn sie die Besorgung des Hühnerhofes dazu zwang. Die Wohnung war völlig durchduftet von den Wohlgerüchen, welche Nabs und Spiletts Hantierung verbreitete; das ganze Ergebnis der Jagd in den Sümpfen wurde indes nicht eingemacht, und da sich das Wild bei der strengen Kälte recht gut erhielt, verzehrte man die wilden Enten usw. frisch und erklärte sie für vorzüglicher, als alle anderen Wasservögel der Welt.

Diese ganze Woche über arbeitete Pencroff mit Hilfe Harberts, der die Nadel sehr geschickt regierte, mit solchem Eifer, dass die Segel zum Fahrzeuge fertig gestellt wurden, und an Hanfseilen fehlte es, Dank dem großen Vorrate solcher aus dem Netzwerke des Ballons, ja auch nicht. Die Taue und Schnüren des Netzes bestanden alle aus vorzüglichem Gespinste, das sich der Seemann weislich zu Nutze machte. Die Segel wurden mit starkem Saum versehen, und doch blieb noch genug übrig, Hisstaue, Strickleitern und Schoten daraus anzufertigen. Betreffs der Windevorrichtungen fabrizierte Cyrus Smith auf den Rath Pencroffs und mittels der Drehbank, die er schon früher in Stand gesetzt hatte, die zu den Flaschenzügen nötigen Holzrollen. So kam es, dass die gesamte Takelage schon eher fertig war, als das Schiff selbst.

Pencroff stellte sogar eine blau-weiß-rote Flagge her, zu der die Färbestoffe verschiedene Pflanzen der Insel lieferten. Nur fügte er zu den siebenunddreißig Sternen, welche die siebenunddreißig Staaten der Union vorstellen, noch einen achtunddreißigsten, den für den »Staat Lincoln«, denn er betrachtete seine Insel schon als vollständig vereinigt mit der großen Republik.

»Und, sagte er, wenn sie es tatsächlich noch nicht ist, so ist sie es doch von Herzen!«

Inzwischen wurde die Flagge am Mittelfenster des Granithauses aufgezogen und die Kolonisten begrüßten sie mit einem dreifachen Hurra.

Jetzt näherte man sich auch dem Ende der kalten Jahreszeit, und schon gewann es das Ansehen, als ob dieser zweite Winter ohne ernsteren Unfall vorübergehen sollte, als das Plateau der Freien Umschau in der Nacht des 11. August fast von vollständiger Zerstörung bedroht wurde.

Nach einem wohlangewendeten Tage lagen die Kolonisten in tiefstem Schlafe, als sie gegen vier Uhr Morgens durch Tops wütendes Bellen geweckt wurden.

Dieses Mal bellte er aber nicht an der Mündung des Schachtes, sondern an der Schwelle der Tür, und drängte sich daran, als wollte er mit Gewalt hinaus. Jup seinerseits stieß wiederholt einen kurzen scharfen Schrei aus.

»Ruhe, Top!« rief Nab, der zuerst aufwachte.

Der Hund bellte nur mit verdoppelter Wut weiter.

»Was gibt es denn?« fragte Cyrus Smith.

Notdürftig angekleidet eilten alle nach den Fenstern des Zimmers und öffneten diese.

Unter ihren Augen dehnte sich die Schneefläche aus, welche in der tiefdunkeln Nacht kaum weiß erschien. Die Kolonisten sahen also nichts, aber sie vernahmen ein eigentümliches Gebell in der Finsternis. Offenbar streiften auf dem Strande eine Anzahl Tiere umher, die man jetzt nicht erkennen konnte.

»Was ist das? rief Pencroff.

– Das sind Wölfe, Jaguars oder Affen! antwortete Nab.

– Teufel, die können aber nach dem Plateau hinauskommen! sagte der Reporter.

– Und unser Hühnerhof, jammerte Harbert, unsere Anpflanzungen ...

– Wie mögen sie hier herein gekommen sein? fragte Pencroff.

– Über das Strandbrückchen, erwiderte der Ingenieur, das einer von uns zu schließen vergessen haben wird.

– Wirklich, gestand Spilett, ich erinnere mich es offen gelassen zu haben ...

– Da haben Sie uns einen schönen Streich gespielt, Herr Spilett! bemerkte der Seemann.

– Was geschehen ist, ist geschehen, fiel Cyrus Smith ein. Überlegen wir lieber, was jetzt dagegen zu tun ist!«

Das waren die Fragen und Antworten, welche zwischen Cyrus Smith und seinen Genossen in aller Eile gewechselt wurden. Bestimmt hatte die Brücke als Übergang gedient, war der Strand von einer Herde Tiere überschwemmt, und konnten diese, mochten es nun sein, welche es wollten, längs des linken Mercy-Ufers nach dem Plateau hinauf gelangen. Man musste ihnen also schnell zuvorkommen und sie nötigenfalls bekämpfen.

»Doch was sind das für Tiere?« fragte man sich zum zweiten Male, als das Bellen lauter hörbar wurde.

Da erinnerte sich Harbert, dasselbe schon bei dem ersten Besuche des Roten Flusses vernommen zu haben.

»Das sind sogenannte Feuerfüchse! sagte er.

– Vorwärts also!« drängte der Seemann.

Alle bewaffneten sich mit Äxten, Karabinern und Revolvern, eilten in den Packkorb des Aufzuges und betraten den Strand.

Diese Feuerfüchse sind sehr gefährliche Tiere, wenn sie in großer Anzahl beisammen und von Hunger gequält sind. Nichtsdestoweniger bedachten sich die Ansiedler keinen Augenblick, sich mitten unter die Bande zu stürzen, und die ersten Revolverschüsse, welche mit Blitzesschnelle durch das Dunkel leuchteten, vertrieben die Angreifer der vordersten Reihen.

Worauf es vor allem ankam, das war, die Räuber zu hindern, das Plateau der Freien Umschau zu ersteigen, denn die Pflanzungen und der Hühnerhof wären ihnen gewiss recht angenehm gewesen, und ohne sehr beträchtlichen, vielleicht gar nicht wieder zu ersetzenden Schaden dürfte das wohl nicht abgegangen sein.

Da das Plateau aber nur längs des linken Mercy-Ufers zu erklimmen war, genügte es, den Füchsen an dem schmalen Uferlande, zwischen dem Flusse und der Granitmauer eine unübersteigliche Barriere entgegen zu stellen.

Das begriffen wohl auch Alle, und auf Befehl Cyrus Smiths begaben sie sich nach der bezeichneten Stelle, während die Feuerfüchse im Dunkeln hin und her liefen.

Cyrus Smith, Gedeon Spilett, Harbert, Pencroff und Nab stellten sich so, dass sie eine festgeschlossene Verteidigungsmauer bildeten. Top lief mit geöffnetem Rachen den Kolonisten voran, und unmittelbar nach ihm folgte Jup, der einen tüchtigen Knüttel wie eine Keule über dem Kopfe schwang.

Die Nacht war ungemein dunkel. Nur bei dem Scheine des Gewehrfeuers vermochte man die Angreifer zu unterscheiden, die wohl an hundert zählten und deren Augen wie Feuerfunken schimmerten.

»Sie dürfen nicht hindurch! rief Pencroff.

– Sie werden auch nicht hindurch kommen!« antwortete der Ingenieur entschlossen.

Wenn die Tiere aber nicht hindurch kamen, so lag es nicht daran, dass sie es nicht versucht hätten. Die Hinteren drängten die Vorderen, und es entstand ein hitziges Gefecht, das mit Revolverschüssen und Axtschlägen ausgekämpft wurde. Viele Kadaver der Füchse mussten schon auf dem Erdboden liegen, doch die Bande schien sich nicht zu vermindern, ja man hätte glauben mögen, dass sie sich immer über das Brückchen her ergänzte.

Bald befanden sich die Kolonisten so zu sagen im Handgemenge, das natürlich ohne einige, zum Glück leichte Verwundungen nicht abgehen konnte. Harbert machte einmal durch seinen Revolver Nab frei, auf dessen Rücken ein Feuerfuchs wie eine Tigerkatze gesprungen war. Top kämpfte mit einer wahren Wut, sprang den Füchsen an die Gurgel und würgte sie ab. Jup schlug mit seinem Stocke ganz unbarmherzig zu, und vergebens suchte man ihn zurückzuhalten. Jedenfalls gestattete ihm seine ausgezeichnete Sehkraft, auch diese Dunkelheit zu durchdringen, denn immer war er da, wo der Kampf am heftigsten wütete, und stieß dann und wann einen kurzen, scharfen Schrei, bei ihm das Zeichen der größten Freude, aus. Einmal wagte er sich sogar so weit vor, dass man ihn bei dem Aufleuchten eines Revolverschusses von fünf bis sechs großen Feuerfüchsen umringt sah, denen er mit wunderbarer Kaltblütigkeit Stand hielt.

Endlich neigte sich die siegreiche Entscheidung auf Seite der Kolonisten, doch erst nachdem sie zwei lange Stunden heldenhaft widerstanden hatten. Der erste Schimmer des jungen Tages veranlasste die Angreifer zum Rückzuge, den sie nach Norden zu über die Brücke antraten, welche Nab sogleich hinter ihnen aufzog.

Als es heller geworden und das Schlachtfeld zu übersehen war, zählten die Kolonisten wohl an fünfzig Leichen auf dem Strande.

»Und Jup, rief Pencroff, wo ist denn Jup?«

Jup war verschwunden. Sein Freund Nab rief nach ihm; zum ersten Male antwortete Jup nicht auf den Zuruf seines Freundes.

Jedermann beeilte sich Jup zu suchen und zitterte bei dem Gedanken, ihn unter den Toten zu finden. Man säuberte den Platz von den Kadavern, deren Blut den Schnee färbte, und wirklich wurde Jup unter einem ganzen Haufen von Feuerfüchsen gefunden, deren eingeschlagene Schädel den Beweis lieferten, dass sie der schreckliche Knüttel des unerschrockenen Tieres getroffen hatte. Der arme Jup hielt noch immer den Rest seiner zerbrochenen Waffe in der Hand; gewiss war er erst nach diesem Unfalle von der Übermacht überwältigt worden, und tiefe Wunden klafften an seiner Brust.

»Er lebt noch, rief Nab, sich über ihn beugend.

– Und wir retten ihn, fiel der Seemann ein, wir pflegen ihn wie einen von uns!«

Jup schien ihn zu verstehen, denn er legte seinen Kopf auf Pencroffs Schulter, um ihm zu danken.

Der Seemann war selbst verwundet, doch erwiesen sich seine Verletzungen sowohl, als auch die seiner Gefährten, nur von geringer Bedeutung, da sie sich mittels der Feuerwaffen die Angreifer immer in gemessener Entfernung zu halten vermocht hatten. Nur der Zustand des Orang-Utans gab zu ernster Besorgnis Veranlassung.

Jup wurde von Nab und Pencroff bis zum Aufzug getragen, wobei der Ärmste kaum einen leisen Seufzer hören ließ. Man beförderte ihn möglichst sanft nach dem Granithaus hinauf, legte ihn dort auf einer, aus einem Bette entnommenen Matratze nieder und wusch seine Wunden mit größter Sorgfalt aus. Letztere schienen keine lebenswichtigen Organe verletzt zu haben, doch war Jup durch den Blutverlust sehr geschwächt und trat jetzt ein heftiges Wundfieber bei ihm ein.

Man bereitete ihm also nach geschehenem Verbande ein bequemes Lager, setzte ihn auf strenge Diät, »ganz wie eine wirkliche Person«, sagte Nab, und reichte ihm einige Tassen eines erfrischenden Aufgusses, zu dem die Pflanzen-Apotheke des Granithauses die nötigen Ingredienzien lieferte.

Jup verfiel in einen unruhigen Schlaf; nach und nach wurde jedoch seine Atmung regelmäßiger, und so gönnte man ihm die größte Ruhe. Von Zeit zu Zeit kam Top, man möchte sagen auf »Fußspitzen«, an das Lager des Verwundeten, um seinen Freund zu besuchen, und schien sich sehr über die Sorgfalt zu freuen, die man jenem widmete. Eine Hand Jups hing unter der Decke heraus, und Top leckte sie mit betrübter Miene.

Denselben Morgen noch verschritt man zur Verscharrung der Toten, welche bis nach dem fernen Westen weggefahren und dort tief eingegraben wurden.

Dieser Angriff, der von so ernsthaften Folgen sein konnte, diente den Kolonisten zur Lehre, und von jetzt ab legten sie sich niemals nieder, ohne dass einer von ihnen sich zuletzt überzeugte, dass alle Brücken aufgezogen und keine Eindringlinge zu fürchten seien.

Jup, der einige Tage über wohl zu ernsthaften Befürchtungen Anlass gab, überwand doch wunderbar schnell sein Leiden. Seine Konstitution siegte, das Fieber sank, und Gedeon Spilett, ein halber Doktor, betrachtete ihn von nun an als außer Gefahr. Am 16. August fing Jup wieder an zu essen. Nab bereitete ihm recht leckere und süße Gerichte, die der Kranke vorzüglich liebte, denn wenn er einen kleinen Fehler hatte, so war es der, etwas Feinschmecker zu sein, und Nab hatte niemals etwas getan, ihm denselben abzugewöhnen.

»Was wollen Sie? sagte er zu Gedeon Spilett, der ihm einmal Vorwürfe machte wegen der Verwöhnung; er kennt kein anderes Vergnügen, als das der Zunge, der arme Jup, und mich macht es glücklich, ihm wenigstens auf diese Weise seine Dienste vergelten zu können!«

Nach zehntägigem Krankenlager, am 21. August, stand Meister Jup wieder auf. Seine Wunden waren vernarbt, und man konnte hoffen, dass er bald seine natürliche Gelenkigkeit und Kraft wieder gewinnen werde. Wie alle Rekonvaleszenten wurde auch er von fortwährendem Hunger geplagt, und der Reporter ließ ihn nach Gefallen verzehren, so viel er wollte, im Vertrauen auf den Instinkt, der zwar vernünftigen Wesen abgeht, den Affen aber gewiss vor jeder Ausschreitung bewahren würde. Nab war ganz entzückt, den Appetit seines Schülers wieder erwachen zu sehen.

»Iss nur, mein Junge, sagte er zu ihm, es soll Dir an nichts fehlen! Du hast Dein Blut für uns vergossen, und mindestens muss ich Dir doch wieder zu selbigem verhelfen!«

Am 25. August erschallte plötzlich die Stimme Nabs, der seine Gefährten zusammen rief.

»Herr Cyrus, Herr Gedeon, Herr Harbert, Pencroff, kommen Sie alle her! Kommen Sie!«

Die Kolonisten folgten dem Rufe Nabs, der sich in Jups Kammer befand.

»Was ist geschehen? fragte der Reporter.

– Sehen Sie da!« rief Nab und stieß ein helles Gelächter aus.

Und was sah man denn? Da saß Meister Jup und rauchte, ruhig und ernst wie ein Türke, an der Tür des Granithauses.

»Meine Pfeife! rief Pencroff, er hat meine Pfeife genommen. O, mein wackerer Jup, ich mache Dir ein Geschenk damit! Rauche nur, mein Freund, rauche nur!«

Gravitätisch blies Jup dicke Rauchwirbel vor sich hin, was ihm ein ganz besonderes Vergnügen zu machen schien.

Cyrus Smith schien über diesen Anblick gar nicht so sehr erstaunt und führte mehrere Beispiele von Affen an, die sich den Gebrauch des Tabaks angewöhnt hatten.

Von diesem Tage ab hatte Meister Jup aber seine Pfeife, die Ex-Pfeife des Seemannes, welche in seiner Kammer neben einigen Tabaksvorräten hing, für sich; er stopfte sie selbst, setzte sie mit einer glühenden Kohle in Brand und schien der Glücklichste aller Vierhänder zu sein. Man begreift, dass diese Übereinstimmung des Geschmackes die engen Freundschaftsbande zwischen

Jup und Pencroff, welche den wackeren Affen und den ehrlichen Seemann schon lange verknüpften, nur noch befestigen musste.

»Vielleicht ist es gar ein Mensch, sagte Pencroff einmal zu Nab. Würde es Dich sehr wundern, wenn er uns eines schönen Tages einmal anspräche?

– Meiner Treu, nein, erwiderte Nab. Was mich wundert, ist vielmehr, dass er nicht spricht, denn ihm fehlt ja gar nichts anderes als das Wort.

Es sollte mich kostbar amüsieren, fuhr der Seemann fort, wenn er etwa plötzlich zu mir sagte: ›Wollen wir nicht einmal die Pfeifen tauschen, Pencroff?‹

– Ja, meinte Nab, es ist ein Unglück, dass er stumm geboren ist!«

Mit dem September neigte sich der Winter zu Ende, und die Arbeiten begannen mit gewohntem Eifer.

Der Bau des Schiffes schritt jetzt rüstig vorwärts. Schon war es vollständig umplankt und man baute es nun im Innern aus, wobei es auch seine eigentlichen durch Wasserdampf genau nach dem Modell gebogenen Rippen erhielt.

Da es an Holz nicht fehlte, so schlug Pencroff dem Ingenieur vor, den Rumpf durch eine zweite Innenwand, einen sogenannten Weger, noch mehr zu sichern, und so die Haltbarkeit des ganzen Baues wesentlich zu erhöhen.

Da auch Cyrus Smith nicht wusste, was die Zukunft bringen könnte, billigte er die Idee des Seemannes, der sein Schiff so seefest als möglich herstellen wollte.

Die Auswegerung und das Verdeck wurde am 15. September beendigt. Zum Kalfatern der Fugen benutzte man eine Art aus trockenem Seetang gewonnenen Werges, das mit Fäustelschlägen in die Zwischenräume der Planken, der Innenwände und des Verdecks eingetrieben wurde; dann bestrich man diese Fugen noch mit siedendem Pech, das die Kiefern des Waldes in Überfülle lieferten.

Die Ausrüstung des Fahrzeuges war so einfach als möglich. Zuerst wurde es mit schweren Granitblöcken belastet, die man mittels Kalk vermauerte und von denen etwa 1200 Pfund Verwendung fanden. Über diesen Ballast brachte man einen Fußboden an, und darüber wurde der Raum in zwei Kajüten geteilt, an deren Langseiten sich Bänke hinzogen, die gleichzeitig als Behälter dienten. Der Fuß des Mastes stützte die Scheidewand der beiden Abteilungen, in welche man durch zwei mit Deckeln zu verschließende Luken hinab gelangte.

Pencroff gelang es sehr leicht, einen zum Maste geeigneten Baum zu finden. Er wählte eine junge gerade Fichte, die er nur am unteren Teile passend zu bearbeiten und oben entsprechend zu stutzen brauchte. alle Eisenteile des Mastes, Steuers und Rumpfes wurden zwar etwas schwerfällig, aber haltbar, in der Schmiede der Kamine hergestellt.

Raaen, Bugspriet, Spieren usw., alles wurde in der ersten Oktoberwoche vollendet, und man beschloss, das Schiff sofort durch eine Fahrt längs der Ufer der Insel zu erproben, um zu sehen, wie es sich auf dem Meere halte und wie weit man sich ihm anvertrauen dürfe.

Natürlich wurden auch jetzt die nötigen Arbeiten nicht vernachlässigt. Die Hürde versorgte man mit Futtervorräten und ergänzte alles Notwendige, denn die Schaf- und Ziegenherde hatte sich um fast hundert Junge vermehrt, welche zu ernähren und unterzubringen waren. Ebenso besuchten die Kolonisten auch die Austernbank, das Kaninchengehege, die Steinkohlen- und Eisensteingruben, und verlängerten ihre Jagdzüge gelegentlich in noch unerforschte Teile des fernen Westens, die einen sehr reichen Wildstand zeigten.

Daneben entdeckte man noch weitere einheimische Pflanzen, die, wenn sie auch keinen so hohen Gebrauchswert hatten, doch die Pflanzenvorräte des

Granithauses vermehrten. Es waren das mehrere Ficus-Arten, die einen ähnlich den am Kap vorkommenden, mit fleischigen, essbaren Blättern, die andern mit Körnern, welche eine Art Mehl enthielten.

Am 10. Oktober wurde das Schiff vom Stapel gelassen. Pencroff war entzückt und strahlte vor Freude, da alles bestens von Statten ging. Man hatte das vollständig ausgerüstete Fahrzeug auf Rollen so weit an den Strand geschoben, dass es bei der Flut flott werden musste, was denn auch unter dem Jubelrufe der Ansiedler geschah, und vorzüglich war es Pencroff, der bei dieser Gelegenheit keinen Mangel an Bescheidenheit sehen ließ. Sein Stolz sollte auch die Vollendung des Schiffes überdauern, da er nun zum rechtmäßigen Kommandanten desselben ernannt wurde. Unter allseitiger Zustimmung erteilte man ihm den Charakter des Kapitäns.

Um den Kapitän Pencroff zu befriedigen, musste nun das neue Schiff zuerst getauft werden; nach langem Hin- und Herreden einigte man sich denn in dem Namen »Bonadventure«, dem Vornamen des ehrlichen Seemannes.

Sobald der Bonadventure von der Flut erfasst worden war, konnte man sich überzeugen, wie gut er sich in seiner Wasserlinie hielt und dass er unter jeden Verhältnissen ein tüchtiger Segler sein werde.

Übrigens sollte noch denselben Tag ein Versuch durch eine Probefahrt nach der offenen See hinaus angestellt werden. Das Wetter war schön, die Brise frisch und das Meer leicht zu befahren, vorzüglich an der Südküste, da der Wind schon seit einer Stunde aus Nordosten wehte.

»Einschiffen! Einschiffen!« rief Kapitän Pencroff.

Vorher musste man aber wohl noch frühstücken und auch einige Nahrungsmittel an Bord nehmen, für den Fall einer Ausdehnung des Ausfluges bis zum Abend.

Cyrus Smith trieb es wohl ebenso, dieses Fahrzeug zu erproben, zu dem die Pläne von ihm herrührten, obwohl er manchmal das und jenes nach dem Rat des Seemannes abgeändert hatte; – aber er wiegte sich nicht in demselben Vertrauen wie Pencroff, und da Dieser von der Reise nach der Insel Tabor nicht mehr gesprochen hatte, so gab sich Cyrus Smith der Hoffnung hin, dass jener dieselbe überhaupt aufgegeben habe. Er wollte auch bei seinem Widerspruche bleiben, zwei oder drei seiner Genossen dieser winzigen, kaum fünfzehn Tonnen haltenden Barke für eine so weite Fahrt anzuvertrauen.'

Um halb elf Uhr war alle Welt an Bord, selbst Jup und Top inbegriffen. Nab und Harbert lichteten den im Sande liegenden Anker, die Brigantine wurde gehisst, die Lincolner Flagge entfaltete sich am Maste, und der von Pencroff geführte Bonadventure stach in See.

Um aus der Unions-Bai herauszukommen, musste man zuerst den Wind von rückwärts nehmen, und überzeugte sich, dass das Schiff hierbei recht schnell segelte.

Nach Umschiffung der Seetriftspitze und des Krallen-Kaps hielt sich Pencroff dicht am Winde, um längs der Inselküste hinzufahren, und nachdem er so einige Kabellängen zurückgelegt hatte, konstatierte er, dass der Bonadventure der Abweichung noch bei fünf Strich am Winde recht leidlich widerstand. Er lavierte sehr gut gegen den Wind, hatte, wie die Seeleute sagen, »Strich« und kam dabei ziemlich schnell vorwärts.

Die Passagiere des Bonadventure waren ganz entzückt; sie besaßen ein schönes Fahrzeug, das ihnen gegebenen Falles ersprießliche Dienste leisten konnte, und bei diesem herrlichen Wetter, wie dem günstigen Winde, fanden sie die Promenade höchst ergötzlich.

Pencroff segelte dem Ballonhafen gegenüber drei bis vier Meilen in die hohe See hinaus. Die Insel zeigte sich von hier aus in ihrer ganzen Ausdehnung und unter einem neuen Gesichtspunkte mit dem wechselnden Panorama der Küste vom Krallen-Kap bis zum Schlangen-Vorgebirge, ihren Außenwäldern, in denen die Koniferen charakteristisch von den andern kaum knospenden Bäumen abstachen, und dem Franklin-Berge, der das Gesamtbild beherrschte und auf dessen Spitze noch blendende Schneeflächen lagerten.

»Wie schön ist das! rief Harbert.

– Ja, unsere Insel ist schön und gut, antwortete Pencroff; ich liebe sie, wie meine arme Mutter! Sie hat uns arm und hilflos aufgenommen, und was fehlt den fünf ihr vom Himmel gefallenen Kindern wohl jetzt?

– Nichts! beteuerte Nab, nichts, Kapitän!«

Und die beiden wackeren Leute ließen zu Ehren ihrer Insel drei kräftige Hurras erschallen.

Inzwischen lehnte Gedeon Spilett am Fuße des Mastes und zeichnete das Panorama, das sich vor seinen Augen entrollte.

Schweigend sah Cyrus Smith ihm zu.

»Nun, Herr Cyrus, fragte ihn da Pencroff, was sagen Sie zu unserem Schiffe?

– Es scheint sich gut zu halten, antwortete der Ingenieur.

– Gut, und glauben Sie nun auch, dass man mit ihm selbst eine Reise von einiger Dauer unternehmen könne?

– Welche Reise, Pencroff?

– Zum Beispiel die nach der Insel Tabor?

– Guter Freund, erwiderte Cyrus Smith, ich bin der Meinung, dass wir im Falle der Not niemals zaudern würden, uns dem Bonadventure, selbst für eine weitere Reise, anzuvertrauen; aber Sie wissen auch, dass ich Sie nur mit Sorge nach der Insel Tabor segeln sehe, wohin Sie keine Notwendigkeit ruft.

– Man lernt doch seine Nachbarn gern kennen, versetzte Pencroff, der nun einmal auf seiner Idee bestand. Die Insel Tabor ist unsere Nachbarin, und zwar die einzige! Die einfache Höflichkeit verlangt schon, ihr einen Besuch abzustatten.

– alle Wetter, fiel Gedeon Spilett ein, unser Freund Pencroff ist sattelfest in dem, was sich schickt.

– Ich bin in gar nichts sattelfest, wehrte Pencroff ab, den der Widerspruch des Ingenieurs ein wenig reizte, und der diesem doch keine Unruhe machen wollte.

– Bedenken Sie auch, Pencroff, fuhr Cyrus Smith fort, dass Sie nicht allein nach der Insel Tabor gehen können.

– Ein Mann zur Begleitung genügt mir.

– Zugegeben, antwortete der Ingenieur, Sie wagen es also, der Insel Lincoln von fünf Kolonisten zwei zu entführen?

– Von Sechs, entgegnete Pencroff. Sie vergessen Jup.

– Von Sieben, fügte Nab hinzu, Top gilt ebenso viel, wie ein Anderer.

– Es ist aber nichts dabei zu wagen, Herr Cyrus, wiederholte Pencroff.

– Das ist möglich, Pencroff; doch ich sage Ihnen noch einmal, ich nenne das sich ohne Notwendigkeit einer Gefahr aussetzen!«

Der halsstarrige Seemann schwieg und ließ das Gespräch fallen, doch nur um es bei passender Gelegenheit wieder aufzunehmen. Er dachte aber gewiss nicht daran, dass ein Zufall ihm zu Hilfe kommen und das, was jetzt vielleicht nur eine Laune von ihm war, in ein Werk der Nächstenliebe verwandeln sollte.

Der Bonadventure hatte nämlich gewendet und hielt jetzt auf den Ballonhafen zu. Es erschien von Wichtigkeit, die passierbaren Durchfahrten zwischen den Sandbänken und Klippen kennen zu lernen, um sie nötigenfalls mit Baken zu versehen, da die kleine Bucht als Hafen für das Schiff dienen sollte.

Man war jetzt kaum eine halbe Meile von der Küste entfernt und musste gegen den Wind aufkommen, wobei der Bonadventure auch deshalb nur sehr langsam vorwärts kam, weil die Brise, von dem hohen Lande aufgehalten, kaum noch die Segel schwellte und das spiegelglatte Meer sich nur bei einzelnen Windstößen kräuselte, welche dann und wann fühlbar wurden.

Harbert stand am Vorderteile, um den Weg anzugeben, den das Schiff in den engen Fahrstraßen einzuhalten hatte, als er plötzlich laut rief:

»Backbord, Pencroff, Backbord!

– Was ist denn los? antwortete der Seemann sich erhebend. Etwa ein Felsen?

– Nein, warte, sagte Harbert ... Ich sehe so nicht gut ... noch etwas Backbord ... gut ... noch etwas Backbord ... gut ... ein wenig Steuerbord ...«

Bei diesen Worten legte sich Harbert lang auf den Bordrand, tauchte den Arm schnell ins Wasser und rief, ihn wieder erhebend:

»Eine Flasche!«

In seiner Hand hielt er eine verschlossene Flasche, die er eben, wenige Kabellängen von der Küste, erhascht hatte.

Cyrus Smith nahm sie ihm ab. Ohne ein Wort zu sagen, lüftete er den Pfropfen, zog ein halbfeuchtes Papier heraus, von dem er die Worte las:

Schiffbruch ... Insel Tabor: 153° westliche Länge – 37°11' südliche Breite.

DREIZEHNTES KAPITEL.

»Ein Schiffbrüchiger! rief Pencroff, verlassen auf der Insel Tabor, nur wenige hundert Meilen von uns O, Herr Cyrus, jetzt werden Sie sich der beabsichtigten Reise nicht ferner widersetzen!

– Nein, Pencroff, antwortete Cyrus Smith, Sie mögen sobald als möglich absegeln.

– Schon morgen?

– Gleich morgen.«

Der Ingenieur hielt das aus der Flasche gezogene Papier noch immer in der Hand; er sammelte einige Augenblicke seine Gedanken und sagte dann:

»Aus der Art der Abfassung dieses Dokumentes, meine Freunde, denke ich, dürfen wir Folgendes schließen: Zunächst dass der Schiffbrüchige der Insel Tabor ein Mann mit besseren nautischen Kenntnissen ist, denn er gibt hier die Länge und Breite der Insel, mit der von uns gefundenen bis auf eine Minute übereinstimmend, genau an; zweitens muss er Engländer oder Amerikaner sein, da dieses Dokument in englischer Sprache geschrieben ist.

– Das scheint logisch ganz richtig, stimmte Gedeon Spilett bei, und die Anwesenheit dieses Schiffbrüchigen erklärt auch das Anschwimmen der Kiste an dem Gestade der Insel. Ein Schiffbruch muss stattgefunden haben, da ein Schiffbrüchiger vorhanden ist. Jedenfalls erscheint es für Letzteren, er mag sein wer es will, als ein Glück, dass Pencroff auf den Gedanken kam, dieses Schiff zu bauen und es gerade heute zu erproben, denn um einen Tag später konnte diese Flasche längst an den Klippen zerschellt sein.

– Wahrlich, bemerkte Harbert, es war ein glücklicher Zufall, dass der Bonadventure hier vorüberkommen musste, so lange die Flasche noch um herschwamm.

– Und das erscheint Ihnen nicht sonderbar? fragte Cyrus Smith den Seemann.

– Als ein Glück erscheint es mir, erwiderte Pencroff, als weiter nichts. Sehen Sie etwas so Außerordentliches darin, Herr Cyrus? Irgendwohin musste diese Flasche doch treiben, und warum nicht hierher ebenso gut, als anderswohin?

– Sie haben vielleicht recht, Pencroff, antwortete der Ingenieur, und dennoch ...

– Deutet denn aber, fiel da Harbert ein, nichts etwa darauf hin, dass diese Flasche schon sehr lange auf dem Meere treibt?

– Nichts, erklärte Gedeon Spilett; selbst das Dokument scheint erst in jüngster Zeit geschrieben. Was halten Sie davon, Cyrus?

– Das ist schwer zu sagen, antwortete dieser, doch wir werden uns darüber Aufklärung verschaffen.«

Inzwischen war Pencroff nicht untätig geblieben. Er hatte nach dem Winde gewendet und der Bonadventure schoss, alle Segel tragend, schnell auf das

Krallen-Kap zu. jeder gedachte des Schiffbrüchigen auf der Insel Tabor. War es noch Zeit, ihn zu retten? Ein Hauptereignis in dem Leben der Kolonisten! Sie waren ja selbst nur Schiffbrüchige, konnten aber doch befürchten, dass jener Unglückliche sich nicht unter den gleichen günstigen Umständen befinde, wie sie, und ihre Pflicht erschien es, jenem zu Hilfe zu eilen.

Das Krallen-Kap ward umsegelt, und gegen vier Uhr ankerte der Bonadventure an der Mündung der Mercy.

Noch denselben Abend wurden die nötigen Einzelheiten betreffs der bevorstehenden Expedition erwogen und festgestellt. Es erschien angezeigt, dass Pencroff und Harbert, beide in Schiffsmanövern hinlänglich erfahren, die Reise allein unternähmen. Wenn sie am folgenden Tage, dem 11. Oktober, absegelten, konnten sie bequem im Laufe des 13. ankommen, denn bei der herrschenden Windrichtung mussten achtundvierzig Stunden zu der Überfahrt von hundertundfünfzig Meilen wohl hinreichen. Zählte man dann einen Tag Aufenthalt an der Insel, drei bis vier auf die Rückfahrt, so durfte man ihrer Wiederankunft an der Insel Lincoln etwa am 17. entgegen sehen.

Das Wetter war schön, das Barometer zeigte keine Schwankungen, der Wind hielt die gleiche Richtung; so vereinigten sich alle Aussichten auf einen glücklichen Erfolg der wackeren Leute, die einem Gebote der Menschlichkeit folgend sich so weit von ihrer Insel hinweg wagen wollten.

Es wurde also zunächst beschlossen, dass Cyrus Smith, Nab und Gedeon Spilett im Granithaus zurückbleiben sollten; doch dagegen erhob sich zuletzt ein Widerspruch, als in Gedeon Spilett der Reporter des »New-York Herald« wieder erwachte, und dieser erklärte, dass er lieber nachschwimmen, als eine solche wie für ihn geschaffene Gelegenheit verabsäumen werde; so gewährte man ihm denn die Teilnahme an dem projektierten Ausfluge.

Der Abend wurde noch dazu verwendet, einiges Bettzeug, Geräte, Waffen, Munition, eine Bussole, Nahrungsmittel für etwa acht Tage etc. an Bord zu schaffen, und nach schneller Vollendung dieser Ausrüstung begaben sich die Ansiedler wieder nach dem Granithaus hinaus.

Am folgenden Morgen früh um fünf Uhr nahm man, nicht ohne eine gewisse Gemütsbewegung auf beiden Seiten, Abschied; Pencroff entfaltete die Segel und steuerte nach dem Krallen-Kap, nach dessen Umschiffung er sofort die Richtung nach Südwesten einschlagen wollte.

Der Bonadventure schaukelte sich schon eine Viertelmeile von der Küste, als seine Passagiere auf der Höhe über dem Granithaus zwei Männer stehen sahen, die ihnen ein letztes Lebewohl zuwinkten. Das waren Cyrus Smith und Nab.

»Unsere Freunde! rief Gedeon Spilett. Es ist dies die erste Trennung seit fünfzehn Monaten!«

Pencroff, der Reporter und Harbert beantworteten jene Abschiedszeichen, und bald verschwand das Granithaus hinter den höheren Felsen des Caps.

Während der ersten Stunden des Tages blieb der Bonadventure beständig in Sicht der Südküste der Insel Lincoln, welche sich bald nur noch in Form eines grünen Korbes, überragt vom Franklin-Berge, darstellte. Die in Folge der Entfernung verminderten Höhen verliehen ihr ein Aussehen, welches Schiffe wohl zu dem Wunsche verleiten konnte, an derselben zu landen.

Gegen ein Uhr passierte man, aber etwa zehn Meilen von der Küste, das Schlangen-Vorgebirge. Aus dieser Entfernung waren die Einzelheiten der Westküste, welche sich bis zu den Ausläufern des Franklin-Berges hin erstreckte, nicht mehr erkennbar, und drei Stunden später verschwand die ganze Insel Lincoln unter dem Horizonte.

Der Bonadventure segelte vortrefflich. Er hob sich leicht mit den Wellen und machte schnelle Fahrt. Pencroff hatte auch das Pfeilsegel gehisst, und folgte nun streng nach dem Kompass einer schnurgeraden Linie.

Von Zeit zu Zeit löste ihn Harbert am Steuer ab, und handhabte der junge Mann dasselbe so sicher, dass Pencroff ihm nie wegen Abweichung aus dem Kurs einen Vorwurf zu machen hatte.

Gedeon Spilett plauderte jetzt mit dem Einen, dann mit dem Anderen, und legte, wenn es Not tat, auch mit Hand an. Kapitän Pencroff erklärte sich mit seiner Mannschaft ausnehmend zufrieden, und sprach von nichts Geringerem, als davon, sie »für jede Wache mit einem Viertel Wein« zu belohnen.

Am Abend schimmerte die schmale Sichel des zunehmenden Mondes, der erst mit dem 16. in das erste Viertel trat, in der Dämmerung, ging aber bald nach dieser unter.

Pencroff zog aus Vorsicht das sogenannte Pfeilsegel wieder ein, da er sich nicht mit einem Segel an der Mastspitze von einem plötzlichen Windstoße überraschen lassen wollte. Für eine so ruhige Nacht konnte man diese Maßregel wohl eine übertriebene Vorsicht nennen, aber Pencroff war ein erfahrener Seemann, dem Niemand zu nahe treten konnte.

Der Reporter verschlief einen Teil der Nacht, während sich Harbert und Pencroff von zwei zu zwei Stunden am Steuer ablösten. Der Seemann vertraute Harbert ebenso, wie sich selbst, und dieses Zutrauen rechtfertigte sich hinlänglich durch das kalte Blut und den scharfen Verstand des jungen Mannes. Pencroff gab ihm, wie ein Kommandant seinem Untersteuermann, den Kurs an, und Harbert sorgte dafür, dass der Bonadventure diesen nicht um eine Linie verließ.

Die Nacht verstrich, und auch der 12. Oktober verlief unter gleich günstigen Umständen. Den ganzen Tag über wurde die Richtung nach Südwesten streng eingehalten, und wenn der Bonadventure nicht einer unbekannten Strömung unterlag, so musste er genau auf die Insel Tabor treffen.

Das weite Meer, über welches das Schiffchen dahin zog, war vollkommen öde. Nur dann und wann schwebte ein großer Vogel, ein Albatros oder Fregattvogel, in Schussweite vorüber, und Gedeon Spilett fragte sich, ob einer davon nicht jener mächtige Segler der Lüfte sein möge, dem er seinen letzten für den »New-York Herald« bestimmten Bericht anvertraut hatte. Diese Vögel repräsentierten die einzigen lebenden Wesen in dem Teile des Pazifischen Ozeanes zwischen den Inseln Lincoln und Tabor.

»Und doch, bemerkte Harbert, befinden wir uns in der Jahreszeit, in der die Walfänger nach dem Süden des Stillen Weltmeeres zu ziehen pflegen. Wahrlich, ich glaube, ein einsameres Meer, als dieses hier, gibt es nirgends wieder.

– O, es ist doch nicht ganz vereinsamt, entgegnete Pencroff.

– Wie meinen Sie das? fragte der Reporter.

– Nun, segeln wir nicht auf demselben? Halten Sie denn unser Fahrzeug für eine Seetrift, und unsere Personen für Meerschweine?«

Pencroff lachte herzlich über seinen eigenen Scherz.

Am Abend schätzte man die vom Bonadventure zurückgelegte Strecke auf hundertundzwanzig Meilen von der Insel Lincoln aus, woraus sich bei sechsunddreißigstündiger Fahrt die mittlere Geschwindigkeit zu dreieinviertel Meile per Stunde berechnete. Die Brise wehte nur schwach und schien ganz einschlafen zu wollen. Jedenfalls durfte man hoffen, die Insel Tabor, vorausgesetzt, dass jene Schätzung genau und der Kurs gut eingehalten war, am nächsten Tage zu Gesicht zu bekommen.

Während der Nacht vom 12. zum 13. Oktober schlief keiner der drei Schiffsgenossen. In Erwartung des kommenden Tages bemächtigte sich ihrer eine eigentümliche Unruhe, gerechtfertigt durch die Ungewissheit des Erfolgs ihres kühnen Unternehmens. Befanden sie sich wirklich in der Nähe der Insel Tabor? Lebte der Schiffbrüchige, dem sie jetzt zu Hilfe eilten, auch noch auf derselben? Wer mochte es sein? Würde seine Gegenwart in die bis dahin so einmütige kleine Kolonie auch keine Störung bringen? Würde er überhaupt zustimmen, sein jetziges Gefängnis mit einem anderen zu vertauschen? Diese und ähnliche Fragen, deren Lösung am nächsten Tage bevorstand, hielten sie vollkommen wach, und mit dem ersten Tageslichte durchstreiften ihre Augen suchend den weiten Horizont.

»Land!« rief Pencroff früh gegen sechs Uhr.

Da ein Irrtum seitens Pencroffs nicht anzunehmen war, so musste ein Land offenbar in Sicht sein.

Welche Freude für die kleine Mannschaft des Bonadventure! Nach wenigen Stunden sollte sie das Gestade der Insel betreten!

Die flache, kaum aus den Fluten auftauchende Insel Tabor lag in einer Entfernung von kaum fünfzehn Meilen vor ihnen. Die Spitze des Bonadventure, welche ein wenig südlich an der Insel vorüber zeigte, wurde sogleich auf die Letztere gerichtet; mit der im Osten aufsteigenden Sonne kamen auch da und dort einige Berggipfel zum Vorschein.

»Das ist ein Eiland von weit geringerer Ausdehnung als die Insel Lincoln, sagte Harbert, und verdankt wie diese ihre Entstehung jedenfalls einer unterseeischen vulkanischen Tätigkeit.«

Um elf Uhr Vormittags war der Bonadventure nur noch zwei Meilen entfernt, und Pencroff segelte, da er durch dieses unbekannte Wasser eine geeignete Fahrstraße erst suchen musste, sehr vorsichtig und nur ganz langsam weiter.

Man überblickte jetzt das Gesamtbild des Eilandes, auf dem sich einige Gruppen grüner Gummibäume nebst verschiedenen anderen auch auf der Insel Lincoln vorkommenden Arten zeigten. Doch, wunderbar, kein Rauchsäulchen erhob sich zum Zeichen, dass die Insel bewohnt sei, und kein Signal erschien an irgendeinem Punkte der Küste.

Und dennoch bewies das Dokument handgreiflich das Vorhandensein eines Schiffbrüchigen, der gewiss nach Hilfe ausspähte.

Inzwischen wand sich der Bonadventure durch das enge Fahrwasser, welches die Klippen frei ließen, und dessen Biegungen Pencroff mit größter Vorsicht folgte. Er hatte das Steuerruder an Harbert überlassen, und beobachtete vom Vorderteile aus selbst das Wasser, stets bereit, das letzte Segel, dessen Hissleine er in der Hand hielt, sofort einzuziehen. Gedeon Spilett überblickte, das Fernrohr vor den Augen, die ganze Küstenstrecke, ohne etwas Auffälliges wahrzunehmen.

Schon war es fast zwölf Uhr, als der Kiel des Bonadventure den sandigen Grund streifte. Der Anker wurde ausgeworfen, die Segel eingebunden und die Besatzung des winzigen Schiffchens ging ans Land.

Dass man auf der Insel Tabor sei, darüber konnte nicht wohl ein Zweifel aufkommen, denn nach den neuesten Karten existierte in diesem Teile des Pazifischen Ozeanes zwischen Neu-Seeland und der Westküste Südamerikas keine andere Insel.

Das Schiff wurde möglichst haltbar befestigt, so dass es auch von der Ebbe nicht etwa entführt werden konnte; dann bestiegen Pencroff und seine Begleiter wohlbewaffnet das Ufer, um eine Art zweihundertundfünfzig bis dreihundert Fuß hohen Hügel zu erklimmen, der in der Entfernung einer halben Meile emporragte.

»Von diesem Hügel aus, meinte Gedeon Spilett, gewinnen wir ohne Zweifel einen allgemeinen Überblick über das Eiland, der unsere weiteren Nachforschungen wesentlich erleichtern wird.

– Das heißt also, antwortete Harbert, wir tun hier dasselbe, was Herr Cyrus auf der Insel Lincoln durch die Besteigung des Franklin-Berges zu erreichen suchte.

– Ganz dasselbe, sagte der Reporter; das ist auch das empfehlenswerteste Verfahren.«

Unter solchem Gespräche gingen die Forscher längs des Randes einer Wiese hin, die erst am Fuße jenes Hügels endigte. Ganze Schwärme Felstauben und Meerschwalben flatterten vor ihnen auf. Aus dem Walde längs der Wiese zur Linken hörten sie die Zweige brechen und die langen Gräser rascheln, ein Zeichen, dass sich sehr scheue Tiere darin befanden; nichts deutete aber bis jetzt auf ein Bewohntsein der Insel hin.

Am Fuße des Hügels angelangt, erstiegen Pencroff, Harbert und Gedeon Spilett dessen Gipfel in wenigen Minuten, und konnten von diesem aus den Horizont nach allen Seiten übersehen.

Sie befanden sich wirklich auf einem Eilande, dessen Umkreis kaum sechs Meilen betrug und das bei einer geringen Ausbuchtung der Küsten die Form eines verlängerten Ovales zeigte. Ringsum erstreckte sich das völlig verlassene Meer bis zu den Grenzen des Horizontes; kein Land, kein Segel war zu sehen!

Das über und über mit Wald bedeckte Eiland bot dem Auge nicht das an Abwechslung so reiche Bild der Insel Lincoln mit ihren wilden und unfruchtbaren Partien in dem einen, und den fruchtbaren und reichen in dem anderen Teile. Hier verschmolz alles zu einer gleichmäßigen grünen Masse, aus der nur zwei bis drei Hügel unbedeutend hervorragten. Schräg gegen die Hauptrichtung des Ovales schlängelte sich ein Bach über eine breitere Wiesenfläche und erreichte an der Westküste durch eine enge Mündung das Meer.

»Das Gebiet ist sehr beschränkt, sagte Harbert.

– Ja wohl, stimmte ihm Pencroff bei, für uns wäre es etwas zu klein gewesen.

– Und außerdem, fügte der Reporter hinzu, erscheint es unbewohnt.

– Wirklich, antwortete Harbert, nirgends gibt sich die Anwesenheit eines Menschen zu erkennen.

– Wir wollen hinabsteigen, mahnte Pencroff, und danach suchen!«

Der Seemann kehrte mit den beiden Anderen nach der Küste zurück, wo sie den Bonadventure verankert hatten. Erst beabsichtigten sie, die Insel längs des Ufers zu umgehen, bevor sie tiefer in das Innere eindrängen, so dass kein Punkt derselben ihnen verborgen bleiben könnte.

Der Strand war im Ganzen recht bequem gangbar und nur an einzelnen Stellen von erheblicheren Felsbildungen unterbrochen, die sich leicht umgehen ließen. Die Wanderer richteten ihre Schritte gegen Süden und jagten dabei unzählige Wasservögel und Robbenherden auf, die sich, sobald sie jener ansichtig wurden, eiligst ins Meer stürzten.

»Diese Geschöpfe, sprach sich der Reporter aus, sehen den Menschen bestimmt nicht zum ersten Male. Sie fürchten ihn, folglich ist er ihnen schon bekannt.«

Eine Stunde nach ihrem Aufbruch erreichten die Wanderer das südliche Ende der Insel, das in ein spitzes Kap auslief, und wandten sich nun nach Norden, längs der Westküste, welche ebenso aus einem sandigen Strande mit einzelnen Felsen bestand und rückwärts von dichtem Gehölz eingefasst wurde.

Nirgends fand sich nur die Spur einer menschlichen Wohnung oder der Eindruck eines Fußes, wenigstens nicht auf dem ganzen äußeren Umfange des Eilandes, der nach vier Stunden Wegs zurückgelegt war.

Es erschien das gewiss sehr auffallend und legte die Annahme nahe, dass die Insel Tabor nicht, oder mindestens nicht mehr bewohnt sei. Vielleicht datierte das Dokument schon aus der Zeit vor einigen Monaten, wenn nicht Jahren, während der betreffende Schiffbrüchige entweder eine Gelegenheit gefunden hatte, das Eiland wieder zu verlassen, oder den Entbehrungen erlegen war.

Pencroff, Gedeon Spilett und Harbert ergingen sich in mehr oder weniger haltbaren Mutmaßungen, aßen auf dem Bonadventure schnell zu Mittag, und wollten dann ihre Nachforschungen wieder aufnehmen und bis zum Einbruch der Nacht fortsetzen.

Es mochte gegen fünf Uhr Abends sein, als sie sich tiefer in den Wald hinein begaben.

Zahlreiche Tiere entflohen bei ihrer Annäherung und zwar vorzüglich, ja, man hätte sagen können, einzig nur Ziegen und Schweine, deren europäische Abkunft unschwer zu erkennen war. Ohne Zweifel hatte einst ein Walfänger die Stammpaare derselben auf der Insel ausgesetzt, wo sie sich schnell vermehrten. Harbert nahm sich fest vor, ein oder zwei Paare lebend zu fangen, um sie der Insel Lincoln zuzuführen.

Diese Verhältnisse setzten es nun wiederum außer Zweifel, dass hier zu irgendeiner Zeit einmal Menschen gelebt hatten. Bestätigt wurde dieselbe Ansicht noch mehr, als man quer durch den Wald angelegte Fußpfade, mit der Axt gefällte Baumstämme und überhaupt die Merkzeichen menschlicher Tätigkeit auffand; diese schon in Fäulnis übergegangenen Bäume waren gewiss schon vor Jahren umgelegt, die Axtschläge zeigten sich mit Moos überwuchert und quer über die Fußwege streckten sich lange und starke Gräser so dicht, dass man jene oft kaum noch erkennen konnte.

»Ja, das alles beweist aber, bemerkte Gedeon Spilett, dass Menschen nicht nur an diesem Eilande gelandet sind, sondern auch längere Zeit hier gewohnt haben. Wer waren sie nun? Wie viele? Was ist von ihnen übrig?

– Das Dokument erwähnt nur eines Schiffbrüchigen, sagte Harbert.

– Nun, und wenn der sich noch auf der Insel befindet, fiel Pencroff ein, so müssen wir ihn unter allen Umständen auffinden!«

Die Nachforschung ward fortgesetzt. Der Seemann und seine Genossen folgten natürlich dem diagonal durch die Insel verlaufenden Wege längs des erwähnten Baches, der nach dem Meere führte.

Wenn jene Tiere europäischer Abstammung und die Spuren der Arbeit von Menschenhänden unwiderleglich bewiesen, dass schon Jemand auf diesem Eiland verweilt habe, so taten das verschiedene Erzeugnisse des Pflanzenreiches nicht minder. An manchen Stellen, vorzüglich an Waldblößen, erkannte man, dass der Boden, freilich wohl in ziemlich entlegener Zeit, mit Küchengewächsen bepflanzt worden war.

Welche Luft für Harbert, als er hier Kartoffeln, Meerrettig, Sauerampfer, Möhren, Kohl, Steckrüben u. dergl. entdeckte, von denen er nur den Samen einzuheimsen hatte, um die Bodenprodukte der Insel Lincoln ansehnlich zu vermehren.

»Schön, schön! ließ sich Pencroff hören, das gibt eine Freude für Nab und uns Alle! Sollten wir nun auch den Schiffbrüchigen nicht finden, so ist diese Reise doch nicht vergeblich gewesen und Gott hat unseren guten Willen reichlich belohnt!

– Gewiss, antwortete Gedeon Spilett; doch gerade wenn man den Zustand dieser Pflanzen ins Auge fasst, wächst die Befürchtung, dass das Eiland schon seit langer Zeit unbewohnt sei.

– In der Tat, erklärte Harbert, ein Bewohner, und mochte es gewesen sein, wer es wollte, hätte so wichtige und ausgedehnte Anpflanzungen nie so sehr vernachlässigt.

– Ja, meinte Pencroff, der Schiffbrüchige ist wieder fort! .... Das ist daraus abzunehmen ....

– Man müsste also dem Dokumente schon ein älteres Datum beilegen?

– Offenbar.

– Und jene Flasche wäre erst nach längerem Umherschwimmen bei der Insel Lincoln angetrieben?

– Warum nicht? antwortete Pencroff. Doch schon beginnt es zu dunkeln; ich denke, wir ziehen vor, unsere Nachforschungen abzubrechen.

– Kehren wir jetzt an Bord zurück, sagte der Reporter, und setzen unseren Ausflug morgen wieder fort.«

Gewiss schien dieser Rath der klügste und sollte eben befolgt werden, als Harbert, nach einer nur undeutlich sichtbaren Masse zwischen den Bäumen weisend, ausrief:

»Da, eine Wohnung!« Sofort begaben sich alle in der angedeuteten Richtung nach jener hin. Beim Scheine der Dämmerung erkannte man, dass sie aus dicken, mit grober geteerter Leinwand überzogenen Planken erbaut war.

Pencroff stieß die halb anliegende Tür auf und trat raschen Schrittes ein ....

Die Wohnung war verlassen!

VIERZEHNTES KAPITEL.

Schweigend standen Pencroff, Harbert und Gedeon Spilett in der tiefen Dunkelheit.

Pencroff rief mit lauter Stimme.

Keine Antwort.

Der Seemann schlug Feuer und zündete ein dürres Reis an. Kurze Zeit erleuchtete dasselbe einen kleinen Raum, der vollständig verlassen schien. Im Hintergrunde desselben befand sich ein plumper Kamin mit etwas erkalteter Asche und daneben etwa ein Arm voll trockenen Holzes. Pencroff warf das brennende Reis hinein, das Holz flackerte auf und verbreitete ein helles Licht.

Der Seemann und seine Gefährten bemerkten dann ein Bett in Unordnung, dessen feuchte und gelb gewordene Decken es bezeugten, dass es seit langer Zeit unbenutzt geblieben war; in einer Kaminecke standen zwei verrostete Siedekessel und ein umgestürzter Topf; ferner fand sich ein Schrank mit einigen schimmelbedeckten Seemannskleidungsstücken; auf dem Tische ein zinnerner Teller und eine durch die Feuchtigkeit halb zerstörte Bibel; weiterhin einige Werkzeuge, eine Schaufel, Axt, Spitzhaue, zwei Jagdgewehre, eines davon zerbrochen; auf einem Brette ein noch unberührtes Fässchen Pulver, ein solches mit Blei und mehrere Schachteln Zündhütchen; auf allem lag eine dicke Staubschicht, welche vielleicht lange Jahre hier angehäuft haben mochten.

»Es ist Niemand hier, äußerte der Reporter.

– Niemand! antwortete Pencroff.

– Dieses Zimmer scheint auch schon seit langer Zeit nicht bewohnt, bemerkte Harbert.

– Ja, gewiss seit langem! bestätigte der Reporter.

– Ich denke, Herr Spilett, sagte Pencroff, es ist besser, die Nacht in dieser Behausung zuzubringen, als an Bord zurückzukehren.

– Sie haben Recht, Pencroff, erwiderte Gedeon Spilett, und sollte auch sein Eigentümer wieder kommen, so wird er sich nicht allzu sehr beklagen Gesellschaft zu finden.

– Der kommt nicht wieder, versicherte der Seemann achselzuckend.

– Sie glauben, dass er die Insel verlassen habe? fragte der Reporter.

– Hätte er die Insel verlassen, antwortete Pencroff, so würde er wohl seine Waffen und Werkzeuge mitgenommen haben. Sie kennen den Wert den Schiffbrüchige auf dergleichen Gegenstände vielleicht das Letzte, was aus dem Schiffbruche gerettet wurde, zu legen pflegen. Nein! Nein! Der hat die Insel nicht verlassen. Auch wenn es ihm gelungen wäre, sich durch ein selbstgezimmertes Boot zu retten, diese Gegenstände für den ersten Bedarf hätte er nicht hier gelassen! Nein, er ist noch auf der Insel!

– Und am Leben? fragte Harbert.

– Noch am Leben, oder tot. Doch wenn er tot ist, meine ich, wird er sich nicht selbst begraben haben, und wir müssen doch seine Überreste finden.«

Man kam also überein, die Nacht in der verlassenen Wohnung zuzubringen, vorzüglich da ein noch weiter aufgefundener Holzvorrat deren hinreichende Erwärmung sicher stellte. Nachdem sie die Tür geschlossen, ließen sich Pencroff, Harbert und Gedeon Spilett auf einer Bank nieder, plauderten wohl ein wenig, aber hingen noch weit mehr ihren Gedanken nach. Sie befanden sich in einer Gemütsstimmung, in der sie allerlei erwarteten und fürchteten, so dass kein Geräusch von außen ihrem Ohr entging. Hätte sich die Tür plötzlich geöffnet und wäre ein Mensch eingetreten, sie hätten sich darüber nicht besonders gewundert, trotz des verlassenen Aussehens dieser Wohnung, aber ihre Hände hätten sie jenem entgegen gestreckt, um die des Schiffbrüchigen zu drücken, des unbekannten Freundes, den hier Freunde erwarteten.

Doch kein Geräusch ließ sich hören, die Tür öffnete sich nicht, und ohne Zwischenfall verliefen die Stunden.

Wie lang wurde doch dem Seemann und seinen beiden Gefährten diese Nacht! Nur Harbert hatte vielleicht zwei Stunden geschlafen, denn in seinem Alter ist der Schlaf ein unabweisbares Bedürfnis. alle drei hatten Eile, ihre Nachforschungen vom Tage vorher fortzusetzen und das Eiland bis in seine verstecktesten Winkel zu durchsuchen. Pencroffs Schlussfolgerungen waren offenbar richtig, und immer mehr wurde es ihnen zur Gewissheit, dass der Bewohner dieses verlassenen Hauses, in dem sich alle Werkzeuge, Geräte und Waffen noch vorfanden, verschieden sein müsse. So wollten sie wenigstens dessen Leiche suchen und ihr ein christliches Begräbnis gewähren.

Der Tag brach an. Pencroff und seine Begleiter gingen sogleich an die nähere Untersuchung der Wohnung.

Diese befand sich offenbar in sehr gut gewählter Lage am Abhange eines kleinen Hügels, den fünf bis sechs prächtige Gummibäume beschützten. Vor der Front des Hauses schien erst mit der Axt eine Lichtung ausgebrochen zu sein, welche einen Blick auf das Meer gestattete. Ein kleiner, mit einem zerfallenden Holzstakete eingeschlossener Rasenplatz führte zum Ufer hinab, an dessen linker Seite der Bach ausmündete.

Die Wohnung selbst erwies sich aus Planken oder Brettern errichtet, welche offenbar von dem Rumpfe oder Verdecke eines Schiffes herrührten. Wahrscheinlich mochte also ein Schiff an derselben Stelle gescheitert und mindestens ein Mann der Besatzung gerettet sein, der aus den Trümmern des Fahrzeuges und mittels der geretteten Werkzeuge sich dieses Unterkommen hergestellt hatte.

Zur Gewissheit steigerten sich die Annahmen, als Gedeon Spilett bei einem Gange um das Haus auf einer Planke, – wahrscheinlich aus der Schanzkleidung des gescheiterten Schiffes – noch die halbverwischten Buchstaben:

BR. TAN .. A.

entdeckte.

»Britannia! rief Pencroff, den der Reporter hinzu gerufen hatte, das ist ein bei Schiffen sehr gebräuchlicher Name, und ich vermag nicht zu sagen, ob dieses englischen oder amerikanischen Ursprungs war.

– Darauf kommt auch nicht viel an, Pencroff.

– Das ist wohl wahr, erwiderte der Seemann, und wenn der Überlebende der Mannschaft noch lebt, so werden wir ihn zu retten suchen und nicht fragen, welcher Nationalität er angehört. Doch wir wollen vor der Fortsetzung unserer Nachforschungen nach dem Bonadventure zurückkehren.«

Pencroff hatte wegen seines Fahrzeuges eine gewisse Unruhe erfasst. Wenn nun die Insel bewohnt war, wenn sich Jemand des Schiffes bemächtigte .... doch nein, diese Annahme erschien ihm doch selbst zu unwahrscheinlich.

Der Seemann war ja niemals böse, an Bord zu frühstücken. Die etwas geebnete Straße führte nicht lang hin, kaum eine Meile weit. Man begab sich also auf den Weg, ließ die Blicke aufmerksam durch Wald und Dickicht schweifen, durch welches Ziegen und Schweine hundertweise entflohen.

Zwanzig Minuten, nachdem sie die Wohnung verlassen, erblickten die drei Wanderer die Ostküste wieder und den Bonadventure, dessen Anker tief in dem Sande haftete.

Einen Stoßseufzer der Befriedigung konnte Pencroff doch nicht unterdrücken. Das Schiff war ja so gut wie sein Kind, und es ist das Vorrecht der Väter, auch einmal über die Gebühr ängstlich zu sein.

Man begab sich an Bord und frühstückte sehr reichlich, um das Mittagessen lange aufschieben zu können; nach beendeter Mahlzeit nahm man die Nachforschung wieder auf, welche mit sorglichster Genauigkeit ausgeführt wurde.

Sehr wahrscheinlich musste wohl der einzige Bewohner der Insel schon gestorben sein. So suchten auch Pencroff und seine Begleiter weniger einen Lebendigen, als nur die Spuren eines Toten! Doch ihre Mühe schien vergebens, und den halben Tag über durchstreiften sie ohne Erfolg die dichten Wälder, welche das Eiland bedeckten, so dass sie zu der Ansicht kamen, dass, wenn der Schiffbrüchige tot war, sich wohl auch keine Spur von seiner Leiche finden werde, und dass ihn wahrscheinlich ein Raubthier bis auf den letzten Knochen aufgezehrt habe.

»Wir segeln morgen mit Anbruch des Tages zurück, sagte Pencroff zu seinen zwei Begleitern, als sie sich gegen zwei Uhr im Schatten einer Kieferngruppe niedergestreckt hatten, um ein wenig auszuruhen.

– Ich denke auch, fügte Harbert hinzu, dass wir die Geräte, welche einem Schiffbrüchigen gehörten, ohne Bedenken mitnehmen können.

– Das meine ich auch, äußerte Gedeon Spilett, diese Waffen und Werkzeuge werden für das Material des Granithauses eine willkommene Vermehrung bilden. Wenn ich nicht irre, sind die Vorräte an Pulver und Blei hier nicht unbeträchtlich.

– So ist es, bestätigte Pencroff, doch vergessen wir auch nicht, ein oder zwei Paar Schweine, welche der Insel Lincoln abgehen, mitzunehmen ....

– Und den Samen zu ernten, fügte Harbert hinzu, der uns alle Gemüse der Alten und Neuen Welt liefern wird.

– Vielleicht wäre es empfehlenswert, fiel der Reporter ein, noch einen Tag länger auf Tabor zu verweilen, um alles zu sammeln, was uns von Nutzen sein kann.

– Nein, Herr Spilett, entgegnete Pencroff, ich ersuche Sie, die Abreise nicht weiter als bis morgen früh zu verschieben. Der Wind scheint mir nach Westen umzuschlagen, und damit würden wir einen ebenso günstigen Wind zur Rückfahrt haben, wie den Ostwind für unsere Herfahrt.

– So wollen wir also keine Zeit verlieren! sagte Harbert, sich erhebend.

– Nicht eine Minute, antwortete Pencroff. Sie, Harbert, werden sich damit beschäftigen, die Sämereien einzusammeln, die Ihnen besser bekannt sind als uns. Indessen betreiben wir beide die Jagd auf Schweine, und selbst ohne Tops Mithilfe, denke ich, soll es uns gelingen, einige zu fangen.«

Harbert schlug also den Fußpfad ein, der ihn nach dem kultivierteren Teil der Insel führte, während der Seemann und der Reporter sich geraden Weges in den Wald begaben.

Verschiedene Arten Schweine, welche sehr schnellfüßig waren und dabei keineswegs Luft zu haben schienen, sich fangen zu lassen, liefen vor ihnen her. Nach einer halbstündigen Verfolgung gelang es jedoch den Jägern, sich eines Pärchens zu bemächtigen, das sich in einem dichten Gebüsch ein Lager gewühlt hatte, als einige hundert Schritte nördlich von ihnen ein lauter Aufschrei hörbar wurde. Daneben erscholl ein heiseres Krächzen, das keiner menschlichen Stimme ähnelte.

Gedeon Spilett und Pencroff wandten sich danach um, und die Schweine benutzten diesen Augenblick, als der Seemann schon im Begriff war, einige Stricke, um sie zu fesseln, zurecht zu machen, zu entwischen.

»Das war Harberts Stimme, sagte der Reporter.

– Laufen wir ihm zu Hilfe!« rief Pencroff.

Sofort eilten Beide, was sie nur laufen konnten, nach der Richtung, aus der die Schreie kamen.

Wie gut es war, dass sie nicht gezögert hatten, zeigte sich, als sie nahe einer Waldblöße den jungen Mann von einem wilden Tiere niedergeworfen sahen, scheinbar einem riesigen Affen, der ihm recht unbarmherzig mitspielte.

Sich auf das Ungeheuer stürzen, dasselbe selbst niederwerfen, Harbert ihm entreißen und jenes dingfest machen, das war für Pencroff und Gedeon Spilett das Werk eines Augenblicks. Der Seemann war von herkulischer Kraft, der Reporter auch kein Schwächling, und so wurde das Ungeheuer trotz des verzweifelten Widerstandes fest geknebelt, so dass es sich nicht mehr rühren konnte.

»Du hast noch keinen Schaden genommen, Harbert? fragte Gedeon Spilett.

– Nein! Nein!

– O, wenn Dich dieser Affe verwundet hätte! .... rief Pencroff.

– Aber das ist ja gar kein Affe!« erwiderte Harbert.

Bei diesen Worten betrachteten Pencroff und Gedeon Spilett das sonderbare Wesen, das auf der Erde lag, erst näher.

Wirklich, das konnte kein Affe sein! Es war eine menschliche Kreatur, es war ein Mann! Aber was für einer! Ein Wilder im schrecklichsten Sinne des Wortes, und um desto furchtbarer, da er schon mehr zum Tiere herabgesunken zu sein schien.

Struppiges Haar, langer, wilder und bis auf die Brust herabhängender Bart, am Körper fast nackt, nur einen erbärmlichen Fetzen um die Lenden, feurige Augen, ungeheure Hände, unmäßig lange Nägel, eine Gesichtsfarbe so braun wie Mahagoniholz, Füße so hart, als wären sie aus Horn gebildet: Das war die elende Kreatur, in der man nichtsdestoweniger den Menschen erkannte! Ob in diesem Körper wohl noch eine Seele lebte, oder nur der gewöhnliche Instinkt des Tieres in ihm wach war?

»Sind Sie auch sicher, ob das noch ein Mensch, oder nur früher einer gewesen ist? fragte Pencroff den Reporter.

– O, daran ist nicht zu zweifeln, antwortete dieser.

– Das wäre also der gesuchte Schiffbrüchige? sagte Harbert.

– Ja, erwiderte Gedeon Spilett, an dem Unglücklichen ist aber kaum noch etwas Menschliches zu finden!«

Der Reporter hatte Recht. Wenn der Schiffbrüchige überhaupt jemals ein zivilisiertes Geschöpf gewesen war, so hatte die Isolierung ihn zum Wilden, ja noch mehr, zum wahrhaften Buschmenschen gemacht. Heisere Töne kamen aus seiner Kehle und drängten sich durch die Zähne, die bei der Schärfe von Raubtierzähnen nur rohes Fleisch zu zerreißen geeignet schienen. Das

Gedächtnis musste jenen offenbar schon lange verlassen haben, auch hatte er gewiss den Gebrauch der Geräte und Waffen, sowie das Anzünden des Feuers verlernt.

Man erkannte wohl, dass er stark und gewandt war, aber auch dass alle physische Eigenschaften sich nur auf Kosten der geistigen Schärfe entwickelt hatten.

Gedeon Spilett sprach ihn an. Er schien nichts zu verstehen, nicht einmal zu hören .... und doch, wenn er ihm in die Augen sah, glaubte der Reporter noch nicht, den letzten Funken der Vernunft in jenen verloschen zu sehen.

Der Gefangene verhielt sich ruhig und versuchte sich nicht einmal seiner Fesseln zu entledigen. War er erstaunt über die Anwesenheit der Menschen, deren Gleichen er vorher selbst gewesen sein musste? Tauchte in irgendeinem Winkel seines Gehirnes eine flüchtige Erinnerung auf, die ihm sein eigenes Menschentum wieder vor Augen führte? Wenn frei, ob er wohl einen Fluchtversuch gemacht hätte, oder dageblieben wäre? Man wusste es nicht, vermied aber auch es zu erproben. Nach aufmerksamster Betrachtung des Unglücklichen sagte Gedeon Spilett:

»Wer er auch sei, wer er gewesen und in Zukunft werden könne, es ist unsere Pflicht, ihn nach der Insel Lincoln mitzunehmen.

– Ja, ja, fiel Harbert ein, vielleicht ist unsere Sorgfalt im Stande, einige Spuren der Intelligenz wieder in ihm wach zu rufen.

– Die Seele stirbt nicht, sagte der Reporter, und es müsste eine große Befriedigung für uns sein, dieses Geschöpf Gottes der vollständigen Vertierung zu entreißen!«

Zweifelnd schüttelte Pencroff den Kopf.

»Auf jeden Fall müssen wir versuchen, fuhr der Reporter fort, was die Menschlichkeit von uns verlangt.«

Und war es denn nicht wirklich auch ihre Pflicht, menschlich und christlich zu handeln?

Alle Drei bejahten sich diese Frage und sagten sich, dass Cyrus Smith diese Handlungsweise billigen werde.

»Wollen wir ihn gebunden lassen? fragte der Seemann.

– Vielleicht ginge er selbst, wenn man seine Füße von den Fesseln befreite, sagte Harbert.

– Das käme ja auf einen Versuch an«, erwiderte Pencroff.

Die Stricke, welche die Füße des Gefangenen umschlossen, wurden gelöst, doch ließ man seine Arme noch sicher gefesselt. Er erhob sich selbst und schien gar nicht die Absicht des Entfliehens zu haben.

Seine glanzlosen Augen schossen einen stechenden Blick auf die Männer, die neben ihm gingen, und nichts verriet, dass er sich erinnerte, Ihresgleichen, jetzt oder früher, gewesen zu sein. Fortwährend pfiff er leise vor sich hin, und sein Gesicht behielt das wilde, trotzige Ansehen bei; doch leistete er nach keiner Seite Widerstand.

Auf des Reporters Rath wurde der Unglückliche nach seiner Wohnung geleitet. Vielleicht blieben die Gegenstände, welche er dort sein genannt hatte, nicht ohne allen Eindruck auf ihn; vielleicht genügte ein Funke, um den verdunkelten Schatz seiner Gedanken wieder zu durchleuchten und die erloschene Seele wieder zu entflammen.

Die Wohnung lag nicht weit von hier; in wenig Minuten gelangten alle daselbst an, der Gefangene erkannte jedoch nichts und schien das Bewusstsein aller Dinge verloren zu haben.

Was konnte man aus dem hohen Grade von Gesunkenheit dieses Elenden anderes schließen, als dass seine Gefangenschaft auf dem Eilande schon von langer Dauer sei, und dass die Einsamkeit desselben, nachdem er erst in vernünftigem Zustande hierher gekommen war, ihn in solche Verfassung gebracht hatte?

Der Reporter kam auf den Gedanken, dass der Anblick des Feuers vielleicht auf ihn wirke, und bald loderte eine helle Flamme auf, wie sie ja selbst die Aufmerksamkeit der Tiere erregt. Einen Augenblick schien sie der Unglückliche zu beachten; sehr bald wendete er sich aber ab, und sein bewusstloser Blick verlosch wieder.

Offenbar ließ sich für den Unglücklichen wenigstens nichts weiter tun, als jenen an Bord des Bonadventure zu schleppen, wo er unter Pencroffs Bewachung verblieb.

Harbert und Gedeon Spilett kehrten noch einmal nach dem Eilande zurück, um von dort alles Nützliche zu holen, und einige Stunden später zeigten sie sich wieder mit Geräten und Waffen, einem reichlichen Vorrat an Sämereien von Gemüsepflanzen und einigen Stücken erlegten Wildes beladen, zwei Paar Schweine vor sich hertreibend, am Ufer. alles wurde eingeschifft, und der Bonadventure hielt sich fertig, die Anker zu lichten, sobald am kommenden Morgen die Ebbe bemerkbar würde.

Den Gefangenen hatte man in der vorderen Abteilung des Schiffes untergebracht, wo er sich ruhig, schweigend, in dumpfem, stummem Hinbrüten verhielt.

Pencroff bot ihm zu essen an, doch jener verweigerte das dargereichte gebratene Fleisch, das ihm offenbar nicht zusagte. Als ihm der Seemann aber eine von Harbert geschossene Ente zeigte, stürzte er sich heißhungrig auf diese und verzehrte sie.

»Sie glauben, dass er auch davon noch zurückkommen werde? fragte Pencroff kopfschüttelnd.

– Vielleicht wohl, antwortete der Reporter, es ist nicht unmöglich, dass unsere Sorgfalt doch endlich einen Einfluss auf ihn gewinnt, denn nur die Einsamkeit hat ihn zu dem gemacht, was er jetzt ist, und allein soll er ferner nicht sein.

– Der arme Mensch ist gewiss schon lange in diesem traurigen Zustande, sagte Harbert.

– Wahrscheinlich, erwiderte Gedeon Spilett.

– Wie alt mag er wohl sein? fragte der junge Mann.

– Das ist schwer zu sagen, antwortete der Reporter, denn unter dem dichten Barte, der sein Gesicht bedeckt, sind ja dessen Züge kaum zu erkennen;

doch sehr jung ist er nicht mehr, ich denke, er wird so gegen fünfzig Jahre zählen.

– Ist Ihnen nicht aufgefallen, Herr Spilett, wie tief seine Augen unter den Augenbrauen liegen? fragte der junge Mann.

– Ja wohl, Harbert, man möchte sie auch noch menschlicher nennen, als der Anblick seiner ganzen Erscheinung voraussetzen lässt.

– Nun, wir werden ja sehen, antwortete Pencroff, und ich bin wahrlich auf Herrn Smiths Urteil über unseren Wilden sehr begierig. Wir zogen aus, ein menschliches Wesen zu suchen, und bringen nun dieses Ungeheuer heim! Man tut eben, was man kann!«

Die Nacht verging; ob der Gefangene schlief oder nicht, ließ sich nicht entscheiden, jedenfalls machte er keine Bewegung, obwohl man ihn vollends befreit hatte.

Er erinnerte an jene wilden Tiere, welche die ersten Augenblicke nach ihrer Überwältigung ziemlich ruhig liegen, und deren Wut oft erst später wieder ausbricht.

Mit Anbruch des Tages – am 15. Oktober – war die von Pencroff vorhergesehene Wetterveränderung eingetreten. Der Wind blies aus Nordwesten und begünstigte die Rückfahrt des Bonadventure; gleichzeitig frischte er freilich merklich auf und ließ einen schweren Seegang befürchten.

Um fünf Uhr Morgens wurde der Anker gelichtet. Pencroff nahm ein Reff in sein Hauptsegel und drehte den Bugspriet nach Nordosten, um direkt nach der Insel Lincoln zu steuern.

Der erste Reisetag zeichnete sich durch keinerlei besondere Zwischenfälle aus. Der Gefangene verhielt sich in der Vorderkabine vollkommen ruhig, und da er offenbar selbst Seemann gewesen war, schienen die Schwankungen des Schiffes auf ihn sogar eine Art heilsamen Einflusses auszuüben. Erwachte vielleicht eine Erinnerung an seine frühere Tätigkeit in seinem Gedächtnisse? Jedenfalls blieb er ganz ruhig, und schien vielmehr erstaunt als niedergeschlagen.

Am nächsten Tage – am 16. Oktober – frischte der Wind noch mehr auf, ging auch weiter nach Norden, d.h. nach einer dem Kurs des Bonadventure minder günstigen Seite, so dass das Schiffchen recht lebhaft auf den Wogen schaukelte. Pencroff sah sich bald veranlasst, sehr dicht am Wind zu segeln, und ohne sich darüber zu äußern, fing der Zustand des Meeres doch an, ihm einige Unruhe einzuflößen, da schon wiederholt recht ansehnliche Sturzseen über die Spitze des Fahrzeuges hereinbrachen. Wenn der Wind in der Art fortschralte, musste er offenbar mehr Zeit zur Rückfahrt nach der Insel Lincoln brauchen, als die Hinfahrt nach Tabor in Anspruch genommen hatte.

Am 17. morgens, achtundvierzig Stunden nach der Abfahrt des Bonadventure, verriet noch nichts, dass man sich in dem Gewässer der Insel befinde. Eine Abschätzung der zurückgelegten Entfernung war übrigens bei der wechselnden Richtung des Windes und Schnelligkeit der Fahrt fast unmöglich.

Auch vierundzwanzig Stunden später kam noch kein Land in Sicht. Der Wind wehte jetzt sehr steif und das Meer ging sehr hoch. Die Segelmanöver erforderten die größte Schnelligkeit und Vorsicht, man musste reffen und der kurzen Strecke wegen, welche man bei dem Lavieren zurücklegte, sehr häufig die Halsen wechseln. Am Morgen des 18. kam es sogar einmal vor, dass eine Woge den Bonadventure vollständig überschwemmte, und hätten die Passagiere die Vorsicht außer Augen gesetzt, sich auf dem Verdeck fest zu binden, so wären sie wohl mit fortgespült worden.

Als Pencroff und seine Gefährten bei dieser Gelegenheit tüchtig zugreifen mussten, erhielten sie durch den Gefangenen plötzlich eine unerwartete Hilfe. Letzterer schwang sich durch die Luke herauf, so als ob der Instinkt des Seemannes in seinem Innern obgesiegt hätte, zerschmetterte mit einer Spiere einen Teil der Schanzkleidung, und bahnte so dem Wasser auf dem Verdecke einen hinreichenden Ausweg; als das Schiff davon befreit war, stieg er, ohne ein Wort gesprochen zu haben, wieder nach dem Raume hinab.

Ganz erstaunt hatten Pencroff, Gedeon Spilett und Harbert ihn gewähren lassen.

Indessen war die augenblickliche Lage eine schlechte, und der Seemann hatte triftigen Grund, zu glauben, dass er sich auf dem unendlichen Meere verirrt und keine Aussicht habe, seinen Kurs wieder zu finden.

Die Nacht vom 18. zu 19. war dunkel und kalt. Gegen elf Uhr legte sich aber der Wind, der Seegang fiel und der weniger umher geworfene Bonadventure nahm eine größere Geschwindigkeit an. Übrigens hatte er sich auf dem Meere ganz vortrefflich gehalten.

Weder Pencroff, noch Gedeon Spilett oder Harbert dachten auch nur daran, eine Stunde zu schlafen. Sie wachten mit größter Aufmerksamkeit, denn entweder konnte die Insel Lincoln nicht mehr entfernt sein, und musste man sie mit Anbruch des Tages schon wahrnehmen, oder der Bonadventure war, durch Strömungen verschlagen, unter dem Winde abgewichen, und es schien dann fast unmöglich, seine Richtung wieder zu korrigieren.

Obwohl Pencroff im höchsten Grade beunruhigt war, so verzweifelte er, Dank seiner gestählten Seele, noch nicht, und suchte, am Steuer sitzend, das tiefe Dunkel zu durchdringen, das ihn rings umgab.

Gegen zwei Uhr Morgens erhob er sich plötzlich:

»Ein Feuer! Ein Feuer!« rief er.

Und wirklich, zwanzig Meilen im Nordosten glänzte ein deutlicher Lichtschein. Dort lag die Insel Lincoln, und jenes Licht, das Cyrus Smith offenbar aus Vorsicht angezündet hatte, bezeichnete den, einzuschlagenden Weg.

Pencroff, welcher zu weit nach Norden zu hielt, verbesserte seinen Kurs und drehte nach jenem Lichte bei, das wie ein Stern erster Größe über dem Horizonte schimmerte.

FÜNFZEHNTES KAPITEL.

Am folgenden Tage – dem 20. Oktober – um sieben Uhr Morgens, lief der Bonadventure nach viertägiger Reise an der Mündung der Mercy sanft auf den Strand.

Schon mit Tagesanbruch hatte Cyrus Smith und Nab in Folge des schlechteren Wetters und der über den Voranschlag verlängerten Abwesenheit ihrer Freunde eine quälende Unruhe nach dem Plateau der Freien Umschau getrieben, von dem aus sie denn endlich das längst erwartete Fahrzeug erblickten.

»Gott sei Dank! Da kommen sie!« rief Cyrus Smith.

Nab begann vor Freude zu tanzen, drehte sich wirbelnd um sich selbst, klatschte in die Hände und rief dazu: »O, mein gütiger Herr!« – eine rührendere Pantomime übrigens, als die beste Rede!

Als der Ingenieur die Personen zählte, welche er auf dem Verdeck des Bonadventure unterscheiden konnte, glaubte er, dass Pencroff den Schiffbrüchigen der Insel Tabor nicht aufgefunden oder dieser Unglückliche es doch verweigert habe, seine Insel zu verlassen, sein Gefängnis mit einem anderen zu vertauschen.

Wirklich zeigten sich Pencroff, Harbert und Gedeon Spilett allein auf dem Verdeck des Bonadventure.

Als das Fahrzeug ans Land stieß, erwarteten es der Ingenieur und Nab am Ufer, und noch bevor die Passagiere das Schiff verließen, sagte Cyrus Smith zu ihnen:

»Wir sind wegen Eures längeren Ausbleibens recht in Sorge gewesen, meine Freunde! Sollte Euch ein Unfall begegnet sein?

– Nein, antwortete Gedeon Spilett, im Gegenteil, es ging alles ganz nach Wunsch. Sie sollen es sofort hören.

– Doch der eigentliche Zweck der Reise, fuhr der Ingenieur fort, ist unerreicht geblieben, da Ihr wie bei der Abreise nur Drei seid?

– Entschuldigen Sie, Herr Cyrus, fiel da der Seemann ein, wir sind unserer Vier!

– Der Schiffbrüchige wurde gefunden?

– Ja.

– Und mitgebracht?

– Auch das.

– Lebend?

– Ja wohl.

– Wo ist er? Wer ist es?

– Es ist, nahm der Reporter wieder das Wort, oder es war vielmehr ein Mann! Das ist alles, Cyrus, was wir bis jetzt über ihn sagen können!«

Der Ingenieur wurde sofort von Allem, was sich während der Reise zugetragen hatte, unterrichtet. Man erzählte ihm, wie die Nachforschung ausgeführt und die einzige Wohnung auf dem Eilande in verlassenem Zustande angetroffen worden war, und wie man endlich den Schiffbrüchigen, der zur Klasse der Menschheit kaum noch zu gehören schien, eigentlich gefangen habe.

»Und ich weiß bis jetzt noch nicht, fügte Pencroff hinzu, ob wir daran gut auszuschweißenden, ihn hierher mitzubringen.

– Wie hätten Sie anders handeln können! sagte lebhaft der Ingenieur.

– Der Unglückliche hat aber keine Vernunft mehr.

– Jetzt, das ist möglich, erwiderte Cyrus Smith; vor wenigen Monaten vielleicht war der Bedauernswerte aber noch ein Mensch, wie Sie und ich. Wer weiß, was aus dem letzten Überlebenden von uns nach jahrelanger Einsamkeit auf der Insel wohl werden könnte? Wehe dem, der ganz allem ist, meine

Freunde, und sicher ist anzunehmen, dass die Verlassenheit jenes Vernunft so schnell zerstört hat, da Ihr ihn in einem solchen Zustande fandet!

– Aber, Herr Cyrus, fragte Harbert, was berechtigt Sie zu dem Glauben, dass die Verwilderung dieses Unglücklichen nur erst seit wenigen Monaten solche Fortschritte gemacht habe?

– Das von uns aufgefundene und erst neuerdings geschriebene Dokument, antwortete der Ingenieur, und die Überzeugung, dass nur der Schiffbrüchige selbst jenes aufgesetzt haben kann.

– Wenigstens, bemerkte Gedeon Spilett, wenn dasselbe nicht etwa von einem inzwischen gestorbenen Gefährten dieses Mannes verfasst wurde.

– Das ist unmöglich, lieber Spilett.

– Weshalb? fragte der Reporter.

– Weil dann von zwei Schiffbrüchigen darin die Rede gewesen wäre, erwiderte Cyrus Smith, was doch tatsächlich nicht der Fall ist.«

Mit kurzen Worten berichtete Harbert die Vorkommnisse der Überfahrt, und betonte vorzüglich das vorübergehende Aufblitzen des Verstandes in dem Passagier, bei dem während des schlimmsten Unwetters der Seemann wieder zum Durchbruch kam.

»Richtig, Harbert, antwortete ihm der Ingenieur, Du legst mit vollem Grunde gerade auf diesen Umstand ein entscheidendes Gewicht. Der Unglückliche dürfte nicht unheilbar sein und nur die Verzweiflung mag ihn zu dem gemacht haben, was er ist Hier wird er Seinesgleichen wieder finden, und da noch eine Seele in ihm schlummert, wird es unsere schöne Aufgabe sein, ihn zu retten!«

Unter großer Teilnahme des Ingenieurs und zu Nabs höchster Verwunderung ward nun der Schiffbrüchige der Insel Tabor aus der von ihm in der vorderen Abteilung des Bonadventure eingenommenen Kabine heraus befördert und machte Dieser, kaum mit einem Fuße am Lande, Miene, sofort zu entfliehen.

Ader Cyrus Smith näherte sich ihm, legte die Hand mit einer sicheren Bewegung der Überlegenheit auf seine Schulter und sah ihm mit sanftestem Blicke ins Gesicht. So als fühlte er sich augenblicklich ohne Widerstand beherrscht, beruhigte sich jener nach und nach, schlug die Augen nieder, neigte die Stirn und ergab sich willenlos dem ihm unerklärlichen Einflusse.

»Armer Verlassener!« murmelte der Ingenieur.

Cyrus Smith hatte ihn aufmerksam betrachtet. Auf den ersten Anblick hatte dieses bejammernswerte Geschöpf kaum etwas Menschliches an sich, und doch glaubte Cyrus Smith, was auch der Reporter schon erfahren hatte, in seinem Blick einen Schimmer unerklärlicher Intelligenz wahrzunehmen.

Man beschloss dem Verlassenen, oder vielmehr dem Unbekannten – denn diese Bezeichnung bürgerte sich bei seinen neuen Gefährten von jetzt ab mehr und mehr ein – als Wohnung ein Zimmer des Granithauses einzuräumen, aus dem er ja nicht ohne Weiteres entweichen konnte. Derselbe ließ sich ohne Schwierigkeiten dahin führen, und bei verständiger Behandlung durfte man wohl hoffen, in ihm ein neues Mitglied der Ansiedelung auf Lincoln gewonnen zu haben.

Cyrus Smith ließ sich während des von Nab eiligst zugerichteten Frühstücks – denn der Reporter, Harbert und Pencroff starben fast vor Hunger – alle Einzelheiten erzählen, welche den ersten Bericht über die Durchsuchung des Eilandes ergänzten. Er stimmte mit seinen Freunden in dem Punkte ganz überein, dass der Unbekannte Engländer oder Amerikaner sein müsse, worauf ja der Name »Britannia« hindeutete, und zudem glaubte der Ingenieur unter dem verwilderten Barte und dem die Stelle des Haarschmuckes vertretenden Gewirr auf jenes Kopfe doch den Typus der angelsächsischen Rasse sicher zu erkennen.

»Indessen, wandte sich Gedeon Spilett an Harbert, noch hast Du uns über die näheren Umstände Deiner Begegnung mit jenem Wilden nichts mitgeteilt, und wenn wir Dir nicht zufällig zeitig genug zu Hilfe kommen konnten, wüssten wir nichts, außer dass er Dich erwürgt hätte.

– Meiner Treu, antwortete Harbert, da bin ich wahrlich in Verlegenheit, zu erzählen, wie das zuging. Ich war, glaube ich, mit dem Einsammeln von Pflanzen beschäftigt, als mich ein Geräusch, als stürze eine Lawine von einem Baume, aufschreckte. Kaum hatte ich Zeit, mich umzudrehen ...

Dieser Unglückliche, der zweifelsohne dicht über mir auf dem Baume hockte, hatte sich schneller, als ich es erzählen kann, auf mich gestürzt, und ohne Herrn Spilett und Pencroff ...

– Du warst wirklich in ernstlicher Gefahr, mein Sohn, unterbrach ihn Cyrus Smith, aber ohne diese hätte sich jenes arme Geschöpf Euren Nachforschungen gänzlich entzogen, und wir hätten jetzt nicht einen Gefährten mehr, als früher.

– Sie hoffen also, Cyrus, ihn wieder zum Menschen zu machen? fragte der Reporter.

– Ich hoffe es«, antwortete der Ingenieur.

Nach beendigtem Frühstücke verließen Cyrus Smith und seine Genossen das Granithaus und begaben sich nach dem Strande. Man vollendete die Entladung des Bonadventure; aber auch aus der Besichtigung der Waffen und Geräte vermochte der Ingenieur keine Aufklärung über die Person des Unbekannten zu gewinnen.

Den Fang der Schweine auf dem Eilande betrachtete man als einen sehr vorteilhaften Erwerb für die Insel Lincoln, und wurden diese Tiere nach den Ställen getrieben, in welchen sie bald heimisch werden sollten.

Die beiden Fässchen mit Pulver und Blei, nicht minder die Schachteln mit Zündhütchen hieß man hoch willkommen, und kam nun überein, ein kleines Pulverhäuschen entweder außerhalb des Granithauses herzustellen, oder jene Vorräte in dem von der Wohnung nach oben führenden Gange, wo keine Explosion zu befürchten stand, unterzubringen. Jedenfalls sollte aber deshalb der Gebrauch des Pyroxyllus, mit dem so vortreffliche Resultate erzielt wurden, nicht aufgegeben und das gewöhnliche Pulver an dessen Stelle gesetzt werden.

Als die Löschung des Bonadventure beendigt war, begann Pencroff:

»Herr Cyrus, ich denke, es wäre ratsam, unser Schiff an einem sicheren Orte zu bergen.

– Entspricht die Mercy-Mündung dieser Anforderung nicht?

– Nein, Herr Cyrus, entgegnete der Seemann, da würde es die Hälfte der Zeit über auf dem Sande liegen, und das ist nicht von Nutzen. Bedenken Sie, wir nennen ein schönes Fahrzeug unser, das sich bei den Windstößen, die uns auf der Rückfahrt so heftig überfielen, ganz ausgezeichnet bewährt hat.

– Könnte man es im Flusse selbst nicht flott erhalten?

– Das ginge wohl an, Herr Cyrus, doch die Mündung desselben bietet keinerlei Schutz, und bei steifem Westwinde möchte der Bonadventure von dem Seegange schwer zu leiden haben.

– Nun, und wo gedenken Sie ihn unterzubringen, Pencroff?

– Im Ballonhafen, antwortete der Seemann. Diese kleine, von Felsen umschlossene Bucht erscheint mir als der geeignetste Ankerplatz.

– Ist er nicht etwas entfernt?

– Ei, er liegt nur drei Meilen vom Granithaus, und wir besitzen eine ganz gerade Straße dahin.

– Tun Sie nach Gefallen, Pencroff, sagte der Ingenieur, und bergen Sie den Bonadventure; immerhin sähe ich es lieber, wenn er unmittelbar unter unseren Augen läge. Wenn wir die Zeit erübrigen, werden wir für ihn hier einen künstlichen Hafen anlegen müssen.

– Famos! rief Pencroff. Einen Hafen mit Leuchtturm, Molo und Trockendocks! Wahrlich, mit Ihnen, Herr Cyrus, ist Nichts zu schwierig.

– Ja, mein wackerer Pencroff, antwortete der Ingenieur, freilich unter der Bedingung, dass Sie mir beistehen, denn drei Viertel der Arbeit führen Sie doch stets allein aus!«

Harbert und der Seemann schifften sich also auf dem Bonadventure wieder ein, lichteten den Anker, hissten ein Segel, und schnell trieb sie der landeinwärts wehende Wind nach dem Krallen-Kap. Zwei Stunden später ruhte das Schiff in dem stillen Gewässer des Ballonhafens.

Hatte der Unbekannte nun nach einigen Tagen seines Aufenthaltes im Granithaus schon eine Abnahme der Wildheit seiner Natur wahrnehmen lassen? Leuchtete ein hellerer Schimmer auf dem Grunde dieses umwölkten Geistes? Zog die Seele wieder in den Körper ein? Ja, gewiss; Cyrus Smith und der Reporter legten sich sogar die Frage vor, ob wohl die Vernunft des Unglücklichen überhaupt je ganz erloschen gewesen sei.

Zuerst schäumte in jenem, gewiss in Folge der Gewöhnung an die frische Luft und unbeschränkte Freiheit auf der Insel Tabor, manchmal eine dumpfe Wut auf, so dass man wohl befürchten konnte, er werde sich bei Gelegenheit durch ein Fenster des Granithauses auf den Strand hinabstürzen: Nach und nach beruhigte er sich aber wieder und konnte man ihm die volle Freiheit seiner Bewegungen gewähren.

Bald schöpfte man weitere Hoffnung Schon legte der Unbekannte seine Raubtiergewohnheiten ab, nahm eine minder tierische Nahrung zu sich, als die, welche er von der Insel Tabor her gewöhnt war, und das gekochte Fleisch erregte in ihm nicht mehr den Widerwillen, den er an Bord des Bonadventure zuerst zu erkennen gab.

Cyrus Smith benutzte einen Augenblick, während er schlief, um ihm Bart und Haar zu kürzen, welche ihn wie eine Mähne umgaben und das Abschreckende seines Anblicks vermehrten. Nachdem man ihm den Fetzen, den er trug, abgenommen, wurde er auch besser bekleidet Dank dieser Fürsorge gewann der Unbekannte wieder ein menschliches Aussehen, und schien es sogar, als nähmen seine Augen einen sanfteren Ausdruck an. Als er noch im Vollbesitz seiner Geisteskräfte war, konnte das Gesicht dieses Mannes nicht unschön gewesen sein.

Tag für Tag versuchte Cyrus Smith ihn einige Stunden in seine Nähe zu bannen Er beschäftigte sich neben jenem mit verschiedenerlei, um dessen Aufmerksamkeit wach zu halten Vielleicht konnte ein Gedankenblitz hinreichen, diese Seele wieder zu erleuchten, vielleicht eine Erinnerung diesem Gehirne die Vernunft wieder zuführen. Während des Sturmes hatte man an Bord des Bonadventure das Beispiel gesehen!

Gleichzeitig befleißigte sich der Ingenieur auch stets, recht vernehmlich zu sprechen, um durch die Organe des Gehörs und Gesichtes die schlummernde Intelligenz anzuregen. Abwechselnd schloss sich der Eine oder der Andere seiner Gefährten noch ihm an. Meist plauderten sie dann über Gegenstände aus dem Seewesen, welche einem Seemann doch geläufiger sein mussten Stellenweise verriet der Unbekannte eine flüchtige Aufmerksamkeit auf das Gespräch, und bald gewannen die Kolonisten die Überzeugung, dass er sie verstehe Manchmal flog über seine Züge, die jetzt schwerlich täuschen konnten, der Ausdruck eines tiefen, inneren Leidens, aber er sprach nicht, obwohl es wiederholt schien, als wollten seinen Lippen einige Worte entschlüpfen

Wie dem auch war, das arme Wesen blieb traurig und ruhig Sollte diese Ruhe nur scheinbar sein? Seine Traurigkeit nur die Folge seiner einsamen Gefangenschaft? Das ließ sich nicht ergründen Mit nur einzelnen Objekten, und diese in beschränktem Gesichtskreise vor Augen, immer in Berührung mit den Ansiedlern, besser genährt und bekleidet, war es bloß natürlich, dass seine physische Natur sich dabei veränderte; zog dann aber auch ein neues Leben in ihn ein, oder, um ein auf ihn recht passendes Wort zu gebrauchen, sollte man ihn nur für ein gegenüber seinem Herrn bezähmtes Tier ansehen? Diese wichtige Frage bald zu lösen lag Cyrus Smith zwar sehr am Herzen, dennoch wollte er bei dem Kranken nichts übereilen. Für ihn war der Unbekannte eben nichts Anderes, denn ein Kranker! Sollte er nie die Genesung finden?

Und wie achtete der Ingenieur jeden Augenblick auf ihn! Wie belauerte er seine Seele, wenn man so sagen darf! Wie spannte er darauf, sie zu erhaschen!

Mit geheimer Erregung verfolgten die Ansiedler jede Phase dieser von Cyrus Smith unternommenen Behandlung. Auch sie halfen an diesem Werke der Nächstenliebe, und teilten bald, bis auf den ungläubigen Pencroff, die schönsten Erwartungen des endlichen Erfolgs.

Den Unbekannten verließ seine tiefe Ruhe nicht wieder, und gegen den Ingenieur, dessen Einflusse er sichtlich unterlag, zeigte er fast eine Art Zuneigung. Cyrus Smith beschloss demnach, ihn zu prüfen, indem er jenen in eine andere Umgebung versetzte, und zwar unmittelbar in die Nähe des Ozeanes, an dessen Betrachtung sein Auge doch gewöhnt sein, und an den Saum des Waldes, der ihm die Erinnerung an jene andern auffrischen musste, in welchen er so viele Lebensjahre verbracht hatte.

»Können wir aber, bemerkte Gedeon Spilett, wohl darauf rechnen, dass er in Freiheit gesetzt nicht zu entlaufen versucht?

– Das wird der Versuch lehren, antwortete der Ingenieur.

– Ach, sagte Pencroff, wenn der Bursche die Weite vor sich und die freie Luft in der Nase spürt, läuft er aus Leibeskräften davon.

– Ich glaube das nicht, erwiderte Cyrus Smith.

– Versuchen wir es«, sagte Gedeon Spilett.

Man zählte heute den 30. November, d.h. den neunten Tag nach Einbringung des Schiffbrüchigen von der Insel Tabor als Halbgefangenen des Granithauses. Es war ziemlich warm, und die helle Sonne goss ihre Strahlen über die Insel.

Cyrus Smith und Pencroff begaben sich nach dem von dem Unbekannten bewohnten Zimmer, in dem sie diesen dicht am Fenster liegend und die Augen auf den Himmel geheftet antrafen.

»Kommt mit, Freund«, redete der Ingenieur ihn an.

Der Unbekannte erhob sich sofort. Sein Auge richtete sich auf Cyrus Smith, dem er nachfolgte, während der Seemann, mit wenig Vertrauen auf den glücklichen Ausgang dieses Versuches, hinter ihm her ging.

An der Türe angelangt, ließen Cyrus Smith und Pencroff ihn in dem Aufzuge Platz nehmen, indes Nab, Harbert und Gedeon Spilett sie schon am Fuße des Granithauses erwarteten. Der Korb sank herab, und nach wenigen Augenblicken waren alle auf dem Uferlande vereinigt.

Die Ansiedler zogen sich vorsichtig von dem Unbekannten zurück, um demselben einige Freiheit zu bieten.

Dieser tat einige Schritte vorwärts nach dem Meere zu, wobei sein Blick in ungewöhnlichem Feuer erglänzte, aber er unterließ jeden Fluchtversuch. Schweigend betrachtete er die kleinen Wellen, welche, am Eilande schon gebrochen, sanft murmelnd über den Strand ausliefen.

»Das ist nur erst das Meer, äußerte Gedeon Spilett, und es könnte möglich sein, dass dieses kein Verlangen zu entfliehen in ihm rege macht.

– Ja wohl, stimmte auch Cyrus Smith zu, wir werden ihn nach dem Plateau, an den Saum des Waldes führen müssen; nur dieser Versuch kann entscheidend sein.

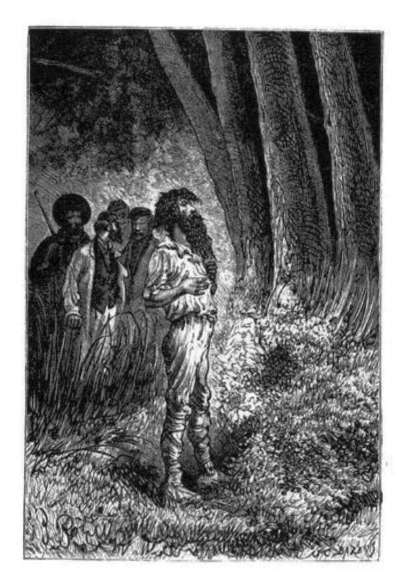

– Übrigens, nahm auch Nab das Wort, wird ihm kein Fluchtversuch gelingen, da die Brücken alle aufgezogen sind.

– O, sagte Pencroff, er scheint mir nicht der Mann, sich von einem Bach wie dem Glyzerinfluss sehr in Verlegenheit setzen zu lassen; den vermöchte er wohl, vielleicht mit einem einzigen kühnen Sprunge, zu überschreiten.

– Wir werden es ja sehen«, begnügte sich Cyrus Smith zu antworten, während seine Augen immer auf denen des Kranken ruhten.

Letzterer ward nun nach der Mercy-Mündung geleitet, und alle erreichten längs des linken Flussufers das Plateau der Freien Umschau.

Als man sich den ersten schönen Waldriesen näherte, durch deren Blätterwerk eine schwache Brise fächelte, schien der Unbekannte den durchdringenden Wohlgeruch der Atmosphäre mit einer wahren Begierde einzusaugen, wobei ein tiefer Seufzer sich seiner beklommenen Brust entrang.

Die Kolonisten blieben ein wenig zurück, aber immer bereit, ihn aufzuhalten, wenn er eine Bewegung zu fliehen verriete.

In der Tat war das arme Wesen nahe daran, sich in den Creek zu stürzen, der ihn vom Walde trennte, und die Sehnen seiner Füße spannten sich schon wie eine Feder .... Doch er kehrte plötzlich um, sank zusammen und eine große Träne quoll langsam aus seinem Auge!

»O, rief Cyrus Smith, seit Du weinen kannst, bist Du wieder Mensch geworden!«

SECHZEHNTES KAPITEL.

Ja, der Unglückliche hatte geweint! Gewiss war irgendwelche Erinnerung durch seinen Geist gezogen und er, wie Cyrus Smith sich ausdrückte, durch die Tränen wieder zum Menschen geworden.

Die Kolonisten überließen ihn auf dem Plateau eine Zeit lang sich selbst und entfernten sich sogar etwas von ihm, um ihn fühlen zu lassen, dass er frei sei; er dachte jedoch offenbar gar nicht daran, sich diese Freiheit zu Nutze zu machen, und Cyrus Smith beschloss also, ihn nach dem Granithaus zurückzuführen.

Zwei Tage nach dieser Scene schien sich der Unbekannte der allgemeinen Lebensweise etwas mehr anschließen zu wollen. Es unterlag keinem ferneren Zweifel, dass er hörte und die Sprache verstand, auch dass er mit auffallender Hartnäckigkeit es vermied, mit den Kolonisten zu reden, denn eines Abends, als Pencroff an seiner Kammer lauschte, hörte er seinen Lippen die Worte entschlüpfen:

»Nein! Hier nicht! Niemals!«

Der Seemann vermeldete diese Worte seinen Genossen.

»Darunter steckt ein schmerzliches Geheimnis!« sagte Cyrus Smith.

Der Unbekannte hatte angefangen, sich der Arbeitsgeräte zu bedienen, und suchte sich im Gemüsegarten zu beschäftigen. Wenn er, was häufig vorkam, seine Arbeit unterbrach, blieb er wie ganz in sich selbst zurückgezogen stehen; auf Empfehlung des Ingenieurs aber zollte man seiner Sucht nach Einsamkeit die nötige Rücksicht.

Denn wenn einer der Kolonisten sich ihm näherte, wich er scheu zurück, und tiefe Seufzer schwellten seine Brust, als ob sie übervoll wäre.

War es das böse Gewissen, das ihn quälte? Man konnte es wohl glauben, und Gedeon Spilett veranlasste das eines Tages zu der Bemerkung:

»Wenn er nicht spricht, so denke ich, geschieht es deshalb, weil er zu schwere Geständnisse zu machen hätte!«

Man musste sich eben in Geduld fassen und die weitere Entwickelung abwarten.

Einige Tage später, am 3. Dezember, stand der Unbekannte, der auf dem Plateau arbeitete, wiederum plötzlich still und hatte seinen Spaten zur Erde fallen lassen; Cyrus Smith, der ihn aus einiger Entfernung beobachtete, sah nochmals Tränen seinen Augen entquellen. Ein unwiderstehliches Gefühl von Mitleid trieb ihn zu jenem hin, und seine Hand leicht auf dessen Arm legend, sagte er:

»Mein Freund!«

Der Blick des Unbekannten schien ihm auszuweichen, und als Cyrus Smith gar seine Hand fassen wollte, wich er scheu zurück.

»Mein Freund, wiederholte Cyrus Smith mit fester Stimme, sehen Sie mich an, ich wünsche es!«

Der Unbekannte hob die Augen auf und schien dem Einflusse des Ingenieurs zu erliegen, wie etwa der Magnetisierte dem des Magnetiseurs. Er wollte fliehen. Dann ging in seinem Gesicht eine merkbare Veränderung vor. Seine Augen sprühten Blitze. Auf seinen Lippen drängten sich die Worte; er konnte sie nicht zurückhalten. Endlich kreuzte er die Arme und begann mit dumpfer Stimme:

»Wer sind Sie? wendete er sich an den Ingenieur.

– Schiffbrüchige so wie Sie, antwortete der Ingenieur in tiefer Erregung. Wir haben Sie hierher gebracht unter Ihresgleichen.

– Unter Meinesgleichen! .... Ich habe Niemand Meinesgleichen!

– Sie befinden sich unter Freunden ....

– Freunde? .... Ich ... unter Freunden! rief der Unbekannte und barg den Kopf in den Händen. Nein, niemals ... lassen Sie mich! Lassen Sie mich!«

Dann wendete er sich nach der Seite des Plateaus, die nach dem Meere hinaus lag, und verweilte lange Zeit bewegungslos.

Cyrus Smith hatte seine Genossen wieder aufgesucht und berichtete ihnen, was vorgegangen war.

»Ja, durch das Leben dieses Mannes schlingt sich ein Geheimnis, sagte Gedeon Spilett, und mir scheint, er ist nur auf dem Wege der Gewissensbisse zur Menschlichkeit zurückgekehrt.

– Mir ist es noch unklar, welche Art von Menschen wir hierher gebracht haben, sagte der Seemann. Da sind Geheimnisse ....

– Denen wir jede Rücksicht schenken werden, fiel Cyrus Smith lebhaft ein. Wenn er einen Fehler begangen, so hat er ihn grausam gebüßt und in unseren Augen ist er entsühnt.«

Zwei Stunden lang blieb der Unbekannte allein, offenbar unter dem Einflusse der Erinnerungen, die – vielleicht ein erschreckendes Panorama – vor seinem Geiste vorüberziehen mochten, und die Kolonisten unterließen es auch, trotzdem sie ihn nicht aus den Augen verloren, seine Einsamkeit zu stören.

Nach jener Zeit schien er aber zu einem Entschlusse gekommen zu sein und suchte Cyrus Smith selbst auf. Seine Augen waren von vergossenen Tränen gerötet, doch weinte er jetzt nicht mehr.

Über seiner ganzen Erscheinung lag eine tiefe Betrübnis. Er schien furchtsam, beschämt, ganz zusammengesunken, und immer hielt er den Blick zur Erde gesenkt.

»Mein Herr, sagte er zu Cyrus Smith, Sie und Ihre Begleiter, sind Sie Engländer?

– Nein, erwiderte der Ingenieur, wir sind Amerikaner.

– Ah so!« antwortete der Unbekannte und setzte halblaut die Worte hinzu: »Das ist mir lieber!

– Und Sie, mein Freund? fragte der Ingenieur.

– Engländer«, erwiderte er hastig.

Und als ob ihm schon diese wenigen Worte zu sprechen schwer geworden wären, entfernte er sich und durchschritt in höchster Erregung das Uferland von dem Wasserfalle bis zur Mündung der Mercy

Dann, als er einmal nahe an Harbert vorbei kam, fragte er diesen mit eigenartiger Stimme:

»Welchen Monat haben wir?

— Dezember, antwortete Harbert'

— Welches Jahr?

— 1866.

— Zwölf Jahre! rief er da aus, zwölf lange Jahre!«

Dann verließ er den jungen Mann eiligst Harbert hatte diese Fragen und die letzte Antwort den Ansiedlern mitgeteilt.

»Dieser Unglückselige, sagte Gedeon Spilett, war weder über Monat noch Jahreszahl unterrichtet.

— Ja, fügte Harbert hinzu, und zwölf Jahre schon bewohnte er das Eiland, als wir ihn auffanden.

— Zwölf Jahre! wiederholte Cyrus Smith, o, zwölf Jahre der Einsamkeit, vielleicht nach einem Leben, dessen Erinnerung noch quält, sind wohl im Stande, eines Menschen Vernunft zu rauben!

— Ich halte dafür, fiel Pencroff ein, dass dieser Mann nicht in Folge eines Schiffbruches nach der Insel Tabor gekommen, sondern wegen eines begangenen Verbrechens daselbst ausgesetzt worden ist.

— Sie können wohl Recht haben, Pencroff, bemerkte der Ingenieur, und wenn dem so ist, erscheint es nicht unmöglich, dass die, welche ihn zurückließen, einst wiederkommen, um ihn zu suchen.

— Und jetzt finden sie ihn nicht wieder, sagte Harbert.

— Aber dann, meinte Pencroff, müsste man ihn zurückschaffen, und ....

— Besprechen wir diese Frage nicht, meine Freunde, nahm Cyrus Smith das Wort, bevor wir noch gar nicht wissen, woran wir sind. Ich für meinen Teil glaube, dass jener Unglückliche gelitten, dass er etwa begangene Fehltritte grausam gebüßt hat und das Bedürfnis, sein Herz auszuschütten, noch jetzt schwer auf ihm lastet. Wir wollen ja vermeiden, ihn irgendwie zur Erzählung seiner Geschichte zu veranlassen! Er wird das von selbst tun, und wenn wir sie kennen gelernt, dann mag entschieden werden, was etwa zu beginnen sei. Er allein vermag uns darüber Aufschluss zu geben, ob er noch Hoffnung, noch sichere Aussicht hat, einmal sein Vaterland wiederzusehen; doch zweifle ich daran.

— Und weshalb? fragte der Reporter.

— Weil er für den Fall einer gewissen, nach bestimmter Zeit bevorstehenden Befreiung die Stunde wohl ruhig abgewartet und nicht dieses Dokument dem Meere anvertraut haben würde. Nein, es ist viel wahrscheinlicher, dass er verurteilt war, auf dem Eilande zu sterben und Seinesgleichen niemals wiederzusehen.

— Eines aber, fiel der Reporter ein, vermag ich mir noch nicht zu erklären.

— Und das wäre?

— Wenn jener Mann seit zwölf Jahren schon auf der Insel Tabor ausgesetzt war, so kann man wohl annehmen, dass er auch schon längere Zeit in dem Zustande der Verwilderung gewesen ist, in welcher wir ihn fanden.

– Wahrscheinlich, antwortete Cyrus Smith.

– Dann müsste das Dokument aber notwendigerweise schon vor mehreren Jahren geschrieben sein.

– Ohne Zweifel .... und dennoch erschien die Schrift noch ziemlich frisch! ....

– Und wie sollte man überdies glauben, dass die jenes Dokument enthaltende Flasche mehrere Jahre gebraucht habe, um von der Insel Tabor nach der Insel Lincoln zu gelangen?

– Das ist nicht unbedingt unmöglich, meinte der Reporter. Konnte sie nicht schon lange in dem Gewässer um die Insel treiben?

– Nein, erwiderte Pencroff, denn sie schwamm ja noch. Man kann nicht einmal annehmen, dass sie vielleicht mehr oder weniger lange Zeit auch auf dem Ufer gelegen habe, denn von dort würde sie die Flut bald weggespült und an den benachbarten Klippen der Küste zerschellt haben.

– Wirklich, so ist es, antwortete Cyrus Smith, der träumerisch seinen Gedanken nachhing.

– Und endlich, fuhr der Seemann fort, wenn das Dokument mehrere Jahre alt und ebenso in der Flasche eingeschlossen wäre, müsste es durch die Feuchtigkeit gelitten haben. Davon sahen wir aber nichts, im Gegenteil befand es sich im besten Zustande.«

Der Gedankengang des Seemannes erschien vollständig richtig; auch hier standen sie also einer unerklärbaren Tatsache gegenüber, da das Schriftstück noch sehr jungen Datums zu sein schien, als es gefunden wurde. Übrigens enthielt es die genauen Angaben von Länge und Breite der Insel Tabor, was ziemlich eingehende Kenntnisse seitens des Verfassers in der Hydrographie voraussetzte, die ein einfacher Seemann nicht wohl haben konnte.

»Hierunter verbirgt sich wieder ein undurchsichtiges Geheimnis, sagte der Ingenieur, doch auch deshalb wollen wir unseren neuen Genossen nicht etwa zum Sprechen veranlassen. Wenn er es einst selbst will, werden wir bereit sein, ihn anzuhören.«

Auch im Laufe der folgenden Tage sprach der Unbekannte kein Wort und verließ niemals die Grenzen des Plateaus. Er bearbeitete, ohne einen Augenblick zu versäumen oder sich eine Minute Erholung zu gönnen, den Erdboden, aber stets in gemessener Entfernung von den Andern. Auch zur Stunde der Mahlzeiten verfügte er sich trotz wiederholter Aufforderung niemals nach dem Granithaus, sondern begnügte sich damit, einige rohe Gemüse zu verzehren. Selbst mit anbrechender Nacht suchte er das ihm angewiesene Zimmer nicht auf, sondern lagerte sich unter einer Baumgruppe oder verbarg sich bei schlechtem Wetter in einer Aushöhlung der Felsen.

So lebte er also auf dieselbe Art weiter, wie zur Zeit, als er auf der Insel Tabor kein anderes Obdach kannte, als die Wälder, und da alle Versuche, ihn zu einer Änderung seiner Lebensweise zu veranlassen, vergeblich blieben, so ergaben sich die Kolonisten darein, geduldig zu warten. Endlich aber kam der Augenblick, wo er von seinem Gewissen unwiderstehlich und unwillkürlich gedrängt, einige schreckliche Geständnisse machte.

Am 10. November gegen acht Uhr Abends, als schon die Dunkelheit hereinbrach, näherte sich der Unbekannte plötzlich und unerwartet den Kolonisten, die in der Veranda versammelt saßen. Seine Augen sprühten Feuer und seine ganze Erscheinung hatte die ursprüngliche Wildheit wieder angenommen.

Cyrus Smith und seine Genossen waren auf das Höchste erstaunt, als sie sahen, wie seine Zähne, ähnlich wie bei einem fiebernden Kranken, in auffallendster Erregung klapperten. Was mochte ihm fehlen? Wurde ihm der Anblick der Menschen unerträglich? Hatte er das Leben unter ehrlicher Gesellschaft wieder überdrüssig? Erfasste ihn eine Art Heimweh nach seinem verwilderten Zustande? Man hätte es wohl glauben mögen, als er folgende unzusammenhängende Sätze herausstieß:

»Warum bin ich hier? ... Mit welchem Rechte habt Ihr mich meinem Eilande entführt? ... Kann es ein Band geben, das uns umschlänge? ... Wisst Ihr, wer ich bin? ... Was ich getan habe, ... warum ich da unten war ... allein? Und wer sagt Euch, dass man mich dort nicht absichtlich verlassen hat ... dass ich nicht verdammt war, dort zu sterben? ... Kennt Ihr meine Vergangenheit? ... Wisst Ihr denn, ob ich nicht vielleicht gestohlen, oder gar gemordet habe? ... Ob ich nicht ein Schurke bin ... ein Verfluchter ... gut genug, um wie ein wildes Tier zu leben ... fern von Allen ... sprecht ... wisst Ihr das? ...«

Ohne ihn zu unterbrechen lauschten die Kolonisten seinen Worten, als ihm diese halben Geständnisse wider Willen entfuhren. Cyrus Smith wollte ihn beruhigen, indem er sich ihm näherte, doch jener wich scheu und schnell zurück.

»Nein! Nein! sagte er. Ein einzig Wort ... bin ich frei?

– Sie sind frei, antwortete der Ingenieur.

– Dann lebt wohl!« rief er und entfloh wie ein Wahnsinniger.

Nab, Pencroff und Harbert eilten sogleich nach dem Saume des Waldes, doch sie kehrten allein zurück.

»Man muss ihn gewähren lassen, sagte Cyrus Smith.

– Der kommt niemals wieder ... meinte Pencroff.

– Er wird wiederkommen«, versicherte der Ingenieur.

Wohl so mancher Tag verging, aber Cyrus Smith – war es eine Art Ahnung? – beharrte bei der Ansicht, dass der Unglückliche früher oder später wiederkehren werde.

»Das war der letzte Ausbruch der Wildheit seiner Natur, sagte er, welche die Gewissensbisse nicht in Ruhe ließen, und die eine wiederholte Einsamkeit vollends ersticken wird«.

Inzwischen wurden die verschiedensten Arbeiten rüstig fortgesetzt, ebenso auf dem Plateau der Freien Umschau, wie an der Viehhürde, neben der der Ingenieur eine vollständige Farm anzulegen gedachte. Selbstverständlich waren die durch Harbert von der Insel Tabor mitgebrachten Sämereien mit aller Sorgfalt ins Land gebracht worden. Das Plateau verwandelte sich nach und nach in einen ausgedehnten Gemüsegarten, dessen Instandhaltung die Arme der Kolonisten nicht zum Feiern kommen ließ, denn da gab es immer zu arbeiten. Entsprechend der Vermehrung und Vervielfältigung der Anpflanzungen mussten die früheren Beete jetzt vergrößert werden, so dass sie bald wirkliche Felder bildeten und Wiesengründe verdrängten. An Futter war auch in anderen Teilen der Insel kein Mangel, und die Quaggas brauchten nie zu fürchten, es zu spärlich zugeteilt zu erhalten. Übrigens erschien es vorteilhaft, das Plateau der Freien Umschau als Gemüsegarten zu bewirtschaften, weil es durch die tiefen Wasserläufe ringsum geschützt wurde, und die Wiesen, welche keines besonderen Schutzes gegen Vierhänder oder Vierfüßler bedurften, nach Außen zu verlegen

Am 15. November verschritt man zur dritten Ernte. Wie hatte sich die Oberfläche des Feldes ausgedehnt, seit vor achtzehn Monaten das erste Korn gesteckt wurde! Die zweite Ernte von 600,000 Körnern ergab jetzt 1000 Scheffel, d.h. mehr als 500 Millionen Körner! Die Ansiedelung war nun reich an Getreide, denn schon die Einsaat von etwa zehn Scheffeln reichte ja hin, den nötigen Erntebetrag jedes Jahr sicher zu stellen, und Alle, Menschen und Tiere, zu ernähren.

Die Ernte wurde also eingebracht, und man verwandte die letzte Hälfte des Monats November auf die Vorarbeiten zur Brotbereitung.

Denn wohl besaß man jetzt das Getreide, aber noch lange nicht das Mehl, welches die Errichtung einer Mühle nötig machte. Cyrus Smith hätte zu dieser wohl den zweiten Wasserfall, der sich in die Mercy stürzte, als Motor benutzen können – man erinnere sich, dass der erste schon zur Bewegung der Walkmühle diente – doch nach reiflicher Überlegung entschied man sich dahin, auf dem Plateau der Freien Umschau eine einfache Windmühle herzustellen. Die Konstruktion der einen war nicht mit größeren Schwierigkeiten verknüpft, als die der anderen, und man war ja sicher, dass der Wind auf diesem den Seewinden ausgesetzten Plateau niemals fehlen werde.

»Ohne zu veranschlagen, sagte Pencroff, dass eine Windmühle weit lustiger aussieht und in der Landschaft einen hübschen Effekt hervorbringt.«

Man begann also das Werk mit der Auswahl der zu den Wänden und dem Mechanismus nötigen und geeigneten Bäume. Einige große Sandsteine, welche im Norden des Sees gefunden wurden, konnten sehr leicht zu Mühlsteinen verwendet werden, während die unerschöpfliche Ballonhülle den nötigen Stoff für die Flügel lieferte.

Cyrus Smith entwarf die Pläne, und als Platz für die Mühle bestimmte man eine rechts vom Hühnerhofe, nahe dem Ufer des Sees gelegene Stelle. Das ganze Gebäude sollte auf einem Zapfen ruhen, um dasselbe samt dem Mechanismus je nach der Richtung des Windes drehen zu können.

Diese Arbeit wurde schnell vollendet. Nab und Pencroff hatten sich zu sehr geschickten Zimmerleuten ausgebildet und brauchten sich nur nach dem von dem Ingenieur gezeichneten Aufriss zu richten.

So erhob sich denn bald an der erwählten Stelle eine Art Schilderhaus mit zugespitztem Dache. Die vier Rahmen, welche die Flügel bilden sollten, wurden in einem gewissen Winkel haltbar in dem Wellbaum befestigt und durch eiserne Klammern gesichert. Auch die verschiedenen Teile des inneren Mechanismus, der Behälter für die Mühlsteine, den Läufer und den Ruhestein, der Trichter, eine Art oben weiteren, unten engeren Troges, durch den das Getreide auf die Steine herabfallen sollte; ferner der oszillierende Schuh, der das Durchsinken der Körner regelte und dem sein ewiges Ticktack den Namen des »Schwätzers« eingebracht hat; endlich das Sieb, durch dessen Bewegung die Kleie von dem Mehle gesondert wird, alles Das wurde ohne Mühe fertig gestellt. Die Werkzeuge waren ja gut und die Arbeit nicht allzu schwierig, denn alles in allem sind die Bestandteile einer Mühle sehr einfacher Natur. Das Ganze war nur eine Frage der Zeit.

Jedermann hatte sich bei der Arbeit, die am 1. Dezember beendet wurde, nach Kräften beteiligt.

Wie immer zeigte sich Pencroff über sein Werk ganz entzückt, und zweifelte gar nicht daran, dass es die erwünschten Dienste leisten werde.

»Nun einen guten Wind, sagte er, und wir werden bald unsere erste Ernte in Mehl verwandeln.

– Einen guten Wind, ja, antwortete der Ingenieur doch keinen zu starken, Pencroff.

– Ei was, dann wird sich unsere Mühle nur schneller drehen!

– Eine gar zu große Geschwindigkeit ist nicht nötig, belehrte ihn Cyrus Smith. Man weiß aus Erfahrung, dass die größte Leistungsfähigkeit einer Mühle dann erzielt wird, wenn die Anzahl der von den Flügeln in einer Minute gemachten Umdrehungen das Sechsfache von der Anzahl Fuße ist, welche der Wind in einer Sekunde zurücklegt. Bei einer mäßigen Brise von etwa vierundzwanzig Fuß Geschwindigkeit per Sekunde machen die Flügel etwa sechzehn Touren in der Minute, und das ist übrig genug.

– Nun denn, rief Harbert, eben weht ein ganz passender Nordwest, der uns gleich zu Statten kommen soll!«

Man hatte keinen Grund, die Ingangsetzung der Mühle zu verzögern, denn die Kolonisten alle drängte es, das erste Stück Brot von der Insel Lincoln zu kosten. Noch im Laufe des Morgens dieses Tages wurden also zwei bis drei Scheffel Getreide gemahlen, und am anderen Tage paradierte denn zum Frühstücke ein prächtiger Laib Brot auf dem Tische im Granithaus, das freilich, trotzdem der Teig mit Bierhefen angesetzt worden war, noch etwas fest erschien. Jedermann versuchte seine Zähne daran, und man kann sich denken, mit welchem Vergnügen.

Der Unbekannte war auch bis jetzt nicht wiedergekommen. Wiederholt hatten Gedeon Spilett und Harbert den Wald in der Umgebung des Granithauses durchstreift, ohne ihn selbst oder nur eine Spur von ihm zu treffen. Diese verlängerte Abwesenheit flößte ihnen doch allgemach etwas Angst ein. Zwar konnte der wilde Mann von der Insel Tabor in den wildreichen Gegenden des fernen Westens wegen der Nahrungsmittel nicht in Verlegenheit kommen, lag aber nicht die Befürchtung nahe, dass er seine alten Gewohnheiten wieder annähme und dieses zügellose Umherschweifen seine tierischen Instinkte wieder anfachte? Nur Cyrus Smith beharrte in einer Art Vorgefühl bei dem Glauben, dass der Flüchtling einst wiederkehren werde.

»Ja, ja, er bleibt ganz gewiss nicht aus, wiederholte er mit einem Vertrauen, das seine Genossen nicht teilen konnten. So lange der Unglückliche noch auf der Insel Tabor lebte, wusste er sich allein! Hier weiß er, dass Andere seiner warten! Da der arme bußfertige Sünder schon die Hälfte seines Lebens erzählt hat, wird er wiederkommen, um das Weitere mitzuteilen, und von dem Tage an wird er unser sein!«

Die nächste Zukunft sollte Cyrus Smith Recht geben.

Am 3. Dezember hatte Harbert das Plateau der Freien Umschau verlassen, um am südlichen Ufer des Sees zu fischen. Er war ganz unbewaffnet, und bisher hatte man auch keine Veranlassung zu besonderen Vorsichtsmaßregeln gehabt, da sich gefährlichere Tiere in diesem Teile der Insel niemals zeigten.

Zu gleicher Zeit arbeiteten Pencroff und Nab im Hühnerhofe, während Cyrus Smith und der Reporter in den Kaminen mit der Zubereitung von Soda beschäftigt waren, da der Vorrat an Seife zu Ende ging.

Plötzlich erscholl ein ängstlicher Hilferuf.

»Zu Hilfe! Zu Hilfe! Hierher!«

Cyrus Smith und der Reporter hatten es der großen Entfernung wegen nicht hören können; Pencroff und Nab aber verließen eiligst den Hühnerhof und eilten nach dem See zu.

Noch vor ihnen aber übersprang der Unbekannte, dessen Anwesenheit in der Nähe Niemand vermutet hatte, den Glyzerin-Fluss, der das Plateau vom Walde trennte.

Dort stand Harbert einem fürchterlichen Jaguar, ähnlich dem im Schlangenvorgebirge erlegten, gegenüber. Vor Schrecken starr, drückte er sich gegen einen Baum, während das Tier zusammenkroch, um sich auf ihn zu stürzen .... Da warf sich der Unbekannte, mit keiner anderen Waffe als einem Messer versehen, der Bestie entgegen, die sich nun gegen den neuen Feind wandte.

Der Kampf währte bei der ungewöhnlichen Kraft des Unbekannten nur kurze Zeit. Mit mächtiger Hand, die wie eine Schere einschnitt, hatte er den Jaguar, ohne der Tatzenschläge des Tieres zu achten, die ihm das Fleisch zerrissen, an der Kehle erfasst und bohrte ihm mit der Hand das Messer bis ans Heft ins Herz.

Der Jaguar fiel zusammen. Der Unbekannte schob ihn noch mit einem Fußtritte fort und wollte eben wieder davon eilen, als die Kolonisten den Schauplatz erreichten, und Harbert, sich an ihn anklammernd, noch ausrief:

»Nein! Nein! Sie dürfen nicht wieder fort!«

Auch Cyrus Smith trat jetzt an den Unbekannten heran, dessen Stirn sich schon bei dieser Annäherung runzelte. Von seiner Schulter floss das Blut durch die zerrissene Jacke, doch er schien das nicht zu beachten.

»Mein Freund, redete Cyrus Smith ihn an, Sie haben uns Pflichten der Dankbarkeit auferlegt. Um unser Kind zu retten, haben Sie Ihr Leben eingesetzt!

– Mein Leben! murmelte der Unbekannte. Welchen Wert hat es denn? Weniger als gar keinen!

– Sie sind verletzt?

– Das tut nichts.

– Wollen Sie mir die Hand reichen?«

Und als Harbert die Hand ergreifen wollte, der er seine Rettung verdankte, kreuzte der Unbekannte die Arme auf der schwer arbeitenden Brust, sein Blick verschleierte sich wieder und er schien fliehen zu wollen; doch mit merkbarer Selbstüberwindung stieß er die Worte hervor:

»Wer sind Sie, und was glauben Sie mir gegenüber zu sein?«

Zum ersten Male machte er eine Anspielung, die Geschichte der Kolonisten erfahren zu wollen. Vielleicht hielt er nachher auch mit der seinigen nicht zurück.

Mit wenigen Worten teilte ihm Cyrus Smith alles mit, was sich seit ihrer Abfahrt aus Richmond ereignet hatte, wie sie sich geholfen, und welche Hilfsquellen ihnen jetzt zu Gebote ständen.

Der Unbekannte lauschte mit gespannter Aufmerksamkeit.

Dann sagte ihm der Ingenieur, wer sie alle seien, Gedeon Spilett, Harbert, Pencroff, Nab, er selbst und fügte hinzu, dass die größte Freude seit ihrer Ankunft auf Lincoln die gewesen sei, bei der Rückkehr von dem Eilande einen Genossen mehr zählen zu können.

Bei diesen Worten errötete jener, sein Kopf sank auf die Brust herab, und eine auffallende Verwirrung bemächtigte sich seiner ganzen Person.

»Und jetzt, da Sie uns kennen, begann Cyrus Smith wieder, werden Sie uns nun Ihre Hand reichen?

– Nein, antwortete der Unbekannte mit dumpfer Stimme, nein! Sie, Sie sind ehrliche Leute! Ich aber ...«

SIEBZEHNTES KAPITEL.

Diese letzten Worte rechtfertigten die Ahnungen der Ansiedler. Das Leben des Unglücklichen umschloss eine furchtbare Vergangenheit, die jener in den Augen der Menschen wohl gesühnt hatte, für die ihm sein Gewissen aber die Absolution noch immer, verweigerte. Jedenfalls quälten den Sünder Gewissensbisse und bereute er gewiss tief; aber er fühlte sich noch nicht würdig, seine Hand, welche die neuen Freunde so gern in herzlicher Dankbarkeit gedrückt hätten, ehrenwerten Leuten entgegen zu strecken! Mindestens kehrte er nach dem Auftritte mit dem Jaguar nicht wieder in die Wälder zurück, sondern verweilte nun beständig im Bereiche des Granithauses.

Was betraf wohl jenes Geheimnis seines Lebens? Würde er sich einmal darüber aussprechen? – Das musste die Zukunft lehren. Jedenfalls hielt man an dem Vorsatze fest, es ihm auf keine Weise entlocken zu wollen, und mit ihm zu leben, so als ob man keinerlei Verdacht hegte.

Einige Tage lang verfloss das gemeinschaftliche Leben in gewohnter Weise. Cyrus Smith und Gedeon Spilett arbeiteten, bald als Chemiker, bald als Mechaniker, einträchtig mit einander. Von der Seite des Ingenieurs wich der Reporter nur dann, wenn er mit Harbert der Jagd obliegen wollte, da es nicht geraten erschien, den jungen Mann allein und ohne Unterstützung die Wälder durchstreifen zu lassen. Auch für Nab und Pencroff fehlte es, heute in den Ställen und auf dem Hühnerhofe, morgen in der Viehhürde, die Tagesgeschäfte im Granithaus gar nicht zu erwähnen, niemals an Arbeit.

Der Unbekannte war stets für sich allein tätig und hatte seine gewohnte Lebensweise wieder aufgenommen, nahm an den Mahlzeiten keinen Anteil, schlief unter den Bäumen des Plateaus und ging jeder Berührung mit den Anderen ängstlich aus dem Wege. Die Gesellschaft seiner Erretter aus der schrecklichen Verlassenheit schien ihm noch immer unerträglich.

»Warum hat er dann aber, bemerkte Pencroff, Hilfe durch Nebenmenschen gesucht? Warum jenes Schriftstück dem Meere anvertraut?

– Das wird er uns noch mitteilen, behauptete Cyrus Smith immer wieder.

– Aber wann?

– Vielleicht eher, als Sie es glauben, Pencroff.«

Und wirklich, der Tag der Geständnisse war nicht mehr fern.

Am 10. Dezember, eine Woche nach dessen Rückkehr zum Granithaus, sah Cyrus Smith den Unbekannten auf sich zukommen.

»Ich hätte wohl eine Frage an Sie, begann er mit sanfter Stimme und unterwürfigem Tone.

– Sprechen Sie, erwiderte der Ingenieur, doch zuvor lassen Sie auch mich eine Frage stellen.«

Bei diesen Worten übergoss den Unbekannten eine dunkle Röte, und schon war er nahe daran, wieder umzukehren. Cyrus Smith begriff, was in der Seele des Schuldbewussten vorgehen mochte, der ohne Zweifel eine Frage über seine Vergangenheit zu hören fürchtete.

Der Ingenieur hielt ihn mit der Hand zurück.

»Kamerad, wendete er demnach seine Worte, wir Anderen sind nicht allein Ihre Schicksalsgenossen, sondern auch Ihre Freunde. Das war es, was ich Ihnen vorher ans Herz zu legen wünschte, und nun sprechen Sie, – ich höre!«

Der Unbekannte strich mit der Hand über die Augen. Ein Zittern durchschauerte ihn, so dass er einige Zeit keine Silbe hervorzubringen vermochte.

»Mein Herr, stotterte er endlich, ich komme, Sie um eine Gnade zu bitten.

– Um welche?

– Am Fuße eines Berges, gegen vier bis fünf Meilen von hier, besitzen Sie eine Hürde für Ihre Haustiere. Diese Tiere bedürfen der Pflege. Wollen Sie mir gestatten, mit jenen da unten zu leben?«

Voll tiefen Mitgefühls ruhte der Blick des Ingenieurs eine Zeit lang auf dem bedauernswerten Mann.

»Die Hürde, guter Freund, antwortete er ihm dann, enthält nur Ställe, kaum für die Tiere geeignet ...

– O, für mich genügt das, mein Herr!

– Lieber Freund, fuhr Cyrus Smith fort, wir werden Ihren Wünschen niemals entgegentreten. Gefällt es Ihnen, sich in der Nähe der Hürde aufzuhalten, nun wohl, so sei es. Natürlich werden Sie im Granithaus jederzeit willkommen sein. Da Sie aber bei der Hürde wohnen wollen, so werden wir die nötigen Einrichtungen für Ihren Aufenthalt daselbst treffen.

– Das verlangt nicht viel, ich werde mit Wenigem auskommen.

– Mein Freund, erwiderte Cyrus Smith mit absichtlicher Wiederholung dieser vertraulichen Anrede, Sie werden doch unserem Urteile überlassen, zu tun, was in dieser Hinsicht nötig erscheint.

– Ich danke im Voraus, mein Herr!« antwortete der Unbekannte und zog sich wieder zurück.

Der Ingenieur setzte seine Gefährten sogleich von dem ihm gemachten Vorschlag in Kenntnis, und man beschloss, neben der Hürde ein hölzernes, mit möglichster Bequemlichkeit auszustattendes Häuschen zu errichten.

Noch an demselben Tage verfügten sich die Kolonisten unter Mitnahme der nötigen Werkzeuge an Ort und Stelle, und noch vor Ablauf der Woche stand das Häuschen bereit, seinen Insassen aufzunehmen. Es war etwa zwanzig Schritte von den Ställen in einer Lage errichtet, welche die Überwachung der bis auf etwa vierhundert Häupter angewachsenen Herde erleichtern musste. Einiges Mobiliar, eine Lagerstätte, ein Tisch, eine Bank, ein Schrank und ein Koffer wurden gezimmert, und Waffen, Munition und Werkzeuge nach dem Neubau übergeführt.

Noch hatte der Unbekannte seine neue Behausung nicht gesehen, und deren Herstellung den Ansiedlern allein überlassen, während er immer auf dem Plateau, wie sich später ergab, in der Absicht arbeitete, seine begonnenen Erdarbeiten auch zu Ende zu führen. Und wirklich zeigte sich, Dank seinem Fleiße, das ganze Ackerland umgegraben und bis zum Einsäen fertig gestellt.

Am 20. Dezember waren die Einrichtungen an der Viehhürde beendigt. Der Ingenieur teilte also dem Unbekannten mit, dass seine Wohnung bereit sei, und dieser erwiderte, dass er dann schon die kommende Nacht daselbst zuzubringen gedenke.

Im Hauptzimmer des Granithauses saßen die Ansiedler am Abend zusammen; es war um acht Uhr, – die Stunde, da ihr Gefährte sie verlassen sollte. Eben, da sie jenem nicht lästig fallen und durch ihre Anwesenheit vielleicht zu einem ihn schwer ankommenden Abschiednehmen veranlassen wollten, hatten sie ihn allein gelassen und sich nach der Wohnung hinausbegeben.

Nur wenige Worte waren daselbst gewechselt worden, als es leise an die Türe klopfte und gleich darauf der Unbekannte eintrat.

»Bevor ich Sie verlasse, meine Herren, begann er ohne Umschweif, wird es gut sein, dass Sie meine Geschichte kennen lernen. Zu diesem Zwecke sehen Sie mich hier.«

Diese einfachen Worte machten auf Cyrus Smith und die Übrigen begreiflicher Weise einen tiefgehenden Eindruck.

Der Ingenieur erhob sich.

»Wir fragen Sie nach Nichts, mein Freund, sagte er. Sie haben das Recht zu schweigen ...

– Nein, die Pflicht zu reden.

– So setzen Sie sich.

– Ich werde stehen bleiben.

– Wir sind bereit, Sie anzuhören«, antwortete Cyrus Smith.

Der Unbekannte verhielt sich, etwas durch das Halbdunkel geschützt, mehr in einer Ecke des Zimmers. Entblößten Hauptes und mit über der Brust gekreuzten Armen stand er da, und so sprach er auch, wie Einer, der sich Gewalt antut, zu sprechen. Ohne von ihnen je unterbrochen zu werden, teilte er den lauschenden Zuhörern das Folgende mit:

»Am 12. Dezember 1854 warf eine Dampfyacht, der Duncan, im Besitze eines schottischen Lords, des Lord Glenarvan, an der Westküste Australiens unter dem 37. Grade der Breite, nahe dem Kap Bernouilli, Anker. An Bord dieser Yacht befanden sich Lord Glenarvan, seine Gemahlin, ein Major der englischen Armee, ein Geograph aus Frankreich, endlich ein junges Mädchen und ein Knabe. Letztere waren die Kinder eines Kapitän Grant, dessen Schiff ein Jahr vorher gescheitert war. Der Duncan stand unter dem Befehle des Kapitän John Mangles und führte eine Besatzung von fünfzehn Mann.

Erwähnte Yacht erschien nun aus folgendem Grunde zu jener Zeit an der Küste Australiens:

Sechs Monate vorher schwamm im irischen Meere eine Flasche, mit einem englisch, deutsch und französisch abgefassten Dokumente darin, die der Duncan auffischte. Das Dokument meldete, dass aus dem Schiffbruche der Britannia Drei gerettet seien, jener Kapitän Grant und zwei von der Mannschaft, welche Überlebenden auf einem Lande Zuflucht gefunden hatten, dessen geographische Breitenlage es sicher angab, während die Bezeichnung der Längengrade, durch eingesickertes Meerwasser verwischt, ganz unleserlich erschien.

Jene Angabe bezeichnete 37°11' südlicher Breite. Da die Länge unbekannt blieb, so musste man bei Verfolgung des 37. Grades quer durch die Länder und über die Meere auch das von Kapitän Grant und seinen beiden Gefährten bewohnte Land antreffen.

Bei der Zögerung, Nachforschungen seitens der englischen Admiralität anzustellen, beschloss Lord Glenarvan, den Kapitän auf eigene Faust zu suchen. Mary und Robert Grant hatten sich mit ihm in Einvernehmen gesetzt. Die Yacht Duncan wurde für eine weite Reise ausgerüstet, an der die Familie des Lords und die Kinder des Kapitäns Teil nehmen sollten; so verließ der Duncan Glasgow, durchschnitt den Atlantischen Ozean und die Magellansstrasse, dampfte im Pazifischen Ozean wieder nordwärts bis zu einem Küstenpunkte Patagoniens, wo man nach einer ersten Auslegung des lückenhaften Dokumentes den Kapitän in der Gefangenschaft der Eingeborenen vermutete.

Der Duncan setzte einen Teil seiner Passagiere an der Westküste Patagoniens aus, und wendete dann, um sie auf der Ostküste bei Kap Corrientes wieder aufzunehmen.

Immer der 37. Parallele folgend durchzog Lord Glenarvan Patagonien, und schiffte sich am 13. November, nachdem er auch keine Spur des Kapitäns entdeckt hatte, wieder ein, um seine Nachforschungen quer über den Ozean weiter fortzusetzen.

Nach einem erfolglosen Besuche der in seinem Kurs liegenden Inseln Tristan d'Acunha und Amsterdam gelangte der Duncan nach dem erwähnten Kap Bernouilli, an der Küste Neu-Hollands.

Lord Glenarvans Absicht ging dahin, Australien, ebenso wie es in Amerika geschehen, auf dem Landwege zu durchreisen. Einige Meilen von der Küste befand sich eine irländische Farm, deren Gastfreundschaft die Reisenden genossen. Lord Glenarvan äußerte sich gegen den Irländer über den Zweck, der ihn in diese Gegend geführt habe, und fragte diesen, ob ihm etwas über einen englischen Dreimaster, Britannia, der vielleicht an der Westküste Australiens zu Grunde gegangen, zu Ohren gekommen sei.

Der Irländer hatte nie von einem Schiffbruche, wenigstens nicht in der von dem Lord angedeuteten Zeit, etwas gehört; zu größtem Erstaunen der Umstehenden mischte sich da einer der Dienstleute des Irländers ein und sagte:

Mylord, loben und danken Sie Gott! Wenn Kapitän Grant überhaupt noch lebt, so ist es auf australischem Boden.

– Wer sind Sie? fragte der Lord.

– Ein Schotte wie Sie, Mylord, antwortete der Mann, und einer aus der Mannschaft des Kapitän Grant, ein Schiffbrüchiger von der Britannia.«

»Dieser Mann nannte sich Ayrton. Er war in der Tat, was auch seine Papiere nachwiesen, Quartiermeister auf der Britannia gewesen. Aber, in dem Augenblicke, als das Fahrzeug an den Klippen zerschellte, von dem Befehlshaber desselben getrennt, hatte er stets geglaubt, sein Kapitän Grant sei mit der gesamten Mannschaft umgekommen, und er, Ayrton, sei der einzige Überlebende von der Britannia.

– Allein, fügte jener hinzu, nicht an der westlichen, sondern an der östlichen Küste Australiens ist die Britannia zu Grunde gegangen, und wenn Kapitän Grant, wie das Dokument ja annehmen lässt, noch am Leben ist, so befindet er sich in den Händen von Eingeborenen, und jedenfalls wird er an der entgegengesetzten Küste aufzusuchen sein.«

»Die sichere Stimme und der ruhige Blick des Mannes ließen an der Wahrheit seiner Worte keinen Zweifel aufkommen. Der Irländer, in dessen Diensten er seit einem Jahre stand, trat auch noch für ihn ein. Lord Glenarvan vertraute seiner Ehrlichkeit und wurde dabei nur noch mehr in dem Vorsatze bestärkt, Australien längs des 37. Parallelkreises zu durchziehen. Lord Glenarvan nebst Gemahlin, der Major, die beiden Kinder, der Franzose und Kapitän Mangles nebst etlichen Matrosen bildeten die fernerhin von Ayrton geführte kleine Gesellschaft, während der Duncan unter dem Befehl des zweiten Offiziers nach Melbourne segeln und dort Lord Glenarvans weitere Instruktionen abwarten sollte.

Am 23. Dezember 1854 setzte sich die Karawane in Bewegung.

Hier muss ich nun bemerken, dass jener Ayrton ein Verräter war. In Wahrheit früher Quartiermeister der Britannia, hatte er in Folge einiger Zwistigkeiten mit dem Kapitän die Mannschaft aufzuwiegeln und sich des Schiffes selbst zu bemächtigen gesucht. Dafür hatte ihn Kapitän Grant am 8. April 1852 an der Westküste Australiens ans Land gebracht und zurückgelassen; – – gewiss ein ganz berechtigter Akt der Notwehr.

Der Elende wusste also bis dahin von dem Schiffbruche der Britannia noch gar nichts; erst aus Lord Glenarvans Erzählung erfuhr er davon. Seit seiner Aussetzung aber hatte er sich unter dem Namen Ben Joyce zum Führer einer Bande entsprungener Sträflinge aufgeworfen, und wenn er keck behauptete, den Ort des Schiffbruches an der Ostküste zu kennen, wenn er Lord

Glenarvan noch ermunterte, sich nach jener Richtung zu begeben, so trieb ihn dazu die im Stillen gehegte Hoffnung, denselben von seinem Schiffe zu trennen, sich in den Besitz des Duncan zu setzen und aus der Yacht ein Piratenschiff zu machen.«

Hier unterbrach sich der Unbekannte selbst einen Augenblick. Seine Stimme war unsicher geworden, doch fuhr er in seinem Berichte fort:

»Die Expedition brach also auf und schlug den Weg quer durch das südliche Australien ein. Sie hatte natürlich mit mancherlei Unfällen zu kämpfen, da Ayrton, oder Ben Joyce, wie man ihn eben nennen will, sie anführte und ihr die Bande Deportierter, welche von dem auszuführenden Coup unterrichtet war, bald vorausschwärmte, bald nachfolgte.

Inzwischen war der Duncan zum Zwecke der Ausbesserung einiger leichter Havarien nach Melbourne abgegangen. Jetzt kam es also darauf an, durch Lord Glenarvan den Befehl zu erwirken, dass das Schiff Melbourne verlassen und sich nach der Ostküste begeben sollte, wo es leicht sein musste, sich desselben zu bemächtigen. Nachdem die Gesellschaft ziemlich nahe an jene Küste, aber tief in unwirtliche Wälder geführt war, in denen ihr endlich alle Hilfsquellen versiegten, sollte Ayrton einen Brief zur Besorgung an den zweiten Offizier des Duncan übernehmen, mit dem Befehle, die Yacht sofort nach der Twofold-Bai an der Ostküste, d.h. einige Tagereisen von der Stelle hinzuführen, an der die Expedition Halt gemacht hatte. Das war aber auch der von Ayrton und seinen Mitwissern verabredete Ort des Zusammentreffens.

Gerade in dem Augenblicke, da jener Brief ihm eingehändigt werden sollte, wurde der Verräter entlarvt, und vermochte nur mit knapper Not zu entfliehen. Den Brief aber, der den Duncan in seine Hand zu liefern versprach, musste er um jeden Preis erlangen. Das gelang ihm, und nach zwei Tagen kam er damit in Melbourne an.

Bis hierher hatte der Verbrecher gesiegt. Er glaubte nun den Duncan nach der erwähnten Twofold-Bai führen zu können, wo sich seine Raubgefährten desselben bemächtigen und nach Ermordung der Mannschaften Ben Joyce zum Herrn dieser Meere machen würden ... Aber Gott sollte die Ausführung seiner verderblichen Pläne kreuzen.

In Melbourne übergab Ayrton den Brief dem zweiten Offizier, Tom Austin, der davon Kenntnis nahm und das Schiff segelfertig machen ließ:

wer beschreibt aber die Enttäuschung und Wut Ayrtons, als er am Tage nach der Abfahrt erfuhr, dass der zweite Offizier das Schiff nicht nach der Ostküste Australiens, sondern nach der Neu-Seelands führte. Er wollte dem widersprechen, Tom Austin wies ihm den Brief vor! ... Wahrhaftig! Durch einen wie von der Vorsehung beabsichtigten Irrtum des französischen Geographen, der den Brief aufgesetzt hatte, bezeichnete dieser die Ostküste Neu-Seelands als Bestimmungsort.

Alle Pläne Ayrtons waren hiermit zerrissen. Er versuchte sich aufzulehnen. Man schloss ihn ein. So wurde er mit nach der Küste Neu-Seelands genommen, ohne sagen zu können, was mit seinen Raubgenossen, noch was mit Lord Glenarvan geschehen werde.

Bis zum 3. März kreuzte der Duncan hier in der Nähe der Küste. An diesem Tage vernahm Ayrton einige Detonationen. Die Kanonaden des Duncan waren es, welche Feuer gaben, und bald darauf kamen Lord Glenarvan und alle die Seinen an Bord.

Der Hergang der Sachen in der Zwischenzeit war folgender:

Nach tausend Strapazen und tausend Gefahren hatte Lord Glenarvan seine Reise fortsetzen können und die Ostküste Australiens an der Twofold-Bai erreicht. Kein Duncan zeigte sich! Er telegraphiert nach Melbourne. Man antwortet ihm: ›Duncan am 18. dieses, unbestimmt wohin, abgefahren.‹

Lord Glenarvan konnte nichts Anderes glauben, als dass die prächtige Yacht in Ben Joyces Hände gefallen und nun ein Seeräuberschiff geworden sei!

Trotz alledem dachte Lord Glenarvan, ein unerschrockener und edelmütiger Charakter, nicht daran, dem eigentlichen Zwecke seiner ganzen Reise untreu zu werden. Er schiffte sich auf einem Kauffahrer nach der Westküste Neu-Seelands ein und durchzog auch dieses Land, immer auf demselben Breitegrade, ohne von Kapitän Grant nur das Geringste aufzuspüren; an der entgegengesetzten Küste jedoch fand er zu seinem größten Erstaunen und wie durch himmlische Fügung den Duncan wieder, der unter Befehl des zweiten Offiziers seiner schon seit fünf Wochen harrte!

Das begab sich also am 3. März 1855. Lord Glenarvan befand sich wieder an Bord des Duncan, aber Ayrton ebenfalls. Dieser erschien vor dem Lord, welcher von ihm jede mögliche Auskunft über das, was er von Kapitän Grant wusste, zu erlangen suchte. Ayrton verweigerte es, zu sprechen. Lord Glenarvan eröffnete ihm in Folge dessen, dass man ihn bei der nächsten Landung den britischen Behörden überantworten werde. Ayrton blieb stumm.

Der Duncan folgte wiederum seinem von dem 37. Breitegrade vorgezeichneten Kurs. Inzwischen unternahm es Lady Glenarvan, den Widerstand des Banditen zu brechen. Ihrem Einflusse gelang es, und Ayrton schlug als Belohnung für das, was er überhaupt sagen könne, Lord Glenarvan vor, ihn statt der beabsichtigten Auslieferung an die Seebehörden auf einer der Inseln im Pazifischen Ozeane auszusetzen. Lord Glenarvan, dem es vor allem am Herzen lag, etwas über das Schicksal des Kapitän Grant zu erfahren, gab seine Zustimmung.

Ayrton erzählte nun seinen ganzen Lebenslauf, blieb aber beharrlich dabei, dass er von dem Kapitän seit dem Tage, da er von ihm an der Küste Australiens ausgesetzt wurde, Nichts wisse.

Nichtsdestoweniger hielt Lord Glenarvan sein gegebenes Wort. Der Duncan setzte seine Reise fort und kam bei der Insel Tabor an. Dort wurde denn Ayrton ausgeschifft, ebendaselbst fand man aber auch durch einen wunderbaren Zufall den Kapitän Grant mit seinen beiden Leuten genau auf dem 37. Breitegrade wieder. Der Verbrecher sollte jetzt auf dem verlassenen Eilande an deren Stelle treten; und an ihn richtete Lord Glenarvan bei der Abfahrt der Yacht noch folgende Worte:

– ›Hier, Ayrton, werden Sie von jedem Lande entfernt und außer aller Verbindung mit Menschen sein. Wunder ereignen sich nur selten, und wenn der Duncan abgesegelt ist, werden Sie diese Insel nicht mehr verlassen können. Sie werden allein sein, nur unter den Augen Gottes, der auch in den Falten der Herzen liest, aber Sie werden nicht verloren oder Ihr Aufenthalt unbekannt sein, wie es mit Kapitän Grant der Fall war. So unwert Sie des Andenkens der Menschen sein mögen, so werden doch Einige sich Ihrer erinnern. Ayrton, ich weiß, wo Sie sind, wo Sie aufzufinden sind – ich werde das nie vergessen!‹

Der Duncan setzte Segel bei und verschwand bald am Horizonte.

Man schrieb damals den 15. März 1855.[1]

Ayrton war allein, doch fehlte es ihm weder an Waffen, Werkzeugen noch an Sämereien. Für ihn, den Verbrecher, stand jetzt das von dem ehrenwerten Kapitän Grant erbaute Haus bereit. Hier sollte er sein schmachbeladenes Leben fortführen und in der Vereinsamung büßen, was er verbrochen hatte.

Meine Herren, er bereute gewiss, er schämte sich seiner Verbrechen tief, und war recht, recht unglücklich! Er nahm sich vor, wenn Menschen ihn dereinst auf seinem Eilande wieder aufsuchen sollten, der Rückkehr unter sie wieder wert zu sein! O, wie litt er, der Elende! Wie war er rastlos tätig, um sich durch die Arbeit zu läutern! Wie betete er inbrünstig um seine innere Wiedergeburt!

Zwei, drei Jahre flossen auf diese Weise dahin; niedergeschlagen durch die fürchterliche Einsamkeit, immer auslugend, ob ein Schiff wohl innerhalb des Horizontes seiner Insel erscheine, sich fragend, ob die Zeit seiner Buße bald erfüllt sei, litt er wohl mehr, als je ein Anderer! O, wie entsetzlich ist diese Verlassenheit für eine von Gewissensbissen gemarterte Seele!

Noch schien es dem Himmel aber nicht der Strafe genug für den Unglücklichen, welcher es selbst fühlte, dass er nach und nach zum Wilden wurde! Immer mehr verfiel er der Erniedrigung zum Tiere. Er kann Ihnen nicht sagen, ob das nach zwei oder drei Jahren der Verlassenheit war, dass er zu dem Elenden wurde, als welchen Sie ihn auffanden!

Ich brauche wohl nicht ausdrücklich hinzuzufügen, meine Herren, dass Ben Joyce oder Ayrton und ich – ein und dieselbe Person sind!«

Cyrus Smith und die Anderen hatten sich gegen Ende dieses Berichtes erhoben; ihre Erregtheit ließe sich nur schwer schildern, als sich so viel Elend, so viele Qual und Verzweiflung vor ihren Augen enthüllte.

»Ayrton, begann endlich Cyrus Smith, Sie waren einst ein schwerer Verbrecher, doch der Himmel muss es wissen, dass Sie auch schrecklich gebüßt haben, – er hat es dadurch bewiesen, dass er Sie wieder in menschliche Gesellschaft gelangen ließ. Ihnen ist Verzeihung geworden, Ayrton! Wollen Sie nun unser Genosse sein?«

Ayrton war zurückgetreten.

»Hier meine Hand!« sagte der Ingenieur.

Hastig ergriff Ayrton die dargebotene Rechte, und heiße Tränen rannen aus seinen Augen.

»Wollen Sie nun in Gemeinschaft mit uns leben? fragte Cyrus Smith.

– Gönnen Sie mir noch einige Frist, erwiderte Ayrton, lassen Sie mich jetzt noch allein in dem Hause bei der Hürde wohnen.

– Ganz wie Sie wollen, Ayrton«, antwortete Cyrus Smith.

Ayrton wollte sich schon zurückziehen, als der Ingenieur noch eine letzte Frage an ihn richtete:

»Ein Wort noch, mein Freund. Da es Ihre Absicht war, für sich zu leben, warum haben Sie das Dokument ins Meer geworfen, das uns auf Ihre Spuren führte?

– Ein Dokument? antwortete Ayrton verwundert, der nicht zu verstehen schien, wovon die Rede war.

– Ja wohl, jenes in einer Flasche eingeschlossene Dokument, welches wir auffanden, und das die genaue Lage der Insel Tabor angab.«

Ayrton strich, wie um sich zu entsinnen, mit der Hand über die Stirne und sagte:

»Ich habe niemals ein solches Dokument ins Meer geworfen.

– Niemals? fragte Pencroff.

– Niemals!«

Ayrton verneigte sich ein wenig und verschwand durch die Tür.

Fußnoten

1 Die hier auszugsweise mitgeteilten Ereignisse sind einem wohl auch einem Teile unserer Leser bekannten Werke unter dem Titel »Die Kinder des Kapitän Grant« entnommen. Hier und auch im Weiteren dürfte eine mangelnde Übereinstimmung der Zeitangaben auffallen; im Verlaufe der Erzählung wird man aber auch die Ursache dargelegt finden, warum die richtigen Daten nicht von vorn herein benutzt werden konnten.

Anm. d. Herausg.

ACHTZEHNTES KAPITEL.

»Der arme Mann«, sagte Harbert, nachdem er sich aus der Tür gebogen, Ayrton am Stricke des Aufzuges hinab gleiten und in der Finsternis verschwinden gesehen hatte.

»Er wird zurückkehren, sagte Cyrus Smith.

– O, Herr Cyrus, rief Pencroff, was soll das jetzt bedeuten? Wie? Dieser Ayrton ist es nicht gewesen, der jene Flasche ins Meer geworfen hat? Nun, wer denn sonst?«

Gewiss, wenn je eine Frage ihre Berechtigung hatte, so war es diese.

»Er ist es doch, meinte Nab, nur wird der Unglückliche damals schon halb vom Verstande gewesen sein.

– Ja wohl, stimmte auch Harbert zu, er hatte wahrscheinlich kein Bewusstsein mehr von dem, was er tat.

– Auf diese Weise ist das wohl allein zu erklären, fiel Cyrus Smith lebhaft ein; mir ist es jetzt ganz klar, dass Ayrton die Lage der Insel Tabor so genau anzugeben vermochte, da die Ereignisse selbst, die seiner Aussetzung auf der Insel vorhergingen, sie ihn kennen gelehrt hatten.

– Wenn er aber, fuhr Pencroff fort, noch nicht zum Tiere herabgesunken war, als er jenes Schriftstück aufsetzte, und sieben oder acht Jahre vergangen sind, seitdem er es ins Meer warf, wie kommt es, dass das Papier nicht mehr gelitten hat?

– Das beweist nur, dass Ayrton seiner Vernunft erst in einer weit späteren Periode verlustig ging, als er selbst annehmen mag.

– Es muss wohl an dem sein, antwortete Pencroff, sonst erschiene die Sache unerklärlich.

– Gewiss, unerklärlich, wiederholte der Ingenieur, der diese Unterhaltung nicht weiter ausspinnen zu wollen Luft zeigte.

– Hat aber Ayrton auch die Wahrheit gesagt? fragte der Seemann.

– Ja, meinte der Reporter. Die von ihm erzählte Geschichte trifft die Wahrheit vollständig. Ich entsinne mich sehr gut, dass die Journale sowohl über das Unternehmen Lord Glenarvans, als auch über seinen erzielten Erfolg berichtet hatten.

– Ayrton hat die Wahrheit gesprochen, fügte Cyrus Smith hinzu, zweifeln Sie daran nicht, Pencroff, denn sie war für ihn wohl grausam genug. Wenn man sich in der Art anklagt, spricht man die Wahrheit!«

Am folgenden Tage, den 21. Dezember, begaben sich die Ansiedler nach dem Strande, und als sie von dort aus das Plateau erstiegen, fanden sie Ayrton nicht mehr. Noch während der Nacht hatte Dieser sein Haus an der Hürde erreicht, und die Kolonisten auszuschweißendem wohl daran, ihm ihre Anwesenheit jetzt nicht aufzudrängen. Die Zeit würde ja vollbringen, was dem Zureden nicht gelingen wollte.

Harbert, Pencroff und Nab nahmen ihre gewohnten Beschäftigungen wieder auf. Gleichzeitig vereinigte dieselbe Arbeit Cyrus Smith und den Reporter in der Werkstatt der Kamine.

»Wissen Sie, lieber Cyrus, begann da Gedeon Spilett, dass Ihre gestrige Erklärung in Bezug auf die Flasche mich nicht vollständig befriedigt hat! Wie kann man annehmen, dass jener Unglückliche das Dokument geschrieben und die Flasche ins Meer geworfen hätte, ohne nur eine Erinnerung daran zu bewahren?

– Er wird sie auch gar nicht hineingeworfen haben, mein lieber Spilett.

– Nun, so glauben Sie also ....

– Ich glaube nichts und ich weiß nichts! antwortete Cyrus Smith, den Reporter unterbrechend. Ich begnüge mich, dieses Factum denjenigen zuzuzählen, welche zu erklären mir bis zum heutigen Tage nicht gelingen wollte!

– In der Tat, Cyrus, hier ist Manches ganz unglaublich! Zuerst Ihre Rettung, die auf dem Sande gefundene Kiste, Tops Abenteuer, endlich diese Flasche ... Sollen wir den Schlüssel zu diesen Rätseln niemals finden?

– Gewiss, versicherte rasch der Ingenieur, gewiss, und müsste ich die Insel bis in ihre innersten Eingeweide durchwühlen!

– Vielleicht lüftet einst der Zufall den Schleier dieser Geheimnisse!

– Der Zufall, Spilett, ich glaube an einen Zufall nicht mehr, als an Geheimnisse in dieser Welt. Seine Ursache hat alles, was hier auf Erden vorgeht, und diese Ursache werde ich ergründen. Inzwischen halten wir bei unserer Arbeit die Augen immer offen.«

Das Ende des Januars kam heran, mit diesem Monat begann das Jahr 1867. Die Sommerarbeiten wurden rüstig gefördert. Im Laufe der folgenden Tage konnten Harbert und Gedeon Spilett, die an der Hürde vorüber gekommen waren, bestätigen, dass Ayrton die für ihn hergestellte Wohnung bezogen habe. Er beschäftigte sich mit der zahlreichen, seiner Sorge anvertrauten Herde und ersparte seinen Gefährten so die Mühe, sich aller zwei bis drei Tage nach der Hürde zu begeben. Um Ayrton jedoch nicht allzu lange allein zu lassen, statteten ihm die Ansiedler häufiger ihren Besuch ab.

Es konnte übrigens nicht gleichgültig sein – vorzüglich nach einigen verdächtigen Wahrnehmungen, die dem Ingenieur und Gedeon Spilett aufgefallen waren – dass dieser Teil der Insel einer fortwährenden Überwachung unterlag, und von Ayrton durfte man ja erwarten, dass er die Bewohner des Granithauses über jeden Vorfall unterrichten werde.

Irgendein Zufall konnte sich wohl auch plötzlich ereignen und eine sehr schleunige Mitteilung an den Ingenieur erfordern. Ganz abgesehen von solchen Dingen, welche zu dem Geheimnisse der Insel Lincoln in unmittelbarer Beziehung standen, waren ja auch andere nicht ausgeschlossen, die eine schnelle Intervention der Kolonisten wünschenswert erscheinen ließen, wie z.B. ein an der Westküste vorübersegelndes Fahrzeug, ein Schiffbruch in jenen Gegenden, das immerhin mögliche Auftreten von Piraten usw.

Unter Berücksichtigung dieser Umstände beschloss Cyrus Smith, die Hürde in eine augenblickliche Verbindung mit dem Granithaus zu setzen.

Am 10. Januar teilte er dieses Vorhaben seinen Genossen mit.

»Wie wollen Sie das aber möglich machen, Herr Cyrus? fragte Pencroff, sollten Sie von ungefähr daran denken, einen Telegraphen zu errichten?

– Getroffen, antwortete der Ingenieur.

– Einen elektrischen? rief Harbert.

– Einen elektrischen, erwiderte Cyrus Smith. Es steht uns alles Notwendige zu Gebote, um eine Batterie herzustellen, und möchte die größte Schwierigkeit nur in der Herstellung der Eisendrähte liegen; mit Hilfe eines Zieheisens denke ich aber auch damit fertig zu werden.

– Wenn das gelingt, versetzte der Seemann, dann verzweifle ich auch nicht, uns eines Tages auf der Eisenbahn dahin rollen zu sehen!«

Man ging demnach ans Werk und begann mit dem schwersten Teile, d.h. mit der Erzeugung von Drähten; denn wenn dies missglückte, erledigte sich die Errichtung einer Batterie und des übrigen Zubehörs von selbst.

Das Eisen der Insel Lincoln zeichnete sich, wie bekannt, durch seine vortrefflichen Eigenschaften aus und erleichterte deshalb das Drahtziehen sehr wesentlich. Cyrus Smith fabrizierte zuerst ein Zieheisen, d.h. eine stählerne Platte, deren konische Löcher von verschiedenem Kaliber den Draht nach und nach bis zu dem gewünschten Durchmesser zu strecken dienen sollten. Nachdem dieses Stahlstück, wie die Metallarbeiter sagen, »glashart« gemacht worden war, befestigte man es in einem kräftigen tief in den Boden versenkten Gestelle, nur wenige Schritte von dem großen Wasserfalle, dessen motorische Kraft der Ingenieur hierbei ausnutzen wollte

Dort befand sich die jetzt außer Auszuschweißenden gesetzte Walkmühle, deren Welle aber, da sie mit großer Gewalt umgedreht wurde, ganz passend schien, den Draht dadurch zu ziehen, dass er sich über ihr aufwickelte. Die sehr leicht missglückende Operation verlangte die peinlichste Aufmerksamkeit. Das zuerst zu langen und dünnen Stäben bearbeitete Eisen, dessen Enden man mittels der Feile zugespitzt hatte, wurde in das weiteste Loch gesteckt, von dem Wellbaume durchgezogen, in einer Länge von fünfundzwanzig bis dreißig Fuß ausgedehnt, dann abgewickelt und durch Wiederholung dieser Operation bis zu dem gewünschten Grade verdünnt. Endlich erhielt der Ingenieur etwa vierzig bis fünfzig Fuß lange Drähte, die leicht zu verknüpfen und längs der Strecke von fünf Meilen, von der Hürde bis zum Granithaus, auszuspannen waren.

Es bedurfte nur einiger Tage, um diese Arbeit auszuführen, und als die Maschinerie einmal im regelrechten Gange war, ließ Cyrus Smith seine Gefährten allein als Drahtzieher in Auszuschweißenden sein, während er sich mit Herstellung der Batterie beschäftigte.

Für den vorliegenden Zweck brauchte man eine Säule mit möglichst konstantem Strome. Bekanntlich bestehen die jetzt gebräuchlichen Batterien gewöhnlich aus Gaskohle oder Zink und Kupfer. Letzteres fehlte dem Ingenieur ganz und gar; nicht eine Spur davon hatte man bis jetzt auf der Insel gefunden, so dass man von diesem Metall absehen musste. Die Gaskohle, d.h. den harten Graphit, der sich in den Gasretorten bei der Zersetzung der Kohlen bildet, hätte man wohl erzeugen können, doch nicht ohne neu anzufertigende Apparate und umständliche Arbeit. Das Zink betreffend, erinnerte man sich, dass die an der Seetriftspitze gefundene Kiste mit solchem ausgeschlagen war; ein Umstand, der für die vorliegende Absicht sehr erwünscht kam.

Nach reiflicher Überlegung beschloss Cyrus Smith, eine sehr einfache Säule, ähnlich der im Jahre 1820 von Becquerel erfundenen, zu fabrizieren, in welcher von Metallen allein das Zink zur Anwendung kommt. Das weiter nötige Material, Salpetersäure und Pottasche, hatte er ja an der Hand.

Im Nachfolgenden geben wir eine Beschreibung jener Batterie, deren Wirkung auf der gegenseitigen Reaktion der Säure und der Pottasche beruhte.

Man stellte zunächst eine gewisse Anzahl Glasgefäße dar, die mit Salpetersäure gefüllt wurden. Oben verschloss dieselben eine Art Pfropfen, durch welchen ein Glasrohr ging, das an seinem unteren Ende durch einen Tonpfropfen verstopft, in die Säure tauchte. Dieses Rohr nun ward mit einer Pottaschelösung angefüllt, die vorher durch Einäscherung verschiedener Pflanzen erhalten worden war, so dass also Säure und Pottasche durch den porösen Ton hindurch auf einander wirken konnten.

Dann nahm Cyrus Smith zwei Zinkstreifen, senkte den einen in die Salpetersäure und den anderen in die alkalische Lösung. Bei Verbindung der beiden Metallstreifen entstand sofort ein Strom; nun verband man aber das Zinkstück je eines Troges mit dem Zinkstück des Glasrohres im nächsten usw., und erhielt so eine wirksame Batterie, welche jedem Bedürfnisse der elektrischen Telegraphie genügen musste.

Das war der sinnreiche und einfache Apparat, den Cyrus Smith konstruierte, ein Apparat, der eine telegraphische Verbindung zwischen dem Granithaus und der Hürde herzustellen versprach.

Am 6. Februar begann man mit Aufstellung der Pfähle samt gläsernen Isolatoren, auf denen der Draht längs der Straße zur Hürde hinlaufen sollte.

Wenige Tage später war die Leitung vollendet, welche mit der Schnelligkeit von 100,000 Meilen in der Sekunde den elektrischen Strom dahin blitzen lässt, den die Erde selbst bis zu seiner Ausgangsstelle zurückführt.

Man verfertigte übrigens zwei Batterien, die eine für das Granithaus, die andere für die Station an der Hürde, denn wenn letztere mit dem Granithaus sollte kommunizieren können, musste es doch auch ratsam erscheinen, von hier aus nach jener Mitteilungen abgeben zu können.

Die Telegraphen-Apparate selbst waren höchst einfach. An beiden Stationen endete der Draht als Rolle an einem Elektromagnete, d.h. über einem Stück weichen Eisens, das er in vielfachen Windungen umkreiste. Schloss man die beiden Pole, so durchlief der Strom vom positiven Pole aus den Draht, dann den Elektromagnet, der augenblicklich magnetisch wurde, und kehrte durch den Erdboden zu dem negativen Pole zurück. Unterbrach man den Strom, so verlor der Elektromagnet ebenso schnell seine anziehende Eigenschaft. Es genügte also unter demselben ein Stück weiches Eisen, einen Anker, anzubringen, das während der Strombewegung angezogen wurde und wieder abfiel, wenn man jenen unterbrach. Diese Ankerbewegung vermochte Cyrus Smith sehr leicht auf eine über einem Kreisbogen bewegliche Nadel zu übertragen (welcher letzterer die Buchstaben des Alphabetes enthielt), und auf diese Weise von einer Station nach der andern zu korrespondieren.

Am 12. Februar war die ganze Einrichtung fertig. An diesem Tage telegraphierte Cyrus Smith zum ersten Male, fragte an, ob bei der Hürde alles gut gehe, und erhielt schon nach wenig Augenblicken von Ayrton eine recht befriedigende Antwort.

Pencroff wusste sich vor Freude gar nicht zu lassen und sandte jeden Morgen und jeden Abend ein Telegramm nach der Hürde, welches niemals ohne Erwiderung blieb.

Diese Art der Verbindung bot zwei wichtige Vorteile, da sie erstens Gelegenheit gab, sich zu überzeugen, dass Ayrton bei der Hürde anwesend war, und zweitens auch, dass jener sich dadurch nicht in vollkommener Einsamkeit befand. Außerdem ließ aber Cyrus Smith nie eine Woche vorübergehen, ohne Ayrton zu sehen, und dieser kam selbst von Zeit zu Zeit nach dem Granithaus, wo er stets die freundlichste Aufnahme fand.

So verfloss die schöne Jahreszeit immer unter den gewöhnlichen Arbeiten. Die Hilfsquellen der Kolonie, vorzüglich die an Gemüse und Gartengewächsen, wuchsen von Tag zu Tag, und auch die von der Insel Tabor eingeführten Pflanzen gediehen ganz nach Wunsch. Das Plateau der Freien Umschau gewährte einen recht behaglichen Anblick.

Die vierte Kornernte fiel ganz ausgezeichnet aus, und natürlich unterzog sich Niemand der Mühe, zu zählen, ob sie wirklich die berechneten 400 Milliarden Körner enthielt. Pencroff war nahe daran, diesen nutzlosen Versuch zu beginnen, aber Cyrus Smith belehrte ihn, dass wenn er auch hundertundfünfzig Körner in der Minute, also 9000 in der Stunde zu zählen vermöchte, er doch ungefähr 5500 Jahre brauchen würde, jene Masse zu bewältigen; eine Zeit, gegenüber der der wackere Seemann doch auf seinen Versuch verzichten zu sollen glaubte.

Das Wetter war prächtig und die Temperatur den Tag über meist sehr warm; wenn aber der Abend kam, kühlte ein erquickender Seewind die Glut der Atmosphäre, so dass sich die Bewohner des Granithauses immer angenehmer, frischer Nächte erfreuten. Einige Gewitter gab es freilich mitunter, und wenn sie auch niemals lange andauerten, so traten sie doch auf der Insel Lincoln mit ungewöhnlicher Gewalt auf. Mehrere Stunden über setzten die Blitze dann den ganzen Himmel in Flammen und ununterbrochen rollte der mächtige Donner dazu.

Die gesamte Kolonie zeigte jetzt das glücklichste Gedeihen. Die Bewohner des Hühnerhofes vermehrten sich über die Maßen und lieferten reichlich köstliche Nahrung, so dass man selbst genötigt war, jene auf eine mäßigere Zahl zu beschränken. Auch die Schweine hatten Junge geworfen, und man wird sich nicht verwundern, dass die Abwartung dieser Tiere Nabs und Pencroffs Zeit sehr vielfältig in Anspruch nahm. Die Quaggas, um welche auch zwei reizende Junge herum hüpften, dienten Gedeon Spilett und Harbert zum, Reiten, denn letzterer war unter des Reporters Anleitung ein sehr tüchtiger Kavalier geworden, doch man spannte sie auch vor den Wagen, um entweder Holz oder Kohle und andere mineralische Produkte, die der Ingenieur brauchte, anzufahren.

Um diese Zeit drang man auch gelegentlich noch tiefer in die dichten Wälder des fernen Westens ein. Gerade auf diesen Wegen hatten die Wanderer am wenigsten von der Hitze zu leiden, da die Sonnenstrahlen kaum das dichte Blätterdach zu durchdringen vermochten, das sich über ihren Häuptern wölbte.

Bei diesen Ausflügen mussten die Kolonisten aber stets gut bewaffnet sein, denn nicht selten begegneten sie sehr wilden gewaltigen Ebern, gegen welche eine nachdrückliche Verteidigung notwendig wurde.

In derselben Jahreszeit führte man auch gegen die Jaguars einen wahren Vernichtungskrieg. Gedeon Spilett hatte jenen einen ganz besonderen Hass geschworen, und sein Schüler Harbert unterstützte ihn nach Kräften. Bei ihrer Bewaffnung fürchteten sie die Begegnung einer solchen Bestie ganz und gar nicht. Die Kühnheit Harberts war eben so bewundernswert, wie die Kaltblütigkeit des Reporters. Schon zierten gegen zwanzig prächtige Felle den großen Saal des Granithauses, und wenn das so fort ging, musste auf der Insel das Geschlecht der Jaguars bald ausgerottet sein, ein Ziel, das die beiden Jäger stets vor Augen hatten.

Dann und wann nahm auch der Ingenieur Teil an jenen Ausflügen in die unbekannteren Gegenden der Insel, die er immer mit aufmerksamem Auge musterte. In den Dickichten der ausgedehnten Wälder suchte er nach anderen Spuren, als solchen von Tieren, fand aber niemals irgendetwas Verdächtiges. Weder Top noch Jup, die untrennbaren Begleiter, verrieten jemals irgendetwas Ungewöhnliches, und doch wiederholte sich das Gebell des Hundes an dem vom Ingenieur erfolglos untersuchten Schachte noch mehrmals wieder.

Zu dieser Zeit nahmen auch Gedeon Spilett und Harbert mittels des photographischen Apparates einige der pittoresksten Partien der Insel auf, nachdem jener Apparat bis jetzt unbenutzt gelegen hatte.

An Vollständigkeit ließ jener nichts zu wünschen übrig. Er war mit einem lichtkräftigen Objektiv ausgerüstet; aber weder die nötigen Chemikalien, noch das Kollodium zum Überziehen der Glasplatten, das Silbernitrat zur Sensibilisierung derselben, das unterschweflig saure Natron zur Fixierung des hervorgerufenen Bildes, noch der Salmiak zum Schwemmen des für die positiven Kopien bestimmten Papieres, noch endlich das essigsaure Natron und das Goldchlorid zum Schönen der Letzteren fehlten hier. Es fand sich gechlortes Papier sogar schon fertig vor, so dass man, um es zum Kopieren unter die negativen Platten zu legen, nur nötig hatte, dasselbe einige Minuten auf der wässerigen Lösung des Silbernitrats zu schwemmen.

In kurzer Zeit bildeten sich der Reporter und sein Gehilfe zu gewandten Photographen aus und erzielten recht gelungene Aufnahmen von Landschaften, wie z.B. ein Gesamtbild der Insel, vom Plateau der Freien Umschau aus gesehen, mit dem Franklin-Berge im Hintergrunde; die so schön zwischen ihre Uferfelsen eingezwängte Mündung der Mercy; den Wiesengrund und die Hürde am Fuße des Vorberges; die sonderbare Gestaltung des Krallen-Kaps, die Seetriftspitze usw.

Die Künstler vergaßen natürlich auch nicht, alle Mitglieder der Kolonie, ohne jede Ausnahme, abzukonterfeien.

»Immer heran, meine Herren«, rief Pencroff.

Den Seemann entzückte der Gedanke, ein getreues Abbild seines Gesichtes zu erhalten und die Wand des Granithauses damit zu schmücken, so dass er oft mit Vorliebe vor dieser Ausstellung und mit einer Andacht wie vor dem reichsten Schaufenster des Broadway stehen blieb.

Eingestandenermaßen war aber das Porträt des Meister Jup am besten ausgefallen. Meister Jup hatte mit einem gar nicht zu beschreibenden Ernste zur Aufnahme gesessen, und sein Gesicht schien wahrhaft sprechend!

»Man sollte meinen, er wollte einem ein Gesicht schneiden!« sagte Pencroff.

Und wenn Meister Jup selbst nicht zufrieden gewesen wäre, so hätte er sehr peinlicher Natur sein müssen; doch er war es und betrachtete sein Bild mit sentimentaler Miene, der eine gute Portion Abgeschmacktheit beigemischt war.

Mit dem Monat März ließ die starke Sonnenhitze nach; trotz des Eintritts regnerischer Witterung blieb es aber doch noch ziemlich warm. Der März, der dem September der nördlichen Erdhälfte entspricht, hielt sich nicht so schön, als man erwartet hätte. Vielleicht verkündigte er einen zeitigen und strengen Winter.

Eines Morgens – am 21. – glaubte man sogar, dass schon der erste Schnee gefallen sei, und Harbert, der zu sehr früher Stunde zum Fenster hinaussah, rief wirklich:

»Heda! Die Insel ist mit Schnee bedeckt.

– Schnee zu dieser Jahreszeit?« rief verwundert der Reporter und gesellte sich zu dem jungen Manne.

Bald waren auch die Übrigen da und konnten jedoch nur die eine Tatsache konstatieren, dass nicht nur das Eiland, sondern auch der ganze Strand bis zum Fuß des Granithauses mit einer dichten gleichmäßigen, weißen Lage bedeckt war.

»Das ist doch Schnee, meinte Pencroff.

– Sieht ihm mindestens sehr ähnlich, antwortete Nab.

– Das Thermometer zeigt aber 14° über Null«, bemerkte Gedeon Spilett.

Cyrus Smith betrachtete die weiße Fläche, ohne sich noch auszusprechen, denn er wusste sich diese Erscheinung bei jetziger Jahreszeit und verhältnismäßig hoher Temperatur nicht zu erklären.

»Tausend Teufel, rief Pencroff, da werden unsere Anpflanzungen verloren sein!«

Schon rüstete sich der Seemann, hinabzusteigen, als ihm Jup zuvor kam, der an dem Seile bis zum Erdboden hinunterglitt.

Kaum hatte der Orang-Utan aber den Strand erreicht, als die ungeheure Schneedecke sich erhob und in der Luft in so unzähligen großen Flocken umher wirbelte, dass das Licht der Sonne einige Minuten verdunkelt wurde.

»Das sind ja Vögel!« rief Harbert.

In der Tat waren es nichts Anderes, als ganze Schwärme von Seevögeln mit blendend weißem Gefieder, die sich zu Hunderttausenden auf der Insel niedergelassen hatten und jetzt schon in der Ferne verschwanden, während die Kolonisten unter dem Eindrucke etwa einer Verwandlung in einer Feerie erstaunt an den Fenstern standen. Leider hatte sich diese Verwandlung so schnell vollzogen, dass weder der Reporter noch der junge Mann einen dieser Vögel, deren Art sie nicht erkannten, zu erlegen vermochten.

Einige Tage später, am 26. März, ging das zweite Jahr zu Ende, seitdem die Kolonisten auf der Insel Lincoln niedergefallen waren!

NEUNZEHNTES KAPITEL.

Schon zwei Jahre! Und zwei lange Jahre entbehrten die Kolonisten jeder Verbindung mit anderen Menschen! Unbekannt mit den Ereignissen auf dem Welttheater, lebten sie ebenso verloren auf ihrer Insel, wie etwa auf dem fernsten Asteroiden des Sonnensysteme.

Was mochte jetzt in ihrem Vaterlande vorgehen? Immer drängte sich das Bild der Heimat vor ihre Augen, die sie verlassen hatten, zerrissen durch den Bürgerkrieg, und die vielleicht noch jetzt durch die Empörung der Südstaaten mit Blut getränkt wurde! Wohl war das für sie ein peinlicher Schmerz, und oft unterhielten sie sich davon, doch ohne jemals zu zweifeln, dass die Sache des Nordens zur Ehre der Union ja endlich siegen müsse.

Während dieser zwei Jahre war kein Schiff bei der Insel Lincoln vorüber gekommen, mindestens kein Segel wahrgenommen worden. Es lag auf der Hand, dass diese Insel sich außerhalb der befahrenen Straßen befand, und wahrscheinlich noch nicht einmal bekannt war – was man den Karten nach annehmen musste – denn trotz des Mangels eines eigentlichen Hafens hätte ihr Reichtum an Wasser doch solche Schiffe anziehen müssen, welche ihre Vorräte an jenem zu erneuern wünschten.

Immer blieb das umgebende Meer aber verlassen, soweit es auch der Blick beherrschen mochte, und die Kolonisten durften wohl nur auf sich allein zählen, wenn sie je ihr Vaterland wieder zu sehen hofften.

Noch eine Aussicht auf Erlösung gab es freilich, und über diese verhandelte man dann an einem Tage der ersten Aprilwoche sehr ausführlich, als die Kolonisten im großen Saale des Granithauses beisammen saßen.

Das Gespräch betraf eben Amerika, das geliebte Vaterland, welches wieder zu sehen man so wenig Hoffnung hatte.

»Entschieden bleibt uns nur ein Mittel übrig, sagte Gedeon Spilett, ein einziges, um die Insel Lincoln zu verlassen, und das besteht in der Erbauung eines auch für größere Entfernungen seetüchtigen Schiffes. Mir will es scheinen, dass wer eine Schaluppe bauen konnte, auch mit einem Seeschiffe zu Stande kommen müsse.

– Und dass man ebenso gut nach dem Pomotu-Archipel segeln kann, wie nach der Insel Tabor, fügte Harbert hinzu.

– Ich bestreite das nicht, antwortete Pencroff, der in allen das Seewesen betreffenden Fragen eine entscheidende Stimme hatte, ich bestreite das nicht, obwohl es nicht ein und dasselbe ist, kurze oder lange Entfernungen zurück zu legen. Wäre unsere Schaluppe auf der Fahrt nach der Insel Tabor auch von noch schlimmerem Wetter heimgesucht worden, so wussten wir doch, dass auf der einen oder der anderen Seite ein Hafen nicht allzu weit war. Aber 1200 Meilen zu durchsegeln ist ein gutes Stück Wegs, und so weit liegt das nächste Land doch mindestens von uns entfernt.

– Würden Sie im gegebenen Falle vor diesem Versuche zurückschrecken, Pencroff, fragte der Reporter.

– Ich unternehme alles, was Sie verlangen, Herr Spilett, erwiderte der Seemann, und Sie kennen mich wohl auch nicht als den Mann, der sich bange machen lässt.

– Ich bemerke übrigens, fiel Nab ein, dass wir noch einen zweiten Seemann unter uns haben.

– Wen denn? fragte Pencroff.

– Ayrton.

– Das ist wahr, sagte Harbert.

– Wenn er der Sache zustimmte! warf Pencroff ein.

– Gut! sagte der Reporter, glauben Sie denn, dass Ayrton, wenn Lord Glenarvans Yacht sich während der Zeit seines dortigen Aufenthalts bei der Insel Tabor zeigte, es abgeschlagen hätte, mit derselben abzureisen?

– Sie vergessen, meine Freunde, sagte Cyrus Smith, dass Ayrton während der letzten Jahre nicht zurechnungsfähig war. Darin liegt aber auch nicht der Schwerpunkt der Frage. Für uns handelt es sich darum, zu wissen, ob wir die Rettung durch das schottische Schiff unseren Aussichten für die Zukunft mit Recht beizählen dürfen oder nicht. Lord Glenarvan hat Ayrton übrigens angedeutet, dass er einst, wenn er jenes Verbrechen für gesühnt erachte, wiederkehren werde, um ihn aufzunehmen, und daran glaube ich auch.

– Ja, meinte der Reporter, ich bin sogar der Ansicht, dass er nun bald kommen müsse, da Ayrton schon vor zwölf Jahren ausgesetzt wurde!

– Rücksichtlich des Lords und seiner vielleicht nahe bevorstehenden Wiederkunft, sagte Pencroff, stimme ich wohl ganz mit Ihnen überein. Doch wo wird er dann landen? – An der Insel Tabor und nicht an der Insel Lincoln!

– Das ist umso mehr anzunehmen, meinte Harbert, als Letztere noch auf keiner Karte verzeichnet zu sein scheint.

– So werden wir, meine Freunde, fuhr der Ingenieur fort, die nötigen Maßregeln treffen müssen, um Ayrtons und unsere Anwesenheit auf der Insel Lincoln auch auf Tabor zu signalisieren.

– Gewiss, nahm der Reporter das Wort, und zu dem Zwecke dürfte sich Nichts mehr empfehlen, als in der Hütte, die Kapitän Grant und Ayrton als Wohnung gedient hat, eine Notiz über die genaue Lage unserer Insel zu hinterlegen, welche Lord Glenarvan oder einer aus seiner Mannschaft zweifellos auffinden würde.

– Es ist recht bedauerlich, sagte der Seemann, dass wir bei unserer ersten Fahrt nach Tabor diese Vorsicht außer Acht ließen.

– Warum geschah das? antwortete Harbert. Bis jetzt kannten wir weder Ayrtons Geschichte, noch ahnten wir, dass je eine Wiederabholung desselben in Aussicht stehe; und als wir jene erfuhren, verbot die schon zu weit vorgeschrittene Jahreszeit, noch einmal nach der Insel Tabor zu segeln.

– Ja wohl, stimmte auch Cyrus Smith bei, dazu war und ist es jetzt zu spät, und werden wir den Wiedereintritt des kommenden Frühlings abwarten müssen.

– Wenn die schottische Yacht aber inzwischen dort anliefe? warf Pencroff ein.

– Das ist kaum anzunehmen, erwiderte der Ingenieur, da Lord Glenarvan nicht gerade die Wintersaison zu einer Reise in so entlegene Meere wählen wird. Entweder hat er jetzt, seitdem Ayrton bei uns lebt, Tabor schon wieder aufgesucht und die Rückreise angetreten, oder er trifft erst später ein, so dass es Zeit sein wird, in den ersten schönen Oktobertagen nach Tabor zu segeln, um die betreffenden Nachrichten dort zu deponieren.

– Man muss gestehen, meldete sich auch Nab, dass es wirklich ein Unglück wäre, wenn der Duncan sich gerade in den letzten fünf Monaten dort gezeigt hätte.

– Ich hoffe, das wird nicht der Fall sein, antwortete Cyrus Smith; der Himmel wird uns die günstigste Aussicht auf Erlösung nicht schon geraubt haben.

– Und ich glaube, bemerkte der Reporter, wir werden auch darüber nach einem zweiten Besuche der Insel Tabor klar sehen, denn die Schotten müssen doch irgendwelche Spuren ihrer Anwesenheit hinterlassen haben.

– Das versteht sich, erwiderte der Ingenieur. Nun also, meine Freunde, da uns diese Aussicht heimzukehren noch offen bleibt, so warten wir jetzt in Geduld; ist sie uns genommen, so werden wir dann sehen, was zu tun ist.

– Jedenfalls, betonte Pencroff, verlassen wir die Insel, wenn es einmal geschieht, nicht deshalb, weil es uns hier schlecht ergangen wäre!

– Nein, Pencroff, beruhigte ihn der Ingenieur, nur weil wir fern von allem sind, was dem Menschenherzen auf der Welt das Teuerste ist, fern von den Unseren, von Freunden, fern vom Heimatlande!«

Nach Klarlegung dieser Verhältnisse dachte man zunächst nicht mehr daran ein Schiff zu erbauen, das groß und seetüchtig genug wäre, entweder nach Norden bis zu den dort verstreuten Inselgruppen, oder nach Westen, bis Neu Seeland, zu segeln, und beschäftigte sich angesichts der bevorstehenden dritten Überwinterung mit den hergebrachten Arbeiten im Granithaus.

Auf jeden Fall wurde beschlossen, mittels der Schaluppe noch vor Eintritt allzu ungünstiger Tage eine Umsegelung der ganzen Insel vorzunehmen. Noch waren deren Küsten nicht vollständig erforscht und hatten die Kolonisten z.B. von dem zwischen dem Kaskadenflusse und den Kiefern-Kaps nördlich und westlich verlaufenden Gestade nur eine sehr oberflächliche Kenntnis, ebenso wie von der engen Bucht, welche letztere wie einen Haifischrachen umschlossen.

Der Vorschlag zu diesem Ausfluge ging von Pencroff aus, erfreute sich aber sofort auch der Zustimmung des Ingenieurs, der selbst diesen Teil ihres Gebietes genauer kennen zu lernen wünschte.

Trotz der schon etwas veränderlichen Witterung zeigte das Barometer doch keine zu großen Schwankungen, so dass man wohl auf erträgliches Wetter hoffen durfte. In der ersten Aprilwoche kündigte sich das Steigen der Quecksilbersäule, nach vorausgegangenem bedeutenden Fallen derselben, durch einen kräftigen fünf bis sechs Tage anhaltenden Westwind an; bei 28,° Zoll (= 759^{mm},45) wurde die Nadel stationär, und somit schienen die Umstände der Exkursion günstig.

Als Tag der Abreise bestimmte man den 16. April und versorgte den im Ballonhafen ankernden Bonadventure mit dem nötigen, für eine ausgedehntere Fahrt bemessenen Proviant.

Cyrus Smith benachrichtigte auch Ayrton von der bevorstehenden Reise, mit der Einladung, sich ihr anzuschließen; da es dieser aber vorzog auf dem Lande zu bleiben, so einigte man sich dahin, dass er für die Dauer der Abwesenheit seiner Genossen im Granithaus Wohnung nehmen sollte. Meister Jup blieb ihm zur Gesellschaft da und erhob dagegen keinerlei Einwendung.

Am Morgen des 16. April schifften sich alle Kolonisten in Begleitung Tops ein. Der Wind, eine gute Brise, wehte aus Südwesten und musste der Bonadventure beim Verlassen des Ballonhafens lavieren, um nach dem Schlangenvorgebirge zu gelangen. Von den neunzig Meilen des Inselumfangs kamen zwanzig auf die Südküste von jenem Hafen bis zu dem Vorgebirge. Diese zwanzig Meilen musste man also möglichst dicht gegen den Wind fahren, da derselbe vollkommen entgegengesetzt blies.

Diese erste Strecke bis zu jenem Landvorsprünge nahm den ganzen Tag in Anspruch, denn beim Verlassen des Hafens kam dem Schiffe die Ebbe nur noch zwei Stunden lang zu statten, während es nachher sechs Stunden lang gegen die Flut anzukämpfen hatte. So kam die Nacht heran, bis man das Vorgebirge umsegelte.

Pencroff schlug dem Ingenieur vor, mit zwei gerefften Segeln und verminderter Schnelligkeit weiter zu fahren; Cyrus Smith zog es jedoch vor, einige Kabellängen vom Lande entfernt zu ankern, um den nächst anliegenden Küstenstrich bei Tage zu Gesicht zu bekommen. Gleichzeitig wurde, da es eine genaue Erforschung der Küste galt, festgesetzt, in der Nacht überhaupt nicht zu segeln, und also auch am kommenden Abend so nahe am Lande, als Wind und Wetter es gestatten würden, Anker zu werfen.

Die Nacht verbrachte man demnach vor Anker in der Nähe des Vorgebirges, und da auch der Wind sich mit Eintritt der Dunkelheit gelegt hatte, störte nichts die friedliche Ruhe. Die Passagiere, mit Ausnahme des Seemannes, schliefen vielleicht auf dem Bonadventure nicht ganz so gut, als in ihren Betten im Granithaus, indes sie schliefen doch.

Am andern Tage, den 17. April, setzte Pencroff mit Anbruch des Tages Segel bei, und konnte mit voller Leinwand und Backbordhalfen dicht an der Westküste hin fahren.

Die Ansiedler kannten zwar dieses prächtig bewaldete Gestade, da sie schon zu Fuß an seinem Saume gewandert waren, und dennoch erregte es ihre ungeteilte Bewunderung. Sie glitten so nahe als möglich am Lande hin, mäßigten die Schnelligkeit des Schiffes, um alles ins Auge fassen zu können, und wichen nur einzelnen Baumstämmen aus, welche da und dort umher schwammen. Einige Male warfen sie sogar Anker und Gedeon Spilett nahm etliche Ansichten dieses herrlichen Ufers photographisch auf.

Gegen Mittag war der Bonadventure bei der Mündung des Kaskadenflusses angelangt. Über diesen hinaus, am rechten Ufer desselben, zeigten sich wiederum Bäume, die jedoch minder dicht standen, und drei Meilen weiter bildeten sie nur noch einzelne Gruppen zwischen den westlichen Ausläufern des Berges, deren unfruchtbare Kämme sich bis zum Ufer erstreckten.

Welch' ein Unterschied zwischen dem südlichen und dem nördlichen Teile dieser Küste. So bewaldet und mit Grün geschmückt die eine war, so rau und wild erschien die andere! Man hätte eins jener »eisernen Gestade«, wie man sich in manchen Ländern ausdrückt, zu sehen geglaubt, und seine zerrissene Gestaltung schien darauf hinzudeuten, dass hier der in geologischen Zeiten feurig-flüssige Basalt in überstürzter Kristallisation angeschossen sei – ein Wirrwarr von erschreckendem Aussehen, der die Kolonisten, wenn sie zufällig auf diese Küste niedergefallen wären, gewiss tief entmutigt hätte. Bei ihrem Besuche des Franklin-Berges hatten sie den düsteren Charakter dieses Küstenstriches des hohen Standpunktes wegen nicht so deutlich wahrnehmen können; vom Meere aus gesehen bot dieses Gestade aber einen so fremdartigen Anblick, wie er sich wohl kaum in irgend einem Erdenwinkel wiederfinden möchte.

Der Bonadventure passierte die Küste in der Entfernung einer halben Meile. Es war leicht zu erkennen, dass sie aus Blöcken jeder Größe, von zwanzig bis dreihundert Fuß Höhe, und jeder Form bestand, aus zylindrischen und prismatischen Gestalten, welche Türmen, pyramidalen, welche Obelisken, und leicht konischen, welche Fabrikschornsteinen ähnelten. Das Packeis der nördlichen Meeres konnte trotz seiner furchtbaren Schönheit nicht launenhafter unter einander gewürfelt sein! Hier spannten sich Brückenbogen von einem Felsblock zum anderen, dort strebten Spitzbögen wie in einem Kirchenschiffe, dessen Tiefe man nicht absehen konnte, kühn empor; an manchen Stellen zeigten sich Aushöhlungen in wahrhaft monumentalen Verhältnissen, an anderen eine Unmasse von Nadeln, kleinen Pyramiden und Spitztürmchen in größerer Zahl, als sie je eine gotische Kathedrale schmückten. alle Launen der Natur, die unsere Phantasie so weit überbietet, waren über diese Uferstrecke verstreut, welche sich zwischen acht bis neun Meilen lang ausdehnte.

Mit einem Erstaunen, das sie sprachlos machte, ließen Cyrus Smith und seine Begleiter ihre Blicke umherschweifen. Doch wenn diese auch stumm blieben, so verhinderte das Top nicht, durch sein Bellen das tausendfache Echo jener Basaltwälle wach zu rufen. Dem Ingenieur wollte es sogar scheinen, als habe sein Gebell dieselbe Eigenartigkeit, wie er es von dem Hunde schon an der Schachtmündung vernommen hatte.

»Legen wir uns noch näher an die Küste«, sagte er.

So nahe als möglich streifte der Bonadventure die Felsen des Ufers.

Vielleicht kam dort eine der genaueren Untersuchung werte Grotte zum Vorschein? – Doch Cyrus Smith sah nichts dergleichen, keine Höhle, keine Ausbuchtung, welche irgend einem lebenden Wesen hätte als Zuflucht dienen können, denn der Fuß der Felsen badete sich überall in dem brandenden Wasser. Bald ließ auch Tops Unruhe nach, und das Schiff entfernte sich wieder auf einige Kabellängen vom Ufer.

Im nordwestlichen Teile der Insel wurde der Strand flach und sandig. Nur selten unterbrachen einzelne Bäume das tiefe, sumpfigere Land, das den Ansiedlern schon bekannt war, und hier bekundete sich wieder, im grellen Gegensatz zu der anderen so verödeten Küste, durch unzählige Wasservögel ein lautes, üppiges Leben.

Gegen Abend ankerte der Bonadventure in einer leichten Einsenkung des Ufers im Norden der Insel, und wegen der hinreichenden Wassertiefe sehr dicht am Lande. Die Nacht verlief friedlich, denn die Brise war so zu sagen eingeschlafen und erwachte erst wieder mit dem Morgenrote des jungen Tages.

Da sich eine Landung hier unschwer bewerkstelligen ließ, so gingen die konzessionierten Jäger der Kolonie, nämlich Harbert und Gedeon Spilett, ans Land und kehrten nach mehreren Stunden mit einigen Reihen Enten und Bekassinen an Bord zurück. Top errang sich dabei alle Anerkennung, und dank seiner hurtigen Gewandtheit war keine einzige Jagdbeute verloren gegangen.

Um acht Uhr morgens setzte der Bonadventure wieder Segel bei und fuhr sehr schnell nordwärts auf das Kiefern-Kap zu, denn nicht nur hatte er den Wind im Rücken, sondern die Brise schien auch auffrischen zu wollen.

»Übrigens, ließ sich da Pencroff vernehmen, würde es mich gar nicht wundern, wenn ein steifer Westwind im Anzuge wäre. Gestern ging die Sonne sehr rot unter, und heute zeigen sich da oben ›Windbäume‹, welche nicht viel Gutes weissagen.«

Diese Windbäume bestehen aus langgestreckten, gewissermaßen aufgefaserten Zirruswolken, die über den Zenit verstreut und niemals unter 5000 Fuß über dem Meere anzutreffen sind. Sie ähnelten fast leichten, langgezogenen Wattebäuschchen, und verkündigt deren Auftreten meist einen bevorstehenden Kampf in den Schichten des Luftmeeres.

»Nun, dann wollen wir, sagte Cyrus Smith, so viel Leinwand als möglich geben und den Haifisch-Golf noch zu erreichen suchen. Ich denke, in ihm wird der Bonadventure vollkommen gesichert sein.

– Gewiss, bestätigte Pencroff; zudem besteht die nördliche Küste auch nur aus kaum bemerkenswerten Sandbänken.

– Ich wäre nicht böse darüber, fügte der Ingenieur hinzu, nicht nur die Nacht, sondern auch den folgenden Tag noch in jener Bai, die gewiss der aufmerksamsten Untersuchung wert ist, zuzubringen.

– Und ich glaube, erwiderte Pencroff, wir werden dazu gezwungen sein, ob wir nun wollen oder nicht, denn im Westen nimmt mir der Himmel ein zu bedrohliches Aussehen an. Sehen Sie nur, wie sich das Gewölk dort zusammen ballt!

– Jedenfalls begünstigt uns jetzt der Wind, um das Kiefern-Kap zu erreichen, bemerkte der Reporter.

– Jetzt ganz ausnehmend, antwortete der Seemann, doch um in den Golf einzulaufen, werden wir lavieren müssen, und in jenem mir gänzlich unbekannten Wasser hätte ich gern noch volles Tageslicht.

– Ja, das Wasser dort mag wohl reich an Klippen sein, fügte Harbert hinzu, wenn man nach dem urteilt, was wir auf der Südseite des Haifisch-Golfs gesehen haben.

– Sie werden Ihr Bestes tun, Pencroff, fiel Cyrus Smith ein, wir vertrauen ganz auf Sie!

– Seien Sie ruhig, Herr Cyrus, antwortete der Seemann, ich werde mich nicht unnötig einer Gefahr aussetzen! Lieber einen Messerstich ins eigene lebende Fleisch, als einen Felsenstoß gegen das meines Bonadventure!«

Unter dem lebenden Fleisch des Schiffes verstand Pencroff den im Wasser gehenden Teil seines Rumpfes, und den hütete Pencroff mehr als die eigene Haut!

»Wie viel Uhr ist es? fragte er.

– Um zehn Uhr, antwortete Gedeon Spilett.

– Und wie weit haben wir noch bis zum Cap, Herr Cyrus?

– Gegen fünfzehn Meilen.

– Das ist eine Sache von zweieinhalb Stunden, sagte darauf der Seemann; zwischen zwölf und ein Uhr schwimmen wir dem Kap gegenüber. Leider wechseln dann gerade die Gezeiten und veranlasst die Ebbe eine scharfe Strömung aus dem Golfe. Wind und Wasser entgegen dürfte es uns wohl schwer werden, in jenen einzufahren.

– Zumal, da wir heute Vollmond haben, setzte Harbert hinzu, und die Flut im April gewöhnlich eine sehr hohe ist.

– Können wir aber nicht an der Spitze des Caps vor Anker gehen? fragte Cyrus Smith.

– Mit der Nase am Land liegen bei dem drohenden schlechten Wetter! rief der erfahrene Seemann. Wo denken Sie hin, Herr Cyrus? Das hieße sich freiwillig auf den Strand setzen wollen!

– Nun, und was denken Sie zu tun?

– Ich will versuchen, mich bis zum Eintritt der Flut, also bis gegen sieben Uhr, in der offenen See zu halten, und wenn es dann noch hell genug wäre, die Einfahrt in den Golf zu ermöglichen; wenn nicht, werden wir die Nacht über kreuzen und mit Sonnenaufgang hinein segeln.

– Ich wiederhole Ihnen, Pencroff, antwortete der Reporter, dass wir uns ganz und gar auf Sie verlassen.

– Ja, wenn auf dieser Küste, versetzte Pencroff, noch ein Leuchtturm stände, das wäre für die Seefahrer sehr angenehm.

– Gewiss, fügte Harbert hinzu; und heute haben wir keinen zuvorkommenden Ingenieur dort, der ein Feuer entzündete, um uns zum Hafen zu leiten.

– Ah, da fällt mir ein, lieber Cyrus, sagte Gedeon Spilett, dass wir Ihnen dafür noch nicht einmal unseren Dank abgestattet haben, und offen gestanden, wäre es uns ohne jenes Feuer nie gelungen ...

– Ein Feuer? fragte Cyrus Smith, höchlichst erstaunt über die Rede des Reporters.

– Das heißt, Herr Cyrus, fiel Pencroff ein, wir befanden uns die letzten Stunden vor unserer Rückkehr an Bord des Bonadventure in nicht geringer Verlegenheit, und hatten die Insel unter dem Winde passiert, wenn Sie nicht die Vorsorge gebrauchten, in der Nacht vom 19. zum 20. Oktober auf dem Plateau über dem Granithaus ein Signalfeuer zu unterhalten.

– Ach, richtig! Das war damals doch ein glücklicher Gedanke, antwortete der Ingenieur.

– Heute aber, fuhr der Seemann fort, wenn Ayrton nicht zufällig darauf verfällt, wird Niemand zur Hand sein, uns diesen kleinen Dienst zu leisten.

– Nein! Kein Mensch!« erwiderte Cyrus Smith.

Wenig später, als er sich im Vorderteile des Schiffes mit dem Reporter allein befand, neigte er sich zu dessen Ohre und sagte:

»Wenn etwas in der Welt gewiss ist, Spilett, so ist es das, dass ich in der Nacht vom 19. zum 20. Oktober weder auf dem Plateau des Granithauses, noch irgendwo auf der Insel ein Feuer angesteckt hatte!«

ZWANZIGSTES KAPITEL.

Alles kam so, wie es Pencroff, der sich hierin nicht wohl täuschen konnte, vorhergesagt. Der Wind frischte auf, ging aus der guten Brise zur steifen Böe über, d.h. er erreichte eine Geschwindigkeit von vierzig bis fünfundvierzig Meilen in der Stunde, bei der ein Schiff selbst auf offenem Meere schon reffen und die Besanstengen einziehen muss. Da es aber gegen sechs Uhr war, als der Bonadventure sich gegenüber dem Golfe befand und eben die Ebbe sich fühlbar machte, so wurde es unmöglich, in denselben einzufahren. Pencroff sah sich also gezwungen, auf offenem Wasser zu halten, da er auch bei dem besten Willen die Mercy-Mündung zu erreichen außer Stande gewesen wäre. Nach Versetzung des Focksegels an dem Maste an Stelle des Bugspriets legte er also, die Spitze nach dem Lande gerichtet, bei.

Zum Glück ging das Meer, trotz des scharfen Windes, nicht sehr hoch, da es die nahe Küste etwas schützte. Heftigere Wellenschläge, die für kleinere Fahrzeuge besonders gefährlich sind, hatte man also nicht zu fürchten. Der Bonadventure würde zwar schwerlich gekentert sein, dazu war er zu gut belastet; durch starke Sturzseen hätte er aber doch, wenn die Verdeckfelder nicht Widerstand leisteten, ernstlich gefährdet werden können. Pencroff richtete sich, als geschickter Seemann, auf alle Zufälle ein. Gewiss verließ ihn das Vertrauen zu seinem Fahrzeuge keineswegs, und demnach erwartete er mit einiger Ängstlichkeit den nächsten Tag.

Im Verlaufe dieser Nacht fanden Cyrus Smith und Gedeon Spilett keine Gelegenheit, sich weiter miteinander auszusprechen, wozu doch die dem Reporter von dem Ingenieur ins Ohr geflüsterten Worte hinreichenden Grund gegeben hätten, da sie den geheimnisvollen Einfluss betrafen, der sich auf der Insel Lincoln immer und immer wieder geltend machte. Gedeon Spilett verlor dieses neue und unerklärliche Ereignis, das Aufleuchten eines Feuers auf der Küste, nicht mehr aus dem Sinne. Unzweifelhaft war das Feuer gesehen worden! Man hatte durch dasselbe in jener dunkeln Nacht ja die Situation der Insel erkannt. Seine Begleiter, Harbert und Pencroff, hatten es ebenso gut gesehen, wie er selbst und damals gar nicht anders denken können, als dass der Ingenieur es angezündet habe! Nun tritt Cyrus Smith auf und erklärt, dass ihm das niemals in den Sinn gekommen sei!

Gedeon Spilett nahm sich vor, auf dieses Ereignis nach der Rückkehr des Bonadventure wieder zu sprechen zu kommen und Cyrus Smith zu veranlassen, seine Ansicht über dieses sonderbare Ereignis auch seinen Gefährten mitzuteilen. Vielleicht führte das zu dem Entschlusse, in Gesellschaft eine vollständige Untersuchung aller Teile der Insel Lincoln vorzunehmen.

An diesem Abende blitzte kein Feuer an der noch unbekannten Küste auf, und das kleine Schiffchen schaukelte die ganze Nacht über vor dem Eingange in den Golf auf der offenen See umher.

Als die ersten Strahlen des Morgenrotes am östlichen Horizonte aufschossen, drehte sich der Wind, der schon schwächer geworden war, um zwei Viertel und erleichterte Pencroff die Einfahrt durch die enge Mündung des Golfes. Um sieben Uhr morgens passierte der Bonadventure, nachdem man vorher mehr auf das nördliche Kiefern-Kap zugesteuert war, die schmale Durchfahrt und glitt über die von eigenartig gestalteten Lavamassen eingeschlossenen Gewässer der Bucht.

»Da liegt ein Stück Meer vor uns, begann Pencroff, das eine prächtige Reede abgeben müsste, in der ganze Flotten ihre Exerzitien ausführen könnten!

– Besonders fällt es auf, bemerkte der Ingenieur, wie der Golf durch zwei aus dem Vulkane geflossene Lavaströme gebildet ist, welche durch spätere Eruptionen gewachsen scheinen. Die Bucht entbehrt also von keiner Seite eines sicheren Schutzes und ihr Wasser dürfte auch bei den schlechtesten Winden so ruhig wie das eines Binnensees bleiben.

– Gewiss, stimmte ihm der Seemann zu, da der Wind keinen anderen Eingang findet, als die enge Schleuse zwischen beiden Caps, wobei noch zu bedenken ist, dass das nördliche über das südliche Kap ein gutes Stück herausspringt und so den Einfluss der Luftströmungen noch weiter behindert. Hier könnte der Bonadventure wohl einige Jahre liegen, ohne jemals an seinem Anker zu zerren.

– Der Golf ist etwas groß für ihn, fiel der Reporter ein.

– Zugestanden, Herr Spilett, erwiderte der Seemann, ja, er mag sogar zu groß für unser Schiffchen sein; aber wenn die Flotten der Union einer geschützten Station im Pazifischen Ozean bedürften, so könnten sie gewiss keine bessere finden, als diese Reede.

– Wir befinden uns im Rachen des Haifisches, sagte da Nab mit einer Anspielung auf die Form des Golfes.

– Ganz tief in seinem Rachen, antwortete Harbert, aber, mein wackerer Nab, Ihr habt doch nicht etwa Furcht, dass er sich um uns schließen könnte?

– Nein, Herr Harbert, entgegnete Nab, das wohl nicht, und doch missfällt mir dieser Hafen; er hat mir ein widerliches Aussehen!

– Das ist herrlich, rief Pencroff, da lästert mir der Nab meinen Golf, während ich daran denke, jenen Amerika als Geschenk anzubieten!

– Ist das Wasser hier wohl tief genug? fragte der Ingenieur, denn was für den Kiel des Bonadventure hinreicht, genügt doch für unsere Panzerschiffe noch nicht.

– Das können wir leicht erfahren«, antwortete Pencroff.

Der Seemann ließ einen langen Strick, der ihm als Sonde diente und an dessen Ende ein Eisenstück befestigt war, hinab gleiten. Dieser allein maß gegen fünfzig Faden und rollte sich vollständig ab, ohne auf den Grund zu gelangen.

»Nun, sagte Pencroff, unsere Panzerschiffe mögen nur kommen, sie werden hier nicht stranden.

– Wirklich, ließ Cyrus Smith sich hören, dieser Golf ist ja ein vollständiger Abgrund; berücksichtigt man jedoch den plutonischen Ursprung der Insel, so erscheinen solche Einsenkungen des Meerbodens nicht besonders auffällig.

– Man möchte sagen, fiel Harbert ein, diese Steinmauern wären senkrecht abgeschnitten, und ich glaube, Pencroff findet selbst dicht an ihrem Fuße und mit einer fünf bis sechsmal so langen Leine noch keinen Grund.

– alles ganz schön, erklärte der Reporter, doch möchte ich Pencroff bemerken, dass seiner Reede eine sehr wichtige Eigenschaft abgeht.

– Und welche, Herr Spilett?

– Irgendein Einschnitt, durch den man auch ins Innere der Insel gelangen könnte. Ich sehe hier keine Stelle, auf der man den Fuß ans Land zu setzen vermöchte.«

Wirklich boten die hohen und steilen Lavawände nirgends einen geeigneten Landungsplatz. Die ganze Umfassung des Golfes bildete eine Art unersteiglicher Festungsmauer, welche lebhaft an die Fjords der Küste Norwegens erinnerte. Der Bonadventure, der die hohen Uferwände beinahe streifte, fand nicht einmal einen Vorsprung, auf dem die Passagiere das Schiff hätten verlassen können.

Pencroff tröstete sich mit dem Gedanken, dass diese Mauer im Notfall durch Sprengungen zu öffnen sei; da aber für jetzt in dem Golf nichts zu beginnen war, wendete er das Fahrzeug wieder dem Ausgange zu, und segelte gegen zwei Uhr nachmittags ins offene Meer hinaus.

»Gott sei Dank!« seufzte Nab mit wahrhafter Befriedigung.

Es schien, als ob der wackere Neger sich in der riesigen Kinnlade gar nicht wohl gefühlt habe.

Vom Kiefern-Kap bis zur Mercy-Mündung rechnete man kaum noch acht Meilen. Es wurde also der Kurs nach dem Granithaus eingeschlagen, und mit vollen Segeln zog der Bonadventure in der Entfernung einer Meile an der Küste dahin. Auf ungeheure Felsen folgten nun bald verstreute Dünen, dieselben, zwischen denen der Ingenieur so wunderbar wiedergefunden worden war und welche Hunderte von Seevögeln besetzt hatten.

Gegen vier Uhr segelte Pencroff, die Spitze des Eilandes links liegen lassend, in den Kanal ein, der jenes von der Insel trennte, und um fünf Uhr senkte sich der Anker des Bonadventure in den Sand des Ufers der Mercy.

Drei Tage lang waren die Kolonisten von ihrer Wohnung abwesend gewesen. Ayrton erwartete sie am Strande, und Jup lief ihnen mit dem Ausdrucke größter Befriedigung lustig entgegen.

Jetzt hatte man also die gesamten Ufer der Küste in Augenschein genommen, ohne eine verdächtige Spur zu finden. Wenn hier ein geheimnisvolles Geschöpf sein Wesen trieb, so konnte das nur unter dem undurchdringlichen Gehölz der Schlangenhalbinsel der Fall sein, in welches die Kolonisten ihre Untersuchungen noch nicht ausgedehnt hatten.

Gedeon Spilett unterhielt sich über dieses Thema mit dem Ingenieur, und sie beschlossen nun auch, die Aufmerksamkeit ihrer Gefährten auf das

Eigentümliche gewisser Vorfälle, von denen gerade der letzte am unerklärlichsten blieb, hinzulenken.

Wenn Cyrus Smith auf jenes von unbekannter Hand auf der Küste entzündete Feuer zu reden kam, konnte er nicht umhin, den Reporter wohl zum zwanzigsten Male zu fragen.

»Sind Sie auch sicher, recht gesehen zu haben? Täuschte Sie nicht eine geringfügige Vulkaneruption oder vielleicht irgendein Meteor?

– Nein, Cyrus, antwortete der Reporter, das war damals ein von Menschenhänden erzeugtes Feuer. Fragen Sie übrigens Pencroff und Harbert, sie haben es so gut wie ich gesehen, und werden meine Worte allseitig bestätigen.«

Kurze Zeit später, es war am Abend des 25. April, als die Kolonisten alle auf dem Plateau der Freien Umschau versammelt waren, ergriff Cyrus Smith also das Wort und sagte:

»Ich halte es für meine Pflicht, meine Freunde, Eure Aufmerksamkeit auf gewisse Erscheinungen hinzuleiten, die hier auf der Insel zu beobachten waren und über die ich gern auch Eure Ansicht vernähme. Diese Erscheinungen sind gewissermaßen übernatürlicher Art ...

– Übernatürlich! rief Pencroff, da könnte wohl unsere ganze Insel übernatürlich sein?

– Nein, Pencroff, aber sicher geheimnisvoll, erwiderte der Ingenieur, wenigstens wenn Sie nicht etwa im Stande sind, das zu erklären, was Spilett und ich bis jetzt noch nicht durchschauen konnten.

– Sprechen Sie, Herr Cyrus, sagte der Seemann.

– Nun wohl, fuhr der Ingenieur fort, sind Sie sich klar darüber, wie es kommen konnte, dass ich nach meinem Sturze ins Meer eine Viertelmeile im Innern der Insel wiedergefunden wurde, ohne dass ich etwas von dieser Ortsveränderung wusste?

– Im Falle Sie nicht im bewusstlosen Zustande ... wollte Pencroff sagen.

– Das ist nicht anzunehmen, antwortete der Ingenieur. Doch weiter. Verstehen Sie wohl, wie Top Eure Zuflucht, fünf Meilen von der Grotte, in der ich lag, entdecken konnte?

– Nun, der Instinkt des Hundes ... meinte Harbert.

– Ein sonderbarer Instinkt! bemerkte der Reporter, da Top trotz des in jener Nacht wütenden Regens und Sturmes trocken und ohne Schmutzfleck in den Kaminen ankam!

– Noch mehr, fiel der Ingenieur ein Können Sie sich darüber Rechenschaft geben, auf welche Weise unser Hund bei Gelegenheit des Kampfes mit jenem Dugong so sonderbar aus dem Wasser des Sees herausgeschleudert werden konnte?

– Nein, gestand Pencroff, ich bin es wenigstens nicht im Stande, ebenso wenig, wie über die scheinbare von einem schneidenden Instrumente herrührende Wunde, welche der Dugong in der Flanke zeigte.

– Und noch mehr, fuhr der Ingenieur fort. Haben Sie bis jetzt eine Aufklärung darüber, meine Freunde, wie das Schrotkörnchen in dem jungen Pekari gefunden wurde, wie jene Kiste, ohne die Spur eines Schiffbruches, so glücklich gestrandet ist, wie jene Flasche sich so zur rechten Zeit, gerade bei unserem ersten Ausfluge zu Wasser gezeigt hat; wie ferner unser Kanu, nachdem es sich von seiner Leine losgerissen, gerade in dem Augenblicke die Mercy herabgetrieben kam, als wir dasselbe so bequem brauchen konnten; wie nach dem Überfalle durch die Affen unsere Strickleiter so zu gelegener Zeit von der Hohe des Granithauses herab geworfen wurde; wie endlich das Dokument, das Ayrton nicht geschrieben haben will, in unsere Hände gefallen ist? Durchschauen Sie alles Das?«

Ohne eine Tatsache zu übergehen, hatte Cyrus Smith hier aufgezählt, was sich Sonderbares auf der Insel zugetragen. Harbert, Pencroff und Nab sahen einander an und wussten nicht, was sie dazu sagen sollten, denn diese Ereignisse alle, die sie hier zum ersten Male aneinander gereiht überblickten, versetzten sie in das größte Erstaunen.

»Meiner Treu, brach endlich Pencroff das Stillschweigen. Sie haben Recht, Herr Cyrus, es ist schwer, diese Dinge zu erklären!

– Nun, meine Freunde, begann der Ingenieur wieder, zu dem allem ist noch zuletzt eine Tatsache gekommen, die nicht minder unverständlich ist, als die übrigen.

– Und welche, Herr Cyrus? fragte begierig Harbert.

– Als Sie von der Insel Tabor zurückkehrten, Pencroff, sagten Sie, dass auf der Insel Lincoln ein Feuer aufleuchtete …

– So ist es, antwortete der Seemann.

– Und sind Sie auch sicher, ein solches gesehen zu haben?

– So sicher, wie ich Sie jetzt vor mir sehe.

– Du auch, Harbert?

– O, Herr Cyrus, erwiderte Harbert, jenes Feuer glänzte wie ein Stern erster Größe!

– Doch, sollte es vielleicht auch nur ein Stern gewesen sein? fragte der Ingenieur nochmals.

– Nein, nein! erklärte Pencroff, der Himmel war mit dichten Wolken bedeckt, und so tief am Horizonte wäre ein Stern nicht sichtbar gewesen! Doch, Herr Spilett hat das ebenso gut gesehen, wie wir, und wird unsere Worte bestätigen.

– Ja, ich muss dem noch hinzufügen, dass das Feuer sehr lebhaft war und fast einen elektrischen Lichtschein um sich verbreitete.

– Ja, ja! Ganz so war es, antwortete Harbert, und gewiss befand es sich auf der Höhe des Granithauses.

– Nun, meine Freunde, versicherte Cyrus Smith, so hören Sie denn, dass in der Nacht vom 19. zum 20. Oktober weder von mir, noch von Nab ein Feuer auf der Küste entzündet worden ist.

– Sie hätten nicht …? fragte Pencroff in so großem Erstaunen, dass er den Satz nur halb zu vollenden vermochte.

– Wir haben das Granithaus gar nicht verlassen, erwiderte Cyrus Smith, und wenn ein Feuer auf der Küste sichtbar war, so hat es eine andere Hand entzündet, als die unsere!«

Pencroff, Harbert und Nab waren sprachlos. Eine Täuschung schien nicht gut möglich, ein Feuerschein hatte in der Nacht vom 19. zum 20. Oktober ihre Augen getroffen!

Ja, sie mussten wohl zustimmen, hier waltete ein Geheimnis! Ein unerklärlicher, doch den Kolonisten augenscheinlich günstiger und durch seine Merkwürdigkeit aufregender Einfluss machte sich auf der Insel Lincoln fühlbar. Lebte denn noch irgendein Wesen tief in ihrem Innern. Eine Antwort hierauf musste man um jeden Preis erlangen!

Cyrus Smith erinnerte seine Genossen auch an das eigentümliche Benehmen Tops und Jups, als sie um die Mündung des Schachtes umherliefen, durch den das Granithaus mit dem Meere in Verbindung stand, und sagte ihnen jetzt, dass er denselben genau untersucht habe, ohne etwas Verdächtiges finden zu können. Zuletzt führte dieses Gespräch endlich den Beschluss herbei, eine gemeinsame Untersuchung der ganzen Insel vorzunehmen, sobald die schöne Jahreszeit das gestatten würde.

Von jenem Tage ab quälte sich aber Pencroff mit allerlei Sorgen. Diese Insel, welche er so gern als persönliches Eigentum betrachtete, schien ihm nicht mehr ganz und unbestritten zu gehören, sondern noch einen anderen Herrn zu haben, dem er sich, er mochte nun wollen oder nicht, Untertan fühlte. Nab und er sprachen jetzt häufig von diesen unerklärlichen Dingen, und Beide, von Natur etwas zum Wunderbaren hinneigend, waren nahe daran, zu glauben, dass die Insel Lincoln unter der Herrschaft einer übernatürlichen Macht stehe.

Mit dem Monat April singen nun die schlechten Tage wieder an. Der Winter schien frühzeitig einzutreten und rau zu werden. Ohne Verzug wurden die nötigen Arbeiten zur Überwinterung in Angriff genommen.

Übrigens waren die Kolonisten vollständig ausgerüstet, den Winter, und wenn er noch so hart würde, auszuhalten. Kleidungsstücke und Filz fehlten ja nicht, und die sehr zahlreichen Mufflons hatten einen weiteren Überfluss an Wolle zur Herstellung jenes warmen Stoffes geliefert.

Selbstverständlich hatte man auch Ayrton mit der nötigen schützenden Kleidung versorgt. Cyrus Smith bot ihm an, die schlechte Jahreszeit im Granithaus zuzubringen, wo er mehr Schutz finden müsse, als bei der Hürde, und Ayrton versprach das anzunehmen, sobald die letzten Arbeiten an seinem Viehhofe beendet seien. Mitte April war das der Fall. Von der Zeit ab teilte Ayrton das gemeinschaftliche Leben und suchte sich bei jeder Gelegenheit nützlich zu machen; doch nahm er, immer unterwürfig und traurig, niemals an den Vergnügungen seiner Gefährten Teil.

Während des größten Teils dieses dritten Winters, den die Kolonisten auf Lincoln verlebten, blieben sie in dem Granithaus. Furchtbare Unwetter und schreckliche Stürme wüteten in dieser Zeit, bei denen die Felsen bis zum Grunde zu erzittern schienen. Ungeheure Meereswogen drohten die Insel weit und breit zu überfluten, und jedes an ihrer Küste ankernde Fahrzeug wäre zweifellos mit Mann und Maus untergegangen. Zweimal während dieser Stürme schwoll die Mercy zu einer solchen Höhe an, dass man ein Wegreißen der Brücken und Stege befürchten musste; die kleine Brücke auf dem Strande machte sogar eine ganz besondere Befestigung nötig, da sie nicht selten von dem empörten Meere vollständig überdeckt wurde.

Man begreift, dass derartige den Tromben ähnliche Windstöße, die mit Regenschauern und Schneegestöber einhergingen, auf dem Plateau der Freien Umschau manche Zerstörung anrichten mussten. Die Windmühle und der Hühnerhof hatten vorzüglich zu leiden, und oft konnten die Kolonisten nicht umhin, wenigstens die dringlichsten Ausbesserungen vorzunehmen, wenn sie nicht die Existenz ihrer Anlagen in Frage stellen wollten.

Bei diesem entsetzlichen Wetter verirrten sich auch einige Jaguarpärchen und ganze Herden Affen bis an die Grenze des Plateaus, und immer lag die Befürchtung nahe, dass die gewandtesten und kühnsten derselben, vom Hunger getrieben, wohl den Bach überschreiten könnten, der in seinem halbgefrorenen Zustande den Übergang ohnedem erleichterte. Ohne fortwährende Überwachung wären die Anpflanzungen und Haustiere gewiss dem Untergange verfallen gewesen, und nicht selten kamen die Feuerwaffen in Anwendung, um jene gefährlichen Besucher fern zu halten. An Arbeit fehlte es übrigens den Überwinternden nicht, denn abgesehen von dieser Sorge für außerhalb des Hauses, veranlasste auch die Wohnung selbst vielerlei Beschäftigungen.

Bei starker Kälte wurden auch einige sehr erfolgreiche Jagden bei den Tadorne-Sümpfen unternommen. Gedeon Spilett und Harbert verschwendeten unter Mithilfe Jups und Tops keinen Schuss bei diesen Tausenden von Enten, Bekassinen, Kiebitzen und anderen Vögeln. Das wildreiche Gebiet war ziemlich leicht zu erreichen, da man ebenso wohl nach Passieren der Mercy-Brücke auf dem Wege nach dem Ballonhafen dahin gelangte, als auch durch Umgehung der Felsen an der Seetriftspitze, und nie entfernten sich die Jäger mehr als zwei bis drei Meilen von dem Granithaus.

So verflossen die vier eigentlichen Wintermonate, der Juni, Juli, August und September, meist bei strenger Kälte. alles in allem hatte aber das Granithaus von der Unbill der Witterung sehr wenig zu leiden, ebenso auch die Viehhürde, welche, minder frei liegend als das Plateau, und andererseits vom Franklin-Berge geschützt, die Windstöße nur erhielt, nachdem ihre Wut schon durch die Uferfelsen und die dichten Wälder gebrochen war. Die Schäden daselbst erreichten also niemals eine besondere Ausdehnung, und genügten Ayrtons geschickte und fleißige Hände, sie hinreichend auszubessern, als er in der zweiten Hälfte des Oktobers auf einige Tage dahin abging.

Im Verlaufe des Winters ereignete sich nichts besonders Auffallendes, obwohl Nab und Pencroff auch auf das Geringfügigste achteten, was etwa auf eine geheimnisvolle Ursache zurückzuführen wäre. Auch Top und Jup liefen nicht mehr um den Schacht herum, und gaben keinerlei Zeichen von Unruhe. Es gewann also den Anschein, als sei die Reihe übernatürlicher Zufälle unterbrochen; doch sprach man im Granithaus so manchen Abend davon und verharrte bei dem Entschlusse, auch die unzugänglichsten Teile der Insel zu durchforschen. Ein höchst ernsthaftes Ereignis aber, dessen Folgen sehr verderblich zu werden drohten, lenkte Cyrus Smith und seine Genossen plötzlich von ihrem Vorhaben ab.

Es war um die Mitte des Oktobers. Die schöne Jahreszeit kam schnell heran. Die Natur erwachte von den Strahlen der Sonne, und mitten unter den immergrünen Koniferen, welche den Saum des Waldes bildeten, machte sich schon das junge Grün der Zirbelbäume, der Banksias und Deodars bemerklich.

Man erinnert sich, dass Gedeon Spilett und Harbert wiederholt photographische Ansichten von der Insel Lincoln aufgenommen hatten.

Am 17. Oktober nun kam Harbert, verführt durch die Reinheit des Himmels, auf den Gedanken, die ganze Unions-Bai, welche vom Plateau aus vom Kiefern-Kap bis zum Krallen-Kap vor ihnen lag, abzubilden.

Der Horizont war klar, und das von einer leichten Brise bewegte Meer bot in der Ferne den Anblick eines stillen Sees, mit einzelnen aufblitzenden prächtigen Lichtern.

Das Objektiv wurde an ein Fenster des Granithauses gebracht, und in dessen Gesichtsfelde lag also der ganze Strand und die Bai. Harbert verfuhr auf gewohnte Weise, und fixierte die erhaltenen Platten mittels der geeigneten Chemikalien in einem dunkeln Raume des Granithauses.

Als er wieder ins Helle zurückkam, bemerkte er auf seiner Platte einen kleinen, kaum wahrzunehmenden Punkt am Horizonte des Meeres. Er versuchte ihn durch wiederholte Waschungen zu entfernen, doch das gelang nicht.

»Es wird ein Fehler im Glase sein«, dachte er.

Da untersuchte er, eigentlich aus reiner Neugier, diesen Flecken mittels einer starken Linse, welche er aus dem Apparate losschraubte.

Kaum fiel aber sein Auge auf jenen, als er einen Schrei ausstieß und die Platte fast seinen Händen entglitt.

Er lief sogleich nach dem Zimmer, in dem Cyrus Smith sich aufhielt, reichte Platte und Linse dem Ingenieur und zeigte diesem jenen Flecken.

Cyrus Smith prüfte das Pünktchen; dann ergriff er sein Fernrohr und eilte an das Fenster.

Nach sorgfältiger Untersuchung des Horizontes mit dem Fernrohre haftete dieses endlich auf dem verdächtigen Punkte, und Cyrus Smith ließ es dann herabsinken, indem er nur die zwei Worte aussprach: »Ein Schiff!«

Und wirklich, weit da draußen war ein Schiff in Sicht der Insel Lincoln!

DRITTER TEIL. - DAS GEHEIMNIS.

ERSTES KAPITEL.

Zwei und ein halb Jahre waren vergangen, seitdem die verschlagenen Insassen des Ballons auf die Insel Lincoln geworfen wurden, und bis jetzt hatten sie noch niemals Gelegenheit gehabt, sich mit anderen Menschen in Verbindung zu setzen. Einmal versuchte es bekanntlich Gedeon Spilett, als er einem Vogel jene Notiz über das Geheimnis ihres Aufenthaltsortes anvertraute, doch schien es fast unmöglich, eine ernstere Hoffnung auf Erfolg darauf zu gründen. Nur Ayrton allein gesellte sich unter den erzählten Umständen zu den Mitgliedern der Kolonie. – Und jetzt – am 17. Oktober – erschienen plötzlich noch andere Menschen in Sicht der Insel auf dem verlassenen Ozeane!

Kein Zweifel! – Ein Schiff war dort! Würde es aber auf offener See vorübersegeln oder hier ans Land gehen? Binnen wenigen Stunden mussten die Ansiedler hierüber Aufschluss haben.

Cyrus Smith und Harbert, die auch Gedeon Spilett, Pencroff und Nab eiligst herbeigerufen hatten, setzten diese von dem Vorfall in Kenntnis. Pencroff ergriff das Fernrohr, durchmusterte schnell den Horizont und rief, als er die bezeichnete Stelle, welche das unerkennbare Fleckchen auf dem photographischen Negativ verursacht hatte, auffand, mit einem Tone, der wenig Befriedigung über das Gesehene verriet:

»Tausend Teufel! Ja, das ist ein Schiff!

– Kommt es auf uns zu?

– Kann ich noch nicht bestimmen, erwiderte Pencroff; jetzt ragen nur die Masten über den Horizont, der Rumpf ist noch ganz unsichtbar.

– Was ist zu tun? fragte der junge Mann.

– Ruhig abzuwarten«, antwortete Cyrus Smith.

Lange Zeit sprachen die Kolonisten kein Wort. Gedanken und Gemütsbewegungen, Furcht und Hoffnung, alles was sich an dieses unerwartete und seit ihrem Aufenthalte auf Lincoln unbestritten bedeutungsvollste Ereignis knüpfte, fesselte ihre Zunge.

Gewiss befanden sich die Ansiedler nicht in der traurigen Lage von Schiffbrüchigen auf unfruchtbarer Insel, die einer stiefmütterlichen Natur ihr elendes Dasein abringen, und nur von der einen Sehnsucht erfüllt sind, bewohnte Länder wiederzusehen. Vorzüglich Pencroff und Nab, welche sich jetzt so reich und glücklich fühlten, hätten ihre Insel sicherlich nicht ohne tiefes Bedauern verlassen. Sie hatten sich in dieses Leben auf einem Stückchen Erde gefunden, das ihre einsichtige Auszuschweißenden so zu sagen schon zivilisiert hatte! Und dennoch, das Schiff da draußen erschien ihnen wie ein Bote vom Festlande, vielleicht ein Stück von ihrem Vaterlande, dem sie hier begegneten. Es trug jedenfalls Ihresgleichen, sollte ihr Herz bei diesem Anblick nicht höher schlagen?

Von Zeit zu Zeit ergriff Pencroff wieder das Fernrohr und nahm am Fenster Platz. Mit größter Aufmerksamkeit betrachtete er das Schiff, welches noch gegen zwanzig Meilen im Osten entfernt sein mochte. Die Kolonisten vermochten ihre Anwesenheit also noch auf keine Weise zu erkennen zu geben. Eine Flagge wäre nicht bemerkt, ein Signalschuss nicht gehört, ein Feuer jetzt nicht erkannt worden.

Auf keinen Fall konnte aber die vom Franklin-Berge hoch überragte Insel den Augen der Schiffswache entgangen sein. Was veranlasste das Schiff jedoch hier zu landen? Lenkte es nur der blinde Zufall nach diesem Teile des Stillen Ozeanes, in dem die Seekarten doch, außer der kleinen und abseits von den Schiffskurse gelegenen Insel Tabor, kein Land verzeichneten?

Auf diese Frage, welche Allen vorschwebte, gab Harbert plötzlich eine Antwort.

»Sollte das nicht der Duncan sein?« rief er aus.

Der Duncan war, wie der Leser sich erinnert, die Yacht Lord Glenarvans, der Ayrton einst auf dem Eiland aussetzte und einmal zu dessen Wiederaufnahme zurückkehren sollte. Das Eiland nun lag keineswegs so entfernt von der Insel Lincoln, dass ein dorthin segelndes Schiff nicht hätte in Sicht der letzteren vorüber kommen können. Nur hundertundfünfzig Meilen in der Länge und fünfundsiebzig Meilen in der Breite trennten beide Punkte von einander.

»Wir werden Ayrton Nachricht geben, sagte Gedeon Spilett, und ihn unverzüglich hierher rufen müssen. Er allein vermag uns bald zu sagen, ob das der Duncan ist.«

Alle teilten diese Ansicht, der Ingenieur begab sich nach dem Telegraphen-Apparate, der das Granithaus mit der Wohnung neben der Hürde verband, und ließ folgendes Telegramm ab:

»Sofort hierher kommen!«

Wenige Augenblicke nachher schlug die Weckerglocke wieder an.

»Ich komme«, lautete Ayrtons Antwort.

Die Kolonisten setzten inzwischen die Beobachtung des Schiffes fort.

»Wenn es der Duncan ist, begann Harbert, so muss ihn Ayrton leicht erkennen, da er sich eine Zeit lang darauf befunden hat.

– Und wenn er ihn wieder erkennt, fügte Pencroff hinzu, so mag er wohl etwas Herzklopfen bekommen.

– Gewiss, antwortete Cyrus Smith, doch jetzt ist Ayrton würdig, an Bord des Duncan zurückzukehren, und gebe der Himmel, dass jenes die Yacht Lord Glenarvans sei, denn jedes andere Schiff flößt mir unwillkürlich einen beängstigenden Verdacht ein! Diese Meere werden nicht viel befahren, und immer fürchte ich noch den Besuch irgendwelcher malaiischen Seeräuber auf unserer Insel.

– O, wir verteidigen sie! rief Harbert mutig.

– Gewiss, mein Kind, erwiderte lächelnd der Ingenieur, besser ist es aber doch, das nicht nötig zu haben.

– Erlauben Sie, fiel da Gedeon Spilett ein. Die Insel ist den Seefahrern noch unbekannt, da sie sich selbst auf den neuesten Karten nicht verzeichnet findet. Sollte das nun für ein Schiff, das sie zufällig zu Gesicht bekam, nicht vielmehr ein Grund sein, auf jene zuzusteuern, als ihr aus dem Wege zu gehen?

– Ganz richtig, bestätigte Pencroff.

– Ich bin derselben Meinung, fügte der Ingenieur hinzu. Ja, die Pflicht eines Kapitäns erfordert es, jedes unbekannte und noch nicht eingetragene Land anzulaufen und aufzunehmen; in dieser Lage befindet sich gerade unsere Insel.

– Nehmen wir einmal an, fragte Pencroff, jenes Schiff näherte sich der Küste und ginge da, einige Kabellängen von uns, vor Anker, was würden wir wohl tun?«

Diese so nackt hingestellte Frage erhielt nicht sogleich eine Antwort. Nach einigem Überlegen äußerte sich Cyrus Smith mit gewohntem ruhigen Tone darüber.

»Was wir tun würden, meine Freunde, sagte er, und tun müssten, wäre Folgendes: Wir setzen uns mit dem Fahrzeug in Verbindung, schiffen uns auf ihm ein und verlassen also unsere Insel, doch erst nach offizieller Besitznahme derselben für die Vereinigten Staaten. Später kehren wir mit allen Denen hierher zurück, die sich zu dem Zwecke uns anschließen wollen, dieselbe dauernd zu besiedeln und der großen Republik eine vorteilhafte Station in diesem Teile des Pazifischen Ozeanes zu gründen und anzubieten.

– Hurra! rief Pencroff; es wird kein zu kleines Geschenk sein, das wir unserem Vaterlande damit machen! Schon ist ja ihre Kolonisation fast vollendet; alle Teile der Insel sind getauft, sie hat einen natürlichen Hafen, einen bequemen Wasserplatz, Straßen, eine Telegraphenlinie, eine Werft und eine Werkstatt – nur der Name der Insel Lincoln braucht noch auf den Seekarten nachgetragen zu werden.

– Doch wenn sie während unserer Abwesenheit ein Anderer in Besitz nähme? warf Gedeon Spilett ein.

– Tausend Teufel! wetterte Pencroff, da blieb ich lieber allein als Wache zurück, und auf mein Wort, mir soll sie keiner stehlen, wie die Uhr aus der Tasche eines Tölpels!«

Eine Stunde über blieb es unmöglich, mit Gewissheit zu sagen, ob das signalisierte Schiff auf die Insel Lincoln zusteuere oder nicht. Es hatte sich jetzt zwar der Insel genähert, doch welchen Kurs hielt es im Grunde ein? Pencroff vermochte das noch nicht zu erkennen. Da der Wind aus Nordosten kam, war es jedenfalls anzunehmen, dass das Schiff unter Steuerbordhalfen segle. Zudem begünstigte die Brise ein Anlaufen der Insel, der es sich bei der ruhigen See furchtlos nähern konnte, obwohl die Karten Sondierungen des umgebenden Wassers nicht verzeichneten.

Gegen vier Uhr, eine Stunde nachdem er herbei gerufen worden war, kam Ayrton im Granithaus an, und trat in den Hauptsaal mit den Worten ein:

»Zu Ihrem Befehle, meine Herren.«

Cyrus Smith streckte ihm, wie er das immer zu tun pflegte, die Hand entgegen und führte ihn nach dem Fenster.

»Ayrton, begann er, wir haben Sie eines sehr gewichtigen Grundes wegen hierher kommen lassen. Ein Fahrzeug ist in Sicht der Insel.«

Zuerst lief eine leichte Blässe über Ayrtons Wangen, und seine Augen verschleierten sich einen Augenblick. Dann lehnte er sich zum Fenster hinaus, durchlief den Horizont mit den Augen, doch er sah nichts.

»Nehmen Sie dieses Fernrohr, sagte Gedeon Spilett, und sehen aufmerksam dorthin, denn es könnte doch möglich sein, jenes wäre der Duncan, der jetzt zurückkehrte, Sie heimzuführen.

– Der Duncan! murmelte Ayrton. Schon?!«

Das letzte Wörtchen entschlüpfte seinen Lippen mehr unwillkürlich, und vor Erregung barg er den Kopf in seinen Händen.

Zwölf Jahre Verbannung auf einer verlassenen Insel schien ihm der Buße noch nicht genug? Der reuige Sünder fühlte sich, weder in seinen, noch in Anderer Augen, noch immer nicht begnadigt?

»Nein! sagte er, nein! Das ist unmöglich der Duncan.

– Überzeugen Sie sich genau, Ayrton, bat der Ingenieur, uns liegt sehr viel daran, bei Zeiten zu wissen, woran wir sind.«

Ayrton nahm das Fernglas noch einmal und richtete es nach dem betreffenden Punkte. Einige Minuten lang beobachtete er den Horizont, ohne die Lippen zu bewegen und eine Silbe laut werden zu lassen. Dann sagte er:

»Ein Schiff ist es wohl, doch für den Duncan kann ich es nicht halten.

– Und weshalb nicht? fragte Gedeon Spilett.

– Weil der Duncan eine Dampfyacht ist und ich keine Spur von Rauch weder über noch neben dem Fahrzeuge sehe.

– Vielleicht benutzt er jetzt nur die Segel, wandte Pencroff ein. Der Wind ist der Richtung, welcher er zu folgen scheint, günstig, auch dürfte es ihm geboten erscheinen, bei dieser ungeheuren Entfernung von jedem Festlande seine Kohlen sorgsam zu sparen.

– Sie könnten möglicher Weise Recht haben, Pencroff, antwortete Ayrton; vielleicht hat man auf dem Schiffe die Kesselfeuer gelöscht. Lassen wir es sich der Küste etwas weiter nähern, so werden wir wissen, woran wir sind.«

Nach diesen Worten setzte sich Ayrton schweigend in einer Ecke des Saales nieder. Die Ansiedler tauschten ihre Meinungen über das unbekannte Schiff auch noch ferner aus, doch Ayrton nahm an dem Gespräche nicht mehr Teil.

Alle befanden sich jetzt in einer Gemütsverfassung, die ihnen jede andere Beschäftigung einfach zur Unmöglichkeit machte. Gedeon Spilett und Pencroff schienen vorzüglich erregt, gingen ab und zu und fanden an keiner Stelle Ruhe. Bei Harbert überwog das Gefühl der neugierigen Erwartung. Nab allein bewahrte seine gewohnte Ruhe. War seine Heimat nicht da, wo sich sein Herr befand? Der Ingenieur selbst blieb in Gedanken vertieft, und fürchtete die Ankunft jenes Schiffes mehr, als er sie herbei wünschte.

Inzwischen hatte sich Letzteres der Insel ein wenig genähert. Mit bewaffnetem Auge erkannte man nun bestimmt, dass es ein größeres Seeschiff und nicht eine jener malaiischen Praos war, deren sich die Seeräuber des Stillen Ozeanes im Allgemeinen bedienen. Noch konnte man also hoffen, dass die

Befürchtung des Ingenieurs sich nicht erfüllen und die Anwesenheit dieses Fahrzeugs im Gewässer der Insel Lincoln dieser keine Gefahr bringen werde. Pencroff bemerkte nach genauer Beobachtung, dass jenes Briggtakelage führe und unter Steuerbordhalfen, den unteren, den Mars-und den Bramsegeln in schiefer Richtung auf die Küste zulaufe, was Ayrton vollkommen bestätigte.

Bei Einhaltung dieses Kurses musste es jedoch bald hinter den Ausläufern des Krallen-Kaps verschwinden, denn es segelte nach Südwest, und um es mit den Augen verfolgen zu können, hätte man sich nach den Anhöhen hinter der Washington-Bai neben dem Ballonhafen begeben müssen. Unglücklicher Weise war es schon gegen fünf Uhr abends, und die Dämmerung musste bald jede Beobachtung vereiteln.

»Was sollen wir tun, wenn die Nacht kommt? fragte Gedeon Spilett; ein Feuer anzünden, um unsere Anwesenheit kund zu geben?«

Es war das eine ernste Frage, welche indes, trotz der bösen Ahnungen des Ingenieurs, in bejahendem Sinne entschieden wurde. Während der Nacht konnte das Schiff verschwinden, weiter segeln auf Nimmerwiederkehr, und war diese Gelegenheit vorüber, würde sich jemals ein anderes in die Nähe der unbekannten Insel verirren? Und wer konnte vorhersagen, was den Kolonisten noch in der Zukunft bevorstand?

»Ja wohl, sagte der Reporter, wir müssen jenem Schiffe, es sei nun welches es wolle, zeigen, dass die Insel bewohnt ist. Die Aussicht, die sich jetzt uns bietet, unbenutzt lassen, hieße uns künftig manche Selbstvorwürfe zuziehen!«

Es wurde also beschlossen, durch Nab und Pencroff bei einbrechender Dunkelheit auf einem höheren Punkte neben dem Ballonhafen ein weitleuchtendes Feuer entzünden zu lassen, das die Aufmerksamkeit der Besatzung jener Brigg notwendig erregen musste.

Gerade als Nab und der Seemann aber das Granithaus verlassen wollten, wechselte das Schiff die Halsen und fuhr nun direkt nach der Insel in der Richtung auf die Unions-Bai zu. Sie lief gut, jene Brigg, denn sie kam jetzt sichtlich näher.

Nab und Pencroff ließen von ihrem Vorhaben ab, und Ayrton erhielt das Fernrohr wieder, um nun endgültig entscheiden zu können, ob das heran segelnde Fahrzeug der Duncan sei oder nicht. Auch die schottische Yacht führte das Takelwerk einer Brigg. Es handelte sich also vorzüglich darum, zu erkennen, ob sich zwischen den beiden Masten des Schiffes, das jetzt nur noch zehn Meilen entfernt war, wohl ein Rauchfang erhöbe.

Der sehr reine Horizont erleichterte diese Beobachtung, und bald ließ Ayrton das Rohr wieder sinken mit den Worten:

»Der Duncan ist es nicht! – Er konnte es nicht sein! ...

Pencroff brachte das Schiff noch einmal in das Gesichtsfeld des Fernglases, und erkannte, dass diese Brigg von drei- bis vierhundert Tonnen bei ihrer wunderbaren Schlankheit, ihren kühn aufstrebenden Masten und günstigen Schwimmlinien ein guter Schnellsegler sein müsse. Welcher Nationalität er angehöre, war bis jetzt freilich schwer zu sagen.

»Doch flattert eine Flagge an der Mastspitze, erklärte der Seemann, nur bin ich nicht im Stande, deren Farben zu unterscheiden.

– Vor Ablauf einer Stunde werden wir darüber Gewissheit haben, sagte der Reporter. Übrigens deutet alles darauf hin, dass der Kapitän ans Land zu gehen beabsichtigt, und folglich machen wir, wenn nicht heute, so doch spätestens morgen seine nähere Bekanntschaft.

– Zugegeben, entgegnete Pencroff Besser ist es aber doch, zu wissen, mit wem man zu tun hat, und ich wünschte recht sehr, die Farben des Unbekannten dort zu erkennen.«

Des Seemanns Auge verließ das Fernrohr keinen Augenblick.

Schon begann der Tag zu sinken, und allmählich legte sich die Brise. Die Flagge der Brigg hing schlaffer herab, und ihre Faltung machte ein Erkennen noch schwieriger.

»Die amerikanische Flagge ist das nicht, murmelte Pencroff in kurz abgebrochenen Sätzen, die englische, deren Rot zu gut in die Augen fällt, auch nicht, weder sind es die deutschen Farben, noch die französischen, weder die weiße Flagge Russlands, noch die gelbe Spaniens ... Man könnte jene für ganz einfarbig halten ... Nun ... welcher begegnet man hier wohl am meisten? Der Flagge Chiles? ... diese ist dreifarbig ... Der Brasiliens? ... diese sieht aber grün aus ... Der japanischen? ... Sie ist schwarz und gelb ... aber diese hier ...«

Eben jetzt entfaltete ein kräftigerer Windstoß das unerkennbare Flaggentuch. Ayrton ergriff das Fernglas, welches der Seemann aus der Hand gelegt hatte, stellte es scharf für sein Auge ein und sagte erschrocken:

»Eine schwarze Flagge ist es!«

Wirklich flatterte außer dieser auch ein schwarzer Wimpel an der Mastspitze und verstärkte die Annahme der Kolonisten, ein verdächtiges Fahrzeug vor sich zu haben.

Sollten des Ingenieurs Ahnungen jetzt wirklich in Erfüllung gehen? War jene Brigg ein Piratenschiff? Machte es diese Gegenden des Stillen Ozeanes im Wettstreit mit den gefürchteten Malaien unsicher? Was konnte es an der Küste der Insel Lincoln suchen? Sah es in ihr ein unbekanntes Stück Erde, das zur Bergung gestohlenen Gutes wie geschaffen sein musste? Wollte es für die schlechte Jahreszeit hier nur eine Zuflucht finden? War das Gebiet der Kolonisten bestimmt, sich in ein Versteck ehrloser Verbrecher umzuwandeln, – in eine Art Piratenhauptpunkt des Pazifischen Ozeans?

Alle diese Gedanken drängten sich den Ansiedlern auf. Über die Bedeutung der aufgepflanzten Fahne konnte ja kein Zweifel obwalten – dieses Seeräuberzeichen, das auch der Duncan tragen sollte, wenn die Sträflinge ihre Absicht hätten ausführen können.

Man verlor jetzt keine Zeit im langen Hin- und Herreden.

»Meine Freunde, sagte Cyrus Smith, vielleicht beabsichtigt jenes Schiff zuletzt doch nur, die Küsten der Insel näher zu untersuchen, und geht die Besatzung gar nicht ans Land. Das wäre der erwünschteste Fall. Doch, wie dem auch sei, wir müssen alles tun, unsere Anwesenheit hier zu verbergen. Die Windmühle auf dem Plateau ist ein zu leicht erkennbares Zeichen, darum mögen Ayrton und Nab schnell die Flügel derselben abnehmen. Auch die Fenster unseres Granithauses wollen wir dichter unter Zweigen verbergen und jedes Feuer löschen, damit nichts das Vorhandensein von Menschen auf der Insel verrate.

– Und unser Kutter? fragte Harbert.

– O, der liegt im Ballonhafen geborgen, antwortete Pencroff; ich glaube niemals, dass ihn jene Schurken finden!«

Des Ingenieurs Anordnungen wurden sogleich vollzogen. Nab und Ayrton begaben sich nach dem Plateau und trafen Anstalt, jedes das Bewohntsein der Insel verratende Zeichen zu entfernen oder zu verbergen. Während sie hiermit beschäftigt waren, holten ihre Genossen aus dem nahen Jacamarwalde eine große Menge Zweige und Schlingpflanzen, welche die Öffnungen in der Mauer des Granithauses durch natürliches Grün verstecken sollten. Gleichzeitig legte man sich aber Waffen und Munition zurecht, um im Fall eines unerwarteten Angriffs alles bei der Hand zu haben.

Nach Vollendung aller Vorsichtsmaßregeln sagte Cyrus Smith mit tief bewegter Stimme:

»Meine Freunde, wenn jene Elenden sich der Insel Lincoln sollten bemächtigen wollen, so verteidigen wir sie, nicht wahr?

– Ja, Cyrus, erwiderte der Reporter, und wenn es sein muss, sterben wir dafür!«

Der Ingenieur streckte seinen Genossen die Hände entgegen, welche diese mit freudiger Zustimmung drückten.

Ayrton allein war in seiner Ecke geblieben und schloss sich dieser Kundgebung nicht an. Vielleicht fühlte er, der frühere Verbrecher, sich noch immer nicht würdig dazu.

Cyrus Smith sah ein, was in Ayrtons Seele vorgehen mochte, und wendete sich jetzt direkt an Jenen.

»Nun, und Sie, Ayrton, fragte er, was gedenken Sie zu tun?

– Meine Pflicht!« antwortete Ayrton.

Dann erhob er sich, ging wieder nach dem Fenster, und seine Blicke suchten die grüne Schutzwand zu durchdringen.

Es war jetzt sieben ein halb Uhr und die Sonne seit etwa zwanzig Minuten hinter dem Granithaus untergegangen, so dass der östliche Horizont sich schon langsam in Dunkel hüllte. Dennoch segelte die Brigg unaufgehalten gegen die Unions-Bai weiter heran. Jetzt befand sie sich in einer Entfernung von ungefähr acht Meilen dem Plateau der Freien Umschau gerade gegenüber, denn nachdem sie in der Höhe des Krallen-Kaps beigedreht hatte, lief sie mit Unterstützung der steigenden Flut sehr schnell nach Norden zu. Bei dieser Entfernung konnte man sogar sagen, dass sie schon in die ausgedehnte Bai eingelaufen sei, denn eine vom Krallen- nach dem Kiefern-Kap gelegte gerade Linie wäre östlich auf Steuerbordseite derselben vorüber gegangen.

Würde die Brigg noch tiefer in die Bai einfahren? Das war die erste Frage. Würde sie darin Anker werfen? Das war die zweite. Würde sie sich damit begnügen, das Ufer näher zu beobachten und keine Mannschaften ans Land setzen? Das musste man vor Ablauf einer Stunde erfahren. Die Kolonisten mussten die weitere Entwickelung eben abwarten.

Nicht ohne ernstere Ängstlichkeit hatte Cyrus Smith die schwarze Flagge an dem verdächtigen Fahrzeuge aufgezogen gesehen. War das nicht eine ausgesprochene Bedrohung des Werkes, das er mit seinen Genossen bis jetzt so erfreulich gefördert hatte? Sollten die Seeräuber – denn für etwas Anderes konnte man die Besatzung jener Brigg nicht halten – diese Insel schon früher besucht haben, da sie bei Annäherung an das Land ihre Farbe zeigten? Waren sie hier schon vordem einmal angelaufen, was gewisse bis jetzt unerforscht gebliebene Eigentümlichkeiten erklärt hätte? Lebte in den bis jetzt noch nicht untersuchten Teilen vielleicht ein Genosse derselben, der mit ihnen in Verbindung stand?

All' diese Fragen, welche Cyrus Smith sich aufdrängten, konnte er vorläufig nicht beantworten, doch er fühlte mit Bestimmtheit, dass die Lage der Kolonie durch das Erscheinen der Brigg sehr ernstlich gefährdet sei.

Auf jeden Fall waren er und seine Genossen zum äußersten Widerstande entschlossen. Übertrafen die Piraten wohl an Anzahl die Kolonisten und hatten sie bessere Waffen als diese? – Das hätte man gerne gewusst, doch wie sollte man dazu gelangen?

Es wurde inzwischen völlig Nacht. Die schmale Mondsichel war im letzten Dämmerlichte schon verschwunden. Tiefe Finsternis umfing das Meer und die Insel. Schwere, rings um den Horizont gelagerte Wolken ließen keinen Lichtschimmer durchdringen. Auch der Wind hatte sich schon mit Eintritt der Dämmerung gelegt. Kein Blättchen regte sich an den Bäumen, keine Welle murmelte am Strande. Von dem Schiffe sah man nichts; alle Lichter desselben waren gelöscht oder verdeckt, und wenn es überhaupt noch in Sicht der Insel schwamm, so konnte man seine jetzige Stelle doch unmöglich bezeichnen.

»Ha, wer weiß, äußerte sich der Seemann, vielleicht ist das verdammte Schiff davon gesegelt und wir sehen mit Tagesanbruch keine Spur mehr von ihm wieder?«

Da blitzte, wie als Antwort auf Pencroffs Bemerkung, ein greller Lichtschein im Dunkel auf und hallte der Donner einer Kanone durch die Luft. Das Fahrzeug war also noch in der Nähe und führte Geschütze an Bord. Sechs Sekunden waren zwischen dem Blitz und dem Donner verflossen. Die Brigg befand sich also etwa eine Meile von der Insel.

Zu gleicher Zeit hörte man das Klirren von Ketten, welche rasselnd durch die Klüsen liefen.

Das Schiff hatte in Sicht des Granithauses Anker geworfen!

ZWEITES KAPITEL.

Über die Absichten der Piraten konnte ein weiterer Zweifel nicht bestehen. Dicht bei der Insel hatten sie Anker geworfen, und es lag auf der Hand, dass sie am nächsten Tage mittels ihrer Kanus ans Ufer gehen würden.

So bereit und entschlossen zum Handeln Cyrus Smith und seine Genossen auch waren, so durften sie eine gewisse Klugheit doch nicht aus den Augen setzen. Vielleicht konnte ihre Anwesenheit überhaupt verborgen bleiben, für den Fall, dass die Seeräuber sich begnügten, nur ans Land zu gehen und nicht ins Innere von Lincoln einzudringen. Wirklich war ja die Möglichkeit nicht ausgeschlossen, dass sie keinen anderen Zweck verfolgten, als an der Mercy-Mündung Wasser einzunehmen, und dabei konnten die ein und eine halbe Meile von der Mündung über den Fluss geschlagene Brücke und die Werkstätte in den Kaminen ihren Blicken recht wohl entgehen.

Warum hissten sie aber jene Flagge an der Mastspitze der Brigg? Weshalb lösten sie einen Kanonenschuss? Gewiss einfacher Firlefanz, wenn er nicht die Bedeutung einer Besitznahme der Insel haben sollte! Cyrus Smith wusste nun, dass das Fahrzeug furchtbare Waffen führte. Und was hatten die Ansiedler, um den Kanonen der Piraten zu antworten? – Nichts als einige Flinten!

»Jedenfalls, bemerkte Cyrus Smith, befinden wir uns hier in uneinnehmbarer Stellung. Der Feind wird die frühere Abflussöffnung, jetzt, wo sie von Blüten und Gräsern verdeckt ist, nicht auffinden, und folglich auch nicht in das Granithaus eindringen können.

– Aber unsere Anpflanzungen, unser Hühnerhof, die Viehhürde, alles, Alles! rief Pencroff, mit dem Fuße stampfend. Sie können alles verwüsten, alles in wenig Stunden zerstören!

– alles, Pencroff, antwortete Cyrus Smith, und wir besitzen kein Mittel, sie daran zu hindern.

– Sind ihrer Viele? – Das ist die Frage, sagte der Reporter. Wenn sie nur Zwölf sind, werden wir mit ihnen fertig, aber Vierzig, Fünfzig, vielleicht noch mehr! ...

– Herr Smith, begann da Ayrton, der auf den Ingenieur zutrat, würden Sie mir eine Erlaubnis erteilen?

– Welche, mein Freund?

– Mich nach dem Schiffe zu begeben und die Stärke der Mannschaft zu erforschen?

– Aber, Ayrton, erwiderte der Ingenieur, Sie riskieren Ihr Leben ...

– Warum sollte ich nicht?

– Das ist mehr als Ihre Pflicht.

– Ich habe auch mehr zu leisten, als meine Pflicht, antwortete Ayrton.

– Sie wollten mit der Pirogge bis zum Schiffe rudern? fragte Gedeon Spilett.

– Nein, mein Herr, ich will dahin schwimmen; die Pirogge würde da nicht hindurch kommen, wo es einem Schwimmer noch möglich ist.

– Haben Sie auch bedacht, dass die Brigg mehr als eine Meile vom Ufer liegt?

– Ich bin ein guter Schwimmer, Herr Harbert.

– ich wiederhole Ihnen aber, Sie setzen Ihr Leben aufs Spiel, meinte der Ingenieur.

– Das tut nichts, antwortete Ayrton. Herr Smith, ich verlange das als eine Gnade von Ihnen. Vielleicht erringe ich mir dadurch wieder einige Achtung vor mir selbst!

– So gehen Sie mit Gott, Ayrton, erwiderte Cyrus Smith, der recht wohl fühlte, dass eine Verweigerung dieser Erlaubnis den früheren Verbrecher, der wieder zum ehrlichen Menschen geworden war, tief betrüben müsste.

– Ich begleite Sie, rief Pencroff.

– Sie misstrauen mir also! sagte Ayrton verletzt und schnell, doch bald rang sich ein schmerzlicher Seufzer aus seinem Busen los.

– Nein! Nein! rief wie zum Troste Cyrus Smith, nein, Ayrton, Pencroff misstraut Ihnen nicht! Sie haben seine Worte falsch gedeutet!

– Wirklich, erklärte der Seemann, ich wollte Ayrton damit nur vorschlagen, ihn bis zum Eilande zu begleiten. Wenn es auch nicht gerade wahrscheinlich ist, so könnte sich doch einer jener Spitzbuben nach dem Eilande begeben haben, und dann möchten zwei Mann wohl nicht zu viel sein, ihn zu verhindern, ein Signal zu geben. Ich will Ayrton nur auf dem Eilande erwarten, und er mag, da er es nun einmal so will, allein nach dem Schiffe zu gelangen suchen «

Nach derartiger Erledigung dieses kleinen Zwischenfalles traf Ayrton die notwendigsten Vorbereitungen. Sein Project war kühn, doch konnte es, begünstigt durch die Dunkelheit der Nacht, wohl gelingen. Erreichte er nur das Fahrzeug, so vermochte Ayrton, wenn er sich an die Knie unter den Kranbalken anklammerte, oder in die Putern kletterte, sich über die Anzahl und vielleicht auch über die Absichten der Seeräuber zu unterrichten.

Gefolgt von ihren Genossen begaben sich Ayrton und Pencroff nach dem Strande hinab. Ayrton warf die Kleider ab und bestrich sich mit Fett, um weniger von der Kälte des Wassers zu leiden. Er musste ja darauf gefasst sein, vielleicht mehrere Stunden in demselben auszuhalten.

Pencroff und Nab hatten inzwischen die Pirogge herzugeholt, welche einige hundert Schritte weiter oben, am Ufer der Mercy, angebunden lag, und als sie mit ihr anlangten, war Ayrton bereit abzufahren.

Um Ayrtons Schultern warf man eine Decke, und die Kolonisten drückten ihm glückwünschend die Hand.

Pencroff und Ayrton schifften sich auf dem Boote ein

Es war zehn und einhalb Uhr abends, als beide in der Dunkelheit verschwanden; ihre Genossen wollten deren Rückkehr in den Kaminen erwarten.

Leicht überschifften Jene den Kanal und landeten an dem gegenüberliegenden Ufer des Eilandes. Auch hierbei gingen sie schon mit aller Vorsicht zu Werke, im Fall sich die Piraten in der Nähe umhertrieben. Dem Anscheine nach erwies sich das Eiland aber verlassen. Ayrton überschritt es, von Pencroff gefolgt, eiligst, wobei ganze Mengen der in Felsenlöchern nistenden Vögel aufgescheucht wurden; dann stürzte er sich ins Meer und schwamm geräuschlos auf das Schiff zu, zu dem einige kurz vorher angezündete Lichter ihm den Weg wiesen.

Pencroff verbarg sich in einer Höhle am Ufer und erwartete die Rückkehr seines Gefährten.

Inzwischen teilten Ayrtons kräftige Arme die Wellen und glitt er über die Wasserfläche, fast ohne eine Bewegung in derselben zu veranlassen. Kaum ragte sein Kopf daraus hervor, während seine Augen scharf nach der dunkeln Masse der Brigg gerichtet waren, deren Feuer sich auf dem Meere spiegelten. Nur an die Pflicht, welche zu erfüllen er auf sich genommen hatte, dachte er, nicht an die Gefahren, die ihm nicht allein an Bord des Schiffes, sondern auch durch die in dieser Gegend häufig vorkommenden Haifische drohten. Die Strömung unterstützte ihn, und schnell entfernte er sich von der Küste.

Eine halbe Stunde später erreichte Ayrton, ohne gesehen oder gehört worden zu sein, das Schiff, und schwang sich an den Kniebalken unter dem Bugspriet hinaus. Er schöpfte ein wenig Atem, klomm an den Ketten in die Höhe und gelangte so nach der vordersten Spitze des Schiffes. Dort hingen einige Matrosenkleider zum Trocknen. Er schlüpfte in ein Paar Beinkleider. Dann horchte er gespannt.

Am Bord der Brigg schlief man noch nicht. Im Gegenteil, man sprach, sang und lachte laut. Ayrton vernahm folgende von den gewohnten Flüchen begleitete Worte:

»Ein guter Fang, unser Schiff da!

— Er segelt gut, der *Speedy*[1]; er verdient seinen Namen.

— Die ganze Flotte aus Norfolk mag hinter ihm her sein, sie holt ihn nicht ein!

— Hurra, seinem Kommandanten!

— Hurra, Bob Harvey!«

Die Gefühle Ayrtons, als dieses Gespräch an sein Ohr drang, wird man verstehen, wenn man erfährt, dass er in diesem Bob Harvey einen seiner alten Raubgenossen aus Australien wieder erkannte, einen kühnen Seemann, der seine eigenen räuberischen Absichten aufgenommen und weiter geführt hatte. Bob Harvey hatte sich bei der Insel Norfolk dieser Brigg, als sie, mit Waffen, Munition, Geräten und Werkzeugen aller Art beladen, zur Abfahrt nach einer der Sandwichs-Inseln bereit lag, bemächtigt. Seine ganze Bande hatte das Schiff überrumpelt, und jetzt als Piraten, wie früher als Verbrecher auf dem Lande, kreuzten diese Elenden durch den Pazifischen Ozean, zerstörten die Schiffe, massakrierten die Besatzungen und übertrafen noch die Malaien an Wildheit.

Die Schurken sprachen ganz laut, rühmten sich ihrer Heldentaten und tranken im Übermaß. Ayrton vermochte im weiteren Verlaufe noch Folgendes zu verstehen:

Die Besatzung des Speedy bestand durchweg nur aus englischen Gefangenen, welche aus Norfolk entflohen waren.

Unter 29°2' südlicher Breite und 165°42' östlicher Länge liegt im Osten Australiens eine kleine Insel von sechs Meilen Umfang, die der Mont-Pitt in einer Höhe von 1100 Fuß über dem Meere beherrscht. Das ist die Insel Norfolk, welche ein Etablissement enthält, in dem die unverbesserlichsten der englischen Sträflinge eingesperrt sind. Dort befinden sich unter eiserner Disziplin, von den härtesten Strafen bedroht und von fünfhundert Soldaten und gegen hundertundfünfzig Beamten unter einem Gouverneur bewacht, etwa fünfhundert solcher Bösewichte. Unmöglich kann man eine schlimmere Gesellschaft von Verbrechern zusammenfinden. Manchmal — wenn auch nur sehr selten — gelingt es trotz der scharfen Wache einigen derselben auszubrechen, indem sie sich eines beliebigen Schiffes bemächtigen und mit demselben nach den polynesischen Archipelen entweichen.

So hatten es auch Bob Harvey und seine Mitschuldigen gemacht. Dasselbe hatte Ayrton früher in Absicht gehabt. Bob Harvey hatte die Brigg Speedy zu überrumpeln gewusst, als sie vor Norfolk ankerte; die Besatzung war niedergemetzelt worden, und seit einem Jahre schon kreuzte das zum Piratenschiffe gewordene Fahrzeug auf den Fluten des Stillen Ozeanes unter dem Kommando Bob Harveys, der, ehemals Kapitän eines Ostindienfahrers, jetzt zum Seeräuber geworden war, und den Ayrton sehr gut kannte.

Der größte Teil der Deportierten befand sich auf dem Oberdeck im Hinterteil des Schiffes versammelt, einige aber plauderten da und dort auf dem Verdeck ziemlich laut.

Das Gespräch, welches immer unter Geschrei und Zurufen geführt wurde, belehrte Ayrton, dass nur der Zufall den Speedy nach der Insel Lincoln verschlagen habe. Noch niemals hatte Bob Harvey den Fuß darauf gesetzt; da er aber ein noch unbekanntes Land auf seinem Wege fand, hatte er, ganz wie Cyrus Smith es geahnt, der Insel, deren Lage noch keine Karte verzeichnete, einen Besuch machen und sie im passenden Falle zum Versteckhafen der Brigg erwählen wollen.

Die an der Mastspitze gehisste schwarze Flagge und der nach Art der Kriegsschiffe, wenn sie sich einem Hafen nähern, abgegebene Kanonenschuss lief nur auf eine reine Albernheit der Seeräuber hinaus. Jedenfalls kam beiden die Bedeutung eines Signals nicht zu, und bis jetzt bestand keinerlei Verbindung zwischen der Insel Lincoln und den Flüchtlingen aus Norfolk.

Dem Gebiete der Ansiedler drohte also eine sehr ernsthafte Gefahr. Offenbar musste die Insel bei ihrem Wasserreichtume, ihren kleinen Häfen, ihren von den Ansiedlern schon so rührig entwickelten Hilfsquellen und den verborgenen Höhlungen im Granithaus auch den Verbrechern ausnehmend passen; in ihren Händen wäre sie zum herrlichsten Versteck geworden, und gerade ihre Unbekanntheit gewährleistete ihnen für längere Zeit eine straflose Sicherheit. Es lag auf der Hand, dass auch das Leben der Kolonisten keine Schonung gefunden hätte, und dass es Bob Harveys und seiner Genossen erste Sorge gewesen wäre, Jene ohne Gnade niederzumetzeln. Cyrus Smith und die Seinen konnten sich nicht einmal durch die Flucht retten und sich im Innern der Insel verbergen, da die Verbrecher sich hier festsetzen zu wollen schienen, und selbst für den Fall, dass der Speedy auf Raub auslief, doch jedenfalls einige Mann von der Besatzung zurückgeblieben wären, um sich hier einzurichten. Man musste sich also wohl oder übel zum Kampfe und zur Vernichtung dieser Elenden bis auf den letzten Mann entschließen, dieser Schurken, welche kein Mitleid verdienten und denen gegenüber jedes Mittel erlaubt erschien.

Das waren etwa Ayrtons Gedanken, von denen er fühlte, dass Cyrus Smith sie gewiss teilen werde.

War aber ein Widerstand und zuletzt ein Sieg überhaupt wahrscheinlich? Das hing von der Bewaffnung der Brigg und der Anzahl Menschen ab, welche sie trug.

Ayrton beschloss, sich hierüber um jeden Preis Aufklärung zu verschaffen, und da eine Stunde nach seiner Ankunft etwas mehr Ruhe eintrat und schon eine Menge Verbrecher in trunkenen Schlaf gefallen waren, so zögerte Ayrton keinen Augenblick, sich auf das Verdeck des Speedy zu wagen, das die Stocklaternen fast in völliger Dunkelheit ließen.

Er schwang sich über die Brüstung und gelangte neben dem Bugspriet auf das Vorderkastell der Brigg. Lautlos glitt er durch die da und dort liegenden Schläfer um das Schiff und überzeugte sich, dass der Speedy vier acht- bis zehnpfündige Kanonen führte. Eine nähere Untersuchung belehrte ihn auch, dass es Hinterladungsgeschütze, also ganz moderne Waffen waren, die sich schnell laden lassen und von fürchterlicher Wirkung sind.

Auf dem Verdeck selbst lagen etwa zehn Mann umher, doch mochten wohl mehr noch im Innern des Schiffes ruhen. Aus den vorher gehörten Worten glaubte Ayrton schon haben abnehmen zu können, dass ungefähr fünfzig Mann an Bord seien. Das waren freilich viel für die Ansiedler der Insel Lincoln! Dank Ayrtons kühnem Unternehmen konnte diese Anzahl Cyrus Smith dann wenigstens nicht überraschen; er musste die Stärke seiner Gegner vorher kennen und seine Anordnungen danach zu treffen wissen.

Ayrton brauchte jetzt also nur zurückzukehren und seinen Genossen Bericht über das Wagnis, das er übernommen, zu erstatten, und schon suchte er das Vorderteil der Brigg zu erreichen, um ungehört ins Meer hinabzugleiten.

Doch da kam dem Manne, welcher versprochen hatte, noch mehr als seine Pflicht zu tun, ein heroischer Gedanke. Er wollte sein Leben opfern, aber die Insel und ihre Ansiedler retten. Cyrus Smith konnte offenbar fünfzig bis an die Zähne bewaffneten Banditen nicht auf die Dauer widerstehen, ob diese den Eingang ins Granithaus nun mit Gewalt zu erzwingen suchten oder die Belagerten nach und nach durch Hunger überwältigten. Dann stellte er sich seine Retter vor, sie, die ihn wieder zum Menschen und auch zum ehrlichen Menschen gemacht hatten, sie, denen er alles verdankte, ohne Mitleid erschlagen, ihre Arbeiten vernichtet, ihre Insel als Schlupfwinkel einer Seeräuberbande! Er sagte sich, dass er, Ayrton, im Grunde die Ursache all' dieses Unglücks, dass sein früherer Verbrechergefährte, Bob Harvey, nur seine eigenen Absichten jetzt auszuführen im Begriffe sei – da lief ein erstarrender Schrecken durch alle seine Glieder. Und dann ergriff ihn ein unwiderstehliches Verlangen, die Brigg und alles, was sie trug, in die Luft zu sprengen. Ayrton musste bei der Explosion mit zu Grunde gehen, doch – er hatte seine Pflicht getan.

Er überlegte keinen Augenblick. Die Pulverkammer, welche stets im Hinterteile der Schiffe liegt, zu erreichen, konnte nicht allzu schwer sein; an Pulver konnte es einem Fahrzeuge dieses Schlages nicht fehlen, und ein Funke musste ja genügen, dasselbe in einem Augenblicke zu zerstören.

Ayrton schlich sich vorsichtig nach dem Zwischendeck, in dem viel trunkene Schläfer umherlagen. Am Fuße des einen Mastes beleuchtete eine Stocklaterne einen rund um jenen laufenden Gewehrständer, der mit Waffen aller Art besetzt war.

Ayrton steckte von denselben einen Revolver zu sich, und sah auch nach, ob er geladen und schussfertig sei. Mehr brauchte er ja nicht, das Werk, der Zerstörung zu vollenden. So glitt er nach dem Hinterteile, um unter das Oberdeck zu gelangen, wo die Pulverkammer sich befinden musste.

In dem fast dunklen Zwischendeckraume konnte er freilich nur schwer vorwärts kommen, ohne da und dort an einen halb eingeschlafenen Sträfling zu stoßen; manches Fluch- und Schimpfwort folgte ihm nach. Manchmal war er sogar gezwungen, seinen Weg zu unterbrechen. Endlich gelangte er aber doch an eine Wand, welche den hintersten Teil abschloss, und fand an derselben die Tür, die nach dem Pulverraume führen musste.

Da Ayrton nichts übrig blieb, als diese mit Gewalt zu öffnen, so ging er sofort daran. Natürlich konnte das ohne einiges Geräusch nicht abgehen, da er gezwungen war, ein Vorlegeschloss zu sprengen. Doch unter Ayrtons kräftiger Hand sprang das Schloss auf, – die Tür stand offen …

In diesem Augenblicke legte sich ein Arm auf Ayrtons Schultern.

»Was beginnst Du da?« fragte mit strenger Stimme ein hochgewachsener Mann, der aus dem Schatten hervortrat und mit einer Handlaterne Ayrton voll ins Gesicht leuchtete.

Ayrton schnellte zurück. Bei dem plötzlichen Lichtscheine hatte er seinen alten Mitschuldigen, Bob Harvey, wieder erkannt, Letzterer aber ihn wahrscheinlich nicht, da er Ayrton schon längst für tot halten musste.

»Was beginnst Du da?« sagte Bob Harvey und ergriff Ayrton am Gürtel des Beinkleides.

Ohne eine Antwort zu geben stieß Ayrton den Räuberhauptmann kraftvoll zurück und suchte in die Pulverkammer einzudringen. Ein Revolverschuss in diese Tonnen, und alles war vollbracht! …

»Hierher, Jungens!« rief da Bob Harvey laut.

Zwei bis drei Piraten, die bei dem Zurufe erwacht waren, stürzten sich auf Ayrton und versuchten ihn nieder zu werfen Ayrton riss sich aus ihren Fäusten los. Zwei Schüsse knallten aus seinem Revolver, und zwei Verbrecher fielen zu Boden; aber ein Messerstich, dem er nicht ausweichen konnte, traf ihn selbst an der Schulter.

Ayrton sah wohl ein, dass er sein Vorhaben nicht werde ausführen können. Bob Harvey hatte die Tür zur Pulverkammer wieder zugeschlagen, und im Zwischendeck entstand eine Bewegung, welche die größte Zahl der Piraten ermunterte. Jetzt galt es Ayrton, sein Leben zu schonen, um an Cyrus Smiths Seite noch mit kämpfen zu können. Es blieb ihm also nichts übrig, als sein Heil in der Flucht zu suchen.

Ob diese noch ausführbar wäre, das war nicht vorher zu sagen, obwohl Ayrton entschlossen war, alles daran zu setzen, um zu seinen Genossen zurück zu gelangen.

Noch hatte er vier Schüsse vorrätig. Zwei feuerte er ab, den einen auf Bob Harvey, der diesen jedoch mindestens nicht gefährlich traf, und indem er eine augenblickliche Verwirrung seiner Gegner benutzte, eilte Ayrton nach der Treppe, um auf das Verdeck hinauf zu gelangen. Im Vorüberlaufen an der Mastlaterne zertrümmerte er diese mit einer Spiere, so dass es rings umher vollständig dunkel und seine Flucht dadurch begünstigt wurde.

Eben kamen aber, von dem Lärmen erschreckt, einige Mann diese Treppe herunter. Ein fünfter Revolverschuss Ayrtons streckte den Einen nieder, die Anderen eilten, ohne zu wissen, was eigentlich vorging, wieder zurück. In zwei Sätzen war Ayrton auf dem Verdecke, und drei Sekunden später, nachdem er auch seinen letzten Schuss auf einen der Piraten, der ihn am Halse packen wollte, abgefeuert, schwang er sich über die Schanzkleidung und sprang ins Meer.

Doch keine sechs Faden weit war er dahin geschwommen, als die Kugeln um ihn einschlugen.

Was mochte Pencroff fühlen, der hinter einem Felsen des Eilandes versteckt lag, was Cyrus Smith, Harbert und Nab, die sich in den Kaminen aufhielten, als sie an Bord der Brigg jene Gewehrschüsse hörten? Sie stürzten vor nach dem Strande, mit den Flinten in der Hand, bereit, jedem Angriffe entgegenzutreten.

Für sie gab es keine Zweifel mehr! Ayrton war, überrascht von den Piraten, von diesen ermordet worden, und vielleicht suchten die Schurken das Dunkel der Nacht zu benutzen, um eine Landung an der Insel auszuführen.

Eine halbe Stunde verrann unter tödlichen Qualen. Es fiel zwar kein Schuss mehr, doch wurden auch weder Ayrton noch Pencroff sichtbar. War das Eiland schon besetzt? Sollte man Ayrton und Pencroff zu Hilfe eilen? Doch wie? Bei dem Hochwasser im Meere machte sich ein Überschreiten des Canals unmöglich. Die Pirogge war nicht zur Hand! Wer fühlt nicht die entsetzliche Angst mit, die sich Cyrus Smiths und seiner Gefährten bemächtigte?

Gegen Mitternacht endlich stieß ein Boot, welches zwei Menschen trug, an den Strand. Das waren Ayrton, mit einer leichten Verwundung an der Schulter, und Pencroff, heil und gesund, die von ihren Freunden mit offenen Armen empfangen wurden.

Sofort zogen alle sich in die Kamine zurück. Dort erzählte Ayrton das Vorgefallene, und verhehlte auch seine Absicht nicht, die Brigg in die Luft zu sprengen, an deren Ausführung er nur verhindert worden sei.

Alle Hände streckten sich Ayrton dankend entgegen, welcher übrigens den Ernst der Lage keineswegs verheimlichte. Die Piraten waren gewarnt. Sie wussten, dass die Insel Lincoln bewohnt sei, und betraten diese voraussichtlich nur in größerer Anzahl und gut bewaffnet. Schonung durfte man von ihnen nicht erwarten, und wenn die Ansiedler in ihre Hände fielen, war ihnen der Tod gewiss.

»Nun, wir werden auch zu sterben wissen! rief der Reporter.

– Ziehen wir uns zurück und halten scharf Wache, sagte der Ingenieur.

– Haben wir eine Aussicht, uns aus dieser Lage zu ziehen, Herr Cyrus? fragte der Seemann.

– O ja, Pencroff.

– Hm! Sechs gegen Fünfzig!

– Ja wohl! Sechs! ... ohne auf ...

– Auf wen zu zählen?« fragte Pencroff.

Cyrus antwortete nicht, aber er wies mit der Hand gen Himmel.

Fußnoten

1 Ein englisches Wort, welches »hurtig« bedeutet.

DRITTES KAPITEL.

Die Nacht verging ohne Störung. Ihren Wachposten an den Kaminen hatten die Ansiedler nicht aufgegeben. Die Piraten ihrerseits schienen keinen Landungsversuch unternommen zu haben. Nach den letzten auf Ayrton nachgefeuerten Flintenschüssen verriet keine Detonation, kein Geräusch die Anwesenheit der Brigg im Gewässer der Insel. Man hätte zur Not glauben können, sie habe in Befürchtung eines überlegenen Widerstandes die Anker gelichtet und das Weite gesucht.

So verhielt es sich indes nicht, und beim Grauen des Tages konnten die Kolonisten eine unbestimmte Masse schon durch den Morgennebel wahrnehmen Das war der Speedy.

»Folgende Maßnahmen, begann der Ingenieur, empfehle ich Euch, meine Freunde, letzt dringend, die wir, bevor sich der Nebel verliert, noch treffen können; dieser verbirgt uns den Augen der Piraten, und verhindert es, ihre Aufmerksamkeit zu erwecken. Am meisten muss uns daran liegen, bei jenen den Glanden zu erwecken, dass die Anzahl der Inselbewohner groß genug sei, ihnen Widerstand zu leisten. Wir wollen uns zu dem Zwecke in drei Gruppen verteilen; die erste stelle sich an den Kaminen, die zweite an der Mercy-Mündung auf. Die dritte, denk' ich, wird es gut sein, auf dem Eilande unterzubringen, um jeden Versuch einer Einschiffung zu verhindern, oder doch zu verzögern. Wir besitzen zwei Karabiner und vier Flinten. jeder von uns wird seine Waffe und Keiner bei dem reichlichen Vorrat an Pulver und Blei mit dem Feuern zu geizen haben. Weder Gewehrschüsse, noch selbst die Kanonen der Brigg können uns schaden. Was vermöchten sie gegen die Felsen? Da wir ferner aus den Fenstern des Granithauses nicht schießen, so werden die Piraten nicht auf den Gedanken kommen, dorthin etwa Haubitzen zu werfen, die uns unersetzlichen Schaden anrichten könnten. Vor allem müssen wir ein Handgemenge zu vermeiden suchen, da die Sträflinge das Übergewicht an der Zahl haben; um jeden Preis ist also jede Ausschiffung zu verhindern, ohne dass wir uns dabei zeigen. Also kein Geizen mit der Munition. Schießen wir häufig und sicher! Jedem von uns stehen acht bis zehn Feinde gegenüber, die er erlegen muss!«

So zeichnete Cyrus Smith alles mit Klarheit und einer so ruhigen Stimme vor, als handle es sich vielmehr um die Ausführung einer Arbeit, als um einen bevorstehenden Kampf. Seine Genossen billigten diese Maßregeln, ohne ein Wort zu erwidern. Es fiel jetzt Jedem die Aufgabe zu, seinen Posten vor der Zerstreuung des Morgennebels einzunehmen.

Nab und Pencroff begaben sich nach dem Granithaus hinauf und brachten hinreichende Munitionsvorräte herbei. Gedeon Spilett und Ayrton, beide gute Schützen, wurden mit den beiden Präzisionsgewehren, welche leicht eine Meile weit trugen, bewaffnet; die anderen Flinten aber unter Cyrus Smith, Nab, Harbert und Pencroff verteilt.

Die Verteilung der Posten war folgende:

Cyrus Smith und Harbert blieben in den Kaminen versteckt und bestrichen von hier aus den Strand am Fuße des Granithauses in weiter Ausdehnung.

Gedeon Spilett und Nab verbargen sich inmitten der Felsen am Ausflusse der Mercy, – deren Brücke, ebenso wie die übrigen Stege, aufgezogen war, – um das Einfahren eines Bootes und eine Landung am anderen Ufer zu verhindern.

Ayrton und Pencroff endlich brachten die Pirogge wieder ins Wasser, um den Kanal zu überschreiten und an zwei Punkten des Eilandes Stellung zu nehmen. So musste das Gewehrfeuer von vier verschiedenen Punkten ausgehen und die Angreifer glauben machen, die Insel sei weit stärker bevölkert und wirksamer verteidigt.

Im Fall eine Landung nicht zu verhindern und eine Umgehung zu befürchten wäre, sollten Pencroff und Ayrton mittels der Pirogge den Strand wieder zu erreichen suchen und sich nach dem bedrohtesten Punkte begeben.

Bevor sie ihre Einzelstellungen einnahmen, drückten sich die Kolonisten noch einmal herzlich die Hände. Pencroff gelang es nur schwer, seiner Erregung Herr zu werden, als er Harbert, sein Kind, zum Abschied in seine Arme schloss! ... Dann trennten sie sich rasch.

Einige Augenblicke später verschwanden Cyrus Smith und Harbert nach der einen, der Reporter und Nab nach der anderen Seite, und nach Verlauf von fünf Minuten hatten Ayrton und Pencroff den Kanal glücklich überschritten, sprangen aus Land und verbargen sich in den Höhlungen des östlichen Ufers.

Gewiss war Keiner von ihnen dabei gesehen worden, denn sie selbst erkannten durch den seinen Nebeldunst die Brigg erst in unklaren Umrissen.

Es war jetzt um sechs ein halb Uhr morgens.

Bald zerteilte sich der Nebel in den oberen Luftschichten, und die Mastspitzen der Brigg hoben sich aus dem Dunste empor. Einige Minuten noch wogten große Wolken desselben auf der Meeresoberfläche umher, dann erhob sich ein frischerer Wind und zerstreute schnell die angehäuften Dünste.

Der Speedy trat jetzt, an zwei Ankern fest gelegt, die Spitze nach Norden und die Backbordseite nach der Insel gerichtet, deutlich hervor. So wie Cyrus Smith es geschätzt hatte, lag er nur wenig über eine Meile entfernt von der Küste.

Die schwarze Flagge wehte noch immer vom Maste.

Der Ingenieur konnte mittels Fernrohr erkennen, dass die vier Schiffskanonen auf die Insel gerichtet und offenbar bereit waren, sogleich das Feuer zu eröffnen.

Für jetzt blieb der Speedy jedoch noch stumm. Etwa dreißig Mann der Piraten sah man auf dem Verdecke hin und her laufen. Einige befanden sich auf dem Oberdeck; zwei Andere saßen mit Ferngläsern in den Händen auf den Stangen des großen Bramsegels und beobachteten die Insel mit gespannter Aufmerksamkeit.

Offenbar konnten Bob Harvey und seine Leute sich den Vorfall während der vergangenen Nacht an Bord der Brigg nur schwierig erklären. War jener halbnackte Mann, der die Tür zur Pulverkammer gesprengt und gegen sie gekämpft, der sechsmal einen Revolver auf sie abgefeuert, Einen getötet und Zwei verwundet hatte, zuletzt noch ihren Kugeln entgangen und schwimmend zur Insel zurückgelangt? Woher kam er? Was bezweckte er an Bord? Lag es, wie Bob Harvey annahm, wirklich in seiner Absicht, die Brigg in die Luft zu sprengen? alle diese Fragen und Vermutungen verwirrten die Sträflinge. Zweifelhaft konnten sie nur über das Eine nicht sein, dass die unbekannte Insel, an der der Speedy Anker geworfen, bewohnt sei, und sich auf ihr vielleicht eine ganze zur Verteidigung derselben entschlossene Kolonie befinden möge. Dennoch zeigte sich kein Mensch, weder auf dem Strande noch auf den Anhöhen, und das Ufergebiet schien vollkommen verlassen, zeigte wenigstens keine Spur von Bewohntsein. Sollten die Bewohner weiter ins Innere geflohen sein?

Diese Frage musste der Piratenhäuptling sich wohl vorlegen und als kluger Mann erst das Terrain erkunden, bevor er seine Mannschaft einen Kampf aufnehmen ließ.

Während anderthalb Stunden war seitens der Brigg kein Zeichen eines Angriffes oder Landungsversuches wahrzunehmen. Jedenfalls zauderte Bob Harvey noch. Auch seine besten Fernrohre hatten ihn keinen der zwischen den Felsen versteckten Ansiedler wahrnehmen lassen. Wahrscheinlich erregte auch der Vorhang von Lianen und grünenden Zweigen, der die Fenster des Granithauses verdeckend an der nackten Mauer herabhing, nicht seine besondere Aufmerksamkeit. Wie hätte er auch ahnen sollen, dass in solcher Höhe in der Granitmasse eine Wohnung ausgebrochen wäre? Vom Krallen-Kap bis zu den Kiefern-Kaps, also längs des ganzen Umfangs der Unions-Bai, verriet nichts, dass die Insel besetzt sei.

Um acht Uhr aber bemerkten die Kolonisten eine gewisse Bewegung an Bord des Speedy. Die Taue an den Bootskranen wurden gelöst und ein Kanu ins Meer gelassen. Sieben Mann bestiegen dasselbe. Sie waren mit Gewehren bewaffnet; einer derselben setzte sich an das Steuer, vier Andere ergriffen die Ruder und Zwei nahmen im Vorderteile, die Insel schussfertig beobachtend, Platz. Ohne Zweifel beabsichtigten sie weit mehr, sich über die Verhältnisse aufzuklären, als zu landen, denn im letzteren Falle wären sie wohl in größerer Anzahl erschienen.

Die in der Takelage bis auf den Bramstangen sitzenden Piraten hatten ohne Zweifel bemerken müssen, dass noch ein Eiland vor der Küste der Insel, und von dieser durch einen etwa eine halbe Meile breiten Kanal getrennt, ausgestreckt lag. Cyrus Smith überzeugte sich bei Beobachtung der Richtung des Kanus aber bald, dass dieses nicht weit in den Kanal einzufahren, sondern an dem Eilande zu landen beabsichtige, eine Maßregel, welche die Vorsicht den Feinden gebot.

Pencroff und Ayrton sahen jene auf ihr Versteck in den Felsen gerade zukommen und warteten nur, bis das Kanu in bequemer Schussweite war. Letzteres bewegte sich nur mit größter Vorsicht weiter. Nur in langen Zwischenräumen tauchten die Ruder ins Wasser. Man bemerkte auch, dass einer der im Vorderteile sitzenden Verbrecher eine Sonde in der Hand hielt und den von dem Strome der Mercy ausgehöhlten Kanal untersuchte; ein Beweis, dass Bob Harvey sich mit der Brigg so nahe als möglich an das Ufer zu legen beabsichtigte. Etwa dreißig der Piraten saßen in den Strickleitern verteilt, verloren die Bewegungen des kleinen Bootes keinen Augenblick aus den Augen, und suchten Merkzeichen zu gewinnen, um ohne Gefahr anlaufen zu können.

Nur zwei Kabellängen von dem Eilande entfernt hielt das Kanu an; der Steuermann schien nach einem geeigneten Landungspunkte auszuspähen.

Da krachten plötzlich zwei Gewehrschüsse. Ein leichter Rauch wirbelte über den Felsen des Eilandes auf. Der Mann am Steuer und der mit der Sonde stürzten rückwärts in das Boot. Ayrtons und Pencroffs Kugeln hatten beide in demselben Augenblicke getroffen.

Fast gleichzeitig ließ sich aber auch ein furchtbarer Knall hören, und eine mächtige Dampfwolke auszuschweißen aus der Seite der Brigg hervor; eine Kugel schlug gegen die Felsen, welche Ayrton und Pencroff deckten, und sprengte einige Stücke los, von denen die beiden Schützen indessen nicht verletzt wurden.

Aus dem Kanu hörte man die schrecklichsten Flüche; es nahm jedoch sofort seine Fahrt wieder auf. An die Stelle des Steuermannes trat ein Anderer, und in raschen Schlägen peitschten die Ruder das Wasser.

Statt aber, wie man hätte erwarten sollen, geraden Wegs nach der Brigg zurückzukehren, fuhr es längs des Ufers am Eilande hin, um dessen Südspitze zu umkreisen. Dabei ruderten die Piraten mit aller Macht, um außer Schussweite zu kommen.

So gelangten sie bis auf fünf Kabellängen nach dem etwas einspringenden Teile der Küste, welche weiter südlich in der Seetriftspitze auslief, verfolgten diese immer unter dem Schutze der Kanonen der Brigg in halbkreisförmiger Linie und wandten sich nach der Mündung der Mercy.

Sie hatten offenbar die Absicht, in den Kanal selbst einzufahren und die auf dem Eilande befindlichen Kolonisten im Rücken zu fassen, dieselben zwischen das Feuer des Bootes und der Brigg zu nehmen und Jene in eine höchst gefährliche Lage zu versetzen.

So verging eine Viertelstunde, während der das Kanu dieselbe Richtung einhielt. Rings vollkommenes Schweigen; tiefe Ruhe in der Luft und auf dem Wasser.

Noch hatten Pencroff und Ayrton, obwohl sie einsahen, dass ihnen eine Umgehung drohe, ihre Posten nicht verlassen, entweder weil sie sich noch nicht zeigen und dem groben Geschütz des Schiffes aussetzen wollten, oder weil sie auf das Eingreifen Nabs und Gedeon Spiletts zählten, die an der Flussmündung wachten, und auf Cyrus Smith und Harbert, welche in den Kaminen versteckt lagen.

Zwanzig Minuten nach dem ersten Kugelwechsel befand sich das Kanu kaum zwei Kabellängen weit der Mercy gegenüber. Da die Flut mit gewohnter Heftigkeit – eine Folge der Enge dieser Wasserstraße – zu steigen begann, wurden die Sträflinge heftig nach dem Flusse hingetrieben und konnten sich nur durch angestrengtes Rudern in der Mitte des Kanales halten. Als sie jedoch in Schussweite an der Mercy-Mündung vorüber kamen, begrüßten sie zwei Kugeln, welche wiederum zwei Mann in das Boot niederstreckten. Nab und Spilett hatten ihr Ziel nicht verfehlt.

Sofort sandte die Brigg eine zweite Kugel nach der Stelle, welche der Pulverdampf bezeichnete, doch ohne weiteren Erfolg, als die Zertrümmerung einiger Felsstücke.

Jetzt trug das Boot nur noch drei kampffähige Männer. Von der Strömung erfasst, auszuschweißen es pfeilgeschwind durch den Kanal und an Cyrus Smith und Harbert vorüber, welche jedoch der zu großen Entfernung wegen nicht Feuer gaben. Dann glitt es, nur noch von zwei Rudern getrieben, um die Nordspitze und suchte die Brigg wieder zu erreichen.

Bis hierher hatten die Kolonisten sich nicht eben zu beklagen. Der Kampf nahm für ihre Gegner einen ungünstigen Anfang. Jene zählten schon vier Schwerverwundete oder gar Tote, sie selbst waren unverletzt und hatten keine Kugel verschwendet. Wenn die Piraten ihren Angriff in derselben Weise fortsetzten und nur mittels des Kanus einen erneuten Landungsversuch wagten, so konnten sie bequem einzeln abgetan werden.

Der Vorteil der ersten Maßnahmen des Ingenieurs lag jetzt auf der Hand. Die Piraten konnten wohl glauben, mit zahlreichen Gegnern zu tun zu haben, die nicht so leicht zu überwältigen sein würden.

Eine halbe Stunde verging, bis das Kanu, das gegen die Meeresströmung anzukämpfen hatte, sich neben den Speedy legte. Ein wüstes Geschrei erhob sich, als es mit den vier Verwundeten ankam, und drei bis vier Kanonenschüsse wurden, freilich ganz erfolglos, abgegeben.

Da stürzten, vor Wut und vielleicht noch vom Gelage der Nacht her trunken, wohl ein Dutzend Sträflinge in das Boot. Ein zweites Fahrzeug, in dem acht Mann Platz nahmen, wurde herabgelassen, und während das erste sich direkt nach dem Eilande wandte, um die Kolonisten von diesem zu vertreiben, suchte das zweite die Einfahrt in die Mercy zu erzwingen.

Für Ayrton und Pencroff gestaltete sich die Lage jetzt sehr bedenklich, und sie dachten daran, das Land der Insel wieder zu gewinnen.

Dennoch warteten sie so lange, bis das erste Kanu in Schussweite kam, und zwei sichere Kugeln richteten unter der Besatzung desselben eine merkliche Unordnung an. Dann verließen Ayrton und Pencroff ihre Stellungen, liefen was sie konnten, während ein Dutzend Kugeln über ihre Köpfe pfiffen, quer über das Eiland, sprangen in die Pirogge, setzten in dem Augenblicke, als das zweite Kanu die südliche Spitze des Eilandes erreichte, über den Kanal und eilten, sich in den Kaminen zu bergen.

Kaum neben Cyrus Smith und Harbert angelangt, wurde das Eiland von den Piraten besetzt, die es nach allen Richtungen durchsuchten.

Fast gleichzeitig knatterten wieder Flintenschüsse von dem Posten an der Mercy, dem das zweite Boot sich rasch genähert hatte. Zwei von den acht Mann in demselben wurden von Gedeon Spilett und Nab tödlich getroffen, und das Boot selbst, von der Strömung gegen die Klippen getrieben, ging dicht an der Mündung der Mercy in Stücke. Hoch hielten die sechs Überlebenden ihre Waffen über die Köpfe, um sie vor Berührung mit dem Wasser zu schützen, und es gelang ihnen, auf dem rechten Ufer Fuß zu fassen. Da sie sich hier dem Feuer des Postens zu sehr ausgesetzt sahen, flohen sie so schnell als möglich in der Richtung nach der Seetriftspitze aus dem Bereiche der Kugeln.

Die Sachlage gestaltete sich also jetzt folgendermaßen: Auf dem Eilande schwärmten etwa zwölf Piraten, zwei davon mindestens verwundet, umher, die noch ein Boot zur Verfügung hatten; auf der Insel waren sechs ans Land gekommen, aber nicht im Stande, nach dem Granithaus vorzudringen, da sie wegen den aufgezogenen Brücken den Fluss nicht überschreiten konnten.

»Es macht sich! hatte Pencroff gerufen, als er in die Kamine stürzte, es macht sich, Herr Cyrus! Was meinen Sie darüber?

– Ich denke, erwiderte der Ingenieur, dass das Gefecht eine andere Gestalt annehmen wird, denn es ist nicht vorauszusetzen, dass die Piraten so unintelligent wären, dasselbe unter diesen für sie so ungünstigen Verhältnissen fortzusetzen.

– Den Kanal werden sie niemals überschreiten, sagte der Seemann. Daran verhindern sie Ayrtons und Herrn Spiletts Büchsen. Sie wissen ja, dass diese eine Meile weit tragen!

– Gewiss, bemerkte Harbert, doch was vermöchten sie gegen die Geschütze der Brigg auszurichten?

– Ah, jetzt, denke ich, ist sie noch nicht im Kanal, erwiderte Pencroff.

– Und wenn sie hereinkommt? fragte Cyrus Smith.

– Das ist fast unmöglich, denn sie liefe dabei Gefahr, zu stranden und zu Grunde zu gehen.

– Das kann wohl sein, fiel da Ayrton ein, aber die Sträflinge können das Hochwasser benutzen, um hier einzulaufen, unbekümmert darum, während der Ebbe aufzufahren, und gegenüber dem Feuer ihrer Kanonen sind unsere Stellungen nicht haltbar.

– Tausend Höll' und Teufel! rief Pencroff aus, es scheint wahrlich, als gingen die Schurken daran, die Anker aufzuwinden.

– Vielleicht sind wir genötigt, uns nach dem Granithaus zurück zu ziehen? äußerte Harbert.

– Noch wollen wir warten! antwortete Cyrus Smith.

– Aber Nab und Herr Spilett? ... mahnte Pencroff.

– Werden uns zur richtigen Zeit zu finden wissen. Machen Sie sich fertig, Ayrton. Hier muss Ihr Karabiner und der Spiletts ein Wort mitreden.«

Es war nur zu richtig! Der Speedy begann an seinem Anker sich zu drehen, und verriet die Absicht, näher an das Eiland heran zu segeln. Das Meer hatte etwa noch anderthalb Stunden zu steigen, und da die Strömung fast ganz nachgelassen hatte, war es leicht, mit der Brigg nach Belieben zu manövrieren. Bezüglich der Einfahrt in den Kanal widersprach Pencroff aber noch immer Ayrton, der dieses Wagstück für möglich hielt.

Inzwischen erschienen die Piraten, welche das Eiland absuchten, mehr und mehr an dem gegenüber liegenden, von der Insel nur durch den Kanal getrennten Ufer. Bei ihrer Bewaffnung mit einfachen Flinten konnten sie den Kolonisten in ihren Verschanzungen an der Flussmündung und in den Kaminen keinen Schaden zufügen; da ihnen aber unbekannt sein musste, dass

Letztere sehr weit tragende Gewehre führten, so glaubten sie auch sich selbst nicht bedroht. So streiften sie sorglos über das Eiland und liefen am Ufer hin.

Ihre Täuschung währte nicht lange. Ayrtons und Gedeon Spiletts Karabiner auszuschweißendem den Mund auf, und angenehme Sachen konnten es für Diejenigen nicht sein, mit denen sie sprachen, denn diese stürzten zu Boden.

Das war das Zeichen zum Fersengeldgeben. Die zehn Anderen nahmen sich nicht einmal Zeit, ihre verwundeten oder toten Gefährten aufzuheben, sondern flohen nach dem gegenüber liegenden Ufer, sprangen in das Boot und ruderten aus Leibeskräften nach dem Schiffe.

»Acht weniger! rief Pencroff. Wahrlich, man sollte glauben, Herr Spilett und Ayrton hätten sich vorgenommen, es immer einer dem Andern zuvor zu tun.

– Meine Herren, ließ sich Ayrton vernehmen, jetzt wird die Sache ernsthafter; die Brigg segelt heran.

– Die Ankerkette steht senkrecht ... sagte Pencroff.

– Ja, sie steigt schon auf.«

Wirklich hörte man deutlich das Knarren der Kurbelhölzer an der Spille, welche die Mannschaft drehte. Der Speedy folgte erst noch dem Zuge des einen Ankers nach, und als dieser sich aus dem Grunde erhob, begann er gegen das Land hin zu treiben. Der Wind blies von der offenen See her; das große Fock-und kleine Marssegel wurden aufgezogen, und langsam näherte sich das Fahrzeug dem Ufer.

Von den beiden Posten an der Mercy und in den Kaminen erkannte man, ohne ein Lebenszeichen zu geben, deutlich die Bewegungen des Schiffes, die hier nicht geringe Beunruhigung einflößten. Die Lage der Kolonisten musste furchtbar werden, wenn sie auf so kurze Distanz und ohne die Möglichkeit einer wirksamen Erwiderung dem Feuer der Schiffsgeschütze ausgesetzt gewesen wären. Wie hatten sie dann eine Landung der Piraten hintertreiben sollen?

Cyrus Smith fühlte das recht gut und fragte sich, was dabei zu tun sei. Binnen Kurzem musste er doch einen Beschluss fassen. Aber welchen? Sich ins Granithaus einschließen und wochen, ja, bei den reichlichen Proviantvorräten vielleicht monatelang belagern lassen? Gut! Aber was dann? Die Piraten spielten doch inzwischen die Herren der Insel, die sie ungehindert verwüstet hätten, und mussten doch zuletzt die Gefangenen des Granithauses in ihre Gewalt bekommen.

Indessen blieb noch die eine Aussicht offen, dass Bob Harvey es nicht wagen werde, in den Kanal einzulaufen, und sich außerhalb des Eilandes halten würde. Dann trennte ihn mehr als eine halbe Meile von der Küste und seine Schüsse konnten nicht allzu verderblich wirken.

»Niemals, wiederholte Pencroff, wird Bob Harvey als gewiegter Seemann sich in diesen Kanal verirren! Er weiß wohl zu gut, dass er bei ungünstigem Wetter dabei die Brigg aufs Spiel setzte, und was soll ohne Fahrzeug aus ihm werden?«

Indessen segelte die Brigg auf das Eiland zu und schien nach dem unteren Ende desselben zu steuern Der Wind wehte nur mäßig, und da die Strömung viel von ihrer Kraft verloren hatte, konnte Bob Harvey ganz nach Belieben manövrieren.

Der vorher von den Booten befahrene Weg belehrte ihn über das einzuhaltende Fahrwasser, auf welchem er mit sinnloser Kühnheit vordrang. Seine Absicht lag auf der Hand; er wollte sich vor den Kaminen aufstellen und mit Hohl- und Vollgeschossen auf die Kugeln antworten, die seine Mannschaft dezimiert hatten.

Bald erreichte der Speedy die Spitze des Eilandes, umsegelte sie mit Leichtigkeit, setzte noch mehr Leinwand bei und befand sich der Mündung der Mercy gegenüber.

»Die Banditen! Da rücken sie heran!« rief Pencroff.

Gleichzeitig gesellten sich Nab und Gedeon Spilett zu den vier Übrigen in den Kaminen.

Der Reporter und sein Gefährte hatten es für geboten erachtet, den Posten an der Mercy aufzugeben, von dem aus sie gegen das Schiff doch nichts unternehmen konnten, und ihre Vorsicht war auch ganz weise. Jedenfalls empfahl sich eine Vereinigung aller Kolonisten, wenn sich ein Entscheidungskampf entspinnen sollte. Gedeon Spilett und Nab benutzten bei ihrem Rückzuge als Deckung die Ufergesteine, erhielten aber doch einen Kugelregen nachgeschickt, der ihnen glücklicher Weise nicht schadete.

»Spilett! Nab! rief der Ingenieur, Ihr seid nicht verwundet?

– Nein, antwortete der Reporter, einige Kontusionen durch Prellstücke abgerechnet. Aber die verdammte Brigg segelt in den Kanal ein!

– Ja wohl, bestätigte Pencroff, und binnen zehn Minuten liegt sie vor dem Granithaus!

– Wissen Sie einen Ausweg, Cyrus? fragte der Reporter.

– Wir müssen in das Granithaus flüchten, so lange es noch Zeit ist und die Piraten uns nicht sehen können.

– Das ist zwar meine Ansicht auch, erwiderte Gedeon Spilett, aber einmal eingeschlossen ...

– Werden wir über das Weitere beratschlagen, ergänzte der Ingenieur seine Worte.

– Also vorwärts und kein Besinnen mehr! drängte der Reporter.

– Herr Cyrus, wollen Sie nicht, dass ich mit Ayrton hier zurückbleibe? fragte der Seemann.

– Wozu, Pencroff? entgegnete Cyrus Smith. Nein, wir trennen uns jetzt nicht mehr!«

Kein Augenblick war zu verlieren. Die Kolonisten verließen die Kamine. Ein kleiner Vorsprung des Steinwalles entzog sie den Blicken der Mannschaft auf der Brigg, doch einige donnernde Knalle und das Anschlagen der Kugeln an die Felsen belehrte sie, dass der Speedy schon sehr nahe sei.

Sich in den Aufzug stürzen, nach der Tür des Granithauses, in dem Top und Jup seit dem Tage vorher eingeschlossen waren, hinauf winden und in den großen Saal drängen, das war das Werk nur eines Augenblickes.

Die höchste Zeit war es, denn durch die Zweige vor den Fenstern sahen die Kolonisten schon den Speedy in Pulverdampf gehüllt den Kanal heraus segeln. Unaufhörlich krachten die Geschütze und flogen die Kugeln blindlings ebenso auf den verlassenen Posten an der Mercy, wie auf die Kamine, dass die Felsen splitterten. Ein wildes Hurra begleitete jeden Schuss.

Noch immer gab man sich der Hoffnung hin, dass das Granithaus, dank der Vorsicht des Ingenieurs, die Fenster desselben zu verbergen, verschont bleiben werde, als eine Kugel, die Öffnung der Tür streifend in den Vorraum eindrang.

»Verdammt! ... Wären wir entdeckt?« rief Pencroff.

Vielleicht hatte Niemand die Kolonisten gesehen, aber Bob Harvey doch den Einfall gehabt, versuchsweise eine Kugel auf das verdächtige Blätterwerk abzufeuern, das an jenem Teile der Felswand hing. Bald häuften sich auch die dorthin gerichteten Schüsse, als eine andere Kugel nach Zerreißung der grünen Schutzwand eine Öffnung im Granitfelsen bloßlegte.

Die Lage der Kolonisten wurde allgemach verzweifelt. Ihre Zuflucht war verraten. Sie konnten sich hier nicht mehr vor den Projektilen sichern, noch den Felsen schützen, dessen Stücke wie Kartuschenhagel um sie flogen. Jetzt blieb ihnen nichts mehr übrig, als sich in den aufwärts führenden Gang des Granithauses zurück zu ziehen und ihre Wohnung der Zerstörung preis zu geben, als sich ein furchtbarer dumpfer Knall hören ließ, den ein herzzerreißendes Geschrei begleitete.

Cyrus Smith und die Seinen eilten an ein Fenster ...

Die Brigg, welche mit unwiderstehlicher Gewalt von einer Art Wasserhose emporgehoben war, zerbarst scheinbar in zwei Stücke, und in weniger als zehn Sekunden war sie samt ihrer Verbrechermannschaft vom Meere verschlungen!

VIERTES KAPITEL.

»Sie sind in die Luft gegangen! rief Harbert.

– Ja, aufgesprengt, als ob Ayrton Feuer an die Pulverkammer gelegt hätte! antwortete Pencroff, der sich mit Nab und dem jungen Manne in den Aufzug stürzte.

– Doch, was ist hier vorgegangen? fragte Gedeon Spilett, der über diese unerwartete Lösung noch ganz erstaunt war.

– O, dieses Mal werden wir uns klar werden! erwiderte schnell der Ingenieur.

– Über was? ...

– Später! Später! Kommen Sie, Spilett; die Hauptsache ist, dass diese Piraten aus dem Wege geschafft sind!«

Cyrus Smith zog den Reporter mit sich und gesellte sich auf dem Strande zu den Andern.

Von der Brigg sah man nichts mehr, nicht einmal die Maste. Nach ihrer Aufhebung durch die Trombe hatte sie sich auf die Seite geneigt, und war gewiss in Folge eines großen Lecks in dieser Lage untergegangen. Da der Kanal an jener Stelle jedoch kaum zwanzig Fuß Tiefe maß, so mussten ihre jetzt überfluteten Seitenwände bei niedrigem Wasser unzweifelhaft wieder zum Vorschein kommen.

Einige Gegenstände schwammen auf der Oberfläche des Meeres. Man sah wohl einen ganzen Haufen Mastersatzstücke und Wechselraaen, Hühnerkäfige mit dem noch lebenden Geflügel darin, Kisten und Fässer, die nach und nach, je nachdem sie durch die Luken emporstiegen, auf der Oberfläche erschienen, aber keine eigentlichen Schiffstrümmer, keine Deckbalken oder Bordwände, wodurch das plötzliche Versinken des Speedy sehr schwer erklärbar wurde.

Inzwischen tauchten jedoch auch die beiden Masten, welche einige Fuß über ihrem Schafte abgebrochen waren, nach Zerreißung der Stagen und Strickleitern mit teils aufgezogenen, teils gerefften Segeln auf dem Wasser des Canals auf. Da man der Ebbe nicht die Zeit lassen wollte, die Schätze zu entführen, so sprangen Ayrton und Pencroff schnell in die Pirogge, um alles, was dort umher trieb, am Ufer der Insel oder des Eilandes zu bergen.

Schon wollten sie abstoßen, als eine Bemerkung Gedeon Spiletts sie noch einen Augenblick zurückhielt.

»Und was wird mit den sechs Verbrechern, die das rechte Ufer der Mercy erstiegen haben?« sagte er.

In der Tat konnte man jene sechs Mann, welche nach dem Untergange ihres Bootes sich nach der Seetriftspitze zu gewendet hatten, nicht unbeachtet lassen.

Alle spähten nach der bezeichneten Gegend. Kein Flüchtling war sichtbar. Wahrscheinlich entwichen sie, als sie die Zertrümmerung der Brigg im Kanal gewahr wurden, mehr ins Innere der Insel.

»Mit ihnen werden wir uns später beschäftigen, sagte endlich Cyrus Smith. Wohl können sie durch ihre Waffen noch gefährlich werden, indessen Sechs gegen Sechs – die Chancen sind gleich. Zunächst also an das Notwendigste.«

Ayrton und Pencroff schifften sich ein und ruderten mit kräftigen Armen nach den umher schwimmenden Gegenständen.

Das Meer stand jetzt, und zwar, da seit zwei Tagen Neumond war, gerade sehr hoch. Es konnte demnach recht wohl eine gute Stunde vergehen, bevor der Rumpf der Brigg wieder aus dem Kanal auftauchte.

Die beiden Seeleute hatten Zeit genug, Masten und Raaen mit einem Tau zu umwinden, dessen Enden nach dem Strande am Granithaus geführt waren. Dann sammelte die Pirogge noch ein, was einzeln um herschwamm, wie die Hühnerkäfige, Fässer und Kisten, und schaffte alles nach den Kaminen.

Auch einige Leichname kamen jetzt zum Vorschein. Unter anderen erkannte Ayrton den Bob Harveys, den er seinem Gefährten zeigte und mit bewegter Stimme sagte:

»Das war ich früher, Pencroff!

– Aber Sie sind es nicht mehr, mein wackerer Ayrton!« antwortete der Seemann.

Es erschien sehr auffallend, dass nur so wenig Körper obenauf schwammen. Kaum zählte man fünf bis sechs, welche die eintretende Ebbe nach dem offenen Meere hinaus trieb. Jedenfalls hatten die Piraten, durch das Sinken des Schiffes überrascht, keine Zeit gehabt, zu entfliehen, und da sich das Fahrzeug auf die Seite legte, mochte der größere Teil in den Verschanzungen ertrunken sein. Übrigens ersparte das zurückweichende Wasser, das die Leichen der Schurken mit wegspülte, den Kolonisten die traurige Arbeit, diese in einem Winkel ihrer Insel zu verscharren!

Zwei Stunden lang waren Cyrus Smith und seine Genossen beschäftigt, das Takelwerk auf den Strand zu ziehen und die noch ganz unversehrten Segel von ihren Raaen zu lösen und zu trocknen. Sie sprachen bei der angestrengten Arbeit zwar nur wenig, doch desto mehr Gedanken jagten sich in ihren

Köpfen. Der Besitz dieser Brigg oder vielmehr alles dessen, was sie enthielt, war ein großes Glück für sie. Ein Schiff stellt ja in der Tat eine kleine Welt dar, und erhielt das Material der Ansiedlung heute einen sehr schätzenswerten Zuwachs an nützlichen Gegenständen. Das war »im Großen« dasselbe, wie der Fund der Kiste an der Seetriftspitze.

»Übrigens, dachte sich Pencroff, warum sollte es unmöglich sein, die Brigg selbst wieder flott zu machen? Hat sie nur einen Leck, so lässt sich dieser stopfen, und ein Schiff von drei- bis vierhundert Tonnen ist denn doch ein wahrer Riese gegen unseren Bonadventure! O, damit kann man weithin reisen! Reisen, wohin man will. Herr Cyrus, Ayrton und ich, wir werden die Sache näher untersuchen müssen! Sie lohnt ja der Mühe!«

Wenn die Brigg wirklich noch seetüchtig war, so vergrößerte sich damit die Aussicht der Kolonisten, in ihr Vaterland zurückzukehren, außerordentlich. Zur Entscheidung dieser wichtigen Frage musste man freilich erst den Tiefstand des Meeres abwarten, um den Rumpf der Brigg in allen Teilen untersuchen zu können.

Nachdem alles, was von dem Schiffe um herschwamm, geborgen war, gönnten Cyrus Smith und seine Genossen sich einige Minuten zum Frühstücken, da sie buchstäblich vor Hunger umkamen. Zum Glück lag ja die Speisekammer nicht entfernt, und Nab machte seiner Funktion als hurtiger Küchenmeister alle Ehre. So aß man gleich neben den Kaminen, und natürlich drehte sich das Gespräch während des Essens vorzüglich um das unerwartete Ereignis, dem die Kolonie ihre wunderbare Rettung verdankte.

»Wunderbar, ja, das ist das rechte Wort, wiederholte Pencroff, denn man muss ihnen nachsagen, dass jene Spitzbuben gerade zur richtigen Zeit in die Luft geflogen sind!

– Begreifen Sie, Pencroff, fragte der Reporter, wie das zugegangen ist, und was die Ursache der Explosion der Brigg hat sein können?

– O, Herr Spilett, antwortete Pencroff, das ist höchst einfach. Ein Piratenschiff wird nicht wie ein Kriegsschiff in Acht genommen! Sträflinge sind auch keine Matrosen! Jedenfalls hat bei dem unausgesetzten Feuern die Pulverkammer offen gestanden, und dann genügte irgend ein Dummkopf oder ein Tölpel, um den ganzen Bau zu sprengen.

– Was mich verwundert, Herr Cyrus, fiel Harbert ein, ist, dass die Explosion nicht noch weit heftiger gewirkt hat. Der Knall war nicht sehr stark, und es trieben doch auch nur wenig Trümmer oder Planken umher. Man sollte glauben, das Schiff sei mehr versenkt worden, als in die Luft gesprengt.

– Das verwundert Dich, mein Sohn? fragte der Ingenieur.

– Gewiss, Herr Cyrus.

– Nun, mich nicht weniger, fuhr der Ingenieur fort. Wenn wir den Rumpf der Brigg untersuchen, werden wir ja die Erklärung dafür finden.

– Ei was, Herr Cyrus, sagte Pencroff, Sie nehmen doch nicht etwa an, dass der Speedy einfach untergegangen sei, wie ein Schiff, das gegen eine Klippe stieß?

– Warum denn nicht? fragte Nab; es sind doch Felsen in dem Kanal!

– Aber ich bitte Dich, Nab, erwiderte Pencroff, Du hast wohl die Augen zur rechten Zeit nicht aufgemacht. Ich sah, kurz bevor die Brigg verschwand, ganz deutlich, wie sie von einer enormen Woge gehoben bei dem Zusammensinken derselben auf die Backbordseite fiel. Wäre sie nur aufgestoßen, so musste sie auch ruhig untergehen, wie ein ehrliches Schiff, das auf den Grund versinkt.

– Und das hier konnte man wahrlich nicht ein ehrliches Schiff nennen! bemerkte Nab.

– Wir werden uns ja überzeugen, Pencroff, schaltete der Ingenieur ein.

– Ja wohl, fügte der Seemann hinzu, doch ich wette meinen Kopf, dass im Kanal keine Felsen sind. Möchten Sie aber nicht sagen, Herr Cyrus, dass hinter diesem Ereignis wiederum ein kleines Wunder stecke?«

Cyrus Smith gab keine Antwort.

»Ob Stoß oder Explosion, sagte Gedeon Spilett, Sie werden doch zugeben, Pencroff, dass das Ereignis gerade im richtigen Augenblicke eintrat.

– Ja … ja …! antwortete der Seemann, doch darum handelt es sich nicht. Ich wollte Herrn Smith nur fragen, ob er hierin wieder etwas Übernatürliches erblicke.

– Darüber spreche ich mich nicht aus, Pencroff, erwiderte der Ingenieur. Das ist alles, was ich Ihnen für jetzt antworten kann.«

Pencroff war dadurch keineswegs befriedigt. Er beharrte bei der »Explosion« und wollte davon nicht ablassen. Ihm ging es nicht in den Kopf, dass in dem feinsandigen Kanalbette, das er bei niedrigem Wasser so oft überschritten hatte, eine unbekannte Klippe vorhanden sei. Übrigens war das Meer, als die Brigg zu Grunde ging, gerade hoch, d.h. der Kanal bot zur Durchschiffung mehr Wasser als nötig, um über alle Felsen wegzukommen, die auch bei niedrigem Wasserstande noch nicht einmal unbedeckt waren. Ein Stoß schien also unmöglich. Das Schiff konnte sich keinen Leck zugezogen haben, also musste es in die Luft gesprengt sein.

Man wird zugeben, dass die Schlussfolgerung des Seemannes etwas für sich hatte.

Gegen einundeinhalb Uhr schifften sich die Kolonisten in der Pirogge ein und begaben sich nach dem Orte des Unterganges. Es war bedauernswert, dass die beiden Boote der Brigg nicht gerettet wurden; das eine aber ging, wie erzählt, nahe der Mercy-Mündung in Stücken und musste völlig unbrauchbar sein, das andere verschwand bei dem Versinken der Brigg, war von dieser gewiss zerdrückt und jedenfalls nicht wieder zum Vorschein gekommen.

Eben jetzt stieg der Rumpf des Speedy wieder langsam aus dem Wasser empor. Die Brigg lag nicht mehr auf der Seite, denn nachdem beim Fallen die Masten durch den Druck des umher geworfenen Ballastes gebrochen waren, bildete jetzt der Kiel des Schiffes den obersten Teil. Durch jene unerklärliche, aber furchtbare unterseeische Kraft, die sich gleichzeitig durch das Emporheben einer kolossalen Wasserhose zu erkennen gab, war jenes tatsächlich umgekehrt worden.

Die Kolonisten ruderten um den Rumpf des Schiffes herum, und je weiter das Meer sank, desto mehr konnten sie, wenn auch nicht die Ursache der Katastrophe, so doch deren Umfang erkennen.

Im Vorderteile sechs bis sieben Fuß vom Ansatzpunkte des Vorderstevens zeigten sich die Planken auf eine Länge von mindestens zwanzig Fuß aufgerissen. Dort gähnten also zwei so große Lecks, dass sie nicht wohl zu verschließen waren. Außer der Kupferverkleidung und den Planken sah man auch keine Spur mehr weder von dem Rippenwerke, noch von den eisernen und hölzernen Pflöcken, die dasselbe früher verbanden. An der ganzen Länge des Rumpfes, bis nach dem verjüngteren Hinterteile, hielt das Bretterwerk nicht mehr. Der Nebenkiel musste mit ungeheurer Gewalt losgerissen sein, und der Kiel selbst, der an mehreren Punkten von dem Kielschwein getrennt erschien, war seiner ganzen Länge nach gebrochen.

»Tausend Teufel, rief Pencroff, das Schiff wird nur schwer wieder flott zu machen sein!

– Oder überhaupt gar nicht, sagte Ayrton.

– Jedenfalls, bemerkte Gedeon Spilett dem Seemann, hat die Explosion, wenn eine solche stattgefunden hat, merkwürdige Wirkung gehabt. Sie hat den Schiffsrumpf zertrümmert, statt das Verdeck und die Teile über Wasser in die Luft zu sprengen. Diese weiten Öffnungen scheinen doch mehr durch den Anprall an eine Klippe, als durch Entzündung der Pulverkammer entstanden zu sein.

– Im Kanal ist aber keine Klippe! versetzte der Seemann. Ich will zugeben, was Sie wollen, nur nicht das Anstoßen an einen Felsen!

– Wir wollen versuchen, ins Innere der Brigg zu gelangen, sagte der Ingenieur. Vielleicht klärt uns das über die Zerstörungsursache auf.«

Auf jeden Fall erschien das am ratsamsten, da man sich doch auch über die Reichtümer an Bord unterrichten und das Notwendige zu deren Bergung vorbereiten musste.

In das Innere des Schiffes gelangte man ohne Schwierigkeit Das Wasser sank noch weiter, und die unteren Teile des Verdecks, welche nach der Umkehrung des Fahrzeuges nach oben gewendet lagen, waren bequem zu betreten. Der aus schweren Eisenbarren bestehende Ballast hatte dasselbe an mehreren Stellen durchschlagen, so dass man das Wasser durch die Spalten rauschen hörte.

Mit der Axt in der Hand drangen Cyrus Smith und seine Genossen auf dem halbzerbrochenen Fußboden vor. Dort lagen ganze Haufen von Kisten aller Art, deren Inhalt bei der kurzen Zeit, während welcher sie nur im Wasser gelegen hatten, wohl noch unversehrt sein konnte.

Man ging also daran, die ganze Ladung an sicherem Orte unterzubringen, und da ein Steigen des Meeres vor Verlauf einiger Stunden nicht zu erwarten war, so machte man sich diese noch möglichst zu Nutze. Ayrton und Pencroff hatten über der Öffnung im Rumpfe eine Zugwinde angebracht, welche dazu diente, die Fässer und Kisten empor zu heben. Von dort empfing sie die Pirogge und schaffte dieselben sofort an den Strand. Man raffte alles ohne Unterschied zusammen, in der Absicht, später eine Auswahl zu treffen.

Die Ansiedler überzeugten sich zu ihrer großen Befriedigung, dass die Brigg eine sehr verschiedenartige Ladung führte, eine Sammlung von Gegenständen jeder Art, Geräte, Manufakturprodukte, Werkzeuge, wie sie Fahrzeuge mitzunehmen pflegen, welche in Polynesien Küstenhandel treiben. Wahrscheinlich fand man hier von allem Etwas, und man wird zugeben, dass das der Kolonie der Insel Lincoln besonders gelegen sein musste.

Übrigens hatte – wie Cyrus Smith mit stillschweigendem Erstaunen bemerkte – nicht allein der Rumpf der Brigg, wie vorher beschrieben, außerordentlich von der Gewalt gelitten, welche die Katastrophe herbeiführte, sondern auch die inneren Teile, vorzüglich nach vorn zu. Zwischenwand und Deckstützen waren zerschmettert, als ob ein furchtbares Sprenggeschoß im Innern explodiert wäre.

Die Kolonisten konnten, nach allmählicher Beseitigung der Kisten, ungehindert den ganzen Raum durchlaufen. Schwere Ballen fanden sich übrigens nicht vor, deren Fortschaffung allzu schwierig gewesen wäre, sondern einfache Kollis, welche in Unordnung umherlagen.

So gelangten die Kolonisten auch in das Hinterteil der Brigg, über dem sich früher das Oberdeck befunden haben musste. Dort hatte man nach Ayrtons Angaben die Pulverkammer zu suchen. Nach Cyrus Smiths Meinung, dass die Explosion von hier nicht ausgegangen sei, durfte man hoffen, noch einige Fässer zu finden, in denen das Pulver, da jene gewöhnlich mit Metall ausgeschlagen sind, auch durch das Seewasser nicht gelitten haben konnte.

So war es auch wirklich. Inmitten eines großen Vorrates von Geschossen fand man gegen zwanzig kupferbeschlagene Tonnen, die mit größter Vorsicht heraus befördert wurden. Pencroff überzeugte sich nun mit eigenen Augen, dass die Zerstörung des Speedy von einer Explosion nicht herzuleiten war. Derjenige Teil des Rumpfes, der die Pulverkammer enthielt, hatte am wenigsten gelitten.

»Alles ganz schön! sagte der starrköpfige Seemann, aber ein Felsen befindet sich doch nicht im Kanal.

– Nun, und wie ist das sonst gekommen? fragte Harbert.

– Ich weiß es nicht, erwiderte Pencroff, Herr Cyrus auch nicht, und Niemand weiß es jetzt oder wird es später wissen!«

Während dieser Untersuchungen verflossen einige Stunden, und schon machte sich die Flut wieder bemerkbar. An ein Wegtreiben des Schiffskörpers durch das Meer war nicht zu denken, da dieser so fest lag, als wenn er verankert wäre.

Man konnte also ruhig die nächste Ebbe abwarten, um das Übrige zu holen. Das Fahrzeug selbst erwies sich freilich so weit zerstört, dass man eilen musste, die Trümmer des Rumpfes zu bergen, da diese unter dem beweglichen Sande des Canals gewiss bald verschwunden wären.

Es war jetzt fünf Uhr Abends, und ein angestrengtes Tageswerk vollbracht. Allen mundete das Essen vortrefflich, doch trotz ihrer Ermüdung ließ es ihnen keine Ruhe, die Kisten und Kasten aus der Ladung des Speedy zu untersuchen.

Der größte Teil derselben enthielt fertige Kleidungsstücke, welche natürlich hoch willkommen geheißen wurden. Der Vorrat reichte für die ganze Kolonie, Schuhwerk fand sich für jeden Fuß.

»Da sind wir ja auf einmal reich! rief Pencroff, doch was fangen wir mit dem Allen an?«

Immer und immer wieder ertönte das lustige Hurra des Seemannes, wenn er da Fässer mit Zuckerbranntwein, Pakete mit Tabak, Feuergewehre und blanke Waffen, Baumwollballen und Ackerbaugeräte, Zimmermanns-, Tischler- und Schmiedewerkzeuge, Säcke mit Saatkörnern jeder Art, welchen der kurze Aufenthalt im Wasser nicht geschadet hatte, zum Vorschein kommen sah. O, zwei Jahre vorher, welchen Wert hätten diese Sachen da gehabt! Doch auch jetzt, da die Kolonisten sich mit eigenen Kräften geholfen hatten, so gut es anging, mussten diese Schätze ja ihre Verwendung finden.

In den Magazinen des Granithauses fehlte es zwar nicht an Platz, wohl aber an diesem Tage an der nötigen Zeit, um alles einzubringen. Auch durfte man nicht vergessen, dass sechs Überlebende vom Speedy auf der Insel Fuß gefasst hatten, ohne Zweifel Landstreicher erster Sorte, vor denen man sich hüten musste. Waren auch die Brücke der Mercy und die übrigen Stege aufgezogen, so setzte das jene Sträflinge wahrscheinlich nicht in besondere Verlegenheit, und von der Verzweiflung getrieben, konnten die Schurken noch furchtbare Feinde werden.

Was in dieser Hinsicht zu tun sei, wollte man später überlegen; zunächst erschien es notwendig, die neben den Kaminen angehäuften Kisten und Kollis zu bewachen, wobei sich die Kolonisten die Nacht über der Reihe nach ablösten.

Die Nacht verging indessen, ohne dass die Sträflinge einen Angriff zu unternehmen wagten. Meister Jup und Top, beide auf Wache am Fuße des Granithauses, hätten ihr Erscheinen gewiss schnell kund gegeben.

Die drei folgenden Tage, der 19., 20. und 21. Oktober, wurden zur Rettung alles dessen angewendet, was entweder von der Ladung oder der Ausrüstung der Brigg selbst nur irgend von Wert oder Nutzen zu sein schien. Während der Ebbe räumte man den Schiffsraum aus, während der Flut schaffte man die geborgenen Gegenstände nach Hause. Man schälte auch einen großen Teil vom Kupferbeschlag des Rumpfes ab, der mehr und mehr im Sande versank. Noch bevor dieser aber die schwereren Gegenstände vollständig begrub, tauchten Ayrton und Pencroff wiederholt bis zum Grunde des Canals und fanden daselbst die Ketten und Anker der Brigg, viele Eisenbarren vom Ballast und auch die vier Kanonen, welche von leeren Tonnen getragen an das Land bugsiert werden konnten.

Man erkennt, dass das Arsenal der Kolonie keinen geringeren Zuwachs erhielt, als die Vorratskammern und Magazine des Granithauses. Pencroff, der von jeher gern weitaussehende Projekte zu Tage förderte, sprach schon davon, eine Batterie zu errichten, die den Kanal und die Flussmündung beherrschen sollte. Mit den vier Kanonen verpflichtete er sich, jede »noch so mächtige Flotte« am Einlaufen in die Gewässer der Insel Lincoln zu verhindern.

Während dieser Arbeiten trat, als von der Brigg nur noch ein ziemlich nutzloses Gerippe übrig war, schlechtes Wetter ein, das dessen Zerstörung vollends beendigen musste. Cyrus Smith hatte zwar vorher die Absicht gehabt, dasselbe zu sprengen und die Trümmer womöglich an der Küste zu sammeln, doch ein kräftiger Nordwestwind mit schwerem Seegange erlaubte ihm, das Pulver zu sparen.

Wirklich wurde die Brigg in der Nacht vom 23. zum 24. gänzlich aus den Fugen gerissen und strandete ein Teil der Trümmer auf dem Ufer.

Es bedarf wohl keiner Erwähnung, dass Cyrus Smith von Schiffspapieren trotz der sorgfältigsten Nachsuchung keine Spur vorfand. Offenbar hatten die Sträflinge alles, was über den Kapitän oder den Reeder des Speedy Auskunft geben konnte, vernichtet, und da auch der Name des Hafens, zu dem es gehörte, nicht wie gebräuchlich am Hinterteile angeschrieben stand, so vermochte man die Nationalität des Schiffes auf keine Weise zu bestimmen. Aus den Formen seines Vorderteiles glaubten Ayrton und Pencroff jedoch abnehmen zu können, dass es ein englisches Bauwerk sei.

Acht Tage nach der Katastrophe oder vielmehr der glücklichen, aber unerklärbaren Veränderung der misslichen Lage, der die Kolonie ihre Rettung verdankte, sah man selbst bei niedrigem Wasser von dem Schiffe nichts mehr. Seine letzten Trümmer waren in alle Winde verstreut, und das Granithaus fast um alles, was es vorher trug, reicher geworden.

Das Geheimnis seiner sonderbaren Zerstörung wäre aber wohl niemals gehoben worden, wenn Nab nicht am 30. November, als er am Ufer dahin schlenderte, das Überbleibsel eines starken eisernen Zylinders gefunden hätte, der deutliche Spuren einer Explosion zeigte. Dieser Zylinder war verbogen und an seinen Rändern zerrissen, so als ob er der Einwirkung einer explosiven Substanz ausgesetzt gewesen wäre.

Nab brachte das Bruchstück seinem Herrn, der sich mit seinen Gefährten eben in der Werkstatt der Kamine beschäftigte.

Aufmerksam betrachtete Cyrus Smith den Zylinder und wandte sich dann an Pencroff.

»Nun, Freund, sagte er, Sie bleiben immer noch dabei, dass der Speedy nicht durch Aufstoßen zu Grunde gegangen sei?

– Gewiss, Herr Cyrus, erwiderte der Seemann. Sie wissen ja so gut wie ich, dass im Kanal keine Felsen verborgen sind.

– Wenn er aber an dieses Eisenstück gestoßen wäre, fragte der Ingenieur und zeigte den gesprengten Zylinder.

– Wie, an dieses Stück Rohr? rief Pencroff im ungläubigsten Tone.

– Erinnert Ihr Euch, meine Freunde, fuhr Cyrus Smith fort, dass die Brigg vor dem Versinken hoch auf einen Wasserberg hinauf gehoben wurde?

– Ja wohl, Herr Cyrus, antwortete Harbert.

– Nun, wenn Ihr erfahren wollt, was diesen Wasserberg emporgetrieben hat, so seht, das Ding hier war es, sagte der Ingenieur, auf seinen zerbrochenen Zylinder weisend.

– Das Stückchen Eisen? versetzte Pencroff

– Gewiss! Dieser Zylinder ist das Überbleibsel eines Torpedo.

– Eines Torpedo! riefen verwundert die Gefährten des Ingenieurs.

– Und wer soll den dort versenkt haben? fragte Pencroff der sich noch immer nicht ergeben wollte.

Ja, ich kann nur sagen, dass ich es nicht selbst gewesen bin! antwortete Cyrus Smith, da gewesen ist er aber, und von seiner unvergleichlichen Gewalt habt Ihr Euch mit eigenen Augen überzeugen können.«

SIEBTES KAPITEL.

Die unterseeische Explosion des Torpedos erklärte alles genügend. Cyrus Smith, der während des Sezessionskrieges hinreichende Gelegenheit gehabt hatte, sich mit diesen furchtbaren Zerstörungsmitteln zu beschäftigen, konnte sich hierin nicht täuschen. Unter der Wirkung jenes mit einer explosiven Substanz, wie Nitroglyzerin, Pikrat oder einem Körper ähnlicher Art, geladenen Zylinders war das Wasser des Kanals wie eine Trombe aufgeschleudert, die Brigg in den unteren Teilen zerrissen und urplötzlich versenkt worden, und eben dieser so ausgedehnten Zerstörung ihres Rumpfes wegen musste man den Gedanken, sie wieder flott zu machen, von vornherein aufgeben. Einem Torpedo, der eine Panzerfregatte ebenso leicht zerschmettert hätte wie eine Fischerbarke, konnte der Speedy natürlich nicht Widerstand leisten.

Ja, jetzt erklärte sich alles ... alles – bis auf das Vorhandensein jener Höllenmaschine in dem Kanal!

»Meine Freunde, nahm Cyrus Smith das Wort, jetzt können wir die Gegenwart eines geheimnisvollen Wesens auf der Insel, vielleicht eines Schiffbrüchigen, eines Verlassenen gleich uns selbst, nicht mehr in Zweifel ziehen; ich sage das, um auch Ayrton über all' das Fremdartige in Kenntnis zu setzen, was sich die letzten zwei Jahre über hier zugetragen hat. Wer der unbekannte Wohltäter sein möge, dessen uns so glückliches Auftreten sich wiederholt gezeigt hat, vermag ich freilich nicht zu sagen. Welches Interesse ihn leiten mag, sich trotz so vieler Liebesdienste vor uns zu verbergen, begreife ich ebenso wenig. Darum verlieren jedoch seine Dienste nicht an Werth, ja, sie sind von der Art, dass nur ein über außergewöhnliche Hilfsmittel gebietender Mann sie zu leisten vermochte. Ayrton ist ihm nicht weniger verpflichtet, als wir; denn wenn es jener Unbekannte war, der mich nach dem Fall aus dem Ballon noch aus den Fluten rettete, so ist er es offenbar auch gewesen, der jenes Dokument geschrieben und jene Flasche ins Meer geworfen hat, die von der Lage unseres Genossen die erste Nachricht gab. Auch die Kiste mit ihrem jedem Bedürfnisse entsprechenden Inhalt wird er nach der Seetriftspitze gebracht und auf den Strand befördert haben; er entzündete ohne Zweifel auf einer Anhöhe der Insel das Feuer, das Euch damals den rechten Weg zeigte; das Schrotkorn im Fleische des Pekari rührt aus seinem Gewehre her; den Torpedo, der das Piratenschiff vernichtete, hat er in den Kanal versenkt, – kurz, alle jene unerklärlichen Vorkommnisse, über welche wir uns niemals Rechenschaft zu geben vermochten, sind gewiss ihm allein zuzuschreiben. Und wer er auch sein möge, ob ein Schiffbrüchiger dieser Insel oder ein Verlassener, wir wären undankbar, wenn wir uns jeder Erkenntlichkeit gegen ihn enthoben glaubten. Wir haben viele Schulden gemacht, ich hoffe aber, dass sie dereinst zurückgezahlt werden.

– Sie tun recht, so zu sprechen, lieber Cyrus, antwortete Gedeon Spilett. Gewiss, auf der Insel ist ein fast allmächtiges Wesen verborgen, dessen Einfluss sich unserer Kolonie wiederholt ausnehmend vorteilhaft bemerkbar machte. Mir scheint es, als ständen diesem Unbekannten fast übernatürliche Mittel zu Gebote, wenn man im praktischen Leben überhaupt an etwas Übernatürliches glauben könnte. Ist er es wohl, der sich durch den Schacht im Granithaus mit uns in Verbindung und auf diesem Wege von jedem Vorhaben Kenntnis erhält? Warf er jener Zeit Top aus dem Wasser des Sees herauf und brachte er dem Dugong die tödliche Wunde bei? Hat er auch, worauf alle Umstände hindeuten, Sie, Cyrus, unter Verhältnissen aus der Brandung gerettet, die vielleicht jedem Anderen eine Hilfsleistung unmöglich gemacht hätten? Und wenn er es war, so besitzt er eine Macht, die ihn selbst über die Elemente herrschen lässt.«

Jeder fühlte die Wahrheit in den Worten des Reporters.

»Ja wohl, fuhr Cyrus Smith fort, wenn hier auch nur von der Intervention eines menschlichen Wesens die Rede sein kann, so stimme ich doch der Ansicht bei, dass er über bisher ungewöhnliche Mittel gebieten muss. Hierin liegt noch ein Geheimnis; doch wenn wir erst den Menschen finden, wird auch dieses gelöst werden. Es fragt sich für jetzt also, ob wir das Inkognito dieses großmütigen Wesens respektieren oder alles tun sollen, um zu ihm zu gelangen. Was meint Ihr hierüber?

– Meiner Ansicht nach, ließ sich Pencroff vernehmen, ist jener ein kreuzbraver Mann, der unsere vollste Hochachtung verdient.

– Zugestanden, erwiderte Cyrus Smith; doch das ist keine Antwort auf meine Frage, Pencroff.

– Herr Smith, sagte Nab, ich glaube, wir können jenen Ehrenmann suchen, soviel wir wollen, aber finden werden wir ihn doch nur, wenn es ihm beliebt.

– Das ist nicht dumm, was Du sagst, Nab, erklärte Pencroff.

– Ich teile zwar Nabs Ansicht, begann Gedeon Spilett, doch das darf uns kein Hindernis sein, den Versuch zu machen. Ob wir jenes geheimnisvolle Wesen nun finden oder nicht, so haben wir doch unsere Pflicht getan.

– Und Du, mein Kind, sprich Dich ebenfalls aus, sagte der Ingenieur zu Harbert gewendet.

– O, rief Harbert mit freudestrahlendem Auge, ich möchte ihm danken, ihm, der erst Sie und dann auch uns alle gerettet hat!

– Oho, mein Junge, versetzte Pencroff, das möchte ich auch, und wir gewiss Alle. Ich bin nicht neugierig, aber ein Auge gäbe ich doch darum, den Sonderling von Angesicht zu Angesicht zu sehen! Mich dünkt, er müsse schön, groß, stark sein, einen prächtigen Bart, Haare wie einen Heiligenschein haben und auf Wolken ruhen mit einer großen Kugel in der Hand!

– Aber, Pencroff, erwiderte Gedeon Spilett, das ist ja das Ebenbild Gottes, was Sie da ausmalen.

– Kann sein, Herr Spilett, antwortete der Seemann, aber so stelle ich mir jenen einmal vor.

– Und Sie, Ayrton? fragte der Ingenieur.

– Herr Cyrus, entgegnete Ayrton, ich kann hierüber kein eigenes Urteil abgeben. Was Sie tun mögen, wird wohlgetan sein. Wollen Sie mich bei Ihren Nachforschungen mitnehmen, so bin ich bereit, Ihnen zu folgen.

– Ich danke, Ayrton, sagte Cyrus Smith, doch ich hätte eine direktere Antwort auf die an Sie gerichtete Frage gewünscht. Sie gehören ganz zu uns, haben schon wiederholt Ihr Leben für uns gewagt, und so wie alle klebrigen haben auch Sie das Recht, um Ihren Rath gefragt zu werden, wenn es der Entscheidung einer wichtigen Frage gilt. Sprechen Sie also.

– Herr Smith, antwortete Ayrton, ich denke, wir sollten alles aufbieten, den unbekannten Wohltäter zu finden. Vielleicht steht er einsam da? Vielleicht leidet er sogar? Vielleicht ist auch hier ein Menschenleben zu retten? Ich selbst habe, nach Ihrem Ausspruche, eine Schuld gegen ihn wett zu machen. Er war es, er kann es nur gewesen sein, der auf der Insel Tabor den verkommenen Elenden auffand, wie Sie ihn gekannt haben, der Ihnen die Mitteilung zukommen ließ, dass dort ein Unglücklicher zu retten sei! – Ihm verdanke ich es zuerst, dass ich wieder zum Menschen wurde – o, ich werde es nie vergessen!

– Es ist also entschieden, erklärte Cyrus Smith, wir beginnen unsere Nachforschungen sobald als möglich. Kein Teil der Insel soll übergangen werden. Wir durchsuchen sie bis in die geheimsten Winkel, der Unbekannte vergeb es uns, um der guten Absicht willen!«

Einige Tage lang beschäftigten sich die Kolonisten angestrengt mit der Heu- und Getreideernte. Vor der Ausführung ihres Vorhabens, die noch unbekannten Teile der Insel zu durchforschen, wollten sie die unaufschieblichen Arbeiten vollendet haben. Jetzt waren auch die verschiedenen von der Insel Tabor eingeführten essbaren Pflanzen einzusammeln. alles musste seinen Platz finden, an dem es im Granithaus zum Glück ja nicht mangelte, ja, in welch' Letzterem man alle Schätze der Insel hätte bergen können.

Die Produkte der Kolonie befanden sich darin, methodisch geordnet, ebenso geschützt vor der Witterung, wie vor Menschen oder Tieren. In den dickwandigen Steingemächern war keine schädliche Feuchtigkeit zu befürchten. Einzelne natürliche Höhlungen erweiterte man mit Hilfe der Hacke oder des Sprengens, und so gestaltete sich das Granithaus gewissermaßen zum Generaldepot für die Nahrungsmittel, Munitionen, Werkzeuge, Ersatzgerätschaften, mit einem Worte für das gesamte Material der Ansiedelung.

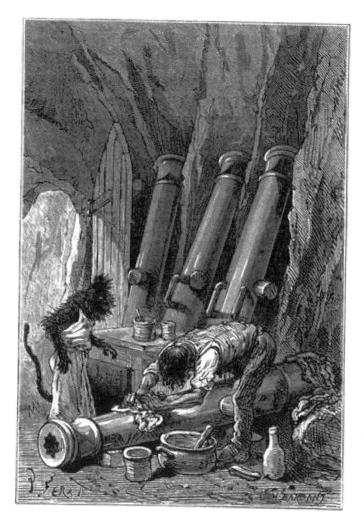

Die von der Brigg herrührenden Kanonen, übrigens sehr hübsche Gußstahlgeschütze, wurden mittels Tauen und Kranen nach der Wohnung empor gewunden; zwischen den Fenstern brachte man Schießscharten an, und bald gewahrte man ihre glänzende Mündung außerhalb der Granitwand. Von dieser Höhe aus beherrschten die Feuerschlünde wohl die ganze Unions-Bai. Es war ein kleines Gibraltar, und jedes Schiff, das sich der Insel nähern wollte, setzte sich unvermeidlich dem Feuer dieser Luftbatterie aus.

»Nun, Herr Cyrus, begann Pencroff eines Tags – es war am 8. November, – da die Armierung unserer Festung beendigt ist, müssen wir doch auch die Tragweite unserer Geschütze erproben.

– Halten Sie das für zweckmäßig? fragte der Ingenieur.

– Für mehr als zweckmäßig, für notwendig. Wie können wir ohnedem wissen, bis zu welcher Entfernung eine solche hübsche Bohne, deren wir genug haben, wohl fliegt.

– Gut, so versuchen wir es, Pencroff, stimmte der Ingenieur zu. Jedenfalls bin ich aber dafür, zu dem Experimente nicht das gewöhnliche Pulver zu verwenden, dessen Vorrat möglichst unberührt bleiben mag, sondern Pyroxilin, an dem es niemals fehlen wird.

– Werden die Kanonen auch der furchtbaren Kraft des Pyroxilins widerstehen? fragte der Reporter, der weit weniger als der Seemann begierig war, die Artillerie des Granithauses spielen zu lassen.

– Ich glaube es, beruhigte ihn der Ingenieur. Übrigens werden wir auch vorsichtig zu Werke gehen.«

Der Ingenieur erkannte ja die ausgezeichnete Qualität der Geschütze, auf welche er sich verstand. Aus Stahl gefertigt und als Hinterlader eingerichtet, mussten sie eine sehr starke Ladung aus halten und eine enorme Tragweite haben. Um einen hohen Effekt zu erzielen, muss die Flugbahn eines Geschosses nämlich so flach als möglich sein, eine Bedingung, welche nur dadurch erfüllt werden kann, dass man dem Projektile eine ungeheure Anfangsgeschwindigkeit mitteilt.

»Die Anfangsgeschwindigkeit aber, erläuterte Cyrus Smith seinen Gefährten, steht im Verhältnis zu der verwendeten Pulvermenge. Bei der Herstellung von Geschützen handelt es sich überhaupt im Grunde nur darum, das widerstandsfähigste Metall ausfindig zu machen, und nach dieser Seite gebührt der Preis ohne Widerrede dem Stahle. Ich habe also guten Grund zu der Annahme, dass unsere Geschützrohre ohne Gefahr die Expansion der Gase des Pyroxilins aushalten und ausgezeichnete Resultate ergeben werden.

– Erst probieren, dann muss es sich ja zeigen!« meinte Pencroff.

Wir brauchen kaum zu erwähnen, dass die Kanonen sich in bestem Zustande befanden. Seitdem sie aus dem Wasser gezogen waren, hatte sich der Seemann bemüht, dieselben sorgfältig zu putzen. Wie viel Zeit kostete es ihm, sie abzureiben, einzuölen, den Mechanismus der Verschlussplatte zu reinigen, den Riegel und die Stellschraube zu säubern! Und jetzt blitzten die Geschütze ebenso blank, als befänden sie sich an Bord einer Fregatte der Vereinigten Staaten-Marine.

An genanntem Tage wurden die vier Kanonen, bei Anwesenheit sämtlicher Mitglieder der Kolonie, nach einander probiert. Man lud mit Pyroxilin, unter Berücksichtigung seiner explosiven Gewalt, welche, wie bekannt, die vierfache von der des gewöhnlichen Pulvers ist; die zugehörigen Geschosse hatten eine zylindrisch-konische Form.

Pencroff hielt, zum Abfeuern bereit, die Stoppine (d.i. Zündstrick) in der Hand.

Auf ein Zeichen Cyrus Smiths krachte der Schuss. Die auf das Meer zu gerichtete Kugel flog über das Eiland hinweg und schlug in einer nicht genau abzuschätzenden Entfernung ins Wasser.

Die zweite Kanone wurde nach den äußersten Felsvorsprüngen der Seetrift-Spitze gerichtet, und sprengte das Projektil einen spitzen Stein, gegen den es drei Meilen vom Granithaus anschlug, in tausend Stücke.

Harbert war es, der das Geschütz gerichtet und abgefeuert hatte. Seine Freude über diesen Probeschuss wird man ihm gern gönnen, doch Pencroff brüstete sich fast noch mehr als er selbst über einen solchen Schuss, für den die Ehre seinem Kinde zukam!

Das dritte nach den Dünen, welche den oberen Teil der Unions-Bai bildeten, gerichtete Projektil schlug in einer Entfernung von mindestens vier Meilen auf den Sand und verlor sich rikoschettierend unter einem Schaumstreifen im Meere.

Bei der vierten Kanone steigerte Cyrus Smith die Ladung noch weiter, um die äußerste Grenze der Tragweite kennen zu lernen. Bei diesem Schuss traten alle mehr seitwärts, für den Fall, dass das Rohr springen sollte, und wurde auch an den Zündstrick noch ein Stück Leine gebunden.

Ein furchtbarer Donner krachte, aber das Geschütz war unversehrt geblieben, und die zu den Fenstern geeilten Kolonisten konnten das Projektil noch auf den Felsen des Kiefern-Kaps aufschlagen und endlich, fünf Meilen weit vom Granithaus, im Haifisch-Golfe verschwinden sehen.

»Nun, Herr Cyrus, rief Pencroff, dessen Hurras die Detonationen immer zu übertönen gesucht hatten, was sagen Sie denn zu unserer Batterie? Jetzt mögen sich alle Piraten des Pazifischen Meeres getrost vor das Granithaus legen; ohne unsere Zustimmung soll es Keinem gelingen, sich auszuschiffen.

– Glauben Sie mir aber, Pencroff, erwiderte der Ingenieur, dass uns die Probe besser erspart bleibt.

– Da erinnere ich mich, fuhr der Seemann fort, der sechs Spitzbuben, die sich noch auf der Insel umher treiben; was soll mit diesen werden? Wollen wir sie ungehindert durch unsere Wälder und über Feld und Wiese streifen lassen? Diese Kerle sind die reinen Jaguars, und ich denke, wir überlegen uns nicht weiter, sie als solche zu behandeln. Was meinen Sie, Ayrton?« fügte Pencroff zu seinem Gefährten gewendet hinzu.

Ayrton zögerte anfänglich mit der Antwort, und Cyrus Smith bedauerte sehr, dass Pencroff ihm diese Frage so nackt und schroff vorgelegt hatte. Es griff ihm aus Herz, als Ayrton mit fast demütiger Stimme antwortete:

»So ein Jaguar war ich einst auch, Pencroff, und mir steht am wenigsten das Recht zu, hierüber zu entscheiden ...«

Langsam schlich er sich nach diesen Worten von dannen.

Pencroff hatte ihn verstanden.

»Ich verzweifelter Dummkopf! schalt er sich selbst. Der arme Ayrton! Und doch hat er hier das Recht mitzusprechen, so gut wie jeder Andere! ...

– Gewiss, fiel Gedeon Spilett ein, doch seine Zurückhaltung macht ihm alle Ehre, und verpflichtet uns, die Erinnerungen an seine traurige Vergangenheit nicht in ihm wach zu rufen.

– Ganz einverstanden, Herr Spilett, antwortete der Seemann, und mich soll deshalb kein Vorwurf wieder treffen! Ich reiße mir lieber die Zunge aus, als

Ayrton durch sie zu betrüben. Doch kommen wir auf die Frage zurück. Mir scheint, jenes Raubgesindel hat auf Mitleid keinerlei Anspruch, und wir sollten die Insel baldmöglichst davon säubern.

– Das ist wirklich Ihre Ansicht, Pencroff? fragte der Ingenieur.

– Ja, das ist sie.

– Und bevor Sie jenen ohne Erbarmen nachstellen, wollen Sie auch nicht abwarten, ob sie weitere Feindseligkeiten gegen uns begehen?

– Genügt nicht, was sie schon getan haben? versetzte Pencroff, der diese Unentschlossenheit gar nicht begriff.

– Können Jene nicht zu anderen Anschauungen kommen? fuhr der Ingenieur fort. Könnten sie nicht bereuen ...

– Bereuen? Diese Burschen? rief der Seemann achselzuckend.

– Pencroff, denk' an Ayrton! sagte da Harbert, die Hand des Seemannes fassend. Er ist auch wieder ein rechtschaffener Mann geworden!«

Pencroff sah seine Genossen Einen nach dem Anderen an. Nie hätte er geglaubt, dass sein Vorschlag dem leisesten Widerspruche begegnen könnte. Seiner raueren Natur widerstrebte es, etwa gar mit Spitzbuben in Unterhandlung zu treten, die auf der Insel Fuß gefasst hatten, mit den Komplizen Bob Harveys, den Mördern der Besatzung des Speedy, und er betrachtete sie nur als wilde Tiere, die man schnell und ohne Gewissensangst abzutun habe.

»Sieh da! murrte er. Ich habe alle Welt gegen mich! Sie wollen gegen jene Schurken noch großmütig sein? – Meinetwegen! Doch möchten wir es dereinst nicht zu bereuen haben!

– Welche Gefahr droht uns, warf Harbert ein, wenn wir nur einigermaßen wachsam sind?

– Hm! ließ sich der Reporter, der sich nicht auszusprechen schien, vernehmen. Es sind ihrer sechs wohlbewaffnete Männer. Wenn sie aus guten Verstecken auf uns feuern, könnten sie leicht zu Herren der Kolonie werden.

– Und warum haben sie es nicht schon getan? erwiderte Harbert. Offenbar, weil es nicht in ihrem Interesse lag, so zu handeln. Im Übrigen sind wir auch Sechs.

– Schön, schön! antwortete Pencroff, den keine Vernunftgründe überzeugen konnten. Lassen wir die braven Leute ihre kleinen Geschäfte besorgen und denken nicht weiter an sie.

– Aber, Pencroff, redete ihm Nab zu, stelle Dich doch nicht so böse! Jetzt sollte einmal einer jener Elenden in bester Schussweite vor Dir stehen, ob Du wohl auf ihn ...

– Ich schösse auf ihn, wie auf einen tollen Hund, erwiderte unbedenklich Pencroff.

– Pencroff, sagte da der Ingenieur, Sie haben auf mein Urteil bisher immer einigen Wert gelegt. Wollen Sie das auch jetzt tun?

– Ich tue, was Sie für recht halten, Herr Smith, antwortete der Seemann, ohne deshalb anderer Ansicht zu sein.

– Nun gut, so werden wir warten, und nur angreifen, wenn man uns zu nahe tritt!«

Trotz Pencroffs übler Vorhersage wurde das also als Richtschnur für das Verhalten gegen die Piraten festgesetzt. Man wollte nicht zuerst angreifen, aber auf seiner Hut sein. Die Insel war ja groß und fruchtbar. Lebte noch ein Restchen von Ehrgefühl in ihrer Seele, so konnten jene Elenden wohl noch umkehren. Zwangen sie nicht die tatsächlichen Verhältnisse, ein neues Leben zu beginnen? Jedenfalls folgte man nur einem Gebote der Menschlichkeit, wenn man sie sich selbst überließ. Die unbeschränkte Freiheit, anstandslos zu streifen, wohin es ihnen beliebte, ging den Kolonisten zwar zum Teil verloren. Bis dahin hatten sie sich nur vor reißenden Tieren zu schützen gehabt, jetzt machten noch sechs Verbrecher, vielleicht der schlimmsten Art, die Insel unsicher. Das war ernst und wäre von Anderen wohl dem Verluste aller Sicherheit gleich geachtet worden.

Immerhin! Für jetzt befanden sich die Kolonisten Pencroff gegenüber im Rechte, – ob auch für später? – Das wird sich noch zeigen.

SECHSTES KAPITEL.

Am meisten beschäftigte die Kolonisten jetzt die beschlossene eingehende Durchsuchung der Insel, welche nun zweierlei Zwecke verfolgte, erstens das geheimnisvolle Wesen aufzufinden, über dessen Gegenwart kein Zweifel herrschen konnte, und dann, sich zu unterrichten, was aus den Piraten geworden, welchen Schlupfwinkel sie gewählt, welches Leben sie führten und was man von ihnen wohl zu befürchten habe.

Cyrus Smith wünschte ohne Verzug aufzubrechen; da die Expedition aber voraussichtlich mehrere Tage in Anspruch nahm, wurde es für nötig erachtet, auf dem Wagen mancherlei Lagergeräte und anderes Zubehör mitzuführen, um sich an den Haltestellen bequemer einrichten zu können. Außerdem konnte eines der Quaggas, das sich am Beine verletzt hatte, nicht sofort eingespannt werden; es bedurfte noch einige Tage der Schonung, und so glaubte man die Abreise ohne Nachteil um eine Woche, d.h. bis zum 20. November aufschieben zu dürfen. Der November bildet ja, wie der ihm entsprechende Mai der nördlichen Halbkugel, die schönste Jahreszeit. Die Sonne näherte sich dem Wendekreis des Steinbocks und brachte die langen Tage. Der Zeitpunkt schien der Expedition also vorzüglich günstig, und wenn diese auch ihr eigentliches Ziel nicht erreichen sollte, so konnte sie doch reiche Entdeckungen, wenigstens rücksichtlich der Naturerzeugnisse, liefern, da sich Cyrus Smith bestimmt vorgenommen hatte, diesmal die Wälder des fernen Westens zu untersuchen, die sich bis zu den Ausläufern der Schlangenhalbinsel hin erstreckten.

Während der neun Tage, die man im Ganzen bis zum Aufbruch noch vor sich hätte, sollten die letzten dringlichen Arbeiten auf dem Plateau der Freien Umschau beendigt werden.

Inzwischen machte sich die Rückkehr Ayrtons nach der Viehhürde notwendig, wo die Haustiere gewiss seiner Pflege bedurften. Man beschloss also, dass er auf zwei Tage dorthin abgehen und nach reichlicher Versorgung der Ställe mit Futter nach dem Granithaus heimkehren solle.

Als jener sich zum Aufbruche rüstete, fragte ihn Cyrus Smith, ob er nicht Einen von ihnen zur Begleitung mitnehmen wolle, da die Insel jetzt unsicherer sei, als früher.

Ayrton hielt das für nutzlos, da er allein die nötige Arbeit ausführen könne und sich überdem vor nichts fürchte. Sollte sich an der Viehhürde oder in deren Nachbarschaft etwas Besonderes zutragen, so werde er die Kolonisten durch eine Depesche nach dem Granithaus davon in Kenntnis Mit Tagesanbruch begab sich Ayrton am 9. auf den Weg, nahm auch den mit nur einem Quagga bespannten Wagen mit, und zwei Stunden später meldete cm elektrisches Signal, dass er glücklich angekommen sei und an Ort und Stelle alles in Ordnung gefunden habe.

Während dieser beiden Tage führte Cyrus Smith auch die schon früher gehegte Absicht aus, das Granithaus dadurch vor jeder Überrumpelung zu sichern, dass er die schon vermauerte und unter Schlingpflanzen und Gebüsch halb verborgene obere Mündung des vormaligen Abflusses am südlichen Winkel des Grantsees vollkommen verdeckte. Wenn der Wasserstand des Sees um zwei bis drei Fuß erhöht wurde, musste er bis über dieselbe aufsteigen, und damit den Zweck der Arbeit vollkommen erfüllen.

Zur Erhöhung des Niveaus genügte es aber, die Wehre an den beiden Stellen, von denen aus der Glyzerin- und der Kaskadenfluss ihr Wasser bezogen, um ebenso viel höher zu legen. Die Kolonisten wurden alle zu diesem Werke verwendet, und die beiden Überfallwehre, welche ohnedem bei einer Höhe von drei Fuß eine Breite von sieben bis acht nicht überschritten, durch sorgsam vermauerte Bruchsteine so weit als nötig erhöht.

Nach Vollendung dieser Arbeit vermochte es kein Mensch zu vermuten, dass von jener Wasserspitze aus ein unterirdischer Gang vorhanden sei, der früher als Seeabfluss gedient hätte.

Selbstverständlich sparte man die kleine Öffnung, durch die das Reservoir des Granithauses gespeist und der Aufzug in Gang gesetzt wurde, sorgsam aus. War Letzterer einmal in die Höhe gezogen, so trotzte die sichere und bequeme Wohnung leicht jedem Handstreiche und Überfalle.

Dieses Werk wurde bald zu Ende geführt, und Pencroff, Gedeon Spilett und Harbert fanden sogar noch Zeit, sich einmal nach dem Ballonhafen zu begeben. Den Seemann trieb ein heftiges Verlangen, zu wissen, ob die kleine Bucht, der Ankerplatz des Bonadventure, einen Besuch der Seeräuber gesehen habe.

»Wir müssen bedenken, bemerkte er, dass jene Herrchens auf dem südlichen Küstenteile das Land betreten und, wenn sie dem Ufer nachgingen, doch vielleicht den kleinen Hafen aufgestöbert haben; in welchem Falle ich übrigens für unseren Bonadventure keinen halben Dollar mehr böte.«

Pencroffs Befürchtungen entbehrten am Ende nicht alles Grundes, und ein Besuch des Ballonhafens erschien ganz gerechtfertigt.

Der Seemann und seine Begleiter brachen also am Nachmittag des 10. Novembers wohlbewaffnet auf. Pencroff wiegte, als er in jeden Lauf seines Gewehres zwei Kugeln lud, den Kopf hin und her, eine bedrohliche Vorbedeutung für alles, was ihm, »ob Mensch oder Tier«, sagte er, zu nahe käme. Gedeon Spilett und Harbert nahmen auch ihre Flinten mit, und gegen drei Uhr verließen alle Drei das Granithaus.

Nab gab ihnen bis zur Mercy-Biegung das Geleit und zog die Brücke auf, sobald Jene sie passiert hatten. Man traf die Verabredung, dass ein Flintenschuss die Rückkehr der Kolonisten melden und Nab zur Wiederherstellung der Verbindung der beiden Ufer herbeirufen sollte.

Die kleine Gesellschaft begab' sich sofort nach der Hafenstraße auf den Weg zur Südküste. Letzterer betrug zwar nur drei und ein halb Meilen, doch brauchten Spilett und seine Gefährten zwei Stunden dazu. Sie beobachteten nämlich auch die Nachbarschaft der Straße, ebenso wohl nach der Seite des dichteren Waldes, wie nach der der Tadorne-Sümpfe. Sie entdeckten keine Spur von den Flüchtlingen, welche ohne Zweifel weder die Anzahl der Kolonisten, noch deren Verteidigungsmittel kannten und sich nach den minder zugänglichen Teilen der Insel zurückgezogen haben mochten.

Beim Ballonhafen angelangt, sah Pencroff zu seiner größten Befriedigung den Bonadventure daselbst unversehrt vor Anker liegen. Übrigens war die kleine Bucht auch von den umgebenden Felsmassen so gut verdeckt, dass man sie weder von der Land-, noch von der Seeseite her eher entdecken konnte, als bis man unmittelbar darüber oder daran kam.

»Aha, begann Pencroff, noch sind die Landstreicher nicht hierher gelangt. Die hohen Gräser sagen den Reptilien mehr zu, und im fernen Westen würden wir sie bestimmt auffinden.

– Das ist auch ein wahres Glück, fiel Harbert ein, denn des Bonadventure hätten sie sich, wenn er von ihnen aufgefunden worden wäre, sicher bemächtigt, um zu entfliehen, und uns wäre es dann unmöglich gewesen, in der nächsten Zeit einmal nach der Insel Tabor zurückzukehren.

– Freilich wär' es von Wichtigkeit, meinte der Reporter, daselbst ein Dokument mit genauer Angabe der Lage der Insel Lincoln und Ayrtons jetzigen Aufenthaltsortes niederzulegen, für den Fall, dass die schottische Yacht zu dessen Wiederaufnahme zurückkehrte.

– Nun, der Bonadventure ist immer zur Hand, Herr Spilett, versetzte der Seemann. Seine Besatzung und er sind auf das erste Signal segelfertig!

– Ich denke, Pencroff, davon kann erst nach unserer geplanten Durchforschung der Insel die Rede sein. Nach allem liegt auch die Möglichkeit nahe, dass jener Unbekannte, wenn wir ihn überhaupt auffinden, mit der Insel Tabor und unserer Insel Lincoln längst bekannt war. Vergessen wir nicht, dass das Dokument unzweifelhaft von ihm herrührte und dass er vielleicht selbst über die Rückkehr der Yacht etwas Näheres weiß.

– Wer, zum Teufel! rief Pencroff, mag er nur sein? Er kennt uns, wir aber ihn nicht! Ist er einfach ein Schiffbrüchiger, weshalb versteckt er sich? Wir sind doch brave Kerle, meine ich, und deren Gesellschaft könnte wohl Jedem recht sein! Oder wäre er freiwillig hierher gekommen? Könnte er die Insel nach Belieben verlassen? Ist er überhaupt noch hier? Ist ers vielleicht nicht mehr? ...«

Unter diesen Gesprächen waren Pencroff, Harbert und Gedeon Spilett auf das Schiff gelangt und gingen auf dem Verdeck des Bonadventure umher. Plötzlich entfuhren dem Seemann, der das Bätingsholz mit dem darum gewundenen Ankertaue ins Auge fasste, die Worte:

»Nein, zum Kuckuck, das ist denn doch zu stark!

– Was gibts denn wieder, Pencroff? fragte der Reporter.

– Nun, das gibt es, dass ich den Knoten da nicht geschlungen habe!«

Dabei wies Pencroff auf einen Strick, der um das Kabel am Bätingsholze gelegt war, um es an diesem noch sicherer zu befestigen.

»Wie, das wären Sie nicht gewesen? fragte Gedeon Spilett.

– Bei Gott, nein! Das ist ein gewöhnlicher Knoten, und ich habe die Gewohnheit, einen solchen doppelt zu verschlingen. Ich täusche mich nicht! Man hat das so an der Hand, und die Hand irrt sich nicht!

– Demnach wären die Verbrecher an Bord gewesen? bemerkte Harbert.

– Das weiß ich nicht, erwiderte Pencroff, aber Eines steht fest, dass man den Anker des Bonadventure gelichtet und auch wieder fest gelegt hat. Halt, da ist noch ein weiterer Beweis! Das Ankertau ist aufgewunden worden, denn das Klüsenfutter[1] liegt daneben. Ich bin fest überzeugt, dass Jemand unser Schiff benutzt hat.

– Wären das aber die Sträflinge gewesen, so hätten sie es entweder geplündert oder zum Entfliehen benutzt ...

– Zum Entfliehen! ... Wohin denn? ... Nach der Insel Tabor? ... Glauben Sie, Jene würden sich einem Fahrzeuge mit so geringem Tonnengehalte anvertraut haben?

– Zudem zwänge das zu der Annahme einer Kenntnis von dem Eilande auf ihrer Seite, vervollständigte der Reporter.

– Sei dem, wie es will, sagte der Seemann; so wahr ich Bonadventure Pencroff aus Vineyard bin, so sicher ist unser Bonadventure ohne uns gesegelt!«

Der Seemann schien seiner Sache so gewiss, dass jeder Widerspruch der Anderen erstickte. Eine mehr oder weniger große Ortsveränderung hatte das Schiff unzweifelhaft erfahren, seitdem es Pencroff am letzten Male in den Ballonhafen zurückführte. Für den Seemann blieb es eine ausgemachte Tatsache, dass der Anker gelichtet und wieder fallen gelassen worden war. Weshalb aber diese beiden Manövers, wenn das Schiff nicht zu irgend einer Fahrt gedient hatte?

»Sollten wir den Bonadventure aber nicht auf hoher See haben vorübersegeln sehen? fragte der Reporter, der alle Gegenbeweise zu erschöpfen suchte.

– O, Herr Spilett, belehrte ihn der Seemann, man braucht nur zur Nachtzeit mit guter Brise abzusegeln, um binnen zwei Stunden außer Sicht der Insel zu sein.

– Gut, erwiderte Gedeon Spilett; so frage ich aber noch, in welcher Absicht die Verbrecher sich des Bonadventure bedient und ihn nachher auch in den Hafen zurückgebracht haben sollten?

– Nun, Herr Spilett, antwortete der Seemann, das legen wir einfach zu den anderen Unbegreiflichkeiten und zerbrechen uns darum den Kopf nicht. Die Hauptsache ist, dass der Bonadventure da war und es noch jetzt ist. Sollten ihn die Spitzbuben freilich ein zweites Mal benutzen, so bleibt es leider fraglich, ob wir ihn hier wiederfinden.

– Dann möchte es wohl ratsam sein, ließ sich Harbert vernehmen, den Bonadventure vor dem Granithaus fest zu legen?

– Ja und nein, antwortete Pencroff, doch lieber: Nein! – Die Mercy-Mündung bietet keinen guten Platz für ein Schiff; das Wasser ist da zu schwer.

– Doch wenn wir ihn auf den Sand herauf winden, vielleicht bis nahe an die Kamine?

– Das möchte eher angehen, antwortete Pencroff. Für unsere bevorstehende längere Abwesenheit vom Granithaus halte ich den Bonadventure jedoch hier für gesicherter, und wir werden gut tun, ihn im Hafen zu lassen, bis die Insel von jenen Schurken gesäubert ist.

– Ganz meine Ansicht, sagte der Reporter. Mindestens wird er bei ungünstiger Witterung hier besser verwahrt sein, als an der Mündung der Mercy.

– Doch wenn ihm die Sträflinge einen wiederholten Besuch abstatteten? mahnte Harbert.

– Ei nun, mein Junge, entgegnete Pencroff, fänden sie ihn nicht hier, so würden sie ihn sofort vor dem Granithaus suchen, und bei unserer Abwesenheit möchte Nichts sie verhindern, sich desselben zu bemächtigen. Ich denke also, wie Herr Spilett, wir lassen ihn ruhig hier im Ballonhafen. Sollten wir bei unserer Rückkehr die Insel nicht von jenen Schuften befreit haben, so bringen wir unser Schiff nach dem Granithaus, bis ihm kein unliebsamer Besuch weiter droht.

– Einverstanden! – Und nun vorwärts!« sagte der Reporter.

Als Pencroff, Harbert und Gedeon Spilett im Granithaus wieder angelangt waren, setzten sie den Ingenieur von dem Vorgefallenen in Kenntnis, und dieser billigte vollkommen ihre Beschlüsse für jetzt und für die spätere Zeit. Er versprach sogar, den Teil des Kanals zwischen dem Eiland und der Küste zu untersuchen, um zu sehen, ob daselbst nicht durch Pfahlwerk ein künstlicher Hafen zu schaffen sei. In diesem Falle wäre der Bonadventure immer zur Hand, unter den Augen der Kolonisten und im Notfall hinter Schloss und Riegel zu halten.

An demselben Abend beförderte man noch ein Telegramm an Ayrton, um ihn zu bitten, ein Paar Ziegen aus der Viehhürde her zu treiben, welche Nab auf den Wiesen des Plateaus akklimatisieren wollte. Sonderbarer Weise bestätigte Ayrton diesmal, ganz gegen seine Gewohnheit, den Empfang der Depesche nicht. Den Ingenieur machte dieses Ausbleiben der Antwort stutzig. Möglicherweise konnte aber Ayrton im Augenblicke nicht in der Nähe oder auch auf dem Rückwege nach dem Granithaus sein. Vor zwei Tagen war er mit der Absicht weggegangen, am 10. oder spätestens am 11. Morgens zurückzukehren.

Die Kolonisten warteten also, ob Ayrton sich auf der Höhe der Freien Umschau zeigen würde. Nab und Harbert begaben sich sogar schon in die Nähe der Brücke, um diese herabzulassen, wenn ihr Kamerad erschiene.

Um zehn Uhr Abends zeigte sich indes noch keine Spur von Ayrton. Man hielt es also für geraten, eine neue Depesche mit dem Verlangen einer unmittelbaren Antwort abzulassen.

Die Glocke im Granithaus blieb stumm.

Jetzt wuchs die Unruhe der Kolonisten. Was war geschehen? Befand sich Ayrton nicht mehr bei der Hürde oder nicht in der Lage, sich frei zu bewegen? Sollte man durch diese pechschwarze Nacht selbst nach der Viehhürde ziehen?

Man erwog das Für und Wider. Die Einen wollten aufbrechen, die Andern noch dableiben.

»Vielleicht aber, sagte Harbert, ist etwas an der Leitung vorgekommen, so dass sie nicht mehr funktioniert.

– Das könnte sein, meinte der Reporter.

– So warten wir bis morgen, erklärte Cyrus Smith. Es ist wirklich möglich, dass Ayrton unsere Depesche gar nicht empfing, oder wir umgekehrt die seinige nicht erhielten.«

Man wartete, doch selbstverständlich nicht ohne spannende Unruhe.

Mit dem ersten Tagesgrauen des 11. Novembers telegraphierte Cyrus Smith wiederholt, blieb aber auch jetzt ohne Antwort.

»Auf nach der Hürde! rief er.

– Und alle wohl bewaffnet!« fügte Pencroff hinzu.

Gleichzeitig beschloss man, dass das Granithaus nicht ganz verödet und Nab daselbst zurückbleiben solle. Nachdem er seinen Gefährten bis zum Glyzerinfluss das Geleit gegeben, sollte er die Fallbrücke aufziehen, und von einem Baume verdeckt entweder deren Rückkehr oder die Ayrtons abwarten.

Für den Fall des Erscheinens der Piraten vor der Übergangsstelle würde er sie mit Flintenschüssen abwehren, sich im Notfalle aber in das Granithaus flüchten, worin er nach emporgewundenem Aufzug vorläufig in vollkommener Sicherheit wäre.

Cyrus Smith, Gedeon Spilett, Harbert und Pencroff wollten sich direkt nach der Viehhürde begeben und beim Nichtantreffen Ayrtons die umliegenden Gehölze durchsuchen.

Um sechs Uhr Morgens hatten der Ingenieur und seine Gefährten den Glyzerinfluss überschritten, und Nab postierte sich hinter einen leichten, von einigen Drachenblutbäumen bekrönten Erdhügel am linken Ufer des Flusses.

Die Kolonisten schlugen nach Überschreitung des Plateaus der Freien Umschau sofort den Weg nach der Viehhürde ein. Bereit, bei der geringsten feindlichen Begegnung Feuer zu geben, trugen sie die mit Kugeln geladenen Karabiner und Flinten im Arme.

Das Dickicht auf beiden Seiten ihres Weges konnte die Sträflinge leicht ihren Blicken verbergen und waren Jene im Besitz ihrer Waffen gewiss ernstlich zu fürchten.

Schweigend zogen die Kolonisten und raschen Schrittes dahin. Top lief ihnen voraus, bald auf dem Wege selbst, bald sich durch die Gebüsche drängend, aber immer stumm und ohne ein Zeichen von Unruhe. Jedenfalls durfte man darauf zählen, dass das treue Tier sich nicht überraschen lassen und bei dem leisesten Zeichen von Gefahr bellen würde.

Auf ihrem Wege folgten Cyrus Smith und seine Genossen gleichzeitig der Telegraphenleitung zwischen der Hürde und dem Granithaus. Nach Zurücklegung von etwa zwei Meilen hatten sie noch keine Unterbrechung derselben bemerkt; die Stangen waren in bestem Zustande, die Isolatoren unversehrt, der Draht regelmäßig gespannt. Von diesem Punkte aus glaubte der Ingenieur indessen eine Abnahme der Spannung wahrzunehmen, und als Harbert, der meist vorausging, am Pfahl No. 74 anlangte, blieb er stehen und rief:

»Der Draht ist zerrissen!«

Seine Gefährten beeilten sich, die Stelle zu erreichen, an der der junge Mann Halt machte.

Dort lag eine Telegraphenstange quer über dem Wege. Die Kontinuitätstrennung des Drahtes wurde hiermit bewiesen, und offenbar hatten also weder Depeschen in der einen, noch solche in der anderen Richtung ihr Ziel erreichen können.

»Der Wind hat diesen Pfahl nicht umgeworfen, bemerkte Pencroff.

– Nein, sagte Harbert, der frische Bruch beweist, dass er noch nicht lange stattfand.

– Zur Hürde! Zur Hürde!« drängte der Seemann.

Die Kolonisten befanden sich jetzt auf der Hälfte des Weges dorthin, mussten also noch zweiundeinhalb Meilen zurücklegen und gingen in Laufschritt über.

In der Tat lag die Befürchtung nahe, dass bei der Viehhürde irgendein ernstes Ereignis vorgefallen sei. Gewiss hatte Ayrton ein Telegramm absenden können, welches nicht eingetroffen war, und das beunruhigte seine Freunde noch am wenigsten; unerklärlich blieb es aber, dass Ayrton trotz seiner für den Abend vorher zugesagten Rückkehr nicht erschien. Die Unterbrechung jeder Verbindung zwischen den beiden Stationen musste wohl einen tiefer liegenden Grund haben, für wen Anderen aber, als für die Sträflinge, konnte diese Unterbrechung einen Wert haben?

Die Kolonisten eilten mit ihrer bedrückenden Angst im Herzen nach Kräften. Sie fühlten ihre ganze Zuneigung zu ihrem neuen Kameraden. Sollten sie ihn vielleicht erschlagen finden von den Händen Derjenigen, deren Anführer er vorher gewesen?

Bald gelangten sie nach der Stelle, von der aus der Weg dem kleinen von dem Roten Flusse abgeleiteten Wasserlaufe folgte, welcher die Wiesen der Hürde befruchtete. Sie hatten ihre Schritte gemäßigt, um nicht atemlos zu sein, wenn der Augenblick des Kampfes etwa unerwartet an sie heranträte. Die Flinten wurden »fertig« gehalten. Jeder überwachte eine Seite des Waldes. Top ließ ein leises Knurren von übler Vorbedeutung hören.

Endlich blickte der Palisadenzaun durch die Baumstämme, ohne eine Beschädigung zu zeigen; seine Tür war geschlossen wie gewöhnlich. Tiefes Schweigen herrschte in der Hürde, weder das gewohnte Blöken der Mufflons, noch die Stimme Ayrtons ließ sich hören.

»Wir wollen hineingehen«, sagte der Ingenieur.

Cyrus Smith ging voran, während seine Gefährten auf zwanzig Schritt hinter ihm wachten und sich zum Abfeuern bereit hielten.

Der Ingenieur hob den inneren Querriegel des Tores und wollte einen Flügel aufschlagen, als Top wütend anschlug. Ein Schuss krachte über die Palisade heraus, ein Schmerzensschrei antwortete ihm.

Von einer Kugel getroffen sank Harbert zu Boden.

Fußnoten

1 Man versteht hierunter ein Stück alte Leinwand, welches gefaltet in die Klüsen gelegt wird, um die Reibung und Zerstörung des durchlaufenden Ankertaues zu verhindern.

SIEBTES KAPITEL.

Auf Harberts Schrei eilte Pencroff, die Waffe wegwerfend, zu diesem.

»Sie haben ihn getötet! rief er, ihn, meinen Sohn, sie haben ihn ermordet!«

Cyrus Smith und Gedeon Spilett kamen zu Harbert hergelaufen. Der Reporter horchte, ob das Herz des Knaben noch schlüge.

»Er lebt! sagte er, doch wir müssen ihn wegschaffen ...

– Nach dem Granithaus? Unmöglich! antwortete der Ingenieur.

– Nun denn, in die Hürde! rief Pencroff.

– Halt, einen Augenblick nur!« sagte Cyrus Smith.

Er wandte sich nach links, um die Hürdenwand zu umgehen. Dort traf er auf einen Sträfling, der auf ihn anlegte und seinen Hut durchlöcherte.

Einen Augenblick darauf aber lag er schon, ohne dazu zu kommen, noch einmal Feuer zu geben, von Cyrus Smiths Dolche, der sicherer traf als jenes Flinte, durchbohrt an der Erde.

Indessen kletterten Gedeon Spilett und der Seemann an den Ecken der Palisade empor, sprangen in die Umzäunung, warfen die Riegel zurück, welche das Tor von innen schlossen, drangen in das Wohnhäuschen, das sie übrigens leer fanden, und bald ruhte der arme Harbert auf Ayrtons Lagerstätte.

Wenige Augenblicke später war Cyrus Smith neben ihm.

Als der Seemann Harbert leblos sah, fasste ihn ein unsäglicher Schmerz. Er schluchzte, er weinte, er wollte sich den Kopf an der Wand einstoßen. Weder der Ingenieur, noch der Reporter vermochten ihn zu beruhigen. Sie verstummten vor Mitgefühl auch selbst.

Jedenfalls auszuschweißendem sie aber das Ihrige, den armen Knaben, der unter ihren Augen zu verenden schien, dem Tode zu entreißen. Gedeon Spilett hatte bei seinem vielbewegten Leben auch einige Kenntnisse der Wundarzneikunst erworben. Er wusste von allem etwas, und mehr als einmal war es vorgekommen, dass er bei Verwundungen durch blanke Waffen oder Gewehrkugeln zur Hilfe eintreten musste. Von Cyrus Smith unterstützt traf er also die Maßregeln, welche Harberts Zustand erheischte.

Zunächst erschreckte ihn freilich der allgemeine Stupor des Verwundeten, der entweder von dem Blutverluste herrührte oder von einer Lähmung des Nervensystems, wenn die Kugel kräftig genug an einen Knochen geschlagen hatte, um jenes heftig zu erschüttern.

Harbert lag totenbleich da und mit einem so schwachen Pulsschlage, dass Gedeon Spilett ihn nur in größeren Zwischenräumen deutlich fühlte, wie es kurz vor dem gänzlichen Erlöschen vorzukommen pflegt. Gleichzeitig schwieg bei dem Verwundeten jedwede Auszuschweißenden der Sinne oder der Intelligenz. Das waren alles sehr ernste Symptome.

Harberts Brust ward entblößt und nach Beseitigung des halb geronnenen Blutes mit kaltem Wasser gewaschen. Die Kontusion oder vielmehr die Wunde wurde sichtbar. Ein ovales Loch fand sich auf der Brust zwischen der dritten und vierten Rippe. Hier war die Kugel eingedrungen.

Cyrus Smith und Gedeon Spilett drehten den armen Knaben um, der einen so leisen Klagelaut hören ließ, als wär es sein letzter Seufzer.

Eine zweite Wunde blutete auf Harberts Rücken, und sogleich fiel auch die Kugel, die ihn getroffen hatte, heraus.

»Gott sei Dank! sagte der Reporter; mindestens ist die Kugel nicht in dem Körper geblieben, und wir brauchen sie nicht erst heraus zu holen.

Aber das Herz? ... fragte Cyrus Smith.

– Das Herz kann nicht getroffen worden sein, ohne dass Harbert tot wäre!

– Tot?!« schrie Pencroff in seiner Verzweiflung.

Der Seemann hatte nur die letzten Worte des Reporters gehört.

»Nein, Pencroff, nein! versicherte Cyrus Smith, er ist nicht tot! Sein Puls schlägt ja! Er hat sogar leise gestöhnt. Doch, im eigenen Interesse Eures Kindes, beruhigt Euch. Jetzt haben wir alle des kalten Blutes nötig. Sorgt, dass wir es nicht auch verlieren, wackrer Freund!«

Pencroff schwieg, aber die Bewegung übermannte ihn; große Tränen rannen über sein ehrliches Gesicht.

Gedeon Spilett durchwühlte den Schatz seiner Erinnerungen, um jetzt mit Methode zu verfahren. Dem Augenscheine nach stand es für ihn außer Zweifel, dass die Kugel vorn zwischen der dritten und vierten Rippe eingedrungen und auf der Rückseite zwischen der siebenten und achten Rippe wieder ausgetreten war. Aber welche Zerstörungen hatte sie auf diesem Wege hinterlassen? Auch ein Fachmann wäre wohl in Verlegenheit gekommen, das sofort zu bestimmen; um wie viel weniger vermochte es der Reporter.

Eines wusste er: es musste der entzündlichen Entartung der verletzten Teile vorgebeugt und die lokale Entzündung sowie das unausbleibliche Wundfieber in Schranken gehalten werden. Welche örtliche, welche fieberwidrige Mittel sollte er anwenden? Womit diese gefährliche Entzündung begrenzen?

Auf jeden Fall erschien es wichtig, die beiden Wunden zu verbinden. Gedeon Spilett fand es unnötig, noch eine neue Blutung durch Waschen mit warmem Wasser hervor zu rufen und die Wundlippen zu komprimieren. Der Blutverlust war sehr reichlich gewesen und Harbert für einen wiederholten Verlust zu schwach.

Der Reporter glaubte sich also mit einer kalten Auswaschung der Wunde begnügen zu können.

Harbert wurde auf die linke Seite gelegt und in dieser Lage erhalten.

»Er darf sich nicht bewegen, verordnete Gedeon Spilett. Jetzt ist er in der für die Eiterung der Brust-und Rückenwunde günstigsten Lage, und ihm die absoluteste Ruhe nötig.

– Was? Wir können ihn nicht nach dem Granithaus bringen? fragte Pencroff.

– Nein, Pencroff, antwortete der Reporter.

– Verwünscht! rief Pencroff mit gen Himmel geballter Faust.

– Pencroff!« sagte mahnend Cyrus Smith.

Gedeon Spilett beobachtete den Verwundeten wieder mit peinlichster Aufmerksamkeit. Harbert blieb so entsetzlich bleich, dass es den Reporter beunruhigte.

»Cyrus, begann er, ich bin kein Arzt, ich schwebe in der schrecklichsten Ungewissheit; Sie müssen mir mit Ihrem Rate, Ihrer Erfahrung beistehen! ...

– Erst werden Sie wieder ruhig, mein Freund, sagte der Ingenieur und ergriff des Reporters Hand. Urteilen Sie mit kaltem Blute ... denken Sie nur das Eine: Harbert muss uns gerettet werden!«

Diese Worte gaben Gedeon Spilett einigermaßen die Herrschaft über sich selbst zurück, welche ihm in einem Augenblick der Entmutigung das lebhafte Gefühl der Verantwortlichkeit zu rauben drohte. Er setzte sich neben das Bett. Cyrus Smith blieb stehen. Pencroff hatte sein Hemd zerrissen und zupfte ganz maschinenmäßig Scharpie.

Gedeon Spilett erklärte hierauf Cyrus Smith, dass er vor allem für nötig halte, die Blutung zu stillen, nicht aber die beiden Wunden zu schließen, noch ihre unmittelbare Vernarbung herbei zu führen, weil eine in das Innere reichende Verletzung vorliege und man keine Eiteransammlung in der Brust entstehen lassen dürfe.

Cyrus Smith stimmte ihm vollkommen bei, und man beschloss, die beiden Wunden ohne Annäherung ihrer Ränder einfach zu verbinden. Zum Glück schien es nicht nötig, sie durch Einschnitte zu erweitern.

Besaßen die Kolonisten nun aber ein wirksames Mittel gegen die bevorstehende Entzündung?

Ja, sie hatten eines, denn die Natur hat es verschwenderisch ausgeteilt. Sie hatten kaltes Wasser, d.h. das mächtigste Sedativum gegen die Entzündung von Wunden, das wirksamste therapeutische Agens in den schwersten Fällen, das jetzt wohl die meisten Ärzte anerkennen. Dazu bietet das kalte Wasser den Vorteil, die Wunde vollständig in Ruhe zu lassen und sie vor zu frühzeitiger Erneuerung des Verbandes zu bewahren, ein umso größerer Vorzug, weil durch die Erfahrung bewiesen ist, wie verderblich die Berührung mit der Luft in den ersten Tagen wirkt.

Gedeon Spilett und Cyrus Smith durchdachten diese Angelegenheit nur mit ihrem schlichten Menschenverstande und handelten so gut, wie es der tüchtigste Chirurg nicht besser gekonnt hätte. Auf die beiden Wunden des armen Harbert wurden Kompressen aus gefalteten Leinenstücken gelegt und diese ohne Unterlass mit frischem Wasser befeuchtet.

Der Seemann hatte gleich Anfangs ein Feuer in dem Kamine der Wohnung entzündet, welche der notwendigen Lebensmittel nicht entbehrte, und z.B. Ahornzucker bot, nebst Arzneipflanzen, – dieselben, welche der arme Harbert an den Ufern des Grant-Sees gesammelt hatte – aus denen ein erquickender Aufguss bereitet werden konnte, den man dem Kranken einflößte, ohne dass er sich dessen bewusst wurde. Das Fieber war schon ungemein heftig, und es verging der ganze Tag und die Nacht, ohne dass jener zum Bewusstsein kam. Harberts Leben hing nur noch an einem Fädchen, das jeden Augenblick reißen konnte.

Am andern Tage, dem 12. November, schöpften Cyrus Smith und seine Gefährten wieder einige Hoffnung. Harbert war aus seiner langen Bewusstlosigkeit erwacht. Er öffnete die Augen, erkannte Cyrus Smith, den Reporter und Pencroff, und flüsterte auch einige Worte. Was ihm geschehen, wusste er nicht. Man teilte es ihm mit, und Gedeon Spilett bat ihn, sich vollkommen ruhig zu verhalten, da sein Leben dann nicht in Gefahr sei und die Wunden in einigen Tagen vernarben würden. Im klebrigen litt Harbert fast gar nicht, und hatte das unausgesetzt angewendete kalte Wasser fast alle Entzündung verhindert. Die notwendige Eiterung trat regelrecht ein, das Fieber schien nicht weiter zunehmen zu wollen, und man durfte hoffen, diese schwere Verwundung ohne traurige Katastrophe verlaufen zu sehen. Nach und nach ward es ruhiger in Pencroffs Herzen. Er glich einer barmherzigen Schwester, einer Mutter am Schmerzenslager ihres Kindes.

Harbert schlummerte wieder ein, doch war sein Schlaf jetzt ruhiger.

»Sagen Sie mir noch einmal, dass Sie Hoffnung haben, Herr Spilett, bat Pencroff. Sagen Sie, dass Sie mir meinen Harbert retten werden.

– Ja, wir werden ihn retten! antwortete der Reporter. Die Verwundung ist zwar sehr ernster Natur, vielleicht hat die Kugel die Lunge durchbohrt, doch ist die Perforation dieses Organes nicht notwendig tödlich.

– Gott möge Sie hören!« sagte Pencroff.

Leicht erklärlicher Weise hatten die Kolonisten seit den vierundzwanzig Stunden ihres Aufenthaltes in der Hürde keinen anderen Gedanken als den, Harbert beizustehen. Sie kümmerten sich weder um die ihnen durch die etwaige Rückkehr der Sträflinge jetzt drohende Gefahr, noch um Vorsichtsmaßnahmen für die Zukunft.

Jetzt aber, während Pencroff am Bette des Kranken wachte, besprachen sich Cyrus Smith und der Reporter über das, was zu tun sei.

Zuerst durchsuchten sie die ganze Hürde. Von Ayrton keine Spur. Hatten ihn seine früheren Komplizen weggeschleppt? War er von ihnen in der Hürde überrumpelt worden? Hatte er gekämpft und unterliegen müssen? Das Letztere bot die größte Wahrscheinlichkeit. Gedeon Spilett erkannte, als er den Palisadenzaun erkletterte, einen der Verbrecher, welcher, von Top hitzig verfolgt, über einen südlichen Abhang des Franklin-Berges zu entfliehen suchte. Er gehörte zweifellos zu denen, deren Kanu an den Felsen der Mercy-Mündung zerschellte. Ebenso erwies sich der von Cyrus Smith Getötete, dessen Leichnam man außerhalb der Umzäunung fand, als ein Mitglied von Bob Harveys Bande.

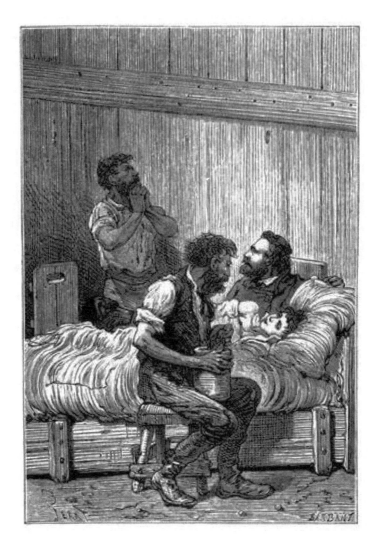

Die Hürde selbst war noch jeder Verwüstung entgangen. Wegen der noch geschlossen gebliebenen Türen hatten sich die Herden nicht im Walde zerstreuen können. Auch kein Merkmal eines Kampfes zeigte sich, weder an dem Häuschen, noch am Zaune. Nur war Ayrtons Munitionsvorrat mit ihm verschwunden.

»Der Unglückliche wird überrascht worden sein, sagte Cyrus Smith, und da es in seiner Natur lag, sich zu verteidigen, so wird er dabei unterlegen sein.

– Ja, das ist wohl zu befürchten, meinte der Reporter. Später werden sich die Schurken in der Hürde, die ihnen an allem Überfluss bot, eingerichtet und erst bei unserer Annäherung geflüchtet haben. Es liegt auf der Hand, dass Ayrton in jenem Augenblick hier nicht mehr anwesend war.

– Wir werden den Wald absuchen müssen, sagte der Ingenieur, um die Insel von diesen Elenden zu erlösen Pencroffs Ahnungen täuschten ihn nicht, als er jene gleich wilden Tieren verfolgt wissen wollte; das hätte uns so manches Unglück erspart.

– Ja gewiss, bestätigte der Reporter: doch jetzt sind wir berechtigt, schonungslos aufzutreten.

– Jedenfalls, setzte der Ingenieur hinzu, müssen wir einige Zeit in der Hürde aushalten, bis Harberts Überführung nach dem Granithaus ausführbar wird.

– Aber Nab? fragte der Reporter.

– Nab ist wohl geborgen.

– Und wenn er, in Unruhe über unser Ausbleiben, allein wagen sollte, hierher zu kommen?

– Das darf er auf keinen Fall, erwiderte schnell Cyrus Smith. Er käme unterwegs um!

Es ist aber sehr wahrscheinlich, dass er sich uns anzuschließen versucht.

O, wäre der Telegraph noch im Stande, wie leicht könnten wir dem zuvor kommen! Doch jetzt ist das unmöglich. Harbert und Pencroff allein hier zurück zu lassen geht auch nicht an. Nun wohl, so werde ich allein gehen.

– Nein, nein, Cyrus, entgegnete der Reporter, Sie dürfen sich keiner Gefahr aussetzen. Ihr Muth allein genügt hier nicht. Offenbar behalten jene Schurken die Viehhürde im Auge und sind in den dicken Wäldern der Umgebung versteckt Wenn Sie das Wagnis unternähmen, hätten wir sicher bald zwei Unglücksfälle an Stelle des einen zu beklagen.

– Aber was soll aus Nab werden? wiederholte nun der Ingenieur. Vierundzwanzig Stunden ohne Nachricht von uns wird er selbst kommen wollen –

– Und wird, noch weniger auf seiner Hut als wir, fügte Gedeon Spilett hinzu, einer mörderischen Kugel nicht entgehen! ...

– Haben wir denn kein Mittel, ihn zu benachrichtigen?«

Als der Ingenieur noch darüber grübelte, fielen seine Augen auf Top, der vor ihnen hin und her lief, als wollte er sagen: Nun, bin ich denn nicht mehr da?

»Top!« rief Cyrus Smith.

In lustigen Sprüngen folgte der Hund dem Rufe seines Herrn.

»Gewiss, Top wird gehen! sagte der Reporter, der den Ingenieur verstand. Top kommt da noch durch, wo es uns unmöglich wäre. Er wird die Nachrichten von hier nach dem Granithaus und die von dort hierher bringen.

– Schnell! trieb Cyrus Smith, nur schnell!«

Sofort riss Gedeon Spilett ein Blatt aus seinem Notizbuche und schrieb folgende Zeilen darauf:

»Harbert verwundet. Wir sind in der Hürde. Sei wachsam. Verlass das Granithaus nicht. Sind Sträflinge in der Umgebung erschienen? Antwort durch Top.«

Dieses lakonische Briefchen enthielt alles für Nab Wissenswerte und begehrte Auskunft über das, was die Kolonisten vorwiegend interessierte. Es wurde gefaltet und an Tops Halsband etwas auffallend befestigt.

»Top! Mein braver Hund, sagte dann der Ingenieur, das Tier liebkosend, Nab, Top! Nab! Geh, geh!«

Top sprang in die Höhe; er verstand, er erriet, was man von ihm verlangte. Der Weg war ihm bekannt genug. In weniger als einer halben Stunde konnte er ihn zurückgelegt haben, und man durfte hoffen, dass da, wohin sich ein Mensch nicht ohne die größte Gefahr wagen konnte, das Tier, welches durch die Gräser oder hinter dem Waldesrande lief, unbemerkt hindurch schlüpfen werde.

Der Ingenieur ging nach dem Hürdentore und öffnete einen Flügel desselben.

»Nab! Top, Nab!« wiederholte der Ingenieur noch einmal, die Hand in der Richtung des Granithauses ausstreckend.

Top stürzte hinaus und verschwand bald den Blicken.

»Er wird hinkommen, sagte der Reporter.

– Ja, und gewiss auch zurück! Das treue Tier!

– Wie viel Uhr ist es? fragte Gedeon Spilett.

– Um zehn Uhr.

– In einer Stunde kann er wieder hier sein. Wir wollen seine Rückkehr bewachen.«

Das Tor der Hürde ward wieder geschlossen. Der Ingenieur und der Reporter gingen nach dem Häuschen zurück. Harbert lag noch in tiefem Schlafe. Pencroff befeuchtete unermüdlich die schützenden Kompressen. Da Gedeon Spilett im Augenblick hier nichts für sich zu tun fand, bereitete er etwas Nahrung, hatte aber stets ein scharfes Auge auf den in die Hürde hinein ragenden Bergausläufer, von dem aus ein Angriff erfolgen konnte.

Die Kolonisten erwarteten Tops Rückkunft mit einiger Ängstlichkeit. Kurz vor elf Uhr harrten schon Cyrus Smith und der Reporter mit schussfertigen Karabinern hinter dem Tore, um dasselbe auf das erste Anschlagen ihres Hundes zu öffnen. Sie zweifelten nicht daran, dass Nab jenen, wenn er glücklich nach dem Granithaus gekommen war, unverweilt zurücksenden würde.

Seit etwa zehn Minuten standen beide so, als sich ein Knall hören ließ, dem sofort ein wiederholtes Gebell antwortete.

Der Ingenieur riss das Tor auf und gab, da er noch ein Rauchwölkchen hundert Schritt im Walde sah, dahin Feuer.

Fast gleichzeitig stürmte Top in die Hürde, deren Tor sich rasch hinter ihm schloss.

»Top, Top!« rief der Ingenieur und fasste den schönen, großen Kopf des Hundes.

An dessen Halse hing ein Billet, und Cyrus Smith las folgende Worte von Nabs etwas grober Handschrift:

»In der Umgebung des Granithauses keine Piraten. Ich weiche nicht von der Stelle. Armer Harbert!«

ACHTES KAPITEL.

Die Sträflinge waren also fortwährend in der Nähe der Hürde und lauerten den Kolonisten auf, um sie einzeln abzuschlachten. Es blieb kein anderer Ausweg, als sie gleich Raubtieren zu behandeln; aber auch dieser erheischte die größte Vorsicht, denn diese Schurken genossen jetzt den Vorteil, zu sehen, ohne selbst gesehen zu werden und durch die Schnelligkeit ihres Angriffs überraschen zu können, ohne das Gleiche befürchten zu müssen.

Cyrus Smith richtete sich also zu einem längeren Aufenthalt in der Hürde ein, deren Vorräte übrigens einen solchen gestatteten. Ayrtons Häuschen war ja mit allem zum Leben Notwendigen versehen, und die Sträflinge hatten, überrascht durch die Ankunft der Kolonisten, nicht Zeit gefunden, dasselbe zu plündern. Gedeon Spilett dachte sich den Verlauf der letzten Vorgänge etwa folgendermaßen: Die sechs an der Insel gelandeten Sträflinge waren dem südlichen Gestade nachgegangen über die Schlangenhalbinsel hinweg und, nicht gewillt, sich in die Wälder des fernen Westens zu begeben, hatten sie die Mündung des Kaskadenflusses erreicht. Von diesem Punkte aus gelangten sie längs des rechten Flussufers nach den Ausläufern des Franklin-Berges, zwischen denen sie erklärlicher Weise eine Zuflucht suchten, und mussten wohl die damals unbewohnte Hürde bald genug entdecken. In ihr hatten sie sich höchst wahrscheinlich eingerichtet und warteten den passenden Zeitpunkt zur Durchführung ihrer abscheulichen Pläne ab. Ayrtons Ankunft mochte sie wohl erschreckt haben, aber es gelang ihnen, sich seiner zu bemächtigen und ... das Übrige lag ja auf der Hand.

Jetzt trieben sich die zwar auf die Anzahl von Fünf beschränkten, aber wohlbewaffneten Mordgesellen im Walde umher, und sich in diesen zu wagen hieß, sich ihren Schüssen preis zu geben, ohne die Möglichkeit, diese wirksam zu erwidern oder ihnen zu entgehen.

»Ruhig warten! mahnte wiederholt Cyrus Smith, es ist jetzt nichts weiter zu tun. Nach Harberts Genesung können wir eine gründliche Absuchung der Insel vornehmen und jene unschädlich machen. Das soll ebenso der Zweck unserer größeren Expedition werden ...

— Wie die Aufsuchung unseres geheimnisvollen Beschützers, vollendete Gedeon Spilett die Rede des Ingenieurs. O, wir müssen leider gestehen, lieber Cyrus, dass uns diesmal seine schützende Hand fehlte, gerade wo sie am nötigsten gewesen wäre.

— Wer weiß das! erwiderte der Ingenieur.

— Was wollen Sie damit sagen?

— Dass wir noch nicht am Ende aller Prüfungen sind, lieber Spilett, und dass jene mächtig eingreifende Hand vielleicht noch Gelegenheit findet, sich zu zeigen. Doch darum handelt es sich jetzt weit weniger, als um das Leben unseres Harbert.«

Wirklich lag hierin die Ursache der schmerzlichsten Befürchtung aller Kolonisten. Einige Tage verstrichen ohne Verschlechterung im Zustande des Verwundeten. Zeit zu gewinnen bedeutet bei einer Krankheit aber sehr viel. Das immer in geeigneter Temperatur angewendete frische Wasser hatte jede Entzündung der Wunden verhindert. Dem Reporter schien es sogar, als übe dieses etwa schwefelhaltige Wasser – für welchen Gehalt mehrere Erscheinungen in der Umgebung sprachen – einen besonders förderlichen Einfluss auf die Vernarbung derselben aus. Die Eiterung hielt sich in Schranken, und Dank der ihm gewidmeten unausgesetzten Sorgfalt kehrte Harbert mit Nachlass des Fiebers mehr und mehr zum Leben zurück. Dabei blieb er zunächst einer strengen Diät unterworfen, bei der seine ohnehin schwachen Kräfte vorerst eher noch weiter abnahmen; heilsame Aufgüsse erhielt er aber nach Gefallen, und die vollkommene Ruhe tat ihm sehr wohl.

Cyrus Smith, Gedeon Spilett und Pencroff hatten sich eine wirkliche Geschicklichkeit in den Handleistungen für den jungen Verwundeten angeeignet. Der ganze Leinenvorrat war geopfert worden. Harberts von Scharpie und Kompressen bedeckte Wunden wurden weder zu viel, noch zu wenig gedrückt, um ihre Vernarbung ohne entzündliche Reizung zu leiten. Der Reporter verwandte auf seine Verbände, deren Wichtigkeit er kannte, die peinlichste Sorgfalt und wiederholte seinen Gefährten immer, was alle Ärzte gern zugestehen, dass man weit häufiger eine gut ausgeführte Operation, als einen fehlerlos angelegten Verband zu sehen bekommt.

Nach zehn Tagen, am 22. November, ging es mit Harbert merklich besser. Er fing nun an, etwas Nahrung zu sich zu nehmen. Seine Wangen färbten sich ein wenig und seine treuen Augen lächelten den Krankenwärtern zu. Er plauderte auch ein wenig, trotz Pencroffs Bemühungen, der, um den Kranken selbst am Reden zu hindern, fortwährend sprach und die unglaublichsten Historien erzählte Harbert hatte ihn wegen Ayrton, dessen Abwesenheit ihm auffiel, befragt, da er jenen in der Hürde wähnte. Um ihn aber nicht zu betrüben, begnügte sich der Seemann, darauf zu antworten, Ayrton sei zu Nab abgegangen, um das Granithaus mit schützen zu helfen.

»Hei, diese Piraten! sagte er. Das sind Burschen, welche keinerlei Rücksicht verdienen! Und Herr Smith wollte sie noch durch Verhandlungen kirre machen! Ich möchte ihnen auch meine Vorschläge machen, aber in Form von Blei von tüchtigem Kaliber!

– Und sie kamen nicht wieder zum Vorschein? fragte Harbert.

– Nein, mein Kind, antwortete der Seemann, aber wir finden sie wieder, und wenn Du erst wieder hergestellt bist, werden wir sehen, ob die Bösewichte, die aus dem Hinterhalte schießen, auch wagen, uns Auge in Auge anzugreifen.

– Ich bin aber noch sehr schwach, mein armer Pencroff.

– O, nach und nach kommen die Kräfte schon wieder! Was will denn das bedeuten, eine Kugel durch die Brust? So viel wie ein schlechter Scherz! – Ich habe es mehr als einmal durchgemacht und befinde mich ganz wohl dabei!«

Die Umstände gestalteten sich übrigens aufs Beste, und wenn erst keine weitere Komplikation zu befürchten stand, durfte Harberts Heilung als gesichert betrachtet werden. Wie wäre aber die Lage der Kolonisten bei noch schwereren Zufällen gewesen, wenn entweder die Kugel im Körper stecken blieb oder sich eine Arm- oder Beinamputation nötig gemacht hätte?

»Nein, sagte Gedeon Spilett mehr als einmal, an eine solche Möglichkeit konnt' ich nie ohne Zittern und Zagen denken!

– Und doch, erwiderte ihm eines Tages Cyrus Smith, hätten Sie gewiss im Notfalle nicht gezögert zu handeln.

– Nein, Cyrus! Doch Gott sei gepriesen, dass er uns die schwerere Prüfung ersparte!«

So wie in unzähligen anderen Fällen folgten die Kolonisten auch in diesem ihrem gefunden Menschenverstande, und noch einmal, Dank ihren vielseitigen Kenntnissen, mit dem schönsten Erfolge. Konnte aber der Augenblick nicht einmal kommen, in dem all' ihr Wissen sie im Stiche ließ? Sie wohnten auf dieser Insel allein. Im Zustande des gesellschaftlichen Beisammenlebens ergänzen sich die Menschen einander, werden einer dem Andern unentbehrlich. Cyrus Smith wusste das wohl, und manchmal peinigte ihn der Gedanke, dass ihnen Hindernisse entgegen treten könnten, gegenüber deren Überwindung sie doch ohnmächtig blieben.

Es bedrängte ihn ein Gefühl, als seien er und seine Genossen jetzt in eine Unglücksperiode eingetreten. Seit ihrer Flucht aus Richmond vor dreiundeinhalb Jahren kann man sagen, dass ihnen alles nach Wunsch ging. Mineralien, Pflanzen und Tiere hatte ihnen die Insel im Überfluss dargeboten, und wenn die Natur sie gleichsam überschüttete, so hatten ihre Kenntnisse daraus auch Vorteil zu ziehen gewusst. Das materielle Wohlsein der Kolonie war so zu sagen vollkommen. Dazu kam ihnen bei gewissen Fällen noch ein unerklärliches etwas zu Hilfe. Doch alles das konnte nur eine Zeit lang währen.

Kurz, Cyrus Smith glaubte wahrzunehmen, dass das Glück ihnen jetzt den Rücken wendete.

So war das Piratenschiff im Gewässer der Insel erschienen, und wenn es auch, so zu sagen, durch ein Wunder zerstört wurde, so entwischten dabei doch sechs Sträflinge dem Untergange, entkamen auf die Insel, und die fünf von diesen noch jetzt Lebenden erschienen fast unergreifbar. Ayrton war ohne Zweifel von den mit Feuerwaffen ausgerüsteten Schurken ermordet worden, und dazu wurde Harbert durch ihre erste Kugel fast tödlich getroffen Erteilte ihnen das Missgeschick jetzt seine ersten Schläge? Das ging Cyrus Smith im Kopfe herum, das wiederholte er dem Reporter, und es schien ihnen, als ob jene so eigenartige, aber mächtige Intervention, die ihnen bisher dienstbar gewesen, jetzt wirklich ausbleiben sollte. Hatte jenes geheimnisvolle Wesen, dessen Existenz sie, sei es was es wolle, doch nicht leugnen konnten, die Insel verlassen oder seinerseits den Untergang gefunden?

Auf solche Fragen mangelte die Antwort. Doch glaube man ja nicht, dass Cyrus Smith und sein Freund, wenn sie sich auch auf obige Weise aussprachen, die Leute gewesen wären, deshalb zu verzweifeln! Im Gegenteil. Sie sahen den tatsächlichen Verhältnissen ins Gesicht, erwogen die Chancen, bereiteten sich auf jeden Zufall vor, und wenn weiteres Ungemach sie treffen sollte, so sollte es in ihnen auch Männer finden, die bereit waren, es zu bekämpfen.

NEUNTES KAPITEL.

Die Besserung des jungen Kranken machte regelmäßige Fortschritte. Nun blieb nur zu wünschen übrig, dass man ihn bald nach dem Granithaus transportieren könne. Trotz der bequemen und reichlichen Ausstattung des Häuschens in der Hürde ging ihr doch so mancher Vorzug der gesunden Granitwohnung ab. Übrigens bot es auch nicht gleiche Sicherheit, und trotz aller Wachsamkeit waren deren Insassen doch immer von einer heimtückischen Kugel der Sträflinge bedroht. Da unten dagegen in der sturmfreien, undurchdringlichen Felsmasse hatten sie nichts zu fürchten, und musste jeder Versuch, ihnen zu schaden, von vornherein scheitern. Mit Ungeduld erwarteten sie also den Zeitpunkt, an dem Harbert ohne Gefahr für seine Wunde transportierbar würde, und sie waren entschlossen, diese Überführung durchzusetzen, obwohl der Weg durch den Jacamarwald erhebliche Schwierigkeiten bot.

Der Mangel an Nachrichten von Nab beunruhigte doch seiner Person wegen nicht. Der mutige Neger würde sich in seiner Granitverschanzung schon nicht überrumpeln lassen. Top hatte man nicht wieder nach ihm gesendet, da man das treue Tier keiner Kugel aussetzen und sich nicht seiner so nützlichen Hilfe berauben wollte.

Man wartete also, aber es drängte die Kolonisten doch, nach dem Granithaus zurückzukehren. Den Ingenieur wurmte es, seine Kräfte geteilt zu sehen und den Sträflingen dadurch leichteres Spiel zu bereiten. Seit Ayrtons Verschwinden standen sie nur Vier jenen Fünfen gegenüber, denn Harbert war für jetzt nicht zu zählen, und gerade er sorgte sich nicht wenig darum, weil er sich für die Quelle so verschiedener Verlegenheiten ansah.

Am 29. November gegen Abend gelangte die Frage, wie unter den gegebenen Umständen vorzugehen sei, zwischen Cyrus Smith, dem Reporter und Pencroff in einem Augenblicke zur Verhandlung, als Harbert vor Erschöpfung schlief und nichts davon hören konnte.

»Meine Freunde, begann der Reporter, nachdem man von Nab und der Unmöglichkeit, mit ihm in Verbindung zu treten, gesprochen, ich glaube, wie Ihr, dass unser Hinauswagen auf die Straße gleichbedeutend ist mit dem Risiko, eine Kugel zugesendet zu erhalten, ohne sie erwidern zu können. Seid Ihr aber nicht der Meinung, dass es nun an der Zeit wäre, auf jene Elenden einfach Jagd zu machen?

– Das ging auch mir durch den Kopf, stimmte Pencroff bei. Wir sind nicht die Leute dazu, vor einem Stückchen Blei zu zittern, und ich meinesteils bin, wenn Herr Cyrus dazu Ja sagt, sofort bereit, mich in den Wald zu begeben. Was Teufel! Ein Mann wiegt den andern auf!

– Aber auch fünf? fragte der Ingenieur

– Ich schließe mich Pencroff an, erwiderte der Reporter, und wir Beide, gut bewaffnet und Top mit uns ...

– Mein lieber Spilett und Sie, Pencroff, entgegnete der Ingenieur, wir wollen alles reiflich erwägen. Lagerten die Sträflinge an irgendeinem bestimmten, uns bekannten Platze der Insel, und es handelte sich darum, sie heraus zu pürschen, so würde ich einem direkten Angriffe gern zustimmen. Liegt aber jetzt nicht die Befürchtung nahe, dass sie sich so eingerichtet haben, um zuerst zum Schusse zu kommen?

– Nun, Herr Cyrus, erwiderte Pencroff, ›eine jede Kugel, die trifft ja nicht!‹

– Aber die, welche Harbert traf, ist nicht fehl gegangen, Pencroff, warf der Ingenieur dagegen ein. Vergesst auch nicht, dass ich, wenn Ihr beide die Hürde verlasst, hier ganz allein die Verteidigung übernehmen muss. Beweist mir, dass die Sträflinge Euch die Hürde nicht verlassen sehen, dass sie Euch nicht tief in die Wälder verirren lassen, und während Eurer Abwesenheit, wenn sie hier nur noch einen verwundeten Knaben und einen einzigen Mann vermuten, keinen Angriff auf dieselbe unternehmen.

– Sie haben Recht, Herr Cyrus, antwortete Pencroff, in dem ein dumpfer Zorn aufschäumte, Sie haben freilich Recht. Sie werden alles daran setzen, sich der Hürde, die sie wohl versorgt wissen, wieder zu bemeistern. Allein wären Sie nicht im Stande, sich gegen Jene zu halten O, warum sind wir nicht im Granithaus!

– Dort läge die Sache freilich anders, sagte der Ingenieur. Dort würde ich nie zaudern, Harbert unter der Obhut Eines von uns allein zu lassen, während die drei Übrigen durch die Wälder streiften. Wir befinden uns aber in der Hürde und damit in der Lage, hier aushalten zu müssen, bis wir vereinigt aufbrechen können.«

Die Schlussfolgerungen Cyrus Smiths schnitten jede Einwendung ab; seine Gefährten verstanden ihn.

»Wäre nur Ayrton noch bei uns! sagte endlich Gedeon Spilett. Der arme Mann! Seine Rückkehr zu einem menschenwürdigen Dasein war nur von kurzer Dauer.

– Wenn er tot ist? ... sprach Pencroff mit zweifelndem Tone.

– Glauben Sie denn, Pencroff, dass jene Schurken seiner geschont hätten?

– Ja wohl, wenn es in ihrem Interesse lag.

– Wie? – Sie nehmen an, dass Ayrton mit dem Wiederfinden seiner alten Kumpane vergessen habe, was er uns schuldet?

– Wer weiß? sagte Pencroff, der diesem bösen Verdachte nicht ohne Zweifel Raum geben wollte.

– Pencroff, fiel Cyrus Smith ein und ergriff des Seemanns Arm, Sie haben da einen recht bösen Gedanken und würden mich sehr kränken, ihn auch ferner auszusprechen. Ich bürge für Ayrtons Treue.

– Auch ich, fügte der Reporter lebhaft hinzu.

– Ja ... ja ... Herr Cyrus ... ich habe Unrecht, lenkte Pencroff ein. Es war ein böser und durch nichts gerechtfertigter Gedanke, der da in mir aufstieg. Doch sehen Sie, jetzt gehört mir mein Kopf nicht ganz. Diese Einsperrung in die Hürde bedrückt mich, und ich bin jetzt mehr überreizt, als je.

– Geduld, Pencroff, beruhigte ihn der Ingenieur. Nach welcher Zeit, lieber Spilett, glauben Sie, dass Harbert transportabel wird?

– Das lässt sich schwer sagen, Cyrus, antwortete der Reporter, denn eine Unklugheit könnte die schwersten Folgen nach sich ziehen. Doch schreitet die Rekonvaleszenz in erwünschter Weise fort, und bessern sich auch die Kräfte ebenso, so können wir in acht Tagen wieder davon reden.«

Acht Tage! Das verschob die Rückkehr zum Granithaus bis auf die ersten Dezembertage.

Jetzt war es schon seit zwei Monaten Frühling; die Witterung schön und die Wärme nahm täglich zu. Die Wälder der Insel prangten im herrlichsten Grün und es nahte die Zeit zur Einsammlung der gewohnten Ernte. An die Heimkehr nach dem Granithaus sollten sich also umfänglichere landwirtschaftliche Arbeiten anschließen, denen nur durch die Expedition eine Unterbrechung bevorstand.

Man begreift leicht, wie schadenbringend diese Gefangenschaft in der Hürde für die Kolonisten sein musste. Sie hatten sich aber verpflichtet, vor dem eisernen Zwange den Nacken zu beugen, wenn sies auch nur mit Unruhe auszuschweißendem.

Einige Male wagte sich auch der Reporter hinaus und umging die ganze Palisade. Top begleitete ihn dabei, und Gedeon Spilett hielt sich, das Gewehr in der Hand, für jeden Fall bereit.

Es kam dabei zu keiner feindlichen Begegnung, und er fand nirgends eine verdächtige Spur. Sein Hund hätte ihn von jeder Gefahr benachrichtigt; bellte Top aber nicht, so durfte man sicher sein, dass für den Augenblick wenigstens nichts zu fürchten war und die Sträflinge einen anderen Teil der Insel durchstreiften.

Bei einem solchen Ausgange, am 27. November, bemerkte Gedeon Spilett, der sich etwa eine Viertelmeile in das Gehölz am Süden des Berges hineingewagt hatte, doch an Top einige Unruhe. Der Hund zeigte seinen gewöhnlichen Gang nicht mehr; er lief hin und her, durchstöberte Gras und Buschwerk so, als verriete sein Geruch ihm einen verdächtigen Gegenstand.

Gedeon Spilett folgte Top nach, feuerte ihn an und hetzte ihn durch Zurufen, überblickte aber auch, den Karabiner schon an der Schulter, jeden möglichen Hinterhalt, und suchte sich, so gut es anging, durch die Bäume zu decken. Unwahrscheinlich war es, dass Top die Gegenwart eines Menschen spürte, denn diese hätte er durch halbverhaltenes Bellen und ein leises Knurren angemeldet. Da er sich aber vollkommen ruhig verhielt, konnte die Gefahr weder ernsthafter Natur, noch allzu nahe sein.

Fünf Minuten vergingen so, während Top umher stöberte und der Reporter ihm vorsichtig folgte, als der Hund sich plötzlich gegen einen dichten Busch stürzte und einen Fetzen Stoff daraus hervor zerrte.

Es war ein Teil eines Kleidungsstückes, aber beschmutzt und zerrissen, den Gedeon Spilett sofort in die Hürde mitnahm.

Die Kolonisten sahen das Stück Zeug dort näher an und erkannten, dass es von Ayrtons Jacke herrührte, an dem Filz, der nur in der Werkstätte des Granithauses erzeugt wurde.

»Hier sehen Sie, Pencroff, sagte Cyrus, dass der unglückliche Ayrton Widerstand geleistet hat. Die Sträflinge haben ihn gegen seinen Willen fortgeschleppt. Zweifeln Sie noch immer an seiner Rechtschaffenheit?

– O nein, Herr Cyrus, antwortete der Seemann, auch bin ich von meinem augenblicklichen Misstrauen schon längst zurückgekommen. Ein Schluss aber scheint mir hieraus erlaubt.

– Und welcher? fragte der Reporter.

– Der, dass Ayrton nicht in der Hürde den Tod fand. Man hat ihn, da er sich wehrte, lebend mitgezerrt, und vielleicht lebt er auch jetzt noch!

– Das wäre in der Tat möglich«, antwortete nachdenklicher der Ingenieur.

Hier zeigte sich ein Hoffnungsschimmer, der Ayrtons Genossen vielleicht noch mehr versprach. Bis jetzt hatten sie annehmen müssen, Ayrton wäre, ebenso wie Harbert, von einer Kugel niedergestreckt worden. Töteten die Sträflinge ihn aber nicht sofort, schleppten sie ihn lebend nach irgendeinem Teile der Insel, konnte er daselbst nicht auch jetzt noch von ihnen gefangen gehalten werden? Vielleicht hatte einer von ihnen auch in Ayrton den alten Kameraden aus Australien wieder erkannt, und sie nährten die Hoffnung, jenen ihrer Partei wieder zu gewinnen? Wenn er sich zum Verräter hergab, musste er ihnen ja von hohem Nutzen sein.

Jener Zufall fand in der Hürde also die günstigste Auslegung, und es schien nicht mehr unmöglich, Ayrton einst wieder aufzufinden. Seinerseits würde ja Ayrton, wenn er nur Gefangener war, gewiss alles tun, um der Gewalt der Sträflinge zu entschlüpfen, und das wäre für die Kolonisten eine mächtige Hilfe.

»Jedenfalls, bemerkte Gedeon Spilett, wird sich Ayrton, wenns ihm gelingt, sich zu retten, direkt nach dem Granithaus begeben, denn bei seiner Unbekanntschaft mit dem Mordanfalle auf Harbert kann er nicht darauf kommen, dass wir in der Hürde gefangen wären.

– O, ich möchte, er befände sich dort, im Granithaus, rief Pencroff, und wir auch. Denn wenn die Schurken zwar unserer Wohnung nichts anzuhaben vermögen, so können sie doch das Plateau, unsere Pflanzungen und den Hühnerhof verwüsten.«

Pencroff, jetzt ein leibhaftiger Farmer, hing mit ganzem Herzen an seinen Feldern. Am ungeduldigsten wünschte aber Harbert die Rückkehr nach dem Granithaus herbei, denn er wusste, wie notwendig die Anwesenheit der Kolonisten daselbst war. Und er klagte sich an, die Hauptursache ihres längeren Verweilens zu sein! So beherrschte seinen Geist fast nur noch der eine Gedanke, die Hürde bald und unter jeder Bedingung zu verlassen. Er glaubte den Transport nach dem Granithaus aushalten zu können. Er versicherte, die Kräfte würden ihm in seinem Zimmer mit der Strandluft und der Aussicht auf das Meer schneller wiederkehren.

Wiederholt drängte er Gedeon Spilett, der aber wegen der nicht grundlosen Befürchtung, Harberts kaum vernarbte Wunden möchten unterwegs wieder aufbrechen, keine Anstalten zum Aufbruche traf.

Inzwischen ereignete sich jedoch ein Vorfall, der Cyrus Smith und seine beiden Freunde bestimmte, den Wünschen des jungen Mannes nachzugeben, aber Gott weiß es allein, welche Schmerzen und Gewissensbisse dieser Beschluss ihnen bereitete.

Man zählte den 29. November. Es war um sieben Uhr Morgens. Die drei Kolonisten plauderten eben in Harberts Krankenzimmer, als sie Top laut anschlagen hörten.

Cyrus Smith, Pencroff und Gedeon Spilett ergriffen ihre Gewehre und machten sich schon beim Verlassen des Hauses schussfertig.

Top war nach der Palisade gelaufen, sprang daran empor und bellte, ohne gerade wütend zu erscheinen.

»Es kommt Jemand.

– Ein Feind ist das nicht.

– Vielleicht Nab?

– Oder gar Ayrton?«

Kaum entflohen diese kurzen Sätze den Lippen der drei Kolonisten, als ein Körper sich über den Zaun schwang und in der Hürde niederfiel.

Es war Jup, Meister Jup in eigener Person, dem Top einen wahrhaft freundschaftlichen Empfang widmete.

»Jup! rief Pencroff erstaunt.

– Den hat uns Nab gesendet, erklärte der Reporter.

– Nun, antwortete der Ingenieur, so wird er ein Billet an uns mithaben.«

Pencroff eilte zu dem Affen. Offenbar konnte Nab zu einer wichtigen Mitteilung an seinen Herrn keinen geschickteren und schnelleren Boten wählen, als Jup, der dort noch hindurch kam, wo es weder den Kolonisten, noch selbst Top gelungen wäre.

Cyrus Smith hatte sich nicht getäuscht. An dem Halse des Tieres hing ein kleines Säckchen mit einem darin befindlichen Billet von Nabs Hand.

Nun male man sich aber die Verzweiflung Cyrus Smiths und seiner Gefährten, als sie auf diesem die Worte lasen:

»Freitag, d. 6. h. morgens.

Das Plateau von den Sträflingen besetzt.

Nab.«

Ohne ein Silbe zu sprechen, sahen sie einander an und kehrten in das Häuschen zurück. Was sollten sie beginnen?

Die Sträflinge auf dem Plateau der Freien Umschau hieß für sie so viel wie Unheil, Zerstörung, Untergang!

Harbert merkte beim Eintreten des Ingenieurs und der beiden Anderen schon, dass ihre Lage sich irgendwie verschlimmert habe, und Jups Anwesenheit verriet ihm, dass dem Granithaus ein Unglück drohe.

»Herr Cyrus, begann er, ich will fort! Ich kann den Weg vertragen! Ich will fort!«

Gedeon Spilett näherte sich Harbert, sah sich diesen aufmerksam an und sagte:

»So wollen wir aufbrechen!«

Die Frage, ob Harbert auf einer Tragbahre oder in dem von Ayrton nach der Hütte gefahrenen Wagen weggeschafft werden sollte, fand bald ihre endgültige Lösung. Die Tragbahre hätte dem Verwundeten zwar einen sanfteren Transport gesichert, sie erforderte aber zwei Träger, d.h. es hätten zwei Gewehre gefehlt, wenn unterwegs ein plötzlicher Angriff stattfand.

Bei Benutzung des Wagens konnte man dagegen alle Kräfte disponibel halten, und durch untergelegte dicke Decken und langsames Fahren musste Harbert wohl vor harten Stößen zu schützen sein.

Der Wagen ward also herzu geholt. Pencroff schirrte ein Quagga ein. Cyrus Smith und der Reporter besorgten das Lager des Verwundeten und legten ihn im Hinterteile sorgsam nieder.

Das Wetter war schön. Herrlich glänzten die Strahlen der Sonne durch die Kronen der Waldbäume.

»Sind die Waffen in Ordnung?« fragte Cyrus Smith.

Es war an dem. Der Ingenieur und Pencroff, jeder mit einer doppelläufigen Flinte ausgerüstet, und der Reporter, mit seinem Karabiner in der Hand, brauchten nur aufzubrechen.

»Geht dirs erträglich, Harbert? fragte der Ingenieur.

– O, Herr Cyrus, erwiderte der junge Mann, seien Sie außer Sorge, ich werde unterwegs nicht umkommen.«

Bei diesen Worten gewahrte man aber doch, dass der arme Junge seine ganze Energie zusammenraffen und seinen verschwindenden Kräften Widerstand leisten musste.

Dem Ingenieur ging es ans Herz; noch zögerte er, das Zeichen zum Aufbruch zu geben; doch das hätte Harbert zur Verzweiflung gebracht, vielleicht ihn getötet.

»Vorwärts!« kommandierte also Cyrus Smith.

Das Tor der Hürde ward geöffnet Jup und Top, welche zur rechten Zeit auch zu schweigen wussten, sprangen hinaus. Der Wagen erschien außerhalb; die Torflügel wurden wieder geschlossen, und langsam schritt das von Pencroff geführte Quagga voran.

Mochte es auch empfehlenswerter erscheinen, jetzt einen anderen Weg, als die direkte Straße, einzuschlagen, so hätte es dem Wagen doch allzu viele Schwierigkeiten bereitet, mitten unter den Bäumen vorwärts zu kommen. Trotzdem die Sträflinge diese Straße kannten, musste man derselben also dennoch folgen.

Cyrus Smith und der Reporter hielten sich jeder an einer Seite des Wagens, bereit jeden Angriff abzuwehren. Wahrscheinlich übrigens hatten die Verbrecher das Plateau über dem Granithaus noch nicht verlassen. Nabs Billet wurde offenbar gleich nach ihrem Erscheinen geschrieben und abgesendet. Die Nachricht datierte von sechs Uhr Morgens, und dem behenden Affen kostete es kaum dreiviertel Stunde, um den ihm wohlbekannten fünf Meilen langen Weg vom Granithaus zurückzulegen. Die Straße war jetzt offenbar rein, und zum Kugelwechseln konnte es voraussichtlich erst in der Nähe des Granithauses kommen.

Nichtsdestoweniger hielten sich die Kolonisten streng auf ihrer Hut. Top und Jup, der letztere mit dem ihm gewohnten Stocke bewehrt, beide bald voraus, bald das umgebende Gehölz durchstöbernd, verrieten nichts von einer nahen Gefahr.

Unter Pencroffs Leitung schwankte der Wagen langsam vorwärts, der die Hürde um siebeneinhalb Uhr verlassen hatte. Eine Stunde später waren von den fünf Meilen des Weges vier ohne jeden Zwischenfall zurückgelegt.

Die Straße zeigte sich ebenso öde, wie der ganze Jacamarwald zwischen der Mercy und dem See. Kein Ruf erscholl. Die Gehölze schienen so verlassen wie am Tage der Landung unserer Kolonisten auf der Insel.

Jetzt näherte man sich dem Plateau. Noch eine Meile, und die Brücke über den Glyzerinfluss musste in Sicht kommen. Cyrus Smith zweifelte nicht daran, dass dieselbe gangbar sein werde, ob nun die Sträflinge von hier aus eingedrungen waren, oder sie nach Überschreitung eines der umgebenden Wasserläufe vorsichtsgemäß für den Fall eines Rückzugs herabgelassen hatten.

Endlich erschien zwischen den letzten Baumstämmen der Meereshorizont. Der Wagen setzte indessen seinen Weg fort, da keiner seiner Verteidiger an ein Verlassen desselben denken konnte.

Da hemmte. Pencroff den Schritt des Quagga und rief mit schmerzlich wütender Stimme:

»O, diese elenden Schurken!«

Dabei wies er nach einem dichten, schwarzen Qualm hin, der sich über der Mühle, den Ställen und den Baulichkeiten des Hühnerhofes dahin wälzte.

Einen Mann sah man mitten in diesen Rauchwolken beschäftigt. Es war Nab.

Seine Gefährten stießen einen Schrei aus. Er hörte sie und eilte herzu ...

Seit einer halben Stunde hatten die Sträflinge nach möglichster Verwüstung desselben das Plateau verlassen.

»Und Harbert?« frug Nab voll Besorgnis.

Gedeon Spilett trat eben an den Wagen heran.

Harbert hatte das Bewusstsein verloren.

ZEHNTES KAPITEL.

Von den Sträflingen, von den dem Granithaus drohenden Gefahren, von den Ruinen, die das Plateau bedeckten, war keine Rede mehr. Der Zustand Harberts überwog das alles. Sollte ihm der Transport zum Verderben werden, eine innere Verletzung zugezogen haben? Der Reporter vermochte es nicht zu sagen, doch er und seine Genossen waren der Verzweiflung nahe.

Der Wagen wurde nach der Flussecke gefahren. Dort legte man Matratzen und Decken über einige als Tragbahre dienende Zweige, auf welche der ohnmächtige Harbert zu liegen kam. Zehn Minuten später langten Cyrus Smith, Pencroff und der Reporter am Fuße der Granitmauer an und überließen Nab die Besorgung des Wagens nach dem Plateau.

Der Aufzug ward in Bewegung gesetzt, und bald ruhte Harbert auf seinem gewohnten Lager im Granithaus.

Die ihm gewidmete Sorgfalt und Pflege weckten seine Lebensgeister wieder. Er lächelte ein wenig beim Erkennen seines Zimmers, konnte jedoch vor Schwäche kaum einige Worte flüstern.

Gedeon Spilett untersuchte seine Wunden mit der Befürchtung, sie möchten bei der nur unvollkommenen Vernarbung wieder aufgebrochen sein ... Nichts dergleichen! Doch woher dann diese Prostration? Weshalb zeigte sich eine solche Verschlimmerung im Zustande Harberts?

Der junge Mann verfiel bald in fieberhaften Schlummer, und der Reporter und Pencroff wachten an seinem Bette.

Inzwischen unterrichtete Cyrus Smith seinen Diener von den Vorfällen bei der Hürde, und Nab schilderte seinem Herrn die Ereignisse, deren Schauplatz das Plateau gewesen war.

Erst in letztvergangener Nacht hatten sich die Sträflinge am Saume des Waldes gezeigt, und zwar in der Nähe des Glyzerinflusses. Nab, auf Wache neben dem Hühnerhofe, hatte nicht gezögert, auf Einen der Schurken zu feuern, ohne bei der Dunkelheit der Nacht erkennen zu können, ob er getroffen oder nicht. Jedenfalls war die Bande dadurch nicht vertrieben worden; Nab blieb kaum Zeit, das Granithaus zu erreichen, wo er sich mindestens in Sicherheit befand.

Was sollte er nun aber tun? Wie die Verwüstungen hindern, welche dem Plateau seitens der Sträflinge drohten? Besaß er ein Mittel, seinen Herrn zu benachrichtigen? Zudem, in welcher Lage befand sich dieser mit den Übrigen in der Hürde?

Cyrus Smith und seine Genossen waren seit dem 11. November ausgezogen, und heute schrieb man den neunundzwanzigsten. Seit neunzehn Tagen entbehrte er von ihnen aller Nachrichten, außer den durch Top überbrachten Hiobsposten, dass Ayrton verschwunden, Harbert schwer verletzt und die noch übrige Gesellschaft in der Hürde so gut wie eingesperrt sei.

Was nun tun? fragte sich der arme Nab. Seiner eigenen Person drohte zwar keine Gefahr, denn im Granithaus konnten ihm die Verbrecher nicht zu nahe kommen. Aber die Baulichkeiten, die Pflanzungen, all' diese Früchte ihrer Mühen in den Händen der Piraten! Sollte er nicht Cyrus Smith darum anrufen, was er beginnen solle, und ihm von dem einbrechenden Unheil Nachricht geben?

Da kam ihm der Gedanke, Jup zu verwenden und ihm ein Zettelchen anzuvertrauen. Er kannte ja die hervorragende Intelligenz des Orangs, an deren Beweisen es nicht fehlte. Jup verstand auch das häufig gehörte Wort Hürde, und man erinnert sich, dass er mit Pencroff und dem Wagen oft genug dahin gekommen war. Noch dunkelte es ein wenig. Der behende Affe würde schon unbemerkt durch die Wälder schlüpfen, zumal ihn die Sträflinge für einen natürlichen Bewohner derselben ansehen mussten.

Nab zauderte nicht. Er schrieb das Billet, befestigte es an Jups Halse, führte den Affen nach der Tür und ließ ein langes Seil bis zur Erde hinab gleiten; dann wiederholte er mehrmals die Worte:

»Jup! Jup! Hürde! Hürde!«

Das Tier verstand ihn, ergriff den Strick, glitt auf den Strand nieder und verschwand bald im Halbdunkel, ohne irgendwie die Aufmerksamkeit der Sträflinge zu erregen.

»Du hast recht gehandelt, Nab, antwortete Cyrus Smith auf diese Erzählung; und doch, wenn Du uns ohne Nachricht ließest, hättest Du vielleicht noch besser getan.«

Hiermit spielte Cyrus Smith auf Harbert an, dessen Überführung seiner Wiederherstellung anscheinend so hinderlich werden sollte.

Nab vollendete seinen Bericht. Am Strande waren die Sträflinge nicht erschienen. Unbekannt mit der Bewohnerzahl der Insel, konnten sie argwöhnen, dass das Granithaus von weit überlegenen Kräften verteidigt werde, wenn sie sich daran erinnerten, wie zahlreiche Flintenschüsse ihnen früher aus den unteren und den oberen Felsenpartien entgegen knatterten. Dagegen lag das Plateau der Freien Umschau offen vor ihnen, unbestrichen von dem Feuer des Granithauses. Hier folgten sie ganz ihrem Naturtriebe, zu verwüsten, zu plündern, zu sengen und zu brennen aus reiner Luft daran. Nur eine halbe Stunde vor Eintreffen der Kolonisten, die sie noch in der Hürde glauben mochten, zogen sich die Raubgesellen zurück.

Nab verließ sofort seinen geschützten Aufenthalt. Auf die Gefahr hin, eine Kugel zu bekommen, war er nach dem Plateau zurückgekehrt; er hatte den Brand, wenn auch ohne großen Erfolg, zu bekämpfen gesucht, bis seine Gefährten am Saume des Waldes erschienen.

Das waren die betrübenden Vorfälle. Die Gegenwart der Sträflinge bildete eine fortwährende Bedrohung der Kolonisten auf Lincoln, die, bis jetzt so glücklich, jeden Tag ein neues Unglück fürchten mussten.

Gedeon Spilett blieb bei Harbert und Pencroff im Granithaus, während Cyrus Smith in Begleitung Nabs sich von der Ausdehnung des Unglücks durch eigenen Augenschein unterrichten wollte.

Ein Glück blieb es immerhin, dass die Sträflinge sich nicht bis zum Fuße des Granithauses gewagt hatten: die Werkstätten in den Kaminen wären von ihnen gewiss nicht verschont worden. Und doch wäre dieser Schaden fast leichter wieder gut zu machen gewesen, als die auf dem Plateau der Freien Umschau rauchenden Ruinen.

Cyrus Smith und Nab begaben sich nach der Mercy, gingen an ihrem linken Ufer hinauf, fanden aber wirklich nirgends Spuren von der früheren Anwesenheit der Sträflinge. Auch am anderen Flussufer mit seinem Waldesdickicht erkannten sie keinerlei Verdacht erweckendes Anzeichen.

Hiernach drängten sich nur zwei Annahmen auf: entweder wussten die Sträflinge von der Rückkehr der Kolonisten nach dem Granithaus, denn sie hätten diese wohl auf der Straße von der Hürde her bemerken können; oder sie hatten sich nach der Verwüstung des Plateaus längs des Flussbettes der Mercy in den Jacamarwald zurückgezogen, und jener Umstand war ihnen unbekannt geblieben.

Im ersten Falle hätten sie nach der jetzt verteidigungslosen Hürde zurückkehren müssen, welche für sie ja so werthvolle Vorräte enthielt.

Im zweiten würden sie wohl ihre Verstecke wieder aufgesucht haben, um dort die passende Zeit zu einem zweiten Angriff abzuwarten.

Man hatte demnach alle Ursache, ihnen zuvorzukommen, doch trat jetzt jede Unternehmung, die Insel von ihnen zu befreien, vor der notwendigen Sorge um Harberts Zustand zurück. Jedenfalls konnte Cyrus Smith nie zu viele Kräfte gegen sie aufbieten; augenblicklich verbot es sich aber für Jeden, das Granithaus zu verlassen.

Der Ingenieur und Nab betraten das Plateau. O, trauriges Bild! Die Felder waren zertreten. Die Ähren, welche jetzt geerntet werden sollten, lagen am Boden. Die anderen Anpflanzungen hatten nicht minder gelitten. Der Gemüsegarten war gänzlich zerstört. Glücklicher Weise besaß das Granithaus hinreichenden Vorrat an Sämereien, diesem Schaden beizukommen.

Die Windmühle und die Federviehställe lagen in Asche, ebenso der Quaggastall. Erschrocken irrten noch einzelne Tiere auf dem Plateau umher. Das während des Brandes nach dem See entflohene Geflügel kehrte schon nach seinem gewohnten Aufenthaltsort zurück und schnatterte am Ufer durcheinander. Hier bedurfte aber alles einer völligen Neuherstellung.

Cyrus Smiths Gesicht, jetzt bleicher als sonst, verriet den aufwallenden Zorn, den jener nur mühsam niederkämpfte, ohne ein Wort laut werden zu lassen. Noch einmal betrachtete er die verwüsteten Felder und den aus den Trümmern noch aufsteigenden Rauch, dann kehrte er nach der Wohnung zurück.

Die folgenden Tage gehörten zu den traurigsten, die die Kolonisten auf der Insel verlebt hatten. Harberts Schwäche nahm sichtlich zu. Es schien bei ihm der Ausbruch einer schwereren, durch den tief angreifenden Insult veranlassten Störung bevorzustehen, und Gedeon Spilett hatte das Vorgefühl einer so ernsten Verschlimmerung im Zustande des Kranken, dass er unvermögend sein würde, sie zu bekämpfen.

Harbert verharrte in einer Art fast totaler Besinnungslosigkeit, ja es zeigten sich sogar einige Erscheinungen von Delirien. Den Kolonisten standen aber nichts, als erquickende Teeaufgüsse zur Verfügung. Noch hielt sich das Fieber mäßig, bald aber schien es sich in regelmäßigen Anfällen zu wiederholen.

Am 6. Dezember ward sich Gedeon Spilett klarer. Das arme Kind, dessen Finger, Nase und Ohren vollkommen erbleichten, litt erst an leichtem Frösteln und Zittern. Sein Puls war klein und unregelmäßig, die Haut trocken, der Durst lebhaft. Dieser Frostperiode schloss sich unmittelbar eine Hitzeperiode an; das Gesicht belebte sich, die Haut gewann Farbe, der Puls schlug schneller; dann brach ein reichlicher Schweiß aus, mit dem das Fieber nachzulassen schien. Die Dauer des Anfalls währte gegen fünf Stunden.

Gedeon Spilett wich währendem nicht von der Seite seines Kranken, der offenbar von einem intermittierenden (oder Wechsel-) Fieber befallen war, welches unterdrückt werden musste, bevor es sich tiefer einnistete.

»Zu seiner Unterdrückung, begann der Reporter zu Cyrus Smith gewendet, bedarf es eines fieberwidrigen Mittels.

– Ein Fiebermittel! ... antwortete der Ingenieur, wir besitzen aber weder Chinarinde, noch schwefelsaures Chinin.

– Nein, sagte Gedeon Spilett, doch am Seeufer wachsen Weidenbäume, und die Weidenrinde vermag in manchen Fällen die Chinarinde zu ersetzen.

– So machen wir ohne Säumen einen Versuch!« trieb Cyrus Smith.

Mit Recht ist die Weidenrinde als Surrogat der Chinarinde angesehen worden, ebenso wie die indische Kastanie, das Stechpalmenkraut, die Drachenwurz u.v.a. Jene Substanz musste also offenbar versucht werden, obwohl sie der Chinarinde an Wirksamkeit nachsteht, und dazu besaß man sie auch nur im rohen Naturzustande, da alle Mittel fehlten, das wirksame Alkaloid derselben, das Salicin oder Weidenbitter, daraus darzustellen.

Cyrus Smith schnitt selbst aus einer schwarzen Weidenart mehrere Stücke Rinde aus; im Granithaus wurde dieselbe gepulvert und am Abend Harbert eingegeben.

Die Nacht verlief ziemlich gut. Harbert delirierte ein wenig, doch das Fieber blieb sowohl in der Nacht, als am nächstfolgenden Tage aus.

Pencroff schöpfte einige Hoffnung. Gedeon Spilett sprach sich nicht aus. Intermittierende Fieber brauchen eben nicht Tag für Tag aufzutreten, sondern setzen wohl einen Tag ganz aus, um als sogenannte dreitägige Wechselfieber erst am nächstfolgenden wieder zu kehren. Den andern Tag erwartete man erklärlicher Weise mit großer Unruhe.

Außerdem zeigte sich, dass Harbert auch in der fieberfreien Zeit wie »zerschlagen« hindämmerte, einen schweren Kopf hatte und zu Schwindelanfällen neigte.

Gedeon Spilett erschrak vor dieser neuen Komplikation; er nahm den Ingenieur bei Seite.

»Das ist ein bösartiges Fieber! sagte er zu ihm.

– Ein bösartiges Fieber! entgegnete Cyrus Smith; Sie täuschen sich, Spilett. Ein bösartiges Fieber tritt nicht so mir nichts dir nichts auf, es will seine Ursache haben! ...

– Ich täusche mich nicht, erwiderte der Reporter. Harbert wird in den Sumpfgegenden der Insel den Keim in sich aufgenommen haben, und das genügt schon. Einen ersten Anfall hat er schon durchgemacht; wenn ein zweiter kommt und es gelingt uns dann nicht, einen dritten zu verhindern ... so ist er verloren!

– Aber die Weidenrinde ...

– Ist hier nicht ausreichend, fiel der Reporter ein, und ein dritter Anfall eines bösartigen Fiebers, der nicht durch Chinin vorher abgeschnitten wurde, ist allemal tödlich.«

Zum Glück entging Pencroff der Inhalt dieses Gespräches; er hätte darüber den Verstand verloren.

Man begreift, in welch' ängstlicher Unruhe der Ingenieur diesen Tag und die darauf folgende Nacht zubrachte.

Gegen Mittag, am 7. Dezember, stellte sich der zweite Fieberanfall ein. Die Krise war schrecklich. Harbert glaubte selbst sich verloren; er streckte die Arme nach Cyrus Smith, nach Spilett und nach Pencroff aus ... er wollte ja nicht gern sterben. Die Scene war herzzerreißend. Pencroff musste hinausgeführt werden.

Der Anfall dauerte wieder fünf Stunden lang; es lag auf der Hand, dass Harbert einen dritten nicht überstehen würde.

Die Nacht ward furchtbar. Im Delirium sprach Harbert Worte, welche das Herz seiner Freunde zerfleischten. Er schweifte in Gedanken umher, kämpfte gegen die Sträflinge, rief nach Ayrton. Er betete zu jenem geheimnisvollen Wesen, ihrem jetzt verschwundenen Beschützer, von dessen Bilde er gleichsam besessen war ... Dann verfiel er in tiefe Prostration mit vollkommenem Aufhören jeder Geistestätigkeit ... Mehrere Male hielt ihn Gedeon Spilett schon für tot.

Am Morgen des 8. Dezember die gleiche Schwäche. Harberts abgemagerte Hände fassten krampfhaft die Decken. Zwar hatte man ihm neue Dosen zerstoßener Rinde beigebracht, doch der Reporter versah sich keines Erfolges derselben.

»Wenn wir ihm vor morgen früh kein energischeres Fieberheilmittel verabreicht haben, behauptete er, so ist Harbert dem Tode verfallen.«

Die Nacht kam heran; allem Anscheine nach die letzte Nacht des mutigen, guten, intelligenten Kindes, das alle wie einen Sohn liebten. Das einzige Hilfsmittel gegen diese verderbliche Krankheit, das einzige ihr überlegene Spezifikum fand sich nicht auf der Insel Lincoln!

In der Nacht vom 8. zum 9. litt Harbert noch mehr an Delirien. Seine Leber zeigte sich stark angeschwollen, das Gehirn so tief ergriffen, dass er Niemand mehr erkannte.

Würde er überhaupt bis zum Morgen leben, bis zu jenem dritten Anfalle, der ihn unfehlbar hinwegraffen musste? Kaum schien es glaublich. Seine Kräfte waren zu Ende, und in den Krisen-Intervallen lag er völlig leblos da.

Gegen drei Uhr Morgens stieß Harbert einen entsetzlichen Schrei aus. Er krümmte sich scheinbar unter einer letzten Konvulsion. Nab, der bei ihm wachte, stürzte erschrocken in das benachbarte Zimmer, wo er auch die Übrigen wachend antraf.

Eben jetzt ließ Top ein eigentümliches Bellen hören ...

Alle kamen ins Zimmer, und es gelang ihnen, das sterbende Kind, welches im Begriff war aus dem Bette zu stürzen, zurückzuhalten, indes Gedeon Spilett, der dessen Arm gefasst hatte, fühlte, dass sich der Puls allmählich hob ...

Es war fünf Uhr Morgens. Die Strahlen der aufsteigenden Sonne begannen eben durch die Fenster zu dringen. Der Tag versprach schön zu werden, und dieser Tag sollte des armen Harbert letzter sein! ...

Da glänzte ein Sonnenstrahl auf dem Tische neben dem Krankenbette.

Plötzlich schrie Pencroff laut auf und wies nach einem auf dem Tische befindlichen Gegenstand ...

Es war ein kleines, längliches Schächtelchen, auf dem Deckel mit der Aufschrift:

Schwefelsaures Chinin.

ELFTES KAPITEL.

Gedeon Spilett ergriff das Kästchen und öffnete es. Sein Inhalt bestand aus etwa 200 Gran eines weißlichen Pulvers, von dem er nur sehr wenig auf die Zunge brachte. Die ungemeine Bitterkeit dieser Substanz konnte ihn nicht täuschen: das war das kostbare Alkaloid der Chinarinde, das allgemein anerkannte Mittel gegen periodische Fieber.

Dieses Pulver musste Harbert ohne Zaudern verabreicht werden. Wie es hierher kam, sollte später Erörterung finden.

»Schnell Kaffee!« verordnete Gedeon Spilett.

Einige Minuten später brachte Nab eine Tasse heißen Aufguss herein. Gedeon Spilett schüttete in denselben ungefähr achtzehn Gran (= wenig über 1 Gramm) Chinin, und man flößte Harbert diese Mischung ein.

Noch war es Zeit dazu, da sich der dritte Anfall des perniziösen Fiebers noch nicht gezeigt hatte, und – fügen wir gleich hier dazu – er sollte auch gar nicht zum Ausbruch kommen.

Alle gaben wieder einer schwachen Hoffnung Raum. Der geheimnisvolle Einfluss hatte sich wiederum offenbart, und gerade, als die Not am höchsten, als alles der Verzweiflung nahe war.

Nach einigen Stunden schlief Harbert ruhiger. Die Kolonisten konnten jetzt von jenem Zwischenfalle sprechen. Die Intervention des Unbekannten lag hier handgreiflicher als je zu Tage. Wie konnte er aber in der Nacht bis in das Granithaus hinein dringen? Das blieb absolut unerklärlich, und in der Tat war das Auftreten dieses »guten Geistes der Insel« nicht minder eigentümlich, als er selber.

Im Verlaufe dieses Tages nahm Harbert das Chinin von drei zu drei Stunden wiederholt ein.

Schon vom andern Tage ab zeigte sich eine gewisse Besserung. War er auch noch nicht geheilt, denn die intermittierenden Fieber neigen zu heimtückischen Rückfällen, so fehlte es ihm doch nicht an der nötigen Pflege. Dazu war ja das Spezifikum zur Hand, und der, der es gebracht, gewiss nicht fern. Jetzt zog die Hoffnung in aller Herzen ein.

Sie sollte nicht zu Schanden werden. Zehn Tage später, am 20. Dezember, trat Harbert in das Stadium der Rekonvaleszenz. Er fühlte sich sehr schwach und blieb einer strengen Diät unterworfen, doch auch von jedem erneuten Anfall verschont. Der einsichtsvolle Knabe unterwarf sich aber auch widerstandslos jeder für nötig befundenen Anordnung. Er freute sich so sehr darauf, wieder zu genesen!

Pencroff glich einem Menschen, der von einem Abgrunde weg gerettet worden ist. Er machte fast Krisen der Freude durch, welche nahe an Delirien grenzten. Nach Vorübergang des Zeitpunktes für den erwarteten dritten Anfall erstickte er den Reporter fast in seinen Armen. Von da ab nannte er ihn nur noch den Doktor Spilett.

Der wirkliche Doktor blieb in diesem Falle freilich noch zu entdecken.

»Er wird gefunden werden!« versicherte der Seemann.

Und sicher, dieser Mann, mochte er sein wer er wollte, war von einer handfesten Umarmung des würdigen Pencroff bedroht.

Der Monat Dezember ging zu Ende und mit ihm das Jahr 1867, jenes Jahr, das den Kolonisten so harte Prüfungen auferlegt hatte. Sie traten mit prächtigem Wetter und einer Tropenhitze, welche nur die Meerwinde zeitweilig milderten, in das neue Jahr ein. Harbert erwachte wieder mehr und mehr, und sog in seinem an ein Fenster des Granithauses gerückten Bette die heilsame, mit den Emanationen des Meeres geschwängerte Luft ein, die ihm die Gesundheit wieder brachte. Er fing wieder an zu essen, und Gott weiß, welch' gute kleine Schüsseln, welch' leichte und doch leckere Gerichte Nab ihm zubereitete.

»Es macht einem ordentlich Luft, auch einmal im Sterben zu liegen«, urteilte Pencroff darüber.

Die ganze Zeit über hatten sich die Sträflinge nicht ein einziges Mal in der Nähe des Granithauses blicken lassen. Von Ayrton verlautete nichts, und wenn der Ingenieur und Harbert noch eine leise Hoffnung hegten, ihn wieder zu finden, so galt er in den Augen der Übrigen doch für verloren. Jedenfalls musste diese Ungewissheit ein Ende nehmen, und sobald der junge Mann wieder zu Kräften gekommen, sollte die Expedition, von der man sich so hochwichtige Erfolge versprach, vor sich gehen. Einen Monat des Abwartens bedingte das jedoch, da das Aufgebot aller Kräfte der Kolonie nicht zu groß erschien, um die Sträflinge sicher zu überwältigen.

Mit Harbert gings nun von Tag zu Tag böser. Die Leberanschwellung verschwand und die Wunden konnten als definitiv vernarbt betrachtet werden.

Im Laufe des Monats Januar wurden auf dem Plateau der Freien Umschau mehrere wichtige Arbeiten ausgeführt, die sich indes darauf beschränkten, von den zerstörten Ernten zu retten, was noch zu retten war. Körner und Pflanzen sammelte man, um damit wenigstens eine spätere Ernte erzielen zu können. Bezüglich des Wiederaufbaues der Federviehbuchten, der Mühle und der Ställe riet Cyrus Smith zu warten. Während die Kolonisten nämlich auf ihrer Verfolgung waren, konnten die Sträflinge das Plateau recht wohl noch einmal heimsuchen, und es sollte ihnen keine Gelegenheit geboten werden, das Handwerk als Räuber und Brandstifter wiederholt zu betreiben. Erst nach Befreiung der Insel von den Übeltätern wollte man an den Wiederaufbau denken.

In der zweiten Januarhälfte verließ der junge Rekonvaleszent zum ersten Mal auf kurze Zeit das Bett und blieb von Tag zu Tag länger auf. An Kräften nahm er bei seiner vortrefflichen Konstitution sichtlich zu. Jetzt zählte er achtzehn Jahre. Er war groß und versprach zum ansehnlichen Mann zu werden. Von jetzt ab machte seine Wiedergenesung, wenn sie auch noch einiger Überwachung bedurfte – und Doktor Spilett erwies sich hierin sehr streng – regelmäßige Fortschritte.

Gegen Ende des Monats erging sich Harbert schon auf dem Plateau und am Strande. Einige in Gesellschaft Pencroffs und Nabs genommene Seebäder auszuschweißendem ihm sehr wohl. Cyrus Smith bestimmte darauf hin schon den Tag der Abreise, der auf den 15. Februar festgesetzt wurde. Die sehr hellen Nächte dieser Jahreszeit mussten die nötige Durchsuchung der ganzen Insel wesentlich erleichtern.

Man begann demnach die nötigen und so vielseitigen Vorbereitungen zur Reise, da die Kolonisten sich gegenseitig versicherten, nach dem Granithaus diesmal nicht eher zurückzukehren, als bis ihr doppelter Zweck erreicht sei, einmal die Sträflinge auszurotten, und Ayrton, wenn er noch lebte, wieder zu finden; dann aber auch Denjenigen aufzuspüren, der so mächtig in die Geschicke der Kolonie eingriff.

Von der Insel Lincoln kannten die Kolonisten schon gründlich die gesamte Ostküste vom Krallenkap bis zu den Kieferncaps, die ausgedehnten Tadornesümpfe, die Umgebungen des Grantsees, den Jacamarwald zwischen der Hürdenstraße und dem Mercy-Ufer, den Verlauf der Mercy und des Roten Flusses, und endlich diejenigen Vorberge des Franklin-Vulkanes, zwischen denen die Hürde etabliert war.

Oberflächlicher hatten sie das weite Uferland der Washington-Bai vom Krallenkap bis zum Schlangenvorgebirge durchforscht; ferner das waldige und sumpfige Gebiet der Westküste, und jene Dünenanschwemmungen, welche bei dem geöffneten Rachen des Haifisch-Golfes endigten.

Gänzlich unbekannt blieben ihnen zunächst noch die großen Wälder der Schlangenhalbinsel, das rechte Uferland der Mercy, das linke Uferland des Kaskadenflusses, und die Bergausläufer und Talgründe, welche drei Vierteile der Basis des Franklin-Berges, im Westen, Norden und Osten, umlagerten und gewiss eine ganze Anzahl prächtiger Schlupfwinkel boten. Im Ganzen entgingen also von der Insel noch mehrere tausend Acker ihrer Kenntnis.

Man entschied sich demnach dahin, die Expedition quer durch den fernen Westen auszuführen und den ganzen Landesteil des rechten Mercy-Ufers in Augenschein zu nehmen.

Vielleicht erschien es ratsamer, sich zuerst nach der Viehhürde zu begeben, da zu fürchten war, dass die Sträflinge sich wieder dorthin zurückgezogen haben könnten, um diese entweder zu plündern oder sich dort einzunisten. Indessen, entweder war die Verwüstung dieser Anlage schon eine vollendete Tatsache, und sie zu verhindern jetzt nicht mehr möglich; oder die Sträflinge fanden es in ihrem Interesse, sich dort festzusetzen, und dann würde es auch später noch Zeit sein, sie daselbst anzugreifen.

Nach eingehender Prüfung wurde also der erste Plan beibehalten, und beschlossen die Kolonisten, quer durch den Wald auf das Schlangenvorgebirge hin zu dringen. Wenn sie den Weg auch erst mit der Axt bahnen mussten, so legten sie dabei doch den Grund zu einer Verbindung mit dem Granithaus und jener etwa sechzehn bis siebenzehn Meilen entfernten Halbinsel.

Der Wagen war in bestem Zustande. Die Quaggas konnten nach der längeren Ruhe wohl eine größere Anstrengung aushalten. Lebensmittel, Lagergegenstände, die tragbare Küche und verschiedene Werkzeuge wurden ebenso auf den Wagen verladen, wie die nötigen Waffen nebst ausreichender und aus den Vorräten im Granithaus sorgfältig gewählter Munition. Nur durfte man nicht vergessen, dass die Sträflinge vielleicht durch die Wälder irrten, und es in dem dichten Walde sehr unversehens zu einem Kugelaustausche kommen konnte. Die kleine Truppe Kolonisten musste also stets beisammen bleiben, und jede sonst noch so begründete Trennung ihrer Mitglieder vermeiden.

Im Granithaus sollte Niemand zurückbleiben, sogar Top und Jup an dem Auszuge teilnehmen. Die unersteigbare Wohnung schützte sich selbst genug.

Der 14. Februar, der Vortag der Abreise, war ein Sonntag. Ihn widmete man ganz der Ruhe und dem Dienste des Herrn.

Harbert, jetzt völlig geheilt, doch noch immer etwas schwach, sollte einen Platz auf dem Wagen finden.

Mit dem Grauen des nächsten Tages traf Cyrus Smith die nötigen Vorkehrungen, um das Granithaus vollkommen »sturmfrei« zu machen. Die früher zum Aufsteigen benutzten Leitern wurden nach den Kaminen geschafft und daselbst tief im Sande vergraben, um bei der Rückkehr benutzt zu werden, da die Seiltrommel des Aufzugs abgenommen und überhaupt diese ganze

Maschinerie demontiert worden war. Pencroff blieb noch zuletzt im Granithaus zurück, um diese Arbeit zu vollenden, und stieg endlich an einem über eine Felsennase gelegten Seile, dessen eines Ende unten festgehalten wurde, herab. Nach Entfernung dieses Seiles fehlte jede Verbindung zwischen jenem Absatz und dem Strande.

Das Wetter blieb dauernd schön.

»Das wird einen warmen Tag geben! sagte der Reporter.

– Ei was, Doktor Spilett, antwortete Pencroff, wir ziehen unter dem Schatten der Bäume hin, und werden die Sonne kaum zu Gesicht bekommen.

– Vorwärts denn!« kommandierte der Ingenieur.

Am Ufer, vor den Kaminen, wartete der Wagen. Auf des Reporters Verlangen musste Harbert, wenigstens für die ersten Stunden, darin Platz nehmen und sich den Anordnungen seines Arztes fügen.

Nab führte die Quaggas. Cyrus Smith, der Reporter und der Seemann gingen voraus. Top sprang lustig umher. Harbert hatte Jup ein Plätzchen im Wagen angeboten, was dieser ohne Umstände annahm. Der Augenblick war da – die kleine Gesellschaft setzte sich in Bewegung.

Der Wagen bog zuerst um die Ecke an der Flussmündung, folgte eine Meile weit dem linken Mercy-Ufer und rollte über die Brücke, an deren Ausgang sich der Weg nach dem Ballonhafen abzweigte. Diesen links liegen lassend, drangen die Forscher in das Wälderdickicht hinein, das den fernen Westen bildete.

Während der ersten zwei Meilen ließen die Bäume noch genügenden Raum für eine ziemlich freie Bewegung des Wagens; nur dann und wann mussten einige Lianenstränge zerschnitten oder ein Stück Buschwerk niedergelegt werden; doch sperrte kein ernsteres Hindernis den Weg der Kolonisten.

Das dichte Gezweig der Bäume bewahrte dem Boden eine wohltuende Frische. Deodars, Douglas, Kasuarinen, Banksias, Gummi-, Drachenblutbäume und andere schon von früher bekannte Arten folgten einander, so weit das Auge reichte. Die ganze Vogelwelt der Insel fand hier ihre Vertreter; Tetras, Jacamars, rote Papageien, die ganze schwatzhafte Familie der Kakadus, Sittige usw. Agutis, Kängurus, Wasserschweine liefen, sprangen und schwankten durch das Gras und erinnerten die Kolonisten an die ersten Ausflüge nach ihrer Landung an der Insel.

»Immerhin scheint mir, bemerkte Cyrus Smith, dass alle diese Tiere, Vierfüßler und Vögel, jetzt furchtsamer sind, als ehedem. Wahrscheinlich durchstreiften die Sträflinge, deren Spuren wir schon noch finden werden, unlängst diese Gegend.«

Wirklich erkannte man wiederholt, dass hier und dort Menschen vorübergekommen, an den angebrochenen Ästen, mit denen sie sich den Weg bezeichnet haben mochten, oder an der Asche früherer Feuerstellen und den Fußabdrücken, die sich in dem stellenweise lehmigeren Boden erhalten hatten. Nichts deutete aber auf eine mehr als vorübergehende Niederlassung hin.

Nach dem Rate des Ingenieurs vermieden es seine Gefährten, zu jagen. Das Knallen der Gewehre hätte ja die Sträflinge aufscheuchen müssen, wenn sie sich in der Nähe umhertrieben. Zudem ging das ja nicht ab ohne eine zeitweilige Entfernung der Jäger vom Wagen, und widersprach ihrem Beschlusse gegen das Einzelngehen.

Mit dem zweiten Teile des Tages gestaltete sich, etwa sechs Meilen vom Granithaus, die Fortbewegung schwieriger. Um einzelne Dickichte zu passieren, mussten Bäume gefällt und ein Weg erst geschaffen werden. Vor dem Eindringen in ein solches gebrauchte Cyrus Smith die Vorsicht, Top und Jup hinein zu schicken, die sich ihres Auftrags stets gewissenhaft entledigten; und wenn beide zurückkamen, ohne etwas gewittert zu haben, so war man sicher, keiner Gefahr entgegen zu gehen, weder von Seiten der Sträflinge, noch von der gewisser Raubtiere – zwei Arten aus dem Tierreiche, welche ihrer wilden Instinkte wegen auf gleicher Stufe standen.

Am Abend dieses ersten Tages lagerten die Ansiedler gegen neun Meilen vom Granithaus, am Ufer eines kleinen Nebenflüsschens der Mercy, das sie bisher noch nicht kannten, und das also zu dem hydrographischen Systeme hinzutrat, dem die Insel ihre außergewöhnliche Fruchtbarkeit verdankte.

Man aß tüchtig zu Abend, denn an Appetit fehlte es Keinem, und traf dann die nötigen Maßnahmen für die Nacht, für die man eine Störung nicht vermutete. Hätte es der Ingenieur nur mit wilden Tieren, Jaguaren oder anderen, zu tun gehabt, so genügten wohl rings um den Lagerplatz angezündete Feuer, die Bestien abzuhalten. Der Flammenschein möchte die Sträflinge aber doch eher herbeigelockt, als abgehalten haben, und besser war es, sich hier in dichter Finsternis zu verbergen.

Ein strenger Wachtdienst wurde eingerichtet. Zwei Mann sollten ihn stets versehen und von zwei zu zwei Stunden durch Andere abgelöst werden. Trotz seines Widerspruches aber blieb Harbert befreit von dieser Dienstleistung, welcher sich Gedeon Spilett und Pencroff auf der einen, der Ingenieur und Nab auf der andern Seite unterzogen.

Übrigens währte die Nacht kaum einige Stunden. Die Dunkelheit rührte vielmehr von dem dichten Laubdache, als von dem Verschwinden der Sonne her. Kaum unterbrach das dumpfe Gebrüll einiger Jaguars die feierliche Stille, oder manchmal das spöttische Krächzen der Affen, die Jup zu necken schienen.

Die Nacht verging ohne Zwischenfall, und am andern Morgen setzte man wieder die mehr langsame, als mühselige Reise quer durch den Wald fort.

An diesem Tage legte die Gesellschaft nur sechs Meilen zurück, denn fast stets musste die Axt den Weg ihr erst brechen. Als wirkliche »*settlers*« (Anbauer) verschonten die Kolonisten immer die schönen, großen Bäume, deren Wegräumung auch zu viele Zeit beansprucht hätte, und opferten nur die kleinen; in Folge dessen wich ihr Weg freilich vielfach von der geraden Linie ab und verlängerte sich durch seine Bögen und Umwege.

Im Laufe dieses Tages fand Harbert auch noch neue, bisher auf der Insel unbekannte Pflanzenspezies auf, wie z.B. Baumfarrn, Trauerpalmen, deren Blätter herabfielen, wie das Wasser eines Springbrunnens; ferner Johannisbrotbäume, deren Schoten mit dem wohlschmeckenden Zuckersäfte die Quaggas begierig abweideten. Hier fanden sich auch prächtige, in Gruppen beisammenstehende Kauris mit zylindrischem Stamme und konischer Krone bei einer Höhe von fast 200 Fuß, wahre Musterexemplare der Baumkönige Neu-Seelands, die den Zedern des Libanon ihren Ruhm streitig machen.

Die Tiere des Waldes traten in keinen anderen Arten auf, als sie die Kolonisten bis jetzt schon kannten. Doch sahen sie, ohne denselben näher kommen zu können, ein Pärchen jener großen Australien eigentümlichen Tiere, die man, eine Art Kasuare, Emus nennt, und welche, fünf Fuß hoch und von bräunlichem Gefieder, zur Gattung der Stelzenläufer gehören. Top verfolgte sie, was er nur laufen konnte, aber die Kasuare gewannen ihm bald einen Vorsprung ab, so außerordentlich war ihre Schnelligkeit.

Auch Fußspuren der Sträflinge begegnete man hin und wieder im Walde. Nahe einem scheinbar erst unlängst erloschenen Feuer bemerkten die Ansiedler solche Eindrücke, welche mit peinlichster Sorgfalt gemustert wurden. Durch Messung derselben nach ihrer Länge und Breite überzeugte man sich, daß diese Fußtapfen von fünf verschiedenen Menschen herrührten. Die fünf Verbrecher hatten zweifelsohne hier gelagert, aber – und das war eigentlich die Ursache dieser eingehenden Prüfung – man vermochte keinen sechsten Fußabdruck zu finden, der in diesem Falle hätte von Ayrton herrühren müssen.

»Ayrton war nicht bei ihnen! sagte Harbert.

– Nein, antwortete Pencroff, und zwar deshalb, weil die Schurken ihn umgebracht haben. Aber die Spitzbuben bewohnen, wie es scheint, keine Höhle, in der man ihnen, wie Tigerkatzen, den Garaus machen könnte.

– Nein, fiel der Reporter ein; viel wahrscheinlicher schweifen sie ziellos umher, und das werden sie fortsetzen, bis sie Gelegenheit finden, sich zu Herren der Insel aufzuwerfen.

– Zu Herren der Insel! rief der Seemann. Herren der Insel! ...« wiederholte er noch einmal mit gepresster Stimme, als stände ihm eine Dolchspitze vor der Kehle. Dann fuhr er plötzlich in ruhigem Tone fort:

»Wissen Sie, Herr Cyrus, mit welcher Kugel ich meine Flinte geladen habe?

– Nein, Pencroff.

– Mit der Kugel, welche einst durch Harberts Brust drang, und ich geb' Ihnen mein Wort, diese soll ihr Ziel nicht fehlen!«

Eine solche ganz gerechte Vergeltung gab aber Ayrton das Leben auch nicht wieder, und seit der Untersuchung der Bodeneindrücke war man fast gezwungen, jede Hoffnung aufzugeben, ihn jemals wieder zu sehen.

An diesem Abend wurde das Lager etwa vierzehn Meilen vom Granithaus entfernt aufgeschlagen, und schätzte Cyrus Smith die noch zurückzulegende Entfernung bis zu dem Vorgebirge auf höchstens fünf Meilen.

In der Tat erreichte man am folgenden Tage die äußersten Teile des Vorgebirges, und hatte also den Wald in seiner ganzen Länge durchmessen; kein Anzeichen deutete aber darauf hin, hier einen Schlupfwinkel zu finden, in dem die Verbrecher sich verborgen hielten, noch auch die nicht minder geheimnisvolle Stelle, welche dem rätselhaften Unbekannten zum Aufenthalt diente.

ZWÖLFTES KAPITEL.

Der folgende Tag, der 18. Februar, wurde ganz und gar der Durchforschung jener bewaldeten Strecken gewidmet, die den Küstenstrich zwischen dem Schlangenvorgebirge und dem Kaskadenflusse einnahmen. Die Kolonisten konnten diesen nur drei bis vier Meilen breiten Wald gründlich durchsuchen. Die Bäume ließen an ihren hohen Stämmen und dem dichten Blätterwerke die vegetative Kraft der Insel erkennen, welche hier größer war, als an jedem andern Punkte. Man hätte ein Stück jungfräulichen Urwaldes, aus Amerika oder Australien in diese gemäßigte Zone verpflanzt, zu sehen geglaubt. Das führte auch zu der Annahme, dass die prächtigen Pflanzen in dem oberflächlich feuchten, im Innern aber durch vulkanische Auszuschweißenden erwärmten Boden eine Temperatur vorfanden, welche einem gemäßigten Klima an sich nicht zukam. Vorherrschende Spezies waren eben jene Kauris und Eukalypten, die so gigantische Dimensionen annehmen.

Die Kolonisten verfolgten aber nicht den Zweck, pflanzliche Prachtexemplare anzustaunen. Sie wussten schon, dass die Insel nach dieser Hinsicht zu der Gruppe der Kanarischen Inseln rangierte, welche zuerst den Namen »Glückliche Inseln« führten. Jetzt, ach, gehörte die Insel ihnen nicht mehr ausschließlich; noch Andere hatten von ihr Besitz genommen, Verbrecher schändeten ihren Boden, und diese mussten bis auf den letzten Mann ausgerottet werden.

An der Westküste fand man trotz aller aufgewendeten Sorgfalt keinerlei Spuren; keine Fußabdrücke, keine abgebrochenen Zweige, keine Aschenreste oder aufgelassene Lagerstätten.

»Mich verwundert das nicht, sagte Cyrus Smith zu seinen Gefährten. Die Sträflinge sind etwa bei der Seetriftspitze aus Land gekommen, und haben sich nach Überschreitung der Tadornesümpfe sofort in die Wälder des fernen Westens zurückgezogen. Sie mögen etwa demselben Wege gefolgt sein, wie wir von dem Granithaus aus. Das erklärt die Spuren, welche wir im Walde fanden An der Küste angelangt, überzeugten sich die Sträflinge aber gewiss sehr bald, dass hier kein zuverlässiger Schlupfwinkel für sie zu finden sei; deshalb sind sie nach Norden zurückgegangen und haben auf diesem Wege die Hürde entdeckt ...

– Wohin sie vielleicht auch zurückgekehrt sind, fiel Pencroff ein.

– Das glaub' ich nicht, erwiderte der Ingenieur, denn sie müssen voraussetzen, dass sich unsere Nachforschungen nach dieser Seite richten. Die Hürde stellt für Jene nur einen Ort zur frischen Verproviantierung vor, nicht aber einen dauernden Lagerplatz.

– Darin stimme ich Cyrus bei, bemerkte der Reporter; meiner Ansicht nach werden die Sträflinge einen Schlupfwinkel in den Ausläufern des Franklin-Berges gesucht haben.

– Nun, Herr Cyrus, dann direkt nach der Hürde! rief Pencroff. Die Sache muss ein Ende nehmen, und bis jetzt haben wir schon zu viele Zeit verloren.

– Nein, mein Freund, entgegnete der Ingenieur. Sie vergessen, dass uns das Interesse hierher führte, zu wissen, ob sich im fernen Westen noch irgendeine Wohnung befinde. Unser Auszug verfolgt einen doppelten Zweck, Pencroff. Wenn er auf der einen Seite der Züchtigung jener Verbrecher gilt, so haben wir auf der anderen einen Akt der Dankbarkeit zu erfüllen.

– Das ist zwar leicht gesagt, antwortete Pencroff; meine Meinung geht aber dahin, dass wir diesen Ehrenmann nur finden werden, wenn er selbst es will!«

Pencroff drückte hiermit wirklich die Ansicht aller Übrigen aus, denn jedenfalls war der Zufluchtsort des Unbekannten nicht minder geheimnisvoll, als er selbst.

An diesem Abend hielt der Wagen bei der Mündung des Kaskadenflusses. Das Lager ward nach gewohnter Weise hergerichtet, und für die Nacht die übliche Vorsicht im Auge behalten. Harbert, jetzt wieder ebenso kräftig und gesund, wie vor seiner Erkrankung, zog den sichtlichsten Vorteil aus diesem fortwährenden Aufenthalte in der frischen See-, und belebenden Waldluft. Sein Platz war nicht mehr im Wagen, sondern an der Spitze der kleinen Karawane.

Andern Tags, am 19. Februar, stiegen die Kolonisten, indem sie die Küste, auf welcher sich jenseits des Flusses so pittoreske Basaltmassen auftürmten, verließen, am linken Ufer desselben aufwärts. Der Weg war in Folge früherer Exkursionen von der Hürde nach der Westküste zum Teil schon frei gelegt. Die Kolonisten befanden sich jetzt in einer Entfernung, von etwa sechs Meilen vom Franklin-Berge.

Des Ingenieurs Absicht ging dahin, das ganze Tal, in dessen Sohle sich der Fluss hinschlängelte, sorgfältig ins Auge zu fassen, und die Gegend der Hürde unter unausgesetztem Absuchen der Umgebungen zu erreichen; sollte die Hürde selbst besetzt sein, diese mit Gewalt zu nehmen, wenn aber verlassen, sich in ihr einzurichten, und von diesem Zentrum aus die Einzel-Expeditionen nach dem Franklin-Berge zu unternehmen.

Dieser Plan fand einmütige Zustimmung, denn es drängte die Kolonisten alle, sich bald wieder in unbestrittenem Besitz der ganzen Insel zu wissen.

Man zog also durch das enge Tal, welches zwei der mächtigsten Vorberge des Franklin trennte. Die längs des Flussufers erst ziemlich gedrängten Bäume wurden in den höheren Partien des Vulkanes seltener. Hier war ein unebener, wild zerrissener und zu Hinterhalten ganz geschaffener Boden, über welchen man nur mit größter Vorsicht weiter zog. Top und Jup sprangen als Plänkler voran, verschwanden links und rechts in dem Gebüsche, und suchten an Geschicklichkeit und Intelligenz zu wetteifern. Kein Anzeichen verriet aber, dass Jemand unlängst die Flussufer betreten habe, oder dass die Sträflinge jetzt hier oder in der Nähe seien.

Gegen fünf Uhr Nachmittags hielt der Wagen etwa sechshundert Schritte vor der Palisade der Hürde; nur eine halbmondförmige Reihe von Bäumen verbarg diese noch.

Jetzt handelte es sich darum, zu erfahren, ob die Hürde besetzt sei. Sich ihr offen, bei hellem Tageslichte weiter zu nähern, hieß, für den Fall, dass die Sträflinge darin hausten, sich irgendeinem verderblichen Zufalle aussetzen, wie es ja die Erfahrung mit Harbert lehrte. Es empfahl sich also von selbst, die Nacht abzuwarten. Inzwischen wollte Gedeon Spilett ohne Zögern die Nachbarschaft ausspionieren, und Pencroff, dessen Geduld zu Ende ging, erbot sich zu seiner Begleitung.

»Nein, nein, meine Freunde, mahnte der Ingenieur ab; wartet die Dunkelheit ab. Ich kann nicht zugeben, dass sich einer oder der Andere am Tage bloßstellt ...

– Aber Herr Cyrus ... erwiderte der Seemann, dem das Gehorchen sauer anging.

– Ich bitte Sie darum, Pencroff, sagte der Ingenieur.

– So seis!« antwortete der Seemann, der seiner Wut eine andere Schleuse öffnete und die Sträflinge mit den grimmigsten Verwünschungen der Matrosensprache überschüttete.

Die Kolonisten blieben demnach bei dem Gefährte und überwachten sorgfältig die bewaldete Nachbarschaft.

So vergingen drei Stunden. Der Wind hatte sich gelegt, und unter den mächtigen Bäumen herrschte tiefe Stille. Das Zerbrechen des dünnsten Zweiges, das Geräusch von Schritten auf dürren Blättern, das Schlüpfen einer Person durch die hohen Gräser wäre leicht genug zu hören gewesen. Alles blieb still. Top streckte sich, den Kopf zwischen den Vorderpfoten, nieder und verriet keinerlei Unruhe.

Um acht Uhr schien der Abend genügend vorgeschritten, um eine Auskundschaftung unter günstigen Verhältnissen vornehmen zu können. Gedeon Spilett erklärte sich nebst Pencroff dazu bereit. Cyrus Smith erhob keinen Widerspruch. Top und Jup sollten bei den Übrigen zurück bleiben, um nicht durch ein unzeitiges Bellen oder Schreien die Aufmerksamkeit der Feinde zu erregen.

»Lassen Sie sich nicht zu weit ein, empfahl Cyrus Smith den beiden Kundschaftern. Sie sollen die Hürde gegebenen Falls nicht einnehmen, sondern nur erspähen, ob sie besetzt ist oder nicht.

– Wir verstehen«, antwortete Pencroff.

Beide machten sich auf den Weg.

Unter den Bäumen ließ, Dank ihrem dichten Laube, die Dunkelheit Gegenstände schon auf dreißig bis vierzig Schritte nicht mehr wahrnehmen. Der Reporter und Pencroff standen still, sobald irgendein Geräusch ihren Verdacht weckte, und drangen überhaupt nur mit größter Vorsicht weiter.

Sie gingen ein wenig von einander, um einem etwaigen Schusse ein geringeres Ziel zu bieten, und, offen gestanden, sie erwarteten auch jeden Augenblick einen Knall zu hören.

Fünf Minuten nach Verlassen des Halteplatzes waren Gedeon Spilett und Pencroff am Saume des Waldes angekommen, vor dem sich in der Lichtung die Hürdenpalisade hinzog.

Sie hielten an. Ein unbestimmter Lichtschein lag noch über dem baumlosen Wiesenplane. Dreißig Schritte von ihnen erhob sich das scheinbar gut geschlossene Hürdentor. Diese dreißig Schritte, welche zwischen dem Walde und der Umzäunung zurückzulegen waren, bildeten, um einen Artilleristenausdruck zu gebrauchen, die gefährliche Zone. Eine oder mehrere Kugeln von dem Kamme der Palisade hätten offenbar Jeden, der sich auf diese Zone wagte, hinstrecken müssen.

Gedeon Spilett und Pencroff kannten zwar beide keine Furcht, aber sie wussten auch, dass eine Unklugheit ihrerseits, deren erste Opfer sie selbst wären, schwer auf ihre Gefährten zurückwirken musste. Fielen sie Beide, was sollte aus Cyrus Smith, Nab und Harbert werden?

Pencroff, der sich so nahe der Hürde nicht mehr zurückhalten konnte, wollte schon auf diese, da er sie von den Verbrechern besetzt glaubte, losstürmen, als der Reporter ihn noch mit kräftiger Hand zurückdrängte.

»Bald wird es ganz dunkel sein, sagte Gedeon Spilett leise, dann ists auch Zeit zum Handeln.«

Pencroff fasste krampfhaft seinen Flintenkolben, und blieb unter heimlichen Verwünschungen in der gedeckten Stellung.

Jetzt erlosch der letzte Dämmerschein. Die Dunkelheit, welche aus dem dichten Walde zu kommen schien, überzog auch die Lichtung. Der Franklin-Berg strebte gleich einem riesenhaften Lichtschirme vor dem westlichen Horizonte empor, und schnell brach die Nacht herein, wie es an Orten von niedriger geographischer Breite immer der Fall ist. Jetzt galt es!

Der Reporter und Pencroff hatten, seitdem sie am Saume des Waldes saßen, die Umzäunung nicht aus den Augen verloren. Die Hürde schien vollkommen verlassen. Der Kamm der Palisade bildete eine noch etwas schwärzere Linie, als ihre Umgebung, zeigte aber keine Unterbrechung. Wären die Sträflinge hier gewesen, so hätten sie Einen von sich daselbst als Wache ausstellen müssen, um sich vor jeder Überrumpelung zu sichern.

Gedeon Spilett drückte die Hand seines Gefährten, und beide krochen langsam auf der Erde vorwärts, die Gewehre immer fertig in der Hand.

So gelangten sie zum Tore der Hürde, ohne dass ein Lichtstrahl das Dunkel unterbrach.

Pencroff versuchte das Tor zu öffnen, welches aber, wie sie schon vermuteten: geschlossen war. Doch überzeugte sich der Seemann, dass die äußeren Verschlussbalken desselben fehlten.

Daraus ergab sich also, dass die Sträflinge die Hürde noch besetzt hielten, und wahrscheinlich hatten sie auch das Tor von innen verwahrt, um seine gewaltsame Öffnung möglichst zu verhindern.

Gedeon Spilett und Pencroff drückten das Ohr an die Wand.

Kein Laut im Innern der Umzäunung. Die Mufflons und die Ziegen, die jedenfalls in ihren Ställen schliefen, unterbrachen ebenso wenig die Stille der Nacht.

Da die Lauscher nichts hörten, fragten sie sich, ob sie die Palisade erklettern und in das Innere der Hürde eindringen sollten. Freilich lief das gegen die Vorschriften des Ingenieurs.

Der Versuch konnte zwar gelingen, aber ebenso gut auch fehlschlagen. Zudem, wenn die Sträflinge sich nichts versahen, und keine Kenntnis hatten von dem Anschlage gegen sie; wenn sich jetzt gerade eine Aussicht bot, sie zu überraschen, durften sie diese Chance dadurch aufs Spiel setzen, dass sie die Palisade voreilig überstiegen?

Der Reporter verneinte diese Frage. Er hielt es für geratener zu warten, bis sie mit vereinten Kräften in die Hürde dringen könnten. Gewiss vermochte man ungesehen bis an die Umzäunung heran zu schleichen, und war diese selbst für jetzt unbewacht. Hiernach hatten sie also nichts Anderes zu tun, als mit diesen Nachrichten nach dem Wagen zurückzukehren.

Pencroff teilte wahrscheinlich diese Ansicht, denn er machte keine Schwierigkeiten, dem Reporter zu folgen, als dieser unter den Bäumen verschwand.

Einige Minuten später war der Ingenieur von der Sachlage unterrichtet.

»Gut, sagte er nach kurzem Besinnen, jetzt habe ich Ursache zu glauben, dass die Sträflinge gar nicht in der Hürde sind.

– Das werden wir sofort wissen, antwortete Pencroff, wenn wir die Pfahlwand übersteigen.

– Also auf zur Hürde! sagte Cyrus Smith.

– Den Wagen lassen wir hier im Walde stehen? frug Nab.

– Nein, erwiderte der Ingenieur; er ist unser Munitions- und Lebensmittelmagazin, und kann uns im Notfall als Deckung dienen.

– Vorwärts denn!« trieb Gedeon Spilett.

Der Wagen rollte geräuschlos aus dem Walde nach der Palisade zu. Es was jetzt tiefdunkel und ebenso still wie vorher, als Pencroff und der Reporter sich wieder weggeschlichen hatten. Das dichte Gras erstickte jeden Schall der Tritte.

Die Kolonisten hielten sich zum Schießen bereit. Jup musste unter Pencroffs Leitung zurückbleiben, und Nab führte Top, um diesen nicht vorausspringen zu lassen.

Die Lichtung ward sichtbar; sie war verlassen. Ohne Zögern begab sich die kleine Truppe nach der Umzäunung. In kurzer Zeit wurde die gefährliche Zone überschritten, ohne einen Schuss abzugeben. An der Palisade angelangt, ließ man den Wagen stehen. Nab blieb bei den Quaggas, um diese am Zügel zu halten. Der Ingenieur, der Reporter, Harbert und Pencroff begaben sich nach dem Tore, um zu sehen, ob dasselbe von innen verbarrikadiert wäre ...

Einer der Flügel stand offen!

»Wie stimmt das zu Eurer Aussage?« fragte der Ingenieur, sich zum Seemann und Gedeon Spilett zurück wendend.

Beide sahen erstaunt einander an.

»Bei meiner Seligkeit, sagte Pencroff, dies Tor war vorhin noch verschlossen!«

Die Kolonisten wichen einen Schritt zurück. Befanden sich die Sträflinge also dennoch in der Hürde, als Pencroff und der Reporter hier auf Kundschaft aus waren? Es schien unzweifelhaft, da die vorher geschlossene Tür nur durch sie geöffnet sein konnte. Waren sie noch darin, und vielleicht nur einer von ihnen heraus gegangen?

Alle diese Fragen tauchten wohl urplötzlich vor Jedem auf; allein wie sollten sie beantwortet werden?

In diesem Augenblick eilte Harbert nach einigen Schritten in das Innere der Hürde schnell zurück und ergriff die Hand des Ingenieurs.

»Was gibt es? fragte Cyrus Smith.

– Ein Licht!

– Im Hause?

– Ja!«

Alle Fünf drängten sich durch das Tor und sahen an den Scheiben des ihnen gegenüber liegenden Fensters einen schwachen Lichtschein zittern.

Cyrus Smith fasste einen schnellen Entschluss.

»Das ist eine günstige Chance, sagte er, die Sträflinge im Hause, und scheinbar keinen Angriff fürchtend, anzutreffen! Nun sind sie unser! Vorwärts!«

Die Kolonisten schritten vorsichtig mit halb erhobenen Gewehren hinein. Der Wagen war unter Tops und Jups Aufsicht, die man vorsorglich angebunden hatte, außerhalb stehen geblieben.

Cyrus Smith, Pencroff und Gedeon Spilett einerseits, und andererseits Harbert und Nab, drängten sich an dem Zaune hin und ließen die Blicke durch den dunkeln und völlig verlassenen Raum neben sich schweifen.

In wenigen Augenblicken erreichten sie das Haus und standen vor dessen verschlossener Tür.

Cyrus Smith bedeutete mit der Hand seine Gefährten zu schweigen und näherte sich dem Fenster, das von einem Lichte im Innern schwach erhellt war.

Sein Blick drang durch den einzigen, das Erdgeschoß bildenden Raum des Häuschens.

Auf dem Tische brannte eine Laterne; neben demselben stand das Bett, welches früher Ayrtons Lager bildete.

Auf dem Bette lag der Körper eines Mannes.

Plötzlich wich Cyrus Smith halb erschrocken zurück und rief mit gedämpfter Stimme:

»Ayrton!«

Sofort ward die Tür mehr eingedrückt als geöffnet, und stürzten die Kolonisten ins Zimmer.

Ayrton schien zu schlafen. Sein Antlitz zeigte, dass er lange und schwer gelitten hatte. An den Hand- und Fußgelenken trug er blutunterlaufene Spuren von Fesseln.

Cyrus Smith neigte sich über ihn.

»Ayrton!« rief der Ingenieur und ergriff den Arm des unter so seltsamen Umständen Wiedergefundenen.

Bei diesem Weckrufe öffnete Ayrton die Augen, sah Cyrus Smith und dann die Anderen an und rief erstaunt:

»Ihr, Ihr seid es?

— Ayrton! Ayrton! wiederholte Cyrus Smith.

— Wo bin ich?

— In der Hürdenwohnung.

— Allein?

— Ja wohl!

– Aber sie werden kommen, rief Ayrton. Verteidigt Euch! Wehrt Euch!«
Erschöpft sank er auf das Lager zurück.

»Spilett, begann da der Ingenieur, wir können jeden Augenblick angegriffen werden. Schaffen Sie den Wagen in die Hürde. Verbarrikadiert dann die Tür und kommt alle hierher zurück.«

Pencroff, Nab und der Reporter beeilten sich, die Anordnungen des Ingenieurs auszuführen. Es galt keinen Augenblick zu verlieren. Vielleicht war der Wagen den Sträflingen schon in die Hände gefallen. In einem Augenblick hatten die Drei die Hürde durchlaufen und das Tor der Palisade erreicht, hinter der man Top leise knurren hörte.

Der Ingenieur verließ Ayrton einen Augenblick, um zur Hand zu sein, wenn Hilfe nötig wurde. Harbert hielt sich neben ihm. Beide überwachten den Kamm des Bergausläufers, der die Hürde beherrschte. Lagen die Verbrecher hier im Hinterhalte, so konnten sie die Kolonisten Einen nach dem Andern abtun.

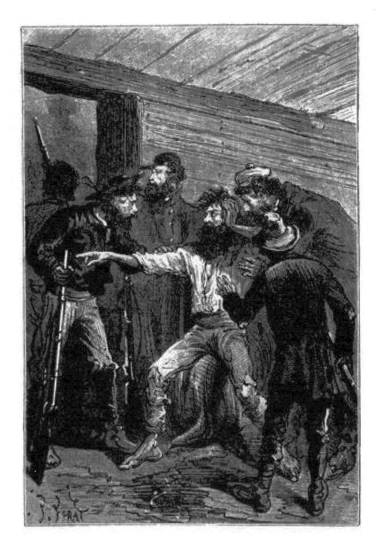

Eben stieg im Osten der Mond über den dunkeln Wald herauf und verbreitete ein weißliches Licht im Innern der Umzäunung. Die Hürde mit ihren Baumgruppen wurde bald vollkommen hell, ebenso wie der kleine Wasserlauf darin und ihr ausgedehnter Wiesenteppich. Nach der Seite des

Berges hob sich das Haus und ein Teil der Palisade hell von diesem ab; nach der entgegengesetzten Seite, also nach dem Tore zu, blieb sie dunkel.

Da zeigte sich eine schwarze Masse. Der Wagen war es, der in den Lichtkreis eintrat, und Cyrus Smith konnte das Knarren des Tores hören, als seine Gefährten dasselbe wieder schlossen und dessen Flügel von innen sorgfältig verwahrten.

In diesem Augenblicke aber zerriss Top seine Leine, fing wütend an zu bellen und stürzte rechts vom Hause weiter nach der Hürde hinein.

»Achtung, Freunde! Legt an!«... rief Cyrus Smith.

Die Kolonisten hielten die Gewehre im Anschlag und warteten nur auf den Augenblick, Feuer zu geben. Top bellte noch immer, und Jup, der dem Hunde nachlief, ließ ein schrilles Pfeifen vernehmen.

Die Kolonisten folgten den Tieren und gelangten nach dem Ufer des kleinen, von einigen hohen Bäumen beschatteten Baches.

Und dort, was sahen sie da beim vollen Mondeslichte?

Fünf Körper, ausgestreckt am schräg ablaufenden Ufer.

Das waren die der Sträflinge, welche vier Monate vorher an der Insel Lincoln landeten!

DREIZEHNTES KAPITEL.

Was war hier geschehen? Wer hatte die Sträflinge tödlich getroffen? Ayrton? Nein, denn kurz vorher befürchtete er noch deren Rückkehr.

Ayrton litt aber vorläufig unter einer tiefen Erschöpfung, der er gar nicht zu entreißen war. Nach den wenigen mühsam hervorgestoßenen Worten erlag er ja einer unwiderstehlichen Betäubung, und sank bewegungslos auf sein Bett zurück.

Die Kolonisten warteten, eine Beute tausend sich durchkreuzender Gedanken, und mit erklärlicher Erregung, die ganze Nacht, ohne Ayrtons Häuschen zu verlassen oder nach der Stelle zurückzukehren, an der die Leichen ihrer Todfeinde lagen. Über die Umstände, unter welchen Jene den Tod gefunden hatten, erwarteten sie von Ayrton kaum eine ausreichende Erklärung, da er ja nicht einmal wusste, wo er sich befand. Vielleicht vermochte er aber etwas über die Vorfälle vor dieser schrecklichen Exekution zu berichten.

Am andern Tage erwachte Ayrton aus der Betäubung, und seine Gefährten bezeugten ihm die herzliche Freude, welche sie über sein Wiedersehen empfanden, und dass er sich nach hundertviertägiger Trennung nahezu heil und gesund befinde.

Ayrton erzählte in kurzen Worten, was vorgefallen war, mindestens was er davon wusste.

Am Tage nach seiner Ankunft an der Hürde, am 10. November, wurde er mit Einbruch der Nacht von den Sträflingen, die über die Umzäunung geklettert waren, gefangen. Diese fesselten und knebelten ihn. Hierauf ward er nach einer dunkeln Höhle des Franklin-Berges, den Schlupfwinkel der Verbrecher, abgeführt.

Schon war sein Tod beschlossen, und sollte er am folgenden Tage erschossen werden, als einer der Sträflinge ihn erkannte und mit seinem in Australien geführten Namen anrief. Die Elenden wollten Ayrton niedermachen; Ben Joyce respektierten sie!

Von da ab konnte Ayrton aber dem Zureden seiner früheren Genossen gar nicht mehr entfliehen. Sie suchten ihn für sich zu gewinnen, wollten mit seiner Hilfe das Granithaus in Besitz nehmen, in diese unangreifbare Wohnung eindringen, und sich nach Ermordung der Kolonisten zu Herren der Insel aufwerfen.

Ayrton widerstand. Der alte reuige und begnadigte Sträfling zog den Tod dem verrate seiner Freunde vor.

Vier lange Monate fast verbrachte Ayrton, gebunden und festgelegt, in jener Höhle.

Inzwischen hatten die Sträflinge die Hürde entdeckt, schon kurz nach ihrer Ankunft auf der Insel, und von da ab lebten sie zwar von deren Vorräten, bewohnten sie jedoch nicht. Am 11. November feuerten zwei der durch das Auftauchen der Kolonisten überraschten Banditen auf Harbert, und einer von diesen kam prahlend zurück, dass er einen der Ansiedler erlegt habe, aber er kam allein. Sein Gefährte war, wie bekannt, von Cyrus Smiths Dolchstoße gefallen.

Nun bedenke man Ayrtons Unruhe und Verzweiflung bei dieser Nachricht von Harberts Tode! Die Kolonisten, jetzt nur noch vier, waren nun der Gnade der Sträflinge preisgegeben.

Nach diesem Vorfalle, und während des ganzen durch Harberts Darniederliegen verzögerten Aufenthaltes der Kolonisten in der Hürde, verließen die Piraten ihre Höhle nicht, und auch nach der Plünderung des Plateaus der Freien Umschau hielten sie es für geraten, verborgen zu bleiben.

Ayrton erfuhr eine immer härtere Behandlung. Seine Hände und Füße verrieten sie noch durch die blutigen Spuren. Jeden Augenblick erwartete er den Tod, dem er nicht mehr entgehen zu können schien.

So dauerte das bis zur dritten Februarwoche. Die Sträflinge, immer auf der Lauer nach einer günstigen Gelegenheit, verließen nur selten ihre Zuflucht, und unternahmen höchstens eine Jagd in das Innere der Insel oder nach ihrer Südküste zu. Ayrton hörte nichts wieder von seinen Freunden, und hoffte nicht, sie jemals wieder zu sehen.

Endlich verfiel der Unglückliche, dessen Kräfte die traurige Behandlung aufzehrte, in tiefe Betäubung, so dass er nichts mehr sah oder hörte. Von da ab, d.h. seit zwei Tagen, vermochte er auch nicht mehr zu sagen, was noch vorgefallen sei.

»Doch, Herr Smith, fügte er hinzu, da ich in der Höhle gefangen lag, wie kommt es, dass ich mich in der Hürde befinde?

– Wie kommt es, fragte der Ingenieur dagegen, dass die Sträflinge dort, mitten in der Umzäunung, tot hingestreckt liegen?

– Tot!« schrie Ayrton, der sich trotz seiner Schwäche halb aufrichtete.

Seine Gefährten hielten ihn. Er wollte sich erheben, man ließ es geschehen, und alle begaben sich nach dem Bachesrande.

Es war jetzt heller Tag.

Dort lagen, von einem blitzartigen Tode ereilt, die fünf Leichname der Verbrecher.

Ayrton stand wie angewurzelt. Cyrus Smith und seine Freunde betrachteten ihn schweigend.

Auf ein Zeichen des Ingenieurs untersuchten Pencroff und Nab die Leichen, welche sich schon kalt und starr erwiesen.

Eine äußere Verletzung zeigte sich an denselben nirgends.

Nach genauester Besichtigung erkannte Pencroff nur an der Stirn des Einen, an der Brust des Andern, am Rücken von Diesem und der Schulter von jenem ein kleines rotes Pünktchen, dessen Ursprung ein Rätsel blieb.

»An diesen Stellen sind sie getroffen worden, sagte Cyrus Smith.

– Doch mit welcher Waffe! rief der Reporter.

– Mit einer Blitze schleudernden Waffe, die für uns ein Geheimnis ist!

– Und wer hat sie mit Blitzen erschlagen? fragte Pencroff.

– Der Richter und Rächer der Insel, antwortete Cyrus Smith, der Euch hierher gebracht hat, Ayrton; dessen Macht noch immer wieder sichtbar ist; der für uns alles das ausführt, woran wir selbst scheitern müssten, und der sich nachher – unseren Blicken entzieht.

– Suchen wir ihn! rief Pencroff.

– Ja, suchen wir ihn, fuhr Cyrus Smith fort; aber dieses höhere Wesen, das solche Wunder vollbringt, werden wir nicht eher finden, als bis es uns zu sich ruft!«

Der unsichtbare Schutz, der ihre eigene Auszuschweißenden unnötig machte, berührte und erregte vor Allen den Ingenieur. Die Inferiorität, welche er konstatierte, war eine derartige, dass sich eine stolze Seele dadurch verletzt fühlen konnte. Ein Edelmut, der sich jeder Anerkennung zu entziehen sucht, verrät etwas wie Missachtung gegen die Beschützten, und glich in Cyrus Smiths Augen den Preis der Wohltaten bis zu einem gewissen Punkte aus.

»Suchen wir ihn, begann er nochmals, und Gott wolle es uns dereinst noch gestatten, dem stolzen Wohltäter zu beweisen, dass er keine Undankbaren vor sich hatte! Was gäb' ich darum, wenn wir gegen ihn Vergeltung üben und ihm, seis um den Preis unseres Lebens, einen hervorragenden Dienst leisten könnten!«

Seit diesem Tage beschäftigte diese Aufsuchung fast allein die Gedanken der Ansiedler. Alles trieb sie, die Lösung des Rätsels zu finden, die nur in dem Namen eines Mannes liegen konnte, der mit außergewöhnlichen und fast übermenschlichen Kräften ausgestattet war.

Bald kehrten die Kolonisten nach der Wohnung in der Hürde zurück, wo ihre Sorgfalt Ayrton in kurzer Zeit seine moralische und physische Energie wieder gab.

Nab und Pencroff schafften die Leichen der Verbrecher weit in den Wald hinein und verscharrten sie in einer tiefen Grube.

Nun ward Ayrton auch von dem unterrichtet, was sich seit seiner Gefangennahme zugetragen hatte. Er vernahm Harberts gefährliches Abenteuer und die Reihe von Prüfungen, welche über die Kolonisten gekommen waren. Letztere hatten längst nicht mehr gehofft, Ayrton je wieder zu sehen, ihn vielmehr von den Sträflingen erbarmungslos ermordet geglaubt.

»Und nun, sagte Cyrus Smith, indem er seinen Bericht schloss, bleibt uns noch eine Pflicht zu erfüllen. Die eine Hälfte unseres Zweckes wäre erreicht; wenn die Sträflinge aber nicht mehr zu fürchten und wir wieder die Herren der Insel geworden sind, so verdanken wir das nicht unseren eigenen Kräften.

– Gewiss, erklärte Gedeon Spilett, so wollen wir also das ganze Labyrinth der Ausläufer des Franklin durchsuchen; keine Höhle, keine Öffnung unergründet lassen. O, wenn ein Reporter jemals vor einem spannenden Rätsel stand, so bin ich es jetzt, meine Freunde.

– Und wir kehren nicht eher nach dem Granithaus heim, sprach Harbert, als bis wir unsern Wohltäter fanden.

– Ja wohl! stimmte ihm der Ingenieur zu, wir wollen alles tun, was Menschen zu leisten vermögen ... Doch ich wiederhole, wir werden jenen nicht finden, sobald er es selbst nicht für gut findet.

– Bleiben wir in der Hürde? fragte Pencroff.

– Ich meine es, antwortete Cyrus Smith. An Lebensmitteln ist hier Überfluss, und dazu liegt der Ort gerade dem Ziele unserer Ausflüge nahe. Sollte es sich nötig machen, so ist ja der Wagen stets schnell nach dem Granithaus zu senden.

– Gut, erwiderte der Seemann; nur eine Bemerkung …

– Welche?

– Die schöne Jahreszeit schreitet voran, und wir dürfen nicht vergessen, dass uns noch eine Fahrt über See bevorsteht.

– Eine Seefahrt? sagte Gedeon Spilett.

– Ja wohl! Nach der Insel Tabor, belehrte ihn Pencroff. Es ist notwendig, eine Notiz dahin zu schaffen, welche die Lage unserer Insel und den Ort, an dem Ayrton sich jetzt befindet, angibt, für den Fall, dass die schottische Yacht zur Wiederaufnahme desselben zurückkehrt. Wer weiß, obs jetzt nicht schon zu spät ist.

– Aber, Pencroff, fragte Ayrton, wie denken Sie dorthin zu gelangen?

– Nun, auf dem Bonadventure.

– Der Bonadventure, rief Ayrton, … existiert nicht mehr.

– Mein Bonadventure existiert nicht mehr! heulte Pencroff, entsetzt aufspringend.

– Nein, erwiderte Ayrton. Die Sträflinge hatten ihn, es sind kaum acht Tage, in seinem kleinen Hafen aufgefunden, sind aufs Meer gegangen, und …

– Und? drängte Pencroff, dessen Herz hörbar klopfte.

– Und da sie keinen Bob Harvey zur Führung hatten, sind sie an den Felsen gescheitert, und ist das Fahrzeug total zertrümmert.

– O, die Elenden! Die Banditen! Diese vermaledeiten Schurken! brach Pencroff aus.

– Pencroff, sagte Harbert, und ergriff des Seemanns Hand, so bauen wir uns einen anderen und größeren Bonadventure! Wir haben ja alle Eisenteile und das ganze Takelwerk der Brigg dazu.

– Ja, aber bedenkt Ihr, dass zur Konstruktion eines Schiffes von dreißig bis vierzig Tonnen eine Zeit von fünf bis sechs Monaten gehört?

– Wir nehmen uns die Zeit, antwortete der Reporter, und verzichten für dieses Jahr auf die Überfahrt nach der Insel Tabor.

– Nun, Pencroff, suchte diesen auch der Ingenieur zu beruhigen, man muss sich eben ins Unvermeidliche fügen, und ich hoffe, diese Verzögerung wird uns nicht zu nachteilig sein.

– Ach, mein Bonadventure! Mein armer Bonadventure!« jammerte Pencroff, dem der Verlust des Fahrzeugs, auf das er so stolz gewesen, recht tief zu Herzen ging.

Die Zerstörung des Bonadventure war für die Kolonisten offenbar ein sehr betrübendes Ereignis, und sie beschlossen auch, diesen Verlust baldmöglichst zu ersetzen. Hierauf aber beschäftigte sie zunächst nur der Wunsch, die Erforschung der verborgensten Teile der Insel zum guten Ende zu führen.

Die Nachsuchungen begannen an demselben Tage, dem 19. Februar, und nahmen eine ganze Woche in Anspruch. Der Grundstock des Berges bildete zwischen seinen Ausläufern und deren zahlreichen Verzweigungen ein Labyrinth der verworrensten Täler und Schluchten. Gerade hier, im Grunde der oft engen Spalten, vielleicht selbst im Innern der Bergmasse des Franklin galt es, am aufmerksamsten zu spähen. Kein Teil der Insel erschien geeigneter, eine Wohnung zu verbergen, deren Insasse unerkannt zu bleiben wünschte. Das Gewirr dieser Wälle und Kämme war aber ein so großes, dass Cyrus Smith bei der Durchsuchung derselben nach strenger Methode verfahren musste.

Die Kolonisten begingen zuerst das Tal, das sich südlich vom Vulkane öffnete und die ersten Anfänge des Kaskadenflusses sammelte. Dort zeigte ihnen Ayrton die Höhle, welche den Sträflingen als Schlupfwinkel und ihm selbst zum Gefängnis, bis zu seiner Überführung nach der Hürde, gedient hatte. Die Höhle befand sich noch ganz in demselben Zustand, wie ihn Ayrton kannte. Man fand daselbst eine ziemliche Menge Munition und Lebensmittel, welche die Verbrecher in der Absicht, sich eine Reserve zu sichern, hierher geschleppt hatten.

Das ganze in jener Grotte endigende, von schönen Bäumen und vorzüglich von Koniferen beschattete Tal ward mit größter Sorgfalt durchsucht, und vertieften sich die Kolonisten, nach Umgehung seiner südwestlichen Bergwand, in das pittoreske Basaltgestein, das bis nach der Küste reichte. Hier traten Bäume nur seltener auf, und Steine an die Stelle des Grases. Wilde Ziegen und Mufflons kletterten auf den Felsen. Hier begann der unfruchtbare Teil der Insel. Schon konnte man erkennen, dass von den zahlreichen vom Franklin-Berge auslaufenden Tälern nur drei bewaldet und reich an Weideplätzen waren, so wie das der Viehhürde, das im Westen an das Tal des Kaskadenflusses, im Osten an das des Roten Flusses grenzte. Diese beiden Bäche, welche erst weiterhin durch Aufnahme verschiedener Zuflüsse den Charakter von Flüssen annahmen, bildeten sich aus dem ganzen Gewässer des Berges und begründeten die Fruchtbarkeit der südlichen Umgebung. Die Mercy dagegen nährte sich direkter durch zahlreiche unter dem Laubdache des Jacamarwaldes verborgene Quellen, und ebenso tränkten ähnliche, in tausend Fädchen verlaufende Wasseradern die im Grün prangende Schlangenhalbinsel.

Von obigen drei Tälern hätte eines recht wohl als Versteck eines Einsiedlers dienen können, der daselbst alles zum Leben notwendige vorfand. Nirgends entdeckten die Kolonisten aber bei ihrer Durchsuchung auch nur Spuren von einem Menschen.

Sollten sich die Wohnung und ihr Insasse in jenen öden Schlünden, mitten unter den übereinander geworfenen Felsen in den rauen Schluchten nach Norden hin, zwischen den erstarrten Lavamassen finden?

Der nördliche Teil des Franklin-Berges bestand eigentlich nur aus zwei breiten, seichten Tälern, ohne Pflanzenwuchs und erfüllt von erratischen Blöcken, gestreift von langen Moränen, zerrissen von formlosen Gesteinsmassen und bestreut mit Obsidianen und Labradoriten. Dieser Teil erforderte eine längere und mühsame Untersuchung. Dort gähnten tausend Höhlen, welche zwar möglichst unbequem zu erreichen sein mochten, aber bei ihrer absoluten Verstecktheit auch vor jedem Angriffe sicherten. Die Kolonisten drangen selbst in dunkle Tunnels aus der plutonischen Erdperiode ein, die sich, noch immer geschwärzt von dem vorgeschichtlichen Feuer, durch die Felsmassen hinzogen. Man durchsuchte bei Fackellicht diese tiefen Galerien, und ließ nicht die geringsten Aushöhlungen unbeachtet, die kleinsten Vertiefungen, ohne sie zu sondieren, vorüber. Aber überall Schweigen, überall Finsternis. Kaum jemals schien ein Menschenfuß diese uralten Gänge betreten, oder ein Arm nur einen dieser Steine verrückt zu haben. Alles lag noch so vor ihnen, wie es der Vulkan zur Zeit der Entstehung der Insel aus den Wassern empor gedrängt hatte.

Wenn sich diese unterirdischen Galerien aber auch völlig verlassen und tiefdunkel erwiesen, so musste Cyrus Smith doch die Überzeugung gewinnen, dass es daselbst nicht absolut still blieb.

Am Ende eines solchen dunkeln Hohlganges, der sich mehrere hundert Schritte weit in die Felsmasse fortsetzte, angelangt, vernahm er staunend eine Art dumpfes Murren, dessen Intensität die Schallfortleitung des Gesteins noch erhöhen mochte.

Der ihn begleitende Reporter hörte das Geräusch ebenfalls, das auf ein Wiederaufleben der unterirdischen Feuer hindeutete. Wiederholt horchten beide aufmerksam und stimmten leicht in der Ansicht überein, dass sich in den Eingeweiden des Erdbodens jetzt irgendwelcher chemische Prozess abspiele.

»Der Vulkan kann also nicht vollkommen erloschen sein, sagte Gedeon Spilett.

– Möglicherweise geht seit unserer Untersuchung des Kraters, erwiderte Cyrus Smith, in den untersten Schichten etwas vor. Jeder Vulkan, auch der scheinbar gänzlich erloschene, kann bekanntlich wieder ausbrechen.

– Sollte eine erneute Eruption des Franklin-Berges aber, fragte der Reporter, nicht die ganze Insel Lincoln gefährden?

– Das glaub' ich nicht, antwortete der Ingenieur. Noch ist der Krater, d.h. das Sicherheitsventil, ja vorhanden, aus dem die Auswurfsmassen, wie ehedem durch die gewohnte Mündung, abfließen könnten.

– Mindestens, wenn sie nicht durch eine neue Öffnung ihren Weg über die fruchtbaren Teile der Insel nehmen.

– Warum, lieber Spilett, entgegnete Cyrus Smith, sollten sie nicht dem ihnen von der Natur vorgezeichneten Wege folgen?

– O, die Vulkane haben auch ihre Launen! versetzte der Reporter.

– Bedenken Sie, sagte der Ingenieur dagegen, dass die Neigungsverhältnisse der ganzen Bergmasse eine Ausbreitung jener Auswurfsstoffe nach den jetzt von uns durchforschten Tälern begünstigen, und dass zur Umkehrung dieses Zustandes ein Erdbeben erst den Schwerpunkt des ganzen Berges verschieben müsste.

– Der Eintritt eines Erdbebens ist aber auch nicht unmöglich, bemerkte Gedeon Spilett.

– Gewiss nicht, bestätigte der Ingenieur, vorzüglich, wenn die unterirdischen Kräfte erwachen und die Erdschichten nach langer Ruhe zersprengt zu werden drohen. Jedenfalls, lieber Spilett, wäre eine neue Eruption auch für uns ein sehr ernstes Ding, und weit mehr zu wünschen, der Vulkan hätte die Gewogenheit, auch ferner zu schlummern. Jedenfalls vermögen wir dabei nichts zu tun. Doch, was auch geschehe, ich fürchte nicht, dass unser Gebiet an der Freien Umschau ernstlich bedroht würde. Zwischen ihm und dem Berge streckt sich eine merkliche Bodensenkung hin, und selbst wenn die Laven jemals nach der Seeseite hin abflössen, würden sie nach den Dünen und den Umgebungen des Haifisch-Golfes geleitet werden.

– Bis jetzt haben wir an der Spitze des Berges auch noch keinen Rauch als Vorboten einer demnächstigen Eruption wahrgenommen, sagte Gedeon Spilett.

– Nein, erwiderte Cyrus Smith; noch entweicht kein Dampfwölkchen aus dem Krater, dessen Gipfel ich gestern aufmerksam beobachtete. Doch kann die Zeit im Grunde des Kamines Felsgeröll, Asche und verhärtete Lavamassen angehäuft und das erwähnte Ventil jetzt gerade zu stark belastet haben. Bei der ersten Kraftäußerung aber würde jedes derartige Hindernis beseitigt werden, und Sie dürfen sicher sein, lieber Spilett, dass weder die Insel, gewissermaßen der Dampfkessel, noch der Vulkan, dessen Rauchfang, unter der Spannung der Gase explodiert. Immerhin, wiederhole ich, wünschen wir lieber das Ausbleiben einer Eruption.

– Und doch täuschen wir uns nicht, bemerkte der Reporter. Man hört ein Murmeln im Innern des Vulkans ganz deutlich.

– Ja, es ist so, antwortete der Ingenieur aufmerksam lauschend, es kann keine Täuschung sein ... Dort vollzieht sich eine Arbeit, deren Umfang und Endresultat wir nicht zu bestimmen vermögen.«

Cyrus Smith und Gedeon Spilett kehrten zurück und schlossen sich ihren Gefährten wieder an, denen sie den Stand der Sache mitteilten.

»Sehr schön, rief Pencroff, der Vulkan will dumme Streiche machen! Mag ers probieren! Er wird seinen Meister finden.

– Wen denn? fragte Nab.

– Unsern Schutzgeist, Nab, unsern Schutzgeist. O, der wird ihm den Krater schon zuknebeln, wenn er ihn öffnen will!«

Man sieht, Pencroffs Vertrauen zu diesem Genius der Insel kannte keine Grenzen und schien gegenüber jener verborgenen Macht, die sich wiederholt auf die unerklärlichste Weise bemerkbar gemacht, nicht unbegründet. Dazu wusste sie sich auch den peinlichsten Nachforschungen der Kolonisten zu entziehen, denn trotz ihrer Bemühung, ihres Eifers, ja trotz aller Hartnäckigkeit, mit der sie dieses Ziel verfolgten, konnte deren wunderbarer Zufluchtsort nicht ermittelt werden.

Vom 19. bis 25. Februar wurde der Kreis der Untersuchungen auf die ganze Westseite der Insel ausgedehnt, deren geheimste Schlupfwinkel man erforschte. Die Kolonisten beklopften sogar jede Felsenwand, wie es die Polizei an den Mauern eines verdächtigen Hauses zu tun pflegt. Der Ingenieur zeichnete einen genauen Aufriss des Berges und erstreckte seine Untersuchungen bis auf dessen unscheinbarste Ausläufer. Ebenso wurde er zuerst bis zur Höhe des abgestumpften Kegels abgesucht, der den ersten Felsenabsatz bildete, und hierauf bis zum obersten Kamme des riesigen Hutes, in dessen Grunde sich der Krater öffnete.

Noch mehr: Man drang bis in den jetzt unbewegten Abgrund, in dessen Tiefen das unheimliche Murmeln deutlich zu hören war. Doch zeigte kein Rauch, kein Dampf, keine warm gewordene Wand einen bevorstehenden Ausbruch an. Aber weder hier, noch sonst wo am Franklin-Berge entdeckten die Kolonisten auch nur eine Spur des Gesuchten.

Jetzt wandte man sich nach der Gegend der Dünen, untersuchte die steilen Granitmauern des Haifisch-Golfes von oben bis unten, so schwer es auch war, bis zum Niveau des Golfes hinab zu klimmen. Niemand! – Nichts!

Von wie vielen nutzlosen Bemühungen und verfehlten hartnäckigen Versuchen sprechen diese beiden Worte! In das Missgeschick Cyrus Smiths und seiner Genossen mischte sich ein gutes Teil zürnenden Unmuts.

Man musste allmählich an die Rückkehr denken, denn ins Endlose konnten diese Nachsuchungen ja nicht fortgesetzt werden. Die Kolonisten schienen zu dem Glauben berechtigt, dass das geheimnisvolle Wesen nicht auf der Oberfläche der Insel wohne, und nun drängten sich ihrer überreizten Phantasie die tollsten Hypothesen auf. Pencroff und Nab begnügten sich nicht mehr mit dem Begriffe des Außergewöhnlichen, Fremdartigen, sondern schweiften in die übernatürliche Welt.

Am 25. Februar zogen die Kolonisten nach dem Granithaus heim, und stellten mittels des Doppelfeils, das ein Pfeilschuss nach dem Türabsatz beförderte, die Verbindung zwischen ihrer Wohnung und dem Erdboden wieder her.

Einen Monat später, am 25. März, feierten sie den dritten Jahrestag ihrer Ankunft auf der Insel Lincoln!

VIERZEHNTES KAPITEL.

Drei Jahre waren verflossen, seitdem die Gefangenen aus Richmond entflohen, und wie viele, viele Mal sprachen sie während dieser Zeit von ihrem Vaterlande, an das sich ihre Gedanken unausgesetzt hefteten!

Sie setzten völlig außer Zweifel, dass der Bürgerkrieg sein Ende gefunden und die gerechte Sache des Nordens obgesiegt habe. Doch welche Ereignisse knüpften sich an jenen unseligen Kampf? Wie viel Blut hatte er gekostet? Wie viele ihrer Freunde waren dabei umgekommen? Diese Fragen bildeten immer und immer wieder den Inhalt ihrer Gespräche, trotzdem sie den Tag noch nicht herannahen sahen, an dem sie ihr Vaterland wieder erblicken sollten. Dorthin zurückzukehren, und sei es nur auf wenige Tage, das soziale Band mit der bewohnten Welt wieder anzuknüpfen, eine Verbindung zwischen der Heimat und ihrer Insel ins Leben zu rufen, und dann die meiste, vielleicht die beste Lebenszeit in der von ihnen gegründeten und dann unmittelbar von der Hauptstadt abhängigen Kolonie zuzubringen, war das eine ganz unerfüllbare Träumerei?

Und doch konnte sie sich nur auf zwei Wegen realisieren: entweder erschien eines Tages ein Fahrzeug im Gewässer der Insel Lincoln, oder die Kolonisten erbauten selbst ein hinreichend seetüchtiges Schiff, um das nächstgelegene Land damit erreichen zu können.

»Mindestens, fügte Pencroff da hinzu, wenn unser guter Geist nicht die Mittel gewährt, nach der Heimat zurückzukehren!«

Und wahrlich, hätte man Pencroff oder Nab gesagt, im Haifisch-Golfe oder im Ballon-Hafen erwarte sie ein Fahrzeug von dreihundert Tonnen, sie wären darüber nicht verwundert gewesen. Bei ihrem Ideengange hielten sie eben alles für möglich.

Der weniger vertrauensselige Cyrus Smith riet ihnen aber, sich der Wirklichkeit wieder zuzuwenden, und zwar gelegentlich der Frage wegen Wiedererbauung eines Schiffes, einer wirklich dringlichen Arbeit, da es sich darum handelte, auf der Insel Tabor das bekannte Dokument niederzulegen.

Der Bonadventure existierte nicht mehr; sechs Monate erforderte die Konstruktion eines Schiffes mindestens, und da jetzt der Winter herankam, konnte die Reise vor dem nächsten Frühjahre nicht zur Ausführung kommen.

»Wir haben also genügend Zeit, uns bis zur nächsten schönen Jahreszeit einzurichten, sagte der Ingenieur zu Pencroff, als er mit ihm diesen Gegenstand besprach. Ich denke übrigens, mein Freund, dass es, wenn wir einmal einen Neubau unternehmen, vorzuziehen sei, ihm beträchtlichere Dimensionen zu geben. Die Rückkehr der schottischen Yacht nach der Insel Tabor ist sehr problematisch. Sie kann auch vor mehreren Monaten einmal daselbst gewesen, und nach fruchtloser Aufsuchung einer Spur von Ayrton wieder abgesegelt sein. Sollte es sich nicht empfehlen, ein Schiff zu bauen, das im Notfall im Stande wäre, uns entweder nach den Archipelen Polynesiens, oder nach Neu-Seeland zu tragen? Was meinen Sie dazu?

– Ich meine, Herr Cyrus, antwortete der Seemann, dass Sie ebenso gut im Stande sind ein großes Schiff zu bauen, wie ein kleines. Uns fehlen weder Holz noch Werkzeuge. Alles ist also nur eine Frage der Zeit.

– Und wie viele Monate möchte die Erbauung eines Fahrzeugs von zweihundertfünfzig bis dreihundert Tonnen beanspruchen? fragte Cyrus Smith.

– Mindestens sieben bis acht, erwiderte Pencroff; dazu dürfen wir nicht vergessen, dass der Winter herankommt und das Holz bei strenger Kälte schwieriger zu bearbeiten ist. Auf einige Wochen Unterbrechung in der Arbeit mögen Sie immer rechnen, und wir wollen uns glücklich schätzen, wenn das Schiff bis kommenden Dezember fertig wird.

– Nun, meinte Cyrus Smith, das wäre ja gerade die günstigste Zeit zu einer Seefahrt, entweder nach der Insel Tabor, oder auch nach einer entfernteren Küste.

– Gewiss, Herr Cyrus. Arbeiten Sie also die Pläne aus, die ausführenden Arme sind bereit, und ich denke, Ayrton soll uns hierbei von großem Nutzen sein.«

Die übrigen Kolonisten stimmten gern dem Projekte des Ingenieurs bei, und wirklich war ja nichts Besseres zu tun. Ein Schiff von gegen dreihundert Tonnen zu bauen, erheischte zwar eine langwierige Arbeit, aber die Kolonisten beseelte ein durch so viele schöne Erfolge begründetes Vertrauen zu sich selbst.

Cyrus Smith ging also daran, den Plan des Schiffes zu entwerfen und ein Modell aufzustellen. Inzwischen beschäftigten sich seine Gefährten mit dem Fällen und Herzufahren der Bäume, welche Rippen, Balken und Planken liefern sollten. Der Wald des fernen Westens bot die schönsten Eichen- und Ulmenarten. Jetzt zog man aus der bei Gelegenheit der letzten Exkursion hergestellten Durchfahrt Nutzen, erweiterte und verbesserte sie zu einer Straße, welche den Namen der »Weststraße« erhielt, und schaffte das Schiffsholz auf derselben nach den Kaminen, in deren Nähe die Werft errichtet wurde. Die Richtung obiger Straße erschien zwar etwas launenhaft, da sie einmal durch die Schonung der prächtigsten Baumexemplare, das andere Mal durch die geringeren Terrainschwierigkeiten vorgeschrieben worden war; aber sie erleichterte doch den Zugang zu einem großen Teile der Schlangenhalbinsel.

Jenes Holz musste überhaupt bald gefällt und im Rohen zugerichtet werden, da man es nicht grün verwenden konnte, und seine Austrocknung doch eine gewisse Zeit erforderte. Eifrig arbeiteten die Zimmerleute also im Laufe des Monats April, der nur durch einige bald vorübergehende Äquinoktialstürme gestört wurde. Meister Jup half mit größter Geschicklichkeit, indem er entweder auf die Gipfel der Bäume kletterte, um die Seile zum Niederziehen daselbst zu befestigen, oder seine kräftigen Schultern darbot, die abgeästeten Stämme wegzuschaffen.

Der gesamte Holzvorrat ward in einem geräumigen, neben den Kaminen erbauten Bretterschuppen untergebracht, und erwartete daselbst seine weitere Verwendung.

Der April hielt sich also, wie der Oktober der nördlichen Halbkugel, im Ganzen recht schön. Zu gleicher Zeit wurden deshalb auch die ländlichen Arbeiten emsig gefördert, so dass bald jede Spur von der Verwüstung des Plateaus der Freien Umschau verschwand. Die Mühle stieg aus der Asche wieder auf, und im Hühnerhofe wuchsen neue Baulichkeiten empor, die man in weit größeren Verhältnissen angelegt hatte, um für die beträchtlich vermehrten Geflügelschwärme Raum zu bieten. Die Ställe beherbergten jetzt fünf Quaggas, vier ausgewachsene, zugerittene und eingefahrene Tiere und ein noch sehr junges Füllen. Das Inventar der Kolonie war durch einen Pflug vervollständigt worden, mit dem die Quaggas arbeiteten gleich den besten Stieren von Yorkshire oder Kentucky. Jeder der Kolonisten suchte sich seinen Teil Arbeit, und nie feierten die fleißigen Hände. Welch' guter Gesundheit erfreuten sich dabei Alle, und mit welch' köstlichem Humor würzten sie die länger werdenden Abende und entwarfen sie tausend Projekte für die Zukunft!

Es versteht sich von selbst, dass Ayrton dieses gemeinsame Leben teilte, und die Frage seiner etwaigen Rückkehr nach der Hürde gar nicht erwähnt wurde. Dennoch blieb er stets etwas niedergeschlagen, wortkarg und beteiligte sich eifriger an den Arbeiten, als an den Vergnügungen seiner Genossen. Doch wo es etwas zu tun gab, da war er mit seinen Kräften, seiner Geschicklichkeit und Einsicht bei der Hand, so dass ihn alle mehr und mehr lieb gewannen, was auch ihm selbst nicht unbekannt bleiben konnte.

Inzwischen wurde die Viehhürde nicht etwa vergessen. Einen Tag um den anderen fuhr einer der Kolonisten im Wagen oder ritt auf einem Quagga dahin, um die Schaf- und Ziegenherden zu versorgen und für die Küche Nabs den nötigen Milchbedarf mitzubringen. Diese Exkursionen wurden wohl gleichzeitig zur Jagd benutzt. Deshalb befanden sich auch Harbert und Gedeon Spilett, – natürlich nie ohne Top, – häufiger als ein Anderer auf dem Wege nach der Hürde, und bei den ausgezeichneten Gewehren, welche sie führten, fehlten Wasserschweine, Agutis, Kängurus, Wildschweine von der hohen, und Enten, Tetras, Auerhähne, Bekassinen von der niederen Jagd der Ansiedelung niemals. Die Produkte des Kaninchengeheges, die der Austernbank, einige eingefangene Schildkröten, ein wiederholter Fang ausgezeichneter Lachse, die sich auch diesen Winter scharenweise in die Mercy drängten, die Gemüse vom Plateau der Freien Umschau, die wilden Früchte des Waldes bildeten Reichtümer über Reichtümer, welche Nab, der Meister Koch, unterzubringen Mühe hatte.

Natürlich war auch der Telegraphendraht zwischen Hürde und Granithaus wieder hergestellt worden und kam in Anwendung, wenn ein oder der andere Kolonist sich in der Hürde befand, und es für geraten hielt, daselbst zu übernachten. Übrigens erfreute sich die Insel einer vollkommenen Sicherheit, mindestens vor einem feindlichen Angriff seitens der Menschen.

Immerhin konnte, was einmal geschehen, sich auch wiederholt ereignen. Ein Erscheinen von Piraten, selbst von ausgebrochenen Sträflingen, war immer zu fürchten, da z.B. in Norfolk noch detinierte Spießgesellen Bob Harveys, von dessen Absichten unterrichtet, es ihm nachtun und ebenfalls hier erscheinen konnten. Tagtäglich durchsuchten die Kolonisten daher mit dem Fernrohr den ausgedehnten Horizont zwischen der Union- und der Washington-Bai. Auf dem Wege nach der Hürde schweiften ihre Blicke über das Meer im Westen, und wenn sie den Bergausläufer daselbst bestiegen, konnten sie sogar einen großen Teil des nördlichen Horizontes übersehen.

Nie zeigte sich etwas Verdächtiges, doch immer mussten sie auf ihrer Hut sein.

So teilte der Ingenieur seinen Freunden auch eines Abends ein Project mit, die Hürde besser zu befestigen. Ihm schien es ratsam, die Palisade zu erhöhen und sie durch eine Art Blockhaus zu flankieren, in welchem die Kolonisten gegebenen Falls auch einer mäßigen Übermacht Widerstand leisten könnten. Das Granithaus erschien allein durch seine Lage uneinnehmbar; die Hürde mit ihren Baulichkeiten, ihren Vorräten, den darin gehaltenen Tieren musste dagegen stets das Ziel etwaiger Piraten, wer sie auch wären, sein, und kamen die Kolonisten in die Lage dort eingeschlossen zu werden, so sollten sie sich wenigstens, ohne Nachteil für sie, dort halten können.

Dieses Project erforderte eine reifliche Überlegung, und ward seine Ausführung bis zum kommenden Frühjahr vertagt.

Gegen den 15. Mai lag der Kiel des neuen Schiffes auf der Werft fertig, und bald erhoben sich, eingezapft an dessen beiden Enden, fast rechtwinkelig Vorder-und Hintersteven. Bei einer Länge des Kielbalkens von 110 Fuß konnte der Hauptquerträger des Verdecks 25 Fuß lang genommen werden. Das war aber alles, was die Zimmerleute vor Eintritt des Frostes und des schlechten Wetters fertig stellen konnten. In der folgenden Woche setzte man zwar noch das erste Rippenpaar am Hinterteile ein, dann musste die Arbeit jedoch definitiv unterbrochen werden.

Während der letzten Tage dieses Monats war eine ganz abscheuliche Witterung. Der Ostwind steigerte sich zeitweilig zum Orkane. Der Ingenieur ängstigte sich etwas wegen der Schuppen auf der Werft, – die ubrigens in der Nähe des Granithauses hatte auf keiner andern Stelle errichtet werden können, – denn das Eiland schützte das Uferland nur sehr unvollkommen gegen die wütende See, und bei starken Stürmen wälzten sich die Wogen bis unmittelbar an den Fuß der Granitmauer.

Glücklicherweise erfüllten sich seine Befürchtungen nicht. Der Wind sprang vielmehr nach Südosten um, und unter dieser Bedingung wurde der Strand vor der Wohnung durch den Erdwall der Seetriftspitze vollständig gedeckt.

Pencroff und Ayrton, die beiden eifrigsten Schiffswerkleute, setzten ihre Arbeit fort, so lange sie irgend konnten. Sie kümmerten sich nicht um den Wind, der ihnen in den Haaren wühlte, nicht um den Regen, der sie bis auf die Knochen durchnässte, und meinten, ein Hammerschlag sei bei schlechtem Wetter ebenso viel wert, als bei gutem. Als dieser feuchten Witterung aber ein strenger Frost folgte, wurde das Holz, dessen Fasern die Härte des Eisens annahmen, außerordentlich schwer zu bearbeiten, und etwa vom 10. Juni ab musste von dem Weiterbau des Schiffes definitiv abgesehen werden.

Cyrus Smith und seine Genossen hatten stets beobachtet, wie rau die Temperatur auf der Insel Lincoln während des Winters war. Die Kälte entsprach ungefähr der der Staaten von Neu-England, welche ziemlich gleich entfernt vom Äquator liegen. Wenn das in der nördlichen Halbkugel, wenigstens bezüglich des von Neu-Britannien und den nördlichen Staaten der Union eingenommenen Teiles, begreiflich erscheint wegen der ungeheuren nach Norden verlaufenden Ebenen, welche den stechend-kalten Luftströmungen vom Pole her keinerlei ableitendes Hindernis entgegen dämmen, so erschien eine solche Erklärung bezüglich der Insel Lincoln gänzlich unhaltbar.

»Man hat sogar beobachtet, sagte eines Tages der Ingenieur, dass unter gleichen Breiten die Küsten und Ufergebiete weit weniger von der Kälte zu leiden haben, als ihr Hinterland. So besinne ich mich häufig gehört zu haben, dass die Winter der Lombardischen Ebene weit strenger sind, als die Schottlands, was darauf hinweist, dass das Meer im Winter die während des

Sommers aufgenommene Wärme wieder ausgibt. Die Inseln befinden sich demnach in der günstigsten Lage, hiervon den Nutzen zu haben.

— Warum scheint dann aber die Insel Lincoln, fragte Harbert, außer diesem allgemeinen Gesetze zu stehen?

— Das ist schwer zu erklären, erwiderte der Ingenieur. Ich möchte diese Eigentümlichkeit auf ihre Lage in der südlichen Hemisphäre zurück führen, welche, wie Du weißt, kälter ist als die nördliche.

— Richtig, sagte Harbert; auch auf Eisberge stößt man im südlichen Großen Ozeane unter niedrigeren Breiten als im nördlichen.

— Das ist wahr, fügte Pencroff hinzu, und als ich früher Wallfischfänger war, habe ich Eisberge noch in der Nähe des Kap Horn gesehen.

— Dann wäre also, meinte Gedeon Spilett, die strenge Kälte auf der Insel Lincoln vielleicht durch das Vorhandensein von Eisbergen oder Treibeis in unvermuteter Nähe zu erklären.

— Ihre Ansicht hat Vieles für sich, lieber Spilett, antwortete Cyrus Smith, offenbar verdanken wir unsere strengen Winter der Nähe von Treibeis. Ich mache Sie hier auch noch auf eine rein physikalische Ursache aufmerksam, nach welcher die südliche Hemisphäre kälter sein muss, als die nördliche. Da sich die Sonne dieser Halbkugel im Sommer mehr nähert, steht sie im Winter notwendig von ihr entfernter. Hieraus erklären sich die Exzesse der Temperatur nach beiden Richtungen, und wenn wir auf der Insel Lincoln sehr kalte Winter beobachten, so wollen wir nicht außer Acht lassen, dass die Sommer hier sehr heiß sind.

— Warum aber, Herr Cyrus, fragte Pencroff stirnrunzelnd, warum hat unsre Halbkugel, wie Sie sagen, den schlechteren Teil bekommen? Das ist nicht gerecht!

— Freund Pencroff, erwiderte der Ingenieur, gerecht oder nicht, es ist eben so und wir müssen uns ruhig fügen. Die Sache liegt nämlich folgendermaßen: Die Erde beschreibt um die Sonne nicht einen Kreis, sondern eine Ellipse, und das nach den Gesetzen der Himmelsmechanik. Die Erde steht nun in dem einen Brennpunkte derselben und ist zu der einen Zeit ihres Umlaufes, dem sogenannten Apogäum, notwendig entfernter von der Sonne; zur andern Zeit, dem sogenannten Perigäum, ihr aber näher. Nun findet man, dass ihre größte Entfernung mit dem Winter der südlichen Halbkugel zusammenfällt, womit also die Bedingungen einer größeren Kälte dieser Teile erfüllt sind. Dagegen, lieber Pencroff, ist nichts zu tun, und die Menschen, wenn sie auch noch so weit fortgeschritten, werden darin niemals eine Änderung herbeiführen, welche nur durch die kosmographische Ordnung Gottes eintreten kann.

— Und doch, fügte Pencroff hinzu, der sich nur schwierig zufrieden gab, die Menschheit ist so weise! Welch' großes Buch könnte man anfüllen mit alle dem, was man weiß!

– Aber welch größeres mit dem, was man nicht weiß«, antwortete Cyrus Smith.

Aus einem oder dem anderen Grunde brachte der Juni seine Kälte von gewohnter Strenge, und die Kolonisten blieben vorwiegend auf das Granithaus angewiesen.

Wie hart kam diese Einsperrung Allen an, vorzüglich aber Gedeon Spilett.

»Siehst Du, begann er einmal gegen Nab, ich verschriebe Dir notariell all' mein später mir zufallendes Erbe, wenn Du irgendwohin gingst und abonniertest für mich auf ein ganz beliebiges Journal! An meinem vollen Glücke fehlt mir jetzt nichts, als jeden Morgen zu wissen, was sich Tags vorher in der Welt begeben hat.«

Nab fing an zu lachen.

»Meiner Treu, antwortete Nab, ich habe mit der täglichen Arbeit genug zu tun!«

Wirklich fehlte es weder in, noch außer dem Hause an Beschäftigung.

Die Kolonie der Insel Lincoln erfreute sich jetzt des blühendsten Gedeihens, eine Folge dreijähriger unausgesetzter Arbeit. Der Vorfall mit der Zerstörung der Brigg war eine neue Quelle von Reichtümern geworden. Ohne von der vollständigen Takelage zu sprechen, welche nun dem Schiff auf der Werft zu gute kam, füllten jetzt Geräte und Werkzeuge jeder Art, Waffen und Munitionen, Kleidungsstücke und Instrumente die Magazine des Granithauses. Jetzt hatte man nicht mehr nötig, selbst an die Herstellung des früheren groben Filzstoffes zu gehen.

Hatten die Kolonisten während des ersten Winters empfindlich von der Kälte zu leiden, so konnten sie nun dem Eintritt der schlechten Jahreszeit mit größter Ruhe entgegensehen. Leibwäsche war im Überfluss vorhanden und man behandelte sie auch mit größter Sorgfalt. Aus dem Chlornatrium, dem Hauptbestandteil des Seesalzes, gewann Cyrus Smith die beiden Bestandteile, deren einer in kohlensaures Natron (Soda), der andere in Chlorkalk übergeführt wurde.

Beide dienten zu verschiedenen häuslichen Zwecken, vorzüglich aber zum Bleichen der Wäsche. Übrigens nahm man die Wäscherei nur viermal des Jahres vor, wie es ehedem in behäbig lebenden Familien Gebrauch war, und hier sei es gestattet hinzuzufügen, dass Pencroff und Gedeon Spilett, Letzterer immer in Erwartung, dass der Zeitungsträger ihm sein Journal überbringen werde, die tüchtigsten Waschmänner abgaben.

So vergingen die Wintermonate Juni, Juli und August. Sie waren sehr rau und betrug die beobachtete Mitteltemperatur – 13,3° C. Sie blieb also noch unter der des vergangenen Winters zurück. Unausgesetzt prasselte ein lustiges Feuer in den Öfen des Granithauses und zeichnete der Rauch von demselben lange schwarze Streifen auf die Felsenwand. Das Brennmaterial, welches ja in nächster Nähe wuchs, ward nicht geschont. Dazu erlaubte auch das Abfallholz von der Werft an Steinkohle zu sparen, die einen weiteren und mühsameren Transport nötig machte.

Menschen und Tiere befanden sich sehr wohl. Nur Meister Jup erwies sich leicht fröstelnd; vielleicht sein einziger Fehler! Man musste ihm einen gut wattierten Hausrock anfertigen. Aber welch' gewandter, eifriger, unermüdlicher, diskreter und überhaupt nicht plauderhafter Diener war er auch! Mit Recht konnte er seinen zweibeinigen Kollegen der Alten und Neuen Welt als Muster hingestellt werden.

»Übrigens, meinte Pencroff, wenn man vier Hände am Leibe hat, kann man wohl sein Tagewerk vollbringen.«

Und wirklich, der intelligente Vierhänder tat das ehrlich.

Während der sieben Monate seit den letzten Nachforschungen rund um den Berg, und dem Monat September, mit dem die schönen Tage wiederkehrten, war von dem Genius der Insel fast gar nicht die Rede. Sein Einfluss trat auf keine Weise hervor. Jetzt trug sich aber auch gar nichts zu, was den Kolonisten eine gefährlichere Prüfung bereitet hätte.

Cyrus Smith bemerkte sogar, dass, wenn die Vermittlung zwischen dem Unbekannten und den Bewohnern des Granithauses jemals auf dem Wege durch die Gesteinsmasse stattfand und Top dieselbe gewissermaßen vorausfühlte, das doch jetzt nicht mehr der Fall sei. Der Hund knurrte nicht, der Orang zeigte keine Unruhe mehr. Die beiden Freunde – denn das waren sie, – trabten nicht mehr um die Schachtmündung im Innern, bellten und schrien nicht mehr in der eigentümlichen Weise, die dem Ingenieur schon von Anfang an so auffällig erschien. Konnte er aber deshalb behaupten, dass das Rätsel verschwunden und nie seine Lösung zu erwarten sei? Konnte er sich für überzeugt halten, dass kein zufälliges Ereignis den Unbekannten wieder auf die Bühne führen werde? Wer wusste, was die Zukunft in ihrem Schoße barg?

Indes, der Winter verfloss; in den ersten Frühlingstagen ereignete sich aber etwas, das von sehr ernsten Folgen sein konnte.

Am 7. September sah Cyrus Smith, als er den Gipfel des Franklin-Berges betrachtete, über dem Krater ein wenig Rauch, dessen erste Wolken sich in der Luft verbreiteten!

FÜNFZEHNTES KAPITEL.

Die Kolonisten hatten, als der Ingenieur sie auf jene Vorzeichen aufmerksam machte, ihre Arbeiten unterbrochen und betrachteten schweigend den Gipfel des Franklin.

Der Vulkan war also wieder erwacht und die Dämpfe hatten die mineralische Decke des Kratergrundes durchbrochen. Stand jetzt auch ein heftigerer Ausbruch der unterirdischen Feuer bevor? – Jedenfalls fühlte man einem solchen gegenüber sich völlig machtlos.

Doch auch bei der Voraussetzung eines Ausbruches blieb es wahrscheinlich, dass die Insel Lincoln nicht in ihrem ganzen Umfange darunter leiden werde. Nicht immer wirkt ja die Ergießung vulkanischer Massen so entsetzlich zerstörend. Die Insel hatte schon eine Probe bestanden, wie es die Lavaschichten bewiesen, welche streifenweise auf dem nördlichen Bergabhange lagerten. Übrigens mussten die Auswurfmassen bei der ganzen Form des Kraters und vorzüglich der seiner oberen Öffnung nach der entgegengesetzten Seite der fruchtbaren Inseloberfläche abgeleitet werden.

Freilich gab die Vergangenheit keine völlige Sicherheit für die Zukunft, denn nicht selten schließen sich wohl alte Kratermündungen und öffnen sich dafür neue. In der Alten und der Neuen Welt, beim Ätna, dem Popocatepetl, dem Orizaba usw., hat man das beobachtet, und am Vorabend eines Ausbruches muss man auf alles gefasst sein. Es reichte ja ein leichtes Erdbeben, – der häufige Begleiter der Eruptionen, – hin, die innere Struktur des Berges umzugestalten und der kochenden Lava neue Wege zu brechen.

Cyrus Smith setzte seinen Gefährten diese Verhältnisse auseinander und teilte ihnen, ohne Übertreibung, das Für und Wider mit.

Jedenfalls vermochte man nichts dabei zu tun. Das Granithaus erschien bei einer einfachen Erderschütterung wohl nicht sonderlich bedroht; für die Viehhürde aber war das Ärgste zu fürchten, wenn sich an der Südseite des Franklin-Berges ein neuer Krater auftat.

Ununterbrochen wälzten sich von jetzt ab Dampfwolken um den Berggipfel und konnte man auch wahrnehmen, dass sie allseitig zunahmen, ohne dass eine Flamme zwischen ihnen sichtbar wurde. Noch konzentrierten sich die Auszuschweißenden des Vulkanes auf die unteren Teile des zentralen Kamines.

Mit Rückkehr der schöneren Tage waren die Arbeiten wieder aufgenommen worden. Der Bau des Schiffes ward möglichst beschleunigt, und gelang es Cyrus Smith mit Hilfe des Wasserfalls am Strande ein hydraulisches Sägewerk zu errichten, welches die Baumstämme schneller in Planken und Pfähle zerschnitt. Der Mechanismus dieses Apparates war ebenso einfach, wie man ihn in den ländlichen Sägemühlen Norwegens antrifft. Es galt ja nur eine horizontale Bewegung herzustellen für das zu zerschneidende Holzstück selbst, und eine vertikale für die Säge, was dem Ingenieur mittels eines Mühlrades und zweier Zylinder und Rollen leicht genug gelang.

Gegen Ende des Septembers stand das Gerippe des Fahrzeugs, das als Goëlette ausgerüstet werden sollte, auf dem Zimmerplatze fast schon fertig. Bei dem nahezu vollendeten Rippenwerke, das durch provisorische Deckbalken zusammen gehalten wurde, konnte man bereits die späteren Formen des Schiffes erkennen. Die am Bug sehr scharf gebaute, nach dem Hintersteven zu aber gehörig erweiterte Goëlette musste gegebenen Falles auch für eine lange Seereise genügen; aber die äußere Verplankung, die Wegerung im Innern und die Herstellung des Verdecks nahmen gewiss noch eine ziemlich lange Zeit in Anspruch. Zum Glücke besaß man viele nach der submarinen Explosion der Brigg geborgene Eisenteile von derselben. Aus den Planken und dem zertrümmerten Krummholze hatten Pencroff und Ayrton eine Menge Bolzen und kupferne Nägel gezogen. Damit ersparten die Schmiede zwar an Arbeit, doch die Zimmerleute hatten vollauf zu tun.

Eine Woche lang musste die Bautätigkeit auch wegen der Getreide- und Heuernte, sowie wegen der Einbringung der reichlichen Erzeugnisse des Plateaus unterbrochen werden. Sofort nachher wurde aber jeder Augenblick wieder der Vollendung der Goëlette gewidmet.

Wenn die Nacht herauszog, wie ermüdet fühlten sich da die eifrigen Arbeiter! Um keine Zeit zu verlieren, hatten sie sogar die Stunden der Mahlzeiten verlegt und aßen zu Mittag und zu Abend erst, wenn es ihnen an Tageslicht zu fehlen anfing. Dann begaben sie sich nach dem Granithaus und suchten frühzeitig ihre Lagerstätten auf.

Nur manchmal schob das Gespräch über irgendeinen interessanten Gegenstand die Stunde der Ruhe etwas hinaus. Die Kolonisten plauderten ja so gern von der Zukunft und von der Veränderung ihrer Lage durch eine Reise der Goëlette nach den nächstliegenden Ländern. Bei allen diesen Projekten behielten sie aber eine endliche Rückkehr nach der Insel Lincoln im Auge. Niemals wollten sie diese Kolonie verlassen, die sie mit ebenso viel Mühe als Erfolg gegründet und der die Verbindung mit Amerika einen neuen Aufschwung zu geben versprach.

Nab und Pencroff hofften vor Allen, hier ihre Tage zu beschließen.

»Harbert, sagte eines Tages der Seemann, Du wirst die Insel Lincoln niemals verlassen?

– Niemals, Pencroff, vorzüglich wenn Du gleichzeitig hier aushältst.

– Es ist alles überlegt, mein Junge, antwortete Pencroff; ich erwarte Dich hier zurück. Du bringst einst Deine Frau und Kinder hierher und ich werde aus Euren Kleinen tüchtige Kerle machen.

– Einverstanden, erwiderte Harbert mit Lächeln und Erröten.

– Und Sie, Herr Cyrus, fuhr Pencroff in seinem Enthusiasmus fort, bleiben für alle Zeit der Gouverneur der Insel. Teufel, wie viele Einwohner könnte sie wohl ernähren? Nun, zehntausend zum mindesten!«

So plauderte man oder ließ Pencroff schwätzen, und endlich wollte der Reporter gar ein Journal, den *New-Lincoln-Herald*, begründen.

So ist aber das Herz des Menschen. Sein Bedürfnis, etwas zu schaffen, was andauert und ihn überlebt, ist das Zeichen seiner Superiorität über alles, was hienieden lebt. Eben das hat seine Oberherrschaft begründet und rechtfertigt sie noch allenthalben.

Wer weiß, ob nicht Top und Jup ebenfalls ihren kleinen Zukunftstraum hatten?

Der schweigsame Ayrton sagte sich, dass er nur Lord Glenarvan wiedersehen und sich Allen als ordentlichen, wackeren Mann zeigen wollte.

Eines Abends, am 15. Oktober, hatte sich die Unterhaltung über derartige Hypothesen länger als gewöhnlich ausgedehnt. Es war schon neun Uhr geworden. Manch schlecht verhehltes Gähnen verriet, dass die Stunde des Schlafes gekommen, und Pencroff begab sich eben nach seinem Bette, als die elektrische Klingel im Saale plötzlich ertönte.

Alle waren anwesend, Cyrus Smith, Gedeon Spilett, Harbert, Ayrton, Pencroff, Nab, – es befand sich also keiner der Kolonisten bei der Hürde.

Cyrus Smith hatte sich erhoben. Seine Gefährten sahen einander an und meinten falsch gehört zu haben.

»Was soll das bedeuten? rief Nab. Läutet denn der Teufel?«

Niemand gab eine Antwort.

»Das Wetter droht mit Gewitter, bemerkte Harbert. Sollte der Einfluss der Luftelektrizität ...?«

Harbert vollendete den Satz gar nicht. Der Ingenieur, auf den sich alle Blicke richteten, schüttelte verneinend den Kopf.

»Geduld, sagte Gedeon Spilett; sollte das ein Signal sein, so wird es sich, wer es auch immer gab, wiederholen.

– Aber wer, meinen Sie, könnte das gewesen sein? fragte Nab.

– Nun, derjenige ...«, erwiderte Pencroff – aber die Worte des Seemannes schnitt ein neues Erzittern des Hämmerchens an dem Läutewerke ab.

Cyrus Smith trat an den Apparat heran und telegraphierte nach der Hürde die Anfrage:

»Was begehrt Ihr?«

Einige Augenblicke später bewegte sich der Zeiger über die Scheibe und gab den Bewohnern des Granithauses die Antwort:

»Kommt sofort nach der Hürde!«

»Endlich!« rief Cyrus Smith.

Ja, endlich! Das Geheimnis sollte enthüllt werden. Vor dem ungeheuren Interesse, das sie jetzt nach der Hürde trieb, verschwand alle Müdigkeit der Kolonisten und jedes Bedürfnis nach Ruhe. Ohne ein Wort zu sprechen, verließen sie nach wenigen Augenblicken das Granithaus und befanden sich auf dem Strande. Nur Jup und Top waren zurück geblieben. Man konnte ihrer jetzt entbehren.

Die Nacht war schwarz, der Mond, jetzt Neumond, mit der Sonne gleichzeitig untergegangen. Wie Harbert bemerkt hatte, verdunkelten dicke und schwere Gewitterwolken den Himmel und ließen kein Sternchen durchscheinen. Dann und wann erhellte etwas Wetterleuchten, der Reflex eines entfernten Gewitters, den Horizont.

Es schien nicht unmöglich, dass nach Verlauf einiger Stunden der Donner über der Insel grollte. Es war eine drohende Nacht.

Aber auch die tiefste Finsternis konnte Leute, welche diesen Weg nach der Hürde aus dem Grunde kannten, nicht zurückhalten. Sie erstiegen längs des linken Mercy-Ufers das Plateau, überschritten die Brücke des Glyzerinflusses und wandten sich quer durch den Wald.

Ihre lebhafte Erregung trieb sie rasch vorwärts. Bei ihnen unterlag es keinem Zweifel mehr, dass sie jetzt die oft gesuchte Lösung jenes Rätsels finden sollten, den Namen jenes geheimnisvollen Wesens, das oft so fühlbar in ihr Leben eingegriffen, das sich so edelmütig in seinem Einfluss, so mächtig bei dessen Geltendmachung bewies! Hatte sich dieser Unbekannte nicht direkt in ihr Leben eingemischt, das er bis in alle Einzelheiten kannte; musste er nicht hören können, was im Granithaus gesprochen wurde, um immer gerade zum richtigen Zeitpunkte einzuschreiten?

Jeder beschleunigte, in tiefes Sinnen verloren, seinen Schritt. Unter den Baumkronen herrschte eine solche Dunkelheit, dass man kaum den Weg vor sich erkannte. Dazu war es tief stille im Walde. Vierfüßler und Vögel hielten sich, wie beklommen von der schwülen Atmosphäre, unbeweglich ruhig. Kein Hauch bewegte die Blätter. Nur die Tritte der Kolonisten hallten in der Finsternis von dem härteren Boden wider.

Während der ersten Viertelstunde wurde das Schweigen nur durch eine Bemerkung Pencroffs unterbrochen:

»Wir hätten eine Leuchte mitnehmen sollen.

– In der Hürde werden wir eine solche finden«, antwortete der Ingenieur.

Cyrus Smith und seine Genossen hatten das Granithaus um neun Uhr zwölf Minuten verlassen. Binnen fünfunddreißig Minuten hatten sie drei Meilen von den fünf, welche die ganze Entfernung betrug, zurückgelegt.

Da leuchteten einzelne fahle Blitze über der Insel auf und zeigten in schwarzen Umrissen die Linien des Blätterdaches. Das helle Licht blendete die nächtlichen Wanderer. Bald musste das Unwetter sich entladen. Die Blitze wurden häufiger und heller. In den Tiefen des Horizontes entferntes Rollen. Die Atmosphäre war erstickend.

Die Kolonisten eilten, als triebe eine unwiderstehliche Kraft sie vorwärts.

Um zehn ein viertel Uhr zeigte ihnen ein lebhafter Blitz die Palisadenwand, und noch hatten sie deren Tor nicht erreicht, als ihm ein Donnerschlag mit furchtbarer Heftigkeit nachfolgte.

In einem Augenblick war die Hürde durchmessen und stand Cyrus Smith vor dem Wohnhäuschen derselben.

In demselben konnte sich der Unbekannte wohl befinden, denn von hier hatte jenes Telegramm notwendig abgehen müssen; indes kein Lichtschein erhellte die Fenster.

Der Ingenieur klopfte an die Tür.

Keine Antwort.

Er öffnete sie, und die Kolonisten betraten das dunkle Zimmer.

Nab schlug Feuer an, und sofort ward eine Leuchte angezündet und keine Ecke des Raumes undurchsucht gelassen.

Hier befand sich Niemand. Alles lag in derselben Ordnung, wie man es zurückgelassen hatte.

»Sollten wir durch eine Illusion getäuscht worden sein?« murmelte Cyrus Smith.

Nein? Das war unmöglich! Das Telegramm lautete deutlich:

»Kommt sofort nach der Hürde!«

Man näherte sich dem Tische, von dem die Drahtleitung auslief. Alles war an seiner Stelle; die Säule samt dem Kasten derselben, ebenso wie alle Teile des Apparates.

»Wer ist zuletzt hier gewesen? fragte der Ingenieur.

– Ich, Herr Smith, antwortete Ayrton.

– Und das war ...?

– Vor vier Tagen.

– Ah, hier eine Notiz!« rief Harbert und wies nach einem auf dem Tische liegenden Papiere.

Das Papier enthielt in englischer Sprache die Worte:

»Folgt der neuen Leitung.«

»Vorwärts!« rief Cyrus Smith, der jetzt einsah, dass die Depesche gar nicht von der Hürde, sondern von dem geheimnisvollen Zufluchtsorte des Unbekannten ausgegangen sein werde, einer Stelle, welche ein an den alten geknüpfter Draht direkt mit dem Granithaus in Verbindung setzte.

Nab ergriff die angezündete Fackel, und alle verließen die Hürde.

Das Unwetter brach jetzt mit ungemeiner Heftigkeit los. Die Intervalle zwischen Blitz und Donner wurden kürzer und kürzer. Das Wetter tobte über dem Franklin-Berge und der ganzen Insel. Bei dem kaum unterbrochenen Scheine sah man den Gipfel des Berges von Dampfmassen umhüllt.

In dem ganzen Teile der Hürde zwischen dem Hause und der Umzäunung fand sich keine weitere telegraphische Verbindung. Als der Ingenieur aber vor das Tor kam und nach dem ersten Leitungspfahle ging, sah er beim Scheine eines Blitzes einen zweiten Draht von dem Isolator nach der Erde herabhängen.

»Da ist er!« sagte er.

Der Draht lag am Boden hin, war aber in seiner ganzen Länge von einer isolierenden Hülle, ähnlich den unterseeischen Kabeln bedeckt, welche die unbehinderte Fortleitung des Stroms garantierte. Er verlief übrigens quer durch den Wald und über die südlichen Bergausläufer, d.h. in der Richtung nach Westen.

»Folgen wir ihm!« sagte Cyrus Smith.

Bald bei dem Scheine ihrer Fackel, bald geführt von den leuchtenden Blitzen, begaben sich die Kolonisten auf den von dem Drahte ihnen vorgezeichneten Weg.

Der Donner rollte jetzt unaufhörlich und so furchtbar, dass man kein Wort hätte verstehen können. Übrigens handelte es sich jetzt auch nicht darum, zu plaudern, sondern vorwärts zu kommen.

Cyrus Smith und die Seinigen erstiegen zuerst den Bergrücken zwischen den Tälern der Viehhürde und des Kaskadenflusses, den sie an der schmalsten Stelle überschritten. Der Draht, welcher einmal über niedrige Baumzweige, einmal direkt am Boden hinlief, führte sie sicher ihrem Ziele näher.

Der Ingenieur hatte vorausgesetzt, der Draht werde im Grunde des Tales endigen und sich dort der Zufluchtsort des Unbekannten finden.

Es war nicht an dem. Man musste auch den nächsten südwestlichen Ausläufer erklimmen und nach jener dürren schiefen Ebene hinabsteigen, welche mit den so bunt durcheinander gewürfelten Basaltblöcken endigte. Von Zeit zu Zeit bückte sich einer der Kolonisten, tastete nach dem Faden und verbesserte, wenn nötig, die eingehaltene Richtung.

Es unterlag keinem Zweifel, dass die Leitung unmittelbar nach dem Meere zu lief. Dort, in einer Höhlung der vulkanischen Gesteine, würde sich jenes so lange vergeblich gesuchte Versteck gewiss finden.

Der Himmel stand in Flammen, die Blitze folgten sich unaufhörlich. Wiederholt schlugen sie auf den Gipfel des Franklin nieder und züngelten durch seine dichte Rauchhaube, so dass man zu glauben versucht wurde, der Berg selbst speie das Feuer aus.

Wenige Minuten vor elf Uhr waren die Kolonisten an einem hohen Rande angelangt, der den Ozean nach Westen hin beherrschte. Der Wind hatte sich erhoben. Fünfhundert Fuß unter ihnen schlug die Brandung gegen die Felswand.

Cyrus Smith berechnete, dass sie von der Hürde bis hierher etwa eine Entfernung von anderthalb Meilen zurückgelegt hatten.

An dieser Stelle verlor sich der Draht zwischen wildem Gestein und folgte dem steilen Abhange eines engen, vielfach gewundenen Hohlweges.

Die Kolonisten wagten sich hinein auf die Gefahr hin, ein Nachstürzen der ungenügend gestützten Blöcke zu veranlassen und ins Meer geworfen zu werden. Das Niedersteigen war ungemein gefährlich, aber sie rechneten jetzt mit keiner Gefahr, sie verloren ja schon längst fast die Herrschaft über sich selbst, und eine unwiderstehliche Kraft zog sie an, wie der Magnet das Eisen anzieht.

So klommen sie fast gedankenlos jenen Hohlweg hinab, der selbst bei vollem Tageslichte sonst wohl ganz unpassierbar erschienen wäre. Die Steine rollten unter ihren Füßen fort und erglänzten wie glühende Boliden, wenn sie durch eine beleuchtete Zone hüpften. Cyrus Smith ging Allen voraus, Ayrton schloss den Zug. Hier drangen sie Schritt für Schritt vorwärts, dort glitten sie über die schlüpfrigen Felsen – auf jede Weise setzten sie ihren Weg fort.

Endlich beschrieb der Draht einen scharfen Winkel und lehnte sich an die Uferfelsen, wahrhafte Klippen, welche jede Hochflut überspülen musste. Die Kolonisten hatten die untere Grenze der Basaltmauer erreicht.

Dort zog sich wieder eine leichte Erhöhung parallel der Küste hin, welcher der Draht folgte und der die Kolonisten nachgingen. Nach kaum hundert Schritten senkte sich dieser Uferwall wieder und verlief unmittelbar an dem Gestade des Meeres.

Der Ingenieur ergriff den Draht; er überzeugte sich, dass jener sich in das Wasser fortsetzte.

Seine Gefährten standen erstaunt neben ihm.

Ein Ruf der Enttäuschung und der Verzweiflung entrang sich ihnen! Sollten sie sich gar ins Wasser stürzen und eine unterseeische Höhle aufsuchen? Bei ihrer übermäßigen Erregtheit wären sie wohl auch vor diesem Versuche nicht zurückgeschreckt.

Eine Bemerkung des Ingenieurs hielt sie zurück.

Cyrus Smith führte seine Freunde nach einer Felsenhöhlung und sprach: »Fassen wir uns in Geduld. Es ist jetzt Flutzeit; bei der Ebbe wird der Weg offen sein.

– Aber wie können Sie glauben ... fragte Pencroff.

– Er hätte uns nicht gerufen, wenn es unmöglich wäre, zu ihm zu gelangen!«

Cyrus Smith sprach in einem Tone so sicherer Überzeugung, dass kein Widerspruch laut wurde. Seine Bemerkung war wohl logisch richtig. Man konnte annehmen, dass sich eine jetzt überflutete, doch bei niedrigem Wasser gangbare Öffnung in der Uferwand zeigen werde.

Jetzt galt es, einige Stunden zu warten. Schweigend verkrochen sich die Kolonisten in ihrer einstweiligen Zuflucht. Nun begann es auch zu regnen, und manchmal ergossen die von den Blitzen zerfetzten Wolken wahrhafte Ströme. Das Echo gab das Krachen des Donners wieder und verlieh ihm eine furchtbare Großartigkeit.

Die Erregung der Kolonisten nahm immer mehr zu. Tausend wunderbare, übernatürliche Gedanken drängten sich in ihrem Gehirn und erzeugten ihnen eine wahrhaft übermenschliche Vorstellung von dem Gesuchten, welche allein dem geheimnisvollen Wesen desselben entsprechen zu können schien.

Gegen Mitternacht ergriff Cyrus Smith die Fackel und stieg nach dem Strande hinab, um sich vom Stande des Wassers zu überzeugen. Schon seit zwei Stunden fiel das Meer.

Der Ingenieur hatte sich nicht getäuscht. Schon hob sich die obere Wölbung einer Öffnung aus der Flut heraus. Dort bog sich der Draht in rechtem Winkel und drang in einen Felsengang ein.

Cyrus Smith kehrte zu seinen Gefährten zurück und sagte einfach:

»In einer Stunde wird die Öffnung gangbar sein.

– Sie ist also vorhanden? fragte Pencroff.

– Haben Sie je daran gezweifelt? erwiderte Cyrus Smith.

– Doch diese Höhle wird bis zu gewisser Höhe mit Wasser gefüllt sein, bemerkte Harbert.

– Oder wird auch vollkommen trocken liegen, antwortete Cyrus Smith, dann durchlaufen wir sie zu Fuß; wenn das nicht der Fall wäre, wird sich auch ein Transportmittel für uns vorfinden.«

Eine Stunde verrann. Alle stiegen bei heftigem Regen nach dem Meere hinab. Binnen drei Stunden war das Wasser um fünfzehn Fuß gefallen. Die Wölbung ragte jetzt gegen acht Fuß über das Meeresniveau empor. Sie glich einem Brückenbogen, unter dem sich das schaumgemengte Wasser dahin wälzte.

Als er sich vornüber neigte, sah der Ingenieur einen schwarzen Gegenstand auf den Fluten tanzen. Er zog ihn zu sich heran.

Es war ein Boot, das mittels eines Taues an irgendwelchem Felsenvorsprung im Inneren fest lag. Das Boot war aus genietetem Eisenblech verfertigt. Zwei Ruder lagen unter den Bänken desselben.

»Schiffen wir uns ein«, sagte Cyrus Smith.

Sofort bestiegen die Kolonisten das Fahrzeug. Nab und Ayrton setzten sich an die Ruder, Pencroff an das Steuer. Cyrus Smith beleuchtete, mit der Fackel an der Spitze stehend, den Weg.

Die erst ziemlich niedrige Wölbung, unter der das Boot dahin glitt, hob sich plötzlich; doch bei der tiefen Dunkelheit und dem unzulänglichen Lichte der Fackel vermochte man die Ausdehnung der Höhle weder nach ihrer Breite und Höhe, noch nach ihrer Länge abzuschätzen. In diesem unterirdischen Basaltbau herrschte eine feierliche Stille. Kein Laut von außen drang hinein, und auch das Rollen des Donners drang nicht durch ihre dicken Wände.

An manchen Punkten der Erde kennt man solche, aus deren geologischer Epoche herrührende, ungeheure Aushöhlungen. Die einen füllen die Fluten des Meeres gänzlich aus, andere bergen ganze Seen in ihrem Schoße. So die Fingalsgrotte auf der Insel Staffa, einer der Hebriden; die Grotten von Morgat in der Bai von Douarnenez in der Bretagne; die Grotten von Bonifacio in Korsika; die des Lyse-Fjord in Norwegen; die ungeheure Mammouth-Höhle in Kentucky, welche bei 500 Fuß Höhe gegen zwanzig Meilen in der Länge misst! So hat die Natur an manchen Stellen der Erdkugel solche Räume ausgehöhlt und sie der Bewunderung des Menschen aufbewahrt.

Dehnte sich die von den Kolonisten jetzt besuchte Höhle wohl bis zum Zentrum der Insel aus? Seit einer Viertelstunde schwamm das Boot auf manchen Umwegen dahin, welche Cyrus Smith immer Pencroff kurz bezeichnete, als er plötzlich ausrief:

»Mehr nach rechts halten!«

Das Boot änderte seine Richtung und streifte fast die felsige Wand. Der Ingenieur wollte nachsehen, ob der Draht immer noch längs derselben verlaufe.

Die Leitung zeigte sich noch immer über einzelne Gesteinsvorsprünge hin gezogen.

»Vorwärts also!« sagte Cyrus Smith.

Die beiden Ruder tauchten wieder in das schwarze Wasser und setzten das Boot in Bewegung.

Noch eine Viertelstunde fuhr man so, und mochte vom Eingange der Höhle aus wohl eine halbe Meile zurückgelegt haben, als sich Cyrus Smiths Stimme von Neuem vernehmen ließ.

»Anhalten!« befahl er.

Das Boot stand still, und die Kolonisten bemerkten einen glänzenden Lichtschimmer, der die ungeheure, so tief in den Eingeweiden der Insel ausgebrochene Höhle erhellte.

Erst jetzt konnte man diese, von der Niemand eine Ahnung gehabt hatte, deutlicher übersehen.

In der Höhe von etwa 100 Fuß dehnte sich eine Wölbung aus, getragen von Basaltsäulen, die alle in einer Form gegossen schienen. Wie ein kunstgerechter Bau stützten sich die Felsmassen auf diese tausendfache Unterlage, welche die Erde in ihrer Geburtsperiode errichtet haben mochte. Die Basaltstämme stiegen wohl vierzig bis fünfzig Fuß von ihrem Bodenstücke auf, um welches das hier völlig ruhige Wasser nur leise spielte. Der Glanz jener von dem

Ingenieur signalisierten Lichtquelle brach sich an jedem Prisma, bestreute dessen Ecken wie mit Funken, schien fast durch die Wände zu dringen, als wären sie durchscheinend, und glitzerte von den geringsten Flächen dieses ungeahnten Wunderbaues wider.

In Folge der Reflexion spiegelte auch das Wasser alle jene Strahlenbündel zurück, so dass das Boot zwischen zwei blitzenden Zonen dahin zu gleiten schien.

Über die Natur jener glanzvollen Lichterscheinung konnte man nicht im Zweifel sein. Sie rührte von einer mächtigen Elektrizitätsquelle her, die weiße Farbe verriet ihren Ursprung. Das war die Sonne dieser Höhle, und erfüllte sie auch vollkommen.

Auf ein Zeichen Cyrus Smiths fielen die Ruder nieder, ließen einen wahrhaften Karfunkelregen aufspringen, und das Boot wandte sich jenem Lichtherde zu, von dem es noch eine halbe Kabellänge entfernt sein mochte.

An dieser Stelle maß die Breite des Wasserspiegels wohl gegen 300 Fuß, und über jenem blendenden Zentrum hinaus schloss eine enorme Basaltwand die Höhle ab. Sie enthielt hier also einen kleinen See; ihre ganzen Umgebungen waren aber dermaßen in Licht gebadet, dass man jeden Stein, jede Säule, wie große, kostbare Demanten, für selbst leuchtend halten konnte.

In der Mitte dieses Sees schwamm ruhig und unbewegt ein langer, unförmiger Gegenstand. Der Glanz, den er verbreitete, drang aus seinen Seiten, dessen Öffnungen wohl dem Schlunde eines mit weißglühendem Erze gefüllten Hochofens glichen. Dieser Apparat, in der Form einem großen Celaceer nicht unähnlich, war etwa 250 Fuß lang und ragte zehn bis zwölf Fuß aus den Fluten empor.

Langsam näherte sich ihm das Boot. Im Vorderteile desselben hatte sich Cyrus Smith lang aufgerichtet. Er richtete, eine Beute der maßlosesten Aufregung, seine Blicke nach vorwärts, ergriff aber plötzlich des Reporters Arm und rief:

»Aber er ist es! Es kann kein Anderer sein! – Er! ...«

Dann fiel er fast auf die Bank zurück und flüsterte einen Namen, den Gedeon Spilett allein verstehen konnte.

Ohne Zweifel kannte der Reporter diesen Namen, denn er schien' einen wunderbaren Eindruck auf ihn zu machen, und er antwortete mit gedämpfter Stimme:

»Er! – Ein Geächteter!

– Er ist es!« antwortete Cyrus Smith.

Auf Anordnung des Ingenieurs ging das Boot jetzt dicht an den eigenartigen, schwimmenden Körper heran. Es legte sich an seine linke Seite, von der aus ein blendendes Licht durch dicke Glasscheiben drang.

Cyrus Smith und seine Gefährten stiegen auf eine Art Plattform. Dort stand eine Luke offen. Alle drangen durch diese Öffnung ein.

Am Fuße der hinab führenden Treppe gelangten sie in einen Gang mit elektrischer Beleuchtung. Sein Ende schloss eine Tür, welche Cyrus Smith öffnete.

Ein reichgeschmückter Salon, den die Kolonisten durchschritten, grenzte an ein Bibliothekzimmer, von dessen Decke überreiches Licht hernieder floss.

An der entgegengesetzten Seite dieses Raumes öffnete Cyrus Smith eine gleichfalls geschlossene Tür.

Ein weiter Saal, eine Art Museum, in dem neben den Schätzen des Mineralreiches die Werke der Kunst und die Wunder der Industrie aufgehäuft waren, lag vor den erstaunten Blicken der Kolonisten, welche sich in die Welt der Träume versetzt glaubten.

Auf einem Divan ausgestreckt sahen sie einen Mann liegen, den ihr Eintreten gar nicht zu berühren schien.

Da nahm Cyrus Smith das Wort und sagte zum größten Erstaunen seiner Gefährten:

»Kapitän Nemo! Sie haben uns gerufen? – Hier sind wir!«

SECHZEHNTES KAPITEL.

Bei diesen Worten erhob sich der daliegende Mann und erschien sein Antlitz in vollem Lichte: ein prächtiger Kopf, eine hohe Stirn, stolzer Blick, weißer Bart, reichliches, nach rückwärts gestrichenes Haar.

Dieser Mann stützte sich mit der Hand auf die Rücklehne des Divans, den er soeben verließ. Sein Blick war ruhig. Man sah, dass eine heimliche Krankheit ihn nach und nach gebrochen hatte, doch erschien seine Stimme voll und stark, als er auf englisch und in einem Tone des höchsten Erstaunens sagte:

»Ich habe keinen Namen, mein Herr!

– Ich kenne Sie«, erwiderte Cyrus Smith.

Kapitän Nemo richtete einen glühenden Blick auf den Ingenieur, als wolle er ihn vernichten.

Dann sank er in die Kissen des Divans zurück:

»Doch, was tut es, murmelte er, ich werde ja doch bald sterben!«

Cyrus Smith näherte sich dem Kapitän Nemo, und Gedeon Spilett ergriff seine Hand, welche er brennend heiß fand. Ayrton, Pencroff und Harbert hielten sich in ehrerbietiger Ferne in einer Ecke des prächtigen Salons, dessen Luft mit elektrischen Effluvien gesättigt schien.

Kapitän Nemo hatte seine Hand zurückgezogen und nötigte den Ingenieur und den Reporter durch ein Zeichen, Platz zu nehmen.

Alle betrachteten ihn mit erklärlicher Neugier. Er war es also, den sie den »Genius der Insel« nannten, das mächtige Wesen, dessen Intervention bei so vielen Gelegenheiten sich so wirksam erwiesen; der Wohltäter, dem sie so viel Dank schuldeten. Vor ihren Augen sahen sie nur einen Mann, wo Pencroff und Nab fast einen Gott zu sehen gehofft hatten, und dieser Mann war dem Tode nahe!

Wie kam es aber, dass Cyrus Smith den Kapitän Nemo kannte? Warum erhob sich dieser so rasch, als er seinen Namen, den er gänzlich unbekannt wähnte, nennen hörte? ...

Der Kapitän hatte auf dem Divan wieder Platz, genommen, und auf seinen Arm gestützt sah er den Ingenieur an, der neben ihm saß.

»Sie kennen den Namen, den ich geführt habe? fragte er.

– Ich kenne ihn, antwortete Cyrus Smith, ebenso wie den Namen des wunderbaren unterseeischen Apparates ...

– Den Nautilus? sagte halb lächelnd der Kapitän.

– Den Nautilus.

– Aber wissen Sie ... Wissen Sie, wer ich bin?

– Ich weiß es.

– Fast dreißig Jahre sind verflossen, seitdem ich keine Verbindung mit der bewohnten Welt mehr habe, dreißig Jahre, die ich in den Tiefen des Meeres verlebte, die einzige Umgebung, in der ich die Unabhängigkeit fand! Wer hat mein Geheimnis verraten?

– Ein Mann, der Ihnen nie untertan war, Kapitän Nemo, und der folgerichtig des Verrats nicht angeklagt werden kann.

– jener Franzose, den der Zufall vor sechzehn Jahren an meinen Bord führte.

– Derselbe.

– Dieser Mann nebst seinen zwei Gefährten ist also nicht in dem Maelstrom umgekommen, in den der Nautilus geraten war?

– Sie sind nicht umgekommen, und unter dem Titel: ›20,000 Meilen unter dem Meere‹ ist ein Werk erschienen, das Ihre Geschichte erzählt.

– Meine Geschichte während weniger Monate, mein Herr! entgegnete lebhaft der Kapitän.

– Es ist wahr, antwortete Cyrus Smith, doch wenige Monate dieses eigentümlichen Lebens haben hingereicht, Sie kennen zu lernen ...

– Als einen Schuldbeladenen ohne Zweifel? erwiderte Kapitän Nemo, indem über seine Lippen ein überlegenes Lächeln spielte. Ja, als einen Empörer, der von der Menschheit in Bann getan war!«

Der Ingenieur schwieg.

»Nun, mein Herr?

– Ich habe über Kapitän Nemo nicht abzuurteilen, antwortete Cyrus Smith, mindestens nicht über seine Vergangenheit. Wie aller Welt sind auch mir die Beweggründe für ein solch' abenteuerliches Leben unbekannt, und ich kann über die Folgen nicht urteilen, wo mir die Ursachen derselben fehlen; das aber weiß ich, dass eine wohltätige Hand seit unserer Ankunft auf der Insel Lincoln stets über uns waltete, dass wir alle unser Leben einem guten, edelmütigen, mächtigen Wesen verdanken, und dass Sie, Kapitän Nemo, dieses gute, edelmütige und mächtige Wesen waren!

– Ich war es!« erwiderte einfach der Kapitän.

Der Ingenieur und der Reporter hatten sich erhoben. Ihre Gefährten näherten sich, und schon wollte die Erkenntlichkeit ihrer Herzen sich in Bewegungen und Worten Luft wachen, als Kapitän Nemo sie durch ein Zeichen mit der Hand zurückhielt und mit bewegterer Stimme, als man von ihm erwartet hätte, sagte:

»Erst wenn Ihr mich angehört habt!«[1]

In wenigen kurzen und verständlichen Worten erzählte der Kapitän sein ganzes Leben.

Seine Erzählung nahm keine lange Zeit in Anspruch, und doch musste er alle ihm verbliebene Energie zusammen raffen, um sie zu Ende zu führen. Offenbar kämpfte er gegen eine ungeheure Schwäche. Mehrmals bat ihn Cyrus Smith, sich zu erholen, aber er schüttelte den Kopf, wie ein Mann, dem der morgige Tag nicht mehr gehört, und als der Reporter ihm seine Hilfe anbot, antwortete er:

»Sie ist unnütz; meine Stunden sind gezählt.«

Kapitän Nemo war ein Inder, der Prinz Dakar, Sohn eines Rajahs des früher unabhängigen Territoriums Bundelkund und Neffe des indischen Helden Tippo-Saib. Sein Vater schickte ihn schon im zehnten Lebensjahre nach Europa, um ihn eine möglichst gute Erziehung genießen zu lassen, und mit der zu Grunde liegenden Absicht, eines Tages mit gleichen Waffen gegen Diejenigen kämpfen zu können, welche er als die Unterdrücker seines Landes betrachtete.

Vom zehnten bis zum dreißigsten Jahre unterrichtete sich Prinz Dakar in Folge seiner hervorragenden Geistesgaben nach allen Seiten, in den Wissenschaften und Künsten, die er sich alle in hohem Grade aneignete.

Prinz Dakar bereiste ganz Europa. Seine Geburt und seine Reichtümer machten, dass er überall gesucht wurde; aber die Versuchungen der Welt gingen an ihm vorüber. Jung und schön, blieb er immer ernst, verschlossen, verzehrt von einer nie gestillten Lernbegierde und mit unversöhntem Hass im Herzen.

Der Prinz Dakar hasste. Er hasste das Land, an das er nie den Fuß zu setzen gewünscht hatte, die Nation, deren Fortgeschrittensein er unablässig leugnete, er hasste England und desto mehr, je mehr er es in mancher Hinsicht bewunderte.

Dieser Inder vereinigte in sich den ganzen wilden Hass des Besiegten gegen den Sieger, der niemals Gnade vor ihm finden konnte. Als Sohn eines der Souveräne, welche sich das vereinigte Königreich immer nur dem Namen nach zu unterwerfen vermochte, wollte dieser Sprössling der Familie Tippo-Saïbs, der, in der Idee der Wiedervergeltung und Rache erzogen, eine unauslöschliche Liebe zu seinem poetischen Vaterlande im Herzen trug, niemals den Fuß auf das von ihm verfluchte Land setzen, dem Indien seine Unterwerfung verdankte.

Prinz Dakar ward ein Künstler, dem die Wunder der Kunst das ganze Herz erfüllten, ein Gelehrter, dem keine Wissenschaft fremd war, ein Staatsmann, gebildet an den Höfen Europas. In den Augen Derer, welche ihn oberflächlich betrachteten, konnte er für einen jener Kosmopoliten gelten, die begierig sind alles zu wissen, aber es verachten, etwas zu tun; für einen jener reichbegüterten Reisenden, jener stolzen platonischen Charaktere, welche ohne Rast die ganze Welt durchfliegen und keinem Lande angehören.

Dem war aber nicht so. Dieser Künstler, dieser Gelehrte war Inder geblieben in seinem Herzen, Inder durch seinen Wunsch nach Rache, Inder durch die Hoffnung, welche er nährte, eines Tages die Rechte seines Landes wiederherzustellen, daraus den Fremdling zu vertreiben und ihm seine Unabhängigkeit wieder zu geben.

Im Jahre 1849 kam Prinz Dakar nach Bundelkund zurück. Er verehelichte sich mit einer vornehmen Inderin, deren Herz, wie das seine, bei dem Unglücke des Vaterlandes blutete. Er hatte zwei Kinder, welche er zärtlich liebte. Über dem häuslichen Glücke vergaß er aber nie die Demütigung Indiens. Er wartete auf eine Gelegenheit. Sie kam.

Zu schwer lag Englands Joch auf den indischen Völkern. Prinz Dakar lieh den Unzufriedenen Worte. Er flößte ihren Herzen den ganzen Hass ein, der ihn gegen die Fremden erfüllte. Er durchzog nicht allein die noch unabhängigen Gebiete der indischen Halbinsel, sondern auch die, welche schon direkt unter englischer Herrschaft standen. Er erinnerte an die großen Tage Tippo-Saibs, der bei Seringapatam den Heldentod fürs Vaterland gestorben war.

Im Jahr 1857 brach der große Aufstand der Sepoys aus. Der Prinz Dakar wurde die Seele desselben. Er organisierte die ungeheure Erhebung und brachte seine Talente und seine Reichtümer dieser Sache zum Opfer. Er trat selbst mit seiner Person ein; er stand stets im ersten Treffen und wagte sein Leben wie der geringste dieser Helden, die sich erhoben hatten, ihr Vaterland zu befreien; zehnmal ward er bei zwanzig Gefechten verwundet und hatte doch den Tod nicht finden können, als die letzten Kämpfer für die Unabhängigkeit unter den englischen Kugeln fielen.

Niemals war die Herrschaft Englands über Indien in größerer Gefahr, und hätten die Sepoys, wie sie hofften, von auswärts Hilfe erhalten, so wäre es in Asien wahrscheinlich um den Einfluss und die Herrschaft des vereinigten Königreichs geschehen gewesen.

Der Name des Prinzen Dakar lebte damals in aller Munde. Der Held, der ihn trug, verbarg sich nicht und kämpfte mit offenem Visier. Auf seinen Kopf wurde ein Preis gesetzt, doch es fand sich kein Verräter, der ihn ausgeliefert hätte, und sein Vater, seine Mutter, sein Weib und seine Kinder zahlten mit ihrem Leben, bevor er noch von der Gefahr Kenntnis hatte, die ihnen um seinetwillen drohte ...

Noch einmal unterlag das Recht der Gewalt; aber nie schreitet die Zivilisation rückwärts, und es scheint, dass sie alle Rechte der Notwendigkeit entlehnt. Die Sepoys wurden besiegt, und das Land der früheren Rajahs verfiel unter das noch strengere Regiment der Briten.

Prinz Dakar, der nicht hatte sterben können, kehrte in die Berge Bundelkunds zurück. Dort, allein, erfasst von Ekel gegen alles, was sich Mensch nannte, Hass und Abscheu vor der zivilisierten Welt im Herzen, wollte er sie für immer fliehen, sammelte die Reste seines Vermögens und etwa zwanzig der treuesten Anhänger um sich, und eines Tages waren alle verschwunden.

Wo hatte Prinz Dakar jene Unabhängigkeit gefunden, die er auf Erden vergebens suchte? Unter den Wassern, in der Tiefe des Meeres, wohin ihm Keiner zu folgen vermochte.

An Stelle des Kriegers trat jetzt der Gelehrte. Eine verlassene Insel des Pazifischen Ozeans diente ihm als Werft; dort wurde nach seinen Plänen ein unterseeisches Schiff gebaut. Die Elektrizität, deren ungemessene Kraft er durch Mittel, welche dereinst noch allgemein erkannt sein werden, zu benutzen wusste und welche er unerschöpflichen Quellen entnahm, fand für alle Zwecke seines Verwendung als motorische, als Licht- und als Wärmequelle. Das Meer mit seinen ungezählten Schätzen, seinen Myriaden von Fischen, seinen Feldern voll Varec und Sargasso, seinen enormen Säugetieren, nicht allein mit alle dem, was die Natur demselben verlieh, sondern auch mit dem, was die Menschen je darin verloren hatten, deckte vollkommen die Bedürfnisse des Prinzen und seiner Begleitung, und hiermit war sein innigster Wunsch erfüllt, da er mit der

Erde ferner keinerlei Verbindung haben mochte. Seinen unterseeischen Apparat nannte er den Nautilus, sich selbst Kapitän Nemo, und so verschwand er unter den Meeren.

Eine Reihe von Jahren hindurch besuchte der Kapitän alle Meere von Pol zu Pol. Ein Paria der bewohnten Erde, sammelte er ungeheure Schätze dieser unbekannten Welten. Die im Jahre 1702 von den spanischen Gallionen in der Bai von Vigo verlorenen Millionen lieferten ihm unerschöpfliche Reichtümer, über die er uneingeschränkt verfügte zu Gunsten der Völker, welche für ihre Unabhängigkeit kämpften.[2] Schon lange Zeit war er gänzlich außer Verbindung mit Seinesgleichen, als in der Nacht des 6. November 1866 drei Personen an seinen Bord geworfen wurden. Das waren ein französischer Professor, dessen Diener und ein kanadischer Fischer. Diese drei Menschen wurden durch einen Zusammenstoß zwischen dem Nautilus und der ihn verfolgenden Vereinigten-Staaten-Fregatte Lincoln in das Meer geschleudert.

Von diesem Professor vernahm Kapitän Nemo, dass der Nautilus einmal für ein Seeungeheuer gehalten werde, das andere Mal für einen submarinen Apparat, der eine Besatzung von Seeräubern verberge und deshalb in allen Meeren verfolgt werde.

Kapitän Nemo hätte die drei Menschen, welche der Zufall ihm zuführte, einfach dem Ozean wieder überliefern können; er tat es aber nicht, er behielt sie als Gefangene, und während sieben Monaten konnten sie alle Wunder einer Reise kennen lernen, welche sich 20,000 Meilen weit unter dem Meere fortsetzte.

Eines Tages, am 22. Juni 1867, gelang es diesen drei Männern, die nichts von der Vergangenheit des Kapitän Nemo wussten, zu entfliehen, nachdem sie sich eines Bootes des Nautilus bemächtigt. Da das Schiff aber gerade nahe der Küste Norwegens in den Strudel des Maëlstromes gerissen war, durfte der Kapitän glauben, dass die Flüchtlinge in dem schäumenden Abgrunde den Tod gefunden hätten. Es blieb ihm also unbekannt, dass der Franzose und seine beiden Gefährten auf wirklich wunderbare Weise an die Küste geschleudert worden waren, dass Fischer von den Lofoten sie auffingen, und dass der Professor nach seiner Rückkehr nach Frankreich ein Werk veröffentlicht hatte, in dem sieben Monate jenes sonderbaren Lebens und Treibens im Nautilus der Welt bekannt gemacht wurden.

Noch lange Zeit lebte Kapitän Nemo in derselben Weise und durchstreifte die Meere. Nach und nach starben aber seine Gefährten und fanden im Grunde des Pazifischen Ozeans ihr Grab in ihrem Korallenfriedhofe. Im Nautilus ward es leer, und endlich war Kapitän Nemo nur noch allein von allen denen übrig, die mit ihm in die Tiefen des Ozeans geflohen waren.

Jetzt zählte Kapitän Nemo sechzig Jahre. Als er wieder allein stand, führte er seinen Nautilus nach einem der unterseeischen Häfen, die ihm dann und wann als Ruheplatz dienten.

Einer jener Häfen dehnte sich unter der Insel Lincoln aus, und dieser war es, der jetzt das Asyl des Nautilus abgab.

Seit sechs Jahren befand sich Kapitän Nemo hier, schiffte nicht mehr umher, und erwartete den Tod, d.h. den Augenblick, da er wieder mit seinen Gefährten vereinigt werden sollte, als er zufällig Zeuge wurde von dem Falle des Ballons, der die Gefangenen der Südstaatler daher trug. Mit seinem Skaphander bekleidet erging er sich gerade wenige Kabellängen vom Ufer unter dem Wasser, als der Ingenieur in das Meer geschleudert wurde. Eine edle Regung ergriff den Kapitän Nemo, er rettete Cyrus Smith.

Zuerst wollte er die fünf Schiffbrüchigen fliehen, aber sein Hafen hatte sich geschlossen, und in Folge eines Aufsteigens des Basalts, den vulkanische Kräfte empor trieben, konnte er nicht mehr durch den Eingang der Höhle hinaus dringen. Wo noch genug Wasser stand, um ein leichtes Boot passieren zu lassen, fand sich doch nicht genug für den Nautilus, dessen Tiefgang nicht unbeträchtlich war.

Kapitän Nemo blieb also hier und beobachtete die ohne alle Hilfsmittel auf die wüste Insel geworfenen Männer, aber er wollte nicht gesehen sein. Nach und nach, als er sie als rechtschaffene Leute erkannte, welche voller Energie sich zu helfen suchten und einer treu zum Andern hielten, gewann er Interesse an ihren Bemühungen. Fast gegen seinen Willen ward er zum Mitwisser aller ihrer Geheimnisse. Mit Hilfe des Skaphanders wurde es ihm leicht, auf den Grund des Brunnenschachtes im Granithaus zu gelangen, und indem er an den Felsvorsprüngen bis zur oberen Mündung desselben emporstieg, hörte er die

Kolonisten von ihrer Vergangenheit erzählen, die Gegenwart und die Zukunft besprechen. Er hörte durch sie von den ungeheuren Anstrengungen Amerikas gegen Amerika, um die Sklaverei abzuschaffen. Ja, diese Männer waren würdig, den Kapitän Nemo mit der Menschheit, die sie so tadellos auf der Insel vertraten, wieder auszusöhnen!

Kapitän Nemo hatte Cyrus Smith gerettet; er war es, der den Hund nach den Kaminen brachte, der Top aus dem Wasser des Sees schleuderte, der an der Seetrifftspitze jene Kiste mit den vielen nützlichen Gegenständen stranden ließ, der das Boot die Mercy hinunterschickte, der bei dem Kampfe der Affen den Strick von der Höhe des Granithauses herunterwarf, der mittels des in der Flasche eingeschlossenen Dokumentes Ayrtons Aufenthalt auf der Insel Tabor verriet; der die Brigg durch einen in den Grund des Kanals gelegten Torpedo sprengte, der Harbert durch schwefelsaures Chinin von einem gewissen Tode rettete und der endlich die Sträflinge mit elektrischen Kugeln traf, die sein alleiniges Geheimnis waren, und deren er sich bei seinen unterseeischen Jagden bediente. So erklärten sich alle scheinbar übernatürlichen Ereignisse, welche von, dem Edelmute und der Machtfülle des Kapitäns Zeugnis gaben.

Den großen Menschenhasser dürstete es, gut zu tun. Jetzt blieb ihm nur noch übrig, seinen Schützlingen mit weisem Rate beizustehen, und da er sein Herz bei der Annäherung des Todes laut klopfen fühlte, berief er, wie wir wissen, die Kolonisten aus dem Granithaus mittels eines Drahtes, durch den er den Nautilus mit der Hürde in Verbindung setzte ... Vielleicht hätte er es nicht getan, wenn er voraus wusste, dass Cyrus Smith seine Geschichte kannte und ihn mit dem Namen Nemo begrüßen würde.

Der Kapitän hatte den Bericht von seinem Leben beendet. Cyrus Smith ergriff das Wort; er sprach von allen den Ereignissen, bei denen er einen für die Kolonie so heilsamen Einfluss geübt hatte, und in seinem und seiner Gefährten Namen drückte er dem edelmütigen Wesen, dem sie so vieles schuldeten, seinen Dank aus.

Kapitän Nemo dachte aber gar nicht daran, einen Preis für die von ihm geleisteten Dienste zu fordern. Ein letzter Gedanke bewegte seinen Geist, und bevor er die Hand drückte, die der Ingenieur ihm darbot, sagte er:

»Jetzt, mein Herr, jetzt kennen Sie mein Leben; nun urteilen Sie darüber!«

Offenbar spielte der Kapitän hier auf jenes grässliche Ereignis an, dessen Zeugen einst die an Bord geworfenen Männer geworden waren, – ein Ereignis, das der französische Professor unzweifelhaft erzählt hatte, und das einen schrecklichen Widerhall gefunden haben musste.

Einige Tage vor der Flucht des Professors und seiner zwei Gefährten hatte sich der im Norden des Atlantischen Ozeans von einer Fregatte verfolgte Nautilus wie ein Widder auf diese gestürzt und sie ohne Gnade in den Grund gebohrt.

Cyrus Smith verstand die Anspielung und schwieg.

»Es war das eine englische Fregatte, mein Herr, rief da der Kapitän Nemo, der einen Augenblick wieder Prinz Dakar geworden war, eine englische

Fregatte, verstehen Sie wohl? Sie griff mich an. Ich wurde in eine schmale und seichte Bucht gedrängt! – Ich musste hindurch und bin hindurch gekommen!«

Dann fügte er mit ruhiger Stimme hinzu:

»Ich befand mich im Recht; ich habe immer gut getan, wo ich konnte, und das Schlechte nur, wo ich musste. Im Verzeihen liegt nicht immer die Gerechtigkeit!«

Es trat ein kurzes Schweigen ein, dann wiederholte Kapitän Nemo seine Frage:

»Was denken Sie von mir, mein Herr?«

Cyrus Smith ergriff die Hand des Kapitäns und sprach mit ernster Stimme:

»Kapitän, Ihr Unrecht liegt darin, geglaubt zu haben, man könne die Vergangenheit zurück rufen; Sie haben gegen den notwendigen Fortschritt gekämpft! Es ist das einer der Irrtümer, welchen die Einen bewundern, die Andern verdammen, und über welche Gott allein zu urteilen vermag. Wer in einer für gut gehaltenen Absicht irrt, den kann man wohl bekämpfen, aber man muss ihn achten. Ihr Irrtum ist von der Art, dass er der Bewunderung gewiss ist, und Sie haben das Urteil der Geschichte nicht zu scheuen; sie liebt die heroischen Irrtümer, wenn sie auch ihre Folgen verdammt.«

Die Brust des Kapitän Nemo hob sich und seine Hand streckte sich gen Himmel.

»Hatte ich Recht, hatte ich Unrecht?« murmelte er.

Cyrus Smith fuhr fort:

»Alle guten Taten steigen zu Gott empor, von dem sie herstammen. Kapitän Nemo, die Männer, die Sie hier um sich sehen, die, denen Sie Ihre Hilfe geliehen haben, werden nicht aufhören, Sie zu beweinen!«

Harbert hatte sich dem Kapitän genähert. Er umschlang seine Knie, nahm seine Hand und küsste sie.

Eine Zähre quoll aus den Augen des Sterbenden.

»Mein Kind, flüsterte er, Gott segne Dich! ...«

Fußnoten

1 Die Geschichte des Kapitän Nemo ist wirklich unter dem Titel: »20,000 Meilen unter dem Meere« veröffentlicht worden. Wir erinnern hier an die schon bei Gelegenheit der Erzählung von Ayrtons Abenteuern gemachte Bemerkung wegen der Nichtübereinstimmung der Daten, und verweisen wir die Leser auf jene Notiz.

(Anmerkung des Herausgebers.)

2 Es bezieht sich das auf den Aufstand der Candioten, welche Kapitän Nemo wirklich unerkannt unterstützte.

SIEBZEHNTES KAPITEL.

Der Tag war gekommen. Kein Lichtstrahl desselben drang in diese tiefe Höhle. Das jetzt wieder hohe Meer verschloss ihren Eingang. Das künstliche Licht aber, welches in Strahlenbündeln aus den Seiten des Nautilus blitzte, hatte sich nicht geschwächt, und immer noch glitzerte die Wasserfläche rings um den schwimmenden Apparat.

Vor übergroßer Ermattung war Kapitän Nemo wieder auf den Divan zurück gesunken. Man konnte gar nicht daran denken, ihn etwa nach dem Granithaus zu schaffen, denn er beharrte bei der bestimmten Absicht, mitten unter diesen, nicht mit Millionen bezahlbaren Wundern des Nautilus zu bleiben, und hier den Tod zu erwarten, der ihm nicht mehr fern sein konnte.

Während einer lange anhaltenden Betäubung beobachteten Cyrus Smith und Gedeon Spilett aufmerksam den Zustand des Kranken. Es lag auf der Hand, dass der Kapitän allmählich einging. Die Kräfte schwanden diesem sonst so nervigen Körper, jetzt die zerbrechliche Hülle einer Seele, die ihr eben entfliehen wollte. Sein ganzes Leben pulsierte nur noch im Herzen und im Kopfe.

Der Ingenieur und der Reporter berieten sich mit leiser Stimme. Konnte man diesem Sterbenden irgendwelche Hilfe bringen? Ihn, wenn nicht retten, doch noch auf wenige Tage erhalten? Er selbst hatte es zwar gesagt, dass es für ihn keine Hilfe mehr gäbe, und ohne Furcht erwartete er den herannahenden Tod.

»Hier ist unsere Kunst am Ende, sagte Gedeon Spilett.

– Aber woran stirbt er? fragte Pencroff.

– Er löscht aus, antwortete der Reporter.

– Indessen käme er, fuhr der Seemann fort, vielleicht wieder mehr zum Leben, wenn wir ihn in die freie Luft und in die Sonne schafften?

– Nein, Pencroff, erwiderte der Ingenieur, hier ist nichts zu versuchen. Zudem würde Kapitän Nemo gar nicht zustimmen, seinen Bord zu verlassen. Dreißig Jahre lang hat er auf dem Nautilus gelebt; er will auch auf dem Schiffe sterben.«

Ohne Zweifel vernahm Kapitän Nemo diese Antwort Cyrus Smiths, denn er erhob sich ein wenig und sagte mit schwacher, aber verständlicher Stimme:

»Sie haben Recht, mein Herr. Ich muss und will hier sterben. Doch habe ich noch eine Bitte an Euch Alle.«

Cyrus Smith und seine Gefährten näherten sich dem Divan und legten dessen Kissen so, dass der Sterbende besser unterstützt war.

Da konnte man seinen Blick noch einmal über alle die Wunder des Salons schweifen sehen, dessen Arabesken von dem elektrischen Lichte glänzend hervor gehoben wurden. Eines nach dem andern sah er die an den prächtigen Tapeten der Wände hängenden Gemälde an, Meisterwerke der italienischen, holländischen und spanischen Schule, die marmornen und bronzenen

Statuetten auf ihren Gestellen, die herrliche Orgel an der Rückwand, dann ein Aquarium in der Mitte, in welchem sich die schönsten Produkte des Meeres aus dem Pflanzen- und Tierreiche befanden, neben ganzen Reihen der kostbarsten Perlen, und endlich hafteten seine Blicke auf der Inschrift dieses Museums, der Devise des Nautilus:
Mobilis in mobili.

Es schien, als wolle er einen letzten Liebesblick werfen auf diese Meisterwerke der Natur und Kunst, mit denen er während seines so langen Aufenthaltes auf dem Grunde der Meere seinen Horizont umgrenzt hatte.

Cyrus Smith respektierte das Stillschweigen des Kapitän Nemo. Er wartete darauf, dass der Sterbende das Wort nehmen sollte.

Nach einigen Minuten, in denen er ohne Zweifel sein ganzes früheres Leben seinem Geiste vorüber ziehen sah, wandte sich der Kapitän gegen die Kolonisten und sagte:

»Sie glauben mir einige Erkenntlichkeit zu schulden, meine Herren? ...

– Kapitän, wir gäben unser Leben darum, das Ihrige zu verlängern.

– Gut, fuhr Kapitän Nemo fort, gut! Versprechen Sie mir, meinen letzten Willen zu erfüllen, und ich werde abgefunden sein für alles, was ich für Sie tat.

– Wir geloben es, antwortete Cyrus Smith für sich und seine Freunde.

– Meine Herren, fuhr der Kapitän fort, morgen werde ich tot sein.«

Mit einem Zeichen wehrte er Harbert, der dem widersprechen wollte, ab.

»Morgen bin ich tot, und ich wünsche kein anderes Grab zu erhalten, als den Nautilus. Er sei mein Sarg! All' meine Freunde ruhen in tiefem Meeresschoße, ich will es auch.«

Ein tiefes Schweigen folgte diesen Worten des Kapitän Nemo.

»Hören Sie mich an, meine Herren, begann er wieder. Der Nautilus ist in dieser Grotte, deren Grund sich am Eingange empor gehoben hat, gefangen. Vermag er aber auch diesen Kerker nicht zu verlassen, so kann er doch auf den Grund desselben nieder sinken und dort meine sterbliche Hülle umschließen.«

In ernster religiöser Stimmung vernahmen die Kolonisten die Worte des Sterbenden.

»Morgen, nach meinem Ableben, Herr Smith, fuhr der Kapitän fort, werden Sie und Ihre Gefährten den Nautilus verlassen, denn alle Schätze, die er enthält, sollen mit mir untergehen. Ein einziges Andenken von Prinz Dakar möge Ihnen verbleiben. Der Koffer ... dort ... enthält mehrere Millionen an Diamanten, zum größten Teil Erinnerungen an jene Zeit, da ich als Vater und Gatte beinahe an das Glück geglaubt hätte; dazu eine Anzahl Perlen, die ich mit meinen Freunden auf dem Boden der Meere gesammelt habe. Mit diesen Schätzen in der Hand werden Sie dereinst manches Gute stiften können. Für Männer wie Sie, Herr Smith, und Ihre Genossen wird das Gold keine Gefahr haben. Ich werde also auch da oben beteiligt sein an Ihren Werken und scheue dieselben nicht!«

Nach kurzer, durch die äußerste Schwäche bedingter Erholung fuhr Kapitän Nemo mit folgenden Worten fort:

»Morgen nehmen Sie diesen Koffer, verlassen den Salon und schließen dessen Tür; dann begeben Sie sich nach der Plattform und verschließen deren Lukendeckel fest mit den zugehörigen Bolzen.

– Es soll geschehen, Kapitän, sagte Cyrus Smith.

– Gut. Sie schiffen sich sodann auf dem Boote ein, das Sie hierher brachte. Doch vor dem Verlassen des Nautilus rudern Sie nach seinem Hinterteile und öffnen da zwei in der Schwimmlinie befindliche Hähne. Das Wasser wird dadurch in die Reservoirs eindringen und der Nautilus langsam versinken, um im tiefen Abgrunde zu ruhen«.

Auf eine unwillkürliche Bewegung Cyrus Smiths fügte der Kapitän hinzu:
»Fürchten Sie Nichts – Sie werden nur einen Toten versenken.«

Weder Cyrus Smith, noch einer seiner Gefährten wagten dem Kapitän Nemo einen Einwurf zu machen. Er vertraute ihnen seinen letzten Willen an, – sie hatten diesem einfach nachzukommen.

»Ich habe Ihre Zusage, meine Herren? fragte Kapitän Nemo.

– Sie haben dieselbe, Kapitän«, erwiderte der Ingenieur.

Der Kapitän dankte durch eine Bewegung, und bat die Kolonisten, ihn auf einige Stunden allein zu lassen. Gedeon Spilett wollte zwar darauf bestehen, bei ihm zu bleiben, im Fall eine Krisis einträte; aber der Sterbende wies es mit den Worten ab:

»Bis morgen lebe ich noch, mein Herr!«

Alle verließen den Salon, durchschritten die Bibliothek, den Speisesaal und gelangten nach dem Vorderteile in den Maschinenraum, worin die elektrischen

Apparate aufgestellt waren, die dem Nautilus gleichzeitig mit der bewegenden Kraft auch Licht und Wärme lieferten.

Der Nautilus, selbst ein Meisterwerk, war wiederum voller Meisterwerke, die den Ingenieur entzückten.

Die Kolonisten bestiegen die Plattform, welche sieben bis acht Fuß über das Wasser empor ragte. Dort streckten sie sich neben einer dicken Glaslinse hin, welche eine große runde Öffnung bedeckte, aus der eine Lichtgarbe hervorschoss. Hinter dieser Öffnung befand sich eine Kabine mit dem Steuerruder für den Bootsmann, wenn er den Nautilus durch seine flüssige Umgebung lenkte, die von den elektrischen Strahlen auf eine weite Strecke hin erleuchtet wurde.

Cyrus Smith und seine Gefährten sprachen zuerst kein Wort, denn sie waren zu tief ergriffen von dem, was sie eben gesehen und gehört hatten, und das Herz stand ihnen still bei dem Gedanken, dass der, dessen Arm ihnen so oft geholfen, dass ihr Beschützer, den sie erst seit wenigen Stunden kennen gelernt, am Vorabende seines Todes stehe!

Wie auch das Urteil der Nachwelt einst über diese fast außermenschliche Existenz ausfallen mochte, Prinz Dakar musste immer eine jener ungewöhnlichen Erscheinungen bleiben, deren Andenken nie verlischt.

»Das ist ein Mann! sagte Pencroff. Sollte man glauben, dass er so auf dem Meeresgrunde gelebt hat! Und wenn ich bedenke, dass er auch dort vielleicht nicht mehr Ruhe fand, als anderswo!

– Der Nautilus, bemerkte Ayrton, hätte uns vielleicht dazu dienen können, die Insel Lincoln zu verlassen, und ein bewohntes Land aufzusuchen.

– alle Teufel! rief Pencroff, ich möchte es nicht wagen, ein solches Schiff zu führen. Auf dem Meere segeln, – recht gut, aber unter den Meeren, nein!

– Mir scheint, warf der Reporter ein, dass die Behandlung eines submarinen Apparates, wie der Nautilus, nicht zu schwierig sein könne, Pencroff, und dass wir uns bald darin zurecht finden würden. Da sind keine Stürme, ist keine Strandung zu fürchten. Wenige Fuß unter der Oberfläche sind ja die Gewässer des Meeres so ruhig, wie die eines Sees.

– Möglich! versetzte der Seemann, mir ist aber ein frischer Wind an Bord eines gut ausgerüsteten Fahrzeugs lieber. Ein Schiff wird gebaut, um auf dem Wasser zu fahren, nicht unter demselben.

– Meine Freunde, mischte sich der Ingenieur ein, es ist wenigstens bezüglich des Nautilus ganz unnütz, die Frage wegen der unterseeischen Schiffe zu erörtern. Der Nautilus gehört uns nicht, und wir haben kein Recht, über ihn zu verfügen. Übrigens würde auch er uns jetzt in keinem Falle etwas nützen können. Abgesehen davon, dass er diese Höhle, deren Eingang durch Aufsteigen ihres Basaltbodens verengert wurde, gar nicht zu verlassen vermag, wünscht Kapitän Nemo, dass er nach seinem Tode mit ihm versenkt werde. Sein Wille ist uns heilig, wir werden danach handeln.«

Cyrus Smith und seine Gefährten stiegen nach einem noch längere Zeit fortgesetzten Gespräche wieder in das Innere des Nautilus hinab. Dort nahmen sie etwas Nahrung zu sich und betraten dann wieder den Salon.

Kapitän Nemo war aus der Betäubung, die ihn umfing, wieder erwacht, und seine Augen glänzten in dem früheren Feuer, während ein Zug wie ein Lächeln um seine Lippen spielte.

Die Kolonisten näherten sich ihm.

»Meine Herren, begann der Kapitän, Sie sind mutige, brave und gute Männer. Sie haben sich alle rücksichtslos Ihrem gemeinschaftlichen Werke gewidmet. Ich habe Sie beobachtet. Ich liebte Sie und liebe Sie noch! ... Ihre Hand, Herr Smith!«

Cyrus Smith reichte die Hand dem Kapitän, der sie voll Innigkeit drückte.

»Schön, schön!« murmelte er.

Dann fuhr er fort:

»Genug nun von mir! Ich habe noch von Ihnen selbst und der Insel Lincoln, auf der Sie eine Zuflucht fanden, zu sprechen ... Sie denken jene zu verlassen?

– Um auch wiederzukehren, Kapitän! bemerkte Pencroff schnell.

– Wiederzukehren? ... Ich weiß schon, Pencroff, antwortete lächelnd der Kapitän, wie sehr Sie an dieser Insel hängen. Sie ist durch Ihrer aller Sorgfalt zu dem geworden, was sie jetzt ist; sie gehört Ihnen mit vollem Rechte.

– Wir hatten die Absicht, Kapitän, sagte Cyrus Smith, die Vereinigten Staaten damit zu beschenken und unserer Marine dort eine Station zu schaffen, welche mitten im Pazifischen Ozean gar nicht besser liegen könnte.

– Sie denken an Ihr Vaterland, meine Herren, antwortete der Kapitän. Sie arbeiten für sein Gedeihen, für seinen Ruhm. Sie tun recht daran! Das Vaterland! ... Dorthin muss man zurückkehren, – dort die Augen schließen! ... Und ich, ich sterbe fern von Allem, was ich einst liebte!

– Hätten Sie noch einen Wunsch zu übermitteln? fragte lebhaft der Ingenieur, ein Andenken an die Freunde zu überbringen, die Sie vielleicht in den Bergen Indiens zurück ließen?

– Nein, Herr Smith; ich habe keine Freunde mehr. Ich bin der Letzte meines Stammes ... längst schon tot für Alle, die ich kannte ... Doch kommen wir auf Sie zurück. Die Einsamkeit und Isoliertheit sind sehr traurige Dinge und überschreiten die menschlichen Kräfte ... Ich sterbe, weil ich glaubte, man könne allein leben! ... Sie dürfen also Nichts unversucht lassen, die Insel Lincoln zu verlassen, und das Land wieder zu sehen, in dem Ihre Wiege stand. Ich weiß, dass jene Schurken Ihr selbst erbautes Schiff zerstört haben ...

– Wir konstruieren jetzt ein neues, sagte Gedeon Spilett, ein Schiff von hinreichender Größe, um uns bis zu dem nächsten Lande zu tragen; ob wir die Insel aber früher oder später zu verlassen vermögen, immer werden wir sie wieder aufsuchen. Uns fesseln zu viele Erinnerungen daran, um sie je vergessen zu können.

– Hier war es, wo wir den Kapitän Nemo kennen lernten, sagte Cyrus Smith.

Nur hier werden wir die ungetrübte Erinnerung an ihn wieder finden, fügte Harbert hinzu.

– Und hier will ich im ewigen Schlafe ruhen, wenn ...« antwortete der Kapitän.

Er zögerte, und statt den Satz zu vollenden, sagte er nur:

»Herr Smith, ich möchte mit Ihnen reden ... allein mit Ihnen.«

Die Gefährten des Ingenieurs achteten den Wunsch des Sterbenden und zogen sich zurück.

Cyrus Smith blieb einige Minuten allein mit dem Kapitän Nemo und rief bald seine Freunde zurück, aber er sagte ihnen nichts von den Geheimnissen, die der Sterbende ihm anvertraut hatte.

Gedeon Spilett wandte kein Auge mehr von dem Kranken. Offenbar erhielt sich der Kapitän nur noch kraft einer moralischen Energie, die aber doch bei seiner zunehmenden Schwäche nicht von Dauer sein konnte.

Der Tag ging indes ohne merkliche Veränderung zu Ende. Die Kolonisten verließen den Nautilus keinen Augenblick. Die Nacht war gekommen, obgleich man davon in dieser Höhle nichts bemerkte.

Der Kapitän Nemo litt nicht, aber er ging ein. Sein edles, bei dem nahen Tode erblichenes Gesicht war ruhig. Seine Lippen flüsterten manchmal einige kaum verständliche Worte, die sich auf die verschiedenen Ereignisse seines außergewöhnlichen Lebens bezogen. Man fühlte an den schon erkalteten Gliedern, wie das Leben langsam aus diesem Körper entwich.

Noch ein- oder zweimal richtete er das Wort an die ihn umringenden Kolonisten und lächelte ihnen mit jenem letzten Lächeln zu, das oft auch bis nach dem Tode anhält.

Endlich, kurz nach Mitternacht, machte Kapitän Nemo seine letzte Bewegung und kreuzte die Arme vor der Brust, als wolle er in dieser Haltung sterben.

Gegen ein Uhr Morgens schien sein ganzer Lebensvorrat nur noch in seinem Blicke konzentriert. Das letzte Feuer funkelte in diesem Augapfel, aus dem früher Flammen sprühten. Dann murmelte er die Worte:

»Gott und Vaterland!« und hauchte sanft den letzten Atem aus.

Cyrus Smith beugte sich über ihn und drückte die Augen Dem zu, der früher Prinz Dakar gewesen und jetzt nicht einmal mehr Kapitän Nemo war.

Harbert und Pencroff weinten. Ayrton trocknete sich heimlich eine Träne. Nab lag neben dem zur Statue erstarrten Reporter auf den Knien.

Cyrus Smith erhob die Hände über dem Haupte des Verblichenen und sprach:

»Gott nehme seine Seele in Gnaden auf!« Dann wandte er sich zu seinen Freunden und sagte:

»Lasst uns beten für Den, den wir verloren haben!«

Einige Stunden später erfüllten die Kolonisten ihr dem Kapitän gegebenes Versprechen und kamen seinem letzten Willen nach.

Cyrus Smith und seine Genossen verließen den Nautilus und nahmen das einzige von ihrem Wohltäter vermachte Andenken, jenen Koffer, der hundert Vermögen enthielt, mit sich.

Der prächtige, lichtdurchströmte Salon wurde sorgsam verschlossen, die eiserne Falltür der Luke so dicht verschraubt, dass kein Tropfen Wasser in die inneren Räume des Nautilus dringen konnte.

Dann begaben sich die Kolonisten in das an der Seite des unterseeischen Schiffes befestigte Boot und mit diesem nach dem Hinterteile des Nautilus.

Dort öffneten sie zwei in der Wasserlinie befindliche große Hähne, welche mit den zur Überlastung des ganzen Apparates dienenden Reservoiren in Verbindung standen.

Die Behälter füllten sich, der Nautilus sank allmählich tiefer und verschwand endlich ganz unter der Wasserfläche.

Die Kolonisten vermochten ihn mit den Augen noch weit in die Tiefe zu verfolgen. Sein mächtiges Licht erhellte die klaren Gewässer, während sich die Höhle nach und nach in Dunkel hüllte. Endlich verlosch der Glanz der starken elektrischen Effluvien, und bald ruhte der Nautilus, jetzt der Sarg seines Kapitän Nemo, auf dem Grunde des Meeres.

ACHTZEHNTES KAPITEL.

Mit Anbruch des Tages hatten die Kolonisten schweigend den Eingang der Höhle wieder erreicht, der sie zum Andenken an Kapitän Nemo den Namen der »Dakar-Krypte« gaben. Das Meer war jetzt niedrig, und konnten sie bequem unter dem Bogen passieren, an dessen Fuße die Wellen spielten.

Das eiserne Boot blieb an dieser Stelle, so dass es vor den Wogen stets geschützt war. Aus übertriebener Vorsorge zogen es Pencroff, Nab und Ayrton noch auf den schmalen Strand, der an einer Seite der Höhle hinlief und es vor jeder Gefährdung durch das Wasser bewahrte.

Das Gewitter hatte in der Nacht ausgetobt. Im Westen verhallte eben der letzte leise Donner. Es regnete nicht mehr, doch war der Himmel mit dichten Wolken bedeckt. Der ganze Oktober, der Anfang des südlichen Frühlings, ließ sich überhaupt nicht schön an, und der Wind zeigte stets eine Neigung, von einem Punkte des Kompasses zum andern zu springen, deutete also nie auf beständige Witterung.

Cyrus Smith und seine Gefährten schlugen, als sie die Krypte verließen, wieder den Pfad nach der Hürde ein. Auf dem Wege unterließen Nab und Harbert nicht, den Draht, den der Kapitän zwischen der Hürde und der Höhle gelegt hatte, frei zu legen und mitzunehmen, da man ihn später wohl benutzen konnte.

Unterwegs sprachen die Kolonisten wenig. Die verschiedenen Vorgänge dieser Nacht vom 15. zum 16. Oktober hatten sie tief ergriffen. Dieser Unbekannte, dessen Einfluss sie so sichtbar beschützte, dieser Mann, aus dem ihre Phantasie einen Genius gemacht hatte, der Kapitän Nemo war nicht mehr. Sein Nautilus war mit ihm im tiefen Abgrunde begraben. Allen kam es vor, als seien sie jetzt verlassener, denn je. Sie hatten sich so zu sagen daran gewöhnt, auf diese mächtige Intervention zu rechnen, die ihnen von heute an fehlte, und auch Gedeon Spilett und Cyrus Smith konnten sich dieses Eindrucks nicht erwehren. Sie bewahrten alle ein tiefes Schweigen, indem sie dem Wege nach der Hürde folgten.

Gegen 9 Uhr Morgens waren die Kolonisten in das Granithaus zurückgekehrt.

Man hatte beschlossen, den Bau des Schiffes so sehr als möglich zu fördern, und Cyrus Smith widmete dieser Arbeit seine Kräfte mehr als je. Was die Zukunft brachte, wusste ja Niemand. Den Kolonisten gewährte es doch eine gewisse Beruhigung, ein Schiff zur Hand zu haben, welches auch schlechtem Wetter zu trotzen vermochte und groß genug war, nötigenfalls eine weitere Fahrt damit zu unternehmen. Sollten die Kolonisten sich auch nach Fertigstellung des Fahrzeuges noch nicht sogleich entschließen, die Insel zu verlassen und entweder den Polynesischen Archipel oder Neuseeland zu erreichen, so mussten sie sich doch nach der Insel Tabor begeben, um dort das Dokument bezüglich Ayrtons niederzulegen. Diese Vorsorge schien unabwendbar für den Fall, dass die schottische Yacht in diese Meere zurückkehren sollte.

Die Arbeiten wurden also wieder aufgenommen. Alle halfen bei der Zimmerarbeit, wenn sie durch nichts Anderes in Anspruch genommen waren. In fünf Monaten, d.h. zu Anfang März, musste das neue Fahrzeug bereit sein, wenn man die Insel Tabor noch besuchen wollte, bevor die Äquinoktialstürme hereinbrachen, welche die Überfahrt fast unmöglich machen konnten. So verloren die Werkleute denn auch keinen Augenblick. Übrigens brauchten sie sich nicht um die Zurichtung der Takelage zu bekümmern, da jene des Speedy vollständig geborgen worden war. Nur der Rumpf des Schiffes musste also gebaut werden.

Das Ende des Jahres 1868 verrann mitten unter diesen wichtigen Arbeiten, fast mit Ausschluss jeder anderen Auszuschweißenden. Nach Verlauf von zwei und einem halben Monat standen die Rippen alle an ihrer richtigen Stelle, und wurden die ersten Planken aufgepasst. Man konnte schon beurteilen, dass Cyrus Smiths Pläne ganz ausgezeichnet entworfen waren, und dass das Schiff sich auf dem Wasser gut halten werde. Pencroff befleißigte sich der Arbeit mit wahrhaft verzehrendem Eifer und genierte sich nicht, zu murren, wenn einer oder der Andere die Zimmermannsaxt mit der Jagdflinte vertauschte. Dennoch machte es sich notwendig, mit Rücksicht auf den nächsten Winter, die Vorräte des Granithauses zu vervollständigen. Das kümmerte aber den wackeren Seemann nicht; er war unzufrieden, wenn es der Werft an Leuten fehlte. Dann verrichtete er, wenn auch knurrend, die Arbeit für sechs Mann.

Der ganze Sommer brachte schlechte Witterung. Einige Tage waren drückend heiß, und sofort entlud sich die mit Elektrizität gesättigte

Atmosphäre in heftigen Gewittern. Nur selten hörte man keinen entfernten Donner. Immer tönte ein dumpfes Murmeln, wie man es in den Äquatorialgegenden der Erde zu hören gewohnt ist.

Der 1. Januar 1869 zeichnete sich durch ein sehr heftiges Gewitter aus, bei dem es mehrmals auf der Insel einschlug. Große Bäume wurden von dem Fluidum getroffen und zersplittert, unter anderen einer der ungeheuren Nesselbäume, welche den Hühnerhof am Südende des Sees beschatteten. Stand diese Naturerscheinung in irgendeinem Zusammenhange mit den Vorgängen, welche sich im Innern der Erde abspielten? Gab es ursachliche Verbindungen zwischen diesen Bewegungen in der Luft und denen in den verborgenen Massen des Erdinnern? Cyrus Smith wurde versucht, das zu glauben denn das Auftreten der Gewitter fiel mit der Verstärkung der vulkanischen Erscheinungen zusammen.

Am 3. Januar bemerkte Harbert, der mit Tagesanbruch auf das Plateau der Freien Umschau gestiegen war, um eines der Quaggas zu satteln, eine ungeheure Rauchhaube, die den Gipfel des Franklin verbarg.

Harbert meldete das den Kolonisten, welche sofort nachkamen, um die Spitze des Franklin-Berges zu beobachten.

»Ah, rief Pencroff, dieses Mal sind das keine Dünste mehr! Mir scheint, der Riese begnügt sich nicht mehr nur zu atmen, sondern beginnt zu rauchen!«

Das von dem Seemann gebrauchte Bild entsprach vollkommen den Veränderungen, die sich an der Mündung des Vulkans vollzogen hatten. Schon seit drei Monaten stiegen aus dem Krater mehr oder weniger dichte Dämpfe hervor, die aber nur von einem Sieden der mineralischen Bestandteile seines Innern herrührten. Jetzt begleitete diese Dämpfe ein dicker Rauch, der sich als grauliche Säule erhob, am Grunde derselben wohl zwei- bis dreihundert Fuß breit war und sich oben, wie ein riesenhafter Pilz, auf sieben- bis achthundert Fuß ausbreitete.

»Jetzt ist Feuer im Kamin, sagte Gedeon Spilett.

– Das wir nicht werden löschen können, fügte Harbert hinzu.

– Man sollte die Vulkane fegen, bemerkte Nab, der ganz ernsthaft zu sprechen schien.

– Bravo, Nab, rief Pencroff, gibst Du Dich zum Kaminfeger her?«

Und Pencroff brach in helles Lachen aus.

Aufmerksam betrachtete Cyrus Smith den dicken aus dem Franklin-Berge aufwirbelnden Rauch, und horchte gespannt, ob er ein entferntes Getöse vernähme. Dann sagte er, zu seinen Gefährten zurückkehrend, von denen er sich ein wenig entfernt hatte:

»In der Tat, meine Freunde, wir dürfen uns nicht verhehlen, dass eine wichtige Veränderung eingetreten ist. Die vulkanischen Materien sind jetzt nicht mehr nur im Sieden, sie haben Feuer gefangen, und gewiss sind wir in nächster Zeit durch einen Ausbruch derselben bedroht.

– Nun gut, Herr Smith, entgegnete Pencroff, so werden wir ja die Eruption sehen und Beifall klatschen, wenn sie schön ausfällt. Ich meine, wir haben nicht nötig, uns darum graue Haare wachsen zu lassen.

– Nein, Pencroff, antwortete Cyrus Smith, denn noch ist der alte Weg für die Lava offen, und Dank seiner Form hat der Krater sie bis jetzt nach Norden zu ausgestoßen. Und doch ...

– Und doch, fiel der Reporter ein, da wir keinen Vorteil von einer solchen Eruption haben werden, wäre es weit besser, sie unterbliebe ganz.

– Wer weiß? erwiderte der Seemann. Vielleicht steckt da im Krater irgendeine nützliche und kostbare Substanz, die er so freundlich ist auszuspeien, und aus der wir später Vorteil ziehen.«

Cyrus Smith schüttelte den Kopf wie Jemand, der sich von der so plötzlich auftretenden Naturerscheinung nichts Gutes versprach. Er nahm die Folgen eines Ausbruchs nicht so leicht, wie Pencroff. Wenn die Lavamassen auch in Folge der Gestaltung des Kraters die bewaldeten und kultivierten Teile der Insel nicht bedrohten, so konnten doch andere Komplikationen eintreten. Denn wirklich sind Eruptionen nicht selten von Erderschütterungen begleitet, und ein Stück Land von der Natur der Insel Lincoln, welche aus so verschiedenen Materialien bestand, aus Basalten auf der einen Seite, Granit auf der andern, aus Lava im Norden und lockerem Boden im Süden, aus Bestandteilen also, welche nicht fest mit einander verbunden sein konnten, lief wohl Gefahr, dabei zum Teil gesprengt zu werden. Wenn von der Ausbreitung der vulkanischen Massen auch nichts Besonderes zu fürchten war, so musste doch jede Bewegung des Gerüstes der Erde für die Insel sehr ernsthafte Folgen nach sich ziehen.

»Mir scheint, sagte Ayrton, der sein Ohr auf den Erdboden gedrückt hatte, mir scheint, ich höre ein entferntes Rollen, wie von einem mit Eisenstangen beladenen Wagen.«

Die Kolonisten horchten mit gespannter Aufmerksamkeit und mussten bestätigen, dass Ayrton sich nicht täuschte. Dem rollenden Tone mischte sich bald ein unterirdisches Poltern bei und bildete ein *Crescendo* und *Decrescendo*, welches endlich ganz schwieg, so als habe ein starker Wind im Innern der Erde geweht. Noch ließ sich aber keine eigentliche Detonation hören. Man konnte also daraus schließen, dass Rauch und Dampf durch den zentralen Kamin noch einen unbehinderten Ausgang fanden und dass, wenn das Sicherheitsventil genügend weit war, keine Verschiebung der Bergmassen und keine Explosion stattfinden werde.

»Nun, begann Pencroff, wollen wir dann nicht wieder an die Arbeit gehen? Mag doch der Franklin-Berg rauchen, rollen und poltern, Feuer und Flammen speien, so viel er will, das ist doch für uns kein Grund, die Hände in den Schoß zu legen! Vorwärts Ayrton, Nab, Harbert, Herr Cyrus, Herr Spilett, heute muss jeder mit Hand anlegen! Wir wollen die Barkhölzer befestigen und dazu wird ein Dutzend Arme nicht zu viel sein. Ich will unsern neuen Bonadventure – denn diesen Namen behalten wir doch bei, – in zwei Monaten auf dem Wasser des Ballonhafens schwimmen sehen! Wir haben also keine Stunde zu verlieren!«

Alle Kolonisten, deren Hilfe Pencroff angerufen hatte, begaben sich nach dem Zimmerplatze und gingen daran, die Barkhölzer anzulegen; es sind das dicke Planken, welche ein Fahrzeug umschließen und die Rippenpaare des

Rumpfes fest verbinden. Das verursachte eine lange und beschwerliche Arbeit, an der alle sich beteiligen mussten.

Man war also am 3. Januar den ganzen Tag über unausgesetzt tätig, ohne sich um den Vulkan zu bekümmern, der übrigens vom Strande vor dem Granithaus aus gar nicht sichtbar war. Wiederholt verschleierten aber dunkle Wolken die Sonne, welche der Wind nach Westen hinaustrieb. Cyrus Smith und Gedeon Spilett bemerkten diese vorübergehenden Verfinsterungen sehr wohl und sprachen mehrmals von den Fortschritten, welche die vulkanischen Erscheinungen machten, ohne dabei ihre Arbeit zu unterbrechen. Zudem war es von höchstem Interesse, das Schiff in möglichst kurzer Zeit zu vollenden. Die Sicherheit der Kolonie schien im Angesicht der drohenden Eventualitäten dadurch umfassender gewährleistet. Wer konnte sagen, ob dieses Schiff ihnen vielleicht nicht noch einmal die letzte Zuflucht bot?

Nach dem Abendessen begaben sich Cyrus Smith, Gedeon Spilett und Harbert wiederholt nach dem Plateau. Schon ward es dunkel und musste man dabei leichter zu erkennen vermögen, ob sich dem Rauche vielleicht Flammen oder glühende Auswurfstoffe beimischten.

»Der Krater steht in Feuer!« rief Harbert, welcher, flinker als seine Gefährten, zuerst das Plateau erstiegen hatte.

Der etwa sechs Meilen entfernte Franklin-Berg erschien wie eine riesenhafte Fackel, an deren Spitze rauchige Flammen züngelten. Wahrscheinlich waren sie noch mit zu viel Rauch und Schlacken vermischt, als dass sie einen helleren Schein hätten geben können. Doch lag ein fahler Glanz auf den waldigen Teilen der Insel. Weitverbreitete Rauchwirbel wälzten sich am Himmel hin, an dem da und dort einzelne Sterne blinkten.

»Die Fortschritte sind rapid! sagte der Ingenieur.

– Das ist nicht zu verwundern, meinte der Reporter. Das Erwachen des Vulkans datiert schon von geraumer Zeit her. Sie erinnern sich, Cyrus, dass die ersten Dünste sichtbar wurden, als wir die Ausläufer des Franklin-Berges nach dem Zufluchtsorte des Kapitän Nemo durchsuchten. Das war, wenn ich nicht irre, am 15. Oktober.

– Ja! antwortete Harbert, wenigstens seitdem wir ihn fanden, und das ist nun zweieinhalb Monat her!

– Die unterirdischen Feuer haben also zehn Wochen lang gebrütet, fuhr Gedeon Spilett fort, und es ist nicht erstaunlich, dass sie jetzt mit solcher Heftigkeit ausbrechen.

– Fühlen Sie nicht manchmal ein gewisses Erzittern des Bodens? fragte Cyrus Smith.

– Gewiss, antwortete Gedeon Spilett, aber von da bis zu einem Erdbeben ...

– Ich behaupte nicht, dass wir von einem Erdbeben bedroht wären, erwiderte Cyrus Smith, und davor möge uns Gott behüten! Nein, diese Vibrationen rühren nur von dem inneren Feuer her. Die Erdrinde ist ja nichts Anderes, als die Wand eines Dampfkessels, und Sie wissen, dass eine Kesselwand unter dem Drucke der Dämpfe wie eine tönende Platte erzittert. Diese Erscheinung ist es, welche wir eben jetzt bemerken.

– O, die prächtigen Feuergarben!« rief Harbert.

In diesem Augenblicke sprang aus dem Krater ein wahres Feuerwerk auf, dessen Glanz die Dämpfe nicht zu trüben vermochten. Tausend glühende Stücke und leuchtende Punkte flogen nach allen Richtungen auseinander. Einige derselben drangen bis über die Rauchhaube hinaus, zerrissen dieselbe und ließen einen wahrhaften Feuerstaub zurück. Dieser Ausbruch war von aufeinander folgenden Detonationen, wie etwa beim Abfeuern einer Mitrailleuse, begleitet.

Cyrus Smith, der Reporter und der junge Mann begaben sich, nachdem sie eine Stunde lang auf dem Plateau verweilt, nach dem Strande und in im Granithaus zurück. Der Ingenieur war nachdenklich, selbst besorgt, so dass sich Gedeon Spilett zu der Frage veranlasst sah, ob er eine direkte oder indirekte Gefahr von einer bevorstehenden Eruption befürchte.

»Ja und nein, antwortete Cyrus Smith.

– Das Schlimmste, was uns widerfahren könnte, fuhr der Reporter fort, wäre doch wohl eine Erderschütterung, welche die Insel zerstörte? Doch glaube ich nicht, dass wir eine solche zu fürchten haben, da die Laven einen freien Ausgang finden.

– Auch ich fürchte ein Erdbeben im gewöhnlichen Sinne nicht, antwortete Cyrus Smith; doch andere Ursachen können uns noch größeres Unheil bereiten.

– Und welche, lieber Cyrus?

– Das weiß ich jetzt noch nicht bestimmt ... ich muss mich überzeugen ... muss den Berg untersuchen ... Nach wenig Tagen werde ich darüber klar sein.«

Gedeon Spilett forschte nicht weiter, und bald lagen die Bewohner des Granithauses trotz der Detonationen des Vulkans, welche an Heftigkeit zunahmen und das Echo der Insel wach riefen, in tiefem Schlummer.

Drei Tage verliefen so. Man arbeitete immer an der Herrichtung des Schiffes, und ohne sich weiter auszusprechen, betrieb der Ingenieur die Arbeit nach Kräften. Der Franklin-Berg war jetzt von einer dunkeln, unheilverkündenden Haube verhüllt und warf Flammen und glühende Felsstücke aus, die zum Teil in den Krater zurückstürzten. Das veranlasste Pencroff, der die Naturerscheinung immer nur von ihrer amüsanten Seite betrachtete, zu den Worten:

»Sieh da, der große Kerl spielt mit Bällen! Der Riese ist Jongleur geworden!«

In der Tat fielen die ausgeworfenen Massen meist in den Abgrund zurück, und es schien nicht, als wären die Lavamassen durch den Druck im Innern schon bis zu dem Rande des Kraters emporgehoben. Wenigstens floss aus der zum Teil sichtbaren Lücke der Mündung im Norden noch nichts nach dem Abhange des Berges aus.

So viel Eile es aber auch mit dem Baue des Schiffes hatte, so nahmen doch auch andere Punkte der Insel die Sorge der Kolonisten in Anspruch. Vor allem musste man nach der Hürde gehen, in der die Schaf- und Ziegenherde eingeschlossen war, und deren Futtervorräte erneuern. Man beschloss also, dass Ayrton sich am andern Tage, am 7. Januar, dorthin begeben sollte, und da er zu dieser gewohnten Besorgung allein genügte, erstaunten Pencroff und die Übrigen nicht wenig, als sie den Ingenieur zu Ayrton sagen hörten:

»Wenn Sie morgen nach der Hürde gehen, werde ich Sie begleiten.

– Oho, Herr Cyrus, rief der Seemann, unsere Arbeitstage sind gezählt, und wenn Sie auch fortgehen, so fehlen uns vier Arme.

– Wir kommen den nächsten Tag zurück, antwortete Cyrus Smith; aber mich drängt es, nach der Hürde zu gehen ... ich muss sehen, wie es mit dem Ausbruche steht.

– Ausbruch! Ausbruch! rief Pencroff, ist das ein großes Ding, und mich bekümmert er doch blutwenig!«

Trotz aller Einreden des Seemannes wurde die von dem Ingenieur auszuführende Untersuchung für den folgenden Tag festgesetzt. Harbert hätte Cyrus Smith gern begleitet, aber er wollte Pencroff nicht durch seine Abwesenheit kränken.

Am andern Morgen bestiegen Cyrus Smith und Ayrton den mit zwei Quaggas bespannten Wagen und fuhren in scharfem Trabe den Weg nach der Hürde hin.

Schwerfällig zogen dicke Wolken über dem Walde, denen der Krater des Franklin-Berges immer neue Zufuhr lieferte. Offenbar setzten sich diese Wolken aus sehr verschiedenen Stoffen zusammen. Nicht von dem Rauche des Vulkans allein konnten sie so schwarz und schwer erscheinen. Schlacken in Staubform, pulverisierte Puzzolane und graue seine Asche, wie das feinste Mehl, erhielten sich schwebend in den dichten Massen. Diese Aschen sind oft so sein, dass sie manchmal ganze Monate lang sich in der Luft erhalten. In Island war nach der Eruption von 1783 die Atmosphäre länger als ein Jahr mit solchem vulkanischen Staube geschwängert, den die Strahlen der Sonne kaum durchdrangen.

Meist schlagen sich diese pulverförmigen Stoffe aber nieder, was eben jetzt auch der Fall war. Cyrus Smith und Ayrton waren kaum an der Hürde angelangt, als eine Art schwärzlicher, dem Schießpulver ähnlicher Schnee niederfiel und in einem Augenblicke das Aussehen des Erdbodens vollkommen veränderte. Bäume, Wiesen, alles verschwand unter einer mehrere Zoll dicken Decke. Zum Glück blies der Wind aus Nordosten, und der größte Teil der Wolke sank ins Meer.

»Das ist eigentümlich, Herr Smith, sagte Ayrton.

– Das ist sehr ernst, antwortete der Ingenieur. Diese Puzzolane, dieser gepulverte Bimsstein, mit einem Worte, all dieser mineralische Staub zeigt, wie tief der Aufruhr die inneren Schichten des Franklin-Berges ergriffen hat.

– Ist aber nichts dagegen zu tun?

– Nichts, außer dass wir den Fortschritt dieser Erscheinung im Auge behalten. Besorgen Sie die Hürde, Ayrton, indessen will ich bis zur Quelle des Roten Flusses hinaufsteigen und nachsehen, wie es an dem nördlichen Abhange des Berges steht. Dann ...

– Dann, Herr Smith?

– Dann besuchen wir die Dakar-Krypte ... Ich muss sehen ... nun, ich hole Sie in zwei Stunden ab.«

Ayrton trat in den Hof der Hürde und beschäftigte sich in Erwartung der Rückkehr des Ingenieurs mit den Mufflons und Ziegen, die bei diesen ersten Symptomen eines Ausbruchs eine gewisse Unruhe bemerken ließen.

Inzwischen hatte Cyrus Smith den Kamm des östlichen Bergausläufers bestiegen, ging um die Quelle des Roten Flusses herum und kam nach der Stelle, wo seine Gefährten und er bei Gelegenheit ihres ersten Ausfluges eine Schwefelquelle entdeckt hatten.

Wie fand er alles hier verändert! Anstatt einer einzigen Dampfsäule zählte er dreizehn, welche aus dem Boden aufstiegen, als wenn sie mit Gewalt aus einer Röhre heraus getrieben würden. Offenbar unterlag die Erdrinde an dieser Stelle einem gewaltigen Drucke von innen. Die Atmosphäre war mit Schwefelwasserstoff, Kohlensäure und Wasserdämpfen erfüllt. Cyrus Smith fühlte die in der Umgebung verstreuten Tuffe erzittern, die im Grunde aus pulverisierter Asche bestanden, welche die Zeit zu harten Blöcken zusammengelötet hatte; aber noch nirgends sah er Spuren von frischer Lava.

Der Ingenieur überzeugte sich hiervon noch mehr, als er die ganze Nordseite des Franklin-Berges übersehen konnte. Rauch und Flammenwirbel entstiegen wohl dem Krater; ein Hagel von Schlacken schlug auf den Boden auf; aber kein Ausfluss von Lavamassen zeigte sich an der Mündung des Kraters, was den Beweis lieferte, dass die vulkanischen Massen den oberen Rand des Zentralkamins noch nicht erreicht hatten.

»Und ich sähe es weit lieber, wenn es der Fall wäre! sagte sich Cyrus Smith; mindestens gäb' es mir die Gewissheit, dass die Laven ihren gewohnten Weg genommen hätten. Wer weiß, ob sie sich nicht eine neue Öffnung brechen? – Doch darin liegt nicht die Gefahr! Kapitän Nemo hat es geahnt! Nein, darin liegt die Gefahr nicht!«

Cyrus Smith betrat den großen Bergkamm, dessen Ausläufer den engen Haifisch-Golf umringten. Von hier aus konnte er die alten Lavastreifen leicht genug übersehen. Ihm war es nicht zweifelhaft, dass die letzte Eruption einer längst vergangenen Zeit angehörte.

Dann ging er denselben Weg zurück, horchte auf das unterirdische Rollen, das wie ein fortgesetzter schwacher Donner klang, in das sich von Zeit zu Zeit lautere Detonationen mischten. Um neun Uhr morgens kam er wieder nach der Hürde.

Ayrton erwartete ihn.

»Die Tiere sind versorgt, Herr Smith, sagte Ayrton.

– Gut, Ayrton.

– Sie scheinen unruhig, Herr Smith.

– Ja wohl, der Instinkt spricht aus ihnen, und der Instinkt täuscht nicht.

– Wenn es Ihnen recht ist ...

– Nehmen Sie eine Fackel und ein Feuerzeug, Ayrton, antwortete der Ingenieur, und dann wollen wir aufbrechen.«

Ayrton tat, wie ihm geheißen war. Die losgekoppelten Quaggas liefen in der Hürde umher. Die Tür ward äußerlich verschlossen, und Cyrus Smith, der Ayrton vorausging, wendete sich nach Westen zu dem kleinen, nach der Küste führenden Fußsteige.

Sie gingen jetzt über einen, durch die aus den Wolken fallenden pulverförmigen Substanzen gleichsam gepolsterten Weg. Kein Tier zeigte sich im Walde. Selbst die Vögel schienen entflohen. Sie mussten schnell ein Taschentuch vor die Augen und den Mund halten, denn sie liefen Gefahr, geblendet und erstickt zu werden.

Cyrus Smith und Ayrton konnten unter diesen Verhältnissen nicht schnell marschieren. Dazu war die Luft so schwer, als wäre ihr Sauerstoff zum Teil verbrannt und sie unatembar geworden. aller hundert Schritte mussten sie stehen bleiben, um Atem zu schöpfen. So kam die zehnte Stunde heran, bevor der Ingenieur und sein Genosse an die basaltreiche Küste gelangten.

Ayrton und Cyrus Smith begannen den steilen Abhang hinunter zu steigen, wobei sie ungefähr jenem abscheulichen Wege folgten, der sie in der Gewitternacht nach der Höhle geführt hatte. Bei vollem Tageslichte war dieser Weg zwar minder gefährlich, und übrigens gestattete die Aschenschicht auf den oft glatten Felsen den Füßen sicherer aufzutreten.

Die Erhöhung am Gestade, welche längs desselben hinlief, war bald erreicht. Cyrus Smith erinnerte sich, dass dieselbe in sanfter Neigung bis zur Oberfläche des Meeres abfiel. Obwohl jetzt die Zeit der Ebbe war, lag der Strand doch nirgends frei, und die mit vulkanischem Staube gemischten Wellen schlugen unmittelbar an die Basalte des Ufers.

Cyrus Smith und Ayrton fanden ohne Mühe den Eingang zur Dakar-Krypte.

»Das eiserne Boot muss sich dort befinden, sagte der Ingenieur.

– Es ist da, Herr Smith, antwortete Ayrton und zog das leichte Fahrzeug, das noch unter dem Schutze des Bogeneinganges lag, hervor.

– Steigen wir ein, Ayrton.«

Es geschah. Eine leichte Wellenbewegung setzte sich bei dem niedrigen Wasser ein Stück in den Gang hinein fort und Ayrton zündete nun die Fackel an. Dann ergriff er beide Ruder, und nachdem die Fackel an der Spitze befestigt worden war, nahm Cyrus Smith das Steuer und leitete das Boot mitten in die Dunkelheit der Krypte.

Jetzt war der Nautilus nicht mehr vorhanden, um mit seinen Feuern die dunkle Höhle zu erhellen. Vielleicht strahlten die aus mächtiger Quelle genährten elektrischen Flammen im tiefen Abgrunde immer noch, doch kein Lichtschein drang von da empor, wo Kapitän Nemo ruhte.

Das, wenn auch unzureichende Licht der Fackel gestattete dem Ingenieur doch vorwärts zu dringen, indem er der rechten Wand der Höhle folgte. Grabesstille herrschte unter diesen Gewölben, wenigstens in deren vorderen Teilen, denn bald vernahm Cyrus Smith sehr deutlich ein Grollen und Poltern aus den Eingeweiden des Berges.

»Das ist der Vulkan!« sagte er.

Kurz darauf verrieten sich auch verschiedene chemische Verbindungen durch ihren Geruch und schwefelhaltige Dämpfe schnürten dem Ingenieur und seinem Gefährten die Kehle zu.

»Das ist es, was Kapitän Nemo fürchtete, murmelte Cyrus Smith, dessen Antlitz leicht erbleichte. Und doch muss ich bis ans Ende vordringen.

– Also vorwärts!« antwortete Ayrton, der sich in seine Ruder legte und das Boot weiter in die Höhle hinein trieb.

Nach fünfundzwanzig Minuten gelangte das Fahrzeug an die Wand am Ende der Höhle und hielt hier an. Cyrus Smith erhob sich und strich mit der Fackel an verschiedenen Stellen der Wände hin, welche die Höhle von dem zentralen Kamine des Vulkans trennte. Wie dick war diese Wand wohl? Hundert Fuß oder nur zehn? Niemand vermochte das zu entscheiden, doch erschien das unterirdische Geräusch zu vernehmlich, als dass sie hätte von großem Durchmesser sein können.

Nachdem der Ingenieur die Wand längs einer waagerechten Linie untersucht hatte, band er die Fackel an ein Ruder und glitt damit noch, einmal in großer Höhe an dem Basalte hin.

Dort drang durch kaum sichtbare Spalten, durch locker liegende Prismen ein scharfer Dampf, der die Atmosphäre der Höhle infizierte. In der Mauer zeigten sich auch einige Sprünge, deren stärkste bis auf zwei oder drei Fuß über das Wasser der Krypte herab reichten.

Cyrus Smith versank in Nachdenken. Dann murmelte er die Worte:

»Ja, der Kapitän hatte Recht! Darin liegt die Gefahr, die entsetzlichste Gefahr!«

Ayrton sagte nichts; aber auf ein Zeichen Cyrus Smiths ergriff er die Ruder, und eine halbe Stunde nachher verließen er und der Ingenieur die Dakar-Krypte wieder.

NEUNZEHNTES KAPITEL.

Am andern Morgen, den 8. Januar, kehrten Cyrus Smith und Ayrton nach einem Aufenthalte von einem Tage und einer Nacht, und nachdem in der Hürde alles Nötige getan war, in das Granithaus zurück.

Sofort rief der Ingenieur seine Gefährten und teilte ihnen mit, dass die Insel Lincoln in ungeheurer Gefahr schwebe, die keine menschliche Macht abzuwenden vermöge.

»Meine Freunde, sagte er mit tief bewegter Stimme, die Insel Lincoln gehört nicht zu denen, welche einen ebenso langen Bestand haben, wie die Erdkugel selbst. Sie verfällt einer mehr oder weniger nahen Zerstörung, deren Ursache in ihr selbst liegt, und welche Nichts zu beseitigen vermag.«

Die Kolonisten sahen abwechselnd sich und den Ingenieur an. Sie verstanden ihn noch nicht.

»Erklären Sie sich, lieber Cyrus, sagte Gedeon Spilett.

– Ich werde mich erklären, sagte Cyrus Smith, oder ich werde Euch vielmehr die Erklärung geben, die ich von Kapitän Nemo in den wenigen Minuten unseres Gespräches unter vier Augen erhielt.

– Von Kapitän Nemo! riefen die Anderen.

– Ja, es ist der letzte Dienst, den er uns vor seinem Tode erweisen wollte. Ihr werdet erfahren, dass er uns, trotzdem er tot ist, noch andere Dienste leisten wird.

– Aber was sagte damals Kapitän Nemo? fragte der Reporter.

– So hört denn, meine Freunde, antwortete der Ingenieur. Die Insel Lincoln befindet sich nicht in den nämlichen Verhältnissen, wie die übrigen Inseln des Stillen Ozeanes, und eine eigentümliche Anordnung ihres Gerüstes, über die Kapitän Nemo mich belehrte, muss früher oder später eine Verschiebung ihrer unterseeischen Grundlage veranlassen.

– Eine Verschiebung der ganzen Insel Lincoln! Das sagen Sie einem Anderen! rief Pencroff, der bei allem Respekt vor Cyrus Smith doch ungläubig mit den Achseln zuckte.

– Hören Sie erst, Pencroff, fuhr der Ingenieur fort, was Kapitän Nemo ausgesagt hat und ich bei meiner gestrigen Untersuchung der Dakar-Krypte bestätigt gefunden habe. Diese Höhle setzt sich unter der Insel bis in den Vulkan fort, und ist von dem Zentralkamin nur durch die Wand ihres Kopfendes getrennt. Diese Wand aber ist von Rissen und Sprüngen durchzogen, welche schon jetzt im Innern des Vulkans erzeugte Schwefeldünste durchdringen lassen.

– Nun, und dann? fragte Pencroff und runzelte die Stirn.

– Ich habe gesehen, dass diese Sprünge sich unter der Pressung von innen erweitern, dass die Basaltwand sich nach und nach spaltet und in kürzerer oder längerer Zeit dem Wasser des Meeres den Eintritt in den Kraterkessel gestatten wird.

– Recht schön! bemerkte Pencroff, der noch einmal zu scherzen beliebte. Dann löscht das Meer den Vulkan aus und alles hat ein Ende.

– Ja, alles hat ein Ende! wiederholte Cyrus Smith. An dem Tage, da das Meer durch die Wand und in die inneren Eingeweide der Insel dringen wird, wo die Auswurfsmassen brodeln, an dem Tage, Pencroff, wird die Insel Lincoln in die Luft springen, so wie es Sizilien ergehen würde, wenn das Mittelmeer sich in den Ätna ergösse!«

Die Kolonisten erwiderten kein Wort auf die Behauptung des Ingenieurs. Sie verstanden jetzt, welche Gefahr ihnen drohte.

Man muss übrigens zugestehen, dass Cyrus Smith in keiner Weise übertrieb. Manche haben wohl schon den Gedanken gehabt, dass man die Vulkane, die sich fast stets nahe der Küste des Meeres oder größerer Seen erheben, löschen könne, indem man dem Wasser Eintritt in dieselben verschaffe. Sie bedachten dabei aber nicht, dass man gleichzeitig Gefahr liefe, einen Teil der Erde in die Luft zu sprengen, wie ein Dampfkessel explodiert, wenn seine Dämpfe plötzlich überhitzt werden. Denn wenn sich das Wasser in einen geschlossenen, vielleicht auf mehrere Tausend Grade erhitzten Raum stürzt, müsste es so plötzlich verdampfen oder zersetzt werden, dass keine umschließende Wand ihm widerstehen könnte.

Es unterlag also keinem Zweifel, dass die von einer schrecklichen und nahe bevorstehenden Verschiebung ihres Gefüges bedrohte Insel eben nicht länger bestehen werde, als die Wand der Dakar-Krypte aushielt. Das war aber keine Frage von Monaten oder Wochen, sondern eine solche, welche vielleicht in Tagen oder in wenigen Stunden zum Austrag kommen musste.

Ein tiefer Schmerz bemächtigte sich zuerst der Kolonisten. Sie dachten nicht an die Gefahr, die ihnen direkt drohte, sondern an die Zerstörung des Stückchens Erde, das ihnen einst ein Asyl geboten, dieser Insel, deren Fruchtbarkeit sie entwickelt hatten, die sie so sehr liebten, und deren zukünftige Blüte ihnen so sehr am Herzen lag. So viele Mühe sollte unnütz verschwendet, so viel Arbeit verloren sein!

Pencroff konnte eine große Träne nicht zurückhalten, die über seine Wange stoß, ohne dass er sie zu verbergen suchte.

Noch eine Zeit lang währte dieses Gespräch. Die Aussichten, welche den Kolonisten noch verblieben, wurden erörtert, führten aber nur zu der einstimmigen Ansicht, dass man der Vollendung des Schiffes jede Stunde zu widmen und auf diesem noch die einzige Rettung zu suchen habe.

Alle Arme wurden also in Auszuschweißenden gesetzt. Was konnte es ferner nützen zu ernten und einzuheimsen, zu jagen und die Kammern des Granithauses zu füllen? Die vorhandenen Vorräte versprachen für jetzt auszureichen und auch das Schiff für eine beliebig lange Reise zu verproviantieren. Eines tat allein Not: dass Letzteres den Kolonisten vor Eintritt der Katastrophe zur Verfügung sei.

Mit fieberhaftem Eifer wurde die Arbeit wieder aufgenommen Am 23. Januar war das Schiff zur Hälfte beplankt. Bis dahin hatte sich am Gipfel des Vulkanes nichts geändert. Immer quollen Dämpfe, Rauch und dazwischen lodernde Flammen mit glühenden Steinmassen daraus hervor. Als in der Nacht vom 23. zum 24. Januar aber die Lavamassen den ersten Bergabsatz des Vulkanes erreichten, wurde dessen hutförmige Spitze von ihm abgedrängt. Ein entsetzliches Krachen ward hörbar. Die Kolonisten glaubten zuerst, der Untergang der Insel sei gekommen. Sie stürzten eiligst aus dem Granithaus.

Es mochte gegen zwei Uhr Morgens sein.

Der Himmel stand in Flammen. Der obere Kegel, eine Masse von 1000 Fuß Höhe und Milliarden von Pfunden schwer, war auf die Insel, deren Boden erzitterte, herabgestürzt. Zum Glück leitete die nördliche Neigung dieses Kegels ihn nach jener mit Tuffsteinen und Sand bedeckten Strecke zwischen dem Vulkane und dem Meere. Der jetzt weit offene Krater strahlte ein so intensives Licht nach dem Himmel aus, dass in Folge des Widerscheins die ganze Atmosphäre zu brennen schien. Gleichzeitig floss ein breiter Lavastrom in langen Streifen durch die neue Mündung ab, wie das Wasser aus einem übervollen Gefäße, und tausend Feuerschlangen krochen die Abhänge des Vulkanes hinunter.

»Die Hürde! die Hürde!« rief Ayrton.

In der Tat strömten die Lavamassen in Folge der Lage des neuen Kraters nach der Richtung der Hürde zu ab, und folglich waren jetzt die fruchtbaren

Teile der Insel, die Quellen des Roten Flusses und der Jacamarwald einer unmittelbaren Zerstörung ausgesetzt.

Auf den Schrei Ayrtons hatten sich die Kolonisten eiligst nach den Quaggaställen begeben. Der Wagen ward angespannt. Alle beseelte nur der eine Gedanke, nach der Hürde zu eilen und die dort eingeschlossenen Tiere in Freiheit zu setzen.

Vor drei Uhr Morgens langten sie bei der Hürde an. Ein schreckliches Geheul verriet das Entsetzen der Ziegen und Schafe darin. Schon ergoss sich ein Strom feurig-flüssiger Substanzen von dem Bergabhange auf die Wiese und benagte die betreffende Seite der Palisade. Schnell stieß Ayrton das Tor auf, und nach allen Seiten hin entflohen die geängstigten, verwirrten Tiere.

Eine Stunde später erfüllte kochende Lava die ganze Hürde, verdampfte das Wasser des kleinen Baches darin, setzte das Haus in Flammen, das wie ein Feim auflöderte, und verzehrte den Plankenzaun bis auf den letzten Pfahl. Von der Hürde war nichts mehr übrig!

Erst hätten die Kolonisten gern gegen diese Einströmung anzukämpfen versucht – vergeblich! Der Mensch hat keine Waffen gegen das Wüten der Elemente.

Als der Tag anbrach wollten Cyrus Smith und seine Gefährten sich wenigstens überzeugen, welche definitive Richtung die Lava-Überschwemmung nehmen werde. Die allgemeine Neigung des Bodens verlief vom Franklin-Berge nach der Ostküste, und es blieb zu befürchten, dass der Strom trotz des dichten Holzes im Jacamarwalde das Granithaus erreichen könne.

»Der See wird uns schützen, sagte Gedeon Spilett.

– Ich hoffe es!« war Cyrus Smiths ganze Antwort.

Die Kolonisten wären gern bis zu jener Gegend vorgedrungen, nach welcher der obere Kegel des Franklin gestürzt war; aber die Lavamassen versperrten ihnen den Weg. Diese folgten einesteils dem Tale des Roten, andernteils dem des Kaskadenflusses, wobei sie diese Wasserläufe in Dampf verwandelten. Es gab keine Möglichkeit, diesen Feuerstrom zu überschreiten, im Gegenteil musste man immer weiter vor ihm zurückweichen.

Der entkrönte Vulkan sah sich gar nicht mehr ähnlich. Jetzt endete er in einer fast glatten Fläche. Zwei an seinem Südostrande ausgebrochene Öffnungen ergossen unaufhörlich Lavamassen, welche zwei bestimmt unterschiedene Ströme bildeten.

Über dem neuen Krater vermischte sich eine Wolke von Rauch und Asche mit den über der ganzen Insel lagernden Dunstmassen. Starke Donnerschläge unterbrachen das Rollen in dem Innern des Berges. Aus seiner Öffnung sprangen feurige Felsstücke auf, welche, 1000 Fuß hoch in die Luft geschleudert, in jener Wolke zersprangen und als Hagel herab fielen. Der Himmel antwortete mit Blitzen dem Ausbruche des Vulkanes.

Gegen sieben Uhr Morgens erschien die Stellung der nach dem Saume des Jacamarwaldes zurück gedrängten Kolonisten nicht mehr haltbar. Nicht allein regnete es Geschosse rings um sie, sondern die das Bette des Roten Flusses übersteigende Lava drohte ihnen auch den Weg abzuschneiden. Die ersten

Baumreihen singen Feuer, und ihr plötzlich verdampfender Saft brachte sie wie Feuerwerkskörper zum Zerspringen, während andere, weniger feuchte, zusammen hielten.

Die Kolonisten betraten die Hürdenstraße. Sie gingen langsam, sie wichen vielmehr nur zurück. In Folge der Neigung des Bodens breitete sich der Strom schnell nach Osten zu aus, und wenn die unteren Lavaschichten auch etwa erhärteten, so flossen doch neue Massen über sie hinweg.

Inzwischen wurde der Strom im Tale des Roten Flusses immer bedrohlicher. Der ganze Teil des Waldes um denselben hatte sich entzündet, und ungeheure Rauchwolken wälzten sich über die Bäume hin, deren Fuß schon in der glühenden Lava knisterte.

Die Kolonisten gelangten, etwa eine halbe Meile neben der Mündung des Roten Flusses, an den See. Jetzt trat eine Lebensfrage an sie heran.

Der Ingenieur, gewohnt jede ernste Lage zu erläutern, und im Bewusstsein, zu Männern zu reden, die die Wahrheit zu hören vermochten, sagte da:

»Entweder hält nun der See jenen Strom auf, und es entgeht ein Teil der Insel der vollkommenen Zerstörung, oder er ergreift die Wälder des fernen Westens, und dann bleibt kein Baum und kein Halm der ganzen Bodenfläche verschont. Uns würde auf den kahlen Felsen nur der Tod winken, den die Explosion der ganzen Insel vielleicht beschleunigt.

– Dann wäre es also, sagte Pencroff, kreuzte die Arme und stampfte den Boden, unnütz, an dem Schiffe weiter zu arbeiten; nicht wahr?

– Pencroff, antwortete Cyrus Smith, seine Pflicht muss man tun bis ans Ende!«

In diesem Augenblicke gelangte der Lavastrom, der sich einen Weg durch die herrlichen Bäume, die er verzehrte, gebrochen hatte, an das Ufer des Sees. Dieses verlief in einer unbedeutenden Bodenerhebung, welche bei größerer Höhe wohl hingereicht hätte, den Strom aufzuhalten.

»Ans Werk!« rief Cyrus Smith.

Alle begriffen die Absichten des Ingenieurs. Dieser Strom musste so zu sagen eingedämmt und genötigt werden, sich in das Wasser des Sees zu stürzen.

Die Kolonisten eilten nach dem Zimmerplatze. Sie schleppten Schaufeln, Äxte und Hacken herzu, und mittels einer Dammschüttung und umgestürzten Bäumen gelang es ihnen, binnen wenigen Stunden einen drei Fuß hohen und mehrere hundert Schritte langen Wall aufzuwerfen. Als sie fertig waren, glaubten sie nur wenige Minuten gearbeitet zu haben.

Es wurde die höchste Zeit. Fast gleichzeitig erreichten die flüssigen Massen den unteren Teil der Erhöhung. Die Fluten stauten sich, wie in einem Strome bei Überschwemmung, wenn sie auszutreten drohen, und hätten, wenn das geschah, unzweifelhaft die übrigen Wälder ergriffen ... Doch, der Damm hielt aus, und nach einigen schrecklichen Augenblicken der Erwartung stürzte sich die Lava in einem zwanzig Fuß hohen Falle in den Granit-See.

Mit stockendem Atem, bewegungslos und stumm sahen die Kolonisten dem Kampfe der beiden Elemente zu.

Welches Schauspiel, dieses Ringen zwischen Wasser und Feuer! Welche Feder vermochte diese Scene des Schreckens zu schildern, welcher Pinsel, sie zu malen! Pfeifend schäumte das bei der Berührung mit der Lava verdampfende Wasser. Zu ungemessener Höhe zischten diese Dampfstrahlen auf, als hätte man plötzlich die Ventile eines ungeheuren Dampfkessels geöffnet. So beträchtlich aber auch die Wassermasse des Sees war, so musste sie doch endlich absorbiert werden, da sie sich nicht mehr erneuerte, während der Lavastrom aus seiner unerschöpflichen Quelle immer neue Glutmassen heran wälzte.

Die erste Lava, welche in den See fiel, erstarrte augenblicklich und häufte sich so an, dass sie bald über seine Oberfläche emporragte. Über sie strömte neue Lava hinweg und versteinerte ihrerseits, gelangte aber schon weiter nach der Mitte zu. So bildete sich eine Art Hafendamm und drohte mit der Ausfüllung des Sees, der übrigens nicht über seine Ufer treten konnte, da eine entsprechende Menge seines Wassers verdampfte.

Ein betäubendes Pfeifen, Zischen und Prasseln erfüllte die Luft, und die von dem Winde verjagten Dampfwolken fielen als Regen in das Meer nieder. Der Lavadamm wuchs, und die erstarrten Blöcke türmten sich übereinander. Da, wo früher eine friedliche Wasserfläche glitzerte, erhob sich jetzt ein Haufen rauchenden Gesteins, als ob eine Bodenerhebung tausend Risse empor gedrängt hätte. Stelle man sich die von einem Orkane gepeitschten Wogen vor, welche plötzlich durch eine enorme Kälte erstarrten, so gewinnt man ein Bild von dem See, drei Stunden nach dem Eindringen des unaufhaltsamen Stromes.

Diesmal unterlag das Wasser dem Feuer.

Immerhin konnte es als ein Glücksumstand für die Kolonisten gelten, dass die Lavamasse in den Grant-See geleitet worden war. Sie erlangten dadurch einige Tage Aufschub. Das Plateau der Freien Umschau, das Granithaus und der Zimmerplatz blieben folglich vorläufig verschont. Diese wenigen Tage mussten also benutzt werden, das Schiff noch weiter mit Planken zu versehen und tüchtig zu kalfatern. Dann wollte man es ins Wasser lassen, sich auf dasselbe flüchten und seine weitere Ausrüstung besorgen, wenn es auf seinem Elemente schwömme. Bei der zu befürchtenden Explosion der Insel bot der Aufenthalt auf dem Lande keinerlei Sicherheit mehr. Die sonst so sichere Wohnung im Granithaus konnte jetzt jeden Augenblick ihre steinernen Wände schließen und zum Kerker der Insassen werden.

Während der sechs Tage vom 25. bis 30. Januar leisteten die Kolonisten ebenso viel, als sonst zwanzig Mann gearbeitet hätten. Kaum einen Augenblick der Ruhe gönnten sie sich, da der Widerschein der Flammen ihnen Tag und Nacht tätig zu sein erlaubte. Der vulkanische Ausfluss währte, wenn auch mit verminderter Heftigkeit, immer fort. Das war ein Glück, denn der Grant-See hatte sich fast ganz ausgefüllt, und wenn jetzt noch neue Lavamassen über die alten hinweg rannen, mussten sie sich auf das Plateau der Freien Umschau und von da auf den Strand ergießen.

Wenn auf dieser Seite die Insel zum Teil geschützt erschien, so war das jedoch auf der Nordseite nicht der Fall.

Der zweite Lavastrom nämlich, jener im weiten Tale des Kaskadenflusses, fand der Gestaltung des Bodens nach offenbar kein Hindernis. Die feurigen Massen hatten sich quer durch den Wald des fernen Westens verbreitet. In dieser Jahreszeit, wo die Bäume durch die furchtbare Hitze schon fast ausgedörrt waren, fing der Wald augenblicklich Feuer, so dass sich das verheerende Element gleichzeitig durch die Stämme und die Kronen fortpflanzte, welch' letztere' durch die vielfache Verschlingung der Zweige die Ausbreitung desselben so sehr begünstigte, dass das Feuer öfter raschere Fortschritte zu machen schien, als der Lavastrom am Boden.

Entsetzt und verwirrt flohen alle Tiere, wilde und andere, Jaguare, Eber, Wasserschweine, Kulas, Pelztiere und Federvieh, nach der andern Seite der Mercy in die Tadorne-Sümpfe, jenseits der Straße nach dem Ballonhafen. Die Kolonisten fesselte aber ihre Arbeit viel zu sehr, als dass irgendetwas hätte ihre Aufmerksamkeit ablenken können. Sie hatten übrigens das Granithaus geräumt, wollten auch unter den Kaminen kein Obdach suchen, sondern rasteten unter einem Zelte nahe der Mündung der Mercy.

Jeden Tag verfügten sich Cyrus Smith und Gedeon Spilett nach dem Plateau der Freien Umschau. Harbert schloss sich ihnen manchmal an, Pencroff niemals, da er den jetzigen Zustand der vollkommen zerstörten Insel nicht sehen mochte.

In der Tat bot sich da ein trostloser Anblick! Der ganze früher bewaldete Teil der Insel stand kahl. Eine vereinzelte Baumgruppe ragte noch am Ende der Schlangenhalbinsel empor. Da und dort starrten einige astlose, verkohlte Stämme in die Luft. Die Überflutung mit Lava war eine vollkommene. Da wo sich früher das prächtige Grün ausdehnte, deckte den Boden eine wirre Anhäufung vulkanischer Tuffs. In den Talbetten des Kaskadenflusses und der Mercy rann kein Tröpfchen Wasser mehr, und die Kolonisten hätten absolut Nichts gehabt, ihren Durst zu löschen, wenn der Grant-See vollkommen verdampft worden wäre. Zum Glück war sein südliches Ende verschont geblieben und bildete eine Art kleinen Teich, – das einzige auf der ganzen Insel vorhandene Trinkwasser. Gegen Nordosten hoben sich die Ausläufer des Vulkans in rauen, scharfen Kämmen vom Horizonte ab, wie eine riesenhafte in die Insel eingeschlagene Kralle. Welch' schmerzliches Schauspiel, welch' vernichtender Anblick für die Kolonisten, die sich aus einem fruchtbaren Wohnsitze, der mit Wäldern bedeckt, von Bächen und Flüssen bewässert und mit lachenden Ernten bestanden war, in einem Augenblick auf einen wüsten Felsen versetzt sahen, auf dem sie ohne ihre angesammelten Vorräte gar nichts zu leben gefunden hätten!

»Das bricht Einem das Herz! sagte eines Tages Gedeon Spilett.

– Ja wohl, erwiderte der Ingenieur. Gebe uns der Himmel nur noch Frist, das Schiff, jetzt unsere einzige Zuflucht, zu vollenden.

– Scheint es Ihnen nicht, Cyrus, als wolle der Vulkan sich beruhigen? Er stößt zwar noch immer Lavamassen aus, doch, wenn ich mich nicht täusche, minder reichlich.

– Das will nicht viel bedeuten, antwortete Cyrus Smith. Im Innern des Berges glüht das Feuer doch immer fort, und das Meer kann jeden Augenblick hinein dringen. Wir befinden uns jetzt in der Lage von Passagieren eines brennenden Schiffes, dessen Feuer nicht mehr zu löschen ist, und das notwendig früher oder später die Pulverkammer erreichen muss. Kommen Sie, Spilett, kommen Sie; wir wollen keine Stunde verlieren!«

Noch acht Tage lang, also bis zum 7. Februar, breiteten sich die Lavamassen weiter aus, aber die Eruption hielt sich in mäßigen Grenzen. Vor allem fürchtete Cyrus Smith, dass die Lavamassen sich über den Strand ergießen könnten, in welchem Falle auch der Schiffsbauplatz der Zerstörung anheim gefallen wäre. Zu dieser Zeit fühlten die Kolonisten auch ein gewisses Erzittern des Inselbodens, das sie lebhaft beunruhigte.

Man schrieb den 20. Februar. Noch einen Monat bedurfte es, bis das Schiff seetüchtig wurde. Hielt die Insel noch so lange aus? Pencroff und Cyrus Smith beabsichtigten, das Fahrzeug vom Stapel laufen zu lassen, sobald sein Rumpf genügend wasserdicht wäre.

Das Verdeck, der innere Ausbau und die Takelage sollten später vollendet werden, die Hauptsache war, dass die Kolonisten außerhalb der Insel ein gesichertes Unterkommen fänden. Vielleicht empfahl es sich auch, dasselbe nach dem Ballonhafen zu führen, d.h. so weit als möglich von dem Eruptionspunkte, denn an der Mercymündung und zwischen der Granitmauer und dem Eilande lief es Gefahr, bei etwaigem Einsturz der Felsmassen zertrümmert zu werden. Alle Anstrengungen der Arbeiter bezweckten also nur die Vollendung des Rumpfes.

So kam der 3. März heran, und sie konnten berechnen, dass der Stapellauf etwa in zehn Tagen stattfinden könne.

Schon kehrte einige Hoffnung in das Herz der Kolonisten zurück, die in diesem vierten Jahre ihres Aufenthaltes auf der Insel so sehr hart geprüft wurden! Pencroff selbst schien etwas aus der tiefen Schweigsamkeit zu erwachen, in welche die Zerstörung und der Untergang ihrer Reichtümer ihn versetzt hatte. Jetzt dachte er eben nur noch an das Schiff, in dem sich alle seine Hoffnungen konzentrierten.

»Wir werden damit fertig, Herr Cyrus, sagte er, und es ist auch die höchste Zeit, denn bald befinden wir uns in den Äquinoktien. Nun, falls es drängt, begeben wir uns für den Winter nach der Insel Tabor. Doch die Insel Tabor nach der Insel Lincoln! O Unglück! Hätte ich mir das jemals träumen lassen!

– Beeilen wir uns!« sagte unabänderlich der Ingenieur.
Und man arbeitete, ohne einen Augenblick zu verlieren.
»Mein Herr, fragte einige Tage später Nab, glauben Sie, dass alles das auch bei Lebzeiten des Kapitän Nemo hätte geschehen können?
– Gewiss, Nab, antwortete Cyrus Smith.
– Nun, ich glaube es nicht! sagte Pencroff leise Nab ins Ohr.
– Ich auch nicht!« erwiderte ihm Nab ganz ernsthaft.
In der ersten Märzwoche ward der Franklin wieder drohender. Tausend aus geschmolzener Lava bestehende Glasfäden fielen wie Regen nieder. Der Krater füllte sich aufs Neue mit Laven, die an allen Seiten desselben herabflossen. Der Strom ergoss sich über die früheren, erhärteten Massen und zerstörte vollends die einzelnen Baumskelette, welche der ersten Eruption widerstanden hatten. Die Lavaflut, welche diesmal dem südöstlichen Ufer des Grant-Sees folgte, wälzte sich über den Glyzerinfluss hinaus und verbreitete sich über das Plateau der Freien Umschau. Dieser letzte Schlag gegen das Werk der Kolonisten war furchtbar. Von der Mühle, den Baulichkeiten des Hühnerhofes und den Ställen blieb nichts mehr übrig. Das erschreckte Geflügel zerstob nach allen Richtungen. Top und Jup gaben Zeichen der heftigsten Unruhe; ihr Instinkt sagte ihnen, dass sich eine Katastrophe nahe. Eine große Menge Tiere der Insel waren bei der ersten Eruption schon umgekommen. Die Überlebenden fanden nur in den Tadorne-Sümpfen noch eine Zuflucht bis auf wenige, die auf dem Plateau der Freien Umschau umher irrten Jetzt wurde ihnen auch dieses letzte Asyl genommen, und fing der Lavastrom, der den Kamm der Granitmauer überstieg, schon an, seine feurigen Katarakten auf den Strand zu ergießen. Das Entsetzliche dieses Anblicks spottet jeder Beschreibung. Die ganze Nacht über gab er das Bild eines Niagara von geschmolzenem Eisen mit seinen glühenden Dünsten in der Höhe und den brodelnden Massen in der Tiefe!
Die Kolonisten sahen sich nun nach ihrer letzten Zuflucht gedrängt, und obwohl die obersten Fugen der Schiffswand noch nicht kalfatert waren, beschlossen sie doch, das Fahrzeug ins Meer zu lassen.
Pencroff und Ayrton trafen also die nötigen Vorbereitungen für den zum nächsten Morgen, dem 9. März, angesetzten Stapellauf.
Aber in dieser Nacht vom 8. zum 9. stieg unter furchtbarem Krachen eine riesige Dampfsäule aus dem Krater wohl bis 3000 Fuß in die Höhe. Offenbar hatte die Wand der Dakar-Krypte dem Drucke der Gase nachgegeben und stürzte sich das Meerwasser in den feuerspeienden Schlund, um dort sofort in Dämpfe verwandelt zu werden. Diesen Dämpfen konnte der Krater keinen hinreichenden Austritt gewähren. Eine Explosion, die im hundertmeiligen Umkreise hörbar sein musste, erschütterte den Luftkreis. Ganze Berge stürzten in den Pazifischen Ozean, und in wenigen Minuten wälzte sich das Meer über die Stelle, an der sich früher die Insel Lincoln ausdehnte.

ZWANZIGSTES KAPITEL.

Ein isoliertes Felsstück von dreißig Fuß Länge und fünfzehn in der Breite, das kaum zehn Fuß hervorragte, bildete den einzigen festen Punkt, den die Wogen des Pazifischen Ozeanes nicht überfluteten.

Das war alles, was von dem Gebirgsstock des Granithauses übrig geblieben war. Die Mauer stürzte in sich zusammen, schob sich durcheinander, und dabei hatten sich einige Felsenteile von dem großen Saale der früheren Wohnung übereinander getürmt, und bildeten auf diese Weise jenen aufragenden Punkt. alles rund umher verschwand im Abgrunde: der untere Kegel des Franklin-Berges, die granitenen Kiefern des Haifisch-Golfes, das Plateau der Freien Umschau, die Insel der Rettung, die Felsen des Ballonhafens, die Basalte der Dakar-Krypte, die von dem Zentrum der Eruption so weit entfernte, lange Schlangenhalbinsel. Von der Insel Lincoln sah man nur noch jenen beschränkten Felsen, der nun den sechs Kolonisten und ihrem Hunde Top eine Zuflucht bot.

Gleichzeitig fanden alle Tiere bei der Katastrophe ihren Untergang, die Vögel ebenso, wie die Vertreter der Fauna der Insel, alle wurden zerschmettert oder ertränkt, und auch den armen Jup hatte in irgend einer Felsspalte ein trauriger Tod ereilt.

Wenn Cyrus Smith, Gedeon Spilett und die klebrigen das schreckliche Naturereignis überlebten, so kam das daher, dass sie sich ins Meer geworfen hatten, als es ringsum Felsenstücke hagelte.

Wieder aufgetaucht, sahen sie Nichts, als in einer halben Kabellänge Entfernung jene Felsenanhäufung, auf die sie zu schwammen und sich dadurch retteten.

Auf diesem nackten Felsen lebten sie seit neun Tagen. Einiger vor der Katastrophe aus den Vorratskammern des Granithauses entnommener Mundvorrat, ein wenig Wasser, das sich vom Regen in einer Mulde des Felsens sammelte, das war alles, was die Unglücklichen besaßen Ihre letzte Hoffnung, ihr Schiff, war zertrümmert worden. Sie hatten kein Mittel, dieses Riff zu verlassen, kein Feuer oder die Möglichkeit, solches zu erzeugen. Sie fühlten sich jetzt dem Untergange geweiht!

An diesem Tage, dem 18. März, verblieb ihnen noch für zwei Tage etwas Nahrung, obwohl sie sich immer so weit als möglich einschränkten. All' ihr Wissen, ihre Intelligenz vermochte in dieser Lage nicht zu helfen; sie standen allein in Gottes Hand.

Cyrus Smith verhielt sich ruhig. Der nervösere Gedeon Spilett und Pencroff, bei dem ein versteckter Zorn glimmte, liefen auf dem Felsen hin und her. Harbert verließ den Ingenieur nicht und heftete seine Augen auf diesen, als erwarte er von ihm noch eine Hilfe, welche jener doch nicht gewähren konnte. Nab und Ayrton schienen in ihr Schicksal ergeben.

»O, dieses Elend! jammerte Pencroff, hätten wir auch nur eine Nussschale, um nach der Insel Tabor überzusetzen! Aber nichts! Gar nichts!

– Kapitän Nemo tat wohl daran, vorher zu sterben!« sagte Nab.

Die folgenden fünf Tage über lebten Cyrus Smith und seine unglücklichen Gefährten mit äußerster Sparsamkeit, und aßen nur so viel, um dem Hungertode zu entgehen. Ihre Entkräftung erreichte den höchsten Grad. Harbert und Nab begannen schon leise zu deliriren.

Konnten sie unter diesen Verhältnissen wohl noch ein Fünkchen Hoffnung bewahren? Nein! Welche Aussicht auf Rettung hatten sie denn? Dass ein Schiff in der Nähe des Risses vorüber segle? Sie wussten ja aus langer Erfahrung, dass Fahrzeuge niemals diesen Teil des Großen Ozeans besuchten. Sollten sie annehmen, dass die schottische Yacht gerade zu dieser Zeit von der Vorsehung gesendet ankäme, um Ayrton von der Insel Tabor abzuholen? Das hatte doch zu wenig Wahrscheinlichkeit für sich. Da es ihnen noch dazu nicht möglich geworden war, daselbst eine Notiz über den veränderten Aufenthaltsort Ayrtons niederzulegen, so ließ sich voraussehen, dass der Kommandant der Yacht nach vergeblicher Durchsuchung der Insel Tabor wieder aufs hohe Meer zurückkehren und bald niedrigere Breiten erreichen werde.

Nein! Jede Hoffnung auf Rettung verschwand ihnen; vor Hunger oder Durst mussten sie auf dem öden Felsenriffe gewiss eines elenden Todes sterben.

Sie hatten sich schon halb leblos zu Boden gestreckt und das Bewusstsein für alles, was um sie vorging, fast eingebüßt. Ayrton allein erhob mit der letzten Kraftanspannung den Kopf und warf einen verzweifelten Blick auf das öde, grenzenlose Meer ...

Da, es war am Morgen des 24. März, streckte Ayrton die Arme nach einem Punkte des Horizontes, erhob sich erst auf die Knie, dann vollständig, und schien mit der Hand ein Zeichen geben zu wollen ...

Ein Schiff war in Sicht der Insel! Es furchte nicht planlos das weite Meer. Das Riff schien sein Ziel zu sein, auf das es in gerader Linie zusteuerte und stärkeren Dampf gab. Die Unglücklichen hätten es schon seit einigen Stunden bemerken müssen, wenn ihnen die Kräfte nicht fehlten, den fernen Horizont zu beobachten.

»Der Duncan!« rief Ayrton halblaut und sank bewegungslos zusammen.

Als Cyrus Smith und seine Gefährten wieder zum Bewusstsein kamen, Dank der sorgsamen Pflege, die andere Hände ihnen widmeten, fanden sie sich im Salon eines Dampfers wieder, ohne sich erklären zu können, wie sie dem Tode entronnen waren.

Ein einziges Wort von Ayrton gab ihnen Licht.

»Der Duncan! flüsterte er.

– Der Duncan!« wiederholte Cyrus Smith.

Dann erhob er seine Arme gen Himmel und sprach:

»O du allmächtiger Gott! Du wolltest uns also nicht untergehen lassen!«

Es war wirklich der Duncan, die Yacht des Lord Glenarvan, jetzt von Robert, dem Sohne des Kapitän Grant, geführt, die von der Insel Tabor Ayrton nach zwölfjähriger Verbannung wieder in seine Heimat befördern sollte.

Die Kolonisten waren gerettet und befanden sich schon auf dem Heimwege!

»Kapitän Robert, fragte Cyrus Smith, wer konnte Ihnen den Gedanken eingeben, nach dem Absegeln von der Insel Tabor, wo Sie Ayrton nicht gefunden hatten, einen hundert Meilen langen Weg nach Nordosten einzuschlagen?

– Das geschah, Herr Smith, erwiderte Robert Grant, um nicht allein Ayrton, sondern auch Sie und Ihre Freunde zu suchen.

– Meine Freunde und mich!

– Gewiss! Auf der Insel Lincoln.

– Auf der Insel Lincoln! riefen Gedeon Spilett, Harbert, Nab und Pencroff im größten Erstaunen wie aus einem Munde.

– Woher kannten Sie die Insel Lincoln, fragte Cyrus Smith, da dieselbe noch auf keiner Karte eingetragen ist?

– Ich erfuhr von ihr durch die Notiz, welche Sie auf der Insel Tabor zurückgelassen hatten, erwiderte Robert Grant.

– Eine Notiz? rief Gedeon Spilett.

– Gewiss; hier ist sie, antwortete Robert Grant und wies ein Schriftstück vor, das die Lage der Insel Lincoln, ›den jetzigen Aufenthaltsort Ayrtons und fünf amerikanischer Kolonisten‹, nach Länge und Breite angab.

– Das ist der Kapitän Nemo! ... sagte Cyrus Smith, als er die Notiz gelesen und in der Handschrift dieselbe erkannt hatte, von der jener in der Hürde vorgefundene Zettel herrührte.

– Ah, sagte Pencroff, so war er es also gewesen, der unseren Bonadventure benutzt und sich allein nach der Insel Tabor gewagt hatte ...

– Um dort jene Notiz niederzulegen, fügte Harbert hinzu.

– Ich hatte also doch Recht, zu sagen, äußerte der Seemann, dass der Kapitän uns auch nach seinem Tode noch den letzten Dienst erweisen werde

– Meine Freunde, sagte Cyrus Smith mit feierlich bewegter Stimme, der alldarmherzige Gott erhalte die Seele des Kapitän Nemo, unseres Retters!«

Betend hatten die Kolonisten bei diesen Worten das Haupt entblößt.

Da näherte sich Ayrton dem Ingenieur und sagte einfach:

»Wo soll dieser Koffer untergebracht werden?«

Es war der Koffer Nemos, den Ayrton beim Versinken der Insel mit Lebensgefahr gerettet hatte und den er jetzt getreulich dem Ingenieur wieder übergab.

»Ayrton! Ayrton!« rief Cyrus Smith tief bewegt.

Dann wandte er sich an Robert Grant und sagte:

»Da, wo Sie einst einen Schuldbelasteten zurückließen, finden Sie jetzt ein durch die Reue geläutertes Herz wieder, einen Mann, dem ich stolz bin meine Hand bieten zu dürfen.«

Man machte nun Robert Grant Mitteilung von der Geschichte des Kapitän Nemo und der der Kolonisten der Insel Lincoln. Nachdem das Riff noch aufgenommen worden war, um zukünftig auf den Karten des Stillen Ozeans eine Stelle zu finden, gab der Kapitän Befehl zu wenden.

Vierzehn Tage später landeten die Kolonisten an der Küste Amerikas und fanden ihr Vaterland wieder im Frieden nach jenem schrecklichen Kriege, der doch mit dem Triumphe des Rechtes und der Gerechtigkeit geendet hatte.

Von den in dem Koffer, dem Legate des Kapitän Nemo, enthaltenen Schätzen ward der größte Teil zur Erwerbung einer ausgedehnten Besitzung im Staate Iowa verwendet. Eine einzige Perle, und zwar die schönste, wurde dem Schatze entnommen und der Lady Glenarvan im Namen der glücklich Heimgekehrten übersendet.

Dort nach ihrer Besitzung, riefen die Kolonisten alle Diejenigen zur Arbeit d.h. zum Reichtum und zum Glücke, denen sie auf der Insel Lincoln ihre Gastfreundschaft hatten bieten wollen Dort wurde eine große Kolonie begründet, der sie den Namen ihrer in den Stillen Ozean versunkenen Insel gaben. Da fand sich ein Fluss, den man die Mercy, ein Berg, den man den Franklin taufte; ein kleiner See, der den Grant-See ersetzte, und Wälder, welche die Wälder des fernen Westens hießen. Das Ganze bildete gleichsam eine Insel mitten im Festlande.

Dort gedieh unter den geschickten Händen des Ingenieurs und seiner Gefährten alles vortrefflich. Nicht einer der früheren Kolonisten der Insel Lincoln fehlte, denn sie hatten geschworen immer zusammen zu leben: Nab da, wo sein Herr blieb; Ayrton bereit zu Allem, was nötig wurde; Pencroff, als Farmer fast eifriger, als früher als Seemann; Harbert, der unter Cyrus Smiths Leitung seine Ausbildung vollendete; selbst Gedeon Spilett, der den *New-Lincoln-Herald* begründete, der sich zum bestunterrichteten Journale der Welt erhob.

Dort erfreuten sich Cyrus Smith und seine Gefährten öfter des Besuchs des Lord und der Lady Glenarvan, des Kapitän John Mangles und seiner Frau, der Schwester Robert Grants; dann dieses selbst; des Major Mac Nabbs und aller Derjenigen, die zu den doppelten Abenteuern des Kapitän Nemo und des Kapitän Grant irgendwie in Beziehung standen.

Dort endlich lebten alle glücklich, einig in der Gegenwart wie in der Vergangenheit; niemals aber konnten sie jene Insel vergessen, nach der sie einst arm und nackt gekommen; der Insel, welche ihnen vier volle Jahre lang alles geboten hatte, was sie bedurften, und von der nur ein Stück Granit übrig war: das von den Wogen des Großen Ozeans gepeitschte Grab Dessen, der sich einst den Kapitän Nemo nannte!